U0527782

庆振轩 著

两宋党争与文学研究论稿

Liangsong dangzheng Yu
Wenxue Yanjiu Lungao

甘肃文化出版社
甘肃·兰州

图书在版编目（CIP）数据

两宋党争与文学研究论稿 / 庆振轩著. -- 兰州：甘肃文化出版社，2025.1. -- ISBN 978-7-5490-3027-9

Ⅰ．I206.44

中国国家版本馆CIP数据核字第202559EJ56号

两宋党争与文学研究论稿
庆振轩丨著

责任编辑丨李浩强
封面设计丨石　璞

出版发行丨甘肃文化出版社
网　　址丨http://www.gswenhua.cn
投稿邮箱丨gswenhuapress@163.com
地　　址丨兰州市城关区曹家巷1号丨730030（邮编）

营销中心丨贾　莉　王　俊
电　　话丨0931-2131306

印　　刷丨西安国彩印刷有限公司
开　　本丨787毫米×1092毫米　1/16
字　　数丨373千
印　　张丨24.5
版　　次丨2025年1月第1版
印　　次丨2025年1月第1次
书　　号丨ISBN 978-7-5490-3027-9
定　　价丨98.00元

版权所有　违者必究（举报电话：0931-2131306）
（图书如出现印装质量问题，请与我们联系）

前　言

赵宋王朝，在中华文明史上是一朵奇葩。一方面赵宋王朝在特定的历史时期创造了科技、经济、文化、文学的辉煌，所谓"华夏民族之文化，历数千载之演进，造极于赵宋之世"（陈寅恪《邓广铭〈宋史职官志考正〉序》）。另一方面，两宋在政治、外交、战争、治乱诸方面，又给予后世深刻的教训与鉴戒。研究宋代的朋党之争、和战之争与两宋之兴衰存亡，给予我们的震撼尤深。

我个人自20世纪80年代初求学川大，得张志烈、曾枣庄、邱俊鹏诸先生之启悟教诲，对于有关两宋党争与文学的文献资料时时留心，于是经近十年的研读积累，在20世纪90年代初，在兰大中文系开设了"两宋党争与文学"的选修课，又在笹川良一基金会和中文系的支持下，1993年在敦煌文艺出版社出版了《两宋党争与文学》。由于当时学界涉及此论题研究者较少，拙著引起了海峡两岸学界的关注，张高评先生曾将其列为"研读宋代文化必读的300本书"之一。

此后近三十年间，我们一直关注相关领域的学术进展，也不断结合自己的教学科研将新的研读心得撰文刊出，承甘肃文化出版社厚爱，由周乾隆女士提议，将四十余年的相关成果结集出版。

回想个人几十年致力于"两宋党争与文学"的不断探索，其动力固然在于这个研究方向的学术意义，同时可以坦率地说，也有现实的触动和推动。记得1983年我曾经带给杨明照先生一封信，他的一位学生对于在政治运动中曾伤害老先生表示深深的歉意。杨先生阅信之后，掀髯一笑，说："都是过去的事了。""相逢一笑泯恩仇",一位勇于承担过往的过错,已是令我凛然;杨先生大人大量高风亮节,俨然先贤风范,更让我从内心钦敬。后来发表的《实用人才即至公——黄庭坚在党争中的人才观略论》也是援据史实,有感而发。

1993年结集的《两宋党争与文学》着重探讨了两宋党争的起因和特色,对于党争与文学的内在关联,重在探讨研究党争对于石介、苏轼、黄庭坚、秦观和辛弃疾的人生及文学创作影响的一些侧面。

苏轼和辛弃疾对于党争都有个人独到的认知,所不同的是,苏轼继欧阳修《朋党论》之后撰写《续欧阳子朋党论》,对于朋党之争的恶果,有非常清醒的认识,所谓"君莫危于国之有党,有党则必争,争则小人者必胜","何以言之?君子以道事君,人主必敬之而疏;小人惟予言而莫予违,人主必狎之而亲。疏者易间,而亲者难睽也。而君子者,不得志则奉身而退,乐道不仕;小人者,不得志则侥幸复用,惟怨之报。此其所以必胜也"(苏轼《续欧阳子朋党论》)。苏轼一生在当朝朋党之争的宦海风波中浮沉,其所遭遇,"黄州惠州儋州",皆与朝中朋党之争相关。而辛弃疾以南下"归正人"之特殊身份,冷眼看南宋朝廷之以和战为党争,倡言"正直相扶无依傍,撑持天地与人看",在党争的夹缝中艰难求索,最后赍志以殁。但不论世道如何风云变幻,东坡、稼轩忠心报国,初心不变。东坡在黄州谪居时风雨不蔽、衣食不继,依然剖白心志:"虽怀坎壈于时,遇事有可尊主泽民者,便忘躯为之,祸福得丧,付与造物!"辛弃疾在《论盗贼札子》中,他一方面痛感朋党纷争中政治生态恶化,世道人心之险恶,"臣孤危一身久矣……顾恐言未脱口祸不旋踵",同时又大义凛然、义无反顾地表示为了抗金收复大业,"事有可为,杀身不顾"!

有鉴于苏、辛在党争下的不懈的追索探求,拙著《两宋党争与文学》收录了《苏轼妇女观初探》和《元代有关苏轼贬谪生涯剧作简论》,用以追寻苏轼在宦海浮沉中对于理想人格知音知己的渴求与珍惜,以及后世戏曲对于苏轼人生遭际的同情和对于东坡人格精神的追想。幽默是一种智慧,《幽默诙谐 情趣盎然——稼轩俳谐词散论》,侧重探讨辛弃疾在动荡漂泊的人生中,用自己的人生智慧化解忧烦,融入和面对人生不同环境的能量。而《正直相扶无依傍 撑持天地与人看——稼轩与党争散论》则突出辛弃疾对于朋党误国的深刻认识和独立于党争漩涡之外的傲岸风标。

"苏门四学士"在党争漩涡中宦海沉浮,与苏轼"同升而并黜",对于苏门与党争深入研究是一个很有意义的论题。

"苏门四学士"个性各异,面对官场纷争谪贬流放,各自的文学表达风格亦异,就黄庭坚与秦观而言,可谓风格迥异。李颀《古今诗话·苏、黄、秦南土诗》曰:

> 秦少游谪雷州,有诗曰:"南土四时都热,愁人日夜俱长。安得此心如石,一时忘了家乡。"黄鲁直谪宜州,作诗曰:"老色日上面,欢情日去心。今既不如昔,后当不如今。轻纱一幅巾,短簟六尺床。无客日自静,有风终夕凉。"少游钟情,故诗酸楚;鲁直学道,故诗闲暇。至东坡《南中》诗曰:"平生万事足,所欠惟一死",则英特之气不受折困。(周义敢、周雷编《秦观资料汇编》,中华书局2001年版,第14页)

黄庭坚直面人生逆境,还有令人震撼的掷地有声的诗篇:"人鲊瓮中危万死,鬼门关外更千岑。问君底事向前去?要试平生铁石心!"(《戏答刘文学》)研讨黄庭坚在仕宦之路贬谪生涯中的人生探求,他在党争中超越个人得失、超越党派利益的思考,引起我们特别的关注,黄庭坚在《病起荆江亭即事》中写道:"成王小心似文武,周召何妨略不同。不须要出我门下,实用人材即至公。"

黄庭坚作为一个封建时代的知识分子,却能不以个人利益为念,不执着于一党一派之利益,王安石执政,他在执行新法时,敢于指出新法执行中的弊病;司马光当政,他又实事求是,勇于肯定王安石的长处;在秘书省任职时,坚持据实编写神宗实录。他能以国家利益为重,不以成败论人;对新旧党争的看法也高出时人一筹。这对于一个封建时代的士大夫来说,实为难能可贵。探研黄庭坚的人才观,对于研究两宋特定历史背景下的党争与文学,是一个新的角度。

吕本中谓:"少游过岭后诗,严重高古,自成一家,与旧作不同。"秦诗如此,秦词亦然。宋代党同伐异的朋党之争与个人贬谪生涯对秦观的沉重打击,"日边清梦断,镜里朱颜改",造成了他心中无尽的哀痛。秦观在痛苦绝望中对人生的拷问、反省和探求,虽词哀言苦,却自饶风骨,诚所谓"秦少游词体制雅淡,气骨不衰","风骨自高,如红梅着花,能以韵胜",形成了淮海词后期凄凉其词、高尚其志的独特风貌。其后期词作在探讨宋代激烈残酷的党争对于一代知识分子心灵上的伤害方面具有无可替代的研究价值。

研究两宋党争与文学,石介绝对是一个特例。被推为"泰山第一高座"的石介,他的一生是充满戏剧性的、悲剧的一生。二十六岁考中进士跻身仕途之后,"言不谐俗,行思矫世。一时众口嫉善,谣诼其后,视之如寇仇,弃之如土梗,进不容其列于朝,退不容其息于野,生不容其达于时,死不容其安于土。虽以杜(衍)韩(琦)欧阳(修)诸君子力为推刬,而卒抑郁以终其身,何其甚也"(徐肇显《重刻徂徕先生集序》)。

我们认为,与其说石介是一个文学家、政治家,还不如说他是一个道学家更为恰切。在文学观念上,他主张文即是道,道即是文,开道学家论文之先河。在政治方面,他的主张、做法远非一个成熟的政治家所为,具有狂热的理想化色彩,与封建时代的政治家形成了鲜明的对照。相比较而言,作为政治家的范仲淹、韩琦较为冷静,石介则带有一种狂热冲动;范、韩注重实际,石介偏重理想。重现实者能权宜变通,重理想者显得迂执肤廓。所以当石介满怀热情与希望写出《庆历圣德颂》之后,"范(仲淹)拊股谓韩(琦)曰:为此怪鬼辈坏事也。韩曰:天下事不可如此,必坏。孙复闻之,亦曰:石守道祸始于此矣"。范仲淹对石介的评价,与对石介耿耿于怀的仁宗颇为一致,是令人深长思之的。田况《儒林公议》载曰:"石介为太子中允,国子监直讲,专以径直狂徼为务,人多畏其口。或有荐于上,谓介可为谏官者。上曰:'此人若为谏官,恐其碎首玉阶。'"

朱熹、叶适都是颇具政治家气度的思想家,他们在评价当朝治乱得失时,也不无感慨地指出:

救时莫如养力,辨道莫如平气。石介以其忿嫉不忍之意,发于偏宕太过之辞,激犹可与为善者之心,坚已陷于邪者之敌,莫不震动惊骇,群而攻之。

故回挽无毫发,而伤败积丘陵。哀哉!(叶适《习学记言序目》卷五〇《皇朝文鉴》四)

负天下之令名,非惟人情不堪,造物亦不吾堪尔。吾而以"贤"自处,孰肯以不肖自名?吾而以"夔契"自许,孰肯以大奸自辱?吾而以公正自褒,孰肯以邪曲自毁哉?如必过为别白,私自尊尚,则人而不仁,疾之已甚,攻乎异端,斯害也已,安得不重为君子之祸!(《范文正公集》附录《诸贤赞颂论疏》引朱熹语)

有鉴于石介之为人为事,苏轼在《议学校贡举书》中指出:"通经学古莫如孙复、石介,使孙复、石介尚在,则迂阔矫诞之士也,又可施之于政事之间乎?"

探索石介的人生遭遇,我们发现,尽管他一生志在天下,热衷政治,一往勇决,执意不回,但他的人生悲剧恰恰就在于当他自以为自己的所作所为都是为了国家社稷,有利于朋友们的改革措施,而其结果却是累人累己,导致新政失败,甚而当他政治上的伙伴都认为他的做法不合时宜。我们在心底为之惋叹。

时隔三十年,检视旧稿,选录了上述八篇以入文集,因其代表了当时个人的科研思考,所以这几篇文稿,除了个别字句的修订,一仍其旧,立此存照。其余诸篇,多为近三十年对于两宋党争与相关作家相关作品加以关注,探讨思考后撰写发表的文稿。又三十年过去,对于这个领域的思考和写作,岁月刻记了思绪的波痕,在对两宋党争与文学不断地深入了解中,对于相关问题加深了认知。

我们经历了揭示朋党纷争之惨烈到对于君子之交与君子之争的钦仰。研究两宋党争与文学,是由于两宋朋党之争不仅仅关乎国运之兴盛衰亡,更关乎士大夫宦途浮沉荣辱。朋党之祸甚为惨烈,欧阳修也曾在奏章中对政敌不择手段诬陷正贤者君子危害时政加以挞伐:

自古小人谗害,其识不远,欲广陷良善则指为朋党,欲动摇大臣则诬以专权。盖去一善人而众善人尚在,则未为小人之利;欲尽去之,则善人少过,唯指为朋党,则可尽逐。自古大臣被主知,蒙信任,则难以他事动摇,唯有专

权是上之所恶,方可倾之。夫正士在朝,群邪所忌,谋臣不用,敌国之福也。窃为陛下惜之。(明陈邦瞻《宋史纪事本末》)

王安石熙宁变法期间"屏异己者,数月之间,台谏一空"(《续资治通鉴》卷六十七),"老诚正士,废黜殆尽"(同上卷七十)。待神宗逝世,旧派将执政,朱光庭奏:"今日庙堂之上,司马光未出,唯有吕公著一人忠朴可倚,其余皆奸邪。"(同上卷九十七)于是梁焘论蔡确,密具确及王安石亲党姓名以进(确党四十七人,王安石亲党三十人)(同上卷八十一)。

哲宗亲政,元祐正臣,无一得免矣(同上),"贬司马光等,又藉文彦博以下三十人,将悉窜岭表"(同上),甚而要"发(司马)光、(吕)公著墓,斫棺暴尸"(同上),曾布言"去年施行,元祐之人多漏网者"。(章)惇曰:"三省已得旨,编类元祐以来臣僚章疏及申请文字,密院亦合编类。"(同上卷八十四)"自后缘诉理被祸者凡七八百人。"(同上卷八十五)"凡天下所谓贤者,一日之间,布满岭海,自有宋以来,未之闻也。"(龚夬语)(同上卷八十六)

到了徽宗朝,钦定元祐党人碑,由原定一百二十人,最后扩展为三百零九人,真正是要除"恶"务尽……

两宋党争之惨烈还表现在有关禁令之严苛。"岭外瘴魂多不返,冢中枯骨亦加刑。"庆历新政失败,夏竦因嫉恨石介而言石介诈死,欲剖棺验尸以辨真伪。绍圣间,张商英上书"论司马光、吕公著,至欲剖棺斫尸"(同上卷八十四)。章惇"在绍圣中置看详元祐诉理局,凡于先朝言语不顺者,加以钉足、剥皮、斩颈、拔舌之刑,其惨刻如此"(同上卷八十六)!

朝廷诏书明文规定:"苏洵、苏轼、苏辙、黄庭坚、张耒、晁补之、秦观、马涓文集,范祖禹《唐鉴》,范镇《东斋纪事》,刘攽《诗话》,僧文莹《湘山野录》等印版,悉行禁毁。"(同上卷八十八)"以元祐学术政事聚徒传授者,委监司举察,必罚无赦。"竟至于认为诗赋乃元祐学术,禁士大夫写诗作赋,违者杖一百。

种种禁令,洋洋大观。两宋党争之酷烈,远非汉唐时期可比。

研究两宋党争与文学,我们不能忽略党争对社会广泛而又深入的影响,其影响已涉及了社会生活的各个方面,诸如政治、经济、哲学、文学、科举等。由于政治混乱吏治腐败而产生的党争,反过来促使政治更加腐败。关于这一点,党争的双方无论是新党还是旧党,无论是"君子之党"还是"小人之党",其中的有识之士对朋党之祸有着共同的认识。

两宋政坛,由朋党之争最终酿成朋党之祸,政见纷争,缘起于君子,最终坏于小人。这期间固然有奸佞之翻云覆雨,阳谀阴诋,兴风作浪,也有所谓君子的推波助澜。于是,我们在研究两宋朋党之争的复杂性、残酷性、危害性的时候,宋代一些士大夫对于朋党之争的深刻认识引起我们的注意,特别是复杂激烈的朋党之争中,有识之士体现的君子之交与君子之争的政治素养,使我们在系统梳理之后,为之赞叹。

我们撰写了《君子之交与君子之争——欧阳修范碑之争探论》,欧阳修在其精心撰写的《范公碑》中彰显了"庆历党争"的党魁范仲淹、吕夷简曾因政见不同而产生派系之争,但在外敌犯边的情势之下,范仲淹、吕夷简展现了尽释前嫌、欣然相约、勠力国事的君子风范。然而事实真相却在其生前身后,直至今日,成为纷纭其说的一桩公案。历史资料证实,范仲淹、吕夷简确曾为国事而释私怨,现存范仲淹三通书信和吕夷简去世后范公所撰祭文可谓确证,朱熹、周必大之间的相关争议也昭示后世,特定历史时期的特定事件不仅展示了特定历史人物的胸襟风采,也蕴含着一个民族一个时代的道德精神。这对于当下国民精神的锻造和提升,无疑有着警醒启迪的现实意义。

检索相关文献资料,张邦基《墨庄漫录》记载其由欧阳修曾孙处听闻欧阳公撰写范仲淹碑铭一事的一段文字,曾经让我们再三寻味:

> 范公自言学道三十年,所得者平生无怨恶尔。公初以范希文事得罪于吕相,坐党人远贬三峡,流落累年。比吕公罢相,公始被进擢。及后为范公作神道碑,言西事,吕公擢用希文,盛称二人之贤,能释私憾而共力于国家。希文子纯仁大以为不然,刻石时辄削去此一节,云:"我父至死未尝解仇。"公亦叹曰:"我亦得罪于吕丞相者,惟其言公,所以信于后世也。吾尝闻范公自

言平生无怨恶于一人,兼其《与吕公解仇书》见在范集中。岂有父自言无怨恶于一人,而其子不使解仇于地下?父子之性相远如此。

正由于诸如范仲淹、范纯仁"父子之性相远如此"等种种原委,元祐年间的党争渐趋意气之争。

也正是从君子之交与君子之争这一抹亮色的角度,我们注意到寇准在政治纷争中的宽容大度:

> 及准贬未几,谓亦南窜,道雷州,准遣人以一蒸羊逆境上。谓欲见准,准拒绝之。闻家僮谋欲报仇者,乃杜门使纵博,毋得出,伺谓行远,乃罢。(《宋史·寇准传》)

我们更看到了司马光、苏轼在王安石病逝之后所展现的"元祐气度"。司马光在给吕公著的书信中表示,对于王安石"褒恤之典,不可不厚",并且考虑到"介甫文章节义过人处甚多,……不幸谢世,反复之徒必诋毁百端,……朝廷宜加厚礼,以振浮薄之风"。苏轼所撰《王安石赠太傅制》公正地评价了王安石,对他的事业、学术、文章表达了高度的理解与推崇,反映了苏轼秉心至公和阔大的胸襟。

我们还注意到嘉泰四年(1204),当权相韩侂胄出于种种目的,准备北伐时,陆游在《送辛幼安殿撰造朝》高倡:"深仇积愤在逆胡,不用追思灞亭夜。"希望力主抗金复国的仁人志士,摒弃个人恩怨,一致对外。陆游回顾本朝朋党之争,回首平生遭际,在民族大义和个人荣辱关系的认知上,达到了一个新的高度,他在《跋蔡忠怀〈送将归赋〉》中说:"熙宁、元祐所任大臣,盖有孟、杨之学,稷、契之忠,而朋党反因之以起,至不可复解,一家之祸福曲直,不足言也。"在《跋东坡谏疏草》中慨叹:"东坡自黄州归,见荆公于半山,剧谈累日不厌,至约卜邻以老焉。公论之不可掩如此。而绍圣诸人,乃遂其忮心,投之岭海必死之地,何哉?"对于祸及国运民生的朋党之争,陆游有自己的思考与愿景:

在昔祖宗时，风俗极粹美。人材兼南北，议论忘彼此。谁令各植党，更仆而迭起；中更夷狄祸，此风犹未已。臣不难负君，生者固卖死。傥筑太平基，请自厚俗始。(《岁暮感怀以余年谅无几休日怆已迫为韵》)

研究中国历代党争史，将宋代党争与其他朝代相比较，王桐龄先生认为：

中国前此之党祸，若汉之钩党，唐之牛李党；后此之党祸，若明之东林党、复社党，皆可谓之小人陷君子。惟宋之党祸不然，其性质复杂而极不分明，无智愚贤不肖，悉自投于蜩螗沸羹之中。一言以蔽之，曰士大夫以意气相竞而已。(王桐龄《中国历代党争史》第五章《北宋中叶以后新旧党之竞争》)

王桐龄先生或自有见，但揆诸史实，我们不同意王先生对宋代党争的定性。两宋党争中，固然有意气之争，有宵小横行之时，但也有君子之交与君子之争，他们在历史的特定时期，以天下至公而忘其私。探讨范仲淹、吕夷简、欧阳修、司马光、王安石、苏轼这些特定历史时期特定的历史人物所关涉的历史事件，我们发现，记载了关涉国家兴衰存亡从而应当永远铭记的历史事件的史志碑铭，同时也记载了一个时代乃至一个民族的精神和历史，它已不仅是个人生命旅程的记录展示，更可给予我们道德精神的启迪。在现实人生中，凡有人群的地方都有矛盾。制造矛盾，凡人皆有可能；但要化解矛盾，则需要胸怀和智慧。人皆可以为尧舜，庆历、元祐诸贤为国事而释憾，在政治生活中切实践行了"不以一心之戚，而忘天下之忧""不以毁誉累其心，不以宠辱更其守"的圣贤胸怀。两宋诸贤在君子之争中肝胆相照、心心相通的君子之交，永远值得钦慕和镜鉴。

我们尝试从两宋党争中君主作用探讨相关作家的君臣观。

赵宋王朝是由陈桥驿兵变取得政权的，宋王朝建立之后，有鉴于晚唐五代政权更迭，四海瓜分豆剖，"君失臣兮龙为鱼，权归臣兮鼠变虎"，采取系列措施，逐步加强完善了君主集权制,"一切权力归陛下"。所以在两宋党争中皇帝之好恶,其生杀予夺之权,对于党争发展趋势有举足轻重的作用。而宋人有鉴于皇帝左右党争对于朝政兴衰以及党争中士大夫命运的思考,对于我们深层理解两宋党争与文学,颇为重要。

早在太宗雍熙元年(984)六月,诏求知言,知睦州田锡上言曰:

> 时久升平,天下混一,故左取右奉,致陛下以功业自多。然临御九年,四方虽宁,而刑罚未甚措,水旱未甚调,陛下谓之太平,谁敢不谓之太平!陛下谓之至理,谁敢不谓之至理!(《宋史纪事本末·太宗致治》)

而在庆历党争之时,尹洙即明确指出皇上之好恶决定了党争的趋势和党人的命运:

> 昔之见用,此一臣也;今之见疏,亦此一臣也,其所称誉与营救一也。然或谓之公论,或谓之朋党。是则公论之与朋党,常系于上意,不系于忠邪也。(尹洙《论朋党疏》)

葛立方《韵语阳秋》卷八更有感于先朝和当朝君权的作用,感慨曰:"人君操生杀之权,志在使人无违于我,其何所不至哉!"

要深入探究这一问题,我们不妨先从皇帝的统治术谈起,韩非曾经说过:"人主之患,在于信人,信人则制于人。"(《韩非子·备内篇》)王安石在说动神宗推行政治上的变革时也说:"人主制法而不当制于法;欲尽逐元老,则人主当化俗而不当化于俗。"(《宋史·李光传》)宋代最高统治者驭下之术在此。

宋人的君臣观,我们在多篇文章中有所涉及,尤其对于苏轼的君臣观我们给予了特别的关注。

苏轼一生追求独立个性、独立精神。伴随其坎坷人生,其君臣观在其人生的不同阶段有较大的发展变化。在其入仕之前,憧憬"君使臣以礼,臣事君以忠"理想模式,入仕之后一直思考相对辩证的君臣关系。在仁宗朝和神宗熙、丰年间,以直言敢谏为忠;在仕途受挫时思考用舍行藏;主张君主以非常之恩待臣,臣子应报以非常之事,虽肝脑涂地在所不辞。及至再贬岭海,进一步思考"多情"与"无情"、"墙里"与"墙外"的关系,思考"君命"与"臣节"、"新恩"与"旧学"的关系,进而认为君命可能有治乱,臣子应该有从违。其君臣观达到了时代人生的高度。

探研东坡人生关键节点的贬谪生涯,使我们的目光聚焦在有关的谪辞和系列谢表上,时隔千年,在对一代文化巨人的贬谪生涯的审视中,我们不仅从相关谪辞谢表中触摸到特有时代的脉动,政坛时势的动荡起伏,政坛各色人物在政治的风口浪尖上的去就从违中所显示的人格人性;而且能从其精心结撰的谢表中,真切地感受到苏轼在不同时期被贬的心声心态,以及其直面贬谪苦难的风范。在作者的心声心画中,我们看到东坡对于神宗、哲宗的不同态度。词臣所撰谪辞,乃代君言;罪臣所撰谢表,是特定时间节点表达的对于朝廷对于君主相关举措的态度,可以说相关谪辞和谢表是君王和臣子较为直接的对话。所以,研究宋人的君臣观,对谢表与谪辞的解读是一个特殊的切入点。

我们看到了岳飞从抗金前线被十二道金牌追回,惨遭杀害的历史悲剧;也看到辛弃疾将朝廷金牌搁置,我行我素的勇毅。

研究两宋的党争与文学,历史的复杂性、人性的多面性让人深思。我们在尽量占有文献资料的基础上,对于具体的历史人物、历史事件进行判断和分析,力图避免简单地用新党、旧党,主战、主和,改革、保守去定性历史人物。

首先,研究两宋党争,宋代朝堂奸佞之奸,出乎我们的想象;权奸之恶达到的程度,出乎想象;两宋党争对于社会人性之负面影响超乎想象。人性之趋利避害,见利忘义,以一己之私利,而忘国家之大义者比比皆是。

探研两宋兴衰,北宋的蔡京与南宋的秦桧是值得特别关注的人物。就蔡京而言,神宗任用王安石推行变法,蔡京积极支持并参与王安石变法。哲宗元祐元年(1086),司马光任宰相,废止王安石新法,蔡京立即投靠司马光,在限期内恢复差役制,受到司马光赏识。《宋史·蔡京传》载:

司马光秉政,复差役法为期五日,同列病太迫,京独如约,悉改畿县雇役,无一违者。诣政事堂白光,光喜曰:"使人人奉法如君,何以可行之有!"

绍圣元年(1094),蔡京任户部尚书,朝政丕变,章惇掌握大权,于是召集文武官员商讨恢复雇役制,久议不决。蔡京便献策给章惇说:"取熙宁成法施行之,尔何以讲为?"于是,蔡京得到章惇赏识。

对于这样一个在新旧党争中左右逢源、唯利是图的权奸,其奸邪之性深入骨髓。及至蔡京大权在握,更是倒行逆施,祸乱天下。在章惇、蔡京等人治下,党同伐异为和衷共济之借口,王安石成了时弃时用的招牌。据《渑水燕谈录》记载:

荆国王文公,以多闻博学为世宗师。当世学者得出其门下者,自以为荣,一被称与,往往名重天下。公之治经,尤尚解字,末流务多新奇,浸成穿凿。朝廷患之,诏学者兼用旧传注,不专治新经,禁援《字解》。于是学者皆变所学,至有著书以诋公之学者,且讳称公门人。故芸叟为挽词云:"今日江湖从学者,人人讳道是门生。"传士林。及后诏公配享神庙,赠官并谥,俾学者复治新经,用《字解》。昔从学者,稍稍复称公门人。有无名子改芸叟词云:"人人却道是门生。"

《宋史·张嚣传》《挥麈后录》《朱子语类》均记载了蔡京的一则轶事:

福州张柔直,为蔡京家塾客。柔直以师道自居,待诸生甚严,异于他客,诸生已不能堪。一日,呼诸儿来前曰:"尔曹曾学走乎?"诸生曰:"某寻常闻先生长者之教,但令缓行。"柔直曰:"天下被尔翁做坏了!早晚贼发火起,首先当劫汝家。若能学得一走,缓急可以逃死。"诸生大惊,走告其父曰:"先生心恙。"云云。京闻之,矍然曰:"此非汝曹所知也!"即入书院,与之倾倒。

此则故事,读后使人脊背发凉,蔡京似乎早已意识到,朝政在其同党的治理之下,已是大厦将倾,江河日下,不可收拾,但依然怙恶不悛。1126年,蔡京死于贬谪途中,1129年,北宋迅即灭亡。

我们曾就《宋史·陆游传》所谓"明年试礼部,主司复置游前列,桧显黜之"之不可信,加以考索。撰写《陆游科考被秦桧"显黜"考》,发现"严密控制科举,网罗政治仆从"是秦桧"植党连群,推行屈膝投降政策的重要手段之一"。韩酉山所著《秦桧研究》曾列举绍兴十二年(1142)到绍兴二十四年(1154)五次科举的正副知贡举名单以说明这"五次贡举,每一次都是在他的严密控制下进行的"。五次贡举十五个主考、副主考中,程克俊、罗汝楫、何若、周执羔、巫伋、陈诚之、章厦、魏师逊、汤思退、郑仲熊都是秦桧的党羽。由此可见,秦桧对科举考试的控制,处心积虑。

而绍兴二十四年(1154)的科举考试,秦桧的安排更加周密。李心传《建炎以来系年要录》对此有极详细的记载:

> 三月辛酉,上御射殿,策该正奏名进士。先是秦桧奏以御史中丞魏师逊、权礼部侍郎直学士院汤思退、右正言郑仲熊同知贡举;吏部郎中权太常寺卿沈虚中、监察御史董德元、张士襄等为参详官。师逊等议以敷文阁待制秦埙为榜首。德元从誊录所取号而得之,喜曰:"吾曹可以富贵矣!"遂定为第一。榜未揭,虚中,遣吏逾墙而白秦熺。及廷试,桧奏以士襄为初考官,仲熊复考,思退编排,而师逊详定。虚中又密奏乞许有官人为第一。至是策问……于是师逊等定埙为首,张孝祥次之,曹冠次之。上读埙策,觉其所用皆桧熺语,遂进孝祥为第一,而埙为第三。……时桧之亲党周禽唱名第四,仲熊兄子右迪功郎时中第五。秦棣子右承务郎焯、杨存中子右承事郎倓并在甲乙科;而仲熊之兄缜、赵密之子承忠郎难、秦梓之子右承事郎焴、董德元之子克正、曹泳之兄子纬、桧之姻党登仕郎沈与杰皆中第,天下为之切齿。

当此之时,秦桧父子一揽朝廷大权,科考舞弊,近乎肆无忌惮。锁厅试已刻意安排考官,省殿试更是周密计划,所以陆游锁厅试虽有考官仗义执言,最终仍以末名选送,省、廷试之下第归乡,自是意料中的事情。陆游清楚地知道"秦丞相晚岁权尤重",以致达到其"所欲为者,无不可为;所不可致者,无不致也"。

历史上,大凡大奸大恶必有大才,并且其才可以济奸。我们不能因为嫌恶蔡京、秦桧之辈而忽略了他们的"智商"。

其次,研究两宋党争,我们习惯于称北宋党争为"庆历党争""新旧党争",南宋为"以和战为党争""庆元党禁"。实际上,以和战为党争,贯穿了北、南宋朋党之争。

宋人的恢复情结,在北宋为"收复幽燕",南渡后则为统一南北,恢复中原。于是,北南宋之对辽、金、西夏、蒙元,三百年间塞防兵燹,边地烽火,"和、战、守"之论伴随宋王朝的兴盛及至衰亡。北宋苏轼诸贤力倡富国强兵,和战在我,争取主动之论,至南宋初切合时势,王质、袁燮、李纲,明确为"和、战、守"三位一体说。合和、战、守三者为一,即以战为主,以守为战,以和备战。久经战阵的李纲论述得极为清楚明白:"和、战、守其本一事,能守而后可战,能战而后可和。不务战守,而惟和是务,必致误国。""夫守战一道也,能固守而后能进战,是守者进之基也。"

然而,两宋和战史再一次告诉我们,"世界上最远的距离是知道到做到的距离"。研究宋人之以和战为党争,我们极难以和战定是非。即以南宋张浚而论,在其生前身后,因其一生主战,颇得时誉。然其身后,因其"志大才疏,丧师辱国",也遭到尖锐的批评。苛责者甚且认为其屡战屡败,无功可言而罪不可恕,"无分毫之功,有丘山之过"(王鸣盛《蛾术编》)。

对于张浚的激烈批评,南宋朱熹已然有之,《朱子语类》卷一百三十一载其语曰:"张魏公才极短,虽大义极分明,而全不晓事。扶得东边,倒了西边;知得这里,忘了那里。"后人对于张浚的尖锐批评,并非出于党见之偏,而是有鉴于其军政之失。爱新觉罗·昭梿《啸亭杂录》谓:

世之訾张魏公者,皆谓其不度德量力,专主用兵,几误国事。殊不知其误不在佳兵黩武,反在过于持重之故。按宋、金强弱之不敌,夫人知之,魏公即勉力疆场,亲持桴鼓,尚未知胜负若何。今考其出师颠末,富平之败,魏公方在邠州;淮西之失,公方在行在;符离之溃,公方在泗州,皆去行间数百千余里,安得使士卒奋勇而能保其不败哉?

马贯对张浚主持军政之作为分析后认为,南渡中兴之误,秦桧主和当为要因,而张浚主战之失,亦为中兴之累:

宋高宗之不能中兴者,岂特坏于秦桧之主和?张浚之为将,有累中兴者多矣。张浚受宋重任,三命为将,三至败绩。盖以量狭果于自用,而不能听谏;智黯暗于兵机,而不善用材故也。……富平之役,李纲尚在,浚忌之而不能用;淮西之举,岳飞在营,浚恶之,听其归而不能留;符离之战,虞允文远在川、陕,浚虽闻其贤,而不能举以自副。然则宋高之不能中兴者,秦桧为之首,而张浚为之从也。(《万历野获编》补遗卷二)

所以宋人"以和战为党争",而我们不能仅仅以和战论是非。张浚其人无论如何,虽志大才疏,却"大义极分明",故其身后有截然不同的评价。而韩侂胄主政之"开禧北伐"为的是"主战以固宠",动机已自不纯;加之仓促出兵,"将相非人,无谋浪战",使得"封狼居胥"的美好愿望,最终"赢得仓皇北顾",丧师辱国,使得江河日下的宋王朝,再无复兴之望。程珌《丙子轮对札子》痛陈此战之后果为:"一出涂地,不可收拾。百年教养之兵一日而溃,百年葺治之器一日而散,百年公私之盖藏一日而空,百年中原之人心一日而失。"

而在统一南北、抗金复国愿望驱使之下,捐弃前嫌与之合作的辛弃疾、陆游诸人受其牵连,反而有了所谓"晚节之争"。

检视两宋以和战为党争,由于战略误判而导致国破家亡,贻讥后世者,最是北宋末联女真以灭辽,南宋末联蒙古以灭金,旋以自灭,"如此江山坐付人",令人浩叹!王夫之《宋论》如是说:"会女真以灭契丹,会蒙古以灭女真,旋以自灭,若合符券。通古今天下未有不笑之者!"

伴随着宋王朝沉重衰落步伐的是政坛生态、社会生态的持续恶化。《宋史·黄震传》载其在度宗初，"言当时之大弊：曰民穷，曰财匮，曰兵弱，曰士大夫无耻"。《宋史翼·方逢辰传》载其宝祐三年（1255）上书言曰："为天下者，使我有以自保可也，不可以邻国之存亡为安危，不可以邻国之缓急为喜惧。以邻国之存亡为安危，其病在依；以邻国之缓急为喜惧，其病在制。"朝政变幻，以至于"边方帅臣，黄金不行于反间，而以探刺朝廷；厚赐不优予士卒，而以交通势要。以致赏罚颠倒，威令慢亵。罪贬者拒命而不行，弃城者巧计以求免，提援兵者，召乱而肆掠，当重任者怙势而夺攘。下至禁旅，骄悍难制，监军群聚相剽劫"（《宋史·杜范传》）。

王夫之《宋论》卷四论两宋"朋党之兴，始于君子，而终不胜于小人，害乃及于宗社生民，不亡而不息"。然具体而论，君子小人之争，和、战、守之辩，当就具体人物、具体时间做具体考察，不能一概而论。我们撰写了《苏轼元祐时期军事思想研究》《稼轩、放翁军事思想散论》，以见微知著，略窥一斑。

由于两宋党争起始早，时间长，激烈复杂，关乎国运民生，所以宋人高度关注，以不同方式介入，文人士大夫宦海浮沉，仕宦荣辱，心态心语多行之于诗文歌赋，于是"党争与文学"从多角度、多层次呈现出一个时代诸多政治派别、诸多政治家、思想家、军事家、文学家的缩影和侧影，后世学者也从不同角度予以研究分析，近几十年成为研究宋史、宋代文学的热点之一。我们借鉴前贤今哲的研究成果，撰写了系列文章，学海蠡测，浅拙之处，热望识者多加匡正。

在《两宋党争与文学研究论稿》即将付梓之时，回想几十年对于两宋党争与文学论题的关注，回想三十年来开设相关本科生、研究生选修课与同学们教学相长，回想几十年来与师长、同道坐而论道，时有教益。有感于苏轼晚年《独觉》诗云"回首向来萧瑟处，也无风雨也无晴"，此时个人心中既无萧瑟，也无风雨，唯有感念。借用易安居士之句式，可谓："怎一个谢字了得！"感谢兰大社科处、教务处、文学院！感谢在书稿撰写编辑过程中与出版社联系、打印、校对、查检资料付出辛劳的李博同学！感谢甘肃文化出版社郎军涛、周乾隆两位社长对于本书选题的认可和期许！感谢李浩强编辑为本书出版付出的心血！

目　录

两宋党争起因散论 ……………………………………………………… 1

两宋党争特色概论 ……………………………………………………… 16

两宋党争对宋诗创作的影响 …………………………………………… 55

一生怀抱百忧中
　　——石介人生悲剧散论 …………………………………………… 65

"和莺吹折数枝花"考识 ……………………………………………… 79

其奥妙在醒醉之间
　　——欧阳修贬滁心态散论 ………………………………………… 90

自以欧梅比韩孟
　　——韩孟、欧梅并称之文化内涵探论 …………………………… 102

君子之交与君子之争
　　——欧阳修范碑之争探论 ………………………………………… 111

苏轼对"穷而后工"说的承继和拓展 ………………………………… 127

苏轼君臣观探论 ………………………………………………………… 142

问汝平生功业，黄州惠州儋州
　　——苏轼被贬谪辞谢表探论 ……………………………………… 173

近世文人，私所敬慕者，一人而已
　　——苏轼对陆贽的尊崇与超越 …………………………………… 203

实用人才即至公
　　——黄庭坚在党争中的人才观略论 ············228

扑朔迷离　意在言外
　　——秦观《鹊桥仙》词心解 ············233

凄凉其词　高尚其志
　　——秦观后期词探论 ············238

诗外功夫百炼成
　　——陆游与南郑 ············253

陆游科考被秦桧"黜黜"考 ············269

稼轩、放翁军事思想散论 ············280

幽默诙谐　情趣盎然
　　——稼轩俳谐词散论 ············292

正直相扶无依傍　撑持天地与人看
　　——稼轩与党争散论 ············305

一生不负溪山债　半世功名化自嘲
　　——稼轩《夜游宫》词探论 ············311

我欲因之梦寥廓
　　——稼轩《木兰花慢》别解 ············322

"闲愁最苦"
　　——稼轩心态探论之一 ············332

两宋杂剧与两宋党争散论 ············347

参考文献 ············363

两宋党争起因散论

近年来,一些探讨两宋党争起因的文章多从宋代冗官之弊、隳颓的国势、动荡的政局等方面对之进行探讨,极少有文论及宋代皇权与朋党之争的关系。本文拟继续对学术文章分门立派对党争形成的作用以及以地方主义为特色的分帮结派对朝政的影响进行探讨,以就正于方家。

一

历来研讨两宋党争者,很少有人专门论及皇帝在党争中的作用,更无人从党争起因方面去探讨。仅仅认为"皇权对朋党双方的依违向背给宋代政治留下了无穷的遗患"是远远不够的。因为宋人已认为皇上之好恶乃党争起因之一:

> 庆元初,召为将作监,进太府寺丞。言吕祖俭不当以上书贬。又言于御史,朱熹大儒,不可以伪学目之。又言朋党之敝,起于人主好恶之偏。坐是不合,出知漳州,以律己爱民为本。①

早在庆历党争之时,即有大臣指出:

> 昔之见用,此一臣也;今之见疏,亦此一臣也,其所称誉与营救一也。然

---

① [元]脱脱等撰:《宋史》,北京:中华书局,2013年,第12441页。

或谓之公论,或谓之朋党。是则公论之与朋党,常系于上意,不系于忠邪。①

再往前追溯,太宗雍熙元年(984)六月,诏求知言,知睦州田锡上言曰:

> 时久升平,天下混一,故左取右奉,致陛下以功业自多。然临御九年,四方虽宁,而刑罚未甚措,水旱未甚调,陛下谓之太平,谁敢不谓之太平!陛下谓之至理,谁敢不谓之至理!②

葛立方《韵语阳秋》卷八更有感于先朝和当朝君权的作用,感慨曰:

> 人君操生杀之权,志在使人无违于我,其何所不至哉!③

我们无须再过多征引有关典籍中的史实资料,因为无论古人还是今人都明白,在那"普天之下,莫非王土;率土之滨,莫非王臣"的极端封建专制的时代,皇帝会在当代政治中起到什么作用。

要深入探究这一问题,我们不妨先从皇帝的统治术谈起,从研究帝王之术的《韩非子》谈起。可能人们会说,宋代思想界是儒释道三教并用,以儒为主,法家的韩非似乎并无太大的影响。而我们认为,自《韩非子》问世之后,历代的统治者大都表面讳言之,但暗地切实实行之,宋代的统治者亦是如此。韩非曾经说过:"人主之患,在于信人,信人则制于人。"(《韩非子·备内篇》)王安石在说服神宗推行政治上的变革时也说:"人主制法而不当制于法;欲尽逐元老,则谓人主当化俗而不当化于俗。"④宋代最高统治者驭下之术在此。

宋代的帝王外儒而阴法,猜防之心最甚。党争之起,诗、文祸之起,大多起于

---

① 曾枣庄、刘琳主编:《全宋文》第十四册,成都:巴蜀书社,1991年,第247页。
② [明]陈邦瞻著:《宋史纪事本末》,北京:中华书局,1977年,第115页。
③ [宋]葛立方著:《韵语阳秋》,上海:上海古籍出版社,1984年,第104页。
④ [元]脱脱等撰:《宋史》,北京:中华书局,2013年,第11336页。

猜忌。在最高统治者猜防之心驱使下，朝廷采取了一系列加强中央集权的措施。"杯酒释兵权"消除了藩镇拥兵自重之患，设立更戍法，使士兵奔走于道途，造成兵无常将，将无常兵，兵不知将，将不知兵，"务弱其兵、弱其将以弱其民，传诸后昆，以为成法，士民习之，而巽懦无勇，遂为有宋一代之风气"①。甚至在南宋初，南宋小朝廷刚刚站稳脚跟，宋高宗和秦桧又重演了一次收兵权的闹剧，杀了岳飞，士气一蹶不振。王夫之《宋论》对之感叹道：

> 宋之猜防其臣也，甚矣！鉴陈桥之已事，惩五代之前车，有功者必抑，有权者必夺。即至高宗，微弱已极，犹畏其臣之强盛，横加侵削。②

君王猜忌，将帅少有建功于外者，甚而因害怕犯忌而放弃战机：

> 曹彬潘美伐太原将下，曹麾兵少却，潘力争进兵，曹终不许。既归至京，潘询曹何故退兵不进。曹徐语曰："上尝亲征不能下，下之，则我辈速死。"既入对，太祖诘之，曹曰："陛下神武圣智，且不能下，臣等安能必取？"帝领之而已。③

金兀术南侵，被岳飞败于朱仙镇，想放弃所略之地遁逃。有书生叩马劝阻道："太子毋走，岳少保且退矣。自古未有权臣在内，而大将能立功于外者。"虽书生叛国媚敌，但对高宗猜防之心还是看得甚为透彻。不久，岳飞被召回，冤死风波亭。王夫之《宋论》认为高宗之忌岳飞诸帅在于"三军之归向已深，万姓之凭依已审，士大夫之歌咏已喧，河北之企望已至，高宗之忌之也始甚"，以至于不杀岳飞难去心病。在宋代以和战为党争的进程中，君王是操有生杀予夺之权的，所以宋人王迈《读渡江诸将传》曰："读到诸贤传，令人泪洒衣。功高成怨府，权盛是

---

① 梁启超著：《王安石传》，天津：百花文艺出版社，2018年，第16页。
② [明]王夫之著：《宋论》，《船山全书》第十一册，长沙：岳麓书社，1996年，第250页。
③ [宋]王銍著：《随手杂录》，《历代小说笔记选》宋第一册，上海：上海书店，1983年，第83页。

危机。"①

为了避免大臣擅权,大权旁落,统治者采取了分化事权的措施:中书理民,枢密主兵,三司理财。甚而在地方长官的设置上,也采用了知州、通判互相监督、牵制的措施。"国朝自下湖南,始置诸州通判,既非副贰,又非属官。故常与知州争权,每云:'我是监郡,朝廷使我监汝。'举动为其所制。"②针对朝廷猜防将相,田锡曾批评道:"宰相若贤,当信而用之;非贤,当择而任之。奈何置之为具臣而疑之若众人也!"③

人们往往说功成名遂,而在宋代政治生活中却是功成谤随,名高毁至。宋代被诬为朋党而被贬逐的大臣,大多是得人心的贤臣。而在宋代这个特殊的封建专制时期,最忌讳的即功高震主:功盖天下者不赏,声名震主者身危。大将狄青因战功卓著,得将士之心,连欧阳修也认为其不宜居高位,君臣两全之道就是狄青的逊退。李纲之贬,也是朝廷主和,范宗尹言其"有震主之威,不可以相"。

综观两宋党争史,党争的关键时刻、转折时期,皇帝都起着决定性的作用。在丁谓、寇准之争中,丁谓之所以能售其奸,寇准之所以被诬为朋党,原因在于皇帝信任丁谓而不喜寇准的刚褊;在"范(仲淹)、吕(夷简)之争"中,范仲淹们的失败,在于皇上信任倚重吕夷简,"夷简当国柄最久,虽数为言者所诋,帝眷倚不衰";"庆历新政"的失败是由于仁宗忌讳范仲淹等结为朋党,以危社稷;王安石变法,是由于"上(神宗)与介甫如一人",倚信王安石诸人;神宗去世,旧党马上掌权,这不是什么君子之党对小人之党的胜利,而是掌握朝政的是高太后,高太后倚信司马光等人;而太后一死,哲宗亲政,由于哲宗对旧党久有成见,政局马上发生了变化;……谈到南宋朝廷中的以和战为党争,人们往往为秦桧窃弄威福,主持和议,贬逐杀害岳飞等爱国将领而形于辞色。而实际上是高宗主持、左右了一切。高宗绍兴二十年(1150)诏曰:

---

① 陶文鹏主编:《宋诗精华》,桂林:广西师范大学出版社,1996年,第826页。
② [宋]欧阳修著,李逸安点校:《欧阳修全集》,北京:中华书局,2001年,第1937页。
③ [明]陈邦瞻著:《宋史纪事本末》,北京:中华书局,1977年,第115—116页。

朕惟偃兵息民，帝王之盛德；讲信修睦，古今之大利。是以断自朕志，决讲和之策。故相秦桧，但能赞朕而已，岂以其存亡，而有渝定议耶！近者无知之辈，遂以为尽出于桧，不知悉由朕衷。①

《宋史·何铸传》亦载：

大将岳飞有战功，金人所深忌，桧恶其异己，欲除之，胁飞故将王贵上变，逮飞系大理狱，先命铸鞫之。铸引飞至庭，诘其反状。飞袒而示之背，背有旧涅"尽忠报国"四大字，深入肤理。既而阅实俱无验，铸察其冤，白之桧。桧不悦曰："此上意也。"②

所以考查两宋党争之起因，决不能忽略皇帝的作用。关于这一点，宋人和后世文人曾进行过一些思考。文徵明著名的《满江红》词曾一针见血地指出高宗苟安江左，信任秦桧，杀害岳飞：

岂不念，封疆蹙！岂不念，徽、钦辱！念徽钦既返，此身何属？千载休谈南渡错，当时自怕中原复。笑区区、一桧亦何能，逢其欲。③

在宋代诗坛上，较为激切地言及君臣关系、皇帝与朝中朋党之争的关系的是苏舜钦。在"进奏院事件"中，他与同僚们被政敌"一网打尽"，俱遭贬逐。此后同僚相继起复，而他却潦倒终生。所以他在《哭师鲁》一诗中，念及挚友尹洙、尹源一生，屡遭坎坷，自己忠于国家，天涯花落，激愤地呼出了"又疑天憎善，专与恶报

---

① [清]毕沅编著：《续资治通鉴》，北京：中华书局，1957年，第3471页。
② [元]脱脱等撰：《宋史》，北京：中华书局，2013年，第11708页。
③ 钟振振主编：《金元明清词鉴赏辞典》，北京：商务印书馆，2019年，第672页。

仇!"这石破天惊的诗句。苏轼一生为执着追求崇高的政治理想而半生漂泊,他也吟出了"多情却被无情恼"(《蝶恋花》)的词句。宋室南渡,汪伯彦、黄潜善、秦桧相继被重用,宗泽、李纲、岳飞则相继被猜忌,被贬逐,被杀害。当胡铨因忤秦桧被贬,著名词人张元幹在其词作中激愤难抑地高吟"天难问,何妨袖手,且作闲人!"(《陇头泉》)、"天意从来高难问,况人情、老易悲难诉!"(《贺新郎·送胡邦衡待制谪新州》)。宋代的文士们在其诗文词中都不同程度地思考过这个问题。

所以,无论是揆诸史学,还是考之于宋人的文学作品,我们都可以得出这样的结论:在两宋激烈复杂的党争中,君主始终左右着党争的进程,决定着朝中每个派别的升降浮沉,决定着朝中每个臣子的命运。

二

研究两宋党争的起因,还不应忽略文人相轻、门户之见这个诱因。虽说"文人相轻,自古而然"(曹丕《典论·论文》),但考数千年之文化史,像宋代以学术文章而分派别,成为朋党之争原因之一的还极为少见。宋代以学术文章而分派别,是在欧阳修之后。程颢说:

> 今之学者歧而为三,能文者谓之文士,谈经者泥为讲师,惟知道者乃儒学也。①

又说:

> 古之学者一,今之学者三,异端不与焉。一曰文章之学,二曰训诂之学,三曰儒者之学。欲趋道,舍儒者之学不可。②

稍后的陈善亦谓:

---

① [宋]朱熹编:《河南程氏遗书》,上海:商务印书馆,1935年,第103页。
② [宋]朱熹编:《河南程氏遗书》,上海:商务印书馆,1935年,第208页。

唐文章三变,本朝文章亦三变矣。荆公以经术,东坡以议论,程氏以性理。三者要各立门户,不相蹈袭。然其末流,皆不免有弊。虽一时举行之过,其实亦事势有激而然也。至今学文之家,又皆逐影吠声,未尝有公论,……①

综上所述,宋人文章学术分三派。一为以王安石为代表的经术训诂之学,二为以苏轼为首的文士议论一派,三是以洛阳二程为代表的性理之学。三派各立门户,互有攻讦。

王安石重经术,不喜苏氏之学。据叶梦得《避暑录话》载:

苏明允本好言兵,见元昊叛,西方用事久无功,天下事有当改作,因挟其所著书,嘉祐初来京师,一时推其文章。王荆公为知制诰,方谈经术,独不喜之,屡诋于众,以故明允恶荆公甚于仇雠。②

三苏嘉祐间名盛一时,苏轼、苏辙同中制科,仁宗大喜,以为为子孙得二宰相之才,王安石却大不以为然。《邵氏闻见后录》载:

东坡中制科,王荆公问吕申公:"见苏轼制策否?"申公称之。荆公曰:"全类战国文章,若安石为考官,必黜之。"故荆公后修《英宗实录》,谓苏明允有战国纵横之学云。③

苏辙中制科下等,被任命为商州军事推官,但王安石身为知制诰,却不肯撰词。在新旧党争尚未开始之时,苏王二家交恶已到了近乎白热化的程度。后来

---

① [宋]陈善著:《扪虱新话》,上海:上海书店,1990年,第57页。
② [宋]叶梦得著:《避暑录话》,《全宋笔记》第二编第十册,郑州:大象出版社,2006年,第246—247页。
③ [宋]邵博著:《邵氏闻见后录》,《全宋笔记》第四编第六册,郑州:大象出版社,2008年,第101页。

苏轼在新旧党争中屡遭贬逐,政见不同固然为主要原因,学术观念相左也是一个不容忽略的要素。据《宋元通鉴》载:叶祖洽应举,"所对策专投合用事者,言'祖宗多因循苟简之政,陛下即位,革而新之。'考官宋敏求、苏轼欲黜之,吕惠卿擢为第一。苏轼谓:'祖洽诋祖宗以媚时君,而魁多士,何以正风化?'乃拟《答进士策》献之。上以示安石。安石言:'轼才亦高,但所学不正,又以不得逞之,故其言跌荡至此。'数请诎之"。

有关资料记载,苏轼对王安石的经术训诂之学也时加嘲讽,有时搞得王安石十分不快:

> 荆公论扬子云投阁事:"此史臣之妄耳,岂有扬子云而投阁者。又《剧秦美新》亦后人诬子云耳,子云岂肯作此文!"他日见东坡,遂论及此。东坡云:"某亦疑一事。"荆公曰:"疑何事?"东坡曰:"西汉果有扬子云否?"闻者皆大笑。①

岳珂《桯史》认为:

> 王荆公在熙宁中,作《字说》,行之天下。东坡在馆,一日因见而及之曰:"丞相赜微窅穷,制作某不敢知;独恐每每牵附,学者承风,有不胜其凿者。姑以犇、麤二字言之。牛之体壮于鹿,鹿之行速于牛,今积三为字,而其义皆反之,何也?"荆公无以答,迨不为变。党伐之论,于是浸阋。黄冈之贬,盖不特坐诗祸也。②

洛阳二程与王安石政见不同、学术派别不同。程颢反对新法,"数月之间,章数十上"(程颐《明道先生行状》),攻击新法为"异端""邪说"。但二程不见用于神

---

① [宋]施德操著:《北窗炙輠录》,文渊阁四库全书。
② [宋]岳珂著,吴敏霞校注:《桯史》,西安:三秦出版社,2004年,第34页。

宗,哲宗也厌倦他们,苏轼与之龃龉,则在于这自称为儒家正统学派的迂腐。程颢,"每进见,必为神宗陈君道以至诚仁爱为本,未尝及功利。神宗始疑其迂,而礼貌不衰。尝极陈治道,神宗曰:'此尧、舜之事,朕何敢当?'先生愀然曰:'陛下此言,非天下之福也。'"①(程颐《明道先生行状》)程颢如此,人已疑其迂,程颐更甚于乃兄。

元祐元年(1086),程颐除秘书省校书郎,授崇政殿说书。他每次给皇帝进讲,神色庄重,常借小事进行讽谏。他听说皇帝在宫中洗盥而避免伤害蚂蚁,便问道:"有是乎?"回答曰:"然,诚恐伤之尔。"他借以发挥道:"推此心以及四海,帝王之要道也。"(《宋史·本传》)用心固然不错,但迂而不化则是显然的。所以他的迂腐常常引起人们的反感:

> 刘元城器之言,哲宗皇帝尝因春日经筵讲罢,移坐一小轩中赐茶,自起折一枝柳。程颐为说书,遽起谏曰:"方春万物生荣,不可无故摧折。"哲宗色不平,因掷弃之。温公闻之不乐,谓门人曰:"使人主不欲亲近儒生者,正为此等人也。"叹息久之。②

后来哲宗亲政,旧党相继被贬。哲宗对程颐这位老师不仅毫无怜惜之意,反而对其在元祐中的妄自尊大耿耿于怀:

> 帝一日与辅臣语及元祐政事,曰:"程颐妄自尊大,在经筵多不逊。"于是言者论颐与司马光同恶相济,遂削籍窜涪州。③

学术文章派别不同,为人处世、生活态度的极大差异,再加政治上的因素,以

---

① 曾枣庄、刘琳主编:《全宋文》第八十册,上海:上海辞书出版社;合肥:安徽教育出版社,2006年,第342页。
② [宋]沈作喆著:《寓简》,《全宋笔记》第四编第五册,郑州:大象出版社,2008年,第46页。
③ [明]陈邦瞻著:《宋史纪事本末》,北京:中华书局,2018年,第452页。

苏轼为首的蜀党与以二程为首的洛党势同水火。这种门户之见与政治上的见解不同纠结在一起，不仅成为党争的原因之一，而且影响到了对文学创作的评价。刘挚为朔党党魁之一，"挚教子弟，先行实而后文艺，每曰：'士当以器识为先，一号为文人，无足观矣'"①。宋陈鹄《耆旧续闻》卷八尝载："前辈谓伊川尝见秦少游词'天还知道，和天也瘦'之句，乃曰：'高高在上，岂可以此渎上帝？'"②如此论文学创作，若非出于卫道的动机，即是由于门户之偏见。

这种门户之见在王安石、苏轼、二程之后，在宋王朝各个时期程度不同地存在。"能师不以为私惠，弟子不以为私恩。今则不然，教者惟以我说为然，学者惟以师说为是。故皆卒至于蔽溺不通，而遂至于大坏也。"检阅"庆元党禁"的有关史料，细味时人对道学深恶痛绝的论述及有关人士的辩解，我们可以发现，门户之见与两宋党争有千丝万缕的关联。

"盖门户分而朋党起，朋党盛而公论淆。鏐轕纷纭，是非蜂起，其相轧也久矣。"③纪昀这番极有见地的话语，对于我们认识因学术文章分门立派与宋代朋党之争的关系应是有启发的。

三

研究两宋朋党之争的起因，南宋时期陆游的《论选用西北士大夫札子》与杨万里《上殿第一札子》是两篇值得我们特别予以注意的文章。与欧阳修的《朋党论》和苏轼的《续朋党论》不同，陆游、杨万里所论乃是以地方主义为中心的朝中派别的形成以及危害。陆游说：

> 臣伏闻天圣以前，选用人才，多取北人，寇准持之尤力，故南方士大夫沉抑者多。仁宗皇帝照知其弊，公听并观，兼收博采，无南北之异，于是范仲淹

---

① [清]毕沅编著：《续资治通鉴》，北京：中华书局，1957年，第2171页。
② [宋]陈鹄著：《耆旧续闻》，《全宋笔记》第六编第五册，郑州：大象出版社，2013年，第95页。
③ [清]纪昀著，吴敢、韦如之校点：《阅微草堂笔记》，杭州：浙江古籍出版社，1998年，第332页。

起于吴,欧阳修起于楚,蔡襄起于闽,杜衍起于会稽,余靖起于岭南,皆为一时名臣,号称圣宋得人之盛。及绍圣、崇宁间,取南人更多,而北方士大夫复有沉抑之叹。陈瓘独见其弊,昌言于朝曰:"重南轻北,分裂有萌。"呜呼!瓘之言,天下之至言也!臣伏睹方今虽中原未复,然往者衣冠南渡,盖亦众矣。其间岂无抱才术、蕴器识者?而班列之间,北人鲜少,甚非示天下以广之道也。欲望圣慈命大臣近臣各举赵、魏、齐、鲁、秦、晋之遗才,以渐试用,拔其尤者而任之。庶上遵仁祖用人之法,下慰遗民思旧之心。其于国家,必将有赖。①

陆游虽是针对南宋朝廷用人之弊,从有利于笼络北方人心,复中原河山而发此宏论,但却道出了宋代党争的客观原因,即在北宋中叶之后,宋代统治阶级内部存在南北两个集团间为争夺政治地位而排斥异己的斗争。

从有关资料看,宋代南北两大集团的斗争,贯穿了两宋历史的全过程。宋太祖起自中原,是由于北方地主阶级对他的拥护。因此,即位以后,任用的将相几乎都是北方人。如石守信是开封人,王审琦是辽西人,高怀德河北真定人,张令铎棣州人,韩令坤磁州人,慕容延钊太原人,赵普幽州人……且遗诫子孙:不可用南人。

直至真宗先后用王钦若(临江人)、丁谓(苏州人)作相,才打破了"南人"不作相的传统。而恰在此时出现了以寇准(华州人)、王旦(大名人)和王钦若、丁谓在朝政上的纷争。

在此一时期的政要之中,寇准在朝廷用人方面地方主义特色表现得最为鲜明。他反对让南方人参与政权。晏殊(抚州人)应中进士,他曾极力反对,认为"殊江外人"②,因皇帝坚持而未果;萧贯(临江人)当中状元,他又力加攻击,认为"南方下国不宜冠多士"。最后他的主张被采纳,曾夸示同僚:"又与中原夺得一

---

① [宋]陆游著,涂小马校注:《陆游全集校注》九,杭州:浙江教育出版社,2011年,第79页。
② [元]脱脱等撰:《宋史》,北京:中华书局,2013年,第10195页。

状元。"

在"澶渊之盟"前后,寇准与王钦若之间的斗争是很激烈的。和寇准同时的王旦,曾极力反对王钦若作相,多次推举寇准。王钦若在作宰相后曾对人言:"为王子明(旦)故使我作相晚却十年!"及至丁谓作宰相,则对北方集团实行打击,寇准、李迪(濮州人)相继被贬,并且被指为朋党,牵连在内的士大夫甚众,拉开了北宋党争的序幕。

仁宗时的"范吕党争",对立双方的领袖人物分别是范仲淹(苏州人)和吕夷简(寿州人)。寿州地与中原相近,吕夷简是代表北方地主阶级利益的。范仲淹是晏殊一手提拔的,站在他一边的余靖(韶州人)、欧阳修(吉州人)、蔡襄(兴化人)、杜衍、苏舜钦等大都是南方集团的人物。这次党争除了政见分歧之外,明显带有北方士大夫联合起来打击南方士大夫的意图。通过废后、建都、变法等争端,范仲淹们数度被指为朋党,最后以失败告终。

在英宗时还发生过一次司马光、欧阳修为贡院逐路取士而起的争议。这一争议充分暴露了南北两大集团争取参政权的实质。

由于南方士人在进士考试中逐渐取得优势,北方士大夫便极力主张分区取士制,以增加北方进士名额,扩大北方士人参政的机会。南方士大夫则力图保持现状。认为"东南之俗好文,故进士多而经学少;西北之人尚质,故进士少而经学多",并且"今东南州军,进士取解二三千处只解二三十人,是百人取一人……西北州军取解至多处不过百人,而所解至十余人,是十人取一"①。斗争的结果,到哲宗时终于实行南北分卷制度,特许齐、鲁、河朔等五路北人别考,使南北两个大区取士人数基本能得到均衡。

王安石变法之时,以王安石为首的"新党"大都属南方人。如吕惠卿(泉州人)、章惇(建州人)、曾布(建昌人)、陈升之(建州人)……反对派的"旧党"大都属北方人。如司马光、吕海、韩琦(相州人)、富弼(河南人)、文彦博(汾州人)、二程(洛阳人)、吕公著(寿州人)……

---

① [元]马端临著:《文献通考》,元泰定元年(1324)西湖书院刻本卷三十二。

"新旧党争"之起因非一,但南北方之争无疑是其中原因之一。再证之以"旧党"攻击"新党"的理由,更足以说明这一事实。如司马光对宋神宗说:"闽人狡险、楚人轻易,今二相皆闽人,二参政皆楚人,必将援引乡党之士,充塞朝廷,风俗何以更得淳厚?"①司马光又说:"臣与安石南北异乡,取舍异道。"②刘挚也对神宗说:"臣东北人,少孤独学,不识安石也。"③

如果说神宗时是南方集团得势,那么哲宗元祐时则是北方地主阶级得势。高太后起用司马光为相,罢斥新法。王岩叟(大名人)入对极言蔡确等均是南人,恐对国家有害的道理。一时吕公著、文彦博、刘挚等北人均被任用。不久"旧党"又分裂成洛、蜀、朔三派,更暴露出地主阶级内部地方集团间的利益矛盾。时人有谣谚曰:"闽蜀同风,腹中有虫。"针对的是福建人(吕惠卿等)和四川人(二苏)。哲宗亲政,恢复新法,多任用南方人。崇宁之后,蔡京(兴化人)擅权,把司马光等列为"奸党"。所用官僚,也多半属南方人,常安民曾弹劾蔡京说:"今在朝大臣,京党过半。"陈瓘也批评说:"重南轻北,分裂有萌。"

从历史的实际发展看,自北宋中叶之后,南方地主阶级知识分子,大量被吸收参与政权;北宋末,南方地主集团的政治地位已日趋巩固,占有压倒性的优势。

南宋建立,南方地主集团取得决定性地位。当时公卿士大夫,多半是东南各省和四川人。这固然与宋政权政治经济中心南移有关,但就在高宗即位之初,南方人也多占据显要官职。如黄潜善(邵武人)、汪伯彦(祁门人)、李纲(邵武人)、宗泽(婺州人)、范宗尹(襄阳人)、叶梦得(苏州人)、许景衡(温州人)、李光(越州人)……为了个人利益,黄潜善、汪伯彦极力主张把京城迁到南方。当然这种情况在北宋契丹入寇时也曾出现过。王钦若是江南人,主张迁都金陵,陈尧叟是四川人,力主迁都成都。但由于以寇准为首的北方集团的反对,他们的主张没有实现。而宋室南渡之初,由于南人在政治上确立了优势,汪、黄倡议于上,官僚士

---

① [明]陈邦瞻著:《宋史纪事本末》,北京:中华书局,2018年,第333页。
② [宋]赵汝愚编:《宋朝诸臣奏议》,上海:上海古籍出版社,1999年,第1255页。
③ [明]陈邦瞻著:《宋史纪事本末》,北京:中华书局,2018年,第350页。

大夫群和于下,再加上高宗本人企图保持其封建统治地位,不愿钦宗南归……于是宋王朝偏安江左。从此之后,北方士大夫"复有屈抑之叹"。辛弃疾是南宋大臣中"归正人"中官位最高的一位,但时时有被猜疑、诬陷之虞。

总之,南北宋之时,南北士大夫集团之间的成见是很深的,有南北相轻的习气。寇准讥诮南方为"下国"而厌恶南人的轻巧。王旦也认为江浙人难得"干吏"。真宗时有人建议巡检不用南人,以为南人怯懦不称职。司马光也瞧不起南方,邵伯温更是对南人深恶痛绝,在其所撰的《邵氏闻见录》中对王安石大肆攻击。说赵太祖曾立石碑在禁中,上有家法"后世子孙不许南士作相"。又说其父邵雍在天津桥上听到杜鹃叫,便预知:"不二年,上用南士为相,多引南人,专务变更,天下自此多事矣。"①但另一方面,南人对北人也没有好感,晏殊就讥讽北方饮食粗陋,说北方住室好像鸟巢;沈括也讥陕人不识螃蟹,以为北方食物不堪咀嚼。南北互相轻薄,揆诸历史,所来有自,延至金元,史传亦多有载,且反映到文学创作上(戏曲、小说)。对这些系统地加以研究,是很有意义的一件事。我们在这里仅仅是从党争之独特角度着眼,来说明南北之成见适有助于党派之形成。

当然,宋代地方集团之间的利益矛盾对两宋党争形成的影响,并不能仅仅归结为南北之争。北宋有洛、蜀、朔之争,南宋之后也"有所谓甲州之党,有所谓乙州之党"②。以朱熹之学问识见,当与陆九渊在学问政见不合时,也指责江西人性好立异。

以出身籍里拉帮结派,虽不占十分重要的地位,但仍是值得我们重视的因素。国人乡土观念极重,如用之得当,即谓爱祖国爱家乡;若施之不当,则成所谓"乡党"。

种种原因形成了宋代独具时代特色的党争,直搞得党祸惨烈,几涉及社会生活的各个方面,明乎此,即知缘何两宋英杰人物不断涌现,然最终均以异族入侵为结束王朝命运的最后一页。宋人有感于现实,曾愤切指出:

---

① [宋]邵伯温著:《邵氏闻见录》,《全宋笔记》第二编第七册,郑州:大家出版社,2006年,第251页。
② [宋]杨万里著,辛更儒笺校:《杨万里集笺校》,北京:中华书局,2007年,第2938页。

朝廷一日无事,幸一日之安,一月无事,幸一月之安,欲求终岁之安,已不可得,况能定天下大计乎?①

一个王朝欲求终岁之安而不得,"国且自伐,何暇伐人"? 其命运可以想象。

---

① [元]脱脱等撰:《宋史》,北京:中华书局,2013年,第11774—11775页。

两宋党争特色概论

两宋党争较之汉代党锢之祸,唐代的牛、李党争以及明清的有关党争有其独特之处,这是历来的研究者都已注意到的问题。但由于论者着眼点不同,往往各执一端,不无偏颇。为了更好地探讨两宋党争与有关作家、作品的关系,我们在此拟较全面系统地探讨两宋党争的特色。要而言之,两宋党争乃"政党政治";它起始早,时间长,反复多;以其激烈残酷销凝天下正气;对社会生活各个方面产生了广泛而又深刻的影响。兹分而论之。

柳诒徵先生在《中国文化史》第十九章"政党政治"中指出,与前代(汉唐)党争相比较,宋代党争可以称得上政党政治:"唐之牛(僧孺)李(德裕)虽似两党之魁,然所争者官位,所报者私怨,亦无政策可言,故虽号为党,而皆非政党也。"①而宋代的党争(庆历党争、新旧党争、和战之争)原其初始,多因"所操之术不同"——对时局的看法不同,治理天下的方法有异,政治措施上的分歧而引起的。王安石变法有一套自己完整的方针、政策、措施,变革涉及社会的各个方面,这是人们所熟知的。司马光、苏轼之所以反对新法,就在于他们与王安石政见上的不同。后来司马光执政,全面废除新法,实施的完全是自己的一套。苏轼之所以受到新旧党的夹攻,就在于他不愿苟同任何人,他也有自己的一套施政纲领,这从他的政论、策论中可以看得十分清楚。在洛、蜀、朔党争之中,如果不抱偏见,人

---

① 柳诒徵著:《中国文化史》,长春:吉林人民出版社,2021年,第700页。

们就会发现就连"二程兄弟自有一套他们自己的政治见解"[1],以程颢的《论十事札子》最为有名。所以我们说,宋代党争双方各有自己的政治见解,自有其施政纲领,从这一角度来讲,称其为政党政治是很恰切的。也正由于如此,党争中对立双方的一些领袖人物较少个人成见,吕夷简、范仲淹最终握手言和。范仲淹新政失败,退避出朝,向吕夷简讨教,吕能向其直言相告;王安石、苏轼政见不同,但二人能在屡遭坎坷的情况下,保持较好的个人情谊;司马光、苏轼在王安石逝世后也能对其为人和功业作出较为客观的评价。所以研讨两宋党争,参阅前人的研究成果,我们不赞成王桐龄先生的说法:宋代党争"性质复杂而极不分明,无智愚贤不肖,悉自投于蜩螗沸羹之中,一言以蔽之,曰:士大夫以意气相竞而已"。[2]

近来一些学者注意对党争发展演变过程做具体的分析,"到神宗以后,新旧党争愈演愈烈……渐沦于意气之争"。对党争起因、发展演变的全过程给以较全面正确的评价,以认清其性质及特点,这是正确的方法。我们说宋代党争较之前代(汉唐)而言是政党政治,并不是说党争起初没有任何的"所争者官位,所报者私怨"的成分,人非圣贤,著名如苏轼、王安石、司马光也有挟私报怨的地方。历史记载,白纸黑字,我们不必为贤者讳。只是每一次的党争,愈发展到后来,愈无是非可言,非但不是意气之争,完全变成了排除异己、政治陷害的残酷迫害,这是需要我们特别注意的。

研讨两宋党争,为了不致偏颇,我们还要避免研讨方法上的形而上学的简单化倾向——凡是变革的一概肯定。近年来已有一些学者对此提出了疑问,并做了切实可行的研究工作。所以我们应当避免研究庆历新政时绝对化地肯定范仲淹,研究新旧党争时绝对化地肯定王安石,否定司马光、苏轼,这不是科学的实事求是的态度。学者们曾发出疑问:"难道历史上一切所谓的改革都应肯定?难道一切所谓的改革家都必须赞颂?"那样做的结果,就是一些研究者没有站在今天的高度去审视历史,自觉不自觉地陷入了古代封建士大夫的意气之争。曾经一

---

[1] 侯外庐、邱汉生、张岂之著:《宋明理学史》,北京:人民出版社,1997年,第130页。
[2] 王桐龄著:《中国历代党争史》,郑州:河南人民出版社,2016年,第83页。

度,学术界在肯定王安石时否定苏轼、司马光,而在近几年,苏轼研究、司马光研究有了很大的突破,但王安石研究备受冷落,这不是一种正常的现象。

所以确定两宋党争的性质特点,原其初始,称其为政党政治是恰当的,发展到后来成为典型的党派倾轧、政治陷害。正由于是政党政治,所以对党争双方要是其所是,非其所非;也正由于其后渐沦于阴谋政治,所以始以党败人,终以党败国,渐沦为争权夺利、互相倾轧的党祸。两宋最终都在党争的喧嚣声中走向没落,在异族的战鼓声中走向灭亡。

研究宋代党争的人们大多注意到了它的第二个特点:起始早,时间长,反复多。先说"起始早",与汉唐党争相较,汉唐的党争都出现在王朝的后期,东汉末的党锢之祸,中晚唐的牛、李党争即如此。而宋代的党争则出现在宋王朝的中前期、极盛期。保守一点的说法,"宋开国七十年之后"(罗家祥《试论两宋党争》)党争就开始了,这是指范仲淹进入政坛而言。实际上,正像我们追溯唐代党争应注意到玄宗时张说与宇文融之间的政争,德宗时杨炎、元载和刘晏、卢杞之间的政争一样,研究两宋党争之起始还应往前追溯。根据有关的记载,早在宋太宗太平兴国六年(981),朝廷就有申诫朋党的诏书:

> 朝廷申劝惩之道,立经久之规,应群臣掌事外州,悉给御前印纸,所贵善恶无隐,殿最必书,俾因秩满之时,用行考绩之典。迩闻官吏颇紊纲条,朋党比周,迭相容蔽,米盐细碎,妄有指言,蠹有巨而不章,劳虽微而必录。宜行戒谕,用儆因循。①

如果不是太宗皇帝神经过敏的话,当时已出现"朋党比周"的迹象,且"朋党比周,迭相容蔽","米盐细碎,妄有指言",而当时宋开国仅二十一年。朝中大臣论及朋党的,较早的一位是柳开。真宗咸平元年(998)十月,柳开在其言事书中指出了当时官场的弊病:

---

① [明]陈邦瞻著:《宋史纪事本末》,北京:中华书局,1977年,第114页。

……又人情贪竞,时态轻浮,虽骨肉之至亲,临势利而多变,同僚之内,多或不和,伺隙则致于倾危,患难则全无相救,仁义之风荡然不复。①

为此他希望皇帝"开豁圣怀,如天如海,可断即断,合行则行,爱惜忠直之臣,体察奸谀之党"。若以柳开所言推断,当时朝中已有朋比之风,若从此时计算两宋党争的起始,宋王朝开国也不过三十八年。当然以上两种推断仅仅是据宋代君臣诏书、言事书的内容来判定的,如果尚嫌史实不足的话,那么确切地说,据有关史料记载,宋代大臣中间,互相攻讦,指以为党,以倾陷正人君子的党争,应该从寇准与丁谓、王钦若诸人的纷争算起。据有关史籍记载,丁谓是由于寇准称誉、荐拔,渐致通显的。真宗天禧三年(1019),二人同秉朝政(寇准同平章事,丁谓参知政事),丁谓对寇准非常恭谨,却由于戏言成仇:

尝会食中书,羹污准须,谓徐起拂之,准笑曰:"参政,国之大臣,乃为官长拂须耶!"谓大渐恨,遂成仇隙。②

从天禧四年(1020)起,寇准被谗毁,屡遭贬谪。"丁谓怨准,而太后憾(李)迪尝谏立己,遂诬以朋党,贬之,连坐者甚众。"③如此算来,宋开国五十九年后,朝中即开始了朋党之争。此后两宋党争时起时伏,愈演愈烈,几达二百余年。所以与历代党争相比,汉、唐、明三代的党祸都出现在王朝统治的后期,只有宋王朝在开国五六十年后就出现了。此外,汉、唐、明三代的党祸持续的时间都比较短,东汉"党锢之祸"不过二十年,唐代牛、李党争近四十年,明代党争三十多年,宋代的党争整二百余年。所以我们说宋代的党争起始早、时间长,乃是中国文化史上一大奇观。正由于宋代党争起始早、时间长,所以朋党之争中此伏彼起,此起彼伏,多

---

① [明]陈邦瞻著:《宋史纪事本末》,北京:中华书局,2018年,第131页。
② [明]陈邦瞻著:《宋史纪事本末》,北京:中华书局,2018年,第177页。
③ [明]陈邦瞻著:《宋史纪事本末》,北京:中华书局,2018年,第182页。

次反复,更增加了两宋党争的戏剧性和残酷性。

范仲淹在政治舞台上两起两落,最后以失败告终。先是在范、吕(夷简)之争中被诬为朋党,贬出朝廷。庆历年间,主持变法,力行新政,又于夏竦诸人的斗争中被诬为朋党,不安于位,离开中央政府。

以王安石为首的新派和以司马光为首的旧派之争,更是纷纭更迭,几经反复。熙宁变法,神宗与王安石如一人,君臣相得。反对新法者,非贬即逐;然而新法派一旦大权在握,内部的权力之争即开始,吕惠卿与王安石之间的斗争迅即激化。神宗皇帝去世后,皇太后听政,全面废除新法,召用旧党,新派人物相继出朝。但旧党在朝立足未稳,又由于门户之见、权力之争,群起内讧,发生了以苏轼为首的蜀党、以程颐为首的洛党、以刘挚为首的朔党之间的纷争。待到皇太后逝世后,哲宗皇帝亲政,政局一下又颠倒了个个儿。哲宗任用章惇等人,对旧党施以变本加厉的报复,此时朝中党争已毫无政治上的大是大非可言,完全成了章惇等人对敌对派不择手段的陷害了。有幸哲宗皇帝是个短命皇帝,徽宗即位,时向太后听政,又杂用新旧两党,时论认为元祐、绍圣各有所失,于是改元为建中靖国。然而当年向太后即逝世,徽宗引用蔡京、童贯等巨奸,于是"追贬司马光等四十四人官","诏籍元祐、元符党人","立党人碑于端礼门"。初上百二十人后竟扩充至三百余人之众,于是禁元祐学术,禁元祐之法,禁藏苏黄文诗,禁习诗赋,直禁到金人犯阙,战鼓惊梦,方想起欲消弭朋党之祸以收人心,但已于事无补了。

两宋和战之争也是如此,每当外敌入侵,国家民族危难之际,主战派往往见用,李纲、宗泽、岳飞诸人是这时的风云人物。但是一旦局势稍缓,主和派往往占上风,于是李纲被贬,宗泽失志,岳飞被害,宋室终于偏安江左。当然,鉴于主和主战二派的复杂局势,我们不应当以战和区分小人、君子,因为就南宋政局看,度时量势,当和则和,当战则战,"为国有道,战则胜,守则固,和则久"[①]。但总的说来,战乱注意将,太平注意相。宣和时民谣"城门闭,言路开;城门开,言路闭"很能说明一些问题。南渡之后,主战主和两派交互为用,使得朝廷中政局几经变

---

① [元]脱脱等撰:《宋史》,北京:中华书局,2013年,第11834页。

化,日益复杂。直搞到正士消沉,志士退隐,忠邪难辨,妍媸不分。当时一些士大夫已无心于政事。现实社会中一方面是得意者"一勺西湖水,百年歌舞,百年沉醉";另一方面是失意者若问天下兴废事,"但回头笑指梅花蕊,天下事,可知矣!"奸佞得志,志士箝口,南宋王朝,不亡何待!所以两宋党争那种拉锯式的反复是一大特色。

两宋党争的第三个特点是其残酷激烈,前所未有。一旦小人得志,君子落魄,得意一方肆无忌惮,必欲将对手置于死地而后快,为绝后患计,又总是想将敌对派一网打尽。请看宋代党争史上几个典型史例:

丁谓因拂须事与寇准结怨,趁真宗老病昏乱数进谗言,以致寇准一贬再贬(由相州知州贬道州司马,再贬雷州司户参军),李迪因丁谓擅权,忤丁谓,亦被贬为衡州团练副使。"丁谓怨准,太后憾迪尝谏立己,遂诬以朋党,贬之,连坐者甚众。"①"初议窜逐,王曾疑责太重,谓熟视曾曰:'居停主人尚可言乎?恐亦未免耳!'曾遂不复争。学士呈制草,谓改曰:当丑徒干纪之际,属先帝违豫之初,罹此震惊,遂致沉剧。"将皇上之死也归罪于寇准、李迪。丁谓差人逼迫李迪上道。有人对丁谓说:"迪若贬死,公如士论何?"丁谓竟然毫无廉耻地说:"异日诸生记事,不过曰'天下惜之'而已!"丁谓一心想把准、迪二人置之死地。派中使带着朝廷诏书,送与寇准。使者用锦囊装剑悬在马前,装作一见寇准就要斩头示众的模样。到了道州,寇准的部下惶恐万状。寇准于澶渊之盟前的万马千军中,尚且谈笑自若,所以面对丁谓的诡计,神色自若,派人对使者说:"朝廷若赐准死,愿见敕书。"中使不得已,乃授敕。寇准拜于庭,继续宴饮,至暮乃罢。这一段历史故事告诉我们宋代佞臣陷害忠臣志士的心态:纵就对方惨死,也不过后世好事书生写史书时,写上"天下惜之"而已。其跋扈之声态若见,阴毒之用心若揭。尤其是他对寇准采取的方法,更为阴险,因为历代遭难之臣下,在这种情况下,畏罪自杀的不在少数。而寇准令人佩服的是临危不惊、临难不惧,凛凛风采令人赞叹。

宋代党争史上第一次使用阴谋手段将对手"一网打尽"的党祸发生在庆历四

---

① [明]陈邦瞻著:《宋史纪事本末》,北京:中华书局,2018年,第182页。

年(1044),即宋史上有名的"进奏院事件"。当事人是苏舜钦。苏舜钦是宋初著名的诗人、书法家,也是权臣杜衍的女婿,其为人豪爽,喜饮酒。从龚明之《中吴纪闻》所载一则趣事可以看出他的个性:

> 子美豪放,饮酒无算。在妇翁杜正献家,每夕读书,以一斗为率。正献深以为疑,使子弟密察之。闻读《汉书·张子房传》,至"良与客狙击秦皇帝,误中副车",遽抚案曰:"惜乎!击之不中。"遂满引一大白。又读至"良曰:'始臣起下邳,与上会于留,此天以臣授陛下。'"又抚案曰:"君臣相遇,其难如此!"复举一大白。正献公知之,大笑曰:"有如此下物,一斗诚不为多也!"①

他这样的性格,凡事自然很难考虑周详,于是当庆历新政的反对者正患无隙可乘的时候,在苏舜钦这里找到了借口。庆历三年(1043)九月,范仲淹、韩琦、杜衍、富弼、欧阳修皆被重用,史称庆历新政。苏舜钦经范仲淹推荐、召试,授集贤校理。次年的十一月,按照惯例用出卖废纸的钱办酒食邀友好饮宴。太子中舍李定也想与会,苏舜钦拒绝了他,且语带讥讽。李定恼羞成怒,抓住了他们的把柄四处传布。一帮新进少年聚在一起,酒喝到畅快处,高兴得把什么都忘记了,让唱歌优伶离开,伺候的一般人员也离开,更召两军女伎奏乐演唱。酒助诗兴,与会的王益柔又写了一首《傲歌》,其中最著名的是这两句:

> 醉卧北极遣帝佛,周公孔子驱为奴。

他们实在是醉了。醉得断送了自己的前程,也断送了庆历新政。当李定告密后,反对派王拱辰喜出望外,因为苏、王都是范仲淹所荐,于是指使其部下鱼周询、刘元瑜诬告苏舜钦。苏被捕入狱,虽经韩琦多方营救,仍以"监主自盗"论罪,

---

① [宋]龚明之著:《中吴纪闻》,《全宋笔记》第三编第七册,郑州:大象出版社,2008年,第201页。

削职为民,参与宴会的十余人全部遭贬。他们都是当时知名之士,也都是庆历新政的支持者。王拱辰不仅打击了这帮狂傲的年轻人,又动摇了杜衍、范仲淹的地位,所以他得意忘形:"吾一举网尽矣!"苏舜钦死,欧阳修为其文集作序,叙及赛神会一事,也说:"一时俊彦,举网而尽矣。"关于苏舜钦的遭遇及进奏院事件,同时人写了一系列的作品,著名的有梅尧臣将李定这个无耻小人钉在耻辱柱上的《杂兴》:

主人有十客,共食一鼎珍,一客不得食,覆鼎伤众宾。虽云九客沮,未足一客嗔。古有弑君者,羊羹为不均,莫以天下士,而比首阳人。①

感于时事,梅尧臣还写了一首《读〈后汉书列传〉》:

汉家诛党人,谁与李杜死。死者有范滂,其母为之喜。喜死名愈彰,生荣同犬豕。②

欧阳修在奏章中也对政敌残忍手段以揭露:

自古小人谗害,其识不远,欲广陷良善则指为朋党,欲动摇大臣则诬以专权。盖去一善人而众善人尚在,则未为小人之利;欲尽去之,则善人少过,唯指为朋党,则可尽逐。自古大臣被主知,蒙信任,则难以他事动摇,唯有专权是上之所恶,方可倾之。夫正士在朝,群邪所忌,谋臣不用,敌国之福也。窃为陛下惜之。③

此外涉及此事件的著名作品还有黄庭坚的《观秘阁苏子美题壁诗》,中有"敢

---

① [宋]梅尧臣著,朱东润编年校注:《梅尧臣集编年校注》,上海:上海古籍出版社,2006年,第253页。
② [宋]梅尧臣著,朱东润编年校注:《梅尧臣集编年校注》,上海:上海古籍出版社,2006年,第256页。
③ [明]陈邦瞻著:《宋史纪事本末》,北京:中华书局,2018年,第249页。

告大钧手,才难幸扶将"。希望统治者扶持人才,不要摧残人才。南北宋之交的诗人胡珵《沧浪亭》诗侧重于对事件原委的探索:"如何一网尽,祸岂在故纸?"宋季诗人毛珝更发出了"濯缨人去水空寒,事属明时欲问难"的慨叹。宋仁宗被认为是一代贤君,为什么在仁宗时就发生了如此的冤案呢?这在宋时人们心目中,已不是一个谜,因为进奏院事件打击的主要目标是范仲淹等人,而范仲淹庆历新政的失败,关键在于皇帝疑忌,梅尧臣有《彼鸳吟》诗曰:

> 断木喙虽长,不啄柏与松,松柏本坚直,中心无蠹虫。广庭木云美,不与松柏比,臃肿质性虚,圮蝎招猛嘴。主人赫然怒,我爱尔何毁,弹射出穷山,众鸟亦相喜。蜩啾弄好音,自谓得天理。哀哉彼鸳禽,吻血徒为尔。鹰鹯不得击,狐兔纵横起。况兹树腹怠,力去宜滨死。①

王安石熙宁变法期间,"屏异己者,数月之间,台谏一空"(《续资治通鉴》卷六十七),"老诚正士,废黜殆尽"(同上卷七十)。待神宗逝,旧派将执政,朱光庭奏:"今日庙堂之上,司马光未出,唯有吕公著一人忠朴可倚,其余皆奸邪。"(同上卷九十七)于是梁焘论蔡确,密具确及王安石亲党姓名以进(确党四十七人,王安石亲党三十人)(同上卷八十一)。

哲宗亲政,元祐正臣,无一得免矣,"贬司马光等,又借文彦博以下三十人,将悉窜岭表"(同上),甚而要"发(司马)光、(吕)公著墓,斫棺暴尸"(同上)。曾布言"去年施行元祐之人多漏网者"。(章)惇曰:"三省已得旨,编类元祐以来臣僚章疏及申请文字,密院亦合编类。"(同上卷八十四)"自后缘诉理被祸者凡七八百人。"(同上卷八十五)"凡天下所谓贤者,一日之间,布满岭海,自有宋以来,未之闻也。"(龚夬语)(同上卷八十六)

到了徽宗时,钦定元祐党人碑,由原定一百二十人,最后扩展为三百零九人,真正是要除"恶"务尽……

---

① [宋]梅尧臣著,夏敬观选注:《梅尧臣诗》,上海:商务印书馆,1940年,第7页。

南宋初，高宗用秦桧，力主和议，中书舍人句龙如渊为桧建议："相公为天下大计，而邪说横起，何不择人为台谏，使尽击去，则相公之事遂矣。"秦桧大喜，即擢其为中丞劾异议者，卒成其志。其后收诸将兵权，杀岳飞，贬李纲、赵鼎、胡铨等。及秦桧老死前夕，"江西运判张常先笺注前帅张宗元与浚诗，言于朝，其词连逮者数十家，将诬以不轨而尽去之。狱既具，桧死，应辰幸而免"①。

庆元党禁，主要由于韩侂胄与赵汝愚争权，与朱熹政见不合，"侂胄欲逐汝愚而难其名，或教之曰：'彼宗姓，诬以谋危社稷，一网无遗。'"②于是监察御史胡纮上言："汝愚唱引伪徒，谋为不轨，乘龙授鼎，假梦为符。"因条奏其十不逊，赵被贬。庆元三年（1197），言者又奏前丞相留正，引用伪学之党，以危社稷。留正落职，罢祠。又言"伪学之魁，以匹夫窃人主之柄，鼓动天下"，"伪学猖獗，图为不轨"，于是酿成庆元党禁，伪学之籍，共五十九人。

两宋党争的残酷性还突出地表现在得势一方往往要千方百计、处心积虑地将对立面的头面人物置于死地。在这方面，我们介绍两位被迫害的人物，一位是岳飞，另一位是苏轼。介绍岳飞之死，意在介绍党争残酷性的同时，介绍其复杂性，而介绍苏轼，只着眼于敌对派的用心险恶，无所不用其极。

岳飞作为主战派的代表人物，最终冤死风波亭，成为历史上一大冤案。邓广铭先生著有《岳飞传》，陈登原先生的《国史旧闻》第二分册中《岳飞之死》对之冤死之因皆有精到见解。我们在这里要指出的是岳飞之死原因十分复杂。首先是主战将领之结怨。据《齐东野语》载：

> 又张魏公之出督也，陛辞之日，与高宗约曰："臣当先驱清道，望陛下六龙凤驾，约至汴京，作上元帅。"飞闻之曰："相公得非睡语乎？"于是魏公憾之终身。③

---

① [元]脱脱等撰：《宋史》，北京：中华书局，2013年，第11878页。
② [元]脱脱等撰：《宋史》，北京：中华书局，2013年，第11988页。
③ [宋]周密撰：《齐东野语》，《全宋笔记》第七编第十册，郑州：大象出版社，2015年，第221页。

参阅有关史籍,张浚对岳飞由妒而怨,由憾而怨,到进谗伤害,主战派内部的矛盾是促成岳飞之死的一个不容忽视的原因。

导致岳飞之死的第二个原因是朝廷认为岳飞迁延战机,不服从指挥。据李心传《建炎以来系年要录》载:建炎四年(1130)四月,淮西安抚大使刘光世上言,"若使岳飞等即时恭听朝廷指挥,尅期前来,则承州之贼可破,楚州之围可解。乘机投隙,间不容发,飞等迁延五十余日,遂失机会。臣实不胜愤懑"。《中兴遗史》亦载:"绍兴辛酉(十一年),虏人有饮马长江之谋,大将张俊韩世忠,皆欲先时深入,惟岳飞不动。上以御札促其行者,凡十有七。后复亲降御笔曰:'社稷存亡,在卿此举。'飞奉诏,移营三十里而止。上始有诛飞意矣。""故张浚及秦桧皆恨之。"

岳飞之死的第三个原因是言立太子招忌,出言轻易,引起高宗猜疑。据有关史料记载,金人为了动摇南宋刚刚稳定的局势,倡言要送钦宗之子南下,岳飞入朝,建言"正资宗名",高宗的态度是:"卿虽忠,然握重兵于外,此事非卿所当与!"同奏事者见岳飞下殿面如死灰。且时人认为"鹏举身为大将,越职及此,其取死,宜哉"(张戒《默记》)。《朱子语类》也有类似的记载,所不同者尚记述了高宗询问与岳飞同行的王弼:岳飞在路上还与什么人交往过?被王推脱掉了。此外"岳侯之坐死,乃以尝自言与太祖俱以三十岁为节度使,以为指斥乘舆,情理切害"①。所以岳飞之死,在于犯高宗之忌,惹秦桧、张俊之恨,遭张浚之怨,受刘光世之弹。《朱子语类》有一段评论当时局势议及岳飞之死的很有意思的对话:

(沈)僩因问:"当初高宗若必不肯和,乘国势稍振,必成功。"曰:"也未知如何,盖将骄惰不堪用。"僩问:"如韩、张、刘、岳之徒,富贵已极,如何责他死了,宜其不可用。若论数将之才,则岳飞为胜。然飞亦横,只是他犹欲向前厮杀。"先生曰:"便是如此。有才者又有些毛病,然亦上面人不能驾驭他。"……又言:"诸将骄横,张与韩较与高宗密,故二人得全。岳飞较疏,高

---

① [宋]王明清著:《挥麈录余话》,《全宋笔记》第六编第二册,郑州:大象出版社,2013年,第57页。

宗又忌之,遂为秦所诛,而韩世忠破胆矣！①

以此言之,岳飞之下狱,可谓"罪证确凿"。所以待到岳飞死,张宪、岳云弃市,凡与飞关系密切者均遭放逐,参与罗织岳飞罪名,置之于死地的一律擢升。史载,岳飞系狱之时,韩世忠心不能平,诣桧诘其实。桧曰："飞子云与张宪书,虽不明,其事体莫须有！"韩世忠曰："莫须有三字,何以服天下也！"(《纲鉴易知录》卷八一)对"莫须有"的解释,学术界争论有年。以我个人之见,诸多史料中,独《宰辅编年录》和《中兴纪事本末》为"必须有",似乎更合乎秦桧其时的身份、语气：

> 岳鄂王狱具。秦桧言："岳飞与张宪书,其事必须有。"蕲王争曰："'必须有'三字,何以使人甘心！"

也正因为秦桧当时势焰熏天、蛮横无理,所以韩决定求退自保,从此"绝口不言兵,自号清凉居士。时乘一骡,放浪西湖泉石间",以诗词自娱。这位不读书识字的元帅,竟然写起诗词来了,有些还颇有情味,如其《临江仙》下片：

> 荣华不是长生药,清闲不是死门风。劝君识取主人公。丹方只一味,尽在不言中。②

将其放置于同时全真教道士的词集中,几可乱真,再也看不到大战黄天荡,令兀术丧胆的英雄形象了。所以人们总结这一段历史时说,风波亭的岳飞之死,大理寺冤狱的罗织是复杂的,但更为残酷的是它销凝了天下英雄之气,"岂其马上破贼手,哦诗长作寒螀鸣",这才是最大的时代的悲哀。

---

① [宋]黎靖德编,王星贤点校：《朱子语类》,北京：中华书局,1986年,第3148页。
② [宋]周密撰,张黎阳选注：《齐东野语》,北京：北京燕山出版社,2009年,第163页。

我们再介绍一下苏轼被迫害的片断经历,侧重于介绍迫害者们的阴险刻毒。他们几乎想尽一切办法想置东坡于死地,而自己又不担干系。早年苏轼在凤翔任职时,由于年少气盛,他与郡守陈公弼失欢,他后来应陈季常的要求为陈公弼立传时说:"轼官于凤翔,实从公二年。方是时,年少气盛,愚不更事,屡与公争议,至形于言色,已而悔之。"①他与郡守关系紧张,甚至有时搞得几乎反目成仇,大概是没有问题的。他被贬黄州,朝中大臣认为陈家与苏不和,陈公弼之子陈季常又隐居当地山中,如果念及苏曾凌侮至尊,作为一方豪士的陈季常也许会为父亲的缘故,报复苏轼。没想到二人过从甚密,交情极好,捐弃了以前的嫌隙。

迫害者故伎重演是苏轼被贬惠州之时,"绍圣执政,妄以程之才,姊之夫,有宿怨,假以宪节,皆使之甘心焉"②。没想到苏轼此时,也知当朝执政用心良苦,所以先行写信问候这位表兄兼姐夫的地方长官,二人握手言和,并得到程正辅的照顾。

苏程两家恩仇颇有戏剧性。皇祐四年(1052),苏洵的幼女、苏轼的姐姐因受夫家虐待而死。八娘十六岁与程正辅成婚,婚后备受虐待,一年后生下一子并身染沉疴,但程家根本不为她治疗,苏家只好把女儿接回家调养。其病稍有起色,程家借口其不拜见公婆,抱走了八娘怀中的婴儿。八娘旧病复发,三天就死了。于是苏程两家闹翻,断绝了往来。苏洵在《苏氏族谱亭记》中还指斥程家,"逐其兄之遗孤子",夺人田产,"笃于声色而父子杂处",是"州里之大盗",要求族人与程家断绝往来。八年后,苏洵又写了《自尤诗》,沉痛悼念卓有才华、死于夫家虐待的幼女。苏程二家绝交结怨,长达四十年之久,直到程正辅因苏轼被贬惠州被任命为当地行政长官为止,两家方才释怨。于是,朝中执政想利用苏程两家私仇加害苏轼的打算就落空了。

绍圣四年(1097),苏轼被贬儋州。被贬的原因众说不一,有人说是由于他的《纵笔》诗:

---

① [宋]苏轼著,张志烈、马德富、周裕锴主编:《苏轼全集校注·文集》,石家庄:河北人民出版社,2010年,第1325页。
② [宋]邵博著:《邵氏闻见后录》,《全宋笔记》第四编第六册,郑州:大象出版社,2008年,第143页。

白头萧散满霜风,小阁藤床寄病容。报道先生春睡美,道人轻打五更钟。①

这首诗传到京师,章惇看了后说,苏轼这么快活吗？于是再往远恶之地贬谪,到了海南。也有人说是执政拿这些被贬的政敌寻开心,是种恶作剧：

　　绍圣中,贬元祐人,苏子瞻儋州,子由雷州,刘莘老新州,皆戏取其字之偏旁也。时相之忍忮如此。②

不过根据我们对历史的认识,这上面两种说法均是由对苏轼的同情景慕而推测出来的,没有确切的根据。最确切的根据是朝中自绍圣二年(1095)开始又加剧了对旧党的打击。

绍圣四年(1097),"章惇议遣吕升卿、董必察访岭南,将尽杀流人"③。在海南的苏轼当然也在察访之列,由于海南官吏对苏礼遇有加,所以苏轼被逐出官舍,其他对待苏轼较好的官吏俱降职处分。正是在这样的情势下,黄庭坚写下了这样的诗句：

　　子瞻谪岭南,时宰欲杀之。饱吃惠州饭,细和渊明诗。④

苏轼则写了这样的诗句：

---

① [宋]苏轼著,张志烈、马德富、周裕锴主编：《苏轼全集校注·诗集》,石家庄：河北人民出版社,2010年,第4770页。
② [宋]陆游著：《老学庵笔记》,上海：上海书店,1990年,第69页。
③ [明]陈邦瞻著：《宋史纪事本末》,北京：中华书局,2018年,第451页。
④ [宋]黄庭坚著,刘尚荣校点：《黄庭坚诗集注》,北京：中华书局,2003年,第604页。

> 平生万事足,所欠惟一死!①
> 尘心消尽道心平。江南与塞北,何处不堪行。②

猝然的打击往往使人消沉,但连续不断的打击往往使人通达。苏东坡的旷达,就是这样一种旷达。人不畏死,奈何以死惧之。所以当他意外遇赦北归,发出了"七年远谪,不意自全;万里生还,适有天幸"的感慨。过大庾岭,他写了《赠岭上老人》:

> 鹤骨霜髯心已灰,青松合抱手亲栽。问翁大庾岭头住,曾见南迁几个回?③

与苏"同贬死去大半",他晚岁生还,感慨是极深的。所以搞不清党争中对苏迫害之残酷,我们根本无法理解他的超旷。他的《自题画像》一诗曰:

> 心似已灰之木,身如不系之舟。问汝平生功业,黄州、惠州、儋州。④

有谁能说他化用庄子语意而言其虚无?!

两宋党争之酷烈还表现在有关禁令之严苛。"岭外瘴魂多不返,冢中枯骨亦加刑。"庆历新政失败,夏竦因恨石介而言石介诈死,欲剖棺验尸以辨真伪。绍圣间,张商英上书"论司马光吕公著,至欲剖棺鞭尸"⑤。章惇"在绍圣中置看详元祐

---

① [宋]惠洪著:《冷斋夜话》,《全宋笔记》第二编第九册,郑州:大象出版社,2006年,第45页。
② [宋]苏轼著,张志烈、马德富、周裕锴主编:《苏轼全集校注·词集》,石家庄:河北人民出版社,2010年,第635页。
③ [宋]苏轼著,张志烈、马德富、周裕锴主编:《苏轼全集校注·诗集》,石家庄:河北人民出版社,2010年,第5237页。
④ [宋]苏轼著,张志烈、马德富、周裕锴主编:《苏轼全集校注·诗集》,石家庄:河北人民出版社,2010年,第5573页。
⑤ [清]毕沅编著:《续资治通鉴》,北京:中华书局,1957年,第2138页。

诉理局,凡于先朝言语不顺者,加以钉足、剥皮、斩颈、拔舌之刑,其惨刻如此"①!

朝廷诏书明文规定:"苏洵、苏轼、苏辙、黄庭坚、张耒、晁补之、秦观、马涓文集,范祖禹《唐鉴》,范镇《东斋纪事》,刘邠《诗话》,僧文莹《湘山野录》等印版,悉行禁毁。"②"以元祐学术政事聚徒传授者,委监司举察,必罚无赦。"竟至于认为诗赋乃元祐学术,禁士大夫写诗作赋,违者杖一百。

诏书明令禁止宗室与党人联姻:"宗室不得与元祐奸党子孙及有服亲者为婚姻,内已定无过礼者并改正。"崇宁二年(1103)十二月的诏书中甚至规定:"臣僚姓名与奸党同者,并令改名。"时改名者五人。崇宁三年(1104)正月的诏书中规定:"上书邪等人毋得至京师。""四月甲辰朔,尚书省勘会党人子弟,不问有官无官,并令在外居住,不得擅到阙下。"甚至参加进士考试,首先要甄别出身,非党人子弟,然后还要证明所学非元祐学术或伪学。种种禁令,洋洋大观,两宋党争之酷烈,远非汉唐时期可比。

研究两宋党争与文学,我们不能忽略党争对社会广泛而又深入的影响,其影响已涉及了社会生活的各个方面,诸如政治、经济、哲学、文学、科举等。先说政治,由于政治混乱腐败而产生的党争,反过来促使政治更加腐败。关于这一点,党争的双方无论是新党还是旧党,无论是君子之党还是小人之党,其中的有识之士对朋党之祸有着共同的认识。

仁宗景祐元年(1034),监察御史里行孙沔言:"自孔道辅、范仲淹被黜之后,庞籍、范讽置对以来,凡在缙绅,尽怀缄默。"③景祐四年(1037),京师地震,直史馆中清臣上疏言:"顷仲淹、余靖等以言事被黜,天下咋舌不敢议朝政,行将二年。"神宗元丰年间,梁焘上书神宗:"天下之患,不患祸乱之不可去,患朋党蒙蔽之俗成,使上不得闻所当闻,则政日以敝,而祸乱卒至也。"④

元人修宋史时,由于较少受个人恩怨左右,看法比较客观一点。他们直接指

---

① [清]毕沅编著:《续资治通鉴》,北京:中华书局,1957年,第2206页。
② [清]毕沅编著:《续资治通鉴》,北京:中华书局,1957年,第2252页。
③ [宋]吕中撰,张其凡、白晓霞整理:《类编皇朝大事记讲义 类编皇朝中兴大事记讲义》,上海:上海人民出版社,2014年,第189—190页。
④ [元]脱脱等撰:《宋史》,北京:中华书局,2013年,第10888页。

出,宋代的党争"始以党败人,终以党败国"。南北宋之灭亡都与党争有直接的关系。王夫之《宋论》曾对之做过专门的论述:"朋党之兴,始于君子,而终不胜于小人,害乃及于宗社生民,不亡而不息。"两宋党争,彼此关联,不断发展变化,对社会政治的影响不能一概而论。但当时的士大夫富弼、欧阳修、苏轼、秦观都做过相当悲观的论述。刘敞概括当时的党争是:"始则邪正交攻,更出迭入,中则朋邪翼伪,阴陷潜诋,终则倒置是非,变乱黑白,不至于党祸不止。"① 于是国家机器自上而下受到了严重影响。"执政不和,则群有司安得而和哉!群有司不和,则万务安得而治哉!万务不治,则天下之民受其弊矣。民既受弊,则国家衰乱随之,此万万必然之理也。"② 刘敞说得很清楚,朝中大臣不和,属下臣僚观望朋附,做官的把心事都用到勾心斗角上,怎么还会去管理政务?于是老百姓备受其害,待到民心离散,天下就危殆了。

党争造成了上下蒙蔽,"皇上所用之人误皇上,大臣所用之人误大臣""小人言君子为小人,而君王不知小人为小人所以用之"。一旦一派得志,尽钳天下之口,造成了"空国无君子,举世无公论"的政坛奇景。所以,南北宋灭亡时出现的政治批判词一再发出这样痛切的呼喊:

一勺西湖水,渡江来、百年歌舞,百年酣醉。③(文及翁《贺新郎·西湖》)
东南妩媚,雌了男儿。④

胡铨在上书时说,今举朝之内皆妇人也!宋末谢枋得也一再慨叹"南朝之无人,至于此极"!即使在此时,宋王朝内部依然上下恬安,邪正交攻,纷纷不已。所以宋末王伯大进对时,曾对皇上说:"人主之患,莫大乎处危亡而不知,人臣之罪,莫大乎知危亡而不言。"然而,言危亡者往往被黜,谄佞者却总是擢升,所以到

---

① [元]脱脱等撰:《宋史》,北京:中华书局,2013年,第12245页。
② [宋]刘敞著:《上仁宗论辨邪正》,《丛书集成初编·公是集》,北京:中华书局,1983年,第369页。
③ 唐圭璋选编:《全宋词简编》,上海:上海古籍出版社,1986年,第700页。
④ 王诤等编:《全编宋词》四,延边:延边人民出版社,1999年,第2286页。

了南宋末,朝纲乱,民心离,朝廷"拔庸将为统帅,起赃吏为守臣"①。"人主无自强之心,大臣有患失之心。"②大敌当前,"江、汉守臣望风降遁"③。更有甚者,"边方帅臣,黄金不行于反间,而以探刺朝廷;厚赐不优于士卒,而以交通势要……罪贬者拒命而不行,弃城者巧计以求免,提援兵者召乱而肆掠,当重任者怙势而夺攘。下至禁旅,骄悍难制,监军群聚相剽劫"④。元兵迫近都城临安:"太皇太后闻之,诏榜朝堂云:我朝三百余年,待士大夫以礼。吾与嗣君遭家多难,尔大小臣未尝出一言以救国者,内而庶僚畔官离次,外而守令委印弃城,耳目之司既不能为吾纠击,二三执政又不能倡率群工,方且表里合谋,接踵宵遁。"⑤就在这样的情况下,出现了一位民族英雄,这就是文天祥。他痛感天下人心离散,士大夫无耻,所以以身殉国来警醒世人。据史载,在其起兵前有这样一段对话:

> 天祥捧诏涕泣……其友止之,曰:"今大兵三道鼓行,破郊畿,薄内地,君以乌合万余赴之,是何异驱群羊而搏猛虎。"天祥曰:"吾亦知其然也。第国家养育臣庶三百余年,一旦有急,征天下兵,无一人一骑入关者,吾深恨于此。故不自量力,而以身徇之,庶天下忠臣义士将有闻风而起者。义胜者谋立,人众者功济,如此则社稷犹可保也。"⑥

我历来不大欣赏宋亡之后的遗民诗,但正是在文天祥身上,我懂得了傅雷的这几句话:

> 唯有看到克服苦难的壮烈的悲剧,才能帮助我们担受残酷的命运;唯有抱着"我不入地狱谁入地狱"的精神,才能挽救一个萎靡而自私的民族。⑦

---

① [元]脱脱等撰:《宋史》,北京:中华书局,2013年,第12333页。
② [清]毕沅编著:《续资治通鉴》,北京:中华书局,1957年,第4671页。
③ [清]毕沅编著:《续资治通鉴》,北京:中华书局,1957年,第4946页。
④ [元]脱脱等撰:《宋史》,北京:中华书局,2013年,第12281页。
⑤ [清]毕沅编著:《续资治通鉴》,北京:中华书局,1957年,第4950页。
⑥ [元]脱脱等撰:《宋史》,北京:中华书局,2013年,第12534页。
⑦ [法]罗曼·罗兰著,傅雷译:《贝多芬传》,成都:四川人民出版社,2017年,第1页。

然而当时国势已不可收拾,正如一首无名氏《念奴娇》词所写:"炎精中否,叹人材委靡,都无英物。"而这一切与连续不断的党争摧残人才、戕害人心有直接的关系。

那么,宋末朝廷不能自强,大臣又是这样的精神状态,老百姓态度又如何呢?我们摘引一段南宋杨时上疏中的话可以知其大概:

> 闽中盗贼初啸聚不过数百而已,其后猖獗如此,盖王师养成其祸也。贼在建安几二年,无一人一骑至贼境者。王师所过,民被其毒有甚于盗贼。"百姓至相谓曰:"宁被盗贼,不愿王师入境。"①

百姓如此态度,怎会为南宋小朝廷赴汤蹈火?腐败的政治产生党争,残酷的党争又使政治更加腐败。这恶性循环,搞得人心离散,最终导致国家败亡。用欧阳修的话说,国家兴亡"虽曰天命,岂非人事哉"!当我们读宋人作的有关的政治批判词:"今日事,谁人弄得如是?"我们不能不想到那伴随了宋王朝二百余年的党争。

关于党争导致政治腐败及对经济的影响,《宋史纪事本末·花石纲之役》及陈登原《国史旧闻·南宋季年病象》有所涉及。北宋末南宋末,经济危机,一片萧条,《宋史·留元刚传》曰:"今日有贫国贫民而无贫士大夫。"《宋史·黄震传》亦载:

> 轮对,言当时之大弊:曰民穷,曰兵弱,曰财匮,曰士大夫无耻。②

中国是传统的农业国,国家以农为本、以商为末,而南宋已成了这样一种病象:"本富为上,末富次之,奸富为下。今之富者,大抵皆奸富也,而务本之农,皆

---

① 曾枣庄、刘琳主编:《全宋文》第一百二十四册,上海:上海辞书出版社;合肥:安徽教育出版社,2006年,第201页。
② [元]脱脱等撰:《宋史》,北京:中华书局,2013年,第12992页。

为仆妾于奸富之家矣。"[1]奸富的是那些无耻的士大夫,国穷、民贫、兵弱,士大夫无有廉耻,这正是无休无止的内耗——党争所造成的直接恶果。

两宋党争与哲学的关系。在两宋,许多政治家本身也是思想家、哲学家。像石介、二程、胡安国、朱熹、叶适等,他们大多直接或间接地卷入党争的漩涡并深受影响,或深受其害,其哲学思想受党争的影响是明显的。

研究两宋党争与哲学(理学)的关系,一定要注意到理学的产生与发展尽管与宋代书院的发达密切相关,但其产生发展与集大成又是与宋代的党争互为表里。孙复、胡瑗、石介被称为理学的先驱,为著名的"宋初三先生"。石介在党争中敢说敢为,最后屡遭贬谪,历尽坎坷,是人所周知的。孙复、胡瑗的弟子也多以反对新法知名于世。

理学的真正奠基人,是周敦颐和张载。而张载在神宗朝论事与王安石多不和,逐渐引起王安石反感。王安石曾向他询问对新政的看法,张载十分委婉含蓄地说:"朝廷将大有为,天下之士愿与下风。若与人为善,则孰敢不尽?如教玉人追琢,则人亦故有不能。"表示自有主张,不愿苟同。王安石借故调他出朝。熙宁三年(1070),张载的弟弟张戬(时为监察御史里行)因反对新法,屡次上书攻击王安石,被贬为司竹监(周至司竹镇)。张载深感不安,于是辞职回乡,专心学问。

关于邵雍的人生哲学,朱熹的见解甚为透彻。表面上看,邵雍的"职分"就是写《皇极经世书》,除看花、饮酒、赋诗之外,与世无求,甚至对这"闲适"的生活也是适可而止,不求极至。其诗云:"美酒饮教微醉后,好花看到半开时。"(《安乐窝中吟》之七)"饮酒莫教成酩酊,赏花慎勿至离披。"(《安乐窝中吟》之十一)朱熹说:"康节凡事只到半中央便止,如'看花慎勿看离披'是也。"又说:"他都是个自私自利的意。"这里所指的"自私"即指道家(张良)那种"功成、名遂、身退"的思想。正如邵雍《张子房吟》:"善哉能始又能终。"

但我们应当看到,邵雍的安时处顺,自得其乐,不事妄求,目的是保全自己。他懂得"美誉既多须有患,清欢虽剩且无忧"(《名利吟》)。这是他饱历世情后形

---

[1] [宋]罗大经著:《鹤林玉露》,《全宋笔记》第八编第三册,郑州:大象出版社,2017年,第151页。

成的人生哲学。

怎样看待这种人生哲学？我们还是看朱熹的评价，朱熹说："隐者多是带气负性之人为之。陶欲有为而不能者也。"①移来以证邵雍正合适，因为邵雍《击壤集》中也有送人赴任时的告诫"方今路险善求容"，《感事吟》中有"蛇头蝎尾不相同，毒杀人多始是功"，《题黄河》中有"世间多少不平事"，他何曾全然安贫乐道？洛阳城中，时有风风雨雨，所谓安乐窝中他何曾真正安乐？！

基于此，宋人尹惇深刻指出："康节之学本是经世之学，今人但知其《易》数，知未来事，却小了他学问。"如陈叔易赞云"先生之学，志在经纶"，最为近之。

宋代理学的体系形成于程颐、程颢，而二程在新旧党争、洛蜀党争中都是极为重要的人物。程颐所著《伊川易传》与险恶党争密切相关：

> 绍圣间，以党论放归田里。四年十一月，送涪州编管。……元符二年正月，《易传》成而序之。……
>
> 崇宁二年四月，言者论其本因奸党论荐得官，虽尝明正罪罚，而叙复过优。今复著书，非毁朝政。于是有旨，追毁出身以来文字。其所著书，令监司觉察。先生于是迁居龙门之南，止四方学者，曰："尊所闻，行所知可矣，不必及吾门也。"②

所以《宋明理学史》的著者认为"程颐一生研究《易》学，晚年放归田里，又偏管涪州，在忧患之中著《易传》。成书之后，迟迟不愿流布，虽经门人请求，还是不肯拿出来。直到临终，才出以授门人。这种慎之又慎的态度，是由当时政治风波决定的"。

朱熹是宋代理学的集大成者，但他又是在党争中被视为"伪学党魁"的重要人物。其著作中几乎涉及了其前两宋党争史上所有重要的事件与人物。论及刘

---

① [宋]黎靖德编，王星贤点校：《朱子语类》，北京：中华书局，1986年，第3327页。
② [宋]朱熹撰，朱杰人、严佐之、刘永翔主编：《朱子全书》，上海：上海古籍出版社；合肥：安徽教育出版社，2002年，第4568—4569页。

挚等人之死,他说:

> 刘挚、梁焘诸公之死,人皆疑之,今其家子孙皆讳之。然当时多遣使恐吓之,又州郡监司承风旨皆然,诸公多因此自尽。①

此外,宋代的众多士大夫在朋党之争的漩涡中几经挣扎,在宦海风波中几经浮沉,他们那蕴含着人生哲理的人生体验也值得我们借鉴。王禹偁三黜而不失其志,他在《滁州谢上表》中说:

> 位非其人,诱之以利而不往;事匪合道,逼之以死而不随。②

范仲淹也是面对严酷的现实斗争,在贬谪之中,在《岳阳楼记》中写出了"不以物喜,不以己悲""先天下之忧而忧,后天下之乐而乐"的千古名句。他的儿子范纯仁却有见于党争之中,敌对双方,只见对方之丑,不见自己之短,均欠公允,他说:"苟能以责人之心责己,恕己之心恕人,不患不至圣贤也。"当然,也有从消极的角度总结社会上的人事纷争的:

> 士大夫间有口传一两联可喜,而莫知其所本者。如"人情似纸番番薄,世事如棋局局新"。又"饱谙世事慵开眼,会尽人情只点头"。③(杨万里《诚斋诗话》)

而宋末的邓牧对人事纷争总结得更是精辟:"善誉人者人誉之,善毁人者人毁之,施报之常也。"(《名说》)

总之,生活在民族矛盾十分尖锐,朝中朋党之争空前激烈的时代的宋代读书

---

① [宋]黎靖德编,王星贤点校:《朱子语类》,北京:中华书局,1986年,第3126页。
② 曾枣庄、刘琳主编:《全宋文》第七册,上海:上海辞书出版社;合肥:安徽教育出版社,2006年,第307页。
③ 丁福保辑:《历代诗话续编》上,北京:中华书局,1983年,第139页。

人,他们的"学问"、哲学著作,不能不受到影响,并为之服务。又由于君子小人之争中君子的险危地位,他们的人生哲学也多涉及如何在危难之中安身立命的问题。程颐在《伊川易传》中说:"君子所以大过人者,以其能独立不惧,遁世无闷也。天下非之而不顾,独立不惧也。举世不见知而不悔,遁世无闷也。"①在危难之中,当君子之道闭塞的时候,当天下非之(攻讦)的时候,当不被天下认识之时,君子能固守其节,独立不惧,遁世无闷,独立遗世,自得其乐。"善于处穷"是宋儒高度推崇的人生哲学,这样的精神,这样的操守,在特定的历史时期是可贵的。

总之,无论是从宋代哲学家大多是文学家,还是从宋代的哲学家大多是政治家来说,他们本人的遭遇、著述都与党争有着千丝万缕的联系。所以深研宋代哲学,有助于我们更全面深刻地了解宋代党争与文学、宋代作家们的人生哲学。

两宋党争与史学。我们只想简单地论述一下这个问题,因为要对之进行研讨,需要史学家们的功力和才识。且由于它涉及我们所引用的史料的真实性、可信程度,我们不能回避。

翻检有关的史料,我们发现对于有关事件的记载,由于撰写人的政治态度不同,记载的意见往往有很大出入,甚至完全相反。大家翻一下肯定王安石的评论文章和著作,再看看肯定司马光、苏轼等人的评论和著作,就会发现历史上那些稗官野史的撰写者往往是善善、恶恶都过其实,没有采取史学家严肃的治学态度。

仅举一例以说明之。元祐间,黄庭坚、秦观、范祖禹及赵彦若等修《神宗实录》,礼部侍郎陆佃(陆游祖父、王安石的学生)也预修实录,意见发生了分歧。陆佃多次与黄、范等争辩,要肯定王安石。黄庭坚说:"如公言,盖佞史也。"陆佃反唇相讥:"尽用君意,岂非谤书乎?"以今观之,"谤书"也好,"佞史"也罢,都不是史家应持的态度。但对有宋一代史学影响最大的还是哲宗朝蔡卞(王安石女婿、蔡京之弟)进重修神宗实录之后,朝廷对元祐史官的侦讯和贬逐。据宋人记载:

> 绍圣中,诏元祐史官甚急,皆拘之徽县,以报所问,例悚息失据。独鲁直

---

① [宋]程颐撰:《周易程氏传》,北京:九州出版社,2011年,第116页。

随问为报,弗随弗惧,一时懔然,知其非儒生文士而已也。"①(李之仪《跋山谷帖》)

当时审讯者搞了一千多条材料,作为元祐史官修史失实的"罪证",但追查的结果,都有依据者,"所余才三十二事"。铁龙爪治河,如同儿戏一事,首先问及,对曰:"庭坚时官北都,尝亲见之,真儿戏耳。""凡有问,皆直辞以对,闻者壮之。"②尽管史官所记有理有据,但还是相继被贬。朱熹在总结当朝"史弊"时说:"史甚弊,因《神宗实录》皆不敢写。传闻只据人自录来者。才对(在皇帝御前奏对)者,便要所上文字,并奏对语上史馆。"③他还指出当时修史者的奴颜媚骨:

> 今之修史者,只是依本子写,不敢增减一字。盖自绍圣初,章惇为相,蔡卞修国史,将欲以史事中伤诸公。前史官范纯夫、黄鲁直已去职,各令于开封府界内居住,就近报国史院,取会文字。诸所不乐者,逐一条问黄范,又须疏其所以然,至无可问,方令去。后来史官因此惩创,故不敢有所增损也。④

所以朱老夫子十分感慨,认为宋时之史"大抵史皆不实"。"今日作史,左右史有《起居注》,宰执有《时政记》,台官有《日历》,并送史馆著作处参改,入《实录》作史。大抵史皆不实,紧切处不敢上史,亦不关报。"⑤这位古代的儒者告诉我们,我们今日看到的史料,既不反映实际史实,而紧要关键处又故意漏落,不把它写上,又不向上报告。这种以党争牵连当时实录的情况,损伤了史官秉笔直书的优良传统。

---

① 曾枣庄、刘琳主编:《全宋文》第一百一十二册,上海:上海辞书出版社;合肥:安徽教育出版社,2006年,第129页。
② [元]脱脱等撰:《宋史》,北京:中华书局,2013年,第13110页。
③ [宋]黎靖德编,王星贤点校:《朱子语类》,北京:中华书局,1986年,第3078页。
④ [宋]黎靖德编,王星贤点校:《朱子语类》,北京:中华书局,1986年,第3078页。
⑤ [宋]黎靖德编,王星贤点校:《朱子语类》,北京:中华书局,1986年,第3078页。

也正是由此出发,朱熹说:"看史只如看人相打。"①因为互相矛盾抵牾之处甚多。"相打有甚好看处?陈同父一生被史坏了。"②甚至认为史不能称为一门学问。《朱子语类》卷一百二十二载:

> 问东莱之学。曰:"伯恭(吕祖谦)于史分外子细,于经却不甚理会。……"义刚(黄义刚)曰:"他也是相承那江浙间一种史学,故恁地。"曰:"史甚么学?只是见得浅!"③

这当然与朱熹以经为本、以史为末的主张有关,但宋代之史的弊病是显而易见的。不过在北宋还没有禁野史,到了南宋才开始禁修野史。"顷秦丞相既主和议,始有私史之禁,时李文简焘尝以此重得罪。秦相死,遂弛语言律,近岁私史益多,郡国皆锓本,人竞传之。嘉泰二年春,言者因奏禁私史。"④这是历代统治者害怕人们知道历史真相的惯用伎俩。所以,我们对有关史料的撷取一定要明辨、慎用,不要陷溺于其中,"不识庐山真面目"。王安石《咏史》诗云:

> 自古功名亦苦辛,行藏终欲付何人?当时黮闇犹承误,末俗纷纭更乱真。糟粕所传非粹美,丹青难写是精神。区区岂尽高贤意,独守千秋纸上尘。⑤

王安石认为前代之史"糟粕所传非粹美",不是高贤之意,只是纸上灰尘,那么有关宋史的资料恐也是如此。并且由于宋代党争之烈,史弊更甚,这是我们应当特别注意的。

---

① [宋]黎靖德编,王星贤点校:《朱子语类》,北京:中华书局,1986年,第2965页。
② [宋]黎靖德编,王星贤点校:《朱子语类》,北京:中华书局,1986年,第2965页。
③ [宋]黎靖德编,王星贤点校:《朱子语类》,北京:中华书局,1986年,第2951页。
④ [宋]李心传著:《建炎以来朝野杂记》,《全宋笔记》第六编第七册,郑州:大象出版社,2013年,第120页。
⑤ [宋]王安石著:《王文公文集》下,上海:上海人民出版社,1974年,第780页。

两宋党争与科举。由于宋代典型的封建专制制度是由通过科举考试进入仕途的官僚队伍支撑的,由于朝中上至皇帝,下至每次政治改革的头面人物都试图影响、控制太学,为自己在政坛上的举措提供可靠的直接的后备力量,所以两宋太学生往往直接与党争发生关系或干预朝政,甚或被朝中大臣利用,成为他人工具,也有人时刻关注政治动向,主动向当权者一方靠拢、亲近,邀宠升官。历史留给了我们许多值得思考的东西。

先说宋代科举制的完善及其难以避免的积弊。宋代的科举制度在当前有关制度的基础上进一步发展完善,严格实行了锁院制、弥封、誊录制。试官提前入贡院,不允许与应考者接触。应考者的卷子严格密封,并且是由专人誊录过的,这就避免了认出笔迹或其他弊病。

宋代由于弥封、誊录制度的实行,主考与阅卷官集中贡院评卷,在一定程度上避免了唐代应举士子投献、打通关节之弊。据《江南野史》载:陈彭年大中祥符间同知贡举,省榜出,他的一个外甥落选了。这位落选的外甥怒气冲冲跑进舅舅家,恰巧陈彭年尚未归来,于是在几案黄敕背上题诗一首:

  彭年头脑太冬烘,眼似朱砂鬓似蓬。纰缪幸叨三字内,荒唐仍预四人中。放他权势欺明主,落却亲情卖至公。千百孤寒齐洒泪,斯言无路达尧聪。①

陈彭年见诗大怒,奏告朝廷,但朝廷没有因此怪罪他的外甥。这次贡举能够"落却亲情",倒是"至公"的一种表现。当然我们这样说,并不是说宋代的科举完全没有弊病,绝对不是。后世人推崇如苏东坡在知贡举时,尚不免要给自己的门生些许便利:元祐中,东坡知贡举,门生李廌与试。将锁贡院,东坡封了一个信封,派人送给李廌。正巧李不在家,送信之人把信封放置案上离去。不一会儿,章惇的两个儿子章持、章援到李家闲逛,偷偷把信封带走拆开观看,发现是《扬雄

---

① [宋]龙衮著:《江南野史》,《全宋笔记》第一编第三册,郑州:大象出版社,2003年,第199—200页。

优于刘向论》一篇。惊喜过望,携之而去。李归,求书简不得,后知为二章窃去,恨愧而又不敢言。结果就试之时,果出此题。二章皆模仿东坡,李廌无从下笔。及拆号,东坡认为李廌一定会夺魁,没想到是章援,第十名文意甚佳,乃章持。二十名间一卷颇合东坡意,东坡对同列曰:"此必李方叔!"结果拆号以后是葛敏修,而李廌竟落第。东坡出贡院,知道了原委,十分懊丧。作诗送李廌:"平生谩说古战场,过眼终迷日五色。"李廌之母悲叹:"苏学士知贡举,而汝不成名,复何望哉。"抑郁而卒。

东坡尚有此举,待一些权势者们掌握选举之权时,采取的是另外一些手法。人们都熟知陆游二十九岁应试被黜落之事。《宋史·陆游传》载:"明年,试礼部,主司复置游前列,桧显黜之,由是为所嫉。"①但翻检有关史料,事情决非如此之简单。有一位哲人曾经说过,如果我们没有认识到任何一个人掌权,都会把权力用到极限,那么我们就是没有读懂历史。借用一句,如果我们没有认识到秦桧掌权会把权力用到极限,我们就没有读懂宋史,没有读懂《秦桧传》。因为史料告诉我们,由于各方面的原因,秦桧科场舞弊,手段比苏轼要"高明"。这是一个封建时代"政治家"——阴谋家的做法:

> 程敦厚子山,东坡表兄,士元之孙也。秦桧善之。为中舍时一日,呼至府第,请入内阁坐,候之终日。一室萧然独案上有紫绫裱一册,书《圣人以日星为纪赋》,末后有"学生类贡进士秦埙呈",文采艳丽。子山兀坐,静观反覆,几成诵。虽酒肴问劳沓至及晚,竟不出,乃退。子山叵测也。后数日,差知贡举,宣押即入院,程始大悟。即以是命题,此赋果精,众考官皆称善。洎揭晓,乃孙果首选。②

当然,有些同志会问,仅仅一个程子中怎能对如此重要的科举考试大包大揽、起决定性的作用?是的,仅仅一个考官是不会起如此大的作用的,关键的问

---

① [元]脱脱等撰:《宋史》,北京:中华书局,2013年,第12057页。
② 佚名著:《朝野遗记》,《全宋笔记》第七编第二册,郑州:大象出版社,2015年,第281页。

题是,这次主试的考官,全部是秦桧一党的人。程子中倒有可能是秦桧最不放心的一个,因为对其还不能直言相告。李心传《建炎以来系年要录》卷一百六十六是这样记载的:

> 辛酉,上御射殿,策试正奏名进士。先是秦桧奏以御史中丞魏师逊、权礼部侍郎兼直学士院汤思退、右正言郑仲熊同知贡举;吏部郎中权太常少卿沈虚中、监察御史董德元、张士襄等为参详官。师逊等议以敷文阁待制秦埙为榜首。德元从誊录所取号而得之,喜曰:"吾曹可以富贵矣!"遂定为第一。榜未揭,虚中遣吏逾墙而白秦熺。及廷试,桧以士襄为初考官,仲熊复考,思退编排,而师逊详定。虚中又密奏乞许有官人为第一。至是策问……于是师逊等定埙为首,孝祥次之,冠又次之……①

此次科考,秦桧的亲党、考官们的亲朋"皆中第,天下为之切齿"。可以想象,在这样的情况下,考官怎么可能"置游前列"? 以秦桧当时炙手可热的权势,还用得着"显黜之"? 如果我们一定要依照旧的思维方式去考虑问题,那么最大的可能是陆游在二十九岁之盛年,已有诗名,因其写诗鼓吹抗战与秦不和,所以秦所任考官,希承风旨,根本就没有考虑让陆入选。陆游曾说:"数十年来罪虽擢发莫数,而诗为首。"这大概是其官场坎坷的第一次。

历史发展到南宋,这样的科场舞弊已不罕见,所以"绍兴丁丑,章持魁南省"。时有诗曰:"何处难忘酒,南宫放榜时。有才如杜牧,无势似章持。不取通经士,先收执政儿。此时无一盏,何以展愁眉?"如果说秦桧所作所为,已关涉和战之争的话,那么我们研讨两宋党争的发展变化过程,发现不管是有远见的政治改革者,还是蔡京、秦桧之流,都注意到了太学这官僚后备队伍的重要。

欧阳修嘉祐二年(1057)知贡举时尽黜时文之举,乃借助政治之力改革文风的重要措施。尽管当时太学之士"群嘲聚骂者动满千百"(《林下偶谈》)。欧阳修

---

① [宋]李心传著:《建炎以来系年要录》,北京:中华书局,1988年,第2712—2713页。

上街,太学生围观聚骂,以至街司逻卒不能制。甚至有人把祭文送到欧阳修门上,但"场屋之习,从是遂变"。

范仲淹新政,国家取士"先策、次论、次诗赋"①。庆历新政失败,庆历五年(1045),就"罢科举新法。范仲淹既去,执政以新定科举入学预试为不便,且言:'诗赋声病易考,而策论汗漫难知,祖宗以来,莫之有改,且得人尝多矣。'帝下其议,有司请如旧法,乃诏前所更令悉罢之"②。

到了熙宁四年(1071),即王安石变法期间,神宗听从王安石的建议,罢诗赋及明经诸科,专以经义、论、策试士。王安石与其子编著的《三经新义》及《字说》成为最流行的太学教材。苏轼曾竭力反对,认为"若欲设科立名以取之,则是教天下相率而为伪也"。应试者会专拣上面喜欢听的去做文章,"凡可以中上意者,无所不至",且指出:"自唐至今,以诗赋为名臣者不可胜数,何负于天下而必欲废之!"③

元祐年间,旧党执政,逐渐恢复至"御试举人,复试诗赋论三题","经义参用古今诸儒说,毋得专取王氏。寻又禁毋得引用王氏《字说》"。绍圣年间又"诏进士专习经义,罢习诗赋",后竟发展到认为诗赋乃元祐学术,习者治罪的地步。

到了南宋,在应举之时,士人主和抑或主战,会决定你跳过龙门还是铩羽而归;到了庆元党禁时,竟然弄到应举士子必须声明自己不是伪学党徒方能应试的地步。所以党争双方的得势与否,决定着太学生们应试的内容,决定着他们的命运。政治斗争的风波不时在太学引起震荡。

熙宁三年(1070)三月春放榜,韩秉国、吕惠卿初考,阿时者皆在高等,讦直者皆在下等;宋次道、刘贡父复考,皆反之。叶祖洽策言:"祖宗多因循苟简之政,陛下即位,革而新之。"李才元、苏子瞻编排上官均第一,祖洽第二,陆佃第三。神宗皇帝,擢祖洽第一。苏轼说:"祖洽诋祖宗以媚时君,而魁多士,何以正风化?"④引起王安石不满:"轼才亦高,但所学不正,又以不得逞之,故其言遂跌荡至此。"数

---

① [明]陈邦瞻著:《宋史纪事本末》,北京:中华书局,2018年,第366页。
② [明]陈邦瞻著:《宋史纪事本末》,北京:中华书局,2018年,第367页。
③ [明]陈邦瞻著:《宋史纪事本末》,北京:中华书局,2018年,第368页。
④ [宋]司马光著,李之亮笺注:《司马温公集编年笺注》六,成都:巴蜀书社,2009年,第109页。

请诎之。

在这样的情势下,那些太学生们在国家、民族、朋党、个人利益诸方面几度权衡,各取所需,就不可避免地出现了随着政治局势的变化而随时准备投机的人物。在文学史上较为著名的周邦彦就是这样一个人。元丰七年(1084)三月,周邦彦二十九岁,因献《汴都赋》受到神宗的赏识,由太学外舍生擢为试太学正,即由"学生"一变而为"学官"。当时太学诸生"献赋颂者以百数",周邦彦的大概是其中最好的一篇。如果按照有些论者的说法,周邦彦此时进《汴都赋》并非那种以献书求仕途捷径的小人。那么在哲宗、徽宗时"重进《汴都赋》"而再度升迁,就值得玩味了。因为综观在党争中太学生之命运,其上书应试策论的具体内容是决定其宦途之升沉否泰的。

此外,科考的内容与考生的取舍也往往与政治上的变化潜相连结。哲宗朝,赐礼部奏名进士,诸科九百七十五人及第出身。时考官取进士答策者,多主元祐。杨畏复考,乃悉下之,而以主熙丰者置前列,拔毕渐为第一。"自是绍述之论大兴,国是遂变矣。"第二人方天若程文中,言:"元祐大臣当一切诛杀,子弟当禁锢,资产当籍没。"①也是在哲宗朝,绍圣四年(1097),张天说因上书被执政认为是讥讪先朝,处死。

元符末,当朝政又面临动荡时,学人大多上书议时政,如崇宁元年九月:

> 诏中书籍元符三年臣僚章疏姓名,分正邪,各为三等。于是中书奏:正上,钟世美、乔世材、何彦正、黄克俊、邓洵武、李积中六人;正中,耿毅等十三人;正下,许奉世等二十二人;邪上尤甚,范柔中等三十九人;邪上,梁宽等四十一人;邪中,赵越等一百五十人;邪下,王巩等三百一十二人。正上、正中、正下三等,邪上、邪中、邪下三等。②

以钟世美以下四十一人为正等的,反元祐的,一律升迁。范柔中以下五百余

---

① [清]毕沅编著:《续资治通鉴》,北京:中华书局,1957年,第2160页。
② [清]毕沅编著:《续资治通鉴》,北京:中华书局,1957年,第2243页。

人为邪等的降责有差。

崇宁二年(1103)六月,明令：

> 元符末上书进士,类多诋讪,令州郡遣入新学,依太学自讼斋法,候及一年能革心自新者,许将来应举；其不变者,当屏之远方。①

据我个人的悲观推测,五百余人中不变者恐怕不多。一是史料没有关于这些人坚持自己政治主张的记载；二是这些人当初力主元祐,大概是有许多人在个人前途上押宝押错了。朋党之争波及候选学人,坏了士人之心术,所以到了南宋庆元党禁时,出现的是一幅令人惨不忍睹的士人心态图。

庆元二年(1196),"选人余哲上书,乞斩熹以绝伪学"。庆元二年二月,端明殿学士叶翥知贡举。同知贡举、右正言刘德秀言："伪学之魁,以匹夫窃人主之柄,鼓动天下,故文风未能丕变。请将语录之类尽行毁除。"故是科取士,稍涉义理者,悉皆黜落。"自伪学有禁,士之绳趋尺步,稍有以儒自名者,无所容其身。从游之士,特立不顾者,屏伏丘壑,依阿巽懦者,更名他师,过门不入,甚至变易衣冠,狎游市肆,以自别其非党。"以致搞到朱熹逝世,"门生故旧不敢送葬,惟李燔等数人视定,不少忾"。

也许站在今人的角度,我们应当宽容地对待这曾经在历史上存在的事实,而不应苛责,因为当时应举必须明确表示"不是伪学"方能应举进入仕途。既然权势移人,现实政治已使一些士人精神、人格扭曲,于是一些"聪明"的统治者就开始有意识地利用太学学生去达到个人的政治目的。

宋理宗时,宦官卢允升、董宋臣弄权,太学生池元坚、太常寺丞赵崇洁、左史李昂英皆论击董宋臣、卢允升。其结果是董卢二人的政敌洪天锡、谢方叔相继斥逐。"允升、宋臣犹以为未快,厚赂太学生林自养,上书力诋方叔、天锡。且曰：'乞诛方叔,使天下明知宰相台谏之去,出自独断,于内侍初无预焉。'书既上,学舍恶

---

① [清]毕沅编著：《续资治通鉴》,北京：中华书局,1957年,第2253页。

自养党奸,相与鸣鼓攻之,上书以声其罪。"

林自养甘心情愿作太监的鹰犬,是想从捷径步入仕途,没想到其行径为士林所不齿,竟被学舍中鸣鼓攻之,以声其罪。可见在当时,尽管朝政混乱,忠奸不分,是非不明,但人心自有公理在。

当然,我们研究历史,研究两宋太学生与党争的关系,还是要赞美和肯定那些为民请命,为国捐躯,为了人生正义、理想的追求舍身忘我的仁人志士的。这在两宋太学中也是不乏其人的。最著名的是被人称为宋代学生运动领袖的陈东。陈东,字少阳,镇江丹阳人。《宋史》卷四百五十五有《陈东传》。早有隽声,倜傥争气。当蔡京、王黼诸人气焰熏天之时,指斥群奸,无所隐讳,以致每当他出席宴会时,座客惧为己累,一个个慢慢溜走。徽宗宣和七年(1125)十二月,金兵临阙,钦宗即位,陈东率太学诸生上书声言蔡京等奸贪误国,朋党蔽君之罪:

> 今日之事,蔡京坏乱于前,梁师成阴谋于后,李彦结怨于西北,朱勔结怨于东南,王黼、童贯又结怨于辽、金,创开边隙。宜诛六贼,传首四方,以谢天下。①

次年(靖康元年),王黼被贬、被杀,李彦赐死,朱勔放归田里,梁师成先被贬,后赐死。二月,蔡京、童贯、蔡攸也相继被贬。这些固然乃时势使然,但与陈东首先声言其罪是有关系的。

陈东作为太学生领袖,率太学诸生优阙上书,干预朝改,影响朝廷和战趋向、用人方略,震动朝野的事件发生在靖康元年(1126)。金人兵临城下,李纲时为东京留守,因姚平仲夜袭敌营,兵败逃亡一事,朝中主和派李邦彦罢李纲、割三镇(太原、中山、河间)以媚金人。陈东率太学诸生伏宣德门上书,极言李邦彦、张邦昌诸人庸缪不才,嫉贤妒能,动为身谋,不恤国计;而李纲以天下为己任,身当国难,奋不顾身。所以,在此大用人之际,应用李纲,斥李邦彦诸人,而不是相反。

---

① [元]脱脱等撰:《宋史》,北京:中华书局,1977年,第13359页。

当时，汴梁城中，军民不期而集者数万人。适逢李邦彦退朝，众数其罪，谩骂且欲殴之，邦彦疾驱得免。吴敏宣谕谓李纲将立即复职，众人仍不散去。挝登闻鼓，喧呼动地，又杀内侍数十人。钦宗皇帝宣旨立即恢复李纲右丞职，充京城四壁守御史，众人方才散去。

第二天，朝廷下诏诛士民杀内侍为首者，禁伏阙上书。金人退兵，学官观望，当权者欲屏伏阙之士，先拿陈东开刀。而京尹王时雍竟欲尽致诸生于狱，人人惶恐。后朝中用儒者杨时为祭酒，又遣聂昌诣太学抚谕，太学方才恢复安定。其时吴敏欲弭谤，议奏补东官，赐第除太学录。但陈东又上书请诛蔡京诸人，前后书凡五上，辞官而归。

北宋灭亡，徽、钦北狩，高宗即位，十日后召陈东，时李纲因有声名震主之威而遭贬逐。陈东又上书请用李纲而罢黄潜善、汪伯彦。黄潜善等又千方百计构陷李纲，罗织罪名，陈东上书为李纲辩诬。

恰值布衣欧阳澈亦上书言时事，极诋用事大臣。黄潜善迎合高宗心意，进言：如果不杀陈东、欧阳澈，他们又将鼓动太学民众，伏阙上书，干涉朝政。于是诏书（诛杀陈东、欧阳澈的诏书）独下黄潜善家。府尹孟庾召东议事，陈东请饭后即行，手书区处家事，字划如平时。然后授书于侍从，让其将遗言付诸亲人。当陈东饭后要上厕所时，监视他的吏卒害怕他逃跑，陈东笑着说："我是陈东，我如果害怕死就不敢上书，既已上书，我还会逃跑吗？"陈东整束衣冠，别同邸，与澈同斩于市。国有难而杀忠义之士，时人识与不识，皆为流涕。

以上是我们依据正史，勾画出的在民族危亡之际，朝中和战之争以及太学生力主抗战终至刑戮的大致轮廓。有意思的是，宋人笔记小说为我们提供了更为复杂的历史画图。戴埴《鼠璞》载：

> 靖康孙觌论太学生陈东诱众伏阙为乱，建炎黄潜善辈置东极刑。张魏公（浚）亦奏胡珵笔削东书，欲使布衣挟进退大臣之权，几至召乱，遂以讽谕狂生，规摇国是，将珵追勒编置。或谓魏公乃潜善客，珵则李纲客也，因借此去之。公为一代人物宗主，亦复有此失。……然高宗特以靖康之哄为惧，不

欲伏阙,却不以言罪人。他日赠东官……①

参之正史,戴埴的这段话告诉我们,当时朝中和战之争尚为波澜无定之局面,张浚攻讦李纲,且阴谋逐李纲之门客,可以说明一些问题,但戴埴对高宗对待陈东诸人的态度也许是碍于时势,难于措辞,也许是出于时人道德观念,曲为回护。因为宋高宗曾明确表示过:"(靖康)伏阙事倘再有,朕当用五军收捕尽诛之。"他也不止一次骂李纲"朋党"。李纲被逐,陈东被杀发生在同时,决非偶然。至于陈东死后数年,褒赏赐官等举,乃是封建时代统治者笼络人心的一种手段。"可怜事去言难赎"是难以弥补杀戮陈东抹在人心上的阴影的。

宋王朝似乎对太学生伏阙上书特别痛恨,所以宋孝宗这个南渡以来最有作为的皇帝,也严禁太学生伏阙上书。但隆兴二年(1164),太学生张观等七十二人上书论汤思退、王之望、尹穑奸邪误国,构致敌人之罪,乞斩三人,以谢天下。并窜其党洪适等人,请用陈康伯、胡铨、虞允文等人,以济大计。汤思退贬谪途中,忧悸而死。光宗绍熙年间,由于孝宗、光宗不和,太学生汪安仁等亦上书请朝重华宫(孝宗)。

这是我们所掌握太学生上书而未被治罪的有限的两次。此后随着宋王朝的日趋没落,每次太学生伏阙上书的结局都是悲剧的。其中包括前后太学六君子和武学生华岳上书。先说"前六君子"。宁宗庆元元年(1195),罢右丞相赵汝愚,韩侂胄擅权,秘书监李沐为韩之鹰犬,肆意弹劾为赵汝愚辩护的朝官。于是太学生杨宏中、周端朝、张道、林仲麟、蒋傅、徐范六人,伏阙上书:"自古国家祸乱之由,初非一端,惟小人中伤君子,其祸尤惨。党锢弊汉,朋党乱唐,大率由此。"②极论李沐党邪,蒙蔽朝廷,赵汝愚忠勤。为赵汝愚声言不白之冤的国子监祭酒李祥、太府寺丞吕祖俭均非赵党,要求朝廷"窜沐以谢天下,还祥、简以收士心"。结果是皇帝下诏认为杨宏中等"罔乱上书,扇摇国是,悉送五百里外编管"。中书舍

---

① [宋]戴埴著:《鼠璞》,《全宋笔记》第八编第四册,郑州:大象出版社,2017年,第72—73页。
② [清]毕沅著:《续资治通鉴》三,长沙:岳麓书社,2008年,第621页。

人邓驲认为处罚不当,交奏留之,不听。就在当天,李沐诸人相继升迁,令临安府知州逮捕杨宏中等人押送贬所。不久,邓驲被贬知杭州。当时人们佩服杨宏中诸人胆识,号为"六君子"。

但以韩侂胄之跋扈,并未能尽钳天下之口。宁宗嘉泰四年(1204),韩侂胄在朝中最大的依靠韩皇后病逝,裙带关系已不能确保韩在朝中的地位,于是想"立不世功以自固"——北伐。在金强于宋,南宋没有周密准备的情况下贸然进兵,其后果是难以设想的。于是武学生华岳上书,谏朝廷未宜用兵启边衅,且乞斩韩侂胄、苏师旦、周筠以谢天下。其结果是被下到大理寺狱审讯,最后编管建州。韩侂胄开禧北伐的结果是,"赢得仓皇北顾"(辛弃疾)。丧师辱国,最后金方提出十分苛刻的和谈条件,其中一条就是要韩的脑袋。最后南宋王朝还真的函首于金,投降派的这种做法固然可鄙,但韩侂胄之流的"主战"也实在令人难以苟同。

所谓太学"后六君子"被窜逐事件,发生在宋理宗宝祐四年(1256)。当时丁大全谄事内嬖,窃弄威权,由于右丞相董槐不为所用,于是采用非常手段迫害董槐。先是,丁大全曾派人私下谒见董槐,结以私交,被董拒绝,说:"吾闻人臣无私交,吾惟事上,不敢结私约,幸为谢丁君。"丁大全知道董不附己,于是千方百计搜求董槐的短处,恰值董槐奏事,极言丁大全奸佞。丁大全怨怒之下,上章弹劾董槐。朝中处置董槐的命令尚未下达,丁大全深夜之中"以台檄调隅兵百余人,露刃围槐第,驱迫之出,给令舆槐至大理寺,欲以此胁之""须臾,出北关,弃槐,嚣呼而散。"董槐慢慢走回接待寺,罢相之制始下,物论殊骇。三学生(外、内、上)上书言之,朝廷才下诏让董槐以观文殿大学士的身份提举洞霄宫。丁大全采取非常手段赶走董槐之后,更加骄横。太学生陈宜中、黄镛、林则祖、曾唯、刘黻、陈宗六人上书论丁大全奸邪误国。丁大全盛怒之下,唆使御史吴衍劾奏陈宜中等人,削去了陈、黄的学籍,编管远州,并立碑三学学舍,诫诸生勿得妄议国政。当时天下称陈等六人为"六君子"。

前后太学"六君子"和武学生华岳,均以关怀国事上书朝廷以放逐为最后的结局。如果我们把发生在宋代太学中的此类事件按照近代史的写法称之为学生运动的话,我们会发现宋代太学生干涉朝政涉及的内容相当广泛。

理宗朝影响较大的太学生上书发生在淳祐四年(1244)。史嵩之专权跋扈，挟功要君，其父史弥忠死，皇帝下诏史嵩之起复右丞相兼枢密使。中外畏懦，无人敢言。太学生黄恺伯、金九万、孙翼凤等一百四十四人叩阍上书，认为"自古求忠臣必于孝子之门，未有不孝而可望其忠也"。"今嵩之视父死如路人"，"匿丧罔上，殄灭天常"。并指出，对于史嵩之之奸"台谏不敢言，台谏，嵩之牙爪也；给舍不敢言，给舍，嵩之腹心也；侍从不敢言，侍从，嵩之肘腋也；执政不敢言，执政，嵩之羽翼也"，书上不报。

武学生翁日善等六十七人，京学生刘时举、王元野、黄道等九十四人，又上书论史嵩之奸邪误国，"天下有一日不可废之人伦，人心有一日不可泯之公论"。"惟陛下决去大奸，则社稷幸甚！"太学诸生又榜于太学斋廊："丞相朝入，诸生夕出；诸生夕出，丞相朝入。"以示与史嵩之诸人不共戴天。当时范钟、刘伯正暂领相事，人皆史嵩之鹰犬，憎恶太学生言事干预朝政，遂认为太学生之作为都是游学之士鼓动倡导的结果，于是让京尹赵与筹驱逐游学之士。太学诸生知道之后，写了《卷堂文》，有"天之将丧斯文，实系兴衰之运，士亦何负于国，遽罹斥逐之辜"。"昔郑侨且谓毁校不可，而李斯尚知逐客为非，彼既便已行之，吾亦何颜居此？""苟为饱暖是贪周粟之羞，相与携持毋蹈秦坑之惨。斯言既出，明日遂行。"他们宁愿堂堂正正做人，不愿摇尾乞怜，于是"京尹遂尽削游士籍"，将有关太学生员尽皆削籍。但这种做法仍然未能使太学缄默。淳祐五年(1245)六月，工部侍郎徐元杰因论史嵩之，指爪忽裂，暴卒。三学诸生相继伏阙上言："昔小人倾君子者，不过使之死于蛮烟瘴雨之乡。今蛮烟瘴雨不在岭外而在朝廷。"左司谏刘汉弼也由于论权奸误国，不久，得肿疾暴死。太学生蔡德润等一百七十三人叩阙上书诉冤……然而此时，纵有才杰之士经世，对于病入膏肓的南宋王朝也是回天乏术了。

纵观两宋科举制与太学养士制度，我们可以坦诚地说，它的确为两宋培养了一大批英杰人才。但也正由于如此，当权者对学校的控制愈益周密，科考内容不断变换，进入仕途的科举考试要唯执政倾向是求，这都不断地考验着每一个士人的良心，也不断移易变换太学学风。"王安石除异己之人，著三经之说以取士，天下靡然雷同。"(《纲鉴易知录》卷七十六)"及蔡京得志,引门生故吏,更持政柄,倡绍述之论以欺人主。绍述一道德,而天下一于诣佞。绍述同风俗,而天下同于欺罔;绍述理财,而公私竭;绍述造士,而人才衰;绍述开边,而塞尘犯阙矣。"(同上)国家朝政已不可收拾,关于这一点连蔡京心中也是清楚的。据有关史料记载:

> (福州张)柔直以师道自尊,待诸生严厉,异于他客,诸生已不能堪。一日,呼之来前,曰:"汝曹曾学走乎?"诸生曰:"某寻常闻先生长者之教,但令缓行。"柔直曰:"天下被汝翁作坏了。早晚贼发火起,首先到汝家。若学得走,缓急可以逃死。"诸子大惊。走告其父,曰:"先生忽心恚"云云。京闻之,矍然曰:"此非汝所知也!"即入书院,与柔直倾倒。①

蔡京之所以如此,他大概已清楚地知道,自己及其惨淡经营的统治集团是坐在火山口上的。自从蔡京执政,朋党罔比,奸贪误国。正气息影,志士钳舌,钩心斗角的风气一直侵延到蔡京兄弟父子之间,他怎么会没有感同身受的体会呢?

崇宁四年(1105)春正月,蔡卞罢。蔡卞居心倾邪,一意妇翁王安石所行为至当。以兄蔡京晚达而位在上,致己不得相,故二府政事,时有不合。至是,蔡京请以童贯为制置使,蔡卞言不宜用宦者,必误边计。蔡京于帝前诋卞,蔡卞求去,遂出为河南府。

宣和二年(1120)六月,诏蔡京致仕,京专政日久,士论益不与,帝亦厌薄之。子攸权势既与父相轧,浮薄者复间焉,由是父子各立门户,遂为仇敌。攸别居赐第,一日,诣京,京正与客语,使避之。攸甫入,遽起握父手,为珍视状,曰:"大人脉势舒缓,得无有不适乎?"京曰:"无之。"攸曰:"禁中方有公事。"即辞去。客窃窥见以问京,京曰:"君固不解此邪。儿欲以为吾疾而罢我耳。"阅数日,果以太师、鲁国公致仕……

宣和七年(1125)……蔡绦钟爱于京,擅权用事,其兄攸嫉之,数言于帝请杀,

---

① [宋]黎靖德编,王星贤点校:《朱子语类》,北京:中华书局,1986年,第2571页。

帝不许。白时中、李邦彦亦恶绦,乃与攸发奸私事,帝怒,欲窜之,京力丐免……

昔日曹操被人称为"乱世之奸雄,治世之能臣",乃是一位英雄。历来大奸必有大才,其才足以济奸,蔡京当属此类。

及至韩侂胄倡伪学之禁,"十数年间,士气日衰,士论日卑,士风日坏,识者忧之"(嘉定四年,著作郎李道传语)。权势移人,使太学、科举、国家选拔栋梁的所在,成了趋炎附势之徒辈出的地方。

到理宗朝,人们对宋王朝的末日来临,已有预感:"或谓世教将衰,则人才先以凋谢。如真德秀、洪咨夔、魏了翁,方进柄用,相继而去,天意固不可晓。至于敢谏之臣,忠于为国,言未脱口,斥逐随之,一去而不可复留。人才岂易得,而轻弃如此!"①(崔与之语,见《宋史纪事本末·真魏诸贤用罢》)

当是之时,太学诸生还相继上书,请诛伐奸佞,扶持正气。皇帝认为太学之论没有错,但干预朝政,诋毁大臣太过分了,徐元杰曰:"正论乃国家元气,今正论犹在学校,要当保养一线之脉。"②(徐元杰语见《宋史纪事本末·史嵩之起复》)

如果说我们翻检有关庆元党禁的资料,深为政治压力之下,道学中人过师门不入,甚至佯狂放诞、改投他师之行为悲叹,那么我们不能不承认王安石为变法变革学校法度,培养后备人才,而其结果却是王安石一倒台,"今日江湖从学者,人人讳道是门生",直到哲宗徽宗时,尊享王安石,江湖学者,望风投向,有人变换上述诗句曰"今日江湖从学者,人人尽道是门生",这实在是一场闹剧,一场悲喜剧,所以蒋士铨《读宋人论新法札子》诗曰:"本欲针刀苏痼疾,岂知药石付庸医!"(《忠雅堂集》卷十三)

王安石尚且如此,他人更等而下之了。"贾似道之为相也,学舍纤悉无不知之。雷宜中长成均也,直舍浴堂久圮,遂一新之。或书其壁云:'碌碌盆盎中,忽见古罍洗。'雷未之见也。一日见贾,语次忽云'碌碌盆盎中',雷恍然不知所答,深用自疑。久之入浴堂见之,乃悟云。"③正由于两宋党争的残酷激烈,由于党争

---

① [明]陈邦瞻撰:《宋史纪事本末》,北京:中华书局,2018年,第1055页。
② [明]陈邦瞻撰:《宋史纪事本末》,北京:中华书局,2018年,第1065页。
③ [宋]周密著:《癸辛杂识》,《全宋笔记》第八编第二册,郑州:大象出版社,2017年,第355页。

双方对学校的重视、争夺和利用,在变幻无常、波澜无定的政治斗争的冲击之下,太学之士坚持为国为民初衷,不左右摇摆者有之,伏阙上书,直陈朝廷得失,匡扶时弊者有之,但更多的是随着朝中政治风向标,唯利是图,唯官是求,觊觎方向,出卖灵魂。所以研究两宋党争特色,我们不应忽略党争与太学、科举的密切关系以及与之有关的诗词文赋。

以上我们简略论述了两宋党争的特色及其对社会生活广泛而又深刻的影响。至于两宋党争对宋代文学创作的影响,我们将另文探讨,此不赘述。

两宋党争对宋诗创作的影响

本文探析两宋朋党之争对诗人生活经历、创作心态、创作内容、艺术风格的影响。认为在党祸、诗祸的惩戒之下,诗人们由满怀热情参与现实斗争走向了力图超越人生困苦、逃避政治斗争的另一方面;宋诗由干预现实走到了诗人们不愿作诗、不敢作诗的另一面,宋人不是不懂形象思维,而是不敢运用比兴手法。宋诗造意深微、闲淡枯槁的特色,与两宋党争有千丝万缕的联系。两宋激烈残酷的朋党之争是宋诗特色形成的重要原因之一。

一

"朋党之说自古有之。"[①]宋代党争又有其独特之处。两宋党争起始早,时间长,激烈残酷,影响到两宋社会生活的各个方面。党争中邪正互攻的结果,"始以党败人,终以党败国。""朋党之兴,始于君子,而终不胜于小人,害乃及于宗社生民,不亡而不息"[②]。宋代的诗人们,大多是政治家。或出于对国家民族的责任,或出于党派集团之利益,或是为了个人仕途的通达,"无智愚贤不肖,悉自投于蜩螗沸羹之中。""北宋四大家"欧(阳修)、王(安石)、苏(轼)、黄(庭坚)深陷其中,"中兴四大诗人"尤(袤)、杨(万里)、陆(游)、范(成大)也难摆脱其困扰。诗坛大家如此,其他诗人亦然。我们拿游国恩等先生主编的《中国文学史》做了简单的

---

① [宋]欧阳修著:《欧阳修全集》,北京:中国书店,1986年,第124页。
② [明]王夫之著:《船山全书》第十一册,长沙:岳麓书社,1996年,第118页。

统计,目录上出现姓名的宋代作家有二十五位,除柳永等个别作家之外,多与党争有关。"每一时代的理论思维,从而我们时代的理论思维,都是一种历史的产物,在不同的时代具有非常不同的形式,并因而具有非常不同的内容。"①而且,它的内容和形式"是由于产生这些体系的那个时期的需要而形成起来的"②。生活在特定历史时期的宋代诗人们,在党祸绵延、诗祸相继的情况下,或有惩于他人遭遇,或有感于自身坎坷,其创作心态、创作内容与风格受党争的影响是必然的。

二

宋代诗坛上,"梅欧"并称,欧阳修、梅尧臣被认为是初具宋诗面貌的代表性作家,苏轼说:"自欧阳子出,天下争自濯磨,以通经学古为高,以救时行道为贤。"③实际上,这种思潮的出现,并不自欧阳修始,在其稍前及同时,有王禹偁、柳开、穆修、石介、石曼卿、苏舜钦、梅尧臣等诗人,他们才识不同,创作上各有师承,虽然没有形成一个文学流派,但他们的文学思想基本上是一致或比较一致的。他们的诗,重在"明道""致用",都比较重视文学的社会作用和社会效果。现实政治呼唤文学的参与,而这些诗人们几乎都是自觉地用诗歌作为武器参与了现实斗争,于是诗人们"开口揽时事,论议争煌煌"④。现实生活决定了诗歌创作的具体内容,诗歌创作又反过来干预影响了现实斗争,同时具体的创作内容也要求与之相适应的创作风格。

从有关资料看,宋代诗人们用诗作参与现实斗争,确实曾发挥了一定的战斗作用。范(仲淹)吕(夷简)之争中,高若讷观望邀宠、趋炎附势,蔡襄作《四贤一不肖》诗,"以誉仲淹、(余)靖、(尹)洙、(欧阳)修而讥若讷,都人相传写,鬻书者市之得厚利"⑤。庆历之争中,石介所写《庆历圣德颂》一诗,颂扬范(仲淹)、韩(琦)新

---

① 《马克思恩格斯选集》第三卷,北京:人民出版社,1972年,第465页。
② 《马克思恩格斯全集》第三卷,北京:人民出版社,1972年,第544页。
③ [宋]苏轼著,孔凡礼点校:《苏轼文集》,北京:中华书局,1986年,第316页。
④ [宋]欧阳修著,李之亮笺注:《欧阳修集编年笺注》第一册,成都:巴蜀书社,2007年,第88页。
⑤ [清]吴乘权等辑:《纲鉴易知录》,北京:中华书局,2009年,第982页。

政,贬斥夏竦。此诗一出,传遍天下。有鉴于宋代诗人与党争的密切关系,朱熹在总结当朝党争时曾指出:"且朋党之倡,其萌于范、吕交隙之时乎!……党论之始倡,蔡襄贤不肖之诗激之也,党论之再作,石介'一夔一契'之诗激之也,其后诸贤相继斥逐,又欧阳公'邪正'之论激之也。"①正由于宋诗反映了当朝重大政治事件,所以翁方纲说:"若夫宋诗……其精诣,则固别有在者……如熙宁、元祐一切用人行政,往往有史传所不及载,而于诸公赠答议论之章,略见其概。至如茶马、盐法、河渠、市货,一一皆可推析。南渡而后,如武林之遗事,汴土之旧闻,故老名臣之言行、学术,师承之绪论、渊源,莫不借诗以资考据。"②宋诗反映严峻的社会现实、积极参与现实政治斗争的特性,要求一种平易朴质,易为多数人所接受的诗风。换句话说,为了"明道致用"的需要,形式上就要求"易道易晓",于是宋诗的议论化、散文化成为必然。

清人叶燮认为梅尧臣、苏舜钦"开宋诗一代面目""自梅苏变尽'昆体',独创生新,必辞尽于言,言尽于意,发挥铺写,曲折层累以赴之,竭尽乃止"。③沈德潜也说:"宋初台阁唱和,多宗义山,名'西昆体'以义山为'昆体'者非是。梅圣俞、苏子美起而矫之,尽翻窠臼,蹈厉发扬,才力体制,非不高于前人,而渊涵淳渟之趣,无复存矣。"④后人非独对梅、苏如此评价,欧阳修也受讥评。叶梦得《石林诗话》曰:"欧阳文忠公诗始矫'昆体',专以气格为主,故其言多平易疏畅,律诗意所到处,虽语有不伦,亦不复问。而学之者往往遂失于快直,倾囷倒廪,无复余地。"⑤综观批评史上人们对宋代诗人类似的批评,普遍认为在"明道致用"原则的指导下,诗人们追求平易、流畅、朴直的诗风。探求宋代诗人们创作的良苦用心,吴乔明确指出:"宋人作诗,欲人人知其意,故多直达。"⑥所以我们说,宋诗的快

---

① [宋]范仲淹撰:《范文正公集》附录《诸贤赞颂论疏》,四部丛刊初编(影印版),1929年,第361页。
② [清]赵执信、翁方纲著,陈迩冬校点:《谈龙录·石洲诗话》,北京:人民文学出版社,1981年,第122—123页。
③ [清]叶燮、沈德潜著,孙之梅、周芳批注:《原诗·说诗晬语》,南京:凤凰出版社,2010年,第61页。
④ [清]叶燮、沈德潜著,孙之梅、周芳批注:《原诗·说诗晬语》,南京:凤凰出版社,2010年,第112页。
⑤ [清]何文焕辑:《历代诗话》,北京:中华书局,1981年,第407页。
⑥ 郭绍虞编选,富寿荪点校:《清诗话续编》,上海:上海古籍出版社,1983年,第473页。

直、发露,意尽言中,明白晓畅,是社会政治生活的需要,是诗人们时代责任感的反映,是有意识追求的结果。联系历史实际,是应予以肯定的。

三

诗人们的麻烦也就出在这里,现实是冷酷的,党争是无情的。两宋党争往往由政见歧异演变成互相倾轧、无情打击的党祸,而党祸又总是与诗祸形影相随。宋人及后人对有关事件均有所著录与探讨。"进奏院事件"后,苏舜钦们被对手"一网打尽"的借口之一就是王益柔所作《傲歌》,"王拱辰因其作《傲歌》事劾奏之,力言其罪当诛,盖欲因益柔以累公(范仲淹)也"①。庆历新政失败的导火索之一是石介的《庆历圣德颂》,"以二十年间否泰消长之形,与当时用舍进退之迹,尽于一颂,明发机键以示小人,而导之报复"②。在新旧党争的反复中,一般诗人因诗文得罪姑且不论,著名诗案有"乌台诗案"和"蔡确诗案"。在朋党之争这个痼疾困扰宋王朝的二百余年中,可谓是党祸惨烈,诗祸不断。中伤皆死祸,放逐罕生还。党争的波流无定,决定了众多诗人们宦海浮沉,穷通不定。

纵观两宋诗坛,欧、苏之时,尽管人们常因诗获罪,人们以作诗为诫,但诗人穷蹙之时尚可"时发愤懑于歌诗"聊以自慰自解。随着党祸的愈趋惨烈,"绍述之后,艺士多穷"。当权者开始以行政手段对诗歌创作进行干预,"崇宁以来,时相不许士大夫读史作诗,何清源至于修入令式"③。政令苛严,以至"士庶传习诗赋者杖一百。畏谨者至不敢作诗"④。禁诗之议源于朝中党争,因为诗乃"元祐学术"。北宋有诗禁,南宋也有诗禁。江湖诗祸起,"诏禁士大夫作诗,如孙花翁、季蕃之徒,改业长短句"。

有宋一代,朝廷用行政命令手段影响干预诗歌创作,还表现在科举考试内容

---

① [宋]楼钥撰:《范文正公年谱》,四部丛刊初编(影印版),1929年,第982页。
② [宋]叶适撰:《习学记言序目》,北京:中华书局,1977年,第732页。
③ [宋]洪迈撰,孔凡礼整理:《容斋四笔》卷十四,《全宋笔记》第五编第六册,郑州:大象出版社,2003年,第366页。
④ [宋]轻言主编:《历代小品诗话》,武汉:崇文书局,2010年,第131页。

的反复变更上。宋代的政治家们都注意到通过科举选拔官僚后备力量的重要性，所以在党派纷争中，一派执政，必定改变科考内容。庆历新政，朝廷取士"先策，次论，次诗赋"。庆历新政失败，旋即罢科举新法，"有司请如旧法，乃诏前所更令悉罢之"。到了熙宁四年（1071），王安石变法，又罢诗赋及明经诸科，专以经义、论、策试士。元祐年间，又恢复至"御试举人，复试诗赋论三题"。而至绍圣年间，又"诏进士专习经义，罢习诗赋"。这一切足以说明，在朝廷纷纭复杂的党争中，得势一方，决定着科举考试的内容，也决定着士子们的政治命运。如果说在党祸、诗祸中受到惩创遭遇坎坷的诗人们只是少数，那么宋王朝全面禁诗，随着党派之争的几经反复，诗赋作为科举考试内容的几经冲击，其对有宋一代诗歌创作的消极影响是难以估量的。

四

更迭的政局，残酷的党祸、诗祸，不能不影响到诗人们的创作心态。苏舜钦贬黜之后，"时发愤懑于歌诗"。欧阳修在仕途上也"十年困风波，九死出槛阱"①（《述怀》）。苏轼坎坷半生，清醒地认识到"白首累臣正坐诗"②（《十月二十日恭闻太皇太后升遐，以轼罪人，不许成服，欲哭则不敢，欲泣则不可，故作挽词二章》）。陆游也说："予十年间两坐斥，罪虽擢发莫数，而诗为首。"③这里不拟一一分析党争诗祸对宋代诗人创作心态的影响，仅以身世最为坎坷，在诗坛影响最著的苏轼为例，来剖析诗人在特定环境中的心态。

东坡感于时事，发于吟咏的诗章，被政敌罗织罪名，逮捕入大理寺狱，度过了"魂飞汤火命如鸡"的百余日牢狱生活，而后被谪居黄州。"陷阱损积威"（《游净居寺》）、"落尽骄气浮"（《子由自南都来陈三日而别》），他由一个勤劳王事的诤臣成了"到黄州无所用心"（《黄州上文潞公书》）的"闲人"。贬谪生涯中，在后人心目中旷达飘逸的苏轼竟然谨慎到"黄当江路，过往不绝，语言之间，人情难测，不若

---

① [宋]欧阳修著，李之亮笺注：《欧阳修集编年笺注》，成都：巴蜀书社，2007年，第217页。
② [宋]苏轼著：《苏轼诗集》，北京：中华书局，1982年，第1000页。
③ [宋]陆游著，钱仲联校注：《剑南诗稿校注》，上海：上海古籍出版社，1985年，第1369页。

称病不见为良计"(《与滕达道》)。他自称"自窜逐以来,不复作诗与文字",因为尽管"其中虽无所云,而好之者巧以酝酿,便生出无穷事也"(《答濠州陈章朝请》)。自此之后,他一生身背沉重的"诗账",不断招致政敌攻讦。元祐年间,是他平生较为得意的时期,但朋党之争,政敌居心叵测的诬蔑,搞得他心力交瘁,十分痛苦地说:"似此罗织人言,则天下之人更不敢开口动笔矣。"(《辩黄庆基弹劾札子》)晚年远贬惠州,在《与程正辅书》中仍曰:"盖子由近有书,涤戒作诗,其言切至,云当焚砚弃笔,不但作而不出也。不忍违其忧爱之意,遂不作一字。"东坡在诗中一再表示"蔬饭藜床破衲衣,扫除习气不吟诗"(《答周循州》)、"袖手焚笔砚,清篇真漫与"(《次韵正辅兄江行见梅花》)。当然诗人一生毕竟没有停辍过诗笔,只能作到"新诗勿纵笔"(《次韵李端叔谢送牛戬〈鸳鸯竹石图〉》),但于中我们可以窥见一颗忠直不阿的诗魂在现实政治重压之下的痛苦煎熬。苏轼因党争诗祸而形成的特殊心态必然直接影响其创作,也间接影响到诗坛其他诗人。同被尊为江西诗派之宗的黄庭坚、陈师道,在其创作和诗论方面都接受了东坡诗祸的教训。黄庭坚说:"东坡文章妙天下,其短处在好骂,慎勿袭其轨也。"[1]"诗者,人之情性也,非强谏争于廷,怨忿诟于道,怒邻骂座之为也。……其发为讪谤侵凌,引颈以承戈,披襟而受矢,以快一朝之忿者,人皆以为诗之祸,是失诗之旨,非诗之过也。"[2](《书王知载朐山杂咏后》)陈师道也说:"苏诗始学刘禹锡,故多怨刺,不可不慎也。"[3](《后山诗注补笺》)后世研究江西诗派者大都不满黄、陈反对怨刺之论,认为他们漠视诗歌的社会作用,使诗歌脱离政治,阻碍了诗歌的正确发展。然揆诸史实,我们首先要指出的是,黄庭坚的诗歌创作主张之所以被后世奉为圭臬并形成在宋代诗坛影响最著的诗歌流派,与其说是他的诗自成一家,诗歌理论易于被后人接受,还不如说是宋人有惩于苏黄及后世诗人们接连不断的诗祸,而自觉地遁入艺术殿堂更为合适。党祸诗祸扭曲了诗人们的灵魂,江西诗派是生

---

[1] 郭绍虞主编:《中国历代文论选》二,上海:上海古籍出版社,2001年,第316页。
[2] 曾枣庄、刘琳主编:《全宋文》第一百零六册,上海:上海辞书出版社;合肥:安徽教育出版社,2006年,第188页。
[3] [宋]陈师道撰,任渊注,冒广生补笺,冒怀辛整理:《后山诗注补笺》,北京:中华书局,1995年,第306页。

长在一个病态的社会里的被扭曲的诗坛之花。

五

宋代诗人对现实政治的关注,他们用诗干预、反映现实的良苦用心,经过一次次惊心动魄的党祸、诗祸,化为宋代诗论对此冷静的理性思考。欧阳修有惩于自身遭遇和友朋的坎坷不幸,自然地继承了韩愈穷而后工说,认为:"凡士之蕴其所有而不得施于世者,多喜自放于山巅水涯,外见虫鱼草木风云鸟兽之状类,往往探其奇怪。内有忧思感愤之郁积,其兴于怨刺,以道羁臣、寡妇之所叹,而写人情之难言,盖愈穷则愈工。然则非诗之能穷人,殆穷者而后工也。"①欧阳修经历了太多的坎坷,措辞十分谨慎。他唯恐贻人口实,特别指出"然则非诗之能穷人",闪烁其词。尽管如此,他的看法还是十分清楚的。在《薛简肃公文集序》中,他阐发了为什么诗穷而易工之原委,他说:"失志之人,穷居隐约,苦心危虑而极于精思,与其有所感激发愤惟无所施于世者,皆一寓于文辞。故曰:穷者之言易工也。"②欧阳修的这种看法很自然地为历经坎坷的苏轼所接受。东坡深切地体味到"秀语出寒饿,身穷诗乃亨"(《次韵仲殊雪中游西湖》)、"信知诗是穷人物,近觉王郎不作诗"(《呈定国》)。随着朝中党祸、诗祸愈趋酷烈,宋人对此逐步加深了认识。章惇"在绍圣中置看详元祐诉理局,凡于先朝言语不顺者,加以钉足、剥皮、斩颈、拔舌之刑,其惨刻如此。"③宋人有诗纪之云:"岭外瘴魂多不返,冢中枯骨亦加刑。"在这样的情况下,勿论作诗"能与不能",一涉党祸诗祸,身家性命都难保全,遑论什么"穷而后工"!因为"昔人谓诗能穷人,或谓:非止穷人,有时而杀人"(周必大《题罗炜诗稿》)。欧阳修"穷而后工"说,渊源有自。周必大"诗能杀人"之论,前所未闻。他感于现实,有感而发,切合宋代在残酷的党争中以诗罪人的史实。

诗不仅能"穷人",而且"有时而杀人",这不能不使诗人们铭刻于心,彼此告

---

① [宋]欧阳修著:李逸安点校:《欧阳修全集》,北京:中华书局,2001年,第612页。
② [清]欧阳修著:李逸安点校:《欧阳修全集》,北京:中华书局,2001年,第618页。
③ [清]毕沅编著:《续资治通鉴》卷八十六,北京:中华书局,1957年,第2206页。

诚。与苏轼约略同时的孔武仲借总结前朝诗祸,指出:"于是有因诗之一言而得罪于世者……甚者父子相语朋友相戒曰:'诗不利于身,不可为也。'"(《宗伯集·张子厚睦州唱和集序》)孔氏之语极易令人想起苏、黄诸人的遭遇及亲友力戒苏轼作诗的史实:"东坡文章好讥刺,文与可戒以诗云:'北客若来休问事,西湖虽好莫吟诗。'晚年,郭功父寄诗云:'莫向沙边弄明月,夜深无数采珠人。'"①"苏惠州尝以作诗下狱。再起,遂遍历随从,而作诗每为不知者咀昧,以为有讥讪,而实不然也。出守钱塘来别潞公,公曰:'愿君至杭少作诗,恐为不相喜者诬谤。'再三言之。临别上马,笑曰:'若还兴也,便有笺云。'时有吴处厚者,取蔡安州(确)诗作注,安州遂遇祸,故有'笺云'之戏。"(张耒《明道杂志》)

有鉴于党祸、诗祸之苛严,时人就此束手者有之,即便作诗,也不能不顾虑重重。洪迈叹惋:"唐人歌诗,其于先世及当时事,直辞咏寄,略无避隐。至宫禁嬖昵,非外间应知者,皆反复极言,而上之人亦不以为罪……今之诗人不敢尔也。"②(《古今诗话》)更针对此种现象议论道:"向古工诗未尝无兴也,睹物有感则有兴。今之作诗者以兴近乎讪也,故不敢作。而诗之一义废矣。"翻检历代诗话,人们多指责宋诗多赋而少比兴,但观之宋人"若有兴也,便有笺云"之戏,从宋人畏惧党祸诗祸,"今之诗人不敢"有比兴的慨叹,以及在现实政治的重压之下"诗之一义废矣"的感伤,我们是否可以这样说,尽管造成宋诗多赋而少比兴的原因是多方面的,但党祸、诗祸的惩创是促成宋诗此一特点的重要原因之一。

六

当然,指出宋代诗人关注现实、参与党争以及党祸诗祸的打击是形成宋诗散文化、议论化、多赋而少比兴的原因之一,只是我们研讨宋诗受党争影响形成自己特色的一个方面。历来研究宋诗的都发现,宋诗尚有情思深微、气力内敛,贵

---

① [宋]王应麟撰,孔通海整理:《困学纪闻》卷十八,《全宋笔记》第七编第九册,郑州:大象出版社,2008年,第451页。
② [宋]洪迈撰,孔凡礼整理:《容斋续笔》卷二,《全宋笔记》第五编第五册,郑州:大象出版社,2008年,第242—243页。

清冷、尚朴澹的特色,而这一特色的形成,也与党祸诗祸密切相关。因为两宋党争激烈,党祸诗祸的打击,诗人们宦途之穷通往往是他们创作风格变化的关键。

苏辙认为东坡在谪黄之前,诗文与其不相上下,一谪黄州,自己方始瞠目其后,而东坡贬谪儋州,其诗"全入化境,其意愈隐,不可穷也"①。黄庭坚也是"涉历忧患""则阅理愈多,落华就实,直造简远"。秦观"过岭后诗,严重高古,自成一家,与旧作不同"②。王安石的作品,也是在其闲退之后,方才达到极致。吴之振高度评价其后期诗,"安石遣情世外,其悲壮即寓闲淡中"③。

综合人们对宋代诗人们的类似评价,它们有一个共同点——诗人们经历了宦海风波,品味了人生甘苦之后,其诗歌创作归于"简远""高古""闲淡""其意愈隐"。然而这是绚烂之极归于平淡,"简易而大巧出焉,平淡而山高水深"④。在党祸惨烈的政治高压之下,在诗祸相续的文化专制之下,诗人们的诗作显得更为深微,锋芒内敛,因为情势已不允许他们放笔纵意去作诗。于是他们以学问为诗,把自己对现实的观感,隐藏在诸多典故之中,寄寓在思古之幽情中。愤世嫉邪意,寄予草木虫。将一己之幽思寄托在山水田园、花木虫鸟的歌吟之中。诗境杳渺,诗意迷离,包孕密致,意蕴无穷。这些诗由于诗人境遇的关系,自然加上了层层保护色——戴上了"心灵的盔甲"。读者往往要剥去数层,透过数层,方能把握其内核。此类诗作确如"寒梅秋菊,幽韵冷香""如曲涧寻幽,情境冷峭"⑤。形成宋诗特色的另外一面,与那些议论化、散文化,率直地表达对现实人生、政治情势的意见,欲人人知其意的诗作形成鲜明的对照。高张"明道致用"旗帜的诗人们在党祸诗祸的惩戒之下,几乎是自觉不自觉地共同走向一种心有所感,不能已于言,又不能畅所欲言的特殊创作心态,只有曲折幽微甚至隐晦地抒发个人情感。我的一位老师曾以心为喻,形象地阐释宋诗在这方面与唐诗的不同:唐人之诗,

---

① [清]王文诰编注:《苏文忠公诗编注集成·所附苏海识余》卷一,浙江书局,光绪十四年刊本影印版。
② [宋]吕本中著:《童蒙诗训》,周义敢、周雷编《秦观资料汇编》,北京:中华书局,2005年,第58页。
③ [宋]王安石著,李之亮笺注:《王荆公诗注补笺》,成都:巴蜀书社,2002年,第45页。
④ [宋]黄庭坚著:《与王观复书》,《宋诗话全编》第二册,南京:江苏古籍出版社,1998年,第943页。
⑤ 缪钺著:《诗词散论》增订本,北京:北京大学出版社,2018年,第219页。

就像捧在人们面前的活鲜鲜的一颗心,它易于感知,因为它"歌哭无端端字字真";而宋人之诗,展现在人们面前的似一幅"心电图",其深心内敛。而这外在"心电图"上的曲线,正是那一颗颗被现实踩践、扭曲的痛苦心灵的外化。

  以上我们简略地论述了两宋党争对宋诗的影响,联系两宋党争的发展演变、诗人们曲折坎坷的经历以及他们的具体创作,我们可以看到,在有宋一代党争诗祸的惩戒之下,宋代诗人们怎样由满怀热情参与现实斗争走到了力图超脱人生困苦逃避政治斗争的另一面;宋诗怎样由干预现实、反映激烈的政治斗争走到了诗人们不愿作诗、不敢作诗的另一面;宋人不是不懂形象思维,而是由于现实的惩创,不敢运用比兴手法。宋诗的散文化、议论化、以学问为诗,以及其造意深微、闲淡枯槁的特点,都与现实中朋党之争有千丝万缕的联系。宋代党祸、诗祸的打击,使得宋诗的风格发生了人人均可感知的变化。一方面,为了避祸,诗人们隐晦其情,含蓄曲折地表达对现实人生的看法;另一方面,那原本高张"明道致用"的旗帜而形成的议论化、散文化的特点,由于诗人们为了防止别人在诗中觅到言外之意、弦外之音,有意识地追求浅直地表达对政事人生的看法,而忽略了诗歌的固有特性——"不能像散文那样直说"。从而使得宋诗那原应充分肯定的反映现实的议论化、散文化的特色,渐变为后人所指摘的弊病。两宋党争对宋诗的影响当然不是宋诗特色形成的唯一原因,但却是其特色形成的重要原因之一,这是确凿无疑的。关于两宋党争对宋诗的影响,是迄今为止少有人论及的。由于本人学识有限,偏颇之处在所难免,敬祈学界同仁批评指正。

一生怀抱百忧中
——石介人生悲剧散论

生于奉符、被推为"泰山第一高座"的石介,他的一生是充满戏剧性的悲剧的一生。二十六岁考中进士跻身仕途之后,"言不谐俗,行思矫世。一时众口嫉善,谣诼其后,视之如寇仇,弃之如土梗,进不容其列于朝,退不容其息于野,生不容其达于时,死不容其安于土。虽以杜(衍)、韩(琦)、欧阳(修)诸君子力为推刬,而卒抑郁以终其身,何其甚也"[①]。其身后褒贬毁誉,众口不一。前人对石介虽无系统全面之评价,但片言只语,吉光片羽,足以启人思迪。本文拟从石介与党争这一角度入手,对其悲剧人生进行一些探索思考,以就正于方家。

一

要探究石介人生悲剧的缘由,我们须先粗略了解一下他的悲剧人生。石介生长于农家,年少求学之时,"困穷苦学"(黄震《古今纪要》卷一八),曾却王渎盘飡。入仕之后,乐善疾恶,遇事奋发敢为,以致屡撄世患。景祐元年(1034),正当盛年的仁宗皇帝因好色纵欲,"体为之蔽,或累日不进食,中外忧惧"[②],大臣滕宗谅、庞籍皆上书论之。当时身任南京留守官的石介贻书枢密使王曾,直言谠论:

> 正月以来,闻既废郭皇后,宠幸尚美人,宫庭传言,道路流布。或说圣人

[①][宋]石介著:《徂徕石先生文集》附录三,北京:中华书局,1984年,第269页。
[②][清]毕沅编著:《续资治通鉴》卷三十九,北京:中华书局,1957年,第917页。

好近女色,渐有失德。自七月八月来,所闻又甚,或言倡优日戏上前,妇人朋淫宫内,饮酒无时节,钟鼓连昼夜……(相公)当此之时,即宜以此为谏。谏止则已,谏不止,则相公请辞枢密之任,庶几有以开悟圣聪,感动上心也。若执管仲不害霸之言,以嗜欲间事不可极争,则遂启成乱阶,恐无及矣!①

仁宗是个多疑自负、报复心极强的君主,在舆论压力之下,处置了尚、杨二美人之后,当时为此事上谏的滕宗谅、庞籍以"语太切直","言宫禁事不实"相继被贬,石介《上王枢密书》语尤切直,也许由于石介官卑职微,宋史语焉不详。但从有关史料看,石介此次上书王曾,祸患难测之阴影笼罩了他一生,尽管他在《上王枢密书》中说:"相公或罪其狂讦,赐之诛戮,固所甘心。既疏贱在外,不得极陈一言,受斧钺于天子之前,以狂讦得罪于相府,亦其死所也。"②但他生前自编其文集时,《上王枢密书》毕竟舍去不载。再考景祐二年(1035)秋欧阳修《与石推官第一书》也约略向我们透露了人们如何看待石介在其时的作为的微妙心理。欧阳修至京"频得足下所为文",陈植锷先生认为欧公所指之文"即石介反杨亿、斥佛老的代表作《怪说》三篇及《中国论》等"。其说固然不错,但笔者认为似乎首先应指《上王枢密书》及当年"妄议赦书"的奏疏。不然,欧阳修不会闪烁其词,"此事有本来,不可卒然语,须相见乃能尽然"了。总之,石介积极干预朝政的第一次行动就遭到了打击,这是一记闷棍子,连他自己也想讳避。然而打击接踵而来,景祐二年(1035)冬,因御史中丞杜衍推荐,辟石介为御史台主簿,即以上书论赦书不当求五代及诸伪国之后为借口,罢而不召。这是石介在政治上遭到的第二次挫折。尽管欧阳修曾为石介鸣不平,但其言卒不为用。石介此次受到打击,仁宗确有新账旧账一起算的意思。"若止此一事,则介不为过也。"③(欧阳修《上杜中丞论举官书》)绝不至于搞到"帝赫斯怒,祸在不测",要王曾"从容教解",方"不置于法"的境地(石介《上王沂公书》)。

---

① [宋]石介:《上王枢密书》,[宋]李焘:《续资治通鉴长编》,北京:中华书局,1979年,第2694—2695页。
② [宋]石介:《上王枢密书》,[宋]李焘:《续资治通鉴长编》,北京:中华书局,1979年,第2695页。
③ [宋]欧阳修著:《欧阳修全集》,北京:中国书店,1986年,第322页。

连续不断的打击,"父兄教戒,亲友勉谕",并没有使其稍敛锋芒。庆历三年(1043),仁宗起用范仲淹、富弼、韩琦诸人,着手进行一系列政治革新的措施。石介作《庆历圣德颂》,极力推崇范仲淹、富弼,直斥夏竦,言辞激烈。"《庆历圣德颂》,后世莫能定其是非。"①其既为庆历新政在舆论方面做了积极的贡献,也为庆历新政的失败种下了危机。颂成之后,石介即成为众矢之的,于是不安于朝,请求外放,未及赴任,于庆历五年(1045)七月病卒。这从政以来的第三次打击一直影响到他的身后,夏竦衔恨石介,欲倾富弼,散布石介诈死,富弼使其入契丹谋起兵的谣言,朝廷疑虑,曾两次下令核查石介存亡,赖杜衍诸人保全,方免发棺之祸,妻子则被羁管,流亡数年。"先生既殁,妻子冻馁不自胜,今丞相韩公与河阳富公分俸买田以活之"②(欧阳修《徂徕先生墓志铭序》)。

综观石介一生,"子生诚多难,忧患靡不罹"③。他生当宋朝号称百年无事的全盛时期,却正学忤时,直道致祸,令后世之人,念其一生悲剧"为之掩卷失声"④(钱曾《读书敏求记·徂徕文集跋》),也使我们掩卷深思。

二

石介的人生悲剧与在宋代这特定的历史土壤上产生的朝廷中的党争有密切的关系。研究中国文化史的大多注意到历史兴亡与朋党之争的关系,更注意到了宋代党争的特殊性——"政党政治"⑤。历代的封建士大夫或身历目睹党祸之严酷,或致力于总结历代兴亡规律,他们对两宋党争有着深刻的认识:"始则邪正交攻,更出迭入,中则朋邪翼伪,阴陷潜诋,终则倒置是非,变乱黑白,不至于党祸不止。"⑥其恶果是"始以党败人,终以党败国"⑦。清初著名思想家王夫之在《宋

---

① [宋]叶适著:《习学记言序目》卷四十九,北京:中华书局,1977年,第732页。
② [宋]石介著:《徂徕石先生文集》附录二,北京:中华书局,1984年,第262页。
③ [宋]石介著:《徂徕石先生文集》附录四,北京:中华书局,1984年,第304页。
④ [宋]石介著:《徂徕石先生文集》附录三,北京:中华书局,1984年,第286页。
⑤ 柳诒徵著:《中国文化史》,北京:中国书籍出版社,2016年,第678页。
⑥ [元]脱脱等撰:《宋史》卷四百五十,北京:中华书局,2013年,第12245页。
⑦ [元]脱脱等撰:《宋史》卷三百五十六,北京:中华书局,2013年,第11213页。

论》中痛心疾首地指出:"朋党之兴,始于君子,而终不胜于小人,害乃及于宗社生民,不亡而不息。"甚而闹到"空国无君子,举世无公论"①是非不明,公论不立!石介的人生悲剧正是宋代党祸的典型体现,是宋代"以党败人"的缩影,是君子"终不胜乎小人"的悲剧。

庆历三年(1043),石介撰《庆历圣德颂》,夏竦恨之入骨,竟"岁设水陆斋,常旁设一位,立牌书曰:'夙世冤家石介'"②。"缘此与石介深仇,其后介死,英公每对官吏或公厅,时失声叹曰:'有人于界河逢见石介来。'"③这些记载可能得自一时传闻,但由此可见夏竦衔恨之深及图谋报复的神态、心理。在其处心积虑之谋划下,逸者乘间蜂起,"盖以奇中造端,飞语无所不及。甚者必欲挤之以死而后已"(富弼撰《范文正公墓志铭》)④。罪名一个个大得吓人,有其一,足以诛其九族:

> 石介性纯古……庆历中,在太学……尝请仁庙驾幸太学,欲为儒者荣观。……因作《庆历圣德颂》,诋忤当途大臣。既而谤介请驾幸太学,将有他志,介因罢学官。⑤

夏竦诸人从打击石介开刀,酝酿的是更大的阴谋,其时在地方任职的尹洙曾指出:

> 近闻京师以微过,多斥善士,蔡君谟、石守道相次外补,未知其然否?……思如今势尚微,恐其渐炽,所斥不止于蔡、石也。⑥

朝政之发展正如所料,夏竦等人最大的愿望是将政敌一网打尽。据李焘《续

---

① [明]王夫之著:《宋论》卷四,《船山全书》第十一册,长沙:岳麓书社,1996年,第118页。
② [宋]高晦叟:《珍席放谈》,《全宋笔记》第三编第一册,郑州:大象出版社,2008年,第190—191页。
③ [宋]王铚撰,朱杰人点校:《默记》卷中,北京:中华书局,1981年,第26页。
④ [宋]李焘撰:《续资治通鉴长编》,北京:中华书局,1985年,第3740—3741页。
⑤ [宋]张师正著:《倦游杂录》,上海:上海古籍出版社,1993年,第72页。
⑥ [宋]尹洙著:《河南先生》卷十,《宋集珍本丛刊》第三册,第292页。

资治通鉴长编》载：

> 先是，石介奏记于弼，责以行伊、周之事，夏竦怨介斥己，又欲因是倾弼等，乃使女奴阴习介书，久之习成，遂改伊、周为伊、霍，而伪作介为弼撰废立诏草，飞语上闻。上虽不信，而仲淹与弼始恐惧，不敢自安于朝，皆请出按西北边，未许。①

这一切，不能不使多疑自信的宋仁宗疏远范、富诸人，于是范、富不安于朝，请求外任，庆历新政失败了。然而夏竦等人并不就此善罢甘休。石介于庆历五年（1045）七月在政敌的攻击污蔑中忧惧愤懑而卒。"会徐州狂人孔直温谋叛，搜其家，得介书，竦因言介实不死，弼阴使入契丹谋起兵，弼为内应。"于是朝廷下诏"提点京东路刑狱司，体量太子中允，直集贤院石介存亡以闻"②，幸有杜衍、龚鼎臣仗义执言：

> 徂徕石介死，谗者谓介北走辽，诏兖州劾状。郡守杜衍会问，掾属莫对，鼎臣独曰："介宁有是，愿以阖门证其死。"③

然龚鼎臣这样做的直接后果是"大臣荐试馆职，坐与石介善，不召"④。时隔一年，"竦在枢府，又谮介说契丹弗从，更为弼往登、莱结金坑凶恶数万人欲作乱，请发棺验视"，侍御史知杂事张升及御史何郯极论其事，"帝不听，复诏监司体量"。赖提点刑狱吕居简善为辩明，在石介的亲族门生具军令状保其必死的情况下，"帝意果释"⑤。在石介的人生悲剧中，其个人命运始终和朝廷中朋党之争中

---

① [宋]李焘撰：《续资治通鉴长编》，北京：中华书局，1985年，第3637页。
② [宋]李焘撰：《续资治通鉴长编》，北京：中华书局，1985年，第3805页。
③ [元]脱脱等撰：《宋史》，北京：中华书局，2013年，第11012页。
④ [元]脱脱等撰：《宋史》，北京：中华书局，2013年，第11012页。
⑤ [清]毕沅编著：《续资治通鉴》，北京：中华书局，1957年，第1180页。

的政治悲剧纠结在一起。政敌诬以请仁宗驾幸太学有异图,又伪造石介与富弼书及所谓的废立诏草,再诬以诈死,北走契丹,勾结金坑凶恶数万人作乱。真可谓居心险恶,无所不用其极。从一个方面说明了宋代党争的激烈和残酷。石介的遭遇,也向我们提出了一个值得深思的问题:夏竦诸人的诬陷手段虽极阴险却是极为拙劣的。当时已有人看穿了他的险恶用心,为什么他的阴谋能步步得逞,他能够如此专横跋扈呢?问题的关键还在仁宗皇帝这里。仁宗对待庆历革新集团(包括石介)的态度,决定了敌对派对石介的迫害的严酷性。

众所周知,宋王朝建立之后,有鉴于历代亡国之祸,先后采取措施以保宋王朝长治久安:杯酒释兵权以去悍将跋扈之患,分权宰阁以除大权旁落之忧。除此二者,赵宋王朝最担心的就是朝中大臣朋党。朝政大权落在一党一派手中与宰相一人专权并没有什么不同,都会导致大权旁落。所以宋代历朝皇帝对打击朋党,不管你是君子之党还是小人之党,总是不遗余力的。宋代党争有一奇特之处,失败的一方总被诬为朋党误国。欧阳修在庆历五年(1045)三月上疏时说:

> 臣窃见自古小人谗害忠贤,其识不远,欲广陷良善,则不过指为朋党;欲动摇大臣,则必诬以专权……惟指以为朋党,则可一时尽逐。①

客观一点讲,由于宋王朝对朋党防范严密,北宋一代始终未发现其危及皇权的情况,党争双方的生杀予夺之权始终掌握在皇帝手中。所以,皇帝在党争中的依违向背增加了党争的戏剧性和残酷性。仁宗对待庆历新政、石介一案的态度即如此。李焘在述及夏竦伪造石介为富弼撰废立诏草一事时,特意标出"上虽不信"云云,这是宋人在为尊者讳。根据我们掌握的资料,那个猜防之心甚重的仁宗皇帝,他对此类事是宁可信其有,不可信其无,以便防患于未然的:

> 仁宗尝语张士逊曰:人言仲淹尝欲乞废朕,朕但未见其章疏耳。士逊

---

① [清]毕沅编著:《续资治通鉴》,北京:中华书局,1957年,第1143页。

曰：陛下既未见其章疏，不可以空言加罪。望陛下访之。积十数请。仁宗曰：竟未之见也。然为朕言之多矣。士逊为辩其不然。仁宗意乃解。①

仁宗皇帝如果不相信流言蜚语对范、富的中伤，又何以会"仲淹与弼恐惧，不敢自安于朝"？有关资料还可证明，即使富弼诸人离开朝廷之后，仁宗疑忌之心仍未消除：

> 帝遣中使察视山东盗贼，还奏：盗不足虑，而兖州杜衍，郓州富弼，山东尤尊爱之，此为可忧。帝欲徙二人淮南。②

后富弼、范仲淹并罢安抚使，范仲淹改知邓州皆与此有关。所以宋人有感于当朝党争之严酷，曾总结过其中利害关系，朱熹云：

> 党论之始倡，蔡襄贤不肖之诗激之也；党论之再作，石介"一夔一契"之诗激之也；其后诸贤相继斥逐，又欧阳公"邪正"之论激之也。③

而石介的悲剧在于"以二十年间否泰消长之形，与当时用舍进退之迹，尽于一颂，明发机键以示小人，而导之报复……宜其不足以助治，而徒以自祸也"④。

由此看来，无论是范仲淹在与仁宋论及朋党之事时所发高论："方以类聚，物以群分。自古以来，邪正在朝，各为一党，在主上鉴辨之耳。诚使君子相朋为善，其于国家何害？不可禁也。"⑤还是欧阳修《朋党论》明确提出君子有党，小人无党；抑或是石介《庆历圣德颂》，都犯了一个根本性的错误，即在政敌攻击其朋党

---

① 陈禄奇编：《范仲淹资料汇编》，北京：中华书局，1980年，第673页。
② [清]毕沅编著：《续资治通鉴》，北京：中华书局，1957年，第1153页。
③ [宋]范仲淹撰：《范文正公集》，四部丛刊初编（影印版），1929年，第1430页。
④ [宋]叶适著：《习学记言序目》，北京：中华书局，1977年，第732页。
⑤ [明]陈邦瞻撰：《宋史纪事本末》，北京：中华书局，2018年，第245页。

翼伪之时,自己承认有党,明发机键,投人以柄。庆历新政的失败,石介的悲剧结局是必然的。朱东润先生曾对此有过精辟的论析:

> 尽管欧阳修提出这样的看法,但是从最高统治者的立场看问题,臣僚的相互关系,常常会引起他的猜忌。在封建社会里,凡是有意狠狠地打击对方的时候,首先必须指出他们是朋党,这才可以争取最高统治者的同情。欧阳修这篇文章,首先指出"君子有朋"便是承认"有朋",无论是不是"君子",但是"有朋"便中了君主的大忌,所以从政治的作用看,这篇文章是注定失败的。①

我们把石介的人生悲剧放在宋代党争的大背景下考查,他的悲剧是必然的,在宋代党争史上的影响也是深远的。王夫之《读通鉴论》指出,石介一案"流波所及,百年不息"②。这使人们想起黑格尔《历史哲学》中的一段记述:

> 有一次,拿破仑和歌德谈话,说到悲剧的性质。拿破仑表示意见,认为现代悲剧和古代悲剧之所以不同,就是因为我们再没有支配人类的"命运",古代的"命运"已经由"政治"代替了。③

在石介生活的特定历史时期,在特定朋党之争的环境中,"政治"决定了人的"命运",离开了这一点我们去探讨石介的命运悲剧,当不免皮相之见。

三

与其他历史人物相比较,在同样的历史文化、朋党之争的大背景下,石介的人生悲剧还有其独特性,它吸引我们做进一步的探索,在石介的一生中,其道学

---

① 朱东润著:《梅尧臣传》,北京:中华书局,1979年,第104页。
② [明]王夫之著:《读通鉴论》,北京:中华书局,1975年,第749页。
③ [德]黑格尔著,王造时译:《历史哲学》,北京:生活·读书·新知三联出版社,1956年,第523页。

家的特色与政坛上朋友们的政治家特色形成一个大的反差,从而加深了他的人生悲剧色彩。

从各个方面看,与其说石介是一个文学家、政治家,还不如说他是一个道学家更为恰切。在文学观念上,他主张文即道,道即文,开道学家论文之先河。在政治方面,他的主张、做法远非一个成熟的政治家所为,具有狂热的理想化色彩。与封建时代的政治家形成了鲜明的对照。相比较而言,作为政治家的范仲淹、韩琦较为冷静,石介则带有一种狂热冲动;范、韩注重实际,石介偏重理想。重现实者能权宜变通,重理想者显得迂执肤廓。所以当石介满怀热情与希望写出《庆历圣德颂》之后,"范(仲淹)拊股谓韩(琦)曰:为此怪鬼辈坏事也。韩曰:天下事不可如此,必坏。孙复闻之,亦曰:石守道祸始于此矣。"以致范、韩执政之后,不欲重用石介:

> 欧阳修、余靖、蔡襄、王素为谏官,时谓之"四谏"。四人力引石介,执政欲从之。时范公为参知政事,独曰:"介刚正,天下所闻,然性亦好异,使为谏官,必以难行之事责人君以必行。少拂其意,则引裾折槛,叩头流血,无所不为。主上富春秋,无失德,朝廷政事亦自修举,安用如此谏官也!"诸公伏其言而罢。①

联系范仲淹对石介颂诗的评价,他对石介的态度在人意料之中。只是范仲淹的看法竟与对石介耿耿于怀的仁宗颇为一致,这是令人深长思之的。田况《儒林公议》载曰:

> 石介为太子中允,国子监直讲,专以径直狂獧为务,人多畏其口。或有荐于上,谓介可为谏官者。上曰:"此人若为谏官,恐其碎首玉阶。"②

---

① [宋]石介著:《徂徕石先生文集》附录四,北京:中华书局,1984年,第316页。
② [宋]田况著:《儒林公议》,《全宋笔记》第一编第五册,郑州:大象出版社,2003年,第130页。

朱熹、叶适都是颇具政治家气度的思想家,他们在评价当朝治乱得失时,也不无感慨地指出:

> 救时莫如养力,辨道莫如平气。石介以其忿嫉不忍之意,发于偏宕太过之辞,激犹可与为善者之怒,坚已陷于邪者之敌,莫不震动惊骇,群而攻之。故回挽无毫发,而伤败积丘陵矣。哀哉!①
>
> 负天下之令名,非惟人情不堪,造物亦不吾堪尔。吾而以"贤"自处,孰肯以不肖自名?吾而以"夔契"自许,孰肯以大奸自辱?吾而以公正自褒,孰肯以邪曲自毁哉?如必过为别白,私自尊尚,则人而不仁,疾之已甚,攻乎异端,斯害也已,安得不重为君子之祸!②

朱子还慨叹范仲淹等人"有先见云耳",他指出石介之作为,说明"石守道只是粗"。有鉴于此,苏轼在《议学校贡举状》中指出:"通经学古者,莫如孙复、石介,使孙复、石介尚在,则迂阔矫诞之士也,又可施之于政事之间乎?"③综观宋人对石介政事上举措的评价,大多不满其粗疏迂阔,批评他的作为"坏事""不当如此",非止"徒以自祸",且"重为君子之祸",庆历新政的失败"介诗颇为累焉"④(田况《儒林公议》)。

探索石介的人生遭遇,我们发现尽管他一生志在天下,热衷政治,一往勇决,执意不回,但他的人生悲剧恰恰就在于当他政治上的伙伴都认为他的作法不合时宜的时候,他还自以为自己的所作所为都是为了国家社稷,有利于朋友们的改革措施,而其结果却是累人累己,导致新政失败,我们在心底为之惋叹。

---

① [宋]叶适著:《习学记言序目》,北京:中华书局,1977年,第732页。
② [宋]范仲淹撰:《范文正公集》附录《诸贤赞颂论疏》,四部丛刊初编(影印版)1929年,第361页。
③ [宋]苏轼著,孔凡礼点校:《苏轼文集》,北京:中华书局,1986年,第724页。
④ [宋]田况著:《儒林公议》,《全宋笔记》第一编第三册,郑州:大象出版社,2008年,第88页。

四

叶适说:"《庆历圣德颂》,后世莫能定其是非。"①事实上,不仅对石介之诗,对石介其人,在当时后世亦众说纷纭。考其原委,除上述朋党纷争、政治家与道学家政见分歧之外,也与石介与西昆派诗人杨亿之间业已开始的宋代文坛上道统、文统之争有关。

石介对宋初几十年的文风,尤其是对西昆文风甚为不满。他说:"今之为文,其主者不过句读妍巧,对偶得当而已。……雕镂篆刻伤其本,浮华缘饰丧其真。"他看到当时士风"父训其子,兄教其弟,童而朱研其口,长而组绣在手,天下靡然向风,寝以成俗"。面对文坛"汩汩三十年,淫哇满人耳"②(《赠张绩禹功》)的现状,他忧心如焚,作《怪说》三篇排斥佛老、时文,对杨亿进行攻击。有意思的是,石介对杨亿的攻击,以西昆在当时的影响竟没有引起什么反响,杨亿采取的是不屑一顾的态度:

> 世俗见予爱慕二君(李商隐、唐彦谦)诗什,夸传于书林文苑,浅拙之徒,相非者甚众。噫!大声不入于俚耳,岂足论哉?③

我们从欧阳修《与石推官第二书》中也可看出石介在当时文统道统之争中是较为孤立的:

> 足下又云"我实有独异于世者,以疾释老斥文章之雕刻者",此又大不可也。夫释老,惑者之所为;雕刻文章,薄者之所为。足下安知世无明诚质厚君子之不为乎?足下自以为异,是待天下无君子与己同也。……足下一言,

---

① [宋]叶适著:《习学记言序目》卷四十九,北京:中华书局,1977年,第732页。
② 傅璇琮、倪其心等编:《全宋诗》第五册,北京:北京大学出版社,1991年,第3408页。
③ [宋]江少虞著:《宋朝事实类苑》卷三十九,上海:上海古籍出版社,1981年,第435页。

待天下以无君子,此故所谓大不可也。①

稍后苏轼对石介的评价就比较典型地代表了文学家对道学家石介的看法:

> 近世士大夫文章华靡者,莫如杨亿,使杨亿尚在,则忠清鲠亮之士也,岂得以华靡少之。通经学古者,莫如孙复、石介,使孙复、石介尚在,则迂阔矫诞之士也,又可施之于政事之间乎?②(《议学校贡举状》)

对于石介赏识杜默之诗,东坡更斥之曰:"甚矣!介之无识矣!"由此可见,石介当日在政坛和文坛都是十分孤立的,这也使其人生悲剧色彩愈趋浓重。

五

当然,探讨石介的悲剧人生,我们不应忽略他那独异的性格,前人在论及石介时已注意到了这一点。《宋史本传》指出他"喜声名"。纪昀说他"客气太深,名心太重,不免流于诡激"。欧阳修曾高度评价石介,但也认为他"自许太高,诋时太过""好异以取高"③(《与石推官第一书》)。田况《儒林公议》也指出石介在太学"专以径直狂猂为务,人多畏其口"④。批评最为激烈的是张方平与苏轼:

> 至太学之建,直讲石介课诸生,试所业,因其好尚,而遂成风。以怪诞诋讪为高,以流荡猥烦为赡,逾越规矩,或误后学。⑤(张方平《贡院请诫励天下举人文章奏》)

> 使孙复、石介尚在,则迂阔矫诞之士也。⑥(苏轼《议学校贡举状》)

---

① [宋]欧阳修著:《欧阳修全集》,北京:中国书店,1986年,第484页。
② [宋]苏轼著,孔凡礼点校:《苏轼文集》,北京:中华书局,1986年,第724页。
③ [宋]欧阳修著:《欧阳修全集》,北京:中国书店,1986年,第482—483页。
④ [宋]田况著:《儒林公议》,《全宋笔记》第一编第五册,郑州:大象出版社,2003年,第130页。
⑤ 曾枣庄、刘琳主编:《全宋文》第十九册,成都:巴蜀书社,1991年,第52页。
⑥ [宋]苏轼著,孔凡礼点校:《苏轼文集》,北京:中华书局,1986年,第724页。

如不讳言,石介确有"喜声名""性好异",尚奇好怪之特性。他自己也说:

> 介狂狷好妄言,而有位不见听纳,但得沽激好名躁进之论。父兄教戒,亲友勉谕,以谓得其政不若畜之于身,待其当位然后施之于事。介省思之,亦深以为是。(石介《上王沂公书》)①

由于他自己性格如此,他亦赏识杜默、何群诸人,正如欧阳修所预料的,杜、何等人的怪僻又加深了人们对石介尚奇好异的印象。石介曾有《三豪诗》称杜默为诗豪,欧阳修却批评杜默"淫哇俗所乐,百鸟徒嘤嘤",使之卷舌而去。苏轼更列举杜默数诗后认为"杜默豪气","正是京东学究,饮私酒,食瘴死牛肉,醉饱后发者也"。"作诗狂怪,至卢仝、马异极矣。若更求奇,便作杜默。"②也有人认为杜默之诗其余皆不如东坡所举的几首。且杜默为人"落魄不调,不护名节","士大夫薄其为人"。③石介所激赏的蜀人何群,好异以取高,倡复古衣冠,认为"文辞中害道者莫甚于赋",然而他自己"赋既多且工",讲官"以为不情",被黜出太学。其弟子之行为适为其声名之累。

石介尚奇好异的性格在宋时颇致物议,但同时人们也注意到了石介性格的可贵之处。"介为人刚果有气节,力学,喜辩是非,真好义之士也。"④(欧阳修《上杜中丞论举官书》)《庆历圣德颂》有过激之处,但对韩琦、富弼、范仲淹的评价,时人认为有"知人之明"(《渑水燕谈录》)。当"百年后来者,憎爱不相缘"时,人们更盛赞其性格"刚介"。"石健甚,硬做","是第一等人"⑤。"然自学者言之,则见善明,立志果,殉道忠,视身轻",自谓"大过上六当其任,则其节有足取也"。

---

① 曾枣庄、刘琳主编:《全宋文》第十五册,成都:巴蜀书社,1998年,第218页。
② [宋]苏轼撰,孔凡礼整理:《仇池笔记》,《全宋笔记》第一编第九册,郑州:大象出版社,2008年,第195页。
③ [宋]王辟之、欧阳修撰:《渑水燕谈录》,《归田录》,北京:中华书局,1981年,第87页。
④ [宋]欧阳修著,李逸安点校:《欧阳修全集》,北京:中国书店,1986年,第322页。
⑤ [宋]黎靖德撰,王星贤点校:《朱子语类》,北京:中华书局,1986年,第3091页。

综观前人对石介性格正反两方面的评价,站在今天的高度,我们认为,尽管石介的性格是构成石介人生悲剧的因素之一,但石介的悲剧绝非"性格悲剧"。他的性格只是在特定时代、特定环境中招致物议。在今天看来,石介个性中刚介果敢、乐善疾恶、不取媚、不苟同的个性倒是应该激扬的。因此,与其说石介的独特个性与现实政治碰撞产生人生悲剧,还不如说在两宋党争中,众多的文人学士随波逐流,圆滑应世,泯灭了自己的个性,那才是更为深刻的历史悲剧。南宋杨万里为任尽言《小丑集》作序时,曾针对任氏个性刚正,立朝忠直,为文求奇以致人生不遇时指出:

赋性病太刚,立朝病太直,作文病太奇,是公之三病也。然兹三病者,他人病其一,犹足以高一时而名后世,况于三乎?公今病其三,坐此以不遇,固也。然使公于斯三病者,去其一而其名减,去其二而其德衰,去其三而其传泯,则是去三病而得三病也。(《诚斋集》卷八十二眉山任公《小丑集》序)①。

以上我们从四个方面粗略地探讨了石介人生悲剧的原委。众所周知,石介在其短短的人生中,特立独行,直道致祸,使得后世读者阅其一生遭遇为之悲愤叹惋,但他在宋代文化史各个方面的影响是广泛而又深远的,研究宋代理学史、党争史、诗歌史、批评史、科举制度、太学沿革都不应忽略对他的研究。但由于石介复杂独特的个性,宋代尖锐激烈的党争,从仁宗朝伊始的文统、道统之争种种影响,后人对石介的评价颇多抵牾之处,预料在今后相当一段时间里,有关争论还将继续下去。这篇短文倘能以个人的浅知拙见对石介的研究起一点促进作用,则幸甚。

---

① [宋]杨万里撰,辛更儒笺校:《杨万里集笺校》卷八十二,北京:中华书局,2007年,第3311—3312页。

"和莺吹折数枝花"考识

一

王禹偁是宋代诗文革新运动的先驱,他提出的"韩柳文章李杜诗"成为宋代诗文革新的口号。而林逋诗"纵横吾宋是黄州"①(《读王黄州诗集》)则可以概括他对有宋一代文学的深远影响。

正由于王禹偁在宋代文坛的重要地位,他的一些名作的蕴涵和特色也一直为后人所激赏、品评以致众说纷纭。其中尤著者,是他写于商州时期的《春居杂兴》其一。为了讨论的方便,录《春居杂兴》二首如下:

两枝桃杏映篱斜,妆点商山副使家。
何事春风容不得,和莺吹折数枝花。

春云如兽复如禽,日照风吹浅又深。
谁道无心便容与,亦同翻覆小人心。②

最早对王禹偁此诗提出批评的是其长子嘉祐,《蔡宽夫诗话·王元之〈春日杂

---

① [宋]林逋著,沈幼征校注:《林和靖集》卷三,杭州:浙江古籍出版社,2012年,第126页。
② [宋]王禹偁著:《钦定四库全书荟要·小畜集》,长春:吉林出版集团有限责任公司,2005年,第74页。

兴〉诗》条载：

> 元之本学白乐天诗，在商州尝赋《春日杂兴》云："两株桃杏映篱斜，装点商州副使家。何事春风容不得？和莺吹折数枝花。"其子嘉祐云："老杜尝有'恰似春风相欺得，夜来吹折数枝花'之句，语颇相近。"因请易之。王元之忻然曰："吾诗精诣，遂能暗合子美耶？"更为诗曰："本与乐天为后进，敢期子美是前身"，卒不复易。①

《蔡宽夫诗话》所据见于王禹偁相关诗题，其语句曰：

> 前赋《春日杂兴》二首，间半岁，不复省视，因长男嘉祐读《杜工部集》，见语意颇有相类者，咨于予，且意予窃之也。予喜而作诗，聊以自贺。②

而最早对此诗进行质疑的是陆游，他在《老学庵笔记·续笔记》中谓此诗："语虽极工，然大风折树而莺犹不去，于理未通，当更求之。"③

上述资料启人思考者有二：其一，王禹偁为何在其子嘉祐指诗《春日杂兴》与杜诗"语意颇有相类者"之时，仍"喜而作诗，聊以自贺"？其二，其诗是否"于理未通"？诗旨所归，究竟该如何理解。

后人的争议多从此而起。清人贺裳在《载酒园诗话》卷一中说：

> 且莫问雷同古人，但安有花枝吹折，莺不飞去，和花同坠之理？此真伤巧。④

---

① 郭绍虞辑：《宋诗话辑佚》，北京：中华书局，1980年，第405页。
② 郭绍虞辑：《宋诗话辑佚》，北京：中华书局，1980年，第405页。
③〔宋〕陆游撰，李剑雄、刘德权点校：《老学庵笔记·续笔记》，北京：中华书局，1979年，第140页。
④〔清〕贺裳著：《载酒园诗话》卷一，《清诗话续编》上册，上海：上海古籍出版社，1983年，第210页。

认为"和莺吹折数枝花"应是莺"和花同坠"。《载酒园诗话》所附黄白山的评语即对贺裳的说法进行了辩驳,认为"此正'诗有别趣'之谓,若必讥其无理,虽三尺童子亦知莺必不与花同坠矣"①。那么究竟应该如何理解《春日杂兴》诗呢?我们认为,首先应该探究王禹偁创作的初衷,其次应该整体理解《春日杂兴》二首诗的寓意,这些会有助于我们准确把握该诗的题旨。

二

要探究王禹偁《春日杂兴》诗创作的初衷、主旨,首先要把握王禹偁贬谪商州的原委。关于这一点,相关的文献资料,诸如《宋史·王禹偁传》《宋史·徐铉传》《宋史·张去华传》均有录载,今人研究著述如刘乃昌《王禹偁评传》(山东教育出版社《中国历代著名文学家评传》)、墨铸《王禹偁三次谪官缘由》等均有所论列。墨铸认为:

> 王禹偁屡遭贬谪的原因,从主观上说,是因为他直言敢谏、刚正不阿,不肯随波逐流。从客观上说,则是由于北宋封建朝政的腐败紊乱,崇佛乱政,群小谗毁,致使王禹偁"三黜致死"。②

具体到王禹偁贬谪商州的原因,徐规《王禹偁事迹著作编年》所述至为简要,略谓:

> 王禹偁在知制诰任内,因延誉孙何、丁谓之文才,举人中有业荒而行悖者,聚而造谤焉。又以禹偁平居议论常道浮图之蠹人,且于端拱二年上疏论及此事,乃伪为禹偁《沙汰释氏疏》及孙何《无佛论》,故京城巨僧侧目尤甚。由于禹偁直言敢谏,"兼磨断佞剑,拟树直言旗";又草制诰之词,多不虚饰,

---

① [清]贺裳著:《载酒园诗话》卷一,《清诗话续编》上册,上海:上海古籍出版社,1983年,第210页。
② 墨铸:《谈王禹偁的谪居诗》,《东岳论丛》1985年第1期。

更为同僚所怨。庐州尼道安诬陷左散骑常侍徐铉与妻甥姜氏奸,姜氏乃道安之嫂。八月,王禹偁执法为徐铉雪诬,抗疏论道安告奸不实罪。①

于是在九月被贬谪。王禹偁在贬谪商州期间,以及他在后半生的不得志的岁月中,曾不断地对自己贬黜的原因和命运进行考问。

在商州期间,他写有《春居杂兴》《吾志》《谪居感事》等一系列诗作。综观此一时期及后来的相关文字,他认为自己被贬的原因有三:其一,个性原因;其二,皇上好恶;其三,小人谗佞。其一系列诗文可以为证:

丹笔方肆直,皇情已见疑。②(《吾志》)

贾生多谪宦,邓通终铸钱。谩道膝前席,不如衣后穿。使我千古下,览之一泫然。赖有佞幸传,贤哉司马迁。③(《读汉文纪》)

莫问穷通事若何,遇花逢酒且狂歌。人情易逐炎凉改,宦路难防陷阱多。④(《次韵和仲咸感怀贻道友》)

竹也比贤良,鼠兮类盲俗。所食既非宜,所祸诚知速。吁嗟狡小人,乘时窃君禄。贵依社树神,俸盗太仓粟。笙簧佞舌鸣,药石嘉言伏。……彼狡勿害贤,彼鼠勿食竹。⑤(《竹鼠》)

我生落世网,碌碌随搢绅。直躬多龉龃,左官苦漂沦。⑥(《赠秉放处士》)

唯中外之二任,系君亲之一言。⑦(《陈情表》)

况臣粗有操守,素非轻易。心常知于止足,性每疾于回邪。位非其人,诱之以利而不往;事匪合道,逼之以死而不随。⑧(《滁州谢上表》)

---

① 徐规著:《王禹偁事迹著作编年》,北京:商务印书馆,2003年,第103页。
② [宋]王禹偁著:《钦定四库全书荟要·小畜集》,长春:吉林出版集团有限责任公司,2005年,第20页。
③ [宋]王禹偁著:《钦定四库全书荟要·小畜集》,长春:吉林出版集团有限责任公司,2005年,第19页。
④ [宋]王禹偁著:《四部丛刊初编集部·小畜外集七卷》,北京商务印书馆民国丛书版,第4页。
⑤ [宋]王禹偁著:《钦定四库全书荟要·小畜集》,长春:吉林出版集团有限责任公司,2005年,第22页。
⑥ [宋]王禹偁著:《小畜(外)集》,《永乐大典》第三十卷,呼和浩特:远方出版社,2006年,第56页。
⑦ [宋]王禹偁著:《钦定四库全书荟要·小畜集》,长春:吉林出版集团有限责任公司,2005年,第212页。
⑧ [宋]王禹偁著:《钦定四库全书荟要·小畜集》,长春:吉林出版集团有限责任公司,2005年,第217页。

今春,吾自西掖召拜翰林学士,天子宠遇任委过于往时,而憎之不乐吾者,复以前事啡吠,吾以为无能为也,在内庭果百日而罢。①(《答郑褒书》)

自念山野士,不解随圆方。宦途多龃龉,身计颇悲凉。②(《东门送郎吏行寄承旨宋侍郎》)

报国惟直道,谋身昧周防。四年两度黜,鬓发已苍苍。③(《闻鹍》)

臣顷以艺文,获尘科第。三馆两制,遍历清华。千载一时,别无媒援。由是上惟奉主,旁不忌人。比因直言,频至左官。④(《扬州谢上表》)

某褊狷刚直,为众所知,虽强损之,未能尽去。⑤(《答晁礼丞书》)

伏念臣顷因薄技,逮事先朝。误记姓名,过有奖擢。两知制诰,一入翰林。报国之功,虽无绩效。事君之道,粗守贞方。虚名既高,忌才者众,直道难才,黜官亦多。始贬商于,实因执法。后出滁上,莫知罪名。⑥(《谢转刑部郎中表》)

臣才虽无闻,谏则有素。先皇帝时,初拜右正言直史馆,即日进《端拱箴》一篇,又上《御戎十事》,蒙先朝采纳,擢升纶阁。判大理寺时,抗疏论道安之罪,执法雪徐铉之冤,贬官商山,咎实因此。⑦(《应诏言事》)

夫谤之口,圣贤难逃。周公作鸱鸮之诗,仲尼有桓魋之叹。盖行高于人则人所忌,名出于众则众所排,自古及今,鲜不如此。⑧(《黄州谢上表》)

屈于身兮不屈其道,任百谪而何亏!吾当守正直兮佩仁义,期终身以行之。⑨(《三黜赋》)

---

① [宋]王禹偁著:《钦定四库全书荟要·小畜集》,长春:吉林出版集团有限责任公司,2005年,第177页。
② [宋]王禹偁著:《钦定四库全书荟要·小畜集》,长春:吉林出版集团有限责任公司,2005年,第34页。
③ [宋]王禹偁著:《钦定四库全书荟要·小畜集》,长春:吉林出版集团有限责任公司,2005年,第37页。
④ [宋]王禹偁著:《钦定四库全书荟要·小畜集》,长春:吉林出版集团有限责任公司,2005年,第229页。
⑤ [宋]王禹偁著:《钦定四库全书荟要·小畜集》,长春:吉林出版集团有限责任公司,2005年,第181页。
⑥ [宋]王禹偁著:《钦定四库全书荟要·小畜集》,长春:吉林出版集团有限责任公司,2005年,第224页。
⑦ 曾枣庄、刘琳主编:《全宋文》第四册,成都:巴蜀书社,1989年,第336—337页。
⑧ [宋]王禹偁著:《钦定四库全书荟要·小畜集》,长春:吉林出版集团有限责任公司,2005年,第226页。
⑨ [宋]王禹偁著:《钦定四库全书荟要·小畜集》,长春:吉林出版集团有限责任公司,2005年,第7—8页。

未甘便葬江鱼腹,敢向台阶请罪名。①(《出守黄州上史馆相公》)

综观王禹偁在其四十八年的人生中不断地对个人命运进行反省与思考,他在探究人生坎坷、不断被贬的原因之中,对最高统治者一己之好恶,出语谨慎。唯曰自己之荣辱,在君亲之一言,"丹笔方肆直,皇情已见疑"而已。

因此,要准确把握王禹偁《春日杂兴》诗之内涵,搞清皇上特别是太宗皇帝对其的态度是十分必要的。客观地讲,太宗皇帝对王禹偁是有识拔知遇之恩的:

雍熙四年八月,"太宗闻王禹偁、罗处约名,召赴阙"。②

端拱元年,王禹偁、"罗处约应中书试《诏臣僚和御制〈贺〉雪诗序》,奏篇称旨。"③

端拱二年,王禹偁上《御戎十策》,"太宗览奏,深加叹赏。宰相赵普尤器之。"④

端拱二年三月,"太宗亲试贡士,召禹偁使作歌,禹偁援笔立就。太宗谓侍臣曰:'此歌不逾月遍天下矣。'即拜左司谏、知制诰。"⑤

然而"朝荣暮又辱,容易如掌翻"⑥(《一品孙郑昱》),其原委又恰恰在于太宗皇帝对王禹偁刚正不阿、数拂龙须的性格的厌弃和拒斥。

据史载,淳化四年(993)八月,太宗召之还朝,授王禹偁左正言。太宗谓宰相曰:"禹偁文章,独步当世;然赋性刚直,不能容物,卿等宜召而戒之!"⑦如果上述语言还可见出太宗对其的"关爱"的话,那么至道元年(995),王禹偁对僚友议论

---

① [宋]王禹偁著:《四部丛刊初编集部·小畜外集七卷》,北京:商务印书馆民国丛书版,第8页。
② 徐规著:《王禹偁事迹著作编年》,北京:商务印书馆,2003年,第68页。
③ 徐规著:《王禹偁事迹著作编年》,北京:商务印书馆,2003年,第73页。
④ 徐规著:《王禹偁事迹著作编年》,北京:商务印书馆,2003年,第84页。
⑤ 徐规著:《王禹偁事迹著作编年》,北京:商务印书馆,2003年,第87页。
⑥ [宋]王禹偁著:《钦定四库全书荟要·小畜集》,长春:吉林出版集团有限责任公司,2005年,第41页。
⑦ [清]毕沅编著:《续资治通鉴》,北京:中华书局,1957年,第391页。

宋太祖皇后宋氏的丧仪一事，颇触忌讳，太宗不悦。王禹偁坐轻肆，再度被贬出朝，而宋太宗对宰相说的几句话，决定了王禹偁的命运。太宗谓宰相曰："人之性分固不可移，朕常戒勖禹偁令自修饬。近观举措，终焉不改，禁署之地，岂可复处乎。"①而其黜官之制词更见朝廷斥责之意：

王禹偁顷以文词，荐升科级，而徊徉台阁，颇历岁时，朕祗荷丕图，思皇多士，擢自纶阁，置于禁林，所宜体大雅以修身，蹈中庸而率性，而操履无取，行实有违，颇彰轻肆之名，殊异甄升之意。宜迁郎署，俾领方州。勉务省躬，聿图改节。②

至于"小人谗佞"，有关论述均有涉及，王禹偁自己知之亦详，《宋史·王禹偁传》概言："其为文著书，多涉规讽，以是颇为流俗所不容。"③

三

我们了解把握了王禹偁被贬谪的主客观因素之后，《春日杂兴》即景兴感的内涵就较易探知。《春日杂兴》第二首，诗人采用的是即事兴感、托物寓意的手法。王禹偁以桃杏自比，以春风喻指君王，以风折鲜花寓示自己的不幸遭遇。关于诗人以春风喻指当今皇上之说，论者并无疑义。古人把能左右个人命运的对象，诸如皇上、母亲比作春风、东风者，在在多有。孟郊诗名作写道："谁言寸草心，报得三春晖"④；苏轼有诗曰："圣主如天万物春"⑤；陆游有词曰："东风恶，欢情薄"⑥；《西厢记》有句云："闲愁万种，无语怨东风。"⑦圣主、慈母如春阳春晖，似春风东

---

① 徐规著：《王禹偁事迹著作编年》，北京：商务印书馆，2003年，第142页。
② 司义祖整理：《宋大诏令集》卷二百零三，北京：中华书局，2009年，第757页。
③ [元]脱脱等撰：《宋史》卷二百九十三，北京：中华书局，2013年，第9799页。
④ [唐]孟郊著，韩泉欣校注：《孟郊集校注》，杭州：浙江古籍出版社，1995年，第10页。
⑤ [宋]苏轼著，[清]王文诰辑注，孔凡礼点校：《苏轼诗集》，北京：中华书局，1982年，第999页。
⑥ [宋]陆游著，王双启编：《陆游词新释辑评》，北京：中国书店，2001年，第1页。
⑦ [元]王实甫著，张燕瑾校注：《西厢记》，北京：人民文学出版社，1995年，第2页。

风,化育万物,德泽万代,然而正像一切事物都有两面性一样,炎炎春阳可以焦禾稼,猛烈的春风可以损折花枝。无论是从传统文化的沿袭,还是从诗人自己的人生体验中,王禹偁都深明此理,他在诗文中写道:"又尝观上圣之姿,法天道兮缉熙"①,"若有民谣起,当歌帝泽春"②。他深知一个臣子的生杀予夺之权,往往在皇上一时喜怒之间,"惟中外之二任,系君亲之一言"(《陈情表》)。但诗人看到春风折枝,思及个人贬谪商州中太宗皇上的作用,只是不无幽怨却十分含蓄地用了一个小问句:何事春风容不得?颇为耐人寻味。难言之痛以不言言之,隐忍言之。"以篇幅短小的绝句","而能包含如此丰富、深远的意蕴,技巧可谓已臻化境"③。

如果说王禹偁对太宗在自己的人生命运中的作用既不能尽于言,又不能已于言,以不言言之。那么,他对谗佞小人的愤激之情,却是积累在胸,不吐不快。于是在此诗中,诗人在探究、究诘命运之时,思及君王的作用,情绪复杂,但迅即想起谗佞小人的无中生有,推波助澜,因此有了诗之结句——"和莺吹折数枝花"。

对于此句的诠释,今人多由陆游的发问生发,再受贺裳的批评的影响,进而解释为:"和莺吹折数枝花"本来毫不难解,并不是"大风折树而莺犹不去",乃是大风吹来,花枝折断,莺也飞去无踪。"和莺"明明是连黄莺一起之意,何至引起误会。④

赵齐平先生《宋诗臆说·和莺吹折数枝花——说王禹偁〈春日杂兴〉(其一)》、《宋诗鉴赏词典》收录李宗为先生的赏论文章均这样认为。用一句浅显的现代汉语表达,此句诗的语意为:春风吹得莺飞花折。

但联系上下句诗意,我们认为"何事春风容不得,和莺吹折数枝花",也可以理解为"春风""和莺""吹折数枝花"。即莺助春风之力或莺借春风之力"吹折数枝花"。表面描写的是莺踏枝头,春风骤至,花折莺飞的图景,亦即王文濡《宋元

---

① [宋]王禹偁著:《钦定四库全书荟要·小畜集》,长春:吉林出版集团有限责任公司,2005年,第10页。
② [宋]王禹偁著:《钦定四库全书荟要·小畜集》,长春:吉林出版集团有限责任公司,2005年,第39页。
③ 缪钺等撰:《宋诗鉴赏辞典》,上海:上海辞书出版社,1987年,第25页。
④ 傅庚生、傅光编:《百家唐宋诗新话》,成都:四川文艺出版社,1989年,第476页。

明诗评注读本》所谓"言从莺声中吹落也"①,而其题旨,则如赵齐平先生所说:"'春风'云云,有其特定的政治内涵,如《谪居感事》诗所说:'众铄金须化,群排柱不支;佞权回北斗,谗舌簸南箕;阙下羊肠险,朝端虎尾危。'"②正是由于"众铄""群排",所以才有了这花折人伤。

并且后一种理解更切合王禹偁无辜被贬的遭遇,更符合《春日杂兴》二首的情感流程。如前所述,王禹偁被贬商州之后,曾有多首诗作探究自己无辜被贬的原因,如《吾志》《谪居感事》等,或感伤皇情见疑,或愤慨群小谗毁,均语直理明,以供查考。但《春日杂兴》二首即物兴感,托事寓意,表现手法不同。但评品诗意,要旨仍在二者。就两首诗表现的内在情感而言,第一首重在究诘桃杏摧折中"春风"的作用,但对于助风折花、借风摧花的"莺"的愤慨已是情溢诗外。于是在第二首诗作中便集中对"如兽""如禽"的"小人心"进行尖锐的指责批评。如果说在第一首诗作中,由于"春风"的特定喻指,诗人对"春风"的复杂感情,其探问究诘的语气还是比较和缓、有所保留的,那么在第二首诗作中,对反复小人的愤慨抨击,便是毫不留情的。诗人以春日浮云穷极形状和颜色上的变化,喻指"翻手为云覆手雨,纷纷轻薄何足数"的官场上的无耻小人。也正是这些"变色龙",往往在官场上不断变换面目,为了个人的利益不择手段,颠倒是非,混淆黑白,导致了正人志士的迁谪流离。

清楚了诗人创作旨归和诗作内涵之后,我们可以理解陆游何以在一读此诗之后,心有感触,又不便明言,只有含蓄地说此诗:"语虽极工,然大风折树而莺犹不去,于理未通,当更求之。"放翁一生亦屡遭谗毁,个中滋味,比王禹偁体味更深。他一生多遭贬毁,"罪虽擢发莫数,而诗为首"③,他对于宋初王禹偁这首借物兴感、抒发迁谪忧愤的诗作给予了特别的注意。那么大风折树,莺往何处了呢?王禹偁诗曰:唯有流莺偏称意,夜来偷宿最繁枝!"④

---

① 王文濡选编:《历代诗文名篇评注读本·宋元明诗卷》,长沙:岳麓书社,2001年,第79页。
② 赵齐平著:《宋诗臆说》,北京:北京大学出版社,1993年,第33页。
③ [宋]陆游著,钱仲校注:《剑南诗稿》,杭州:浙江教育出版社,2011年,第536页。
④ [宋]王禹偁著:《钦定四库全书荟要·小畜集》,长春:吉林出版集团有限责任公司,2005年,第87页。

清楚了这一点,我们也可以理解诗人何以要把歌喉动听的莺比作"小人"的内在原因——"我遭谗口身落此,每闻巧舌宜可憎。"①(欧阳修《啼鸟》)正是这些巧舌如簧的佞幸小人,众口铄金。

清楚了这一点,我们还可以理解,为什么在嘉祐指出此诗与杜甫诗"语意颇有相类者""且意予窃之"之后,王禹偁仍"喜而作诗,聊以自贺"。王禹偁《春日杂兴》第二首末二句与杜诗《绝句漫兴九首》的第二首语句相类,杜诗曰:

手种桃李非无主,野老墙低还是家。
恰似春风相欺得,夜来吹折数枝花。②

杜诗与王禹偁诗相比较,杜甫写于唐肃宗上元二年(761)的《绝句漫兴》,抒发了久经战乱颠沛之后,虽暂时生活稳定,但茅屋墙低,桃李手种,生活依然困苦。于是"借春风以寄其牢骚,承首章花开(第一首有'即遣花开深造次'之句),桃李有主,且近家园,而春风忽然吹折,似乎造物亦欺人者,惜桃李,正自惜羁孤也"。所以,诗作仅就"春风"本身写去,抒发"远客孤居,一时遭遇,多有不可人意者"③(王嗣奭评《绝句漫兴》)。而王禹偁之诗则是有政治寓托的,他在究诘一己遭遇之时,对皇权与臣下命运的关系进行了探究,对于变化如浮云之难测的佞幸小人表示了极大的愤激之情。所以,杜、王之诗,语句虽似有雷同,语意则决不相类,且另有新创。这是王禹偁为何"闻而不改","且喜而作诗,聊以自贺"之由。

近读木斋《宋诗流变》:

故事的本事诗在王元之诗作之中已属上乘,前两句显示了白体诗的那种随意而作、脱口而出的特点,后两句更有了杜诗风味。但比之故事引发的感慨……则后者更具审美价值……

---

① [宋]欧阳修著:《欧阳修全集》,北京:中国书店,1986年,第17页。
② [唐]杜甫撰,仇兆鳌注:《杜诗详注》,北京:中华书局,2015年,第655页。
③ [唐]杜甫著,仇兆鳌注:《杜诗详注》,北京:中华书局,2015年,第955页。

但这一名句也提示了话外的一个问题，那就是王元之碰巧用了杜诗诗典而不自觉，一方面固然说明了他与杜诗风神气貌的某种肖似，但另一方面，他不知杜诗名句，让儿子指摘，也透露了他读书不够、学问欠缺的消息。这也正是此时之平易与彼时（欧、苏）之平易的不同之所在。①

一阅之后，颇有启悟，但我们不同意木斋先生"话外的一个问题"的看法。因为从《春日杂兴》二首均可看到王诗有意学习杜诗的迹象。第一首诗与杜诗的关系，论者已众，此不赘述。第二首也可看出受杜诗《可叹》"天上浮云似白衣，斯须改变如苍狗"②，《贫交行》"翻手作云覆手雨，纷纷轻薄何须数"③的影响。组诗二首均可见杜诗之句法、字面，于中可看出作为宋代诗文革新先驱的王禹偁对杜诗的态度。"学杜而未至"是吴之振《宋诗钞·小畜集钞序》中的观点，但他接着说"元之独开有宋风气，于是欧阳文忠公得以承流接响"，"穆修、尹洙为古文于人所不为之时，元之则为杜诗于人所不为之时者也"④。观点是公允的。

"纵横吾宋是黄州"，王禹偁的影响在宋代诸多诗词名家那里都可以看到。苏轼在历经磨难之后，对社会人情有了更深的了悟，其文曰："人之难知也，江海不足以喻其深，山谷不足以配其险，浮云不足以比其变。"⑤（《论语义·观过斯知仁矣》）"浮云不足以比其变"，与王禹偁《春日杂兴》第二首意近语同。

从一首小诗及与此诗相关的故事和争论，我们可以见出王禹偁刚直不阿、疾恶如仇的个性，亦可见出一代诗文创作风气之滥觞。宋人尊杜学杜，固不待言，而王禹偁在学习继承的基础上能够变化出新，实开一代风气之先。久对王禹偁其人其文其诗感兴趣，连类及之，略陈鄙怀，草草为文，以就教于知者。

---

① 木斋著：《宋诗流变》，北京：京华出版社，1999年，第46页。
② ［唐］杜甫撰，［清］仇兆鳌注：《杜诗详注》，北京：中华书局，2015年，第2216页。
③ ［唐］杜甫撰，［清］仇兆鳌注：《杜诗详注》，北京：中华书局，2015年，第165页。
④ ［清］吴之振等辑，［清］管庭芳、蒋光煦补：《宋诗钞》，上海：上海三联书店，1986年，第5页。
⑤ ［宋］苏轼著，张志烈、马德富、周裕锴校注：《苏轼全集校注》，石家庄：河北人民出版社，2010年，第579页。

其奥妙在醒醉之间
——欧阳修贬滁心态散论

欧阳修于庆历五年（1045）八月落龙图阁直学士、罢都转运按察使、降知制诰，知滁州。言及其贬谪滁州之原因，欧阳修在《滁州谢上表》中愤而言道："尝列谏垣，论议多及于贵权，指目不胜于怨怒。"①庆历新政失败，政敌之怨疾倾轧，乃其被贬之要因，王铚《默记》载："欧阳文忠庆历中为谏官。仁宗更用大臣，韩、富、范诸公，将大有为。公锐意言事……大忤权贵。"②《宋史·欧阳修传》亦载："方是时，杜衍等相继以党议罢去，修慨然上疏曰：'杜衍、韩琦、范仲淹、富弼，天下皆知其有可用之贤，而不闻其可罢之罪。自古小人谗害忠贤，其说不远。欲广陷良善，不过指为朋党，欲动摇大臣，必须诬以专权，其故何也？去一善人，而众善人尚在，则未为小人之利；欲尽去之，则善人少过，难为一一求瑕，唯指以为党，则可一时尽逐。至如自古大臣，已被主知而蒙信任，则难以他事动摇，唯有专权是上之所恶，必须以此说，方可倾之。正士在朝，群邪所忌，谋臣不用，敌国之福也。今此四人一旦罢去，而使群邪相贺于内，四夷相贺于外，臣为朝廷惜之。'于是邪党益忌修。"③欧阳修刚正立朝，在复杂的党争之中，不避群邪切齿之祸，敢于一人犯颜直谏，虽"大忤权贵""群邪益忌"之，却因其"职事甚振，无可中伤"。而恰在此时，其甥女"张氏在晟所与奴奸，事下开封府，权知府事杨日严，前守益州，修尝

---

① [宋]欧阳修著：《欧阳修全集》，北京：中国书店，1986年，第680页。
② 洪本健编：《欧阳修资料汇编》，北京：中华书局，2009年，第210页。
③ 洪本健编：《欧阳修资料汇编》，北京：中华书局，2009年，第472页。

论其贪恣,因使狱吏附致其言以及修。谏官钱明逸遂劾修私于张氏,且欺其财……诸怨恶修者必欲倾修"①。在这样险恶的政治环境中,虽户部判官苏安世、入内供奉官王昭明监勘,卒明其诬,欧阳修仍然被贬至"介于江淮之间,舟车商贾、四方宾客之所不至也"的偏远州郡滁州。欧阳修庆历五年(1045)十月贬赴滁州,于庆历八年(1048)闰正月得治扬州,其贬滁岁月仅止两年。两年之间,撰写诗文达百余篇,且多有名章佳作传世。研讨欧阳修贬滁期间的内心感情世界,以及研味其所撰有争议之作,都不应忽略其贬谪滁州的险恶政治局势——政敌的诬围和盗甥案对他心灵的伤害。

  欧阳修贬谪滁州两年期间所撰写的百余篇诗文中,流传最广的是《醉翁亭记》,争议最多的也是《醉翁亭记》。综合古今有关争议文字,关于欧阳公创作本文之旨,主要有两种争论意见。一是"与民同乐"说。持此论者往往援引《丰乐亭记》中相关文字以为佐证。欧阳修在《丰乐亭记》中直接宣称:"夫宣上恩德,以与民共乐,刺史之事也。"且谓:"修之来此,乐其地僻而事简,又爱其俗之安闲。既得斯泉于山谷之间,乃日与滁人仰而望山,俯而听泉。掇幽芳而荫乔木,风霜冰雪,刻露清秀,四时之景,无不可爱。又幸其民乐其岁物之丰成,而喜与予游也。因为本其山川,道其风俗之美,使民知所以安此丰年之乐者,幸生无事之时也。"欧阳公之《丰乐亭记》亦为名文。此说援引有据,似乎顺理成章。马茂军所著《宋代散文史论》更进一步认为:"《醉翁亭记》之所以成为千古绝唱,便在于欧阳修以优美散文的艺术形式,解读了关于'尧舜气象'这一儒家最高人生境界的古老命题。《论语·先进》是《醉翁亭记》的命题原型。"并通过分析认为:"可见'乐于山水'、'与民同乐'即是圣人之志(亦即'道')的两个方面,是欧阳修乐于'儒道'的具体体现。这篇文章即表现了他推行儒家仁政的'治道'精神,并为滁地实现了孔子那种'老者安之(伛偻),朋友信之(众宾欢也),少者怀之(提携)'政通人和的理想境界而感到由衷的快乐,这正是'醉翁之乐'的深刻含义与内在依据。欧阳子乐民之乐,乐世之太平,乐山水之乐,正是曾点一样的人物,有着夫子一般的志

---

① 洪本健编:《欧阳修资料汇编》,北京:中华书局,2009年,第255页。

趣和情怀。此文可谓立意高远,神思飘倏,风神超逸,乃为旷世绝作。"①但学术界更趋认同的意见是,《醉翁亭记》"含蓄委婉地表现了作者贬官之后的复杂心境"②,"和他的《丰乐亭记》都表现出官场失意寄情于山水的心情"③。陈新、杜维沫更认为:"……时作者四十岁,即自称'醉翁'……透露出被贬后在政治上的压抑心情,但他牢记在贬所'不为戚戚之文'的信条,借诗酒山水以自放,故文中'醉翁之意不在酒,在乎山水之间也'、'苍颜白发,颓然乎其间者,太守醉也'诸语,直有长歌当哭之意。"④

要研讨《醉翁亭记》的创作主旨,深入探究欧阳公贬滁心态,辨析有关争议之是是非非,在综合阅读欧阳修贬滁期间的全部诗文,又阅看了有关友朋与之往来书信、唱酬诗文之后,我们认为在以下几个方面有深入探讨的必要。

首先要辨明的是有宋一代朝廷对待贬谪者的态度,要辨明欧阳修贬滁所受的"待遇"。如前所述,欧阳修被贬,一是由于政治变革的失败,二是与之相关的人身攻击和诬陷。这样的心理打击和精神上的折磨,欧阳修是难以在数月之间消除其心理影响的。更何况,贬谪是一种惩创,对于这一点,欧阳修早在被贬夷陵时已有十分清醒的认识。宋代朝廷对于贬谪官员,多流谪荒远之地。欧阳修在初贬至夷陵前《回丁判官书》中说:

> 且为政者之惩有罪也,若不鞭肤刑肉以痛切其身,则必择恶地以斥之,使其奔走颠踬窘苦,左山右壑,前虺虎而后蒺藜,动不逢偶吉而辄奇凶,其状可为悯笑。所以深困辱之者,欲其知自悔而改为善也。⑤

到达夷陵后,欧阳修在《夷陵县至喜堂记》中又说:

---

①马茂军著:《宋代散文史论》,北京:中华书局,2008年,第149页。
②丁放、武道房等选注:《宋文选》,北京:人民出版社,2014年,第120页。
③四川师范学院中文系古典文学教研组选注:《中国历代文选》,北京:人民文学出版社,1980年,第676页。
④陈新、杜维沫选辑:《欧阳修选集》,上海:上海古籍出版社,1986年,第358页。
⑤[宋]欧阳修著:《欧阳修全集》,北京:中国书店,1986年,第494页。

夫罪戾之人,宜弃恶地,处穷险,使其憔悴忧思,而知自悔咎。①

而夷陵在宋时就是适合贬官降职之地。"然夷陵之僻,陆走荆门、襄阳,至京师,二十有八驿;水道大江、绝淮,抵汴东水门,五千五百有九十里。故为吏者多不欲远来,而居者往往不得代,至岁满或自罢去。"②欧阳修被贬之地滁州在其时也是一个荒远小郡,"介于江淮之间,舟车商贾、四方宾客之所不至也"。欧阳修多次在诗中感叹滁之荒远穷困:

穷山候至阳气生,百物如与时节争。官居荒凉草树密,撩乱红紫开繁英。③(《啼鸟》)

荒城草树多阴暗,日夕霜云意浓淡。④(《新霜二首·其二》)

官居荒凉使欧阳修觉得愧对来访的友人:

滁山不通车,滁水不载舟。舟车路所穷,嗟谁肯来游。念非吾在此,二子来何求。⑤(《怀嵩楼晚饮示徐无党无逸》)

徐无党、无逸兄弟在欧阳修困居滁州之时来访,欧阳修赠诗非泛泛应酬之作,其诗末曰:"来贶辱已厚,赠言愧非酬。"诗中所言滁地之荒陋应接近事实。

可以作为佐证的是,欧阳修贬滁期间,对其以诗文劝慰的友朋,时时透露出个中信息,如梅尧臣《方在许昌幕内弟滁州谢判官有书邀余诗送近闻欧阳永叔移

---

① [宋]欧阳修著:《欧阳修全集》,北京:中国书店,1986年,第269—270页。
② [宋]欧阳修著:《欧阳修全集》,北京:中国书店,1986年,第270页。
③ [宋]欧阳修著:《欧阳修全集》,北京:中国书店,1986年,第17页。
④ [宋]欧阳修著:《欧阳修全集》,北京:中国书店,1986年,第22页。
⑤ [宋]欧阳修著:《欧阳修全集》,北京:中国书店,1986年,第23页。

守此郡为我寄声也》①:

山城本寂寞,物色同淮夷,淮俗旧轻儇,未识远博宜,无将麟在郊,便欲等文狸。

又如张方平、曾巩等人的诗文:

山州寂无事,气象颇萧瑟。........醉中遣形骸,题名亦信笔。②(张方平《酬欧阳舍人寄题醉翁亭诗》)

先生贬守滁。滁,小州也,先生为之,殆无事。③(曾巩《奉和滁州九咏九首并序》)

先生抱材置荒郡,有若此字存岩扃。当还先生坐廊庙,悉引万事归绳衡。④(曾巩《琅琊泉石篆》)

先生鸾凤姿,未免燕雀猜。飞鸣失其所,徘徊此山隈。⑤(曾巩《游琅琊山》)

既然如此,我们要继续讨论的问题是:醉翁亭畔之醉翁快乐吗? 无可否认,欧阳修贬滁期间,在诗文中曾多次提到其"乐"。其《丰乐亭记》中说:"夫宣上恩德,以与民共乐,刺史之事也。"闲游琅琊,写下了"止乐听山鸟,携琴写幽泉"的诗句。欧阳公似乎"乐其地僻而事简,又爱其俗之安闲。既得斯泉于山谷之间,乃日与滁人仰而望山,俯而听泉。掇幽芳而荫乔木,风霜冰雪,刻露清秀,四时之景,无不可爱。又幸其民乐其岁物之丰成,而喜与予游也"。于是见雪而歌丰年

---

① 洪本健编:《欧阳修资料汇编》,北京:中华书局,2009年,第8页。
② 洪本健编:《欧阳修资料汇编》,北京:中华书局,2009年,第16页。
③ 洪本健编:《欧阳修资料汇编》,北京:中华书局,2009年,第37页。
④ 洪本健编:《欧阳修资料汇编》,北京:中华书局,2009年,第38页。
⑤ 洪本健编:《欧阳修资料汇编》,北京:中华书局,2009年,第38页。

诗①(《永阳大雪》);令僚属广植花卉:"浅深红白宜相间,先后仍须次第栽。我欲四时携酒去,莫教一日不花开"②(《谢判官幽谷种花》);留下了四时游赏之诗作多首,诸如《琅琊山六题》《庶子泉》等。甚至在别离滁州之日,也流露出深深眷恋之意③(《别滁》)。这一切似乎也可以印证其《丰乐亭记》中"与民同乐"之"太守之乐";印证其《醉翁亭记》中山乐、水乐、鸟乐、人乐、太守乐。

但若综合欧阳修在滁地撰写的大量诗文,联系其贬谪滁州的特殊背景,进而探求欧阳公的内心世界,我们看到的是一个幽思内藏、闲放于外的欧阳修。尤其是他与亲友交流的诗文,更见其忧思痛苦之心。在未赴滁州之前,在政敌的诬陷打击之中的欧阳修,曾有《班班林间鸠寄内》一诗,向妻子抒写了自己在官场的困境:"身荣责愈重,器小忧常溢","横身当众怒,见者旁可栗";考虑到一身被贬可以减少或避免群邪攻击:"一身但得贬,群口息啾唧","苟能因谪去,引分思藏密,还尔禽鸟性,樊笼免惊怵";表示了对妻子的愧疚之情和解官归田之意:"孤忠一许国,家事岂复恤","安得携子去,耕桑老蓬荜"。④但即使有这样的思想准备,被贬滁州,在受到政治改革失败和道德人身双重攻击下的欧阳修,仍难以去除心头浓重的忧思。《自河北贬滁州初入汴河闻雁》一诗记载其满怀愁思踏上贬滁之途⑤;到了滁州后,他也想"引分思藏密",但无辜被贬的幽愤之情往往于诗文中溢出。在《啼鸟》一诗中,"春到山城苦寂寞"的欧阳修,本想借游赏山水排遣愁怀,但听到群鸟欢唱,竟然会心生憎恶之感,因为"我遭谗口身落此,每闻巧舌宜可憎"⑥,由群邪之巧舌如簧、无端造谤而忿及眼前百鸟啾唧,使得其好友梅尧臣写诗劝解,"愿君切莫厌啼鸟,啼鸟于君无所营"⑦(《和欧阳永叔啼鸟十八韵》)。宋代对于贬谪官员有诸多限制,贬官如拘囚是许多被贬官员的共有感受,"始知锁

---

① [宋]欧阳修著:《欧阳修全集》,北京:中国书店,1986年,第16页。
② [宋]欧阳修著:《欧阳修全集》,北京:中国书店,1986年,第78页。
③ [宋]欧阳修著:《欧阳修全集》,北京:中国书店,1986年,第79页。
④ [宋]欧阳修著:《欧阳修全集》,北京:中国书店,1986年,第13页。
⑤ [宋]欧阳修著:《欧阳修全集》,北京:中国书店,1986年,第77页。
⑥ [宋]欧阳修著:《欧阳修全集》,北京:中国书店,1986年,第17页。
⑦ [宋]欧阳修著,李之亮笺注:《欧阳修集编年笺注》,成都:巴蜀书社,2007年,第103页。

向金笼听,不及林间自在啼"①,其《画眉鸟》一诗托物寄情,抒写了贬谪之感。其《新霜》二首也抒写了在贬谪之中"衰颜得酒犹强发""惟有壮士独悲歌"②的复杂情感。也正因为如此,欧阳修有关醉翁亭的诗文和他何以自号醉翁的问题,让时人和今人倍有兴趣。欧阳公在《题滁州醉翁亭》诗中写道:

> 四十未为老,醉翁偶题篇。醉中遗万物,岂复记吾年。……野鸟窥我醉,溪云留我眠。山花徒能笑,不解与我言。惟有岩风来,吹我还醒然。③

他在《赠沈博士歌》中也写道:"我昔被谪居滁山,名虽为翁实少年。"④朋友们从其诗文中品味到了欧阳修寄情山水、托迹醉乡而仍难掩饰的内心忧思。所以张方平在《酬欧阳舍人寄题醉翁亭诗》中说欧阳公是"醉中遣形骸,题名亦信笔"⑤。富弼在诗作中写道:"滁州太守文章公,谪官来此称醉翁。醉翁醉道不醉酒,陶然岂有迁客容?公年四十号翁早,有德亦与耆年同。"⑥都认为其有寓托之意。综上所述,无论考察欧阳修贬谪滁州的原因,还是讨论宋王朝贬谪官员到荒远之地以示惩戒的历史背景,抑或是考述作者有关诗文流露的抑郁情怀,还是引述欧阳公友人的感受和今哲的评述,均认为欧阳修贬滁期间有关醉翁亭的诗文多有寓托,但其友朋相关评说限于诗作体制,往往点到为止,语焉不详。而笔者认为,最能道出欧阳修贬滁期间内心忧思的是其抒写心声的《赠沈博士歌》和与其具有深厚师生之谊的曾巩所撰相关诗文,特别是曾巩的《醒心亭记》。

欧阳修诗题中的沈博士名沈遵,欧阳修共有两首诗与其有关,一为《赠沈博士歌》,一为《赠沈遵》。《赠沈遵》诗序记载了二人相交始末:

---

① [宋]欧阳修著,李之亮笺注:《欧阳修集编年笺注》,成都:巴蜀书社,2007年,第449页。
② [宋]欧阳修著:《欧阳修全集》,北京:中国书店,1986年,第22页。
③ [宋]欧阳修著:《欧阳修全集》,北京:中国书店,1986年,第367页。
④ [宋]欧阳修著:《欧阳修全集》,北京:中国书店,1986年,第46页。
⑤ 洪本健编:《欧阳修资料汇编》,北京:中华书局,2009年,第16页。
⑥ 洪本健编:《欧阳修资料汇编》,北京:中华书局,2009年,第393页。

予昔于滁州,作《醉翁亭》于琅琊山,有记刻石,往往传人间。太常博士沈遵,好奇之士也,闻而往游焉。爱其山水,归而以琴写之,作《醉翁吟》一调,惜不以传人者五六年矣。去年冬,予奉使契丹,沈君会予恩、冀之间。夜阑酒半,出琴而作之。予既嘉君之好尚,又爱其琴声,乃作歌以赠之。①

欧阳修之赠诗赠歌非泛泛应酬,从沈遵之曲,他听出了沈博士用音乐传写出了他自己贬谪滁州的复杂心绪,所以《赠沈博士歌》充溢的是知音知己之感:

沈夫子,胡为《醉翁吟》?醉翁岂能知尔琴?滁山高绝滁水深,空岩悲风夜吹林,山溜白玉悬青岑,一泻万仞源莫寻。醉翁每来喜登临,醉倒石上遗其簪。云荒石老岁月侵,子有三尺徽黄金,写我幽思穷崎嵚。自言爱此万仞水,谓是太古之遗音。泉淙石乱到不平,指下呜咽悲人心。时时弄余声,言语软滑如春禽。嗟乎沈夫子!尔琴诚工弹且止。我昔被谪居滁州,名虽为翁实少年。坐中醉客谁最贤?杜彬琵琶皮作弦;自从彬死世莫传,玉练锁声入黄泉。死生聚散日零落,耳冷心衰翁索莫。国恩未报惭禄厚,世事多虞嗟力薄。颜摧鬓改真一翁,心以忧醉安知乐。沈夫子,谓我翁言何苦悲?人生百年间,饮酒能几时?揽衣推琴起视夜,仰见河汉西南移。②

此诗作于嘉祐元年(1056),距欧阳修离开滁州已有八年。时过境迁,但欧阳修听琴声而忆旧事,依然不能平静,抚今追昔,忧从中来。沈遵以音乐传情,写其"幽思穷崎嵚",乐声如"泉淙石乱到不平,指下呜咽悲人心"。被欧阳修引为知己的沈遵的音乐,使其在赠诗中直接道出了心忧天下、志在报国的诗人即"心以忧醉安知乐"的醉翁乐然陶然表象的另一面。

尤其让笔者感兴趣的是,少欧阳修十二岁,与其同期为官,且多诗文往来,有

---

① [宋]欧阳修著:《欧阳修全集》,北京:中国书店,1986年,第40页。
② [宋]欧阳修著:《欧阳修全集》,北京:中国书店,1986年,第45页。

幸看到欧阳公《赠沈博士歌》且听到沈遵的《醉翁操》的刘敞,写有一首《同永叔赠沈博士》。刘敞细品诗作,深味乐调,又熟知欧阳公之心迹,心中别是一番感慨。其诗曰:

  我不识醉翁亭,又不闻醉翁吟,但见醉翁诗,爱彼绝境逢良琴。上多高峰下流泉,后有芳草前茂林。玄猿黄鹄翩翩其悲鸣兮,白云翠霭倏忽而阳阴。此间真意不可尽,未遇知音犹荒岑。醉翁昔时逃世纷,恋此酩酊遗朝簪,心虽独醒迹弥晦,举俗莫得窥浮沉。迩来十年定谁觉,独沈夫子明其心,写之丝桐寄逸赏,曲度寥落含高深。绝调众耳多不省,醉翁一闻能别音。乃知精识自有合,何必相与凌崎嶔?伯牙钟子期,目击意已歆,蓬莱三山荡析不可见,惟有《水仙之操》传至今。安知后世万千岁,此地不为水火侵?但存君诗与君曲,虽远犹可期登临。沈夫子与醉翁,斯言至悲君更寻。①

读刘敞此诗,给人的突出印象是,在刘敞心目中,"此间真意不可尽,未遇知音犹荒岑",滁地山水有幸遇到了欧阳公之后方成为文化胜地;欧阳修也有幸谪居滁州,"醉翁昔时逃世纷,恋此酩酊遗朝簪",借山水游赏以排遣幽忧之想。但欧阳修其时,"我虽四十犹强力,自号醉翁聊戏客",其形虽醉,其心独醒,于醉醒之间,万千内在痛楚难以明言,于是"心虽独醒迹弥晦,举俗莫得窥浮沉"。而沈遵却用琴声传写出欧阳修的内心世界,"迩来十年定谁觉,独沈夫子明其心。写之丝桐寄逸赏,曲度寥落含高深"。心有灵犀,沈遵的琴声也再一次触动了欧阳修内心的感情隐秘之所,引起了共鸣,"绝调众耳多不省,醉翁一闻能别音"。知音之赏,知己之感,于一诗一曲中可以想见,但正由于欧阳修在相关诗文中晦其心迹,有幸与欧阳修、沈遵俱有交情的刘敞由衷地感叹:"沈夫子与醉翁,斯言至悲君更寻。"那悲凉的诗心和琴声悲音,值得深加思索品味。刘敞对欧阳修知之甚深,其诗句"心虽独醒迹弥晦,举俗莫得窥浮沉",使我们悟到,那颂圣上之德,

---

① 洪本健编:《欧阳修资料汇编》,北京:中华书局,2009年,第48页。

与民同乐,是欧阳修的理想和职责,但现实却是贬居偏远滁州;饮少辄醉,颓然乎其间者,"太守醉也",那么作为"独醒"之人,他真正的感受如何呢?那理想与现实的碰撞与反差,那醉乐之形与醒痛之心之不同,欧阳修已自言之,刘敞与其友朋们也曾劝慰品味。进一步探究,使我们难忘这样的史实,醉翁亭乃僧人智仙所建,欧阳公为之记。欧阳修自己也在滁州建有二亭,一为丰乐亭,有《丰乐亭记》;一为醒心亭,曾巩为《醒心亭记》。由《醉翁亭记》,人们看到的是醉翁风采,那洒然而醒之后的欧阳公呢?曾巩的《醒心亭记》为"醉翁之意不在酒"作了最为直接醒豁的注解。

《醒心亭记》作于庆历七年(1047),时曾巩侍父进京,途经滁州,特意谒见了欧阳修。停留近二十日,遵师命作《醒心亭记》。全文精粹,为下文阐述之方便计,录全文如下:

> 滁州之西南,泉水之涯,欧阳公作州之二年,构亭曰"丰乐",自为记以见其名之意。既又直丰乐之东几百步,得山之高,构亭曰"醒心",使巩记之。凡公与州之宾客者游焉,则必即丰乐以饮。或醉且劳矣,则必即醒心而望。以见夫群山之相环,云烟之相滋,旷野之无穷,草树众而泉石嘉,使目新乎其所睹,耳新乎其所闻,则其心洒然而醒,更欲久而忘归也。故即其事所以然而为名,取韩子退之《北湖》之诗云。噫!其可谓善取乐于山泉之间,而名之以见其实,又善者矣。虽然,公之乐,吾能言之。吾君优游而无为于上,吾民给足而无憾于下,天下之学者皆为材且良,夷狄鸟兽草木之生者皆得其宜,公乐也。一山之隅,一泉之旁,岂公乐哉?乃公所以寄意于此也。若公之贤,韩子殁数百年,而始有之。今同游之宾客,尚未知公之难遇也。后百千年,有慕公之为人,而览公之迹,思欲见之,有不可及之叹,然后知公之难遇也。则凡同游于此者,其可不喜且幸欤?而巩也,又得以文词托名于公文之次,其又不喜且幸欤?庆历七年八月十五日记。[①]

[①] 洪本健编:《欧阳修资料汇编》,北京:中华书局,2009年,第41页。

全文仅三百余字,却是研究欧阳修贬滁心态、研讨《醉翁亭记》绝对不应忽略的文献资料。研究欧阳修贬谪滁州的复杂心态,论者往往认为《丰乐亭记》《醉翁亭记》抒发了作者"与民同乐"的政治情怀;甚或引用《醉翁亭记》中"醉翁之意不在酒,在乎山水之间也",认为作者徜徉山水之间,乐在其中。而曾巩《醒心亭记》似有针对性地直言"公之乐,吾能言之",认为欧阳公志在天下,心怀万民,其所乐在于君主无忧,百姓富庶,贤才辈出,四夷宾服,风调雨顺,天地祥和,"一山之隅,一泉之旁,岂公乐哉"!正因为如此,欧阳修在滁地有关诗文"乃公所以寄意于此也"。其观点与韩琦、富弼、刘敞等均有相近之处。并且曾巩《醒心亭记》中的观点与其唱和寄赠欧阳公贬滁期间的系列诗文的观点是一致的:

先生抱材置荒郡;有若此字存岩扃。当还先生坐廊庙,悉引万事归绳衡。①(《琅琊泉石篆》)

先生鸾凤姿,未免燕雀猜。飞鸣失其所,徘徊此山隈。②(《游琅琊山》)

先生卓难攀,材真帝王佐。皎皎众所病,蜿蜿龙方卧。卷彼天下惠,赴此一郡课。③(《幽谷晚饮》)

由此,我们是否可以做以下推论,曾巩对欧阳公推崇备至,陪侍欧阳公居留滁州近二十日,其对欧阳修贬滁期间心态的了解是十分深入的。其奉师命作《醒心亭记》,其记既成,必经欧阳修寓目,其记中之观点,欧阳修应是首肯或默认的。

欧阳修写了《醉翁亭记》《丰乐亭记》,而不作《醒心亭记》,乃是其"心虽独醒迹弥晦"而有意为之。

泛论至此,研讨欧阳修贬滁心迹时萦绕心头的一个问题渐次明了,欧阳修居

---

① 洪本健编:《欧阳修资料汇编》,北京:中华书局,2009年,第37页。
② 洪本健编:《欧阳修资料汇编》,北京:中华书局,2009年,第38页。
③ 洪本健编:《欧阳修资料汇编》,北京:中华书局,2009年,第38页。

滁期间乐乎？醉翁亭畔之醉翁乐乎？回答这些问题，最直接的是欧阳修自己的心声——"心以忧醉安知乐！"间接而直接的是曾巩的评论，一位志在天下、心忧万民的志士，"一山之隅，一泉之旁，岂公乐哉"！更何况其以诬之身贬居滁州！所以，我们研究欧阳修贬谪滁州的心态，除了看到醉翁之"乐"，更应看到醉翁之"忧"；除了看到醉翁之"醉"，还应看到醉翁之"醒"；除了看到欧阳公在贬谪之中恪守"不为戚戚之文"①的信条，还应看到其贬滁之时难免忧愤的内心，更应看到一贬夷陵再贬滁州对其一生的影响。

---

① [宋]欧阳修著：《欧阳修全集》，北京：中国书店，1986年，第491页。

自以欧梅比韩孟
——韩孟、欧梅并称之文化内涵探论

韩愈作为唐代古文运动的领袖，与诗友孟郊同为韩孟诗派的中坚人物，在诗歌史上并称"韩孟"；欧阳修是宋代诗文革新运动的主将，与诗友梅尧臣在宋诗发展史上作用重大，后人并称为"欧梅"。唐之"韩孟"、宋之"欧梅"在现实政治生活中声气相投，在诗文创作中相互酬唱，追求相近，且一生倾心相知，终生不渝，引起了后人的关注与赞羡。令人感兴趣的是，将欧梅比韩、孟，始于宋人，并为后人公认。《宋诗钞》谓："（梅尧臣）尤与欧阳文忠公善，世比之韩孟，两公亦颇以自况。"[①]作为一种特殊的文化现象，其中的文化蕴涵值得我们体味总结。

检《韩昌黎诗系年集释》《韩昌黎文集校注》，韩愈有关孟郊的诗文10余篇；阅《孟郊诗集笺注》，孟郊也有与韩愈相关诗作近10首。另有二人联句诗数篇。吴文治《韩愈资料汇编》收孟郊相关诗作8首，华忱之校订《孟东野诗集》"附录·题赠"收相关韩愈诗文9篇，这是我们了解韩孟交谊的第一手资料。逮至宋代，由于印刷业的发达，诗客骚人留下的篇章浩繁。梅尧臣今存诗作达2800余首；欧阳修今存诗词亦有1000余首，散文篇章数目繁多。欧梅二人情谊笃厚，诗文唱酬往来甚勤，据不完全统计，《欧阳修全集》《宛陵集》中今存二人交往酬唱之作均达180余篇。洪本健《欧阳修资料汇编》收录梅尧臣有关诗文24篇；周义敢《梅尧臣资料汇编》录载欧阳修相关诗文近60篇。这些都是我们撰写本文依据的文

[①] 周义敢编：《梅尧臣资料汇编》，北京：中华书局，2007年，第218页。

献资料。

细检相关文献发现,在欧阳修相关的180余篇诗文中,除了《读蟠桃诗寄子美》和《归田录》中的一则记述外,欧阳修再未言及欧梅可与韩孟比拟。欧阳修在《归田录》中说:"嘉祐二年(1057),余与端明韩子华、翰长王禹玉、侍读范景仁、龙图梅公仪同知礼部贡举,辟梅圣俞为小试官,凡锁院五十日。六人者相与唱和,为古律歌诗一百七十余篇,集为三卷……圣俞自天圣中与余为诗友,余尝赠以《蟠桃诗》,有'韩孟'之戏,故至此梅赠余云:'犹喜共量天下士,亦胜东野亦胜韩。'"①而在梅尧臣现存诗文中,则多次尊崇欧阳修为当代的韩愈,自比孟郊。有关篇目如《永叔寄诗八首并祭子渐文一首因采八首之意警以为答》《别后寄永叔》《依韵和永叔澄心堂纸答刘原甫》《永叔赠绢二十匹》《重赋白兔》《和永叔内翰》等。

由相关诗作可见,梅尧臣在写于不同时期的多首诗作中,一再推尊欧阳修"文墨高妙公第一"的文坛领袖地位,把欧阳修与唐代韩愈相提并论,"醉翁传是昌黎之后身,文章节行一以同"②。并接受了"欧公戏"将欧梅比拟韩孟的提法,坦言"我今与子亦似此,子亦不愧前人为"③,领略到欧阳修的苦心:"石君苏君比卢籍,以我拟郊嗟困摧。公之此心实扶助,更后有力谁论哉。"④"乃欲存此心,欲使名誉溢。窃比于老郊,深愧言过实。"⑤发自内心的感慨,"交情有若此,乃可论胶漆"⑥。甚且在欧阳修的援引之下,于嘉祐二年(1057)共同选拔天下英才之时,感到自己同欧阳修的情谊犹胜于韩孟,"犹喜共量天下士,亦胜东野亦胜韩"⑦。

自欧阳修戏将欧梅拟韩孟之后,梅尧臣心悦诚服地接受了这种比拟,并在多篇诗作中阐发了自己的感受,为我们揭示其中的文化内涵提供了最为可靠的依

---

① [宋]梅尧臣著,朱东润编年校注:《梅尧臣集编年校注》,上海:上海古籍出版社,2006年,第926页。
② [宋]梅尧臣著,朱东润编年校注:《梅尧臣集编年校注》,上海:上海古籍出版社,2006年,第900页。
③ [宋]梅尧臣著,朱东润编年校注:《梅尧臣集编年校注》,上海:上海古籍出版社,2006年,第287页。
④ [宋]梅尧臣著,朱东润编年校注:《梅尧臣集编年校注》,上海:上海古籍出版社,2006年,第801页。
⑤ [宋]梅尧臣著,朱东润编年校注:《梅尧臣集编年校注》,上海:上海古籍出版社,2006年,第468页。
⑥ [宋]梅尧臣著,朱东润编年校注:《梅尧臣集编年校注》,上海:上海古籍出版社,2006年,第468页。
⑦ [宋]梅尧臣著,朱东润编年校注:《梅尧臣集编年校注》,上海:上海古籍出版社,2006年,第926页。

据,此后将欧梅比韩孟的历史文化现象也为后人赞羡和接受。综合韩孟、欧梅交游唱酬的相关诗文,我们认为这一特殊的文化现象的丰富思想内涵在以下几方面值得关注探究。

首先,韩孟、欧梅深厚情谊的坚实基础是以道义相高。孟郊年长韩愈18岁,早有诗名,791年二人相见后,"韩愈一见以为忘形之契","与之唱和于文酒之间"。①孟郊之为人,性格耿介,落落寡合。韩愈欣赏的是,"先生生六七年,端序则见,长而愈骞。涵而揉之,内外完好。色夷气清,可畏而亲"②。韩孟相交,道义相亲,气节相励,韩愈诗曰:"苟能行忠信,可以居蛮夷。嗟余与夫子,此义每所敦。"③又曰:"有穷者孟郊,受材实雄骜。""行身践规矩,甘辱耻媚灶。孟轲分邪正,眸子看瞭眊。杳然粹而清,可以镇浮躁。"④孟郊在与韩愈的酬唱诗中也以道义功业相勉:"何以定交契,赠君高山石;何以保贞坚,赠君青松色。贫居过此外,无可相彩饰。"⑤"志士感恩起,变衣非变性。亲宾改旧观,僮仆生新敬。坐作群书吟,行为孤剑咏。始知出处心,不失平生正。""今朝旌鼓前,笑别丈夫盛。"⑥"直以道义为己知,我今与子亦相似。"言及欧梅交谊与韩孟之相似,梅尧臣在诗中如是说。忆及与欧阳修交游中二人以道义相勉励,倾怀话平生,梅尧臣在诗中一再感怀:"东堂石榴下,夜饮晓未还。……君同尹与富,高论曾莫攀。开吐仁义奥,傲倪天地间。以此为朋乐,衡门未尝关。"⑦"共在西都日,居常慷慨言。今婴明主怒,直雪谏臣冤。"⑧"吾交有永叔,劲正语多要。"⑨而在交往中,朋友之间互相激励、以道义期许的感人情景在梅尧臣《永叔进道堂夜话》中得到了集中体现:"与

---

① [后晋]刘昫等撰:《旧唐书》卷一百六十,北京:中华书局,1975年,第4205页。
② [唐]韩愈著,马其昶校注,马茂元整理:《韩昌黎文集校注》,上海:上海古籍出版社,1986年,第445页。
③ [唐]韩愈著,钱仲联集释:《韩昌黎诗系年集释》,上海:上海古籍出版社,1984年,第919页。
④ [唐]韩愈著,钱仲联集释:《韩昌黎诗系年集释》,上海:上海古籍出版社,1984年,第528页。
⑤ [唐]孟郊著,郝世峰笺注:《孟郊诗集笺注》,石家庄:河北教育出版社,2002年,第307页。
⑥ [唐]孟郊著,郝世峰笺注:《孟郊诗集笺注》,石家庄:河北教育出版社,2002年,第375—376页。
⑦ [宋]梅尧臣著,朱东润编年校注:《梅尧臣集编年校注》,上海:上海古籍出版社,2006年,第55页。
⑧ [宋]梅尧臣著,朱东润编年校注:《梅尧臣集编年校注》,上海:上海古籍出版社,2006年,第94页。
⑨ [宋]梅尧臣著,朱东润编年校注:《梅尧臣集编年校注》,上海:上海古籍出版社,2006年,第251页。

公话平生,事不一毫及。初探易之奥,大衍遗五十。乾坤露根源,君臣排角立。言史书星瑞,乱止与不戡。巨恶参大美,微显岂相袭。陈疏见公忠,曾无与朋执。文章包元气,天地得嘘吸。明吞日月光,峭古崖壁涩。渊论发贤圣,暗溜闻鬼泣。夜阑索酒卮,快意频举挹。未竟天已白,左右如启蛰。"①竟夜长谈快意饮,进道堂中话平生。欧梅在政治上声气相投,心意互通使人钦羡。

欧阳修在与梅尧臣的交往中,看重的是他的道德人品,"圣俞志高而行洁,气秀而色和,崭然独出于众人中"②(《送梅圣俞归河阳序》),"其家宛陵,幼习于诗,自为童子出语已惊其长老。既长,学乎六经仁义之说。其为文章,简古纯粹,不求苟悦于世"③(《梅圣俞诗集序》),"圣俞为人仁厚乐易,未尝忤于物,至其穷愁感愤,有所骂讥笑谑,一发于诗。然用以为欢而不怨怼,可谓君子者也"④(《梅圣俞墓志铭》)。以道义相高,以名节互励,是韩孟、欧梅并称,欧梅二人自比韩孟的历史文化蕴涵之一。

其次,众所周知,韩孟、欧梅并称,更是因为他们在唐宋诗坛上的贡献和作用,而文酒诗会是联系其一生情谊的纽带。由此着眼,我们认为欧阳修、梅尧臣乐将欧梅比韩孟的文化现象对我们的另一启示在于,韩孟、欧梅在诗歌创作上互为推重,切磋琢磨,彼此相知甚深。韩愈对孟郊、欧阳修对梅尧臣诗歌创作的评价,后世奉为经典。韩、欧对友人对不同风格的诗人的赞誉推奖,韩孟、欧梅共同在诗歌创作上的努力,推动了唐宋诗文革新运动,丰富了唐宋诗坛。

孟郊年长韩愈18岁,且早有诗名,论者习惯将孟郊归于韩门或有不妥,但言韩孟交往之后,情谊深厚,终生不渝,绝非虚言。正由于其交往既久,知之也深,所以韩愈对孟郊诗作的评述颇为后人重视。韩愈的《荐士》可以说是简明的诗体诗歌史,他在诗歌史上予孟郊以高度评价:"国朝盛文章,子昂始高蹈。勃兴得李杜,万类困陵暴。后来相继生,亦各臻阃隩。有穷者孟郊,受材实雄骜。冥观洞

---

① [宋]梅尧臣著,朱东润编年校注:《梅尧臣集编年校注》,上海:上海古籍出版社,2006年,第458页。
② [宋]欧阳修著,洪本键校笺:《欧阳修诗文集校笺》,上海:上海古籍出版社,2009年,第1715页。
③ [宋]欧阳修著,洪本键校笺:《欧阳修诗文集校笺》,上海:上海古籍出版社,2009年,第1093页。
④ [宋]欧阳修著,洪本键校笺:《欧阳修诗文集校笺》,上海:上海古籍出版社,2009年,第881页。

古今,象外逐幽好。横空盘硬语,妥帖力排奡。敷柔肆纡余,奋猛卷海潦。荣华肖天秀,捷疾逾响报。"①其《送孟东野序》亦曰:"唐之有天下,陈子昂、苏源明、元结、李白、杜甫、李观,皆以其所能鸣。其存而在下者,孟郊东野始以其诗鸣;其高出魏晋,不懈而及于古,其他浸淫乎汉氏矣。"②认为孟郊之诗独具个性特色。特别是在《送孟东野序》中,提出了著名的"不平则鸣"说,对孟郊之鸣"信善矣"的评价影响至今。

相比较而言,欧阳修、梅尧臣相交更久,知之愈深。欧公在相关诗文中一再叙说:"与君结交游,我最先众人。"③(《依韵奉酬圣俞二十五兄见赠之作》)对于梅尧臣"知之莫予深"④(《别后奉寄圣俞二十五兄》)。欧阳修初入仕途,即与梅尧臣唱和于洛都,"经年都洛与君交,共许诗中思最豪"⑤(《和应之同年兄秋日雨中登广爱寺阁寄梅圣俞》)。及至晚年,"少年事事今已去,唯有爱诗心未歇"⑥(《病中代书寄圣俞二十五兄》)。所以欧公对梅诗评赏最多,涉及梅诗不同时期不同层面的风格特征。欧阳修高度评价梅尧臣的题画诗:"古画画意不画形,梅诗咏物无隐情。忘形得意知者寡,不若见诗如见画。"⑦(《盘车图》)欧阳修称赞梅尧臣寻常作诗精思苦研,但兴起挥毫,别有风采:"圣俞平生苦于吟咏,以闲远古淡为意,故其构思极艰。此诗作于樽俎之间,笔力雄赡,顷刻而成,遂为绝唱。"⑧尤其是欧公"梅苏"并称,在多处评述梅尧臣、苏舜钦各具风格的文字诚为不易之论。其《水谷夜行寄圣俞子美》写道:"缅怀京师友,文酒邈高会。其间苏与梅,二子可畏爱。篇章富纵横,声价相摩盖。子美气尤雄,万窍号一噫。有时肆颠狂,醉墨洒滂沛。譬如千里马,已发不可杀。盈前尽珠玑,一一难拣汰。梅翁事清切,石齿

---

① [唐]韩愈著,钱仲联集释:《韩昌黎系年集释》,上海:上海古籍出版社,1984年,第528页。
② [唐]韩愈著,马其昶校注,马茂元整理:《韩昌黎文集校注》,上海:上海古籍出版社,1986年,第235页。
③ [宋]欧阳修著,洪本键校笺:《欧阳修诗文集校笺》,上海:上海古籍出版社,2009年,第223页。
④ [宋]欧阳修著,洪本键校笺:《欧阳修诗文集校笺》,上海:上海古籍出版社,2009年,第103页。
⑤ [宋]欧阳修著,洪本键校笺:《欧阳修诗文集校笺》,上海:上海古籍出版社,2009年,第287页。
⑥ [宋]欧阳修著,洪本键校笺:《欧阳修诗文集校笺》,上海:上海古籍出版社,2009年,第49页。
⑦ [宋]欧阳修著,洪本键校笺:《欧阳修诗文集校笺》,上海:上海古籍出版社,2009年,第171页。
⑧ [宋]欧阳修:《欧阳修全集·诗话》,北京:中国书店,1986年,第1035页。

潄寒濑。作诗三十年，视我犹后辈。文辞愈清新，心意虽老大。譬如妖韶女，老自有余态。近诗尤古硬，咀嚼苦难嚼。初如食橄榄，其味久愈在。"且谓"苏豪以气轹，举世徒惊骇。梅穷独我知，古货今难卖"①。欧阳修论诗提倡多样化的艺术风格，所以他后来在诗话中又说："圣俞、子美齐名于一时，而二家诗体特异。子美笔力豪俊，以超迈横绝为奇。圣俞覃思精微，以深远闲淡为意，各极其长，虽善论者不能优劣也。"②梅欧自洛阳相识，一生挚友，所以欧阳修对梅尧臣其人其诗知之最深，他在对梅诗的整体评价和对梅诗不同时期创作呈现的不同风貌中看到，梅尧臣之诗虽以闲远古淡为意，但其对前代诗坛广泛借鉴，深加研味，虽自成一体，但体非单一。欧阳修在《书梅圣俞稿后》中评说梅诗之特点时说："……今圣俞亦得之，然其体长于本人情，状风物，英华雅正，变态百出，哆乎其似春，凄兮其似秋。使人读之可以喜，可以悲，陶畅酣适，不知手足之将鼓舞，斯固得深者邪？"③论及梅诗风格的发展演变，则更曰："其初喜为清丽闲肆平淡，久则涵演深远，间亦琢刻以出怪巧，然气完力余，益老以劲。其应于人者多，故辞非一体。至于他文章皆可喜，非如唐诸子号诗人者僻固而狭陋也。"④（《梅圣俞墓志铭》）欧梅二人声气相投，惺惺相惜，欧阳修还激赏梅尧臣孙子兵法研究上的创获，其诗曰："吾交豪俊天下选，谁得众美如君兼。诗工镵刻露天骨，将论纵横轻玉钤？遗编最爱孙武说，往往曹杜遭黄芟。关西幕府不能辟，陇山败将死可惭。"⑤（《圣俞会饮》）

再次，就欧阳修而言，作为一代名臣、一代宗师，他对于梅尧臣的推奖固然有出于友情的欣赏，但更多的是为国为时惜才、荐才。对于这一点，梅尧臣一方面欣然接受了欧公苏梅并称各有特色的评价，以为知言，其《永叔进道堂夜话》诗曰："吾交有永叔，劲正语多要。尝评吾二人，放检不同调。其于文字间，苦硬与

---

① [宋]欧阳修著，洪本键校笺：《欧阳修诗文集校笺》，上海：上海古籍出版社，2009年，第46页。
② [宋]欧阳修：《欧阳修全集·诗话》，北京：中国书店，1986年，第1037页。
③ [宋]欧阳修著，洪本键校笺：《欧阳修诗文集校笺》，上海：上海古籍出版社，2009年，第1906页。
④ [宋]欧阳修著，洪本键校笺：《欧阳修诗文集校笺》，上海：上海古籍出版社，2009年，第881页。
⑤ [宋]欧阳修著，洪本键校笺：《欧阳修诗文集校笺》，上海：上海古籍出版社，2009年，第25页。

恶少。虽然趣尚殊,握手幸相笑。"①另一方面,梅尧臣对于欧公的奖引,表示了由衷的感佩之情:"荷公知我诗,数数形美述。兹道日未堙,可与古为匹。孟卢张贾流,其言不相昵。或多穷苦语,或特事豪逸。而于韩公门,取之不一律。乃欲存此心,欲使名誉溢。窃比于老郊,深愧言过实。然于世道中,固且异谤嫉。交情有若此,始可论胶漆。"②(《别后寄永叔》)当然,作为欧阳修在诗文中一再推奖的对象,令梅尧臣感受颇深的还有欧公对其一生志不获展、生计困窘的同情与帮助:"欧公今与韩相似,海水浩浩山嵬嵬。石君苏君比卢籍,以我拟郊嗟困摧。公之此心实扶助,更后有力谁论哉。"③(《依韵和永叔澄心堂纸答刘原甫》)而欧阳修对于苏梅诸人"取之不一律""欲使名誉溢"的目的在于为国惜才、育才,在政治上,改革弊政,在文坛上,兴复古道,保证诗文革新健康发展。

检索现存欧梅相交的有关文字,欧阳修在与梅尧臣长达数十年的交情中,其基本态度可以概括为激赏、同情、惋惜,不断地慰勉与荐举。初年宦游洛下,欧阳修推赏梅尧臣多方面的才艺;尽管梅氏仅长欧公5岁,但欧公常谦称后辈,"作诗三十年,视我犹后辈","嗟哉我岂敢知子,论诗赖子初指迷"④(《再和圣俞见答》)。然而,尽管梅尧臣胸有文韬武略,怀有济世之志,但却难得一第,终生屈沉下僚,甚且衣食不继。欧阳修《梅尧臣墓志铭》中表达了深深的惋惜之情:"初在河南,王文康公见其文,叹曰:'二百年无此作矣。'其后大臣屡荐宜在馆阁,尝一召试,赐进士出身,余辄不报。嘉祐元年,翰林学士赵概等十余人列言于朝曰:'梅某经行修明,愿得留与国子诸生,讲论道德,作为雅颂,以歌咏圣化。'乃得国子监直讲。三年冬,夹于太庙,御史中丞韩绛言:'天子且亲祠,当更制乐章以荐祖考,唯梅某为宜'。亦不报。"梅氏之才,尽人皆知而终生不遇,欧阳修一直对梅尧臣推奖、援引不遗余力,他在《梅圣俞诗集序》为好友发出了愤激的呼声:"奈何使其老不得志,而为穷者之诗,乃徒发于虫鱼物类、羁愁感叹之言?"

---

① [宋]梅尧臣著,朱东润编年校注:《梅尧臣集编年校注》,上海:上海古籍出版社,2006年,第251页。
② [宋]梅尧臣著,朱东润编年校注:《梅尧臣集编年校注》,上海:上海古籍出版社,2006年,第468页。
③ [宋]梅尧臣著,朱东润编年校注:《梅尧臣集编年校注》,上海:上海古籍出版社,2006年,第801页。
④ [宋]欧阳修著,洪本键校笺:《欧阳修诗文集校笺》,上海:上海古籍出版社,2009年,第139页。

在欧梅近30年的交往中,欧公虽也屡历坎坷,但最终身居显要,在地位渐高之后,依然一如既往,对梅尧臣十分关爱。从现存二人交往的诗文看,大凡职位变迁,家庭变故,甚且寒暑起居,内心哀乐,都有诗文庆赏贺问,挚友至情,至晚不衰。欧阳修在诗中写道:"故人有几独思君,安得见君忧暂豁。""欢情虽渐鲜,老意益相亲。"后两句诗被黄震激赏,认为其"形容晚年交游之意,最工!"①

当尘世的繁华随着岁月消歇,当逐渐意识到人世的理想和抱负已是镜花水月,岁月在梅尧臣心中积聚下的是百味杂陈的思绪,其中自然包括他与欧阳修之间的深厚情谊。在现存的与欧阳修有关的180余首诗作中,梅尧臣记述了他与欧阳修相会的欢乐和别后的思念,抒发了对欧阳修慰安资助的由衷感激。梅尧臣于诗中一再表白,绝不是虚言应酬。"不辞再三弹,但恨世少知"②(《次韵和永叔夜坐鼓琴有感》),"答君桐花篇,聊以发我衷"③(《和永叔桐花十四韵》),抒写了对欧公真挚的感戴之情。他也用诗记载了欧阳修在炎炎夏日送来寒冰的关爱,记载了欧阳修偕友人于陋巷中一再造访,给家人带来的惊喜。更记述了家人衣食不继时,欧阳修雪中送炭,赠绢二十匹,解决了燃眉之急。其《永叔赠绢二十匹》诗曰:"凤皇拔羽覆鹓鷚,鹓鷚幸脱僵蒿蓬。昔公处贫我同困,我无金玉可助公。公今既贵我尚窘,公有缣帛周我穷。古来朋侪义亦少,子贡不顾颜渊空。复闻韩孟最相善,身仆道路哀妻僮。生前曾未获一饱,徒说吟响如秋虫。自惊此赠已过足,外可毕嫁内御冬。……瘦儿两胫不赤冻,病妇十指休补缝。厨中馈婢喜有望,服鲜弃垢必所蒙。"④梅尧臣认为,欧阳修与他的友谊胜过古今许多人,甚至胜过了韩孟。欧阳修真挚的友情对于世俗富贵易交易妻的浇薄世风是一种矫正,为世人树立了楷模,"世人重贵不重旧,重旧今见欧阳公。昨朝喜我都门入,高车临岸进船篷。俯躬拜我礼愈下,驺徒窃语音微通,'我公声名压朝右,何厚于此瘦老翁'"⑤(《高车再过谢永叔内翰》),"公乎广陵来,值我号苍穹。何为号苍穹?失

---

① 周义敢编:《梅尧臣资料汇编》,北京:中华书局,2007年,第115页。
② [宋]梅尧臣著,朱东润编年校注:《梅尧臣集编年校注》,上海:上海古籍出版社,2006年,第1130页。
③ [宋]梅尧臣著,朱东润编年校注:《梅尧臣集编年校注》,上海:上海古籍出版社,2006年,第346页。
④ [宋]梅尧臣著,朱东润编年校注:《梅尧臣集编年校注》,上海:上海古籍出版社,2006年,第884页。
⑤ [宋]梅尧臣著,朱东润编年校注:《梅尧臣集编年校注》,上海:上海古籍出版社,2006年,第877页。

怙哀无穷。烹煎不暇饷,泣血语孤衷。生平四海内,有始鲜能终,唯公一荣悴,不愧古人风"①(《涡口得双鳜鱼怀永叔》)。

概言之,欧阳修、梅尧臣自将欧梅比韩孟蕴含有丰富的文化内涵。他们以道义相高,以气节互励,尤其是作为一代诗文革新领袖的韩愈、欧阳修为国惜才,为时育才,富贵不骄,始终如一的友爱之情,值得我们认真探讨。沈德潜《说诗晬·卷下》曾经这样评说:"韩子高于孟东野,而为云为龙,愿四方上下逐之;欧阳子高于苏梅,而以黄河清、凤凰鸣比之;苏子高于黄鲁直,而以所赋诗云'效鲁直体',以推崇之。古人胸襟,广大尔许!"②其感佩之言,引人共鸣。但我们还要补充一句,作为特殊的文化现象,其内涵丰富,非此一端。

---

①[宋]梅尧臣著,朱东润编年校注:《梅尧臣集编年校注》,上海:上海古籍出版社,2006年,第513页。
②[清]沈德潜撰,王宏林笺注:《说诗晬语笺注》,北京:人民文学出版社,2013年,第425页。

君子之交与君子之争
——欧阳修范碑之争探论

在一般读者心目中,范仲淹、吕夷简是庆历党争中"君子之党"与"小人之党"对立双方的代表人物,欧阳修是庆历新政坚定的支持者和参与者,但范仲淹去世之后,欧阳修在《资政殿学士户部侍郎文正范公神道碑铭》(以下简称《范公碑》)中写道:"自公坐吕公贬,群士大夫各持二公曲直,吕公患之,凡直公者,皆指为党,或坐窜逐。及吕公复相,公亦再起被用。于是二公欢然相约,勠力平贼,天下之士皆以此多二公,然朋党之论遂起而不能止。上既贤公可大用,故卒置群议而用之。"[①]欧阳修撰写的《范公碑》在当时即引起强烈反响,其持论不仅与富弼不同,而且遭到范仲淹后辈的强烈反对。据记载,范纯仁否认范、吕解仇之事,并在求欧阳修修改未果之后,"自削去'欢然''勠力'等语"[②]。

宋室南渡,此事再次引起关注,朱熹、周必大书信往返,反复讨论,范、吕是否解仇遂成为当时聚讼纷争的一桩公案。近年来,学界有多篇文章从不同角度对之进行探讨,诸如夏汉宁《朱熹周必大关于欧阳修〈范公神道碑〉的论争》、刘德清《范仲淹神道碑公案考述》、王水照《欧阳修所作范〈碑〉尹〈志〉被拒之因发覆》等,都从不同的角度给我们以启发。今撰此文,旨在辨明范、吕是否因公解仇的基础上,探讨时人及后世纷纭其说的原委以及朱熹、周必大相关争议的意义,阐明庆

---

① [宋]欧阳修著:《欧阳修全集》,北京:中华书局,2009年,第335页。
② [宋]邵博著:《邵氏闻见后录》,北京:中华书局,1983年,第163页。

历党争中的君子之争与君子之交对于我们的现实启示。

一

从任何一个角度讲,欧阳修彰显范仲淹、吕夷简"欢然相约,勠力平贼"乃是美事,且功在当代,德昭后世。然而,据叶梦得《避暑录话》卷上记载,范仲淹之子范纯仁却"以为不然",尝言:"无是。吾翁未尝与吕公平也。"在请欧阳修修改碑文未果之后,他竟然"自刊去二十余字,乃入石"①。这样的态度与做法使当时及后世关注此事的人们不能不探究原委以释惑去疑。

当事人欧阳修的反应颇为耐人寻味。他在拒绝修改碑文时"怫然"曰:"此吾所目击,公等少年,何从知之?"当范纯仁将删削后的碑文呈现于欧阳修面前之后,"欧阳公殊不乐",却之曰:"非吾文也。"欧阳修还曾对苏洵说:"《范公碑》为其子擅于石本改动文字,令人恨之。"欧阳修撰写《范公碑》一事,其子孙后辈也印象深刻。张邦基《墨庄漫录》记载其由欧阳修曾孙处听闻欧阳公撰写范仲淹碑铭一事,他写道:"范公自言学道三十年,所得者平生无怨恶尔。公初以范希文事得罪于吕相,坐党人远贬三峡,流落累年。比吕公罢相,公始被进擢。及后为范公作神道碑,言西事,吕公擢用希文,盛称二人之贤,能释私憾而共力于国家。希文子纯仁大以为不然,刻石时辄削去此一节,云:'我父至死未尝解仇。'公亦叹曰:'我亦得罪于吕相者,惟其言公,所以信于后世也。吾尝闻范公自言平生无怨恶于一人,兼其《与吕公解仇书》见在范集中。岂有父自言无怨恶于一人,而其子不使解仇于地下?父子之性相远如此。'"②张邦基,字子贤,淮海(今江苏高邮)人,生活于南北宋之交,生平事迹不详,著有《墨庄漫录》十卷。关于是书,其自言曰:"仆以闻见虑其忘也,书藏其箧","其间是非毁誉,均无用心焉"③。张氏之记载得于欧公曾孙所述四事之一,既然"无用心"于是非毁誉,故可作客观佐证之一。

同样可以用为佐证的是苏辙《龙川别志》中的一段文字:"范文正公笃于忠

---

① [宋]叶梦得著:《避暑录话》,《全宋笔记》第二编第十册,郑州:大象出版社,2006年,第260页。
② [宋]张邦基撰:《墨庄漫录》,《全宋笔记》第二编第九册,郑州:大象出版社,2008年,第107页。
③ [宋]张邦基撰:《墨庄漫录》,《全宋笔记》第二编第九册,郑州:大象出版社,2008年,第5页。

亮,虽喜功名,而不为朋党。早岁排吕许公,勇于立事,其徒因之,矫厉过直,公亦不喜也。自越州还朝,出镇西事,恐许公不为之地,无以成功,乃为书自咎,解仇而去。……故欧阳公为《文正神道碑》,言二公晚年欢然相得,由此故也。后生不知,皆咎欧阳公。予见张公言之,乃信。"①《龙川别志》成书于元符二年(1099)秋,其所著述,乃慨然有感于当世之伟人如欧阳修、张安道,博学强识者如苏子容、刘贡父,其言行皆可以传世,"予幸获与之周旋,听其所请说,后生有不闻者矣","故复记所闻"②。尤其是从苏辙言"后生不知,皆咎欧阳公"可知,在范仲淹、欧阳修身后,对欧阳修所撰《范公碑》产生疑问者甚多。苏辙因之亦有疑问,"予见张公言之,乃信"。此处记载,诚可以为客观之佐证。范仲淹曾举荐欧阳修、张方平任其掌书记,但范仲淹、张方平政见并不相同,如以政治集团论"张实吕党,尤足取信无疑也"③。

上述所引,多为欧阳修身后宋人文集、笔记中相关记述文字。现存《欧阳修全集》中的相关记述更值得玩味。欧阳修本人对于《范公碑》的撰写与争议,先后有多封书信言及,从中我们可以看到,欧阳修对于《范公碑》的撰写极为重视,且有自己的写作原则。其《与渑池徐宰无党书》(四)中曰:"谕及富公言《范文正公神道碑》事,当时在颍,已共详定,以此为允。述吕公事,于范公见德量包宇宙,忠义先国家。于吕公事各纪实,则万世取信。非如两仇相讼,各过其实,使后世不信,以为偏辞也。大抵某之碑,无情之语平;富之志,嫉恶之心胜。后世得此二文虽不同,以此推之,亦不足怪也。……幸为一一白富公,如必要换,则请他别命人作尔。"④从中我们可以看到,欧阳修所写《范公碑》和富弼所撰墓志铭在如何处理范仲淹与吕夷简的关系上存在分歧,以及欧阳修坚持自己撰写原则的决心。而在《与韩忠献王稚圭》的三封书信中,我们还可看到欧阳修对待《范公碑》的写作,态度是极为慎重的。他先是寄书为所撰《范公碑》请教于韩琦,信中说:"文正遗

---

① [宋]苏洵等著,曾枣庄、舒大刚主编:《三苏全书》第五册,北京:语文出版社,2001年,第27页。
② [宋]苏洵等著,曾枣庄、舒大刚主编:《三苏全书》第五册,北京:语文出版社,2001年,第11页。
③ [宋]朱熹撰,朱杰人、严佐之、刘永翔主编:《朱子全书》第二十一册,上海:上海古籍出版社;合肥:安徽教育出版社,2002年,第1688页。
④ [宋]欧阳修著:《欧阳修全集》,北京:中华书局,2009年,第2474页。

忠,获存于不朽,亦劝善之道也。某亦为其子迫,令作《神道碑》,不获辞。然惟范公道大材闳,非拙辞所能述。富公墓刻,直笔不隐,所纪已详,而群贤各有撰述,实难措手于其间。……今远驰以干视听,惟公于文正契至深厚,出入同于尽瘁。窃虑有纪述未详,及所差误,敢乞指谕教之。此系国家天下公议,故敢以请。"①韩琦与范仲淹"契至深厚,出入同于尽瘁",相知甚深,也是范吕解仇、共力国事的历史见证人,况且《范公碑》的撰写"系国家天下公议",所以欧阳修恳切征求韩琦的意见,据以进行修改,并反复告知修改情况,如云:"《范公碑》如所教,悉已改正"②,"《范公表》已依所教改正"③,等等。

正由于欧阳修《范公碑》的撰写能从范公德量、万世取信和天下国家公议诸方面进行考虑,所以即使与富弼意见不同,他亦坚执己意。他在《与姚编礼辟书》(一)中言及自己的撰写原则和态度时说:"希文得美谥,虽无墓志,亦可。况是富公作,必不泯昧。修亦续后为他作神道碑,中怀亦自有千万端事待要舒写,极不惮作也。只是劣性刚褊,平生吃人一句言语不得,……譬如闲事,亦常不欲人拟议,况此乎!……此文出来,任他奸邪谤议,近我不得也。要得挺然自立,彻头须步步作把道理事,任人道过当,方得恰好。杜公爱贤乐善,急欲范公事迹彰著耳。因侍坐,亦略道其所以,但言所以迟作者,本要言语无屈,准备仇家争理尔。如此,须先自执道理也。"④在《与孙威敏公书》(二)中也说:"昨日范公宅得书,以埋铭见托。哀苦中无心绪作文字,然范公之德之才,岂易称述?至于辨谗谤,判忠邪,上不损朝廷事体,下不避怨仇侧目,如此下笔,抑又艰哉!某平生孤拙,荷范公知奖最深,适此哀迷,别无展力,将此文字,是其职业,当勉力为之。更须诸公共力商榷,须要稳当。"⑤欧阳修撰此碑文"先自执道理",力求"言语无屈",就是说要出以公心、实事求是,但因为和富弼意见不一,所以他早已预料到范仲淹后人会有异议。他在《与蔡交书》中说:"文正平生忠义道德之光见于志谥,为信万世,

---

① [宋]欧阳修著:《欧阳修全集》,北京:中华书局,2009年,第2337—2338页。
② [宋]欧阳修著:《欧阳修全集》,北京:中华书局,2009年,第2338页。
③ [宋]欧阳修著:《欧阳修全集》,北京:中华书局,2009年,第2339页。
④ [宋]欧阳修著:《欧阳修全集》,北京:中华书局,2009年,第2482页。
⑤ [宋]欧阳修著:《欧阳修全集》,北京:中华书局,2009年,第2362页。

亦足慰也。神刻谨如所谕,敢不尽心。某忝以拙讷,获铭当世仁贤多矣,如此文,复何所让?……文正所虑至深,某亦疑其有意不用此篇,果如所料矣。"①尽管欧阳修早有预感,但对范纯仁删削《范公碑》碑文的做法依然难以接受。直至数年之后,杜衍辞世,欧阳修在《与杜䜣论祁公墓志书》(一)中,才对《范公碑》碑文被删削一事,于不解中多了一点"理解":"范公家神刻,为其子擅自增损,不免更作文字发明,欲后世以家集为信,续得录呈。尹氏子卒,请韩太尉别为墓表。以此见朋友、门生、故吏与孝子用心常异。修岂负知己者!范、尹二家,亦可为鉴,更思之。"②但无论从哪个角度看,欧阳修见证并记载了范吕解仇、共力国事的大义之举。可以说,作为政治家、思想家,欧阳修和范仲淹一起超越了个人意气之争,以国家天下公议为重;作为历史学家,欧阳修据事指实,别是非、明善恶、寓褒贬,值得称赞。

二

现存文献中言及范、吕解仇一事者,亦有从吕夷简的角度着眼的。司马光《涑水记闻》载:"范文正公于景祐三年言吕相之短,坐落职,知饶州。康定元年复天章阁待制,知永兴军。寻改陕西都转运使。会吕公自大名复入相,言于仁宗曰:'范仲淹贤者,朝廷将用之。岂可但除旧职耶?'除龙图阁直学士、陕西经略安抚使。上以许公为长者,天下皆以许公为不念旧恶。文正面谢曰:'向以公事忤犯相公,不意相公乃尔奖拔。'许公曰:'夷简岂敢复以旧事为念耶!'"③

《范仲淹全集》的"附录"部分载有张俞对吕夷简的进言:"张俞上言:谓今能诡制北虏,散其阴谋,使与叛丑疑贰,有结国家之心。间诱西凉群夷,勿与贼结,则虏首可得,而天下定矣。范仲淹以谏争而遭摈斥,若外徇物望,内维邦本,宜委重柄而授之,苟能行此,是谓'失之东隅,收之桑榆'也",并称:"吕夷简

---

① [宋]欧阳修著:《欧阳修全集》,北京:中华书局,2009年,第2485页。
② [宋]欧阳修著:《欧阳修全集》,北京:中华书局,2009年,第1020页。
③ [宋]司马光著:《涑水记闻》卷八,北京:中华书局,1989年,第162页。

甚重其言。"①

关于吕夷简晚年不念旧恶,主动与范仲淹解仇释怨之事,文献记载颇多。《宋史》云:"夷简荐范仲淹、富弼、韩琦、文彦博、庞籍、梁适、曾公亮可大用,因再引退,拜司徒,固请老,以太尉致仕。"度正《文靖公程文跋》载:"公虽长于智虑,然其为相实以安静为本,每不欲有所更张。当时范文正公、欧阳文忠公辈亦皆不乐之,然公处之泰然,盖未尝以为意也。其后首引范公与之共政。及公易箦,仁宗手诏以人材为问,公具以对,盖自韩魏公而下见于《庆历圣德诗》者,皆公密具以闻者,而世罕知之也。独欧阳公知之,故于《范公神道碑》中具载此意,而忠宣公不悦,欧阳公至变色语之。"②杜范《边事奏札》记述了吕夷简积极协助范仲淹防御西夏之事:"昔范仲淹以参知政事使河东、陕西,久而觉报缓而请不获,召掌吏问之,曰:'吾为西帅,每奏即下,而请辄得;今以执政,而请报不逮,何也?'曰:'吕夷简为相,特别置司,专行鄜延事,故速而必得尔。'"③魏泰《东轩笔录》记载了吕夷简晚年对范仲淹的提醒:"范文正公仲淹为参知政事,建言乞立学校、劝农桑、责吏课、以年任子等事,颇与执政不合。会有言边鄙未宁者,文正乞自往经抚,于是以参知政事为河东、陕西安抚使。时吕许公夷简谢事居圃田,文正往候之,许公问曰:'何事遽出也?'范答以'暂往经抚两路,事毕即还矣'。许公曰:'参政此行,正蹈危机,岂复再入?'文正未谕其旨。果使事未还,而以资政殿学士知邠州。"④李纲《靖康传信录》、楼钥《范文正公年谱》等也有相同的记载。

三

现存文献有关吕夷简识大体顾大局,以国事为重,主动与范仲淹释怨解仇的记载,虽在字句上略有出入,但所述事实是可信的。尤其可以取信的是范仲淹所

---

① [宋] 范仲淹著,李勇先、王蓉贵校点:《范仲淹全集》,成都:四川大学出版社,2007年,第1486页。
② [宋] 范仲淹著,李勇先、王蓉贵校点:《范仲淹全集》,成都:四川大学出版社,2007年,第1467页。
③ [宋] 范仲淹著,李勇先、王蓉贵校点:《范仲淹全集》,成都:四川大学出版社,2007年,第1477—1478页。
④ [宋] 魏泰著:《东轩笔录》,北京:中华书局,1983年,第41—42页。

留存的与吕夷简相关的书信文字。李勇先、王蓉贵校点的《范仲淹全集》收集资料颇为详尽,其中所收相关书信计有《移苏州谢两府启》《上吕相公并呈中丞咨目》《上吕相公书》《祭吕丞相文》,以及存在争议的一篇《上吕丞相》。细考上述资料,不难发现,范仲淹对于吕夷简,虽然彼此政见不同,但极少个人意气的成分。《移苏州谢两府启》和《上吕相公并呈中丞咨目》均作于景祐元年(1034)范仲淹知苏州任上。在谢启中,范仲淹对在谏后风波后"屡改剧藩之寄,莫非名都之行"的优渥待遇心存感激,言称"此盖相公仁钧大播,量泽兼包。示噩噩之公朝,存坦坦之言路"①;《上吕相公并呈中丞咨目》则坦言有关苏州水利的相关举措"有所兴作,横议先至,非朝廷主之,则无功而有毁"②,尽力争取朝廷的支持。从范仲淹谢启上书而言,正如方健先生所论"看不出有任何芥蒂之心"③。由《上吕相公书》三通,更可看出范仲淹出任边帅之后心怀坦荡,希望将相同心、共图国事的政治家风范。《上吕公相书》(一)写于康定元年(1040),是时范仲淹初到边塞,可视为例行公事;《上吕相公书》(二)作于庆历二年(1042),范仲淹在书信中详陈文武参用之策,显系深思熟虑之作。如果说前二封书信仍只是作为边帅的范仲淹对身居相位的吕夷简的边情通报、对策建议的话,《上吕相公书》(三)给人的突出印象则是范仲淹真诚希望将相同心、内外协一、同忧天下的告白,书中写道:"某谓相公弼谐于内,在天下安危之事,不得而让也;某辈奔走于外,经画百事,亦不得而让也。……赖相公坐筹于内,某辈竭力于外,内外协一,奉安宗庙社稷,以报君亲,以庇生灵,岂小节之谓乎!""恭惟相公与二府大臣同忧天下之时,必能恕狂者之多言,采愚者之一得。某胸中甚白,无愧于日月,无隐于廊庙,惟相公神明其照,某岂得而昧之。干冒台严,卑情无任危切之至。"④这封书信写于庆历二年(1042)六月。当年四月,大将周美屡败西夏军,诏命除四路帅为观察使。范仲淹"三上让章",坚辞邠州观察使一职,因感将相同心、内外协力的重要,故修此书。

---

① [宋]范仲淹著,李勇先、王蓉贵校点:《范仲淹全集》,成都:四川大学出版社,2007年,第518页。
② [宋]范仲淹著,李勇先、王蓉贵校点:《范仲淹全集》,成都:四川大学出版社,2007年,第266页。
③ 方健:《范仲淹评传》,南京:南京大学出版社,2001年,第83页。
④ [宋]范仲淹著,李勇先、王蓉贵校点:《范仲淹全集》,成都:四川大学出版社,2007年,第259页。

庆历四年(1044)九月,吕夷简去世;十一月,范仲淹有《祭吕相公文》,对吕相逝世深表哀思:"得公遗书,适在边土。就哭不逮,追想无穷。心存目断,千里悲风。"称誉吕夷简的功业之著:"保辅两宫,吁谟二纪。云龙协心,股肱同体。万国久宁,雍容道行。"综观《范仲淹全集》所收以上与吕夷简有关的篇章,从中不仅可以看到其与吕夷简毫无芥蒂之心,而且由《上吕相公书》(三)可以十分明确地得知,范吕解仇、共谋国事,确非虚语。由是而论,原存于吕祖谦《皇朝文鉴》(又称《宋文鉴》)卷一百一十三的《上吕相公书》应是出于范仲淹之手而非伪作。其文曰:"窃念仲淹草莱经生,服习古训,所学者惟修身治民而已。一日登朝,辄不知忌讳,效贾生恸哭太息之说,为报国安危之计。而朝廷方属太平,不喜生事,仲淹于搢绅中独如妖言,情既龃龉,词乃睽戾,至有忤天子大臣之威。赖至仁之朝,不下狱以死,而天子指之为狂士。……今擢处方面,非朝廷委曲照临,则败辱久矣。昔郭汾阳与李临淮有隙,不交一言;及讨禄山之乱,则执手泣别,勉以忠义。终平剧盗,实二公之力。今相公有汾阳之心之言,仲淹无临淮之才之力,夙夜尽瘁,恐不副朝廷委之之意。重负泰山,未知所释之地,不任惶恐战栗之极。"①楼钥《范文正公年谱》认为,《上吕相公书》共有5篇,其中庆历二年3篇,庆历四年2篇。吕夷简于庆历三年(1043)三月罢相,详味范仲淹此封书信中语气,当作于吕夷简在朝为相、范仲淹身为边帅之时。诚如苏辙《龙川别志》所言:"范文正公笃于忠亮,虽喜功名,而不为朋党。早岁排吕许公,勇于立事。其徒因之,矫厉过直,公亦不喜也。自越州还朝,出镇西事,恐吕许公不为之地,无以成功,乃为书自咎,解仇而去。"②所谓"为书自咎,解仇而去",当指此书。也诚如方健《范仲淹评传》所言,此封书信与《上吕相公书》(三)"除了语气上的差异,并无实质上的不同"③。就语气而言,此封书信要更为谦下一些。也许正因如此,范纯仁在编辑出版范仲淹文集时将其删去。周密即曰:"范文正始与吕文靖不合而去。文靖晚以西事复招用之,文正遗吕书,以郭、李为喻,共济国事,视古蔺、蔺、寇、贾,真无慊矣,而忠宣乃

---

① [宋]范仲淹著,李勇先、王蓉贵校点:《范仲淹全集》,成都:四川大学出版社,2007年,第799—800页。
② [宋]苏辙著,李郁校注:《龙川略志 龙川别志》,西安:三秦出版社,2003年,第203页。
③ 方健著:《范仲淹评传》,南京:南京大学出版社,2001年,第83页。

谓无之。吕太史所辑《文鉴》特载此书，而《文正集》中并无之。盖忠宣所删也。父子之间，可谓两尽。"①

综合相关资料，无论从《范公碑》的撰写者欧阳修，还是从事件的当事人范仲淹、吕夷简来分析，范吕解仇、共力国事都是历史上确曾存在的事实，而且对于双方都是功在当世、流誉千秋的德业。问题在于如此能够展现范仲淹政治家以国事为先、以大局为重的宽广胸怀和高风亮节的事件，范氏后人为何要删削碑文并坚称范仲淹未尝与吕夷简解仇，以至于距其时未远的苏辙也疑惑其说，在听了张方平叙说之后"乃信"呢？《邵氏闻见后录》也曾提出疑问："初，宝元、庆历间，范公、富公、欧阳公，天下正论所自出。范公薨，富公、欧阳公相约书其事矣，欧公后复不然，何也？"②叶梦得在其所著《避暑录话》中，一方面认为欧阳修《范公碑》所载范吕"欢然释憾，乃是美事"，同时又对范吕后期关系、欧阳修撰写《范公碑》的顾虑进行质疑："然余观文正奏议，每诉有言多为中沮，不得行。未几，例改授观察使，韩魏公等皆受，而公独辞甚力。至欲自械系以听命，盖疑以俸厚啗之。其后，卒以擅答元昊书罢帅夺官，则许公不为无意也。文忠盖录其本意，而丞相兄弟不得不正其末，两者自不妨，惜文忠不能少损益之，解后世之疑。岂碑作于仁宗之末，犹有讳而不可尽言者，是以难之耶？"③

四

那么，如何看待这一聚讼不已的历史公案？南宋朱熹与周必大之间书信往来讨论的相关看法，可以给我们以启示。

《朱子语类》中曾有多处记述朱熹与其门生从不同角度对范仲淹、欧阳修和吕夷简的评论，《晦庵先生朱文公文集》更有《答周益公》二书与周必大讨论范吕解仇的是非曲直。周必大于光宗绍熙元年（1190）拜少保，封益国公，则朱熹与周必大及其门生讨论范吕解仇公案，时隔已近一个半世纪，已全然没有了当日"朋

---

① [宋]周密撰，吴企明点校：《癸辛杂识》，北京：中华书局，1988年，第240页。
② [宋]邵博著：《邵氏闻见后录》，北京：中华书局，1983年，第164页。
③ [宋]叶梦得著：《避暑录话》，《全宋笔记》第二编第十册，郑州：大象出版社，2006年，第260—261页。

友、门生、故吏与孝子用心常异"之纷扰,是是非非,可以相对客观公允地评判,特别是作为政治家、思想家的朱熹、周必大,追忆昔日皇宋盛世,均有借史鉴今的深心。周必大《与江阴李教授沐书》中说:"本朝盛时,如文元晁氏、忠宪忠献二韩氏、文正范氏、宣献宋氏、申国吕氏,或文献相承,或德业交著,因事立功,与国同休,至于今赖之。"①朱熹在《魏元履》中论及张浚北伐失利,抚今追昔,感慨万分:"愚谓今日之忧不在边境,正惟庙堂议论弛张黜陟,乃折冲制胜根本。……吕许公谓范文正公言欲经略西事,不如且在朝廷,此言深有味。老兄以为如何?"②正由于如此,其所讨论,客观、理性,没有意气之争。周必大与朱熹的相关书信今已不存,但从《朱子语类》卷一百二十九"近得周公简,论吕、范解仇事"的话,以及《晦庵先生朱文公文集》卷三十八两封《答周益公书》中"昨蒙宠喻范、欧议论"及"前者累蒙诲谕范碑曲折"等语,可知周、朱二公曾多次书信往还讨论范吕解仇之事,且有较大的意见分歧。

对于范吕解仇一事,周必大持否定意见。其《与汪季路司业书》云:"所谕《六一集》中有疑,及校以碑刻他书,苟可见教,悉望付示。惟吕、范一节,朱元晦、吕子约屡以为言,终不敢屈从者,亦岂无说?历观近代,用心平直如忠宣公,可一一数,绝不违父志,强削志文。……但考两朝史诸臣传,则未尝交欢,各为国事。忠宣必得于过庭,岂忍诬其先人,自堕不孝之域乎?"③朱熹据理议事,细加分析,颇中肯綮。朱熹之时,人们尚能看到被范纯仁删掉的《上吕相公书》,朱子据以立论,他说:"后吕公再入,元昊方犯边,乃以公经略西事。公亦乐为之用,尝奏记吕公云:'相公有汾阳之心之德,仲淹无临淮之才之力。'后欧阳公为《范公神道碑》,有'欢然相得,戮力平贼'之语,正谓是也。"在《答周益公书》(一)中,朱熹又说:

---

① 曾枣庄、刘琳主编:《全宋文》第229册,上海:上海辞书出版社;合肥:安徽教育出版社,2006年,第202页。
② [宋]朱熹著,朱杰人、严佐之、刘永翔主编:《朱子全书》,上海:上海古籍出版社;合肥:安徽教育出版社,2002年,第4839页。
③ 曾枣庄、刘琳主编:《全宋文》第229册,上海:上海辞书出版社;合肥:安徽教育出版社,2006年,第260页。

"向见范公与吕公书引汾阳、临淮事者,语意尤明白。"①他还根据范公平日之为人行事推论道:"范公平日胸襟豁达,毅然以天下国家为己任。既为吕公而出,岂复更有匿怨之意?况公尝自谓平生无怨恶于一人,此言尤可验。"②又引苏辙《龙川别志》所记为证:"况《龙川志》之于此,又以亲闻张安道之言为左验。张实吕党,尤足取信无疑也。"再以范仲淹后人的做法加以分析:"若曰范公果无此事,而直为欧阳所诬,则为忠宣者,正当沫血饮泣,贻书欧公,具道其所以然者,以白其父之心迹,而俟欧公之命以为进退。若终不合,则引义告绝,而更以属人。或姑无刻石,而待后世之君子,以定其论,其亦可也。乃不出此,而直于成文之中,刊去数语。不知此为何等举措?若非实讳此事,故隐忍寝默,而不敢诵言,则曷为其彼之明白,而直为此黯闇耶?"所以他感慨地说道:"今不信范公出处文辞之实,欧公丁宁反复之论,而但取于忠宣进退无据之所为以为有无之决,则区区于此诚有不能识者。"③

对于欧阳修撰写《范公碑》的措意,周、朱意见亦大不相同。周必大认为范吕解仇一事,两朝正史不载,而"吕居仁传欧公自志,再三志","纵有,亦是欧公自惟前疏太过,欲自解于正献兄弟,不须凭也"。④在《与吕子约寺丞》中,他又写道:"考亭间得书,孜孜《范碑》,殊可敬叹。然亦有疑庆历诸贤,黑白太明,致此纷纭。六一壮年气盛,切于爱士,不知文靖浑涵精深,期于成务,未免责备。正献兄弟,方含章不耀,人所未知,故语言多失中,后来大段自悔。"⑤朱熹则有针对性地指出:"范、欧二公之心,明白洞达,无纤芥可疑。吕公前过后功,瑕瑜自不相掩。若如尊喻,却恐未为得其情者。故愿相公熟思之也。"并进而细加剖析,说道:"若曰

---

① [宋]朱熹著,朱杰人、严佐之、刘永翔主编:《朱子全书》,上海:上海古籍出版社;合肥:安徽教育出版社,2002年,第1685页。
② [宋]黎靖德编,王星贤点校:《朱子语类》,北京:中华书局,2011年,第3087页。
③ [宋]朱熹著,朱杰人、严佐之、刘永翔主编:《朱子全书》,上海:上海古籍出版社;合肥:安徽教育出版社,2002年,第1688页。
④ 曾枣庄、刘琳主编:《全宋文》第229册,上海:上海辞书出版社;合肥:安徽教育出版社,2006年,第260页。
⑤ 曾枣庄、刘琳主编:《全宋文》第229册,上海:上海辞书出版社;合肥:安徽教育出版社,2006年,第259页。

欧公晚悔前言之失,又知其诸子之贤,故因《范碑》以自解,则是畏其诸子之贤,而欲阴为自托之计,于是宁卖死友以结新交。虽至以无为有,愧负幽冥,而不遑恤。又不知欧公之心,其忍为此否也?况其所书,但记解仇之事,而未尝并誉其他美,则前日斥逐忠良之罪,亦未免于所谓欲盖而彰者,又何足以赎前言之过,而媚其后人也哉?""若谓范、欧不足以知吕公之心,又不料其子之贤,而攻之太过,则其所攻事皆有迹,显不可掩,安得为过?且为侍从谏诤之官,为国论事,乃视宰相子弟之贤否,以为前却,亦岂人臣之谊哉?"①

对于吕夷简其人,朱熹评价较低。《朱子语类》卷一百二十九载有朱子对吕夷简的评语:"某尝说,吕夷简最是个无能底人。今人却说他有相业,会处置事,不知何者为相业?何者善处置?为相正要以进退人才为先,使四夷闻知,知所耸畏。方其为相,其才德之大者,如范文正诸公既不用,下而豪俊跅弛之士,如石曼卿诸人,亦不能用。其所引援,皆是半间不界无状之人,弄得天下之事日入于昏乱。及一旦不奈元昊何,遂尽挨与范文正公。若非范文正公,则西方之事决定弄得郎当,无如之何矣。今人以他为有相业,深所未晓。"②但朱熹针对周必大"文靖浑涵精深,期于成务,未免责备"的观点,给予了客观辩证的分析。他尖锐批评了吕夷简在用人上的失误:"夫吕公之度量心术,期以济务,则诚然矣。然有度量,则宜有以容议论之异同;有心术,则宜有以辨人、才之邪正,欲成天下之务,则必从善去恶,进贤退奸,然后可以有济。今皆反之,而使天下之势日入于昏乱,下而至于区区西事,一方之病,非再起范公,几有不能定者,则其前日之所为,又恶在其有度量心术而能成务也哉!其用人也,欲才德之兼取,则亦信然矣。然范、欧诸贤,非徒有德而短于才者。其于用人,盖亦兼收而并取,虽以孙元规、滕子京之流,恃才自肆,不入规矩,亦皆将护容养,以尽其能,而未尝有所废弃,则固非专用德而遗才矣。而吕公所用如张、李、二宋,姑论其才,亦决非能优于二公者,乃独去此而取彼,至于一时豪俊跅弛之士,穷而在下者,不为无人,亦未闻其有以罗致

---

① [宋]朱熹著,朱杰人、严传之、刘永翔主编:《朱子全书》第二十一册,上海:上海古籍出版社;合肥:安徽教育出版社,2002年,第1688页。
② [宋]黎靖德编,王星贤点校:《朱子语类》,北京:中华书局,1986年,第3088页。

而器使之也。且其初解相印,而荐王随、陈尧佐以自代,则未知其所取者,为才也耶? 为德也耶? 是亦不足以自解矣。"①同时他也高度肯定了吕夷简晚年补过之善:"盖尝窃谓吕公之心,固非晚生所能窥度,然当其用事之时,举措之不合众心者,盖亦多矣。而又恶忠贤之异己,必力排之,使不能容于朝廷而后已。是则一世之正人端士莫不恶之。况范、欧二公,或以讽议为官,或以谏诤为职,又安可置之而不论? 且论之而合于天下之公议,则又岂可谓之太过也哉? 逮其晚节,知天下之公议,不可以终拂,亦以老病将归,而不复有所畏忌,又虑夫天下之事,或终至危乱,不可如何,而彼众贤之排去者,或将起而复用,则其罪必归于我,而并及于吾之子孙,是以宁损故怨,以为收之桑榆之计。盖其虑患之意,虽未必尽出于至公,而其补过之善,天下实被其赐。则与世之遂非长恶,力战天下之公议,以遗患于国家者,相去远矣。"②

朱子论定确有范吕解仇、共力国事之事,讨论了欧阳修《范公碑》记述的用心,以及分析了吕夷简为政的功过是非之后,高度评价了范仲淹和欧阳修识大体、顾大局,以国事为重、不念旧恶的高风亮节:"至若范公之心,则其正大光明,固无宿怨,而惓惓之义,实在国家。故承其善意,既起而乐为之用。其自讼之书,所谓'相公有汾阳之心之德,某无临淮之才之力'者,实亦不可不谓之倾倒而无余矣。此最为范公之盛德,而他人之难者。欧阳公亦识其意而特书之。盖吕公前日之贬范公,自为可罪,今日之起范公,自为可书。二者各记其实,而美恶初不相掩,则又可见欧公之心,亦非浅之,为丈夫也。"③而对于范纯仁何以否认范吕解仇、删削碑文,朱熹也予以客观的评说:"忠宣固贤,然其规模气象似与文正有未尽同者。深讳此事,虽不害为守正,然未得为可与权也。"④在《答周益公》中,他又

---

① [宋]朱熹著,朱杰人、严佐之、刘永翔主编:《朱子全书》第二十一册,上海:上海古籍出版社;合肥:安徽教育出版社,2002年,第1687页。
② [宋]朱熹著,朱杰人、严佐之、刘永翔主编:《朱子全书》第二十一册,上海:上海古籍出版社;合肥:安徽教育出版社,2002年,第1685—1686页。
③ [宋]朱熹著,朱杰人、严佐之、刘永翔主编:《朱子全书》第二十一册,上海:上海古籍出版社;合肥:安徽教育出版社,2002年,第1686页。
④ [宋]朱熹著,朱杰人、严佐之、刘永翔主编:《朱子全书》第二十一册,上海:上海古籍出版社;合肥:安徽教育出版社,2002年,第1685页。

说:"若论忠宣之贤,则虽亦未易轻议,然观其事业规模,与文正之洪毅开豁,终有未十分肖似处。盖所谓可与立而未可与权者。乃翁解仇之事,度其心未必不深耻之,然不敢出之于口耳。故潜于墓碑刊去此事,有若避讳然者。""则范公此举,虽其贤子尚不能识,彼为史者知之必不能如欧公之深,或者过为隐避,亦不足怪。"①朱子之论,可为定谳。

五

宋室南渡,有识之士多总结北宋兴衰败亡之教训以为借鉴。追想前朝盛事,从李纲、王十朋到朱熹、周必大、陈亮,均多从将相协和、内外一心、抗金北伐、统一河山的大处着眼,注重挖掘以资当朝鉴戒的"正能量"。胡铨在《御试策》中呼唤英杰:"以今庙堂之上,宰相有如晏殊者乎?参政有如范仲淹者乎?枢密有如杜衍、韩琦者乎?谏臣有如余靖、欧阳修者乎?"②胡寅则有感于仁宗朝人才济济、终襄盛世而由衷地感叹道:"仁宗皇帝信王曾之正,任吕夷简之才,终以富弼、韩琦为宰相,而余靖、蔡襄、贾黯、吕海等迭居台谏,此真伪所由核也。故丁谓虽以奸邪当国而终投四裔,寇准以忠正远贬而终得辨明,范仲淹虽屡以危言获罪,欧阳修虽以讥斥佞人招难明之谤,而皆终闻政事。是邪说不得乱毁誉之真,而直道行也。邪说息,直道行,则恶人有所惮而不为,善人有所恃而不恐,此所以致至和、嘉祐之治者也。"③王十朋则针对范吕解仇一事加以评说:"臣又闻范仲淹以言事得罪,尤为宰相吕夷简所恶,斥逐于外。及西方用兵,仁宗思用仲淹,夷简荐之亦力,仲淹果能成功,夷简不失为贤相。"④李纲、杜范身为将帅,寄望于朝臣能像韩琦、富弼、范仲淹一样"议论上前,未尝不争可否。及退而相欢,则无纤芥之

---

① [宋]朱熹著,朱杰人、严传之、刘永翔主编:《朱子全书》第二十一册,上海:上海古籍出版社;合肥:安徽教育出版社,2002年,第1688—1689页。
② [宋]胡铨著:《澹庵文集》卷五,清乾隆二十二年裔胡浤刻本。
③ [宋]范仲淹著,李勇先、王蓉贵校点:《范仲淹全集》,成都:四川大学出版社,2007年,第1292—1293页。
④ 梅溪集重刊编委会编:《壬十朋全集》,上海:上海古籍出版社,1998年,第592页。

疑",能"以天下之至公而忘其私"。①陈亮从范、吕解仇及欧阳、富弼不同的修为中,指出了庆历诸贤"用心于圣贤之学而成祖宗致治之美"的深心,他说:"初,吕文靖公、范文正公以议论不合,党与遂分,而公实与焉。其后西师既兴,吕公首荐范、富、韩三公,以靖天下之难。文正以书自咎,欢然与吕公戮力,而富公独念之不置。夫左右相仇,非国家之福,而内外相关而不相沮,盖治道之基也。公与范公之意盖如此。当是时,虽范忠宣犹有疑于其间,则其用心于圣贤之学,而成祖宗致治之美者,所从来远矣。"②

综合分析特定时期特定局势下范吕解仇一事以及几位相关历史人物政治道德修为的历史意义,给我们留下深刻印象的是庆历诸贤的君子之交与君子之争,正因为韩、范、欧阳诸公能"以天下之至公而忘其私",其所论争者为国事,故其私谊因公义而相高。尤为难能可贵的是,由于地位不同、政见不同,范仲淹曾因在废除郭皇后问题上与吕夷简意见相左;在是否迁都洛阳的讨论中被吕夷简指为"迂阔";上《百官图》指陈朝政得失而被一贬再贬,然而"三黜无愠,天下称贤"③。当西夏侵扰、元昊寇边之时,他主动与吕夷简欢然相约,共图国事,《上吕丞相》书可以洞见作为政治家的范仲淹的胸襟气度。同时,我们还看到自称"我亦得罪于吕相者",也曾尖锐批评吕夷简的欧阳修,亲历其事,能从国家利益的大局着眼,超越政治集团及个人恩怨的局面,洞悉范吕解仇一事所蕴含的政治道德内涵,将其载入碑铭,传诸后世。尽管由于人们认识上的差异,时人"皆咎欧阳公",及至南宋,人们依然认识不一,聚讼纷纭,但也正是从人们对范吕解仇一事逐步认识理解的过程中,印证了陈亮称许欧阳修、范仲淹"则其用心于圣贤之学,而成祖宗致治之美者,所从来远矣"的远见卓识。尤其应该指出的是,评价宋代历史上的诸多人物,很难用所谓的"君子""小人"的标签去简单定位,即如吕夷简其人,欧阳修曾指斥其"罪恶满盈,事迹彰著"④,但其在外敌侵凌的关键时刻一念为国所

---

① [宋]范仲淹著,李勇先、王蓉贵校点:《范仲淹全集》,成都:四川大学出版社,2007年,第1291页。
② [宋]范仲淹著,李勇先、王蓉贵校点:《范仲淹全集》,成都:四川大学出版社,2007年,第1371页。
③ [宋]范仲淹著,李勇先、王蓉贵校点:《范仲淹全集》,成都:四川大学出版社,2007年,第1246页。
④ [宋]欧阳修著:《欧阳修全集》,北京:中华书局,2009年,第1543页。

彰著的政治家风范，使得范仲淹至为感念。王十朋认为，西夏用兵"仲淹果能成功，夷简不失为贤相"。我们今天关注这段历史，也可以这样说，即使由于种种原因，范仲淹在政治军事上没有取得完全的成功，但吕夷简超越个人恩怨，以超乎常人的胸怀智略予以举荐，正如朱熹所说"其补过之功，使天下实被其赐"，仍堪称贤相之举，足以载誉史册。查阅有关资料，对于范、吕二人"欢然相约，共力国事"的大义之举给予充分理解肯定的，在范仲淹一方有被朱熹誉为丈夫的欧阳修，在吕夷简一方有张方平。而在《范仲淹全集》中，我们看到了《举欧阳修充经略掌书记状》，也看到了《张方平任经略掌书记状》，尽管人人皆知"张实吕党"。尤为令人感慨的是，在范仲淹《举欧阳修充经略掌书记状》中有这样一段文字："盖（欧阳修）本人素好议论，闻于搢绅。只如臣为谏官之初，杜衍任中丞之日，修皆曾移书责臣等缄默无执，非独有高若讷之让也。以此明之，实非朋党。若讷知其无他，亦常追悔。"①

景祐三年（1036），范仲淹因触忤吕夷简被贬饶州，身为左司谏的高若讷出言诋毁，欧阳修"发于极愤而切责之"，作《与高司谏书》。高若讷上此书于朝廷，欧阳修被贬夷陵。事过境迁，范仲淹对于当初诋毁过自己的高若讷，在了解到其有追悔之意后，特为表出，再次彰显了其政治家、思想家的阔大胸怀。

探讨范仲淹、吕夷简、欧阳修这些特定历史时期特定的历史人物所关涉的历史事件，我们发现，记载了关涉国家兴衰存亡从而应当永远铭记的历史事件的史志碑铭，同时也记载了一个时代乃至一个民族的精神和历史，它已不仅是个人生命旅程的记录展示，更可给予我们道德精神的启迪。在现实人生中，凡有人群的地方都有矛盾。制造矛盾，凡人皆有可能；但要化解矛盾，则需要胸怀和智慧。人皆可以为尧舜，庆历诸贤为国事而解仇，在政治生活中切实践行了"先天下之忧而忧，后天下之乐而乐""不以一心之戚，而忘天下之忧""不以毁誉累其心，不以宠辱更其守"的圣贤胸怀。范仲淹、欧阳修们在君子之争中肝胆相照、心心相通的君子之交，永远值得我们钦慕和镜鉴。

---

① [宋]范仲淹著，李勇先、王蓉贵校点：《范仲淹全集》，成都：四川大学出版社，2007年，第432—433页。

苏轼对"穷而后工"说的承继和拓展

欧阳修《梅圣俞诗集序》"非诗之能穷人,殆穷者而后工也"①的"穷而后工"说,远承屈原、司马迁"发愤抒情""发愤著书"之说,近承韩愈"夫和平之音淡薄,而愁思之声要妙;欢愉之辞难工,而穷苦之言易好"②之论,在我国古代文学史、文学批评史上产生了深远影响。后世学者或奉为不易之论,或从不同角度进行质疑,考察欧阳修"穷而后工"说传承流布的过程,苏轼的观点引起我们特别的关注,在此辨析其论,以就教于同好。

一

自欧公提出"穷而后工"说,有宋以来将之奉为不易之论者代不乏人。南宋李纲《五峰居士文集序》即认为:

> 欧阳文忠公有言:"非诗能穷人,殆穷而后工。"信哉!士达则寓意于功名,穷则潜心于文翰,故诗必待穷而后工者,其用志专,其造理深,其历世故,险阻艰难,无不备尝故也。③

---

① [宋]欧阳修著,李之亮笺注:《欧阳修集编年笺注》第三册,成都:巴蜀书社,2007年,第177页。
② [唐]韩愈著,马其昶校注,马茂元整理:《韩昌黎文集校注》,上海:上海古籍出版社,1986年,第262页。
③ 洪本健编:《欧阳修资料汇编》上册,北京:中华书局,1995年,第192页。

清代陆蓥批驳了葛胜仲、陈师道"诗能达人"说,认为"士之穷达有命,诗之精深微妙,惟穷者而后工耳"。①明代孙琮甚至认为"若穷而后工四字,是欧公独创之言,实为千古不易之言"②。也有论者引述相关作家创作事例为欧公之论作注:

> 欧阳永叔序梅氏集,谓诗"多出于古穷人之辞",凡数十言,以为"非诗之能穷人,殆穷者而后工也"。……太史公《报任安书》曰:"盖文王拘而演《周易》,仲尼厄而作《春秋》……《诗》三百篇,大抵圣贤发愤之所为作也。此人皆意有所郁结,不得通其道。"

然而翻检现存有关资料,我们发现自宋至清,人们对"穷而后工"说质疑与批评者也代不乏人。范仲淹作为欧阳修政治改革与文学改革的挚友,其出身较之欧阳修更为贫寒,而关于贫困对人生的影响与欧公认识不同。庆历二年(1042),范仲淹在奏议中上言:

> 怀才抱艺之人,一落散地,终身不齿。兽穷则变,人穷则诈,古人之所慎也。③

另据魏泰《东轩笔录》记载,范仲淹曾针对孙复的遭遇感叹"贫之为累亦大矣":

> 范文正公在睢阳掌学,有孙秀才者索游上谒,文正赠钱一千。明年,孙生复道睢阳谒文正,又赠一千,因问:"何为汲汲于道路?"孙秀才戚然动色曰:"老母无以养,若日得百钱,则甘旨足矣。"文正曰:"吾观子辞气,非乞客

---

① 洪本健编:《欧阳修资料汇编》下册,北京:中华书局,1995年,第1226页。
② 洪本健编:《欧阳修资料汇编》上册,北京:中华书局,1995年,第708页。
③ [宋]范仲淹著,李勇先、王蓉贵校点:《范仲淹全集》下册,成都:四川大学出版社,2007年,第1485页。

也,二年仆仆,所得几何,而废学多矣。吾今补子为学职,月可得三千以供养,子能安于为学乎?"孙生再拜大喜。于是授以《春秋》,而孙生笃学不舍昼夜,行复修谨,文正甚爱之。明年,文正去睢阳,孙亦辞归。后十年,闻泰山下有孙明复先生以《春秋》教授学者,道德高迈,朝廷召至太学,乃昔日索游孙秀才也。文正叹曰:"贫之为累亦大矣,倘因循索米至老,则虽人才如孙明复者,犹将沦没而不见也。"①

范仲淹认为诗歌创作应该兼容并包风格多样,应该全面反映风俗人情,有益于道德人心。他在《唐异诗序》中说:

> 诗之为意也,范围乎一气,出入乎万物,卷舒变化,其体甚大。故夫喜焉如春,悲焉如秋,徘徊如云,峥嵘如山,高乎如日星,远乎如神仙,森如武库,锵如乐府。羽翰乎教化之声,献酬乎仁义之醇。上以德于君,下以风于民。不然,何以动天地而感鬼神哉!而诗家者流,厥情非一。失志之人其辞苦,得意之人其辞逸,乐天之人其辞达,觏闵之人其辞怒。如孟东野之清苦,薛许昌之英逸,白乐天之明达,罗江东之愤怒,此皆与时消息,不失其正者也。②

诗家者流,厥情非一,范仲淹的认识是全面而深刻的,与之同时,他尖锐地批评当时诗坛为文造情、无病呻吟的习气。其说曰:

> 五代以还,斯文大剥。悲哀为主,风流不归……其或不知而作,影响前辈,因人之尚,忘己之实,吟咏性情而不顾其分,风雅比兴而不观其时。故有

---

① [宋]魏泰著:《东轩笔录》,北京:中华书局,1983年,第159页。
② [宋]范仲淹著,李勇先、王蓉贵校点:《范仲淹全集》上册,成都:四川大学出版社,2007年,第185—186页。

非穷途而悲,非乱世而怨,华车有寒苦之述,白社为骄奢之语。学步不至,效颦则多。以至靡靡增华,憎憎相滥。仰不主乎规谏,俯不主乎劝诫,抱郑卫之奏,则夔旷之赏,游西北之流,望江海之宗者有矣。①

尽管范仲淹没有像后来张耒批评秦观那样明确指出诸多"悲愁凄婉,郁塞无聊者之言"是囿于"世之文章多出于穷人,故后之为文者喜为穷人之辞"②,但其与欧阳修同时而持论不同,值得关注。在学界,不断有学者指出,"穷而后工"之"穷",非指生活之穷困,乃指仕途穷通之穷。但不容讳言,仕途之穷通与生活之富贵、贫穷关系密切。所以,范仲淹的观点值得关注。

二

欧公之后,人们从多方面对"非诗能穷人""穷而后工"之说加以诠释和探讨,苏东坡的相关议论引起我们极大兴趣。检索相关资料,将诸家之说与苏东坡之论加以对照,能加深我们对苏东坡诗论的了解。

苏轼出于欧门,对于一生钦仰的恩师的《梅圣俞诗集序》以及梅尧臣本人的诗歌创作、人生遭际极为熟悉,并在诗文中表示自己"非诗能穷人""穷而后工"的理念来自欧阳公:

> 轩轩青田鹤,郁郁在樊笼。既为物所縻,遂与吾辈同。今来始谢去,万事一笑空。新诗如洗出,不受外垢蒙。清风入齿牙,出语如风松。霜髭茁病骨,饥坐听午钟。非诗能穷人,穷者诗乃工。此语信不妄,我闻诸醉翁。③

且在诗中喻示"诗穷后工"。在《次韵和王巩》诗中,他以李白贬放、杜甫躬耕来比况与激励经历了贬谪生涯的王巩:

---

① [宋]范仲淹著,李勇先、王蓉贵校点:《范仲淹全集》下册,成都:四川大学出版社,2007年,第186页。
② [宋]张耒著,李逸安等点校:《张耒集》下册,北京:中华书局,1990年,第752页。
③ [宋]苏轼著,[清]王文诰注:《苏轼诗集》第二册,北京:中华书局,1982年,第576—577页。

> 谪仙窜夜郎,子美耕东屯。造物岂不惜,要令工语言……天欲成就之,使触羝羊藩。孤光照微陋,耿如月在盆。归来千首诗,倾泻五石樽。①

此外,在苏轼诗作中,我们可以不断地看到这样的诗句:"秀语出寒饿,身穷诗乃亨。"②"有客独苦吟,清夜默自课。诗人例穷蹇,秀句出寒饿。何当暴雪霜,庶以蹑郊、贺。"③"慎勿怨谤讟,乃我得道资。淤泥生莲花,粪壤出菌芝。赖此善知识,使我枯生荑。吾言岂须多,冷暖子自知。"④"恶衣恶食诗更好,恰是霜松啭春鸟。"⑤

喜欢苏轼的读者还发现"秀句出寒饿",一见于苏诗《病中大雪》,又见于《次韵仲殊雪中游西湖》。而不同意"诗穷后工"之论的,则批评说:"东坡云'诗人例穷蹇,秀句出寒饿。'此言误人不少。"并且说"退之'愁苦之音易好',永叔'穷而后工',皆不可信"⑥。而实际上,只要细细翻检苏东坡诗论,就会发现苏轼对于"非诗能穷人""穷而后工"之说曾给予特别关注,并有自己独到的思考。

苏轼从自己对于人生的思考和诗史的考察中,态度鲜明地指出"诗能穷人,所从来尚矣,而于轼特甚"⑦,并且在与友人书信中坦陈诗文党祸给予自己心灵和创作上的影响。他多次言及自己因"乌台诗案"被贬黄州之后的处境与心态:

> 轼少年时,读书作文,专为应举而已。既及进士第,贪得不已,又举制策,其实何所有?而其科号为直言极谏,故每纷然诵说古今,考论是非,以应其名耳。人苦不自知,既以此得,因以为实能之,故譊譊至今,坐此得罪几

---

① [宋]苏轼著,[清]王文诰注:《苏轼诗集》第五册,北京:中华书局,1982年,第1441页。
② [宋]苏轼著,[清]王文诰注:《苏轼诗集》第六册,北京:中华书局,1982年,第1750页。
③ [宋]苏轼著,[清]王文诰注:《苏轼诗集》第一册,北京:中华书局,1982年,第159页。
④ [宋]苏轼著,[清]王文诰注:《苏轼诗集》第六册,北京:中华书局,1982年,第1805页。
⑤ [宋]苏轼著,[清]王文诰注:《苏轼诗集》第六册,北京:中华书局,1982年,第1871页。
⑥ 洪本健编:《欧阳修资料汇编》下册,北京:中华书局,1995年,第1172页。
⑦ [宋]苏轼著,孔凡礼点校:《苏轼文集》第四册,北京:中华书局,1986年,第1428页。

死。……得罪以来，深自闭塞，扁舟草履，放浪山水间，与樵渔杂处，往往为醉人所推骂。辄自喜渐不为人识，平生亲友无一字见及，有书与之亦不答，自幸庶几免矣。……自得罪后，不敢作文字。此书虽非文，然信笔书意，不觉累幅，亦不须示人。必喻此意。①

某所不敢作者，非独铭志而已。至于诗赋赞咏之类，但涉文字者，举不敢下笔也。忧患之余，畏怯弥甚，必望有以亮之。②

今余老不复作诗，又以病止酒，闭门不出，门外数步即大江，经月不至江上，眊眊焉真一老农夫也。③

自得罪后，虽平生厚善，有不敢通问者……诗能穷人，所从来尚矣，而于轼特甚。④

甚至友朋离别，亦抄写古人之诗寄意。其说云：

此李少卿赠苏子卿之诗也。予本不识陈君式，谪居黄州，倾盖如故。会君式罢去，而余久废作诗，念无以道离别之怀，历观古人之作辞约而意尽者，莫如李少卿赠苏子卿之篇，书以赠之。春秋之时，三百六篇皆可以见志，不必己作也。⑤

晚年被贬惠州，苏轼仍有类似的表述：

轼平生以文字言语见知于世，亦以此取疾于人，得失相补，不如不作之安也。以此常欲焚弃笔砚，为暗默人，而习气宿业，未能尽去，亦谓随手云散鸟没矣……轼穷困，本坐文字，盖愿刳形去智而不可得者。然幼子过文益

---

① [宋]苏轼著，孔凡礼点校：《苏轼文集》第四册，北京：中华书局，1986年，第1432—1433页。
② [宋]苏轼著，孔凡礼点校：《苏轼文集》第四册，北京：中华书局，1986年，第1579页。
③ [宋]苏轼著，孔凡礼点校：《苏轼文集》第一册，北京：中华书局，1986年，第318页。
④ [宋]苏轼著，孔凡礼点校：《苏轼文集》第四册，北京：中华书局，1986年，第1428页。
⑤ [宋]苏轼著，孔凡礼点校：《苏轼文集》第五册，北京：中华书局，1986年，第2089页。

奇，在海外孤寂无聊，过时出一篇见娱，则为数日喜，寝食有味。以此知文章如金玉珠贝，未易鄙弃也。①

此诗幸勿示人，人不知吾侪游戏三昧，或以为诟病也。②

即使在元祐时期，对于以文罪人、以诗罪人、以言罪人影响下的浇薄世风，苏轼依然言之惊心，"感叹亲友之间动成陷阱"③：

某启。自公去后，事尤可骇。平生亲友，言语往还之间，动成坑阱，极纷纷也。不敢复形于纸笔，不过旬日，自闻之矣。得颍藏拙，馀年之幸也。自是刳心钳口矣。此身于我稍切，须是安处，千万相信。日与乐全翁游，当熟讲此理也。某甚欲得南都，而侄女子在子开家，亦有书来，云子开欲之，故不请。想识此意。④

也正是在对繁难人生的体验探究中，苏轼对"诗能穷人"颇多感慨：

贵、贱、寿、夭，天也。贤者必贵，仁者必寿，人之所欲也。人之所欲，适与天相值实难，譬如匠庆之山而得成镰，岂可常也哉。因其适相值，而责之以常然，此人之所以多怨而不通也。至于文人，其穷也固宜。劳心以耗神，盛气以忤物，未老而衰病，无恶而得罪，鲜不以文者。天人之相值既难，而人又自贼如此，虽欲不困，得乎？⑤

文人固穷，诗人命运多舛，因其"劳心以耗神，盛气以忤物，未老而衰病，无恶而得罪"也。

---

①［宋］苏轼著，孔凡礼点校：《苏轼文集》第四册，北京：中华书局，1986年，第1429—1430页。
②曾枣庄选注：《三苏文艺理论作品选注》，成都：巴蜀书社，2017年，第603页。
③孔凡礼编：《苏轼年谱》，北京：中华书局，1998年，第993页。
④［宋］苏轼著，孔凡礼点校：《苏轼文集》第四册，北京：中华书局，1986年，第1526页。
⑤［宋］苏轼著，孔凡礼点校：《苏轼文集》第一册，北京：中华书局，1986年，第320页。

在欧阳修之后，人们已从不同的角度对诗是否能穷人进行探讨，陈师道即有"诗能达人"之论。苏轼阅古览今，有十分精到的见解。他不断地考问诗人穷困的原委：

> 渊明得一食，至欲以冥谢主人，此大类丐者口颊也。哀哉！哀哉！非独余哀之，举世莫不哀之也。饥寒常在身前，声名常在身后，二者不相待，此士之所以穷也。①

而对于人们何以会纷纭其说，或谓"非诗能穷人"，或言"诗能穷人"，或倡"诗能达人"，苏轼的见解至为透彻：

> 诗能穷人，所从来尚矣，而于轼特甚。今足下独不信，建言诗不能穷人，为之益力。其诗日已工，其穷殆未可量，然亦在所用而已。不龟手之药，或以封，安知足下不以此达乎？人生如朝露，意所乐则为之，何暇计议穷达。云能穷人固缪，云不能穷人者，亦不免有意于畏穷也。江淮间人好食河豚，每与人争河豚本不杀人，尝戏之，性命自子有，美则食之，何与我事。②

苏轼曾自言平生乐事无过于作文为诗："某平生无快意事，惟做文章。意之所到，则笔力曲折，无不尽意，自谓世间乐事无逾此者。"③但为时为事有为而作的诗文，却动辄得咎，屡受攻讦，苏轼的心情是复杂的。但直面人生坎坷，屡经变故的苏轼依然一怀浩然之气：

> 示及新诗，皆有远别惘然之意，虽兄之爱我厚，然仆本以铁心石肠待公，何乃尔耶？吾侪虽老且穷，而道理贯心肝，忠义填骨髓，直须谈笑于死生之

---

① [宋]苏轼著，孔凡礼点校：《苏轼文集》第五册，北京：中华书局，1986年，第2112页。
② [宋]苏轼著，孔凡礼点校：《苏轼文集》第四册，北京：中华书局，1986年，第1428页。
③ [宋]何薳著：《春渚纪闻》，北京：中国书店，1990年，第95页。

际,若见仆困穷便相于邑,则与不学道者大不相远矣。兄造道深,中必不尔,出于相好之笃而已。然朋友之义,专务规谏,辄以狂言广兄之意尔。兄虽怀坎壈于时,遇事有可尊主泽民者,便忘躯为之,祸福得丧,付与造物。非兄,仆岂发此!①

正由于其无意于"畏穷",能够直面人生,笑对人生,所以其对于"诗能穷人""诗能达人"的认识全面而深刻。由是言之,周裕锴先生在《宋代诗学通论》中的推论对我们颇多启示,他认为:"因为欧阳修强调'非诗能穷人,殆穷而后工也',我怀疑就是针对同时代的宋祁而发的。宋祁认为,诗蕴藏于天地之间,有才之人可以获得,'然造物者吝之,若取之无限,则辄穷踬其命,而怫戾所为'(《宋景文集拾遗》卷一五《淮海丛编集序》)。"②但我们依据苏轼"云能穷人固缪,云不能穷人者,亦不免有意于畏穷也"进行推想,欧公非有意于畏穷者,但其似有所讳而言。何以故?因欧公一生仕宦,正直立朝,直言敢谏,在复杂激烈的政治斗争中,一贬夷陵,再贬滁州,其《与高司谏书》《朋党论》等名文皆为诱因,甚至小人无端诬谤,也从其词中寻章摘句。所以,以欧公之阅历,焉能不知诗能罪人、文能罪人?盖因《梅圣俞诗集序》乃为友人而作,且梅之特点集中于诗穷而后工。欧公之文,简而有法,于此可见。而欧公所讳言处,苏轼直谓"诗能穷人,所从来尚矣",并认为诗文创作,意所乐则为之,何患乎穷达。"云能穷人固缪,云不能穷人者,亦不免有意于畏穷也",何等明达!苏轼此论,使人有醍醐灌顶之感。

三

苏轼对于"穷而后工"也有个人独到的见解,他认为,文学艺术创作之工,需要多方面的因素。他在早期的《南行前集叙》中倡言诗文创作"非能为之为工,乃不能不为之为工"之说:

---

① [宋]苏轼著,孔凡礼点校:《苏轼文集》第四册,北京:中华书局,1986年,第1500页。
② 周裕锴著:《宋代诗学通论》,上海:上海古籍出版社,2007年,第122页。

> 夫昔之为文者,非能为之为工,乃不能不为之为工也。山川之有云雾,草木之有华实,充满勃郁,而见于外,夫虽欲无有,其可得耶! 自少闻家君之论文,以为古之圣人有所不能自已而作者。故轼与弟辙为文至多,而未尝敢有作文之意。①

在创作上,诗画一理,书画一理。苏轼论书法,认为"书初无意于佳,乃佳"②,其对尚意书法的阐述与其诗文创作"乃不能不为之为工"的理论是一致的。苏轼《小篆〈般若心经〉赞》写道:

> 善哉李子小篆字,其间无篆亦无隶。心忘其手手忘笔,笔自落纸非我使。正使匆匆不少暇,倏忽千百初无难。稽首《般若多心经》,请观何处非《般若》。③

心忘其手,手忘其笔,兴到挥毫,任笔自为,是文学艺术创作的至高境界。学富后工是苏轼诗文创作论的另一观点。刘勰《文心雕龙》中说:"积学以储宝,酌理以富才,研阅以穷照,驯致以怿辞。"④继承传统之论,结合自己的观察体验,他常鼓励后学勤奋向学,积学储宝,博观约取。其《与张嘉父》书中说:

> 凡人为文,至老,多有所悔。仆尝悔其少作矣,若著成一家之言,则不容有所悔。当且博观而约取,如富人之筑大第,储其材用,既足而后成之,然后为得也。愚意如此,不知是否?⑤

他在《题文潞公诗》又说:

---

① [宋]苏轼著,孔凡礼点校:《苏轼文集》第一册,北京:中华书局,1986年,第323页。
② [宋]苏轼著,孔凡礼点校:《苏轼文集》第五册,北京:中华书局,1986年,第2183页。
③ [宋]苏轼著,孔凡礼点校:《苏轼文集》第五册,北京:中华书局,1986年,第618页。
④ [南朝]刘勰著,王运熙、周锋译注:《〈文心雕龙〉译注》,上海:上海古籍出版社,1998年,第245页。
⑤ [宋]苏轼著,孔凡礼点校:《苏轼文集》第四册,北京:中华书局,1986年,第1564页。

轼尝得闻潞公之语矣,其雄才远度,固非小子所能窥测,至于学问之富,自汉以来,出入驰骋,略无遗者,下迨曲技小数,靡不究悉,虽笃学专门之师,莫能与之较,然世不以此称公,岂勋德所掩覆故耶?今观其幼时诗,精审研密,句句皆有所考,盖其积之也久矣。①

宋代由于"兴文教""抑武事"的基本国策、科举制的发展与渐趋完善,读书人社会地位空前提高,社会上下对于教育格外重视,再加上印刷术的进步,宋代士人对于硕学鸿儒的崇尚成为一代风气,反映到文学创作上,以文字为诗,以学问为诗,以至以学问为词,成为文学创作发展的趋向。学富后工、才富后工是人们普遍认可的观点。

然而对于诗文创作而言,仅仅有创作的欲望和满腹的才学是不够的。苏轼以自己的学习经验教诲后学,诗歌创作还需勤习而后工。其《答陈传道五首》之一中说:

知日课一诗,甚善。此技虽高才,非甚习不能工也。圣俞昔常如此。某近绝不作诗,盖有以,非面莫究。②

值得注意的是,这里提到梅尧臣"昔尝如此",也是勤习而后工。令我们极感兴趣的是,苏轼在《记欧阳公论文》中告诉后学,勤习而工也是欧阳修的观点:

顷岁孙莘老,识欧阳文忠公,尝乘间以文字问之。云:"无它术,唯勤读书而多为之,自工。世人患作文字少,又懒读书,每一篇出,即求过人。如此,少有至者。疵病不必待人指摘,多作自能见之。"此公以其尝试者告人,

---

① [宋]苏轼著,孔凡礼点校:《苏轼文集》第五册,北京:中华书局,1986年,第2129页。
② [宋]苏轼著,孔凡礼点校:《苏轼文集》第五册,北京:中华书局,1986年,第1575页。

故尤有味。①

如果再联系欧公创作之"三多""三上"之言,则苏公以欧、梅二公和自己之"尝试者告人",其言尤其有味而耐思。

苏轼还在"穷而后工""不能不为之为工"和才高学富勤习后工的基础上,倡言诗文创作志昌而后工、守道守正后工。他在诗中写道:

> 昌身如饱腹,饱尽还当饥。昌诗如膏面,为人作容姿。不如昌其气,郁郁老不衰。虽云老不衰,劫坏安所之?不如昌其志,志壹气自随。养之塞天地,孟轲不吾欺。人言魏勃勇,股栗向小儿。何如鲁连子,谈笑却秦师。慎勿怨谤讟,乃我得道资。淤泥生莲花,粪壤出菌芝。赖此善知识,使我枯生荑。吾言岂须多,冷暖子自知。②

苏轼可能与王晋卿多次讨论过身处忧患如何昌志守正的问题,所以他在《题王晋卿诗后》又写道:

> 晋卿为仆所累。仆既谪齐安,晋卿亦贬武当。饥寒穷困,本书生常分,仆处不戚戚固宜,独怪晋卿以贵公子罹此忧患,而不失其正,诗词益工,超然有世外之乐,此孔子所谓"可与久处约长处乐"者。③

他更在《送人序》中主张"学以明礼,文以述志,思以通其学,气以达其文。古之人道其聪明,广其见闻,所以学也,正志完气,所以言也"④。在复杂的现实人生中,如何直面人生坎坷忧患?如何履险如夷超越困苦?正气完志、笑对尘寰、超

---

① [宋]苏轼著,孔凡礼点校:《苏轼文集》第五册,北京:中华书局,1986年,第2055页。
② [宋]苏轼著,王文诰辑注:《苏轼诗集》第六册,北京:中华书局,1982年,第3780页。
③ [宋]苏轼著,孔凡礼点校:《苏轼文集》第五册,北京:中华书局,1986年,第2137页。
④ [宋]苏轼著,孔凡礼点校:《苏轼文集》第一册,北京:中华书局,1986年,第325页。

然乐处,是苏轼一生都在思考与追求的精神境界。

只要对苏轼相关诗文大致进行梳理,我们就可以发现,苏轼认为诗文创作需要多方面的要素,需要生活的历练、学识的积累、良好的道德修养和创作心态。其得之于欧公的"穷者诗乃工"仅仅是其中一端而已。在苏轼相关论述背后,我们可以看到时代的影响,也可以看到欧阳修的影响,但更多的是苏轼独立的思考。作为一代文坛巨擘,其以所尝试者示人,使人启悟良多。尤为让人感佩的是其贯通古今、不敢苟同的治学精神和人格力量。苏轼在入仕之初曾经宣示:

> 轼不佞,自为学至今,十有五年。以为凡学之难者,难于无私。无私之难者,难于通万物之理。故不通乎万物之理,虽欲无私,不可得也。己好则好之,己恶则恶之,以是自信则惑也。是故幽居默处而观万物之变,尽其自然之理,而断之于中。其所不然者,虽古之所谓贤人之说,亦有所不取。①

苏东坡对于欧公"穷而后工"说的承继与批评正是其人格精神的一种体现。

四

东坡出自欧门,欧、苏相承,二人均倡导诗文创作的多样化风格。所以,同出苏门,陈师道有"诗能达人"之说,而张耒则在《送秦观从苏杭州为学序》中直言批评秦观诗文创作存在的情实不一、无病呻吟的弊病。认为秦观"内有事亲之喜,外有朋友之乐,冬裘而夏绤,甘食而清饮",其为诗文则"大抵悲愁凄婉,郁塞无聊者之言",其原因在于受"诗穷后工"说的影响——"世之文章多出于穷人,故后之为文者,喜为穷人之词。秦子无忧而为忧者之词,殆出此耶?"②而苏轼则从多方面论述了诗文创作的要素。

由于欧、苏在文学史上的重要地位,他们的相关观点在后世引起高度重视,

---

① [宋]苏轼著,孔凡礼点校:《苏轼文集》第四册,北京:中华书局,1986年,第1379页。
② [宋]张耒著,李逸安等点校:《张耒集》下册,北京:中华书局,1990年,第752页。

在"诗能穷人"抑或"诗能达人"的争论中,也有论者认为诗能穷人亦能达人。祝穆《事文类聚》即列出"因诗致穷"和"诗能达人"二类。至明王世贞、沈长卿则衍"诗能穷人"说为"文章九命"说、"文章十命"说;清代王晫亦衍"诗能达人"论为正面的"文章九命"说。诗能穷人亦能达人,是历史之真实存在。相关争议,吴承学《诗能穷人与诗能达人——中国古代对于诗人的集体认同》一文已经有极为深入的讨论。问题在于,诗人该如何看待这份生活的"赐予"。

历览欧、苏之后人们对于"诗能穷人"与"诗穷后工"说的讨论,更能见出苏轼见解的独到、全面与深刻。宋代吴子良在《荆溪林下偶谈》中曾说:"和平之言难工,感慨之词易好,近世文人能兼之者,惟欧阳公。如《吉州学记》之类,和平而工者也;如《丰乐亭记》之类,感慨而好者也。然《丰乐亭记》意虽感慨,辞犹和平。至于苏子美集序之类,则纯乎感慨矣。"①吴子良所说欧公纯乎感慨的苏子美集序之类,应该包括《梅圣俞诗集序》。欧阳修在《江邻几文集序》中说:"盖自尹师鲁之亡,逮今二十五年之间,相继而殁,为之铭者至二十人,又有余不及铭与虽铭而非交且旧者,皆不与焉。呜呼,何其多也!不独善人君子难得易失,而交游零落如此,反顾身世死生盛衰之际,又可悲夫!而其间又有不幸罹忧患、触网罗,至困厄流离以死,与夫仕宦连蹇、志不获伸而殁,独其文章尚见于世者,则又可哀也欤!然则虽其残篇断稿,犹为可惜,况其可以垂世而行远也?故余于圣俞、子美之殁,既已铭其圹,又类集其文而序之,其言尤感切而殷勤者,以此也。"②

欧公说得很明白,其所感慨于诸友人者,感叹其"仕宦连蹇,志不获伸而殁,独其文章尚见于世"。亦即黄震所说《梅圣俞诗集序》"惜圣俞幸生盛世,'老不得志,而为穷者之诗'"③;林云铭《古文析义》所说"痛惜其以穷而老"④,非幸其穷也。誉其所长而惜其所遇,乃欧公之用意处。明代孙琮曾甚为直接地指出:"欧公作希文神道碑,其事业多不胜记,故止记其大者;作《梅圣俞墓志铭》,其事业少无可

---

① 洪本健编:《欧阳修资料汇编》上册,北京:中华书局,1995年,第385页。
② [宋]欧阳修著,李之亮笺注:《欧阳修集编年笺注》第三册,成都:巴蜀书社,2007年,第209页。
③ 洪本健编:《欧阳修资料汇编》上册,北京:中华书局,1995年,第409页。
④ 洪本健编:《欧阳修资料汇编》中册,北京:中华书局,1995年,第819页。

记,故并记其纤悉。"①

  由是而论,后人认为欧公"穷而后工"乃不易之论者,或认为欧公此论未详考诗史,为一偏之论者,多未究悉欧公之用心。东坡继欧公之后主盟文坛,其受欧公沾溉既深,对欧公知之也深。所以对欧公之诗学思想,特别是对其"非诗能穷人,殆穷而后工"之说,既有承继,更有拓展。清代王之绩极为赞成苏东坡之论:

  予喜玉局云:"人生如朝露,意所乐则为之,何暇计议穷达? 云能穷人者固缪,云不能穷人者,亦未免有意于畏穷也。"

  至于"词达而工""学富而工""才富而工",以及"穷者工,达者亦工""穷于遇,未穷于道"诸说,多未出苏公论诗之局囿,使人更感苏轼作为一代文坛巨擘,站在时代的制高点上,上下古今,纵横捭阖,以其所思考、所经历、所尝试者示人,使人于崇仰之余,多有启悟。

---

①洪本健编:《欧阳修资料汇编》中册,北京:中华书局,1995年,第717页。

苏轼君臣观探论

对于苏轼的君臣观,我们已关注思考多年,其间曾反复检索苏轼诗、文、词集,亦曾查阅寻味前贤今哲的敏思妙想。前贤今哲关于苏轼文学作品中有关君臣关系思考评价的资料,或针对某首作品,或针对某一时期,虽对于苏轼的君臣观并非全面观照、专文论述,但对于"苏轼终是爱君"①"怀君之心"②"君臣遇合之难"的关注③,尤其是对于苏轼作品中所反映的"君臣之义已尽"④、"多情"与"无情"的矛盾⑤,以及"苏轼对君为臣纲所规定的君臣关系的挑战"所展示的"民主思想的光芒"⑥的评论,真词妙句,佳言慧思,启人思考。苏东坡青年时期对于理想君臣关系的探求、仕宦生涯中对独立人格的追寻、仕途坎坷中特别是"乌台诗案"被贬黄州后对于复杂官场的质疑,元祐时期对于君恩的感戴,以及晚年贬放岭海对人生、对君臣关系的反省深思,最终形成了苏轼具有独立个性的君臣观。东坡笔墨自有东坡心思,深入探讨苏轼的君臣观对于我们全面理解研究苏轼无疑是

---

① [宋]陈元靓撰:《岁时广记》卷三十一引《复雅歌词》语,见曾枣庄主编:《苏东坡词全编》,成都:四川文艺出版社,2007年,第27页。

② [宋]杨湜撰:《古今词话》评苏词《西江月》(黄州中秋)语,见曾枣庄主编:《苏东坡词全编》,成都:四川文艺出版社,2007年,第59页。

③ [宋]项安世撰:《项氏家说》评苏词《贺新郎》(乳燕飞华屋)语,见曾枣庄主编:《苏东坡词全编》,成都:四川文艺出版社,2007年,第121页。

④ [清]王文诰撰:《苏诗总案》卷四十三,见孔凡礼著:《苏轼年谱》,北京:中华书局,1998年,第1320页。

⑤ 张志烈:《苏词二首系年略考》,《黄冈师范学院学报》2002年第1期。

⑥ 王水照著:《宋代文学通论》,开封:河南大学出版社,1997年,第10页。

具有学术意义的。

一、君使臣以礼，臣事君以忠
——苏轼对于"万世臣主之法"的理想追求

翻阅东坡诗文，不难发现其对于君臣关系的思考贯穿他一生，而在求仕和仕宦早期颇具理想色彩。东坡对于明君、贤臣甚或君臣遇合之难也有明晰的认识和论断。

东坡一生坎坷，在人生政治理想的追求中，岁月沧桑，使其深感君王在政治生活中的重要地位。元祐三年（1088），苏轼在省试策问《汉文帝之行事有可疑者三》引述《孟子·离娄上》以凸显圣君在治国理政中的作用：

《孟子》曰："君仁莫不仁，君义莫不义，君正莫不正，一正君而国定。"①

东坡理想中的圣君以尧舜为楷模。他在《上初即位论治道二首》（代吕申公）中写道：

人君以至诚为道，以至仁为德。守此二言，终身不易，尧舜之主也。②

在《汉武帝唐太宗优劣》中，东坡认为唐太宗可谓"贤君""乐善好德之主"：

轼以谓古之贤君，知直臣之难得，忠言之难闻，故生尽其用，殁思其言。

---

① [宋]苏轼著，张志烈、马德富、周裕锴主编：《苏轼全集校注·文集》，石家庄：河北人民出版社，2010年，第716页。
② [宋]苏轼著，张志烈、马德富、周裕锴主编：《苏轼全集校注·文集》，石家庄：河北人民出版社，2010年，第436页。

想见其人,形于梦寐,亦可谓乐贤好德之主矣。①

在早年为应科举而作的《明君可与为忠言赋》中,抒写了君主明则知远、能受忠告的政治理想:

> 臣不难谏,君先自明。智既审乎情伪,言可竭其忠诚。……皎如日月之照临,罔有遁形之蔽;虽复药石之瞑眩,曾何苦口之疑。……上之人闻危言而不忌,下之士推赤心而无损。岂微忠之能致,有至明而为本。……故明主审逊志之非道,知拂心之谓忠。不求耳目之便,每要社稷之功。②

而从"能推至公之心不以私怨杀士"的角度,东坡认为"汉高祖唐高祖皆创业之贤君",其《汉高祖赦季布唐屈突通不降高祖》曰:

> 轼以谓汉高祖、唐高祖皆创业之贤君,季布、屈突通皆一时之烈丈夫。惟烈丈夫,故能以身殉主,有死无二。惟贤君,故能推至公之心不以私怨杀士。此可以为万世臣主之法。③

对于当朝君王,东坡以为太祖、太宗、神宗堪称圣主。其《策略五》曰:

> 圣人知其然……凡皆以通上下之情也。昔我太祖、太宗既有天下,法令简约,不为崖岸。当时大臣将相,皆得从容终日,欢如平生,下至士庶人,亦

---

① [宋]苏轼著,张志烈、马德富、周裕锴主编:《苏轼全集校注·文集》,石家庄:河北人民出版社,2010年,第663页。
② [宋]苏轼著,张志烈、马德富、周裕锴主编:《苏轼全集校注·文集》,石家庄:河北人民出版社,2010年,第114—115页。
③ [宋]苏轼著,张志烈、马德富、周裕锴主编:《苏轼全集校注·文集》,石家庄:河北人民出版社,2010年,第649页。

得以自效。①

由于神宗皇帝对于东坡的知遇再造之恩,东坡对于神宗感念终生。神宗英年早逝,苏轼撰《神宗皇帝挽词三首》,前两首充分肯定了神宗功业,表达自己的尊崇之意。

其一:
文武固天纵,钦明又日新。化民何止圣,妙物独称神。
政已三王上,言皆六籍醇。巍巍本无象,刻画愧孤臣。

其二:
未易名尧德,何须数舜功。小心仍致孝,余事及平戎。
典礼从周旧,官仪与汉隆。谁知本无作,千古自承风。②

为君难,为臣不易,要天下大治,就要君臣相得,上下同心。所以要天下清明,明君之外,更须贤臣辅佐。东坡心目中的贤臣形象的标准是"以道事君"。其《叔孙通不能致二生》曰:

由此观之,大臣以道事君,不可则止;然后可以托六尺之孤,可以寄百里之命。若与时上下,随人俯仰,虽或适用于一时,何足谓之大臣、为社稷之卫哉?③

在《张九龄不肯用张守珪牛仙客》一文中,东坡认为良臣应该"砥砺名节",恪

---

① [宋]苏轼著,张志烈、马德富、周裕锴主编:《苏轼全集校注·文集》,石家庄:河北人民出版社,2010年,第800—801页。
② [宋]苏轼著,张志烈、马德富、周裕锴主编:《苏轼全集校注·诗集》,石家庄:河北人民出版社,2010年,第2804—2806页。
③ [宋]苏轼著,张志烈、马德富、周裕锴主编:《苏轼全集校注·文集》,石家庄:河北人民出版社,2010年,第653页。

守"忠信":

> 轼窃谓士大夫砥砺名节,正色立朝,不务雷同以固禄位,非独人臣之私义,乃天下国家所恃以安者也。若名节一衰,忠信不闻,乱亡随之。①

在《大臣论上》《大臣论下》中,东坡强调贤臣要"以义正君""将相和调":

> 以义正君而无害于国,可谓大臣矣。②
> 将相和调,则士豫附;士豫附,则天下虽有变而权不分。呜呼!知此,其足以为大臣夫!③

而在东坡心目中,屈原及本朝的张方平、欧阳修等均可称为一代贤臣。其作于嘉祐四年(1059)的《屈原庙赋》云:

> 吾岂不能高举而远游兮,又岂不能退默而深居?独嗷嗷其怨慕兮,恐君臣之愈疏。生既不能力争而强谏兮,死犹冀其感发而改行。苟宗国之颠覆兮,吾亦独何爱于久生!④

《论语·先进》曰:"所谓大臣者,以道事君,不可则止。"东坡终身敬事张方平,在《乐全先生文集叙》中,他认为作为一代名臣,张方平较为理想恰当地处理了君臣关系:

---

① [宋]苏轼著,张志烈、马德富、周裕锴主编:《苏轼全集校注·文集》,石家庄:河北人民出版社,2010年,第658页。
② [宋]苏轼著,张志烈、马德富、周裕锴主编:《苏轼全集校注·文集》,石家庄:河北人民出版社,2010年,第414页。
③ [宋]苏轼著,张志烈、马德富、周裕锴主编:《苏轼全集校注·文集》,石家庄:河北人民出版社,2010年,第420页。
④ [宋]苏轼著,张志烈、马德富、周裕锴主编:《苏轼全集校注·文集》,石家庄:河北人民出版社,2010年,第5页。

公为布衣,则颀然已有公辅之望。自少出仕,至老而归,未尝以言徇物,以色假人。虽对人主,必同而后言。毁誉不动,得丧若一。真孔子所谓"大臣以道事君"者。世远道散,虽志士仁人,或少贬以求用。公独以迈往之气,行正大之言,曰:"用之则行,舍之则藏。"上不求合于人主,故虽贵而不用,用而不尽;下不求合于士大夫,故悦公者寡,不悦者众。然至言天下伟人,则必以公为首。①

而对于恩师欧阳修,东坡更认为欧公为一时之楷模、名臣之典范:

自欧阳子出,天下争自濯磨,以通经学古为高,以救时行道为贤,以犯颜纳谏为忠。②

在漫长的封建时代,众多的志士仁人发出过"惜乎君臣遇合之难"的感喟,东坡亦是如此。元祐六年(1091)在其代张方平所作《故龙图阁学士滕公墓志铭》中,东坡感叹:

天之降材,千夫一人。人之逢时,千载一君。③

在作于元祐七年(1092)之《淮阴侯庙碑》中,东坡感慨:

---

① [宋]苏轼著,张志烈、马德富、周裕锴主编:《苏轼全集校注·文集》,石家庄:河北人民出版社,2010年,第972页。
② [宋]苏轼著,张志烈、马德富、周裕锴主编:《苏轼全集校注·文集》,石家庄:河北人民出版社,2010年,第978页。
③ [宋]苏轼著,张志烈、马德富、周裕锴主编:《苏轼全集校注·文集》,石家庄:河北人民出版社,2010年,第1574页。

> 自古英伟之士，不遇机会，委身草泽，名埋灭而无称者，可胜道哉？①

在《杜正献焚圣语》中，东坡引述杜衍之语曰：

> 君臣之间，能全始终者，盖难也。②

正是有感于古今君臣遇合之难，君圣臣贤，君臣相得，有为于世，建功立业，成为东坡一生的理想追求。漫漫人生，东坡几经挫折，但正是在复杂的仕宦经历中，其政治理想化为一种诱人的理念，贯穿在他一生的政治追求之中。

二、我本麋鹿性，谅非伏辕姿
——东坡览古鉴今对古今君臣关系的辩证思考、理性认知

九十日春晴天少，三千年事乱时多。理想终究只是理想，理想和现实之间有着太大的距离。东坡作为一代伟人，博古通今，通才绝识，在对历史的辩证思考和对现实的全面观照的基础上，形成了他对古今君臣关系的理性认知。

研味东坡丰富复杂、跌宕起伏的人生，品味其蕴涵丰富的诗词、文赋，东坡傲世独立的个性给读者以深刻的印象。仕宦之初，他在《上曾丞相书》即倡言：

> 凡学之难者，难于无私。无私之难者，难于通万物之理。……是故幽居默处而观万物之变，尽其自然之理，而断之于中。其所以不然者，虽古之所谓贤人之说，亦有所不取。③

---

① [宋]苏轼著，张志烈、马德富、周裕锴主编：《苏轼全集校注·文集》，石家庄：河北人民出版社，2010年，第1846—1847页。
② [宋]苏轼著，张志烈、马德富、周裕锴主编：《苏轼全集校注·文集》，石家庄：河北人民出版社，2010年，第8176页。
③ [宋]苏轼著，张志烈、马德富、周裕锴主编：《苏轼全集校注·文集》，石家庄：河北人民出版社，2010年，第5199页。

东坡为学如此,为文如此,为政如此,为人更是如此。一生坚守,不忘初心,凸显个性,遗世独立,绝不随波逐流,成就了特有的东坡风范。其晚年的《和陶杂诗十一首》其六写道:"博大古真人,老聃关尹喜。独立万物表,长生乃余事。"表明他一生追求的是"独立"。曾有论者盛赞东坡性格中的"野性"之美,这野性即自然的独立个性,诚所谓"我本麋鹿性,谅非伏辕姿"①。东坡历尽磨难,深知自己难以为世所容,他在不同时期的诗作中抒写了自己独立入世的困惑,"此身自断天休问,白发年来渐不公"②;"世上小儿多忌讳,独能容我真贤豪。……安能终老尘土下,俯仰随人如桔槔"③。但始终坚持本心,绝不屈己徇人。因为他深知俯仰随人、屈己徇人的结果就是迷失自我、丧失自我。东坡在《题渊明诗二则》中有明确认知:

"秋菊有佳色,裛露掇其英。泛此无忧物,远我遗世情。一觞聊独进,杯尽壶自倾。日入群动息,飞鸟趋林鸣。啸傲东窗下,聊复得此生。"靖节以无事自适为得此生,则凡役于物者,非失此生耶?④

东坡在《录陶渊明诗》中又写道:

"清晨闻扣门,倒裳自往开。问子为谁与?田父有好怀。壶浆远见候,疑我与时乖。褴缕茅檐下,未足为高栖。一世皆尚同,愿君汩其泥。深感父老言,禀气寡所谐。纡辔诚可学,违己讵非迷。且共欢此饮,吾驾不可回。"

---

① [宋]苏轼著:《次韵孔文仲推官见赠》,张志烈、马德富、周裕锴主编:《苏轼全集校注·诗集》,石家庄:河北人民出版社,2010年,第762页。
② [宋]苏轼著:《和邵同年戏赠贾收秀才》,张志烈、马德富、周裕锴主编:《苏轼全集校注·诗集》,石家庄:河北人民出版社,2010年,第797页。
③ [宋]苏轼著:《送李公恕赴阙》,张志烈、马德富、周裕锴主编:《苏轼全集校注·诗集》,石家庄:河北人民出版社,2010年,第1619—1620页。
④ [宋]苏轼著,屠友祥校注:《东坡题跋校注》,上海:上海远东出版社,2011年,第72页。

此诗叔弼爱之,予亦爱之。予尝有云:"言发于心而冲于口,吐之则逆人,茹之则逆予,以谓宁逆人也,故卒吐之。"与渊明诗意不谋而合,故并录之。①

不为物移,不为名利移,不为权势移,不随人俯仰,更不屈己徇人,因为东坡深知仰人鼻息、俯仰随人的巨大危害:

昔之君子,惟荆是师。今之君子,惟温是随。所随不同,其为随一也。老弟与温相知至深,始终无间,然多不随耳。致此烦言,盖始于此。然进退得丧,齐之久矣,皆不足道。②

正是这追名逐利的官场痼疾造成了熙宁元丰和元祐期间的官场乱象。而且官场之中俯仰随人的"羊群效应",不仅败坏了政风、士风,也败坏了学风、文风。东坡在《答张文潜县丞书》中指出:

文字之衰,未有如今日者也。其源实出于王氏。王氏之文,未必不善也,而患在于好使人同己。自孔子不能使人同,颜渊之仁,子路之勇,不能以相移。而王氏欲以其学同天下!地之美者,同于生物,不同于所生。惟荒瘠斥卤之地,弥望皆黄茅白苇,此则王氏之同也。③

在对现实人生的深刻体察和对前代君臣关系的寻味思考之中,东坡认识到了在名利竞逐中迷失自我、丧失自我的悲哀。于是他在人生磨砺之中更加彰显独立个性、独立意志和独立精神,这种精神也凸显在东坡对于古今贤君君臣关系

---

① [宋]苏轼著,屠友祥校注:《东坡题跋校注》,上海:上海远东出版社,2011年,第100页。
② [宋]苏轼著:《与杨元素书之十七》,张志烈、马德富、周裕锴主编:《苏轼全集校注·文集》,石家庄:河北人民出版社,2010年,第6142—6143页。
③ [宋]苏轼著,张志烈、马德富、周裕锴主编:《苏轼全集校注·文集》,石家庄:河北人民出版社,2010年,第5322页。

处理的理性认知上。

东坡曾经认为"汉高祖唐高祖皆创业之贤君",但回望前史,汉高祖认知处理君臣关系的言论,颇令东坡感慨。其《和陶杂诗十一首》其三曰:

> 真人有妙观,俗子多妄量。区区劝粒食,此岂知子房。我非徒跣相,终老怀未央。兔死缚淮阴,狗功指平阳。哀哉亦何羞,世路皆羊肠。①

诗中"兔死缚淮阴"典出《史记·淮阴侯列传》:"汉六年,人有上书告楚王信反。高帝以陈平计,天子巡狩会诸侯。南方有云梦,发使告诸侯会陈:'吾将游云梦。'实欲袭信,信弗知。……信持其首谒高祖于陈。上令武士缚信,载后车。信曰:'果若人言"狡兔死,良狗亨;高鸟尽,良弓藏;敌国破,谋臣亡",天下已定,我固当亨!'"②"功狗"之说则出自《史记·萧相国世家》:

> 汉五年,既杀项羽,定天下,论功行封。群臣争功,岁余功不决。高祖以萧何功最盛,封为酂侯,所食邑多。功臣皆曰:"臣等身被坚执锐,多者百余战,少者数十合,攻城略地,大小各有差。今萧何未尝有汗马之劳,徒持文墨议论,不战,顾反居臣等上,何也?"高帝曰:"诸君知猎乎?"曰:"知之。""知猎狗乎?"曰:"知之。"高帝曰:"夫猎,追杀兽兔者狗也,而发踪指示兽处者人也。今诸君徒能得走兽耳,功狗也。至如萧何,发踪指示,功人也。且诸君独以身随我,多者两三人。今萧何举宗数十人皆随我,功不可忘也。"群臣皆莫敢言。③

翻检东坡诗文集,每当览及其"功狗"之喻、"犬马"之比,思及其对君臣之义

---

① [宋]苏轼著,张志烈、马德富、周裕锴主编:《苏轼全集校注·诗集》,石家庄:河北人民出版社,2010年,第4916页。
② [汉]司马迁撰:《史记》,北京:中华书局,1959年,第2627页。
③ [汉]司马迁撰:《史记》,北京:中华书局,1959年,第2015—2016页。

的理想追求和现实中的切身体味,让人感慨。追怀前史,东坡在《曹袁兴亡》一文中曾认为君主贤愚关乎国之兴亡,并认为袁绍与曹操相比,魏武帝可称明主:

> 魏武帝既胜乌桓,曰:"吾所以胜者,幸也。前谏我者,万全之计也。"乃赏谏者,曰:"后勿难言。"袁绍既败于官渡,曰:"诸人闻吾败,必相哀,惟田别驾不然,幸其言之中也。"乃杀丰。为明主谋而不忠,不惟无罪,乃有赏。为庸主谋而忠,赏固不可得,而祸随之。今吾知孟德、本初所以兴亡者。①

而在《周瑜雅量》一文中,东坡缕述蒋干游说周瑜之事时,盛称孙权、周瑜上下同心,君臣相得,难以离间。文中引周瑜之言曰:

> 丈夫处世,遇知己之主,外托君臣之义,内结骨肉之恩,言行计从,祸福共之。假使苏、张更生,郦、陆复出,犹将抚其背而折其辞,岂足下小生所能移乎?

以孙权、周瑜祸福与共的君臣关系与曹操用荀彧而不终相较,东坡感叹:"曹孟德所用,皆为人役者也。以子房待文若,然终不免杀之,岂能用公瑾之流度外之士哉!"②

东坡还批评了晋宋之际君主与臣下争善的令人不齿的无人君之度的举动。其《晋宋之君与臣下争善》曰:

> 人君不得与臣下争善。同列争善犹以为妒,可以君父而妒臣子乎?晋、宋间,人主至与臣下争作诗写字,故鲍照多累句,王僧虔用拙笔书以避祸。

---

① [宋]苏轼著,张志烈、马德富、周裕锴主编:《苏轼全集校注·文集》,石家庄:河北人民出版社,2010年,第7250页。
② [宋]苏轼著,张志烈、马德富、周裕锴主编:《苏轼全集校注·文集》,石家庄:河北人民出版社,2010年,第7255页。

悲夫,一至于此哉!汉文帝言:"久不见贾生,自以为过之,今乃不及。"非独无损于文帝,乃所以为文帝之盛德也。而魏明乃不能堪,遂作汉文胜贾生之论。此非独求胜其臣,乃与异代之臣争善。岂惟无人君之度,正如妒妇不独禁忌其夫,乃妒人之妾也。①

苏轼认为汉文帝自以为不及贾谊,可谓文帝之盛德;魏明帝作汉文胜贾生论,乃是妒妇"忌夫""妒妾"之流。东坡对前代君臣关系的评说,有时似乎有矛盾之处,譬如评魏武帝官渡之战对待属下的"明君"之举与信任荀彧而用人不果,但实际上正反映了东坡尊重历史、辩证思考、理性认知的君臣观。

对于当朝君主的评价,东坡亦不人云亦云,力求全面认知。作为大宋臣僚,他一方面歌颂当朝君主盛德,诸如《真宗信李沆》《仁祖盛德》《英宗惜臣子》《神宗恶告讦》,同时又敏感地发现盛世表象下的隐忧。他在元祐元年(1086)试馆职策问三首之《师仁祖之忠厚法神考之励精》中指出:

国家承平百年,六圣相授,为治不同,同归于仁。今朝廷欲师仁祖之忠厚,而患百官有司不举其职,或至于偷;欲法神考之励精,而恐监司守令不识其意,流入于刻。夫使忠厚而不偷,励精而不刻,亦必有道矣。②

对于历史上的母后摄政,历代多有微词,东坡则能对具体人物予以中肯评价。《论鲁隐公》作于元符三年(1100)渡海北归后,文中对历史上"母后摄政"深感不满(吕后、东汉马后、邓后、唐代武后等),但对古今贤后四人多有赞词,其说曰:

自秦、汉以来,不修是礼,而以母后摄。孔子曰:"惟女子与小人为难养

---

① [宋]苏轼著,张志烈、马德富、周裕锴主编:《苏轼全集校注·文集》,石家庄:河北人民出版社,2010年,第7282页。
② [宋]苏轼著,张志烈、马德富、周裕锴主编:《苏轼全集校注·文集》,石家庄:河北人民出版社,2010年,第706页。

也。"使与闻外事且不可,曰"牝鸡之晨,惟家之索"。而况可使摄位而临天下乎?女子为政而国安,惟齐之君王后,吾宋之曹、高、向也,盖亦千一矣。自东汉马、邓,不能无讥,而汉吕后、魏胡武灵、唐武氏之流,盖不胜其乱,王莽、杨坚遂因以易姓。①

总结历史,针对现实,苏轼认为臣子不应虚名取誉,清谈误国:"文非经国武非英,终日虚谈取盛名。至竟开门延羯寇,始知清论误苍生。"②而应该砥砺名节,忠信立朝:

> 轼窃谓士大夫砥砺名节,正色立朝,不务雷同以固禄位,非独人臣之私义,乃天下国家所恃以安者也。若名节一衰,忠信不闻,乱亡随之。③

但令我们极为感佩的是,东坡指点评说古今君臣大义时,他的独立意识独立精神贯穿其中,他强调臣子仕与不仕的相对独立性:"古之君子,不必仕,不必不仕。必仕则忘其身,必不仕则忘其君。譬之饮食,适于饥饱而已。"④而对于当朝士大夫为一己之利罔顾国家大义表示自己的愤慨和忧虑:

> 此间语言纷纷,比来尤甚。士大夫相顾避罪而已,何暇及中外利害大计乎?⑤

---

① [宋]苏轼著,张志烈、马德富、周裕锴主编:《苏轼全集校注·文集》,石家庄:河北人民出版社,2010年,第473—474页。
② [宋]苏轼著:《读〈王衍传〉》,张志烈、马德富、周裕锴主编:《苏轼全集校注·诗集》,石家庄:河北人民出版社,2010年,第5477页。
③ [宋]苏轼著:《张九龄不肯用张守珪牛仙客》,张志烈、马德富、周裕锴主编:《苏轼全集校注·文集》,石家庄:河北人民出版社,2010年,第658页。
④ [宋]苏轼著:《灵壁张氏园亭记》,张志烈、马德富、周裕锴主编:《苏轼全集校注·文集》,石家庄:河北人民出版社,2010年,第1163页。
⑤ [宋]苏轼著:《答吕元钧三首之二》,张志烈、马德富、周裕锴主编:《苏轼全集校注·文集》,石家庄:河北人民出版社,2010年,第6515页。

东坡回顾、研味历史,是为了借古鉴今,他在《表忠观碑》中说:"匪私于钱,惟以劝忠。非忠无君,非孝无亲。凡百有位,视此刻文。"①而对于当朝君臣的评说,多是直言不讳,为了宋王朝的长治久安。尽管他的相关论说不断被政敌寻章摘句恶意攻击,但我们从相关资料中发现,苏轼具有独特个性的君臣观的形成,起始于在其独立精神主导下对于历史的探究和对于现实的思考,其丰富复杂的人生阅历是其不断深入研味的催化剂,而最终以一系列代表性的文学作品留存至今,耐人寻味。

三、坎坷识天意,淹留见人情
——东坡君臣观的独特性、超越性

苏轼一生历经仁宗、英宗、神宗、哲宗、徽宗五朝,其仕途经济,始于仁宗朝、英宗朝,真正介入朝廷政务,乃在神宗朝。但对其君臣观的思考形成有巨大影响的是神宗、哲宗两朝,对其影响巨大的是神宗、高太后、哲宗三位帝、后。诚所谓知之者神宗,用之者太后,有锥心之痛者哲宗。

神宗知之而不果用。苏轼对于神宗,感情是极为复杂的。神宗重用王安石变法改革,欲大有为于天下,苏轼旗帜鲜明地反对变法。对于苏轼的反对意见,神宗虚心纳谏,甚为宽容。据苏辙《亡兄子瞻端明墓志铭》载:

> (熙宁)四年,介甫欲变更科举,上疑焉。使两制三馆议之。公议上,上悟曰:"吾固疑此,得苏轼议,意释然矣。"即日召见,问:"何以助朕?"公辞避久之,乃曰:"臣窃意陛下求治太急,听言太广,进人太锐。愿陛下安静以待物之来,然后应之。"上竦然听受曰:"卿三言朕当详思之。"②

---

① [宋]苏轼著,张志烈、马德富、周裕锴主编:《苏轼全集校注·文集》,石家庄:河北人民出版社,2010年,第1799页。
② 四川大学中文系唐宋文学研究室编:《苏轼资料汇编》,北京:中华书局,1994年,第64页。

适逢元宵节,神宗下令减价收买浙灯四千盏,苏轼上《谏买浙灯状》,神宗采纳苏轼意见,从善如流。继之,苏轼又连续上奏《上神宗皇帝书》《再上皇帝书》,全面反对新法,神宗颇为宽容。及至"徙知湖州,以表谢上。言事者摘其语以为谤,遣官逮赴御史狱。初,公既补外,见事有不便于民者,不敢言,亦不敢默视也,缘诗人之义,托事以讽,庶几有补于国。言者从而媒蘖之。上初薄其过,而浸润不止,是以不得已从其请。既付狱,吏必欲置之死,锻炼久之不决。上终怜之,促具狱,以黄州团练副使安置"。"五年,上有意复用,而言者沮之。上手札徙汝州,略曰:'苏轼黜居思咎,阅岁滋深,人材实难,不忍终弃。'未至,上书自言有饥寒之忧,有田在常,愿得居之。书朝入,夕报可。士大夫知上之卒喜公也。会晏驾,不果复用。"①

苏轼元祐时期青云直上,论者多以为乃太皇太后之力,而苏轼曾对好友王巩讲了自己与宣仁太后的谈话录,对神宗知遇之恩铭记在心:

子瞻为学士,一日,锁院,召至内东门小殿。时子瞻半醉,命以新水漱口解酒。已而入对,授以除目:吕公著司空平章军国事,吕大防、范纯仁左右仆射。承旨毕,宣仁忽谓:"官家在此。"子瞻曰:"适已起居矣。"宣仁曰:"有一事要问内翰,前年任何官职?"子瞻曰:"汝州团练副使。""今为何官?"曰:"备员翰林,充学士。"曰:"何以至此?"子瞻曰:"遭遇陛下。"曰:"不关老身事。"子瞻曰:"必是出自官家。"曰:"亦不关官家事。"子瞻曰:"岂大臣论荐耶?"曰:"亦不关大臣事。"子瞻惊曰:"臣虽无状,必不别有干请。"曰:"久待要学士知,此是神宗皇帝之意。当其饮食而停箸、看文字,则内人必曰:此苏轼文字也。神宗忽时而称之曰:奇才!奇才!但未及用学士而上仙耳。"子瞻哭失声。宣仁与上左右皆泣。已而赐坐吃茶,曰:"内翰、内翰!直须尽心事官家,以报先帝知遇。"子瞻拜而出,撤金莲烛送归院。子瞻亲语余如此。②

---

① 四川大学中文系唐宋文学研究室编:《苏轼资料汇编》,北京:中华书局,1994年,第65页。
② 四川大学中文系唐宋文学研究室编:《苏轼资料汇编》,北京:中华书局,1994年,第35页。

众所周知,东坡在湖州任上被追捕入狱,既而被贬谪黄州,神宗人才难得之语,还有神宗在其危难之际的恩眷,东坡感念终生。神宗英年早逝,苏轼撰《神宗皇帝挽词三首》,前两首充分肯定了神宗功业,表达自己的尊崇之意。第三首则表达了自己怀恋感念之情,"病马空嘶枥,枯葵已泫霜。余生卧江海,归梦泣嵩邙"①。

与之相应的是,挽词中言及神宗"余事及平戎",直到元祐二年(1087)东坡在《生擒西蕃鬼章奏告永裕陵祝文》中仍在追思:"谨当推本圣心,益修戎略。务在服近而来远,期于偃革以息民。仰冀威神,曲垂昭鉴。"②东坡对于神宗富国强兵之深心的体念是极为深切的,挽词发自内心,绝非表面文章。他在得知神宗逝世后曾寄书王巩,挚友之间,吐露了真情,所谓"无状坐废,众欲置之死,而先帝独哀之",所谓"蒙恩尤深","而今而后,谁复出我于沟渎者。已矣,归耕没齿而已"③。对神宗的感念知遇之情,满溢于言辞之间。

熙宁、元丰变法时期对于东坡而言是一段特殊的仕宦经历,由于神宗、王安石变法引发新旧党争,政治生态复杂化。神宗对于苏轼知之而不能用,知之而不果用,整体上讲,苏轼在这一时期是郁郁不得志的。正是在不断的外放迁调甚至贬谪之中,东坡在仕隐之间寻觅,在报国忠君与独立人格之间平衡,"长恨此身非吾有,何时忘却营营",一系列诗文展示了东坡特有的思考人生探求人生的心路历程。

其《沁园春·孤馆灯青》:"当时共客长安,似二陆初来俱少年。有笔头千字,胸中万卷。致君尧舜,此事何难。用舍由时,行藏在我,袖手何妨闲处看。身长健,但优游卒岁,且斗樽前。"抒写了东坡致君尧舜的初心,用舍行藏的坦荡显示了词人在复杂的政治环境中的人生态度。《定风波·红梅》中"自怜冰脸不时宜"

---

① [宋]苏轼著,张志烈、马德富、周裕锴主编:《苏轼全集校注·诗集》,石家庄:河北人民出版社,2010年,第2807页。
② [宋]苏轼著,张志烈、马德富、周裕锴主编:《苏轼全集校注·文集》,石家庄:河北人民出版社,2010年,第4790—4791页。
③ [宋]苏轼著,张志烈、马德富、周裕锴主编:《苏轼全集校注·文集》,石家庄:河北人民出版社,2010年,第5704页。

"尚余孤瘦雪霜姿""休把闲心随物态"词句与其《卜算子·黄州定慧院寓居作》中"拣尽寒枝不肯栖"同一旨趣,展示了东坡独立的人格意志;《满庭芳·蜗角虚名》中"蜗角虚名,蝇头微利,算来着甚干忙。事皆前定,谁弱又谁强?……又何须抵死,说短论长"①诸语,展现了其对于当时纷扰官场无谓的人事纷争的思考,恰如杨慎《草堂诗余》卷四所言:"先生此词在唤醒世上梦人,故不作一深语。"②乌台诗案,缧绁惊梦,困居黄州五载,但尊主泽民之念在心,出语掷地有声:

> 吾侪虽老且穷,而道理贯心肝,忠义填骨髓,直须谈笑于死生之际……兄虽怀坎壈于时,遇事有可尊主泽民者,便忘躯为之,祸福得丧,付与造物。③

元丰五年(1082),神宗有意用之,手札"苏轼黜居思咎,阅岁滋深,人材实难,不忍终弃",量移汝州;东坡"上书自言有饥寒之忧,有田在常,愿得居之。书朝入,夕报可"④。东坡在《满庭芳》词中抒发了对神宗的感戴之情:

> 余谪居黄州五年,将赴临汝,作《满庭芳》一篇别黄人。既至南都,蒙恩放归阳羡,复作一篇。
>
> 归去来兮,清溪无底,上有千仞嵯峨。画楼东畔,天远夕阳多。老去君恩未报,空回首、弹铗悲歌。船头转,长风万里,归马驻平坡。⑤

---

① [宋]苏轼著,张志烈、马德富、周裕锴主编:《苏轼全集校注·词集》,石家庄:河北人民出版社,2010年,第412页。
② [宋]苏轼著,张志烈、马德富、周裕锴主编:《苏轼全集校注·词集》,石家庄:河北人民出版社,2010年,第415页。
③ [宋]苏轼著:《与李公择十七首之十一》,张志烈、马德富、周裕锴主编:《苏轼全集校注·文集》,石家庄:河北人民出版社,2010年,第5617页。
④ 四川大学中文系唐宋文学研究室编:《苏轼资料汇编》,北京:中华书局,1994年,第65页。
⑤ [宋]苏轼著,张志烈、马德富、周裕锴主编:《苏轼全集校注·词集》,石家庄:河北人民出版社,2010年,第515页。

东坡在神宗朝因皇上圣明受知遇之恩,亦因朝政纷纭而被外放,被下狱贬谪,但对政治人生几番寻味后,忠君为民依然是东坡的第一选择,"老去君恩未报",东坡心中此时的君恩有着特定的情感内涵。东坡曾在元祐间对于神宗的知遇之恩、庇佑之情有着精要的总结:"臣闻有言逆心,此古人所以颠沛;积毁消骨,非圣主莫能保全。臣本受知于裕陵,亦尝见待以国士。嘉其好直,许以能文。虽窜谪流离之余,决无可用;而哀怜收拾之意,终不少衰。"①

如果说在神宗朝身处困境的东坡依然思恋人生理想,想及时奋发、忠君报国的话,那么元祐时期是他一生仕宦的辉煌时期。

苏轼在元祐年间,备极荣耀,达到仕宦的巅峰,可谓飞黄腾达。赖正和先生《苏轼官职漫谈》曾详述苏轼在元祐年间所任官职,文简义明,可以给予我们清晰的印象。摘录其要者如下:

> 元丰八年三月,十岁的哲宗即位,五月,苏轼复朝奉郎、知登州军州事;登州视事仅五日,诏命任礼部郎中;十二月十八日,守起居舍人;元祐元年,免试任中书舍人;九月,为翰林学士知制诰;元祐二年八月,兼任侍读;当月二十二日,受命担任实录院修撰;元祐三年正月,知贡举;元祐四年三月,为龙图阁学士、充两浙西路兵马提辖、知杭州军州事;元祐六年正月,为吏部尚书;二月初四,改命为翰林学士承旨;六月,受命兼侍读;八月,为龙图阁学士、知颍州军州事;元祐七年二月,为龙图阁学士、充淮南东路兵马提辖、知扬州军州事;八月,为龙图阁学士、为兵部尚书、兼侍读、差充南郊卤簿使;十一月,为端明殿学士、兼翰林侍读学士、为礼部尚书;元祐八年六月,知定州军州事。八年期间,仅就职位升迁而言,可谓皇恩浩荡。②

客观地讲,东坡元祐八年(1093)六月知定州军州事,九月高太后逝世,十月

---

① [宋]苏轼著:《谢中书舍人表二首之二》,张志烈、马德富、周裕锴主编:《苏轼全集校注·文集》,石家庄:河北人民出版社,2010年,第2615页。
② 赖正和:《苏轼官职漫谈》,《苏轼研究》2013年第4期,第40—46页;2014年第1期,第42—50页。

哲宗亲政,哲宗皇帝拒绝其上殿面辞之请,乃是其辉煌仕途的结束,晚期贬谪生涯拉开序幕。但整体上讲,元祐年间,皇恩浩荡,东坡沐浴皇恩,蒙高太后恩泽,春风得意,颇像秦观一句词所说:"柳下桃蹊,乱分春色到人家。"在此期间,东坡感戴:"伏念臣以草木之微,当天地之泽,七典名郡,再入翰林;两除尚书,三忝侍读。虽当世之豪杰,犹未易居;矧如臣之孤危,其何能副?"[1]所以,一次次誓天指日,杀身图报:

恭惟先帝全臣于众怒必死之中,陛下起臣于散官永弃之地。没身难报,碎首为期。[2]

臣敢不尽其所能,期于无愧! 始终自誓,故常以道而事君;夷险不同,则必见危而授命。[3]

推其类以及臣,顾何能而在此? 忠义之报,死生不移。[4]

奉永日之清闲,未知所报;毕微生于尽瘁,终致此心。[5]

臣敢不早夜以思,死生不易? 虽桑榆之景,已迫残年;而犬马之心,犹思后效。[6]

人非木石,恩重丘山。……臣敢不淬励初心,激昂晚岁,誓坚必死之节,少报不赀之恩。[7]

---

[1] [宋]苏轼著:《谢兼侍读表二首之一》,张志烈、马德富、周裕锴主编:《苏轼全集校注·文集》,石家庄:河北人民出版社,2010年,第2749页。
[2] [宋]苏轼著:《登州谢上表二首之一》,张志烈、马德富、周裕锴主编:《苏轼全集校注·文集》,石家庄:河北人民出版社,2010年,第2602页。
[3] [宋]苏轼著:《谢中书舍人表二首之二》,张志烈、马德富、周裕锴主编:《苏轼全集校注·文集》,石家庄:河北人民出版社,2010年,第2616页。
[4] [宋]苏轼著:《谢宣召入院表二首之二》,张志烈、马德富、周裕锴主编:《苏轼全集校注·文集》,石家庄:河北人民出版社,2010年,第2627页。
[5] [宋]苏轼著:《谢除侍读表二首之二》,张志烈、马德富、周裕锴主编:《苏轼全集校注·文集》,石家庄:河北人民出版社,2010年,第2642页。
[6] [宋]苏轼著:《谢宣召再入学士院二首之二》,张志烈、马德富、周裕锴主编:《苏轼全集校注·文集》,石家庄:河北人民出版社,2010年,第2686页。
[7] [宋]苏轼著:《谢兼侍读表二首之一》,张志烈、马德富、周裕锴主编:《苏轼全集校注·文集》,石家庄:河北人民出版社,2010年,第2695页。

> 虽老病怀归,已功名之无望;而衷诚思报,尚生死之不移。①

在这里,我们没有录载东坡上哲宗谢表中的相关文字,我们知道哲宗初即位时年仅十岁,元祐年间政出高皇太后。因为从东坡一系列有关高太后的文字中,我们可以深切感知东坡对于高太后的感戴之情。

当然,元祐期间苏轼以自己独特个性从政,处于新旧党夹击之中,自言"伏念臣志大而才短,论迂而性刚。以自用不回之心,处众人必争之地,不早退缩,安能保全?是以三年翰墨之林,屡遭飞语;再岁江湖之上,粗免烦言。岂此身愚智之殊,盖所居闲剧之致"②。在心力交瘁之时,亦有归去来兮之想,但最终"贪恋君恩退未能",对于朝廷特别是对于高太后的知恩图报之情贯穿于这一特定时期。

对于东坡君臣观的最终定格起决定作用的是其晚期的贬谪生涯,让他在贬谪流放生涯的苦痛中回味人生、思考人生的重要人物应该是哲宗皇上,他曾经的"学生"。如果说"贪恋君恩退未能"可以概括东坡对高太后的感恩眷恋的话,那么"多情却被无情恼"可以看作东坡对于自己和哲宗君臣关系的总结。至于"多情却被无情恼"的诸多政治内涵需要专文去探讨,限于本文主旨,我们主要从君臣关系角度试加探求。

元祐八年(1093)六月,东坡知定州军州事;九月,太皇太后高氏卒;十月,哲宗亲政,有旨不允东坡面辞。国事将变,东坡是有预感的。其作于当年九月二十六日的《东府雨中别子由》云:

> 庭下梧桐树,三年三见汝。前年适汝阴,见汝鸣秋雨。去年秋雨时,我自广陵归。今年中山去,白首归无期。客去莫叹息,主人亦是客。对床定悠

---

① [宋]苏轼著:《谢除龙图阁学士知颍州表二首之一》,张志烈、马德富、周裕锴主编:《苏轼全集校注·文集》,石家庄:河北人民出版社,2010年,第2701页。
② [宋]苏轼著:《谢兼侍读表二首之二》,张志烈、马德富、周裕锴主编:《苏轼全集校注·文集》,石家庄:河北人民出版社,2010年,第2696页。

悠,夜雨空萧瑟。起折梧桐枝,赠汝千里行。归来知健否,莫忘此时情。①

"今年中山去,白首归无期",一语成谶。王文诰曾谓:此篇大有慷慨,故语亦激昂之甚,非兴到之谓也。不读《朝辞赴定州状》,而欲论此诗,难矣。②那么,东坡《朝辞赴定州状》包含了哪些内容呢?首先,东坡在表状中对哲宗拒绝其上殿面辞表达了自己的不理解和批评意见:"今者祥除之后,听政之初,当以通下情、除壅蔽为急务。臣虽不肖,蒙陛下擢为河北西路安抚使。沿边重地,此为首冠。臣当悉心论奏,陛下亦当垂意听纳。祖宗之法,边帅当上殿面辞,而陛下独以本任阙官迎接人众为词,降旨拒臣不令上殿。此何义也?"东坡担忧,守边重臣就任前面见皇上的惯例被打破,会造成不良影响,哲宗"听政之初,将帅不得一面天颜而去。有识之士,皆谓陛下厌闻人言,意轻边事,其兆见于此矣"。怀抱忘身忧国之心的东坡规劝哲宗识定而后动,"古之圣人,将有为也,必先处晦而观明,处静而观动,则万物之情,毕陈于前。不过数年,自然知利害之真,识邪正之实,然后应物而作,故作无不成"。欲有所作为,以三年为期,谋定而后动,"今陛下圣智绝人,春秋鼎盛。臣愿虚心循理,一切未有所为,默观庶事之利害与群臣之邪正,以三年为期。俟得利害之真,邪正之实,然后应物而作。使既作之后,天下无恨,陛下亦无悔,上下同享太平之利。则虽尽南山之竹,不足以纪圣功;兼三宗之寿,不足以报圣德。由此观之,陛下之有为,惟忧太早,不患稍迟,亦已明矣"。哲宗亲政之初,东坡对于政局变幻,深忧于心,"臣恐急进好利之臣,辄劝陛下轻有改变。故辄进此说,敢望陛下深信古语,且守中医安稳万全之策,勿为恶药所误。实社稷宗庙之利,天下幸甚"③。

细加寻味,我们发现东坡之隐忧,意在言外,文中一则曰:"臣在经筵,数论此

---

① [宋]苏轼著,张志烈、马德富、周裕锴主编:《苏轼全集校注·诗集》,石家庄:河北人民出版社,2010年,第4225页。
② [宋]苏轼著,张志烈、马德富、周裕锴主编:《苏轼全集校注·诗集》,石家庄:河北人民出版社,2010年,第4228页。
③ [宋]苏轼著:《朝辞赴定州论事状》,张志烈、马德富、周裕锴主编:《苏轼全集校注·文集》,石家庄:河北人民出版社,2010年,第3588—3590页。

事,陛下为政九年,除执政台谏外,未尝与群臣接,然天下不以为非者,以谓垂帘之际不得不尔也。"再则曰:"今陛下听政之初,不行乘乾出震见离之道,废祖宗临遣将帅故事,而袭行垂帘不得已之政,此朝廷有识所以惊疑而忧虑也。"透露了哲宗在高太后垂帘听政期间由于自己的被忽略而积聚的对元祐重臣的排斥、抗拒甚至敌视的心理,而这些高太后、东坡、范祖禹等皆有觉察,所以高太后病重时对大臣们有所提醒。但哲宗政治态度所向关乎国家命运,因此东坡在当年八月会同吕希哲、吴安诗、丰稷、赵彦若、范祖禹、顾临等侍读官上《乞校正陆贽札子上进札》,在范祖禹所撰东坡"挂名"的《听政札子》中,对哲宗苦苦规诫,一片赤诚,可以概见。因此,苏诗中的"此时情"丰富、复杂且沉重。

苏轼的忧思是准确的,势有所至,事乃必然。哲宗元祐八年(1093)十月亲政,十二月即复章惇、吕惠卿官职;绍圣元年(1094)二月李清臣、邓润甫首倡"绍述"之说;四月渐复熙宁新法,责降元祐旧臣。四月,因御史虞策、来之邵言苏轼所作诰词多涉讥讪,诏落端明殿学士兼翰林侍读学士,为承议郎,贬知英州。南迁途中,御史来之邵又言苏轼虽已责降,未厌舆论,责授宁远军节度副使,惠州安置;旋又改授建昌军司马,惠州安置。国势骤变,黑云压城,尽管东坡早有预感,南迁途中仍不免有"我行忽失路,归梦山千重"之叹。

当贬居惠州时,东坡"已绝北归之望"①,在《与孙志康》书中亦曰:"今北归无日,因遂自谓惠人,渐作久居计。正使终焉,亦有何不可。"②在白鹤峰下建造住所,准备终老岭南之时,绍圣四年(1097),元祐大臣受到新一轮的政治迫害,朝廷追贬司马光、吕公著等,东坡再责琼州别驾,昌化军安置。四月,发惠州,子孙痛哭江边为别。其时之惨象,东坡在谢表中自言"并鬼门而东骛,浮瘴海以南迁。生无还期,死有余责";"臣孤老无托,瘴疠交攻。子孙恸哭于江边,已为死别;魑

---

① [宋]苏轼著:《与程正辅之十三》,张志烈、马德富、周裕锴主编:《苏轼全集校注·文集》,石家庄:河北人民出版社,2010年,第5965页。

② [宋]苏轼著,张志烈、马德富、周裕锴主编:《苏轼全集校注·文集》,石家庄:河北人民出版社,2010年,第6209页。

魅逢迎于海外,宁许生还?"①。东坡在《与王敏仲十八首》之十六中也说:"某垂老投荒,无复生还之望,昨与长子迈诀,已处置后事矣。今到海南,首当作棺,次便作墓,乃留手疏与诸子,死则葬于海外……生不挈棺,死不扶柩,此亦东坡之家风也。"②于是,已是六十二岁衰病之中的老人,又在非人宜居的儋州贬处三年。直到元符三年(1100)正月,哲宗崩逝,徽宗即位,向太后同处分国事,苏轼内徙,廉州安置。行次英州,奉敕复朝奉郎,提举成都府玉局观,在外州军任便居住。而此时的东坡,已是衰病交加,于次年七月病卒于常州。从绍圣元年(1094)哲宗亲政始,东坡在岭海贬所度过了七年的贬谪岁月。其间艰难困苦,困居岭海的东坡对于社会人生进行了多维思考。

  限于本文主旨,在东坡晚年对于社会人生的多维思考中,我们重在探究他的君臣观,探究他对于哲宗的评价与态度。在这里,我们要特别申明的是,人们关注研究苏东坡,往往钦慕其在多难人生中,特别是在逆境困境中的超然风范,钦慕东坡是一位"天生的乐天派"。如果我们客观理性地认识到东坡的旷达超然、乐观豁达只是他精神风范的一部分,这是没有问题的。但我们在欣赏钦慕东坡超然潇洒的风范的时候,往往有意无意地忽略了东坡走过的多难人生和日益恶化的政治生态,东坡经历的仕途坎坷中的人情险恶,东坡对于日益恶化的政治生态的独到认识,以及他在困境中痛苦、挣扎、力图超脱、自我救赎的悲剧意识,诚所谓"坎坷识天意,淹留见人情"。我们曾撰文探讨东坡超然思想的产生、发展,其蕴含的主要内涵及其达到的高度③,也曾撰文探研苏轼在人生逆境中,对恶化的政治生态中人情事态的思考探究。④我们的观点是,东坡作为一个忠君爱国的理想主义者,其一生对政治理想的追求是执着的;但政坛纷争,朋党倾轧,败坏、

---

① [宋]苏轼著,张志烈、马德富、周裕锴主编:《苏轼全集校注·文集》,石家庄:河北人民出版社,2010年,第2785—2786页。
② [宋]苏轼著:《〈与王敏仲十八首〉之十六》,张志烈、马德富、周裕锴主编:《苏轼全集校注·文集》,石家庄:河北人民出版社,2010年,第6244页。
③ 庆振轩:《苏轼超然思想探论之一——以密州为中心》《一点浩然气 千里快哉风——苏轼超然思想探论之二》,《苏轼研究》2014年第2期第4—9页,第3期第18—27页。
④ 庆振轩:《问汝平生功业,黄州惠州儋州——苏轼被贬谪辞谢表探论》,《苏轼研究》2016年第3期,第38—45页。

恶化了政治生态。他在新旧党争中深受其害,在痛苦的挣扎中寻求解脱、超脱;然而超然物外的追求在险恶的政治生态下难以达成,最终在衰病漂泊中赍志以殁。险恶的政治生态裹挟,让自幼"奋厉有天下志"的东坡在贬谪生涯中体味艰难人生,让一个智慧的生命无所事事,并且看不到未来。如果我们不能深刻认识总结北宋后期的黑暗政治,对于东坡晚期的研究就会出现偏差,没有人生的深哀剧痛,那刻意的超脱超然就会显得滑稽。

我们在朝廷的谪辞中看到了阴森狠戾之气:"左承议郎、新差知英州苏轼:元丰间,有司奏轼罪恶甚众,论法当死。先皇帝特赦而不诛,于轼恩德厚矣。朕初嗣位,政出权臣。引轼兄弟,以为己助。自谓得计,罔有悛心。忘国大恩,敢以怨报。若讥朕过失,何所不容?乃代予言,诬诋圣考。乖父子之恩,害君臣之义。在于行路,犹不戴天;顾视士民,复何面目!乃至交通阉寺,矜诧幸恩。市井不为,搢绅所耻。尚屈典章,但从降黜。今言者谓轼指斥宗庙,罪大罚轻。国有常刑,非朕可赦。宥尔万死,窜之遐服。虽轼辩足惑众,文足饰非,自绝君亲,又将奚憝!保尔余息,毋重后悔。"①

在东坡的谢表和与友朋的书信中我们时时可见东坡的失望、无望乃至绝望。东坡在惠州已绝北归之望,渡海儋州更感北归无望,所以东坡相关文字写得气象愁惨,令人不忍卒读。

也是拜哲宗、章惇们所赐,即使在贬地,也居无定所,食不甘味。东坡的相关诗作记叙了自己的艰难处境,在惠州所作《迁居》诗并引曰:

> 吾绍圣元年十月二日至惠州,寓居合江楼。是月十八日,迁于嘉祐寺。二年三月十九日,复迁于合江楼。三年四月二十日,复归于嘉祐寺。时方卜筑白鹤峰之上。新居成,庶几其少安乎?
>
> 前年家水东,回首夕阳丽。去年家水西,湿面春雨细。东西两无择,缘尽我辄逝。今年复东徙,旧馆聊一憩。已买白鹤峰,规作终老计。……虽惭

---

① 司义祖整理:《宋大诏令集》,北京:中华书局,2009年,第774页。

抱朴子,金鼎陋蝉蜕。犹贤柳柳州,庙俎荐丹荔。吾生本无待,俯仰了此世。念念自成劫,尘尘各有际。下观生物息,相吹等蚊蚋。"①

在儋州,东坡"初僦官屋以蔽风雨",元符元年(1098)四月,董必遣使过海,东坡被逐出官舍,遂于城南买地筑室,为屋五间。其《新居》诗曰:"旧居无一席,逐客犹遭屏。"②

东坡贬谪岭海的艰难生涯在其诗文中随处可见。东坡在惠州所写《和陶岁暮作和张常侍》诗引中曰:"十二月二十五日,酒尽,取米欲酿,米亦竭。时吴远游、陆道士皆客于余。因读陶渊明《岁暮和张常侍》诗,亦以无酒为叹,乃用其韵赠二子。"在诗中期待"养我岁寒枝,会有解脱年"③。贬居海南,境遇更为艰难,他在《答程秀才》第一简及与友人书中,一再言及:"此间食无肉,病无药,居无室,出无友,冬无炭,夏无寒泉,然亦未易悉数,大率皆无耳。"④且言及岭海老人贬所的艰难、艰险以至不堪回首,如《答王幼安宣德启》:"俯仰十年,忽焉如昨;间关百罹,何所不有。顷者海外,澹乎盖将终焉;偶然生还,置之勿复道也。"⑤

七年远谪,九死一生。东坡北归途中回首晚年贬所生涯,感慨万千,"一生忧患萃残年,心似惊蚕未易眠"⑥"晚途流落不堪言,海上春泥手自翻"⑦"七年来往我

---

① [宋]苏轼著,张志烈、马德富、周裕锴主编:《苏轼全集校注·诗集》,石家庄:河北人民出版社,2010年,第4746—4747页。
② [宋]苏轼著,张志烈、马德富、周裕锴主编:《苏轼全集校注·诗集》,石家庄:河北人民出版社,2010年,第4991页。
③ [宋]苏轼著,张志烈、马德富、周裕锴主编:《苏轼全集校注·诗集》,石家庄:河北人民出版社,2010年,第4789—4790页。
④ [宋]苏轼著,张志烈、马德富、周裕锴主编:《苏轼全集校注·文集》,石家庄:河北人民出版社,2010年,第6068页。
⑤ [宋]苏轼著:《答王幼安宣德启》,张志烈、马德富、周裕锴主编:《苏轼全集校注·文集》,石家庄:河北人民出版社,2010年,第5170页。
⑥ [宋]苏轼著:《次韵郑介夫二首其二》,张志烈、马德富、周裕锴主编:《苏轼全集校注·诗集》,石家庄:河北人民出版社,2010年,第5208页。
⑦ [宋]苏轼著:《次韵王郁林》,张志烈、马德富、周裕锴主编:《苏轼全集校注·诗集》,石家庄:河北人民出版社,2010年,第5157页。

何堪"①,遇赦北归,实出望外,"七年远谪,不自意全;万里生还,适有天幸。骤从缧绁,复齿搢绅"②。诗中亦有庆幸之语,《赠岭上老人》诗云:"鹤骨霜髯心已灰,青松合抱手亲栽。问翁大庾岭头住,曾见南迁几个回?"③在艰难的生命旅途中,东坡品味人生,思考人生,当其将荣辱生死经历之后,在直面惨淡人生时,心中五味杂陈,他偶尔提及"君恩",如《吾谪海南,子由雷州,被命即行,了不相知,至梧乃闻其尚在藤也,旦夕当追及,作此诗示之》曰:"莫嫌琼雷隔云海,圣恩尚许遥相望。平生学道真实意,岂与穷达俱存亡。"④汪师韩《苏诗选评笺释》卷六谓此诗:"水天景色,离合情怀,一种缠绵悱恻之情,极排解乃极沉痛。"⑤而在儋州所作《千秋岁》(次韵少游)词中也写到了君恩:"道远谁云会,罪大天能盖。君命重,臣节在。新恩犹可觊,旧学终难改。吾已矣,乘桴且恁浮于海。"张志烈先生在注释此词时认为,"新恩"句"妙含微意。盖自离定州南下后,所得到的'新命'、'后命'都是陆续加重打击"⑥。这"君恩""君命"的"恩惠"使得东坡"中原北望无归日",甚至无复生还之望,不能不促使东坡深入思考哲宗与自己的君臣关系。

循此思路,我们注意到苏轼岭海期间《和陶〈咏三良〉》中对于君臣关系的思考:

此生太山重,忽作鸿毛遗。三子死一言,所死良已微。
贤哉晏平仲,事君不以私。我岂犬马哉,从君求盖帷。

---

① [宋]苏轼著:《过岭二首其二》,张志烈、马德富、周裕锴主编:《苏轼全集校注·诗集》,石家庄:河北人民出版社,2010年,第5243页。
② [宋]苏轼著:《提举玉局观谢表》,张志烈、马德富、周裕锴主编:《苏轼全集校注·文集》,石家庄:河北人民出版社,2010年,第2787页。
③ [宋]苏轼著,张志烈、马德富、周裕锴主编:《苏轼全集校注·诗集》,石家庄:河北人民出版社,2010年,第5237页。
④ [宋]苏轼著,张志烈、马德富、周裕锴主编:《苏轼全集校注·诗集》,石家庄:河北人民出版社,2010年,第4835页。
⑤ [宋]苏轼著,张志烈、马德富、周裕锴主编:《苏轼全集校注·诗集》,石家庄:河北人民出版社,2010年,第4838页。
⑥ [宋]苏轼著,张志烈、马德富、周裕锴主编:《苏轼全集校注·词集》,石家庄:河北人民出版社,2010年,第742—743页。

> 杀身固有道,大节要不亏。君为社稷死,我则同其归。
> 顾命有治乱,臣子得从违。魏颗真孝爱,三良安足希?
> 仕宦岂不荣,有时缠忧悲。所以靖节翁,服此黔娄衣。①

苏轼此诗关乎君臣关系,更关乎其人生独立意识、独立精神与对生命意义的思考,所以自宋以来人们给予特别关注,《竹庄诗话》卷十引《苕溪渔隐丛话》云:

> 至其晚年,所见益高,超人意表。

引《艺苑雌黄》云:

> 昔之咏三良者,有王仲宣、曹子建、陶渊明、柳子厚,……曾无一语辨其事非者。惟东坡一篇云"杀身固有道,……三良安足希。"……独冠绝于今古。②

其冠绝于今古之处恰如论者所言,东坡君臣观已非"愚忠"、盲从,而是认为作为大臣应以道事君,"事君不以私";臣下具有独立人格,"我岂犬马哉,从君求盖帷?"君臣一节,上下一心时,可以身殉职,为国忘身,"杀身固有道,大节要不亏。君为社稷死,我则同其归"。但君王有圣明者也有昏庸者,其政令行为关乎天下治乱,臣子就应该有听命与违命的选择,"顾命有治乱,臣子得从违",东坡所指,不言自明。他不再局囿于一己遭遇,而是在时代的高度上理性地确立了独到的君臣观。

---

① [宋]苏轼著,张志烈、马德富、周裕锴主编:《苏轼全集校注·诗集》,石家庄:河北人民出版社,2010年,第4716页。
② [宋]苏轼著,张志烈、马德富、周裕锴主编:《苏轼全集校注·诗集》,石家庄:河北人民出版社,2010年,第4719页。

余　论

综观东坡对于君臣关系的思考、探讨及其君臣观的最终形成,研究其君臣观,有以下几个方面值得我们关注:

其一,东坡自幼"奋厉有天下志",君圣臣贤,君臣相得,功业建树,有为于世,成为东坡一生的理想追求。艰难时世,东坡几经挫折,但正是在复杂的仕宦经历中,其君臣观化为诱人的政治理想,贯穿在他一生的政治追求之中。

其二,苏轼具有独特个性的君臣观的形成,基于在其独立精神主导下对于历史的探究和对于现实的思考,其丰富复杂的人生阅历是其不断深入研味的催化剂。其对于历史上和现实中帝王的君臣关系的研味评说,理性客观,辩证全面,是其所是,非其所非,其一系列代表性的文学作品留存至今,耐人寻味。

其三,研究东坡,特别是探究东坡的君臣观,我们不难发现东坡是一位极有血性的人,我们特别服膺于东坡独立人格、独立精神。东坡在君臣观上的个性特色,主要体现在他和与其仕宦穷通关系密切的神宗、高太后和哲宗君臣关系的处理上。东坡有才能,神宗知之,高太后用之,哲宗忌之、贬之。有感于历史和现实中君臣相合之难,东坡认为,对于君臣的知遇之恩,臣僚应以非常之礼报答。据《河南邵氏闻见录》载:东坡"移汝州,过金陵,见介甫甚欢"。"子瞻曰:'某欲有言于公。'介甫色动,意子瞻辨前日事也。子瞻曰:'某所言天下事也。'介甫色定,曰:'姑言之。'子瞻曰:'大兵大狱,汉唐灭亡之兆。祖宗以仁厚治天下,正欲革此。今西方用兵,连年不解。东南数兴大狱,公独无一言以救之乎?'介甫举两指示子瞻曰:'二事皆惠卿启之,某在外安敢言?'子瞻曰:'固也。然在朝则言,在外则不言,事君之常礼耳。上所以待公者非常礼,公所以事上者,岂可以常礼乎?'介甫厉声曰:'某须说'"! [1]

王安石是受到神宗特殊礼遇的大臣,所以东坡要求他"上所以待公者非常礼,公所以事上者,岂可以常礼乎?"苏东坡、王安石对于神宗都有着特殊的情怀,

---

[1] 颜中其编注:《苏东坡轶事汇编》,长沙:岳麓书社,1984年,第93页。

非寻常君臣之情,所以东坡一生崇仰感戴神宗。与之相关的是,高太后在元祐年间始终眷顾佑护东坡,东坡对高太后也始终感恩戴德,忠贞不二,并在相关文字中尊崇高太后为古今贤明太后之最。以非常之行报非常之恩,我们看到了东坡君臣观中真性情的一面。

东坡在一些具体事件、具体诗文作品上表现出了其君臣观中的真性情和独立情怀。元丰二年(1079),东坡在狱中作诗《十月二十日,恭闻太皇太后升遐。以轼罪人,不许成服,欲哭则不敢,欲泣则不可,故作挽词二章》,其中有"一声恸哭犹无所,万死酬恩更有时"之句,诗作由仁宗而及曹太后,感念知遇之恩[1];神宗皇帝仙逝,东坡仍在谪籍,其在寄王巩书中有"固宜作挽,少陈万一,然有所不敢"之语,但仍作《神宗皇帝挽词三首》,对神宗极为推崇,之后在诗文中亦时时缅怀;高太后病逝,东坡有《大行太皇太后高氏挽词二首》,对太后功德备极推崇:"至矣吾三后,功高汉已还。复推元祐冠,盖得永昭全。有作犹非圣,无私乃是天。侍臣谈要道,家法信家传。"[2]但唯独哲宗去世,东坡未有哀挽之作,孔凡礼先生在其所著《苏轼年谱》卷三十九"己卯(十二日)"叙及"哲宗卒,徽宗即位",引述了王文诰《苏诗总案》中一段文字:"《总案》卷四十三:公是时不敢作挽词,故于后《和狄咸见赠》自述云:'才疏正类孔文举,痴绝还同顾长康。万里归来空泣血,七年供奉殿西廊。'又自注云:'迩英阁,在延和殿西廊下。'窃窥公意,缘无以著其悲痛,故特见于此耳。曰'才疏',曰'痴绝',曰'泣血',曰'七年',道其君臣之义已尽,此即哲宗挽词也。"[3]需要指出的是,说"公是时不敢作挽词"乃王文诰推测之词,检阅东坡诗文,东坡未有类似表述。所以综观东坡晚年迁谪生涯,由哲宗、东坡"君臣之义已尽"角度思考东坡的君臣观,可以见出东坡绝不作违心之论。

与之相关的是,在东坡对其与神宗、高太后、哲宗的君臣关系思考所作诗文的用典词句上,也可略窥端倪。"犬马盖帷"之典在东坡诗文中数见,典出《礼记·

---

[1] [宋]苏轼著,张志烈、马德富、周裕锴主编:《苏轼全集校注·诗集》,石家庄:河北人民出版社,2010年,第2101—2102页。

[2] [宋]苏轼著,张志烈、马德富、周裕锴主编:《苏轼全集校注·诗集》,石家庄:河北人民出版社,2010年,第4220页。

[3] 孔凡礼编:《苏轼年谱》,北京:中华书局,1998年,第1320页。

檀弓下》:"敝帷不弃,为埋马也;敝盖不弃,为埋狗也。"①在东坡相关诗文中,见于《别黄州》:"病疮老马不任鞿,犹向君王得敝帷。"②见于《乞常州居住表》:"虽凫雁飞集,何足计于江湖;而犬马盖帷,犹有求于君父。"③见于《杭州谢上表二首》之一:"虽雨露之施,初不择物,而犬马之报,期于杀身。"④再见于《谢宣召再入学士院二首》之二:"虽桑榆之景,已迫晚年;而犬马之心,犹思后效。"⑤又见于《谢除龙图阁学士知颍州表二首》之二:"桑榆暮齿,恐遂赍志而莫偿;犬马微心,犹恐盖棺而后定。"⑥由之可见,无论在神宗朝,抑或元祐时期,东坡用犬马盖帷之典,意在宣示自己"忠义之报,死生不移"的忠君报国之心。⑦但"七年供奉殿西廊"最终得到的是七年流贬岭海的艰危岁月。七年岁月蹉跎,七年回味人生,回想元祐间在朝为国事殚精竭虑,在地方兴利除弊;待到哲宗年纪渐长,又为了宋王朝长治久安,与僚友同上陆挚奏议,在《谢除两职守礼部尚书表》中苦口相劝,在《朝辞赴定州论事状》中谆谆告诫——东坡对哲宗对大宋王朝,可谓深情、倾情、多情。然而"多情反被无情恼",东坡由元祐之备极荣耀到绍圣之九死南荒,在对历史的回顾总结中,在对当朝政治的回味分析中,更在自己的经历、体味、思考中,在自己与哲宗的师生之情、君臣之义的水火两重天的变化中,其君臣观最后在悲剧人生的基础上升华,由犬马盖帷之求发展到了"我岂犬马哉,从君求盖帷",由历史上的帝王特别是现实中哲宗之倒行逆施,认识到"顾命有治乱,臣子得从违"。在东坡后期诗文中,我们看到了诗人在苦难人生中超然旷达的心路历程。探究东坡君

---

① [汉]戴圣纂辑,胡平生、张萌译注:《礼记》,北京:中华书局,2017年,第231页。
② [宋]苏轼著,张志烈、马德富、周裕锴主编:《苏轼全集校注·诗集》,石家庄:河北人民出版社,2010年,第2515页。
③ [宋]苏轼著,张志烈、马德富、周裕锴主编:《苏轼全集校注·文集》,石家庄:河北人民出版社,2010年,第2595页。
④ [宋]苏轼著,张志烈、马德富、周裕锴主编:《苏轼全集校注·文集》,石家庄:河北人民出版社,2010年,第2658页。
⑤ [宋]苏轼著,张志烈、马德富、周裕锴主编:《苏轼全集校注·文集》,石家庄:河北人民出版社,2010年,第2686页。
⑥ [宋]苏轼著,张志烈、马德富、周裕锴主编:《苏轼全集校注·文集》,石家庄:河北人民出版社,2010年,第2703页。
⑦ [宋]苏轼著:《谢宣召入院表二首之二》,张志烈、马德富、周裕锴主编:《苏轼全集校注·文集》,石家庄:河北人民出版社,2010年,第2627页。

臣观产生发展的轨迹及其达到的高度,可以让我们从更好地认识东坡。

研味东坡"坎坷识天意,淹留见人情"语意,我们自然会想到杜甫晚年的诗句"天意高难问,人情老易悲"①(杜甫《暮春送马大卿公恩命追赴阙下》),想到张元幹的词句"天意从来高难问,况人情、老易悲如许"②(《贺新郎·送胡邦衡待制赴新州》),从"天意高难问"到"坎坷识天意",从"人情老易悲"到"淹留见人情",比较寻味,不难见出东坡的独到与超越。

---

① [唐]杜甫著,萧涤非校注:《杜甫诗集校注》,北京:人民文学出版社,2016年,第5470页。
② 唐圭璋编:《全宋词》,北京:中华书局,1999年,第1393页。

问汝平生功业,黄州惠州儋州
——苏轼被贬谪辞谢表探论

研讨苏轼的多彩人生,其人生发展的关键节点格外引人瞩目,仁宗朝科场得意,兄弟双双高中进士之后,又制科扬名,仁宗在读了苏轼、苏辙的制策后有"朕今日为子孙得两宰相矣"之赞叹;言及元祐间备极恩宠,苏轼感激涕零,自言:"臣以草木之微,当天地之泽。七典名郡,再入翰林,两除尚书,三忝侍读。虽当世之豪杰,犹未易居;矧如臣之孤危,其何能副?"[①](《谢兼侍读表二首》),然而苏轼宦海几经浮沉,在辞世前两个月,于游金山寺时作《自题金山画像》回首总结平生,则曰:"心似已灰之木,身如不系之舟。问汝平生功业,黄州、惠州、儋州。"[②]特别强调贬谪生涯对其人生的影响。对于苏轼迁黄谪惠渡海的经历、创作、心态,学界成果颇丰,本文拟集中探研有关苏轼贬谪的朝廷制词、苏轼相关谢表所聚焦的政坛生态和苏轼的君臣观及谪辞、谢表的特色及影响。以琐屑之见,就教于方家。

一、熙丰年间,反对变法;台谏交攻,神宗惜才,贬谪黄州

苏轼被贬黄州,其要因是与王安石政见不同,反对变法,东坡自言:"昔先帝

---

① [宋]苏轼著,张志烈、马德富、周裕锴主编:《苏轼全集校注·文集》,石家庄:河北人民出版社,2010年,第2749页。
② [宋]苏轼著,张志烈、马德富、周裕锴主编:《苏轼全集校注·诗集》,石家庄:河北人民出版社,2010年,第5573页。

召臣上殿,访问古今,敕臣今后遇事即言。其后臣屡论事,未蒙施行,乃复作为诗文,寓物托讽,庶几流传上达,感悟圣意。而李定、舒亶、何正臣三人因此言臣诽谤,臣遂得罪。"①(《乞郡札子》)直接的导火索是苏轼在《湖州谢表》中发的两句牢骚,说神宗皇帝"知其愚不适时,难以追陪新进;察其老不生事,或能牧养小民"②。"新进""生事"刺激了一些政坛投机者的神经,引起了台谏弹劾。苏轼《杭州召还乞郡状》回顾说:"先帝眷臣不衰,时因贺谢表章,即对左右称道。党人疑臣复用,而李定、何正臣、舒亶三人,构造飞语,酝酿百端,必欲致臣于死。先帝初亦不听,而此三人执奏不已,故臣得罪下狱。""悍吏皇遵,将带吏卒,就湖州追摄,如捕寇贼"③,"顷刻之间,拉一太守如驱犬鸡"④。

苏轼自元丰二年(1079)八月十八日在湖州任上被捕入御史台狱,于同年十二月二十九日开释,经历了百余日非人的牢狱生活,"苏轼下台狱,璪与李定杂治,谋傅致轼于死,卒不克"⑤,这是史传的简约记述;"遥怜北户吴兴守,诟辱通宵不忍闻"⑥(周必大《二老堂诗话》),这是他人的客观记载;"柏台霜气夜凄凄,风动琅珰月向低。梦绕云山心似鹿,魂惊汤火命如鸡"⑦(《予以事系御史台狱,狱吏稍见侵,自度不能堪,死狱中,不得一别子由,故作二诗授狱卒梁成,以遗子由二首》),则是苏轼自己的切身体会。由是可以想知东坡当时的处境和心境。

朝野对于乌台诗案的态度极为复杂,居心叵测,必欲置苏轼于死地,如李定、舒亶辈有之;乘人之危,推波助澜,如王珪者有之;怯懦畏祸,避之唯恐不及者有之,"我穷交旧绝",苏轼一再在诗文中言及。但朝野上下,营救苏轼者也颇有其

---

① [宋]苏轼著,张志烈、马德富、周裕锴主编:《苏轼全集校注·文集》,石家庄:河北人民出版社,2010年,第3216页。
② [宋]苏轼著,张志烈、马德富、周裕锴主编:《苏轼全集校注·文集》,石家庄:河北人民出版社,2010年,第2578页。
③ [宋]苏轼著,张志烈、马德富、周裕锴主编:《苏轼全集校注·文集》,石家庄:河北人民出版社,2010年,第3375页。
④ 颜中其编注:《苏东坡轶事汇编》,长沙:岳麓书社,1984年,第56页。
⑤ [元]脱脱等撰:《宋史》,北京:中华书局,1977年,第10570页。
⑥ 颜中其编注:《苏东坡轶事汇编》,长沙:岳麓书社,1984年,第57—58页。
⑦ [宋]苏轼著,张志烈、马德富、周裕锴主编:《苏轼全集校注·诗集》,石家庄:河北人民出版社,2010年,第2094页。

人。其中既有执政大臣,如吴充、章惇;也有退居老臣如王安石、司马光等,虽政治观点不一,却均出援手。

但最终起决定作用,最令苏轼感念的是神宗皇帝和太皇太后的态度。关于神宗与曹太后对于苏轼的"国士之知",宋人多有记载,限于篇幅,仅撷其一二。陈鹄《耆旧续闻》卷二载:

> 慈圣光献大渐,上纯孝,欲肆赦。后曰:"不须赦天下凶恶,但放了苏轼足矣!"时子瞻对簿也。后又言:"昔仁宗策贤良归,喜甚曰:'吾今又为子孙得太平宰相两人!'盖轼、辙也,而杀之可乎?"上悟,即有黄州之贬。①

曾敏行《独醒杂志》载:

> 东坡坐诏狱,御史上其寄黄门之诗,神宗见之,即薄其罪,谪居黄州。……神宗爱惜人才,不忍终弃如此。②

苏辙《墓志铭》亦载:

> (苏轼)既付狱吏,必欲置之死,锻炼久之,不决。上终怜之,促具狱,以黄州团练副使安置。③

神宗对于苏轼的态度集中体现在东坡被贬黄州的谪辞中。《宋大诏令集》卷二百五十《尚书祠部员外郎直史馆苏轼责授黄州团练副使本州安置制》曰:

> 敕。具官某。稍以时名,获跻显仕。列职儒馆,历典名城。报礼未闻,

---

① 颜中其编注:《苏东坡轶事汇编》,长沙:岳麓书社,1984年,第59页。
② 四川大学中文系唐宋文学研究室编:《苏轼资料汇编》,北京:中华书局,1994年,第479页。
③ [宋]苏辙著,曾枣庄、马德富校点:《栾城集》,上海:上海古籍出版社,1987年,第1414页。

阴怀觊望。讪毁国政，出于诬欺。致言职之交攻，属宪司而辨治。诐辞险说，情实具孚。虽肆宥示恩，朕欲从贷；而奸言乱众，义所不容。黜置方州，以励风俗。往服轻典，毋忘自新。可。①

"往服轻典，毋忘自新"一语，令苏轼感激涕零，其《到黄州谢表》写道：

> 臣轼言：去岁十二月二十九日，准敕责降臣检校尚书水部员外郎充黄州团练副使本州安置不得佥书公事。臣已于今月一日到本州讫者。狂愚冒犯，固有常刑；仁圣矜怜，特从轻典。赦其必死，许以自新；祗服训辞，惟知感涕。
>
> 伏念臣早缘科第，误忝缙绅。亲逢睿哲之兴，遂有功名之意。亦尝召对便殿，考其所学之言；试守三州，观其所行之实。而臣用意过当，日趋于迷。赋命衰穷，天夺其魄；叛违义理，辜负恩私。茫如醉梦之中，不知言语之出。虽至仁屡赦，而众议不容。案罪责情，固宜伏斧锧于两观；推恩屈法，犹当御魑魅于三危。岂谓尚玷散员，更叨善地。投畀麏鼯之野，保全樗栎之生。臣虽至愚，岂不知幸？此盖伏遇皇帝陛下，德刑并用，善恶兼容。欲使法行而知恩，是用小惩而大诫。天地能覆载之，而不能容之于度外；父母能生育之，而不能出之于死中。伏惟此恩，何以为报？惟当蔬食没齿，杜门思愆，深悟积年之非，永为多士之戒。
>
> 贪恋圣世，不敢杀身；庶几余生，未为弃物。若获尽力鞭棰之下，必将捐躯矢石之间。指天誓心，有死无易。臣无任。②

无怪乎苏轼对神宗感念之情发自肺腑，据有关资料记载，苏轼贬谪黄州期间，神宗欲起用东坡，"而言者沮之"，"上手札徙汝州，略曰：'苏轼黜居思咎，阅岁

---

① 司义祖整理：《宋大诏令集》，北京：中华书局，1962年，第768页。
② [宋]苏轼著，张志烈、马德富、周裕锴主编：《苏轼全集校注·文集》，石家庄：河北人民出版社，2010年，第2582—2583页。

滋深。人材实难,不忍终弃'"①(苏辙《亡兄子瞻端明墓志铭》)。

《行营杂录》亦载苏轼在"神宗朝以议新法不合补外,李定之徒媒孽其诗文有讪上语,下诏狱,欲置之死。上独庇之,得出。方在狱时,宰相举轼诗云:根到九泉无曲处,世间惟有蛰龙知。此不臣也。上曰:'诗人之词,安可如此推求。'时相语塞。上一日与近臣论人才,因曰:'轼方古人孰比?'近臣曰:'颇似李白。'上曰:'不然。白有轼之才,无轼之学。'屡有意复用,而言者力沮之。一日,忽出手札曰:'苏轼黜居思咎,阅岁滋深;人才实难,不忍终弃。'因量移临汝"②。

神宗一言,有起死回生之效,故苏轼《谢量移汝州表》写道:

> 特授臣汝州团练副使本州安置不得签书公事者。稍从内迁,示不终弃。罪已甘于万死,恩实出于再生。
>
> ……
>
> 此盖伏遇皇帝陛下,汤德日新,尧仁天覆……故推涓滴,以及焦枯。顾惟效死之无门,杀身何益;更欲呼天而自列,尚口乃穷。徒有此心,期于异日。③

正由于苏轼的谢表"归诚君父,如对家人,如语素交,恳恻乃尔""真情真景,最能感动"。④所以,神宗见到谢表后能感知苏轼真诚的感戴之心,何薳《春渚纪闻》卷六《裕陵眷贤士》载:

> 公《自黄移汝州谢表》既上,裕陵览之,顾谓侍臣曰:"苏轼真奇才。"时有憾公者,复前奏曰:"观轼表中犹有怨望之语。"裕陵愕然曰:"何谓也?"对曰:

---

① [宋]苏辙著,曾枣庄、马德富校点:《栾城集》,上海:上海古籍出版社,1987年,第1414页。
② 颜中其编注:《苏东坡轶事汇编》,长沙:岳麓书社,1984年,第84页。
③ [宋]苏轼著,张志烈、马德富、周裕锴主编:《苏轼全集校注·文集》,石家庄:河北人民出版社,2010年,第2590页。
④ [宋]苏轼著,张志烈、马德富、周裕锴主编:《苏轼全集校注·文集》,石家庄:河北人民出版社,2010年,第2593页。

"其言兄弟并列于贤科,与惊魂未定、梦游缧绁之中之语。盖言轼、辙皆前应直言极谏之诏,今乃以诗词被谴,诚非其罪也。"裕陵徐谓之曰:"朕已灼知苏轼衷心,实无他肠也。"于是语塞云。①

通过以上对苏轼贬谪黄州、量移汝州有关的台谏围剿、台狱审讯及贬谪、量移的制词、诏命、谢表的梳理,对于苏轼人生重要节点的聚焦,我们可以感知到几点信息:台谏围剿的险恶用心、台狱审讯的情势凶险;皇太后、神宗皇帝对于苏轼的眷顾和庇护;朝廷政治形势复杂但未完全恶化;苏轼贬谪黄州、量移汝州之际的特殊心态。如果将上述种种与苏轼晚年再贬惠州、儋州加以对照,对于研究苏轼贬谪心态以及对于苏轼整体研究当不无启示。

二、改革变质,政治生态恶化,贬惠谪儋,直面现实,追求身心安处

曾有一度,学界特别关注苏轼被贬黄州的经历与其仕宦生涯文学创作的关联,这无疑是正确的。但如果我们比较分析苏轼被贬黄州与贬谪惠州、儋州的不同政坛情势和东坡的特有感受,对于东坡贬谪生涯中的心路历程可能有更加深入的认识,而研究的最佳切入点就是朝廷的谪辞与作者的谢表。

元祐八年(1093)六月,苏轼以端明殿学士兼翰林侍读学士、礼部尚书除知定州。九月,高太后病逝。十月,哲宗亲政。政事将变,山雨欲来。绍圣元年(1094)二月,中书侍郎李清臣、尚书右丞邓润甫首倡"绍述"之说。四月,渐复熙宁新法,召用新党被贬者,章惇为相,责降元祐旧臣。御史虞策、来之邵言苏轼元祐所作诰词多涉讥讪,诏落端明殿学士兼翰林学士,责知英州。六月,御史来之邵等复言苏轼罪大罚轻,责授宁远军节度副使,惠州安置;旋又改授建昌军司马,惠州安置。

政坛巨变,数月之间,三降谪命,措辞之严苛,前此未有。苏轼责降英州之词乃蔡卞所作,略曰:

---

① 四川大学中文系唐宋文学研究室编:《苏轼资料汇编》,北京:中华书局,1994年,第153页。

讪上之恶,众慝厥愆。造言之诛,法谨于近。刻弹章之荐至,孰公议之敢私?爰正常刑,以警列位。端明殿学士兼翰林侍读学士、左朝奉郎、知定州苏轼,行污而丑正,学辟而欺愚。顷在先朝,稍跻清贵。不惟喻德之义,屡贡怀谖之言。察其回邪,靡见听用,遂形怨诽,自取斥疏。肆予纂服之初,开以自新之路。召从方郡,服在近班。弗讹尔心,覆出为恶。辄于书命之职,公肆诬实之辞。凡兹立法造令之大经,皆曰蠹国害民之弊政。虽托言于外,以责大臣;而用意之私,实害前烈。顾威灵之如在,岂情理之可容?深惟积辜,宜窜远服,祗夺近职,尚临一邦。是为宽恩,无重来悔。可特落端明殿学士兼翰林侍读学士,依前左朝奉郎,知英州。①

而苏轼贬谪惠州的制词则是林希的手笔,其文曰:

左承议郎、新差知英州苏轼:元丰间,有司奏轼罪恶甚众,论法当死。先皇帝特赦而不诛,于轼恩德厚矣。朕初嗣位,政出权臣。引轼兄弟,以为己助。自谓得计,罔有悛心。忘国大恩,敢以怨报。若讥朕过失,何所不容?乃代予言,诬诋圣考。乖父子之恩,害君臣之义。在于行路,犹不戴天;顾视士民,复何面目!乃至交通阉寺,矜诧幸恩。市井不为,搢绅所耻。尚屈典章,但从降黜。今言者谓轼指斥宗庙,罪大罚轻。国有常刑,非朕可赦。宥尔万死,窜之遐服。虽轼辩足惑众,文足饰非,自绝君亲,又将奚憨!保尔余息,毋重后悔。②

与贬谪黄州相比,贬谪英州、惠州之时,朝中御史言官承风希旨,与欲置东坡于死地者相近;但贬谪惠州之时,已全然无有皇上"人才难得"的眷顾,也无朝中大臣如王安石等人的援救;有的只是哲宗的怨望报复之心和宰相章惇托绍述以

---

①司义祖整理:《宋大诏令集》,北京:中华书局,1962年,第773页。
②司义祖整理:《宋大诏令集》,北京:中华书局,1962年,第774页。

快私忿①的凶险;更有的是林希之流为权力所诱惑所驱使,见风使舵,落井下石。据史载:"(章)惇欲使(林希)典书诰,逞毒于元祐诸臣,且许以为执政。希久不得志,请甘心焉。凡元祐名臣贬黜之制,皆希为之,极其丑诋。"②林希其人,与二苏为同年,"在元祐作从官,与东坡为侪辈。在杭则为交承。东坡入翰苑,林以启贺曰:'父子以文章名世,盖渊云司马之才;兄弟以方正决科,迈晁董公孙之学。'后东坡谪惠州,林草制词,极其诋訾"③。"行子由谪词云:'父子兄弟挟机权变诈,惊愚惑众。'子由捧之泣曰:'某兄弟固无足言,先人何罪耶?'"④后世讥其"一人之身,而前后矛盾若此","以一时希意进图,而贻讥后世,权位之能移人若此!"⑤

揆诸时势,时有所至,事乃必然,苏轼自然心中了然,但即使如此,信而见疑,忠而被谤,面对险恶局势,悲凉之感亦不免从心而生,故谢表中有悲怆之言:"伏念臣草芥贱儒,岷峨冷族。袭先人之素业,借一第以窃名。虽幼岁勤劳,实学圣人之大道;而终身穷薄,常为天下之罪人。先帝全臣于众怒必死之中,陛下起臣于散官永弃之地。恩深报蔑,每忧天地之难欺;福渺祸多,是亦古今之罕有。自悲弃物,犹欲吁天。"⑥但言及言官诬陷攻击之诏诰文字,只是申明自己乃代朝廷立言,尽心国事而已:"惟上圣纂宗庙之图,方太母听帘帷之政。招延俊乂,登进老成。何期章句之谀才,使掌丝纶之要职。凡一时黜陟进退之众,皆两宫威福赏罚之公。既在代言,敢思逃责?苟不能敷扬上意,尊朝廷于日月之明;则何以耸动四方,鼓号令于雷霆之震?固当昭陈功伐,直喻正邪。岂臣愚敢有于私心,盖王言不可以匿旨。当时之天夺其魄,但谓守官;今日之臣肆其言,期于必戮。"⑦

---

① [明]陈邦瞻著:《宋史纪事本末》,北京:中华书局,2018年,第445页。
② [明]陈邦瞻著:《宋史纪事本末》,北京:中华书局,2018年,第477页。
③ 颜中其编注:《苏东坡轶事汇编》,长沙:岳麓书社,1984年,第200页。
④ 颜中其编注:《苏东坡轶事汇编》,长沙:岳麓书社,1984年,第200页。
⑤ 颜中其编注:《苏东坡轶事汇编》,长沙:岳麓书社,1984年,第201页。
⑥ [宋]苏轼著:《英州谢上表》,张志烈、马德富、周裕锴主编:《苏轼全集校注·文集》,石家庄:河北人民出版社,2010年,第2822页。
⑦ [宋]苏轼著:《英州谢上表》,张志烈、马德富、周裕锴主编:《苏轼全集校注·文集》,石家庄:河北人民出版社,2010年,第2822—2823页。

英州之贬,在东坡预料之中,所以谢表文字在恳切洒脱中透出别样风采:"罪虽骇于听闻,怒终归于宽宥。不独再生于东市,犹令尸禄于南州。累岁宠荣,固已太过;此时窜责,诚所宜然。瘴海炎陬,去若清凉之地;苍颜素发,谁怜衰暮之年?恩重丘山,感藏骨髓。"①三月数黜,但身黜志不屈,传东坡见林希所撰制词,仅曰"林大亦能作文章耶"②(王大成《野老纪闻》)而已。

苏轼《到惠州谢表》与《英州谢上表》前后相隔半年,时势更趋恶化,东坡谢表先叙及贬谪遭遇,"先奉告命,落两职、追一官,以承议郎知英州军州事。续奉告命,责授臣宁远军节度副使惠州安置。已于今月二日到惠州公参讫者"③。次言处境险恶,"仁圣曲全,本欲畀之民社;群言交击,必将致之死亡。尚荷宽恩,止投荒服"④。再言无辜不移之心,"伏念臣性资褊浅,学术荒唐。但守不移之愚,遂成难赦之咎"⑤。终言自己贬谪中的态度,"臣敢不服膺严训,托命至仁;洗心自新,没齿无怨。但以瘴疠之地,魑魅为邻。衰疾交攻,无复首丘之望;精诚未泯,空余结草之忠"⑥。

苏轼贬谪英州、惠州之谢上表因其相同时势、相近心情,可以对读。其深深打动读者内心之处,诚如王文诰所言:

> 虞策、来之邵等翻腾旧劾各条,公屡有辩奏,可复检也。此则不惟不辩,率性一担挑回,故云"固当昭陈功罚,直喻正邪"也。盖前之必辩者,原欲留其身以为国,此则已将一片热肠放下,惟有拚此身听其流转、付诸清议而已。

---

① [宋]苏轼著:《英州谢上表》,张志烈、马德富、周裕锴主编:《苏轼全集校注·文集》,石家庄:河北人民出版社,2010年,第2823页。
② 颜中其编注:《苏东坡轶事汇编》,长沙:岳麓书社,1984年,第200页。
③ [宋]苏轼著:《到惠州谢表》,张志烈、马德富、周裕锴主编:《苏轼全集校注·文集》,石家庄:河北人民出版社,2010年,第2782页。
④ [宋]苏轼著:《到惠州谢表》,张志烈、马德富、周裕锴主编:《苏轼全集校注·文集》,石家庄:河北人民出版社,2010年,第2782页。
⑤ [宋]苏轼著:《到惠州谢表》,张志烈、马德富、周裕锴主编:《苏轼全集校注·文集》,石家庄:河北人民出版社,2010年,第2782页。
⑥ [宋]苏轼著:《到惠州谢表》,张志烈、马德富、周裕锴主编:《苏轼全集校注·文集》,石家庄:河北人民出版社,2010年,第2783页。

可见其立时勇决也。此状本集不载具官年月,特为补全,俾读之者百世之下,犹见其生气凛然也。①(《苏诗总案》卷三七《罢定州任进谢上表》案语)

然而政治局势进一步恶化,苏轼于绍圣四年(1097)闰二月责授琼州别驾,移昌化军安置。关于苏轼被贬儋州,后人有不同说法。或谓当政者戏取其字之偏旁,或谓权臣闻公之安于惠。实际上纵观前史,政治权力一旦与权奸结合,种种恶行,是难以用道理解释的。苏轼《到昌化军谢表》记述其由惠至儋行程曰:"今年四月十七日,奉被告命,责授臣琼州别驾昌化军安置,臣寻于当月十九日起离惠州,至七月二日已至昌化军讫者。"②

苏轼以62岁衰病之身渡海远谪,心中哀伤尽见于谢表,如曰"并鬼门而东骛,浮瘴海以南迁。生无还期,死有余责""臣孤老无托,瘴疠交攻。子孙恸哭于江边,已为死别;魑魅逢迎于海外,宁许生还?"③

对照其渡海前留给王古信中所言,苏轼当时之哀痛应能洞见,信中说:"某垂老投荒,无复生还之望,昨与长子迈诀,已处置后事矣。今到海南,首当作棺,次便作墓,乃留手疏与诸子,死则葬于海外……生不挈棺,死不扶柩,此亦东坡之家风也。"④(《〈与王敏仲十八首〉之十六》)

"所欲言者,岂有过此者乎?"⑤将此书与谢表两相对照,苏轼其时之处境心绪可以想知,故高嵣云:"此到军后表。地故在儋耳,非人所居。故篇中写得气象

---

① [宋]苏轼著,张志烈、马德富、周裕锴主编:《苏轼全集校注·文集》,石家庄:河北人民出版社,2010年,第2826—2827页。
② [宋]苏轼著:《到昌化军谢表》,张志烈、马德富、周裕锴主编:《苏轼全集校注·文集》,石家庄:河北人民出版社,2010年,第2785页。
③ [宋]苏轼著:《到昌化军谢表》,张志烈、马德富、周裕锴主编:《苏轼全集校注·文集》,石家庄:河北人民出版社,2010年,第2785、2786页。
④ [宋]苏轼著:《〈与王敏仲十八首〉之十六》,张志烈、马德富、周裕锴主编:《苏轼全集校注·文集》,石家庄:河北人民出版社,2010年,第6244页。
⑤ [宋]苏轼著:《〈与王敏仲十八首〉之十六》,张志烈、马德富、周裕锴主编:《苏轼全集校注·文集》,石家庄:河北人民出版社,2010年,第6244页。

愁惨,不忍卒读。"①陈天定云:"读此而不酸心者非人也。彼谮人者亦已太甚!"②

面对海外贬谪之地、政敌倾覆之心,凄怆满怀的东坡决然前行。"伏念臣顷缘际会,偶窃宠荣。曾无毫发之能,而有丘山之罪。宜三黜而未已,跨万里以独来。"③依然一副傲骨,傲对群小攻讦,直面人生忧患。

苏轼以衰迈老病之身居海外,"黎、蜑杂居,无复人理,资养所给,求辄无有"④"食无肉,病无药,居无室,出无友,冬无炭,夏无寒泉,然亦未易悉数,大率皆无耳"⑤的艰难处境中,父子终日相对如苦行僧。直面人生,傲对人生又笑对人生的东坡,又再次完成了情感世界的超越。他首先要从痛苦无望情绪中跳脱出来,以智慧精神的力量自我拯救,其在惠州所作《记游松风亭》和在海南所作《试笔自书》记载了他后期贬谪岭海时期超越解脱的心路历程:

> 余尝寓居惠州嘉祐寺,纵步松风亭下,足力疲乏,思欲就床止息。仰望亭宇,尚在木末,意谓如何得到。良久忽曰:"此间有甚么歇不得处?"由是心若挂钩之鱼,忽得解脱。若人悟此,虽两阵相接,鼓声如雷霆,进则死敌,退则死法,当怎么时,也不妨熟歇。⑥

> 吾始至南海,环视天水无际,凄然伤之,曰:"何时得出此岛耶?"已而思之,天地在积水中,九州在大瀛海中,中国在少海中,有生孰不在岛者?覆盆水于地,芥浮于水,蚁附于芥,茫然不知所济。少焉水涸,蚁即径去,见其类,

---

① [宋]苏轼著:《到昌化军谢表》,张志烈、马德富、周裕锴主编:《苏轼全集校注·文集》,石家庄:河北人民出版社,2010年,第2787页。
② [宋]苏轼著:《到昌化军谢表》,张志烈、马德富、周裕锴主编:《苏轼全集校注·文集》,石家庄:河北人民出版社,2010年,第2787页。
③ [宋]苏轼著:《到昌化军谢表》,张志烈、马德富、周裕锴主编:《苏轼全集校注·文集》,石家庄:河北人民出版社,2010年,第2786页。
④ [宋]苏轼著:《与程全父十二首》,张志烈、马德富、周裕锴主编:《苏轼全集校注·文集》,石家庄:河北人民出版社,2010年,第6063页。
⑤ [宋]苏轼著:《与程秀才三首》,张志烈、马德富、周裕锴主编:《苏轼全集校注·文集》,石家庄:河北人民出版社,2010年,第6068页。
⑥ [宋]苏轼著,张志烈、马德富、周裕锴主编:《苏轼全集校注·文集》,石家庄:河北人民出版社,2010年,第8113页。

出涕曰:"几不复与子相见,岂知俯仰之间,有方轨八达之路乎?"念此可以一笑。①

经历了智慧的洗礼之后,一念清净,从此海阔天空,东坡在瘴海炎陬找到了心灵的栖息地。

苏轼一生道理贯心肝,忠义填骨髓,在朝忠君,执政为民,只要是尊主泽民之事,便忘躯为之。往事已矣,无怨无悔;此时既然黑白颠倒,是非难辨,政敌必欲置之死地而后快,只好笑傲岭海,刘克庄《书杜诗帖》载曰:"公自绍圣以后,诗文未尝有贬谪之叹。"随遇而安,一切随缘,世事洞达,人情洞明,"超然自得,不改其度"(《与元老侄孙书》)。其《与参寥子二十一首》之十七曰:

专人远来,辱手书,并示近诗,如获一笑之乐,数日慰喜忘味也。某到贬所半年,凡百粗遣,更不能细说,大略只似灵隐天竺和尚退院后,却住一个小村院子,折足铛中,罨糟米饭便吃,便过一生也得。其余,瘴疠病人,北方何尝不病,是病皆死得人,何必瘴气。但苦无医药。京师国医手里死汉尤多。参寥闻此一笑,当不复忧我也。故人相知者,即以此语之,余人不足与道也。②

在与亲朋的书信中,东坡一再表达了看破世相、一切随缘的超迈之怀。其《与程正辅》书中说:"某睹近事,已绝北归之望,然中心甚安之。未说妙理达观,但譬如元是惠州秀才,累举不第,有何不可!"③在《与孙志康》书中亦曰:"今北归无日,因遂自谓惠人,渐作久居计。正使终焉,亦有何不可。"④

---

① [宋]苏轼著,张志烈、马德富、周裕锴主编:《苏轼全集校注·文集》,石家庄:河北人民出版社,2010年,第8704页。
② [宋]苏轼著,张志烈、马德富、周裕锴主编:《苏轼全集校注·文集》,石家庄:河北人民出版社,2010年,第6721页。
③ [宋]苏轼著,张志烈、马德富、周裕锴主编:《苏轼全集校注·文集》,石家庄:河北人民出版社,2010年,第5965页。
④ [宋]苏轼著,张志烈、马德富、周裕锴主编:《苏轼全集校注·文集》,石家庄:河北人民出版社,2010年,第6209页。

身似不系之舟的迁客逐臣,追求的是此心安处。随遇而安,无欲则刚,消释了他数十年的思乡之念,"日啖荔枝三百颗,不辞长作岭南人",在惠州他如斯说;"本是海南民,寄生西蜀州",在儋州他又如是说。故乡在梦中,故乡在心中,此心安处是吾乡,东坡的乡情、乡愁、乡思得以升华,东坡已不仅仅属于巴蜀。

东坡随遇而安的典型表现之一,是"见人即喜"。在险恶的政治环境中生活的东坡曾经孤独,"寂寂东坡一病翁,白须萧散满霜风",其《纵笔》诗中有"溪边古路三叉口,独立斜阳数过人"之句,孤独使其深知人与人和谐相处的可贵,其《与周彦质》书中说:"李公弼承许远访,何幸如之!海州穷独,见人即喜,况君佳士乎!"在苏轼《书上元夜游》中我们看到了其与海南老书生畅游元宵月夜的身影:

> 己卯上元,予在儋州,有老书生数人来过,曰:"良月嘉夜,先生能一出乎?"予欣然从之。步城西,入僧舍,历小巷,民夷杂揉,屠沽纷然,归舍已三鼓矣。舍中掩关熟睡,已再鼾矣。放杖而笑,孰为得失?过问先生何笑,盖自笑也。然亦笑韩退之钓鱼无得,更欲远去,不知走海者未必得大鱼也。①

东坡的过人之处还在于即使在贬谪的困境中,也时时处处注意发现美和创造美,并保持浓厚的生活情趣。

苏轼在儋州有《谪居三适》三首,以一日"旦""午""夜"时间为序,描写"理发""坐睡""濯足"三个生活场景。这些日常生活琐事,给他带来了快乐和享受,称:旦起理发,一乐也;午窗坐睡,二乐也;夜卧濯足,三乐也。②

苏轼还有一篇《书四适赠张鹗》,其文曰:

> 张君持此纸,求仆书,且欲发药。不知药,君当以何品?吾闻《战国策》

---

① [宋]苏轼著,张志烈、马德富、周裕锴主编:《苏轼全集校注·文集》,石家庄:河北人民出版社,2010年,第8127页。
② [宋]苏轼著,张志烈、马德富、周裕锴主编:《苏轼全集校注·诗集》,石家庄:河北人民出版社,2010年,第4948—4951页。

中有一方,吾尝服之,有效,故以奉传。其药四味而已,一曰"无事以当贵",二曰"早寝以当富",三曰"安步以当车",四曰"晚食以当肉"。夫已饥而食,蔬食有过于八珍。而既饱之余,虽刍豢满前,惟恐其不持去也。若此可谓善处穷者矣。然而于道则未也。安步自佚,晚食自美,安以当车与肉为哉?车与肉犹存于胸中,是以有此言也。①

由是可知谪居中的东坡善于处穷,不仅追求随缘自适,更追求理得心安。

苏轼贬谪岭海常以诗文自娱。陶渊明、柳宗元诗文长置左右,目为谪居二友。在扬州期间,苏轼曾作和陶《饮酒》二十首,贬谪岭海,决心尽和陶诗而后已,相关著述作为研讨苏轼晚期心态的最珍贵资料,历来受到关注,黄庭坚《跋子瞻和陶诗》云:"子瞻谪岭南,时宰欲杀之。饱吃惠州饭,细和渊明诗。"②但我们应该特别注意的是,除了陶柳诗文、自作诗文之外,苏过的相关创作给予东坡的心理抚慰。苏过二十三岁侍父南行,北归已是三十,"丁年而往,二毛而归",伴随苏轼度过了人生中最为艰难的岁月。七年远谪,父子情深,苏过成为东坡贬谪生涯中难以替代的精神支撑。晁说之说苏过之于乃翁"翁板则儿筑之,翁樵则儿薪之,翁赋诗著书,则儿更端起拜之。为能须臾乐乎先生者也"(晁说之《叔党墓志铭》)。苏轼自己也说:

轼穷困,本坐文字,盖愿刳形去皮而不可得者。然幼子过文益奇,在海外孤寂无聊,过时出一篇见娱,则为数日喜,寝食有味。以此知文章如金玉珠贝,未易鄙弃也。③(《答刘沔都曹书》)

岭海岁月,东坡游踪所至,常有诗作,苏过的唱和,往往使乃父喜不自胜。观

---

① [宋]苏轼著,张志烈、马德富、周裕锴主编:《苏轼全集校注·文集》,石家庄:河北人民出版社,2010年,第7459—7460页。
② 四川大学中文系唐宋文学研究室编:《苏轼资料汇编》,北京:中华书局,1994年,第93页。
③ [宋]苏轼著,张志烈、马德富、周裕锴主编:《苏轼全集校注·文集》,石家庄:河北人民出版社,2010年,第5336页。

儿子所画枯木竹石图，东坡诗赞"老可能为竹写真，小坡今与石传神"；读苏过所撰《志隐》，东坡喜不自禁："吾真可安于岛夷矣！"

每每阅看相关资料，苏轼苏过父子深情，令人动容。亲子之爱这人性中最温暖最柔软的感情与其直面人生、笑对人生的浩然之气，成为苏轼伟大人格精神的最为稳固的两极支撑。

三、以谪辞、谢表为聚焦点，可以略窥东坡的君臣观以及相关谪辞、谢表的特色

东坡谪辞、谢表所集中反映的宋代政坛的翻覆混乱，前文已有涉及，我们极为感兴趣的是东坡在盛年、晚年历经贬谪后的君臣观。

苏轼对于神宗，感情是极为复杂的。神宗重用王安石变法改革，欲大有为于天下，苏轼旗帜鲜明地反对变法。对于苏轼的反对意见，神宗虚心纳谏，甚为宽容。苏辙《亡兄子瞻端明墓志铭》载：

> （熙宁）四年，介甫欲变更科举，上疑焉，使两制三馆议之。公议上，上悟曰："吾固疑此，得苏轼议，意释然矣。"即日召见，问："何以助朕？"公辞避久之，乃曰："臣窃意陛下求治太急，听言太广，进人太锐。愿陛下安静以待物之来，然后应之。"上竦然听受，曰："卿三言，朕当详思之。"①

恰逢元宵节，神宗下令减价收买浙灯四千盏，苏轼上《谏买浙灯状》，神宗采纳苏轼意见，从善如流。继之，苏轼又连续上奏《上神宗皇帝书》《再上皇帝书》，全面反对新法，神宗颇为宽容。及至"徙知湖州，以表谢上。言事者摘其语以为谤，遣官逮赴御史狱。初，公既补外，见事有不便于民者，不敢言，亦不敢默视也，缘诗人之义，托事以讽，庶几有补于国。言者从而媒蘖之。上初薄其过，而浸润不止，是以不得已从其请。既付狱吏，必欲置之死，锻炼久之，不决。上终怜之，

---

① [宋]苏辙著，曾枣庄、马德富校点：《栾城集》，上海：上海古籍出版社，1987年，第1412页。

促具狱,以黄州团练副使安置"。"五年,上有意复用,而言者沮之。上手札徙汝州,略曰:'苏轼黜居思咎,阅岁滋深,人材实难,不忍终弃。'未至,上书自言有饥寒之忧,有田在常,愿得居之。书朝入,夕报可。士大夫知上之卒喜公也。会晏驾,不果复用。"①

苏轼元祐时期青云直上,论者多以为乃太皇太后之力,而苏轼曾对好友王巩讲了自己与宣仁太后的谈话实录,对神宗知遇之恩铭之在心:

子瞻为学士。一日锁院,召至内东门小殿。时子瞻半醉,命以新水漱口解酒,已而入对,授以除目:吕公著司空平章军国事,吕大防、范纯仁左右仆射。承旨毕,宣仁忽谓:"官家在此。"子瞻曰:"适已起居矣。"宣仁曰:"有一事要问内翰,前年任何官职?"子瞻曰:"汝州团练副使。""今为何官?"曰:"备员翰林充学士。"曰:"何以至此?"子瞻曰:"遭遇陛下。"曰:"不关老身事。"子瞻曰:"必是出自官家。"曰:"亦不关官家事。"子瞻曰:"岂大臣论荐耶?"曰:"亦不关大臣事。"子瞻惊曰:"臣虽无状,必不别有干请。"曰:"久待要学士知,此是神宗皇帝之意。当其饮食而停箸看文字,则内人必曰:'此苏轼文字也。'神宗忽时而称之曰:'奇才,奇才!'但未及用学士而上仙矣。"子瞻哭失声,宣仁与上、左右皆泣。已而赐坐吃茶,曰:"内翰、内翰!直须尽心事官家,以报先帝知遇。"子瞻拜而出,撤金莲烛送归院,子瞻亲语余如此。②(王巩《随手杂录》)

由于神宗皇帝对于东坡的知遇再造之恩,东坡对于神宗感念终生。神宗英年早逝,苏轼撰《神宗皇帝挽词三首》,前两首充分肯定了神宗功业,表达了自己的尊崇之意。其一曰:

---

① [宋]苏辙著,曾枣庄、马德富校点:《栾城集》,上海:上海古籍出版社,1987年,第1414页。
② 四川大学中文系唐宋文学研究室编:《苏轼资料汇编》,北京:中华书局,1994年,第35页。

文武固天纵，钦明又日新。化民何止圣，妙物独称神。
政已三王上，言皆六籍醇。巍巍本无象，刻画愧孤臣。①

其二曰：

未易名尧德，何须数舜功。小心仍致孝，余事及平戎。
典礼从周旧，官仪与汉隆。谁知本无作，千古自承风。②

第三首则表达了自己的怀恋感念："病马空嘶枥，枯葵已泫霜。余生卧江海，归梦泣嵩邙。"③与之相应的是，挽词中写神宗"余事及平戎"，元祐二年（1087）则在《生擒西蕃鬼章奏告永裕陵祝文》写道："谨当推本圣心，益修戎略，务在服近而来远，期于偃革以息民。仰冀威神，曲垂昭鉴。"④东坡对于神宗富国强兵之深心的体察是极为深切的，挽词发自内心，绝非表面文章。他在得知神宗逝世后曾寄书王巩，对挚友吐露了真情，所谓"无状坐废，众欲置之死，而先帝独哀之"，所谓"蒙恩尤深"，"而今而后，谁复出我于沟渎者。已矣，归耕没齿而已"。⑤（《答王定国》）对神宗的感念知遇之情，漫溢于言辞之间。

在君臣关系上，东坡认为臣僚应以非常之礼报答皇上的非常之礼遇。《邵氏闻见录》载东坡"移汝州，过金陵，见介甫甚欢"：

子瞻曰："某欲有言于公。"介甫色动，意子瞻辨前日事也。子瞻曰："某

---

① [宋]苏轼著，张志烈、马德富、周裕锴主编：《苏轼全集校注·诗集》，石家庄：河北人民出版社，2010年，第2804页。
② [宋]苏轼著，张志烈、马德富、周裕锴主编：《苏轼全集校注·诗集》，石家庄：河北人民出版社，2010年，第2806页。
③ [宋]苏轼著，张志烈、马德富、周裕锴主编：《苏轼全集校注·诗集》，石家庄：河北人民出版社，2010年，第2807页。
④ [宋]苏轼著，张志烈、马德富、周裕锴主编：《苏轼全集校注·文集》，石家庄：河北人民出版社，2010年，第4790—4791页。
⑤ [宋]苏轼著，张志烈、马德富、周裕锴主编：《苏轼全集校注·文集》，石家庄：河北人民出版社，2010年，第5704页。

所言者，天下事也。"介甫色定，曰："姑言之。"子瞻曰："大兵大狱，汉、唐灭亡之兆。祖宗以仁厚治天下，正欲革此。今西方用兵，连年不解，东南数起大狱，公独无一言以救之乎？"介甫举手两指示子瞻曰："二事皆惠卿启之，某在外安敢言！"子瞻曰："固也，然在朝则言，在外则不言，事君之常礼耳。上所以待公者非常礼，公所以事上者岂可以常礼乎？"介甫厉声曰："某须说。"①

王安石是受到神宗特殊礼遇的大臣，所以东坡要求他"上所以待公者非常礼，公所以事上者岂可以常礼乎"？苏东坡、王安石对于神宗都有着特殊的情怀，非寻常君臣之情。

如果我们将苏东坡对于神宗和哲宗的不同情感加以对照，更可以见出其君臣观特色之一斑。

苏轼与哲宗的君臣关系是个值得探讨的问题。苏轼在哲宗朝八年为官，又七年远谪。八年为官，备极荣耀，达到仕宦的巅峰。赖正和先生《苏轼官职漫谈》详述了苏轼在哲宗朝所任官职，列其要者如下：

> 元丰八年三月十岁的哲宗即位，五月，苏轼复朝奉郎、知登州军州事；登州视事仅五日，诏命任礼部郎中；十二月十八日，守起居舍人；元祐元年，免试任中书舍人；九月，为翰林学士知制诰。元祐二年八月，兼任侍读；当月二十二日，受命担任实录院修撰；元祐三年正月，知贡举；元祐四年三月，为龙图阁学士、充两浙西路兵马提辖、知杭州军州事；元祐六年正月，为吏部尚书；二月初四，改命为翰林学士承旨；六月，受命兼侍读；八月，为龙图阁学士、知颍州军州事；元祐七年二月，为龙图阁学士、充淮南东路兵马提辖、知扬州军州事；八月，为龙图阁学士、守兵部尚书、兼侍读、差充南郊卤簿使；十一月，为端明殿学士、兼翰林侍读学士、守礼部尚书；元祐八年六月，知定州军州事。

---

① [宋]邵伯温著，康震校注：《邵氏闻见录》，西安：三秦出版社，2005年，第151页。

八年间，仅就职位升迁而言，可谓皇恩浩荡。但也是在哲宗朝，自哲宗亲政之后，苏轼一贬再贬，在岭海度过了七年流贬生涯，前文已就苏轼后期贬谪的谪辞、谢表加以介绍，此不赘述。

我们关注的是苏轼对于哲宗身后的评价和态度，对于这一点，曾枣庄先生《苏轼评传》、刘乃昌先生《苏轼》均未涉及，李一冰《苏东坡大传》说：

> 二月底、三月初，海南始得皇帝崩逝的消息，苏轼遵制成服，因是罪官，不敢作挽词。①

苏轼未作挽词，应是诸多论著如曾枣庄先生《苏轼评传》、刘乃昌先生《苏轼》未予置评的原因。但我们要讨论的是，神宗逝世，苏轼在与王巩书中明确表示自己"蒙恩尤深"，"宜作挽词，少陈万一，然有所不敢者耳"，但仍然作了挽词三首。元丰八年（1085）与元符三年（1100），苏轼俱为戴罪之身，何以作神宗挽词而不作哲宗挽词？说到底，还是感情问题。孔凡礼先生在《苏轼年谱》中引用了《苏诗总案》中的一段话，颇有助于对这一问题的进一步讨论：

> 《总案》卷四十三：公是时不敢作挽词，故于后《和狄咸见赠》自述云："才疏正类孔文举，痴绝还同顾长康。万里归来空泣血，七年供奉殿西廊。"又自注云："迩英阁，在延和殿西廊下。"窃窥公意，缘无以著其悲痛，故特见于此耳。曰"才疏"，曰"痴绝"，曰"泣血"，曰"七年"，道其君臣之义已尽，此即哲宗挽词也。②

《和狄咸见赠》一诗见《苏轼全集校注》第5211页，诗题为《次韵韶守狄大夫见赠》，其诗回顾了与哲宗之关系，忠心事君，却远谪海康，衣食无着，疾病连年，

---

① 李一冰著：《苏东坡大传》，北京：九州出版社，2006年，第484页。
② 孔凡礼编：《苏轼年谱》，北京：中华书局，1998年，第1320页。

才疏痴绝,"七年远谪,不自意全;万里生还,适有天幸"。其与哲宗,君臣之义,尽见于此。

东坡关于君臣关系的思考,还见于其词作《蝶恋花》(花褪残红)。关于此词之创作年份,我们赞同张志烈先生的考论,乃东坡"绍圣元年闰四月三日后离定南行路途触景而发","其上下片的意象群各有一个核心,上片的核心就是'枝上柳绵吹又少,天涯何处无芳草',下片的核心就是'多情却被无情恼'"。"'多情却被无情恼'正是他多年来对宋王朝一片忠心却被遭贬岭南的最恰当的写照。他在赴定州任而哲宗拒绝见他时所上《朝辞赴定州言事状》中有一长段诉说","这段正是'多情'对'无情'的诉说。反反复复,绕来绕去,其心可见。此后,带着这种心情到定州,其所作为都是'多情'的表现"。"直到闰四月三日,接到的却是无情的谪命","所以'多情却被无情恼'是他此时此刻内心深处矛盾聚焦点之一"。

苏轼正是带着这种思考来到岭海贬所的,特殊境遇使他更加深入思考这个问题。《冷斋夜话》载:"东坡渡海,惟朝云王氏随行。日诵'枝上柳绵'二句,为之流泪,病极,犹不释口。"《林下诗谈》亦载:

> 子瞻在惠州,与朝云闲坐,时青女初至,落木萧萧,凄然有悲秋之意。命朝云把大白,唱"花褪残红"。朝云歌喉将啭,泪满衣襟,子瞻诘其故,答曰:"奴所不能歌,是'枝上柳绵吹又少,天涯何处无芳草'也。"子瞻翻然大笑曰:"是吾正悲秋,而汝又伤春矣。"遂罢。朝云不久抱疾而亡,子瞻终身不复听此词。①

循此思路,我们还注意到苏轼岭海期间《和陶〈咏三良〉》中对君臣关系的思考:

> 此生太山重,忽作鸿毛遗。三子死一言,所死良已微。

---

① [宋]苏轼著,张志烈、马德富、周裕锴主编:《苏轼全集校注·词集》,石家庄:河北人民出版社,2010年,第695页。

贤哉晏平仲,事君不以私。我岂犬马哉,从君求盖帷。
杀身固有道,大节要不亏。君为社稷死,我则同其归。
顾命有治乱,臣子得从违。魏颗真孝爱,三良安足希。
仕宦岂不荣,有时缠忧悲。所以靖节翁,服此黔娄衣。①

苏轼此诗关乎君臣关系,更关乎人生价值、生命意义的思考,所以宋人给予特别关注,《苏轼全集校注》第4719页集评《竹庄诗话》卷十引《苕溪渔隐丛话》云:

至其晚年,所见益高,超人意表。

引《艺苑雌黄》云:

昔之咏三良者,有王仲宣、曹子建、陶渊明、柳子厚,……曾无一语辨其事非者。惟东坡一篇云"杀身固有道,……三良安足希"。……独冠绝于今古。

王水照先生的《苏轼研究》有两处提及苏轼《和陶〈咏三良〉》,给予了高度评价,认为苏诗"一反陶诗原作之意,严厉批判三良为秦穆公殉葬是违背'事君不以私'的愚忠行为,鲜明地提出'君为社稷死,我则同其归。顾命有治乱,臣子得从违'的君臣关系的原则,这里重点在君命可能有'乱',臣子可以有违,多么可贵的民主性思想闪光!"王水照先生还注意到苏轼《和陶〈咏三良〉》与其早期诗作《秦穆公墓》和黄州时期《别黄州》相比的变化。

纵观苏轼为神宗、高太后所写挽词,再将之与哲宗去世之后的相关文字对照研读,苏轼的君臣观已由前期的注重君主知遇之恩发展到重视思考臣子独立的

---

① [宋]苏轼著,张志烈、马德富、周裕锴主编:《苏轼全集校注·诗集》,石家庄:河北人民出版社,2010年,第4716页。

人生价值和生命意义。他反对愚忠,认为事君不在私恩,重在忠于国家社稷的大节;君上之命有对也有错,臣下有听从或不遵从的选择。从中我们可以看到东坡后期君臣观所达到的高度,诚所谓"所见益高,超人意表"。

相关谪辞、谢表的创作特色及其当时及后世的影响,是我们感兴趣的另一方面。

有宋一代,翰林学士、中书舍人、知制诰乃清要之职,因其代朝廷立言,深受重视;至北宋中后期,因涉及朋党之争,制诰著文,更关切时势及臣僚命运。史料所载为我们透露了个中信息:

> 章惇尝言:"元祐初,司马光作相,用苏轼掌制,所以能鼓动四方,安得斯人而用之!"或曰:"林希可。"会希赴成都,过阙,惇欲使典书诰,逞毒于元祐诸臣,且许以为执政。希久不得志,请甘心焉。凡元祐名臣贬黜之制,皆希为之,极其丑诋,至以"老奸擅国"之语阴斥宣仁,读者无不愤叹。①

正因为翰林学士、中书舍人上承王命或秉承权相之命,在复杂的权力之争中,不能稍有疏忽:

> (绍圣元年三月)诏以辙为端明殿学士、知汝州。中书舍人吴安诗草制,有"风节天下所闻"及"原诚终是爱君"之语,帝怒,命别撰词。辙止散官知汝州,安诗寻亦罢为起居舍人。②

谪辞不能稍有疏忽,谢表就更不能有不妥之处,据何薳《春渚纪闻》卷六《裕陵眷贤士》载:

> 公《自黄移汝州谢表》既上,裕陵览之,顾谓侍臣曰:"苏轼真奇才。"时有

---

① [明]陈邦瞻著:《宋史纪事本末》,北京:中华书局,2015年,第449页。
② [清]李铭汉撰,张兴武等校点:《续通鉴纪事本末》,兰州:甘肃人民出版社,2005年,第997页。

憾公者,复前奏曰:"观轼表中犹有怨望之语。"裕陵愕然曰:"何谓也?"对曰:"其言兄弟并列于贤科,与惊魂未定,梦游缧绁之中之语,盖言轼、辙皆前应直言极谏之诏,今乃以诗词被谴,诚非其罪也。"裕陵徐谓之曰:"朕已灼知苏轼衷心,实无他肠也。"于是语塞云。①

由是可知,如果不是神宗"灼知苏轼衷心","憾公者"就会无中生有,罗织罪名。所以苏轼谢表撰文皆深思熟虑之作。

此外,朝中朋党纷争,任职翰林学士、中书舍人,撰写相关诏诰、谪辞的官员,或意气用事,逞才使气,或受命权臣,恶意报复,无论意愿如何,均需出彩之笔。从代元祐政坛立言的苏轼和代哲宗、章惇立言的林希所撰诏诰都可略窥一二。朱弁《曲洧旧闻》卷五载:

> 吕惠卿之谪也,词头始下,刘贡父当草制。东坡呼曰:"贡父平生作刽子,今日才斩人也。"贡父急引疾而出,东坡一挥而就。不日传都下,纸为之贵。②

陈长方《步里客谈》卷一亦载:

> 东坡行吕吉甫责词曰:"先皇帝求贤如不及,从善若转圜;始以帝尧之聪,姑试伯鲧;终焉孔子之圣,不信宰予。"又曰:"喜则摩足以相欢,怒则反目以相视。"既而语人曰:"三十年作刽子,今日方剐得一个有肉汉。"③

《吕惠卿责授建宁军节度副使本州安置不得签书公事》乃东坡得意之作,但从有关资料也可看出,东坡有意气用事之嫌。也正是为此,苏轼元祐期间所撰诏诰成为日后政敌攻击的口实。《皇宋治迹统类》载,绍圣元年(1094)四月,"御史虞

---

① 四川大学中文系唐宋文学研究室编:《苏轼资料汇编》,北京:中华书局,1994年,第153页。
② 颜中其编注:《苏东坡轶事汇编》,长沙:岳麓书社,1984年,第116—117页。
③ 颜中其编注:《苏东坡轶事汇编》,长沙:岳麓书社,1984年,第117页。

策言:'苏轼作诰诏,语涉讥讪,望核实施行。'殿中侍御史来之邵言:'轼臣先朝,久以罪废。至元祐擢为中书舍人、翰林学士。轼凡所作文字,讥斥先朝,援古况今,多引衰世之事,以快忿怨之私。'又刘拯言:'苏轼敢以私忿行于诏诰中,厚诬丑诋;轼于先朝,不臣甚矣。'"①

时至绍圣,朝中政治生态日趋恶化,吕惠卿们大肆打击政敌。但即使如此,相关制词仍值得关注。《野老纪闻》载:绍圣初(林文节)在外制,行元祐诸公谪词,是非去取,固时相风旨,然而命词似西汉诏令,有王言体,于苏子瞻一词,尤不草草。苏见之曰:"林大亦能作文章耶!"②以我们今天来看,是非去取,绝非一句"时相风旨"可以了却,林希其人之德行历史已有定论。我们在这里要着重讨论的是苏轼与遭贬相关的谢表的特点。章惇、林希处心积虑,用心险恶,而被贬者只有在谢表中申述与表达自己的立场与态度。所以,有关谢表不仅仅关涉苏轼的仕途前程,更关乎性命,"尤不草草"。

研究苏轼被贬之后的谢表,我们仍将谪黄与贬惠、徙儋期间诸谢表加以对照解析。首先就心理准备与心理感受而言,苏轼对于贬谪黄州和后期流贬岭南海外反应迥异。苏轼被贬黄州,"其始弹劾之峻,追取之暴,人皆为轼危"③(孔平仲《孔氏谈苑》),但当其时,上有神宗、太后之重视、庇护,中有王安石、吴充、章惇执正之言,外有司马光、张安平等人营救,苏轼面对突降之灾,时有惊魂不定之忧,甚至有赴死之念,但最终只是一场虚惊。与之相应的是,"苏子瞻以诗得罪,贬黄州,责词云:'黜置方州,以励风俗;往服宽典,勿忘自新。'"④(吕陶《净德集》)"元丰末,移汝州团练副使,制词云:'苏某谪居之久,念咎已深。人材实难,不忍终弃。'"⑤(陈鹄《耆旧续闻》)所以,"只影自怜,命寄江湖之上;惊魂未定,梦游缧绁之中"⑥(《谢量移汝州表》)乃其贬谪心境实写;而其"天地能覆载之,而不能容之

---

① 颜中其编注:《苏东坡轶事汇编》,长沙:岳麓书社,1984年,第201页。
② 颜中其编注:《苏东坡轶事汇编》,长沙:岳麓书社,1984年,第200页。
③ 颜中其编注:《苏东坡轶事汇编》,长沙:岳麓书社,1984年,第57页。
④ 颜中其编注:《苏东坡轶事汇编》,长沙:岳麓书社,1984年,第64页。
⑤ 颜中其编注:《苏东坡轶事汇编》,长沙:岳麓书社,1984年,第84页。
⑥ [宋]苏轼著,张志烈、马德富、周裕锴主编:《苏轼全集校注·文集》,石家庄:河北人民出版社,2010年,第2590页。

于度外;父母能生育之,而不能出之于死中"①(《到黄州谢表》)。"稍从内迁,示不终弃。罪已甘于万死,恩实出于再生"②(《谢量移汝州表》)则是苏轼对神宗"出于独断"佑护自己的感恩。

后期苏轼贬惠、谪儋的政治生态则与被贬黄州大不相同,虽依然是台谏交攻,用心险恶,但更主要的是哲宗挟多年对元祐大臣之积怨,新党挟数年被贬斥疏远之积愤而为。章惇、蔡卞、张商英、赵挺之辈已沦为地道的政客,对于政事、人事,已无是非之念,而多党派倾轧,挟嫌报复之心,于是林希、蔡卞诸人秉承风旨,在制词中对元祐大臣肆意丑诋。一时间政坛翻云覆雨,黑云压城。相关诏诰集中传递了哲宗朝政坛生态恶化的讯息,所以对于政局将变已有预感的苏轼,其所谓谢表更是"著意之作"。其《英州谢上表》言在元祐朝"掌丝纶之要职","凡一时黜陟进退之众,皆两宫威福赏罚之公。既在代言,敢思逃责?苟不能敷扬上意,尊朝廷于日月之明;则何以耸动四方,鼓号令于雷霆之震?故当昭陈功伐,直喻正邪。岂臣愚敢有于私心,盖王言不可以匿旨",直陈胸臆,直言担责,毫不回护。至若"瘴海炎陬,去若清凉之地"③数语,更见其直面人生坎坷苦难之凛然正气。其《到惠州谢上表》依然显不怨不悔之志,"伏念臣性资褊浅,学术荒唐。但守不移之愚,遂成难赦之咎"④。其《到昌化军谢表》则言谪贬流离之危难,"并鬼门而东骛,浮瘴海以南迁。生无还期,死有余责。""臣孤老无托,瘴疠交攻。子孙恸哭于江边,已为死别;魑魅逢迎于海外,宁许生还?"⑤

当我们把关注的焦点集中在苏轼被贬谪的谢表上,还发现徽宗登基后苏轼遇赦后的谢表,更为集中地反映了贬谪生涯的艰危和遇赦后的欣喜感激。如言

---

① [宋]苏轼著,张志烈、马德富、周裕锴主编:《苏轼全集校注·文集》,石家庄:河北人民出版社,2010年,第2583页。
② [宋]苏轼著,张志烈、马德富、周裕锴主编:《苏轼全集校注·文集》,石家庄:河北人民出版社,2010年,第2590页。
③ [宋]苏轼著,张志烈、马德富、周裕锴主编:《苏轼全集校注·文集》,石家庄:河北人民出版社,2010年,第2822—2823页。
④ [宋]苏轼著,张志烈、马德富、周裕锴主编:《苏轼全集校注·文集》,石家庄:河北人民出版社,2010年,第2782页。
⑤ [宋]苏轼著,张志烈、马德富、周裕锴主编:《苏轼全集校注·文集》,石家庄:河北人民出版社,2010年,第2785—2786页。

贬所危难：

> 伏念臣顷以狂愚，遽遭谴责。……投畀遐荒，幸逃鼎镬。风波万里，顾衰病以何堪；烟瘴五年，赖喘息之犹在。怜之者嗟其已甚，嫉之者恨其太轻。考图经止曰海隅，其风土疑非人世。食有并日，衣无御冬。凄凉百端，颠踬万状。恍若醉梦，已无意于生还。①（《移廉州谢上表》）

如言使命初至时先是忧惧然后惊喜的心情：

> 使命远临，初闻丧胆。诏词温厚，亟返惊魂。拜望阙庭，喜溢颜面。否极泰遇，虽物理之常然；昔弃今收，岂罪余之敢望？伏膺知幸，挥涕无从。②（《移廉州谢上表》）

如言对朝廷的感激之情：

> 悯臣以孤忠援寡，察臣以众忌获怨。许以更新，庶其改过。虽天地有化育之德，不能使臣之再生；虽父母有鞠育之恩，不能全臣于必死。报期碎首，言岂渝心！濯去泥涂，已有遭逢之便；扩开云日，复观于变之时。③（《移廉州谢上表》）

> 海上囚拘，分安死所；天边涣汗，诏许生还。驻世之魂，自招合浦；感恩之泪，欲涨溟波……今天子发政施仁，无一夫之失所。凡在名籍，举赐洗湔。俾离一海之中，复至五岭之外。拜天恩之优厚，知圣化之密庸。挈是破家，

---

① [宋]苏轼著，张志烈、马德富、周裕锴主编：《苏轼全集校注·文集》，石家庄：河北人民出版社，2010年，第2827页。
② [宋]苏轼著，张志烈、马德富、周裕锴主编：《苏轼全集校注·文集》，石家庄：河北人民出版社，2010年，第2827页。
③ [宋]苏轼著，张志烈、马德富、周裕锴主编：《苏轼全集校注·文集》，石家庄：河北人民出版社，2010年，第2828页。

航以一苇。蛟鳄潜底,风涛不惊。遂齐编户之民,不为异域之鬼。视偕飞走,施谢乾坤。天日弥高,徒极驰心于魏阙;乡关入望,尚期归骨于眉山。残生无与于杀身,余识终同于结草。①

"七年远谪,不自意全;万里生还,适有天幸。骤从缧绁,复齿搢绅。"②从苏轼这几篇谢表中,我们看到了苏轼用极为简洁的文字对平生遭际的回顾,对贬谪生涯的控诉,写出了遇赦后的惊喜和对朝廷的感激之情。揆诸实际,虽语句泣血,语气含哀,均是真情。我们不认为这是表面文章,有哀怜自全之意。因为综观苏轼贬谪黄州、惠州、儋州之一系列谢表,结合与之相关的谪辞,它们确乎集中反映了朝廷政局的风云变化,谢表更集中体现了苏轼面对危难时的特殊心态,其对人生历程的回顾,简洁扼要;其面对流贬的毅然决然,撼人心魄;其对于贬所艰危的叙写,直言不讳,乃是其七年远谪的真实写照,是我们研究苏轼贬谪生涯的第一手资料。所以,其谢表之价值值得特别关注。

在苏轼接受史上,前人已对此有所关注,虽然切入角度不同,但合而观之,颇能启人思致。储欣评《到黄州谢表》曰:"此表是公著意之作,字筋句骨,语语圆成,学者所当潜心玩味也。"③学者们在对东坡相关谢表潜心玩味中发现,正因为谢表乃东坡用心措意之文,所以用典使事,颇有警策之句,朱翌《猗觉寮杂记》卷五曰:

> 东坡《黄州谢表》云:"天地能覆载之,而不能容之于度外;父母能生育之,而不能出之于死中。"至今脍炙人口。盖用《后汉·袁敞传》张俊语曰:"天

---

① [宋]苏轼著:《谢量移永州表》,张志烈、马德富、周裕锴主编:《苏轼全集校注·文集》,石家庄:河北人民出版社,2010年,第2831—2832页。
② [宋]苏轼著:《提举玉局观谢表》,张志烈、马德富、周裕锴主编:《苏轼全集校注·文集》,石家庄:河北人民出版社,2010年,第2787页。
③ [宋]苏轼著,张志烈、马德富、周裕锴主编:《苏轼全集校注·文集》,石家庄:河北人民出版社,2010年,第2586页。

地父母能生臣俊,不能使臣俊当死复生。"①

巩丰《后耳目志》评东坡过海谢表曰:

(吕祖谦)先生尝爱东坡谢表云:"臣无毫发之能,而有丘山之罪;宜三黜而未已,跨万里而独来。"萧然出四六畦町之外。②

有论者在谢表中看到了时势之艰危,章惇们用心之险恶,东坡所处之艰难,陈天定评《到昌化军谢表》云:"读此而不酸心者非人也。彼谮人者亦已太甚!"③高嵣亦云:"此到军后表。地故在儋耳,非人所居。故篇中写得气象愁惨,不忍卒读。"④储欣更曰:"人非木石,读此谁不废书而泣。"⑤

有论者从谢表之中看到了东坡胸怀坦荡,直面贬途的凛然正气。王文诰云:"虞策、来之邵等翻腾旧劾各条,公屡有辩奏,可覆检也。此则不惟不辩,率性一担挑回,故云'固当昭陈功罚,直喻正邪'也。盖前之必辩者,原欲留其身以为国,此则已将一片热肠放下,惟有拚此身听其流转、付诸清议而已。可见其立时勇决也。此状本集不载具官年月,特为补全,俾读之者虽百世之下,犹见其生气凛然也。"⑥

也有论者在品味阅读中,发现东坡谢表警策之句的影响,梁玉绳《清白士集》卷二十三曰:

---

① [宋]苏轼著,张志烈、马德富、周裕锴主编:《苏轼全集校注·文集》,石家庄:河北人民出版社,2010年,第2586页。
② 四川大学中文系唐宋文学研究室编:《苏轼资料汇编》,北京:中华书局,1994年,第646页。
③ [宋]苏轼著,张志烈、马德富、周裕锴主编:《苏轼全集校注·文集》,石家庄:河北人民出版社,2010年,第2787页。
④ [宋]苏轼著,张志烈、马德富、周裕锴主编:《苏轼全集校注·文集》,石家庄:河北人民出版社,2010年,第2787页。
⑤ 四川大学中文系唐宋文学研究室编:《苏轼资料汇编》,北京:中华书局,1994年,第1137页。
⑥ [宋]苏轼著,张志烈、马德富、周裕锴主编:《苏轼全集校注·文集》,石家庄:河北人民出版社,2010年,第2826—2827页。

东坡《谢量移汝州表》:"疾病连年,人皆相传为已死;饥寒并日,臣亦自厌其余生。"范石湖《甲辰人日病中六言诗》:"人应见怜久病,我偏自厌余生。"元遗山《感事诗》:"人皆传已死,吾亦厌余生。"郭钰《晚眺诗》:"饥寒久已厌吾生。"俱用坡语。①

更有论者在东坡谢表及相关诗文与前人的比较中,发现了东坡特有的善于处穷、为人叹服的坡仙风范,洪迈《容斋随笔》卷八《韩公潮州表》条曰:

韩文公《谏佛骨表》,其词切直,至云:"凡有殃咎,宜加臣身,上天监临,臣不怨悔。"坐此贬潮州刺史。而谢表云:"臣于当时之文,未有过人者。至论陛下功德,与《诗》《书》相表里,作为歌诗,荐之郊庙,虽使古人复生,臣亦未肯多逊。而负罪婴衅,自拘海岛。怀痛穷天,死不闭目。伏惟天地父母,哀而怜之。"考韩所言,其意乃望召还。宪宗虽有武功,亦未至编之《诗》、《书》而无愧。至于"纪泰山之封,镂白玉之牒,东巡奏功,明示得意"等语,摧挫献佞,大与谏表不侔,当时李汉辈编定文集,惜不能为之除去。东坡自黄州量移汝州,上表云:"伏读训词,有'人材实难,不忍终弃'之语。臣昔在常州,有田粗给饘粥,欲望许令常州居住。辄叙徐州守河及获妖贼事,庶因功过相除,得从所便。"读者谓与韩公相类,是不然。二表均为归命君上,然其情则不同。坡自列往事,皆其实迹,而所乞不过见地耳,且略无佞词,真为可服。②

袁桷云:

昌黎公潮州谢表,识者谓不免有哀矜悔艾之意。坡翁黄州谢表,悔而不屈,哀而不怨,过于昌黎多矣。然余尝读岭海谢表,有云:"人皆相传其已死,

---

① 四川大学中文系唐宋文学研究室编:《苏轼资料汇编》,北京:中华书局,1994年,第1439页。
② 四川大学中文系唐宋文学研究室编:《苏轼资料汇编》,北京:中华书局,1994年,第523页。

臣亦自厌其余生。"言至于此,章、蔡之罪,可胜数哉!①

何曰愈《退庵诗话》卷四亦曰:

> 韩退之《谏佛骨》一表,维持圣教,至今读之犹凛凛有生气。而贬潮州《示侄孙湘》诗,乃悲怆作楚囚态。诗与文何相悬殊也!白香山贬江州云:"雨露施恩无厚薄,蓬蒿随分有荣枯。"可谓乐天知命。东坡贬黄州云:"长江绕郭知鱼美,好竹连山觉笋香。"贬儋耳云:"垂天雌霓云端下,快意雄风海上来。"作达语。三公皆一代名臣,文章学问,倔强遭际,处处多同。而胸襟则不无少间。②

无论是东坡谢表中对平生遭际的总结回顾,对贬谪艰难生涯的控诉,遇赦后欣喜感激之情的流露,抑或是令后世论者服膺的东坡谢表的警策和特色成就,以及谢表的影响及与前人相比较而展示的特有风范,这一切都说明东坡被贬期间的系列谢表蕴含了丰富的文化信息。

研究东坡的贬谪生涯,使我们的目光聚焦在有关的谪辞和系列谢表上,时隔千年,在对一代文化巨人的贬谪生涯的审视中,我们不仅从相关谪辞谢表中触摸到特有时代的脉动、政坛时势的动荡起伏、政坛各色人物在政治的风口浪尖上的去就从违中所显示的人格人性;而且从其精心结撰的谢表中,真切地感受到苏轼在不同时期被贬的心声心态,其直面贬谪苦难的风范。在作者的心声心画中,我们看到了东坡对于神宗、哲宗的不同态度,看到了东坡晚年君臣观的高度。东坡的一系列贬谪中的谢表是其贬谪时期精神人格的浓缩,遣词为文,时见警策,影响当代及后世,值得加以关注研讨。

---

① 四川大学中文系唐宋文学研究室编:《苏轼资料汇编》,北京:中华书局,1994年,第875页。
② 四川大学中文系唐宋文学研究室编:《苏轼资料汇编》,北京:中华书局,1994年,第1517页。

近世文人，私所敬慕者，一人而已
——苏轼对陆贽的尊崇与超越

　　检阅苏轼现存文集，其所著史论、史评多达百余篇，仅就苏轼历史人物史论篇目，一些论者即惊叹苏轼"这类文章数量之多，在中国文学史上仅此一人而已"①。然而现通行的文学史，如游国恩、王起等主编《中国文学史》、袁行霈等主编《中国文学史》、章培恒等主编《中国文学史》、孙望和常国武等主编《宋代文学史》，或限于篇幅，或囿于体例，极少给予一定篇幅加以专门论述。自20世纪90年代渐多专文探讨，诸如陈晓芬《苏轼史论文中的人格思考》②、周国林《评苏轼的人物史论》③、何玉兰《略论苏洵、苏轼史论散文的艺术特色及价值》④、林峥《苏轼史论文的思想与艺术特征》⑤等等，从思想内容到艺术特性诸方面对于苏轼史论进行了探讨。但梳理相关研究论著，我们发现，尽管苏轼历史人物论的研究日益为人重视，但还有一些问题值得关注，譬如苏轼史论散文与苏轼咏史怀古诗的综合比较研究、苏轼未列专文评议但对苏轼有重大影响的历史人物研究等。鉴于以上原因，本文拟对苏轼最为尊崇的中唐政论家、政治家陆贽对于苏轼的影响加以探讨，不足之处，望方家指正。

---

　　①周国林：《评苏轼的人物史论》，《长沙电力学院学报》2001年第2期。
　　②陈晓芬：《苏轼史论文中的人格思考》，《吉安师专学报》2000年第1期。
　　③周国林：《评苏轼的人物史论》，《长沙电力学院学报》2001年第2期。
　　④何玉兰：《略论苏洵、苏轼史论散文的艺术特色及价值》，《乐山师范学院学报》2006年第2期。
　　⑤林峥：《苏轼史论文的思想与艺术特征》，《南方论坛》2013年第6期。

一、东坡尊崇陆贽,源于家学师承而服膺终身

研究苏轼,何以我们特别关注苏轼对于陆贽的接受和尊崇?因为苏轼特别强调"文人之盛,莫如近世,然私所敬慕者,独陆宣公一人"①。甚且言"伏见唐宰相陆贽,才本王佐,学为帝师。论深切于事情,言不离于道德。智如子房,而文则过;辩如贾谊,而术不疏。上以格君心之非,下以通天下之志。三代已还,一人而已"②。

何以在苏轼史论中未有专论、专评的唐代名相陆贽,竟使苏轼如此尊崇?这激起我们进一步探求的强烈兴趣。据有关史料记载,陆贽乃中唐著名的政治家、思想家、政论家。《旧唐书》《新唐书》皆有传。一般介绍略谓:

陆贽,唐苏州嘉兴人。字敬舆。大历六年进士。德宗召为翰林学士;官至中书侍郎、门下平章事。卒谥宣公。所作奏议数十篇。有《陆宣公翰苑集》。指陈时病,论辩明澈。为后世所重。

苏轼自言于近世文人中,独敬慕陆贽一人,但在其浩繁著述之中,论及陆贽之处并不多,以时间先后录载有关篇目于下:

《转对条上三事状》,元祐三年(1088)五月一日作于汴京③;《六一居士集叙》④,元祐三年十二月作于汴京;《乞校正陆贽奏议上进札子》⑤,元祐八年(1093)五月七日作于汴京;《答虔倅俞括一首》⑥,绍圣元年(1094)八月作于虔州;《与王

---

① [宋]苏轼著,张志烈、马德富、周裕锴主编:《苏轼全集校注·文集》,石家庄:河北人民出版社,2010年,第6493—6494页。
② [宋]苏轼著,张志烈、马德富、周裕锴主编:《苏轼全集校注·文集》,石家庄:河北人民出版社,2010年,第3566页。
③ [宋]苏轼著,张志烈、马德富、周裕锴主编:《苏轼全集校注·文集》,石家庄:河北人民出版社,2010年,第3195—3199页。
④ [宋]苏轼著,张志烈、马德富、周裕锴主编:《苏轼全集校注·文集》,石家庄:河北人民出版社,2010年,第977—979页。
⑤ [宋]苏轼著,张志烈、马德富、周裕锴主编:《苏轼全集校注·文集》,石家庄:河北人民出版社,2010年,第3566—3567页。
⑥ [宋]苏轼著,张志烈、马德富、周裕锴主编:《苏轼全集校注·文集》,石家庄:河北人民出版社,2010年,第6493—6494页。

库书》①,绍圣三年(1096)七月作于惠州;《与刘壮舆六首》②(之四),建中靖国元年(1101)四月作于南康军。

以上苏轼言及陆贽的六篇文章给我们透露了一个明显的信息,这些文章均作于苏轼人生之后期,参考其父苏洵、弟弟苏辙,门人黄庭坚及宋人相关评论,可以让我们得出以下推论:

苏轼对于陆贽尊崇服膺终身,与其家学和早年教育密切相关。相关资料可以为证者有三。其一,苏辙《亡兄子瞻端明墓志铭》叙其兄一生文风之变化曰:

公之于文,得之于天。少与辙皆师先君,初好贾谊、陆贽书,论古今治乱,不为空言。既而读《庄子》,喟然叹息曰:"吾昔有见于中,口未能言;今见《庄子》,得吾心矣。"乃出《中庸论》,其言微妙,皆古人所未喻。……既而谪居于黄,杜门深居,驰骋翰墨,其文一变,如川之方至,而辙瞠然不能及矣。后读释氏书,深悟实相,参之孔、老,博辩无碍,浩然不见其涯也。③

细味文义,则因苏氏家学,东坡早年已谙熟并喜好贾谊、陆贽之书。言其喜好陆贽之书源于家学,其父苏洵《上欧阳内翰第一书》亦可为证。苏洵在文中极力推崇欧阳修的文章,自以为"执事之文章,天下之人莫不知之;然窃自以为洵之知之特深愈于天下之人"④,将欧阳修之文与孟子、韩愈之文并列,"此三者,皆断然自为一家之文也"。此外,"惟李翱之文,其味黯然而长,其光油然而幽,俯仰揖让,有执事之态。陆贽之文,遣言措意,切近得当,有执事之实;而执事之文,又自有过人者。盖执事之文,非孟子、韩子之文,而欧阳子之文也"。千年文脉,苏洵所列,欧阳子之外,亦仅孟子、韩愈、李翱、陆贽四人而已。

---

① [宋]苏轼著,张志烈、马德富、周裕锴主编:《苏轼全集校注·文集》,石家庄:河北人民出版社,2010年,第5306—5307页。
② [宋]苏轼著,张志烈、马德富、周裕锴主编:《苏轼全集校注·文集》,石家庄:河北人民出版社,2010年,第5930页。
③ 四川大学中文系唐宋文学研究室编:《苏轼资料汇编》,北京:中华书局,1994年,第71—72页。
④ [宋]苏洵著,曾枣庄、金成礼笺注:《嘉祐集笺注》典藏版,上海:上海古籍出版社,2023年,第380页。

苏洵《上欧阳内翰第一书》作于嘉祐元年(1056)，正是苏轼为学有成，随父入京求取功名之时。与之相应的是，元祐三年(1088)十二月在汴京苏轼撰写《六一居士集叙》，亦曰：

> 予得其诗文七百六十六篇于其子棐，乃次而论之曰："欧阳子论大道似韩愈，论事似陆贽，记事似司马迁，诗赋似李白。"此非余言也，天下之言也。①

两相对照，我们发现一个很有意思的现象，苏轼父子尊崇欧阳修的文坛地位、诗文成就，同样于千年道统、文脉仅仅列四人比衬，苏洵所列为孟子、韩愈、李翱、陆贽，苏轼所列为韩愈、陆贽、司马迁、李白，重合者为韩愈、陆贽二人；而于韩愈，老苏所论乃"韩子之文，如长江大河，浑灏流转"的文学成就；大苏所论乃韩、欧相承之"论大道似韩愈"的道统承传。唯独对于陆贽，苏洵、苏氏父子着眼点颇为一致，苏洵谓"陆贽之文，遣言措意，切近得当，有执事之实"，苏轼谓欧阳修"论事似陆贽"，都聚焦在陆贽之文指陈时病，论辩明澈，"论古今治乱，不为空言""切近得当"的个性特色。所以，东坡之尊崇陆贽，家学之外，与其师承欧阳公颇有关联。

讨论苏轼尊崇陆贽乃其家学传统，其《与王庠书》亦可为证，其文曰：

> 儒者之病，多空文而少实用。贾谊、陆贽之学，殆不传于世。老病且死，独欲以此教子弟，岂意姻亲中，乃有王郎乎？三复来贶，喜抃不已。②

要而言之，由苏轼"少好贾谊、陆贽之书"，到嘉祐元年(1056)苏洵赞欧阳修

---

① [宋]苏轼著，张志烈、马德富、周裕锴主编：《苏轼全集校注·文集》，石家庄：河北人民出版社，2010年，第977页。
② [宋]苏轼著，张志烈、马德富、周裕锴主编：《苏轼全集校注·文集》，石家庄：河北人民出版社，2010年，第5307页。

之文则言"陆贽之文,遣言措意,切近得当,有执事之实",再到元祐三年(1088)苏轼《六一居士集叙》称颂欧阳修"论事似陆贽",直到晚年南迁惠州之《与王庠书》中欲以"贾谊、陆贽之学""教子弟"的表述,可以得出这样的结论:苏轼之接受、尊崇陆贽与其早期教育之家学师承有密切关联且苏轼对陆贽服膺终身。

且寻绎东坡尊崇陆贽的相关文字,我们还发现,东坡喜欢将陆贽与张良、贾谊、诸葛孔明并称,然而陆贽"智如子房而文则过,辩如贾谊而术不疏",张良未有诗文集流传,自不待言;即如贾谊,东坡曾明确指出其"不善处穷""志大而量小,才有余而识不足"之缺失[①];在《转对条上三事状》中,东坡希望"陛下常以诸葛亮、陆贽之言为法,则天下幸甚",但在《诸葛亮论》中他也批评孔明之失在于以"仁义诈力杂用以取天下"[②],而陆贽则德才兼具,我们看不到东坡批评陆贽的任何文字,由此可见陆贽在东坡心目中的地位。

那么,为什么在东坡心目中陆贽的地位如此重要?我们认为因其家学师承渊源与现实需要。苏轼终身尊崇陆贽,其核心在于实用之学。苏轼对于陆贽的接受、尊崇之核心点在于陆贽"论古今治乱不为空言",无当世儒者"多空文而少实用"之病。

东坡一生尊奉实用之学,强调学以致用,其观念源于家学、家法师承而与时迁变。比较对读苏轼与苏洵之作,仅从现存文字即可看到较为明显的"家学"痕迹。苏洵《史论上》劈头一句即曰:"史何为而作乎?"[③]苏轼早期的《思治论》首句即曰:"方今天下何病哉?"[④]复检苏洵《嘉祐集》,强调针对现实,积极用世,学贵济世的论说随处可见。《权书》《衡论》乃苏洵得意之作,其《权书叙》曰:

人有言曰:儒者不言兵。仁义之兵,无术而自胜。使仁义之兵无术而自

---

① [宋]苏轼著,张志烈、马德富、周裕锴主编:《苏轼全集校注·文集》,石家庄:河北人民出版社,2010年,第360页。
② [宋]苏轼著,张志烈、马德富、周裕锴主编:《苏轼全集校注·文集》,石家庄:河北人民出版社,2010年,第378页。
③ [宋]苏洵著,曾枣庄、金成礼笺注:《嘉祐集笺注》典藏版,上海:上海古籍出版社,2023年,第265页。
④ [宋]苏轼著,张志烈、马德富、周裕锴主编:《苏轼全集校注·文集》,石家庄:河北人民出版社,2010年,第389页。

胜也。则武王何用乎太公？而牧野之战，"四伐、五伐、六伐、七伐，乃止齐焉"，又何用也？

《权书》，兵书也，而所以用仁济义之术也。吾疾夫世之人不究本末，而妄以我为孙武之徒也。夫孙氏之言兵，为常言也。而我以此书为不得已而言之之书也。故仁义不得已，而后吾《权书》用焉。然则权者，为仁义之穷而作也。①

其《衡论叙》亦曰：

事有可以尽告人者，有可告人以其端而不可尽者。尽以告人，其难在告；告人以其端，其难在用。

始吾作《权书》，以为其用可以至于无穷，而亦可以至于无用，于是又作《衡论》十篇。呜呼！从吾说而不见其成，乃今可以罪我焉耳。②

苏洵著述《权书》《衡论》《洪范论》的目的在于"施之于今"，行匡济之志，他在《上韩枢密书》中表述得十分明白：

洵著书无他长，及言兵事，论古今形势，至自比贾谊。所献《权书》，虽古人已往成败之迹，苟深晓其义，施之于今，无所不可。③

苏氏家学，东坡自幼耳濡目染，自然根植于心。其《凫绎先生诗集叙》曰：

昔吾先君适京师，与卿士大夫游，归以语轼曰："自今以往，文章其日工，而道将散矣。士慕远而忽近，贵华而贱实，吾已见其兆矣。"以鲁人凫绎先生

---

① [宋]苏洵著，曾枣庄、金成礼笺注：《嘉祐集笺注》典藏版，上海：上海古籍出版社，2023年，第31页。
② [宋]苏洵著，曾枣庄、金成礼笺注：《嘉祐集笺注》典藏版，上海：上海古籍出版社，2023年，第93页。
③ [宋]苏洵著，曾枣庄、金成礼笺注：《嘉祐集笺注》典藏版，上海：上海古籍出版社，2023年，第349页。

之诗文十余篇示轼曰:"小子识之,后数十年,天下无复为斯文者也。"先生之诗文,皆有为而作,精悍确苦,言必中当世之过,凿凿乎如五谷必可以疗饥,断断乎如药石必可以伐病。其游谈以为高,枝词以为观美者,先生无一言焉。

其后二十余年,先君既没,而其言存。士之为文者,莫不超然出于形器之表,微言高论,既已鄙陋汉、唐,而其反复论难,正言不讳,如先生之文者,世莫之贵也。轼是以悲于孔子之言,而怀先君之遗训,益求先生之文,而得之于其子复,乃录而藏之。①

"先君既没,而其言存。"东坡求凫绎先生之文"录而藏之",既藏其文字以醒世,更藏其"有为而作"之创作精神于心,并终身行之。

探讨实用之学为苏氏家法,《颖滨语录》中曾有一段关于苏轼入仕之初向伯父苏涣请教为政之方的记载,可以为证:

颖滨尝语陈天倪云:"亡兄子瞻及第调官,见先伯父,问所以为政之方。伯父曰:'如汝作《刑赏忠厚论》。'子瞻曰:'文章固某所能,然初未尝学为政也,奈何?'伯父曰:'汝在场屋,得一论题时,即有处置,方敢下笔,此文遂佳。为政亦然。有事入来,见得未破,不要下手;俟了了而后行,无有错也。'至今以此言为家法。"②

苏涣这一段话作为"家法",简明扼要地讲明了读书写作与仕宦实用之关系,苏轼、苏辙兄弟终身奉为圭臬。苏辙作于崇宁五年(1106)的《送元老西归》诗曰:"昼锦西归及早秋,十年太学为亲留。……家有吏师遗躅在,当令耆旧识风流。"

---

① [宋]苏轼著,张志烈、马德富、周裕锴主编:《苏轼全集校注·文集》,石家庄:河北人民出版社,2010年,第968—969页。
② 颜中其编注:《苏东坡轶事汇编》,长沙:岳麓书社,1984年,第15页。

自注:伯父仕宦四十年,当时号为吏师。①

二、学以致用,学贵实用,苏轼对于陆贽的尊崇体现在仕宦体用和施政惠民的不同方面

翻检东坡诗文中论及陆贽的文字,最为集中的体现在《乞校正陆贽奏议上进札子》②,鉴于此文的独特性,在此不惮辞费,稍加分析。

札子开首直陈上札子的缘由,"臣等猥以空疏,备员讲读。圣明天纵,学问日新。臣等才有限而道无穷,心欲言而口不逮,以此自愧,莫知所为"。而后以其擅长的以医论事之能,委婉进言,"窃谓人臣之纳忠,譬如医者之用药。药虽进于医手,方多传于古人。若已经效于世间,不必皆从于己出"。敷陈校正陆贽奏议上进之忠心。层层铺设而后进入札子的中心内容,一是对陆贽高度评价,"伏见唐宰相陆贽,才本王佐,学为帝师。论深切于事情,言不离于道德。智如子房,而文则过;辩如贾谊,而术不疏。上以格君心之非,下以通天下之志。三代已还,一人而已"。

二是叙述陆贽的忠言谠论、远见卓识不能尽为世用,"但其不幸,仕不遇时。德宗以苛刻为能,而贽谏之以忠厚。德宗以猜疑为术,而贽劝之以推诚。德宗好用兵,而贽以消兵为先。德宗好聚财,而贽以散财为急。至于用人听言之法,治边驭将之方,罪己以收人心,改过以应天道,去小人以除民患,惜名器以待有功,如此之流,未易悉数。可谓进苦口之药石,针害身之膏肓。使德宗尽用其言,则贞观可得而复"。最后落脚到陆贽奏议有益"圣学"足资治道的现实意义,"臣等每退自西阁,即私相告言,以陛下圣明,必喜贽议论。但使圣贤之相契,即如臣主之同时"。"如贽之论,开卷了然。聚古今之精英,实治乱之龟鉴。臣等欲取其奏议,稍加校正,缮写进呈。愿陛下置之坐隅,如见贽面,反复熟读,如与贽言。必能发圣性之高明,成治功于岁月。"

---

① 洪本健编著:《宋文六大家活动编年》,上海:华东师范大学出版社,1993年,第404页。
② [宋]苏轼著,张志烈、马德富、周裕锴主编:《苏轼全集校注·文集》,石家庄:河北人民出版社,2010年,第3566—3567页。

此文元祐八年（1093）五月七日作于开封。前人曾谓苏轼《乞校正陆贽奏议上进札子》乃"长公所最得意识见，亦最得意奏条"，因其"借贽之所苦口于德宗者，感动主上"。①而我们对于此文特别重视，因为苏轼的"最得意奏条"蕴含的对于陆贽的高度评价，诸如"才本王佐，学为帝师。论深切于事情，言不离于道德。智如子房，而文则过；辩如贾谊，而术不疏。上以格君心之非，下以通天下之志。三代已还，一人而已"，论者多耳熟能详。而苏轼对于陆贽整体认识和现实意义的评说，要将东坡前后诸文和《乞校正陆贽奏议上进札子》对照阅读才会有更为清晰的认知。这些文章应包括《谢除两职守礼部尚书表二首之二》②《申省读汉唐正史状》③《朝辞赴定州论事状》④《答虔倅俞括一首》⑤和《中山松醪赋》⑥。

综合分析，不难发现，在元祐末期，苏轼对于现实的深刻认识凸显了陆贽在其内心的地位。首先，我们可以看到，在撰《乞校正陆贽奏议上进札子》三个月之后，东坡又有《申省读汉唐正史状》，同样出于以史为鉴的深心，苏轼诸"讲读官同将汉、唐正史内可以进读事迹钞节成篇，遇读日进呈敷演，庶裨圣治"。而在此前，苏轼诸人已将陆贽奏议校正单独上进，可见陆贽在其心目中的地位。

其次，将东坡相关文章比照研味，可以见出东坡推崇陆贽，重在其"论古今治乱，不为空言"的实用之学。其《谢除两职守礼部尚书表二首之二》坦陈："始臣之学也，以适用为本，而耻空言；故其仕也，以及民为心，而惭尸禄。乃者屡请治郡，兼乞守边。欲及残年，少施实效，而有志莫遂，负愧何言？""今乃以文字为官常，语言为职业。下无所见其能否，上无所考其幽明。循省初心，有靦面目。故于拜

---

① 四川大学中文系唐宋文学研究室编：《苏轼资料汇编》，北京：中华书局，1994年，第978页。
② [宋]苏轼著，张志烈、马德富、周裕锴主编：《苏轼全集校注·文集》，石家庄：河北人民出版社，2010年，第2759页。
③ [宋]苏轼著，张志烈、马德富、周裕锴主编：《苏轼全集校注·文集》，石家庄：河北人民出版社，2010年，第3586页。
④ [宋]苏轼著，张志烈、马德富、周裕锴主编：《苏轼全集校注·文集》，石家庄：河北人民出版社，2010年，第3588页。
⑤ [宋]苏轼著，张志烈、马德富、周裕锴主编：《苏轼全集校注·文集》，石家庄：河北人民出版社，2010年，第6493—6494页。
⑥ [宋]苏轼著，张志烈、马德富、周裕锴主编：《苏轼全集校注·文集》，石家庄：河北人民出版社，2010年，第57页。

恩之日,少陈有益之言。"期望"一言可以兴邦","一正君而天下定矣"。①

以东坡的丰富人生经历和政治敏感,他对于元祐末期朝政之积弊,特别是亲见哲宗已由一孩童成长为欲有所为的青年,其长期处于垂帘听政下的压抑、隐忍以及内心的怨望,已然有所察觉。所以针对当下的政治生态和哲宗内心隐藏的"病象",适时提出警示,其在《谢除两职守礼部尚书表》中说自己和各位讲读之官,"八年之间,指陈文理,何啻千万!虽所论不同,然其要不出六事。一曰慈,二曰俭,三曰勤,四曰慎,五曰诚,六曰明。慈者,谓好生恶杀,不喜兵刑。俭者,谓约己省费,不伤民财。勤者,谓躬亲庶政,不迩声色。慎者,谓畏天法祖,不轻人言。诚者,谓推心待下,不用智数。明者,谓专信君子,不杂小人。此六者,皆先王之陈迹,老生之常谈。言无新奇,人所易忽。譬之饮膳,则为谷米羊豕,虽非异味,而有益于人;譬之药石,则为蓍术参苓,虽无近效,而有益于命。若陛下信受此言,如御饮膳,如服药石,则天人自应,福禄难量,而臣等所学先王之道,亦不为无补于世"②。

如果把这一大段文字和《乞校正陆贽奏议上进札子》对照,札子言陆贽"不幸,仕不遇时。德宗以苛刻为能,而贽谏之以忠厚;德宗以猜疑为术,而贽劝之以推诚;德宗好用兵,而贽以消兵为先;德宗好聚财,而贽以散财为急。至于用人听言之法,治边驭将之方,罪己以收人心,改过以应天道,去小人以除民患,惜名器以待有功,如此之流,未易悉数。可谓进苦口之药石,针害身之膏肓。使德宗尽用其言,则贞观可得而复"。可以推知,苏轼在《谢除两职守礼部尚书表》中特指的"慈""俭""勤""慎""诚""明"之"六事"与《乞校正陆贽奏议上进札子》中德宗"苛刻""猜疑""好兵""好财"诸过错,均有所指而言。正如曾枣庄先生所说:开药方就证明有病,开的什么药方就证明有什么病。苏轼要求哲宗慈、俭、勤、慎、诚、明,可见他感到已经成年的哲宗存在不慈、不俭、不勤、不慎、不诚、不明的问题。他要即将亲政的哲宗,以德宗的"苛刻""猜疑""好用兵""好聚财"为戒。由此可

---

① 苏轼著,李之亮笺注:《苏轼文集编年笺注》三,成都:巴蜀书社,2011年,第543页。
② [宋]苏洵等著,曾枣庄、舒大刚主编:《三苏全书》,北京:语文出版社,2001年,第410—411页。

看出苏轼这时对哲宗的政治倾向已有预感。他这些话都是有感而发,并非泛泛而谈。①

让我们颇感兴趣的是,在这一系列文章中,苏轼充分运用了他擅长的以医论政、以医论事、以医明理的论辩方法,显示了臣下之诚、论辩之智。苏轼在《谢除两职守礼部尚书表》中论列"慈、俭、勤、慎、诚、信"要义后,续言:

> 此六者,皆先王之陈迹,老生之常谈。言无新奇,人所易忽。譬之饮膳,则为谷米羊豕,虽非异味,而有益于人;譬之药石,则为耆术参苓,虽无近效,而有益于命。若陛下信受此言,如御饮膳,如服药石,则天人自应,福禄难量,而臣等所学先王之道,亦不为无补于世。②

其在《乞校正陆贽奏议上进札子》言及上进陆贽奏议之初衷,坦言:

> 窃谓人臣之纳忠,譬如医者之用药,药虽进于医手,方多传于古人。若已经效于世间,不必皆从于己出。

其在《朝辞赴定州论事状》中"冒死进言":

> 臣又闻为政如用药方,今天下虽未大治,实无大病。古人云:"有病不治,常得中医。"虽未能尽除小疾,然贤于误服恶药、觊万一之利而得不救之祸者远矣。臣恐急进好利之臣,辄劝陛下轻有改变。故辄进此说,敢望陛下深信古语,且守中医安稳万全之策,勿为恶药所误。实社稷宗庙之利,天下幸甚。臣不胜忘身忧国之心,冒死进言。③

---

① 曾枣庄著:《苏轼评传》,成都:四川人民出版社,1981年,第194—195页。
② [宋]苏轼著:《谢除两职守礼部尚书表〈二〉》,[宋]苏洵等著,曾枣庄、舒大刚主编:《三苏全书》,北京:语文出版社,2001年,第411页。
③ [宋]苏轼著,张志烈、马德富、周裕锴主编:《苏轼全集校注·文集》,石家庄:河北人民出版社,2010年,第3590页。

在元祐末期的苏轼看来,斯时之朝政是病态的,哲宗皇上是有"心疾"的,而陆贽等前人治世之论不啻为苦口良药。东坡诸文皆精心之作,语意轩豁,以医论事,见其措意之深。其所用心,在于感动哲宗。然而当时政局,暗流涌动,哲宗心蓄异志,东坡业已感知。所以系列文章推诚进言之外,东坡心怀忧虑,在《谢除两职守礼部尚书表》中他已预见了他最不愿见到的结果:

> 若陛下听而不受,受而不信,信而不行,如闻春禽之声、秋虫之鸣,过耳而已,则臣等虽三尺之喙,日诵五车之书,反不如医卜执技之流,簿书奔走之吏。其为尸素,死有余诛。伏望陛下一览臣言,少留圣意。天下幸甚。

这种担心,苏轼在《答虔倅俞括一首》①中借医者之语以寓托:

> 然去岁在都下,见一医工,颇艺而穷,慨然谓仆曰:"人所以服药,端为病耳。若欲以适口,则莫如刍豢,何以药为?今孙氏、刘氏皆以药显,孙氏期于治病,不择甘苦,而刘氏专务适口,病者宜安所去取,而刘氏富倍孙氏,此何理也?"

东坡自谓"始吾南迁,过虔州,与通守承议郎俞君括游"②。去岁云云,则指元祐八年(1093)在京城之时。信中言及"进宣公奏议",虽文为俞括而发,"使君斯文,恐未必售于世。然售不售,岂吾侪所当挂口哉,聊以发一笑耳。进宣公奏议,有一表,辄录呈,不须示人也",可以明显看出东坡乃有所激而言。

因是之故,苏轼在国事将变、风雨如磐之际,思考翻云覆雨的政坛风云中的

---

① [宋]苏轼著,张志烈、马德富、周裕锴主编:《苏轼全集校注·文集》,石家庄:河北人民出版社,2010年,第6494页。
② [宋]苏轼著,张志烈、马德富、周裕锴主编:《苏轼全集校注·文集》,石家庄:河北人民出版社,2010年,第1231页。

人生意义和人生价值：

> 始臣之学也，以适用为本，而耻空言；故其仕也，以及民为心，而惭尸禄。乃者屡请治郡，兼乞守边，欲及残年，少施实效。而有志莫遂，负愧何言？今乃以文字为官常，语言为职业。下无所见其能否，上无所考其幽明。循省初心，有觍面目。故于拜恩之日，少陈有益之言。①

不幸的是，东坡的一片赤诚对于哲宗而言的确"如闻春禽之声、秋虫之鸣，过耳而已"。而苏轼绍圣被贬，亦在意料之中：

> 则臣等虽三尺之喙，日诵五车之书，反不如医卜执技之流，簿书奔走之吏。其为尸素，死有余诛。②

再联系东坡元祐八年（1093）十二月作于定州的《中山松醪赋》可以见出东坡胸中现实与理想天壤悬隔的痛楚，大材小用甚或学无所用的悲哀。《苏轼全集校注》第62页"集评"录《经进东坡文集事略》卷二《中山松醪赋》郎晔注引晁补之的一段话，颇有助于我们了解此赋之内涵：

> 《松醪赋》者，苏公之所作也。公帅定武，饬厨传，断松节以酿酒，云：饮之愈风扶衰。松，大厦材也。摧而为薪，则与蓬蒿何异？今虽残，犹可收功于药饵。则世之用材者，虽斫而小之，为可惜矣；倘因其能，转败而为功，犹无不可也。

---

① [宋]苏轼著：《谢除两职守礼部尚书表二首其一》，张志烈、马德富、周裕锴主编：《苏轼全集校注·文集》，石家庄：河北人民出版社，2010年，第2759—2760页。
② [宋]苏轼著：《谢除两职守礼部尚书表二首其一》，张志烈、马德富、周裕锴主编：《苏轼全集校注·文集》，石家庄：河北人民出版社，2010年，第2761页。

"大材小用古所叹",将东坡《中山松醪赋》中"岂千岁之妙质,而死斤斧于鸿毛。效区区之寸明,曾何异于束蒿?烂文章之纠缠,惊节解而流膏。嗟构厦其已远,尚药石而可曹。收薄用于桑榆,制中山之松醪"词句与晁补之所记对照,不难看出东坡在时势迁变中的悲哀,以及在悲思中的一线希冀。

在元祐末期这个时间点上,我们通过东坡一系列代表作看到东坡对陆贽的高度评价,看到东坡崇仰陆贽的精神内核是实用之学,看到东坡对千尺栋梁摧为蓬蒿、化为松醪的悲哀和无奈,看到东坡在时代风云变化之际对自己实用之志破灭的探究,看到东坡对"陆贽不幸"、一己遭逢不幸的深思。这一切都和东坡崇尚陆贽忠贞报国、实干兴邦,反对空谈误国的政治理念密切相关。

推而论之,东坡在元祐时期竭忠尽智,杀身图报,在国事将变、潜流涌动之时,依然知其不可为而为之的举措也和陆贽甚为相似。据史载:

> 德宗在东宫时,素知贽名,乃召为翰林学士,转祠部员外郎。贽性忠荩,既居近密,感人主重知,思有以效报,故政或有缺,巨细必陈,由是顾待益厚。①

陆贽由于感德宗重知,思以图报;东坡在元祐朝亦备极恩宠,对于神宗、高太后的眷顾,多次在谢表中表示尽忠报国,虽杀身不顾的勇决。对于君臣之义,东坡所秉持的君上待臣下非常礼,臣下应以特殊之行报之的理念,与陆贽一脉相承。所以东坡在元祐时期,"文章韩杜无遗恨,草诏陆贽倾诸公"。对于朝廷要事,知无不言,正如其尊崇的陆贽一样"至于用人听言之法,治边驭将之方,罪己以收人心,改过以应天道,去小人以除民患,惜名器以待有功,如此之流,未易悉数。可谓进苦口之药石,针害身之膏肓"。至于东坡在地方任上事功建树,在朝廷之献策建言,史皆有载,此不赘言。

需要补充的是,苏轼在政治人格的塑造中,其终身崇尚实用之学;在诗文创

---

① [后晋]刘昫等撰:《旧唐书》,北京:中华书局,1975年,第3791页。

作上,致力于"论古今治乱不为空言",反对当下儒者"多空文而少实用"。且在日常生活的体用上,也时时可见陆贽的影响。建中靖国元年(1101)苏轼作于北归途中的《与刘壮舆六首之四》写道:

> 某启:辱手教,仍以茶笃为贶,契义之重,理无可辞。但北归以来,故人所饷皆辞之。敬受茶一袋以拜意。此陆宣公故事,想不讶也。仍寝来命,幸甚。

俭以养德,而陆贽之俭德载誉史册。《旧唐书·陆贽传》载:

> 陆贽……特立不群,颇勤儒学。年十八登进士第,以博学宏词登科,授华州郑县尉。罢秩,东归省母,路由寿州,刺史张镒有时名,贽往谒之。镒初不甚知,留三日,再见与语。遂大称赏,请结忘年之契。及辞,遗贽钱百万,曰:"愿备太夫人一日之膳。"贽不纳,唯受新茶一串而已,曰:"敢不承君厚意。"①

由陆贽谢却张镒钱百万,唯受新茶一串,到东坡北归以来,"故人所饷皆辞之,敬受茶一袋以拜意",可以见到,东坡对于陆贽的接受从为政到为人,一切自然而然。东坡风范的最终形成,融合了丰富的精神文化因子,陆贽的影响值得特别关注。也正由于如此,东坡在晚年,有意识地要传承陆贽之学。他在《答虔倅俞括一首》中说:

> 文人之盛,莫如近世,然私所敬慕者,独陆宣公一人。家有公奏议善本,顷侍讲读,尝缮写进御,区区之忠,自谓庶几于孟轲之敬主,且欲推此学于天

---

① [后晋]刘昫等撰:《旧唐书》,北京:中华书局,1975年,第3791页。

下,使家藏此方,人挟此药,以待世之病者,岂非仁人君子之至情也哉!①

在《与王庠书》中又说:

> 儒者之病,多空文而少实用。贾谊、陆贽之学,殆不传于世。老病且死,独欲以此教子弟,岂意姻亲中,乃有王郎乎?三复来贶,喜忭不已。②

东坡一生,少好贾谊、陆贽之学,入仕之后在地方任上,为官一任,造福一方,经世济民;身在朝堂,元祐章奏近陆贽。身遭贬放,依然不忘传陆贽之学于后昆。其一生遭际,一生志向,在社稷,在生民,故郎晔《经进东坡文集事略》卷三十四《乞校正奏议札子》引述东坡《答虔倅俞括一首》之后,特别强调"此仁人君子至情也"!

三、尊崇陆贽,效仿陆贽,又超越陆贽,最终形成东坡风范

综上所述,东坡在为政、为文、为人诸多方面接受和崇仰陆贽自不待言,但自苏公之后,论者从不同方面着眼,或言苏公学陆贽而有得;或谓苏公超越陆贽自饶风采。个人持苏公超越之说,在此试加阐发。

宋人认为苏公学陆贽且为政为人似陆贽者有《陵阳先生集》卷十七《跋三苏帖》,其说谓:

> 苏氏一翁二季,词旨翰墨,具见于三纸间,敛衽伏读,因有感焉。……然东坡不以患难流落为戚,方且施药葬枯骨,造桥以济病涉,此与陆敬舆在南宾集名方同一意,故颍滨有能安遐陋抚恤病苦之语。③

---

① [宋]苏轼著:《答虔倅俞括一首》,张志烈、马德富、周裕锴主编:《苏轼全集校注·文集》,石家庄:河北人民出版社,2010年,第6493—6494页。
② [宋]苏轼著:《与王庠书》,张志烈、马德富、周裕锴主编:《苏轼全集校注·文集》,石家庄:河北人民出版社,2010年,第5307页。
③ 孔凡礼编:《苏轼年谱》,北京:中华书局,2005年,第1255页。

持此说者还有周必大,其《题苏季真家所藏东坡墨迹》说:

> 陆宣公为忠州别驾,避谤不著书,又以地多瘴疠,抄集验方五十卷,寓爱人利物之心。文忠苏公,手书药法,亦在琼州别驾时,其用意一也。淳熙戊申三月十七日。①

"苏子瞻氏少而能文,以贾谊、陆贽自命。"②就具体史实所言,就事论事,应无可议。前人有关论述中,个人喜欢黄震、刘熙载通达之论。黄震认为古今哲人生不同时,前后辉映,各具风采:

> (苏轼)杭州上执政两书,扬州上吕相书,论灾伤民事,惋切动人。愚谓古今善言天下事,如贾谊之宏阔,陆宣公之的切,苏子瞻之畅达,皆间世人豪,天佑人之国家而笃生者也。③

刘熙载之说更为通透,他认为苏公之学遍借金针厚积薄发,自成一体:

> 东坡文亦孟子,亦贾长沙、陆敬舆,亦庄子,亦秦、仪。心目窒隘者,可资其博达以自广,而不必概以纯诣律之。④

但更多的论者,认为东坡学习效仿陆贽,但超越了陆贽。刘大櫆《古文辞类纂》卷十八就东坡《上皇帝书》加以评说:

---

① 四川大学中文系唐宋文学研究室编:《苏轼资料汇编》,北京:中华书局,1994年,第552页。
② 焦竑著:《刻苏长公外集序》,见《苏轼资料汇编》,北京:中华书局,1994年,第1022页。
③ 黄震著:《苏文·书》,见《苏轼资料汇编》,北京:中华书局,1994年,第774页。
④ [清]刘熙载撰:《艺概》卷一,四川大学中文系唐宋文学研究室编《苏轼资料汇编》,北京:中华书局,1994年,第1526页。

虽自宣公奏议来,而笔力雄伟,抒词高朗,宣公不及也。宣公只敷陈,条达明白,足动人主之听,故欧、苏咸效其体。①

茅坤则将东坡之文与李太白诗、韩信用兵相提并论,认为各达极致:

予少谓苏子瞻之于文,李太白之于诗,韩信之于兵,天各纵之以神仙轶世之才,而非世间之问学所及者。及详览其所上神宗皇帝及代张方平、滕甫谏兵事等书,又如论徐州、京东盗贼事宜,并西羌鬼章等札子,要之于汉贾谊、唐陆贽,不知其为如何者。……入哲宗朝,召为两制,及谪海南以后,殆古之旷达游方之外者。已然其以忠获罪,卒不能安于朝廷之上,岂其才之罪哉!②

宋人费衮《梁溪漫志》卷四《东坡谪居中勇于为义》力倡东坡谪居惠州期间"勇于为义",超迈绝伦:

陆宣公谪忠州,杜门谢客,惟集药方。盖出而与人交,动作言语之际,皆足以招谤,故公谨之。后人得罪迁徙者,多以此为法。至东坡则不然,其在惠州也,程正辅为广中提刑,东坡与之中外,凡惠州官事,悉以告之。诸军阙营房,散居市井,窘急作过,坡欲令作营房三百间,又荐都监王约、指使蓝生同干;惠州纳秋米六万三千余石,漕符乃令五万以上折纳见钱。坡以为岭南钱荒,乞令人户纳钱与米,并从其便;博罗大火,坡以为林令在式假,不当坐罪,又有心力可委,欲专牒令修复公宇仓库,仍约束本州科配。惠州造桥,坡以为吏屠而胥横,必四六分分了钱,造成一座河楼桥,乞选一健干吏来了此

---

① [清]刘大櫆撰:《上皇帝书》,见《古文辞类纂》卷十八,四川大学中文系唐宋文学研究室编:《苏轼资料汇编》,北京:中华书局,1994年,第1244页。
② [明]茅坤撰:《苏文忠公文钞》卷首,四川大学中文系唐宋文学研究室编:《苏轼资料汇编》,北京:中华书局,1994年,第976页。

事;又与广帅王敏仲书,荐道士邓守安,令引蒲涧水入城,免一城人饮咸苦水、春夏疾疫之患。凡此等事,多涉官政,亦易指以为恩怨,而坡奋然行之不疑,其勇于为义如此。谪居尚尔,则立朝之际,其可以死生祸福动之哉?①

客观地讲,在各自生活的特定时代,贾谊、陆贽、东坡作为政论家,均为一代之人豪,不必强分高下;东坡在宋,自然会汲取前人政治智慧,济世利民。他少好贾谊、陆贽之书,终身服膺崇仰陆贽,史料所示,自不待言。特别是陆贽、东坡在政坛殊途同归,道大难容,均被贬逐,最终壮志未酬,赍志而殁。陆贽、东坡当年的论政、论军、论学、论事之文,多关切时势,有感而发,有为而发,达到各自时代的高度。后世论者从不同角度的讨论,也给我们以启示。在这里,我们仅就陆贽、东坡搜集验方以寓医国之志和被贬之后的为人处世加以比较,以展示东坡效仿陆贽,又不同于陆贽,超越陆贽的独特的东坡风范。

首先就陆贽、东坡在医学上的建树而言,东坡超过了陆贽。据《新唐书》载,陆贽"既放荒远,常阖户,人不识其面。又避谤不著书,地苦瘴疠,只为《今古集验方》五十篇示乡人云"②。《旧唐书》所载略同。后世论者往往据此以为"陆宣公为忠州别驾,避谤不著书,又以地多瘴疠,抄集验方五十卷,寓爱人利物之心。文忠苏公,手书药法,亦在琼州别驾时,其用意一也"③。

揆诸实际,东坡之爱好医学,虽和陆贽一样"寓爱人利物之心",但又有极大不同。首先是由于宋代开国之后,历代统治者都重视医学,仅《宋大诏令集》所载有宋历代皇帝有关医学的诏书就有百余篇,再加上著名政治家、思想家范仲淹"不为良相,即为良医"人生宏大志愿的感召,有宋一代文人尚医成为风尚。正是在时代风尚的影响下,东坡少年时即阅看接触医书。其《志林·艾人著灸法》载:

---

① 四川大学中文系唐宋文学研究室编:《苏轼资料汇编》,北京:中华书局,1994年,第671页。
② [宋]欧阳修、宋祁撰:《新唐书》,北京:中华书局,1975年,第4932页。
③ [南宋]周必大著:《题苏季真家所藏东坡墨迹》,载四川大学中文系唐宋文学研究室编:《苏轼资料汇编》,北京:中华书局,1994年,第552页。

端午,日未出,于艾中以意求似其人者,辄撷之以灸,殊有效。幼时见一书中云耳,忘其为何书也。①

由于在医学方面的精深造诣,东坡入仕之后,往往以医论政、以医论军、以医论事、以医明理,至今留下多达三百余篇相关文字,至为珍贵。特别是在地方任职之时,东坡关切民生,重视医政建设。元祐四年(1089),苏轼出知杭州,水涝之后又逢大旱,灾荒与疾疫并作,东坡在公共医疗方面开创了历史:

公又多作饭馕粥、药剂,遣吏挟医分坊治病,活者甚众。公曰:"杭,水陆之会,因疫病死比他处常多。"乃裒羡缗得二千,复发私橐得黄金五十两,以作病坊,稍畜钱粮以待之,至于今不废。②

正由于东坡长期的地方行政经验,他还关注到一个特殊群体——监狱病囚的医疗情况,并提出建设性意见,在《乞医疗病囚状》中,东坡请求军巡院及各州司理院应有专人专责,"各选差衙前一名,医人一名,每县各选差曹司一名,医人一名,专掌医疗病囚,不得更充他役,以一周年为界",并提出赏罚激励之法,治疗病囚,"每十人失一以上为上等,失二为中等,失三为下等,失四以上为下下。上等全支,中等支二分,下等不支,下下科罪,自杖六十至杖一百止"。"若医博士、助教有阙,则比较累岁等第最优者补充。如此,则人人用心,若疗治其家人,缘此得活者必众。"③

但东坡建议,未受重视。元祐七年(1092),东坡《与张嘉父书七首》之三告诫身为狱吏的张嘉父对于病囚深加留意:

---

① [宋]苏洵等著,曾枣庄、舒大刚主编:《三苏全书》第五册,北京:语文出版社,2001年,第255页。
② [宋]苏辙著:《亡兄端明子瞻墓志铭》,载曾枣庄、舒大刚主编:《三苏全书》第十八册,北京:语文出版社,2001版,第219页。
③ [宋]苏轼著,张志烈、马德富、周裕锴主编:《苏轼全集校注·文集》,石家庄:河北人民出版社,2010年,第2999—3000页。

> 君为狱吏,人命至重,愿深加意。大寒大暑,囚人求死不获,及病者多,为吏卒所不视,有非病而致死者。仆为郡守,未尝不躬亲按视。若能留意到此,远到之福也。①

从书信中我们可以得知东坡为疗治狱中病囚所做的努力,他也希望每个狱吏都能尽职尽责。

由于种种原因,陆贽的《陆氏集验方》已佚,而苏轼在医学方面的贡献,赖《苏沈良方》传世,纪昀《四库全书总目提要》中对此给予高度评价:

> 轼杂著,时言医理,于是事亦颇究心。盖方药之事,术家能习其技,而不能知其所以然;儒者能明其理,而又往往未经试验。此书以经效之方,而集于博通物理者之手,固亦非他方所能及矣。②

综合东坡的医学活动和相关著述,可以这样讲,东坡有医国之志,具医国之能,多医国之论,传统医学之医理、药性、辨证施治与其为政、为人、为文已有机融合在一起,成为文化史上的特例,值得特别关注。

至于其身在贬所,也尽一切可能有所作为,利泽一方。前人已具论,前已引述,不再赘言。

再就苏、陆二人个性而言,陆贽"性本畏慎",《旧唐书》本传载"贽性畏慎,及策免私居,朝谒之外,不通宾客,无所过从",晚期贬居,"贽在忠州十年,常闭关静处,人不识其面,复避谤不著书。家居瘴乡,人多疠疫,乃抄撮方书,为《陆氏集验方》五十卷行于代"③。相关资料记载略同。陆贽由于个性原因,谪居之后,"避谤不著书",使其人生的后十年在历史上几成空白,对于今天的陆贽研究,对于我们

---

① [宋]苏轼著,张志烈、马德富、周裕锴主编:《苏轼全集校注·文集》,石家庄:河北人民出版社,2010年,第5864页。
② [清]纪昀撰:《苏沈良方八卷》,载四川大学中文系唐宋文学研究室编:《苏轼资料汇编》,北京:中华书局,1994年,第1280页。
③ [后晋]刘昫撰:《旧唐书》,北京:中华书局,1975版,第3817—3818页。

了解认识特定的时代,皆成憾事。

东坡则不同,初贬黄州,再贬惠州、儋州,多有友朋规劝其谨言慎行以避祸,东坡自己也时时警示自己,但这些只在念想之间。贬居黄州五年,他遨游山水,躬耕东坡,回味追索人生,"石压笋斜出",贬居生涯成为东坡人生创作的转变期、爆发期。王水照先生在《苏轼创作的发展阶段》中指出:"元丰黄州和绍圣、元符岭海的两次长达十多年的谪居时期,是苏轼创作的变化期、丰收期。"①

当然,如果单从字面上搜寻,我们也可以找到东坡闭门幽居以远祸的表达,诸如"幽人无事不出门","闭门谢客对妻子"②;"黄当江路,过往不绝,语言之间,人情难测,不若称病不见为良计"③。揆诸情理,一个人政治上遭受打击之后,特别是在恶劣的政治环境中,丝毫没有忧谗畏讥之心是不可能的。但我们尤为看重的是,东坡在人生逆境中的浩然之气,其不以一己之祸福而易其忧国爱民之心的政治人格。东坡在黄州《与李公择书》中倡言:"吾侪虽老且穷,而道理贯心肝,忠义填骨髓,直须谈笑于死生之际。……虽怀坎壈于时,遇事有可尊主泽民者,便忘躯为之,祸福得丧,付与造物。"④"丈夫重出处,不退要当先",苏轼这几句话掷地有声,振聋发聩。

东坡贬谪岭海之后,亦仅偶发贬谪避祸之叹,其大量的诗文创作、书信往来,记载了晚年对于人生的追索思考;一系列纪实性作品,记载了一代伟人晚年的生活踪迹和复杂丰富的心灵世界,对于后世研究东坡、研究斯时斯地的地域文化,研究认知特定的流寓文化,都是第一手的宝贵的历史文献资料。

陆贽谪居之后,诗文创作几成空白,无论出于何种原因,都是令人遗憾的事情。而东坡谪居所作让我们看到了一个特定的东坡形象。在这里我们看到了东

---

① 王水照著:《苏轼研究》,上海:上海人民出版社,2019年,第8页。
② [宋]苏轼著:《定惠院寓居月夜偶出》,张志烈、马德富、周裕锴主编:《苏轼全集校注·诗集》,石家庄:河北人民出版社,2010年,第2152页。
③ [宋]苏轼著:《与滕达道书》,张志烈、马德富、周裕锴主编:《苏轼全集校注·文集》,石家庄:河北人民出版社,2010年,第5529—5530页。
④ [宋]苏轼著:《与李公择书》,张志烈、马德富、周裕锴主编:《苏轼全集校注·文集》,石家庄:河北人民出版社,2010年,第5617页。

坡的坚毅与执着,在谪居的艰难岁月里,他整理修订《易传》,又撰写了《书传》《论语说》。其《和陶杂诗之九》自述传经之志:

> 余龄难把玩,妙解寄笔端。常恐抱永叹,不及丘明、迁。……虚名非我有,至味知谁餐。①

三部书完成于特殊时期,又为心力所系,故作者本人极为看重,北归途中与苏伯固书云:

> 某凡百如昨,但抚视《易》、《书》、《论语》三书,即觉此生不虚过。如来书所谕,其他何足道。②

东坡一生,黄州惠州儋州,谪居生涯十余年,反复研味,我喜欢东坡自明心迹的诗作,所谓"年来万事足,所欠惟一死"③;所谓"浮云时事改,孤月此心明"④;所谓"但使荆棘除,不忧梨枣衍。……养我岁寒枝,会有解脱年"⑤;所谓"云散月明谁点缀?天容海色本澄清"⑥,这些诗作让我们看到了襟怀磊落的东坡,看到了坚毅傲岸执着的东坡。

东坡的风范从不同角度于后来者以启迪,人们也从不同层面探索总结东坡

---

① [宋]苏轼著,张志烈、马德富、周裕锴主编:《苏轼全集校注·诗集》,石家庄:河北人民出版社,2010年,第4925页。
② [宋]苏轼著:《与苏伯固》之三,张志烈、马德富、周裕锴主编《苏轼全集校注·文集》,石家庄:河北人民出版社,2010年,第6364页。
③ [宋]苏轼著:《赠郑清叟秀才》,苏轼著,张志烈、马德富、周裕锴主编《苏轼全集校注·诗集》,石家庄:河北人民出版社,2010年,第5027页。
④ [宋]苏轼著:《次韵江晦叔二首》之二,苏轼著,张志烈、马德富、周裕锴主编《苏轼全集校注·诗集》,石家庄:河北人民出版社,2010年,第5293页。
⑤ [宋]苏轼著:《和陶岁暮作和张常侍》,苏轼著,张志烈、马德富、周裕锴主编《苏轼全集校注·诗集》,石家庄:河北人民出版社,2010年,第4790页。
⑥ [宋]苏轼著:《六月二十日夜渡海》,苏轼著,张志烈、马德富、周裕锴主编《苏轼全集校注·诗集》,石家庄:河北人民出版社,2010年,第5130页。

风范的内涵,在此撷其一二,以窥一斑。苏辙《子瞻和陶渊明诗集引》言东坡晚年的著述,"精深华妙,不见老人衰惫之气"①。秦观在《答傅彬老简》中以为:"阁下谓蜀之锦绮,妙绝天下,苏氏蜀人,其于组丽也,独得之于天,故其文章如锦绮焉。其说信美矣,然非所以称苏氏也。苏氏之道,最深于性命自得之际;其次则器足以任重,识足以致远。至于议论文章,乃其与世周旋,至粗者也。阁下论苏氏而其说止于文章,意欲尊苏氏,适卑之耳。"惠洪《冷斋夜话》在比较东坡与秦观、黄庭坚谪贬之作后,赞叹:

> 少游谪雷凄怆,有诗曰:"南土四时都热,愁人日夜俱长。安得此身如石,一时忘了家乡。"鲁直谪宜殊坦夷,作诗云:"老色日上面,欢情日去心。今既不如昔,后当不如今。""轻纱一幅巾,短簟六尺床。无客尽日静,有风终夕凉。"少游钟情,故其诗酸楚;鲁直学道休歇,故其诗闲暇。至于东坡《南中》诗曰:"平生万事足,所欠惟一死。"则英特迈往之气,不受梦幻折困,可畏而仰哉!②

刘克庄也为之感叹:"其浩然不屈之气,非党祸所能怖,烟瘴所能死也。"③现当代学者更从多方面对于东坡晚年处逆如顺的精神内涵进行探讨,并给予高度评价:

> 《宋书》本传说他谪居惠州三年,"泊然无所蒂芥,人无贤愚,皆得其欢心。"苏轼凭借自己所独具的洞悉苦难的眼光以及开阔的胸襟,处逆如顺,化被动为主动,在痛苦中寻求快乐,在极不自由的现实环境里开拓出一片属于

---

① [宋]苏洵等著,曾枣庄、舒大刚主编:《三苏全书》,北京:语文出版社,2001年,第99页。
② [宋]惠洪著:《少游、鲁直被谪作诗》,《冷斋夜话》卷三,《全宋笔记》第二编,郑州:大象出版社,2006版,第45页。
③ [南宋]刘克庄:《墨林方氏帖·苏文忠公·书与何智翁四帖》,《后村先生大全文集》卷一百零四,孔凡礼编:《苏轼年谱》,北京:中华书局,2005年,第1361页。

自己的自由的空间,其人格魅力由此可见一斑。①

所以我们说,东坡一生服膺、尊崇陆贽,但细加寻绎,其一生的医学造诣,非陆贽搜集验方所能及;其谪居期间所达到的成就,无论是利人济物之所为,抑或是诗文创作之所获,均远远超越了陆贽。

综上所述,东坡一生服膺、尊崇陆贽,与其家学、师承有密切关系,其对陆贽的评价"近世文人,私所敬慕者,独陆宣公一人","三代已还,一人而已",在其历史人物论中因极为推崇而引人注目;而东坡对于陆贽接受尊崇的核心在于陆贽"论古今治乱不为空言"的"实用之学",所以其元祐草诏似陆贽,为政为人深受陆贽的影响。但在论者颇为重视的贬谪生涯中的生活态度、诗文创作等方面,二人有较大差异。所以,东坡之所以成为一代宗师,在于其博采众长,广泛借鉴,不断超越自我,超越先哲,而自成一体。

---

① 周晓琳、刘玉平著:《中国古代作家的文化心态》,成都:巴蜀书社,2004年,第372页。

实用人才即至公
——黄庭坚在党争中的人才观略论

黄庭坚是一个多才多艺的人,在宋代文坛上有着重要的地位。但是他的从政生涯,则由于人们肯定王安石变法而给予不甚恰当的评价——身属旧党、顽固守旧。事实上,王安石倒是很欣赏他的。据宋人记载:"山谷(黄庭坚)尉叶县日,作《新寨》诗,有'俗学近知回首晚,病身全觉折腰难'句,传至都下,半山老人(王安石号)见之击节称叹,谓黄某清才,非奔走俗吏。遂除(拜官授职)北都教授。"①王安石似乎感觉到了这个正直的下层官吏和攀附自己的那些趋炎附势之徒是不同的。

尤其令人赞赏的是,元丰五年(1082),黄庭坚在太和县任上推行新法时写的《上大蒙笼》一诗。当时朝廷实行食盐专卖制度,价贵质差。官府强令派销,凡卖私盐者,家产充公。甚至所买到的盐当天未吃完者,也要按私盐论处。下层官吏中一些急功近利之徒,为争取早日升迁,加紧了对老百姓的盘剥,造成了新法"名为利民,实则害民"的实际状况。黄庭坚身为太和县令,为了销盐,曾深入山区了解情况。他用自己的一支笔,如实反映了这种状况,写出了下层劳动人民的痛苦呼声:"穷乡有米无食盐,今日有田无米食。但愿官清不爱钱,长养儿孙听驱使!"②穷乡僻壤向来有米无盐,可现在有了盐,却没有米吃了——为了买盐把米

---

① 张葆全主编,王昶等撰:《中国古代诗话词话辞典》,桂林:广西师范大学出版社,1992年,第16页。
② [宋]黄庭坚著,刘尚荣校点:《黄庭坚诗集注》,北京:中华书局,2003年,第1126页。

都卖光了。老百姓只愿官吏清正不苛征暴敛,能让他们勉强活下去。黄庭坚作为一个下层官吏,抱着"我宁信目不信耳"的态度,了解民情,发出了"民病我亦病,呻吟达五更"的呼声,表现了他对下层劳动人民的深切同情。当是之时,苏轼因写诗攻击新法待罪黄州,黄庭坚能出以公心,敢于真实地反映新法推行中的弊病,是需要一定的胆量的。

当然,如果黄庭坚一直屈沉下僚,做地方官吏的话,那么充其量他只不过是个清廉正直的官吏而已。从国家全局出发,考虑宋王朝的用人方略,则是他进入秘书省,卷入新旧党争的漩涡之后的事。

元丰八年(1085),神宗病死,年方十岁的哲宗即位,由神宗的母亲宣仁太后高氏垂帘听政。新法的反对派吕公著、司马光主持朝政,开始尽废熙丰新法,全面打击新法派。黄庭坚由于苏轼等人的荐引,进入秘书省,历任秘书省校书郎、著作佐郎、神宗实录检讨官等职,得以对时局有较全面的了解。他对司马光执政后党同伐异深为忧虑,多次写诗反对全面废除新法,对王安石政治、文学上的业绩给以一定的肯定,表现了他的用人方略。

黄庭坚尖锐抨击了那些在王安石执行新法时阿谀奉承、希图幸进,而到了司马光掌权时,又摇身一变成为反对新法不遗余力的诸如蔡京之流的反复小人。

"风急啼乌未了,雨来战蚁方酣。真是真非安在?人间北看成南!"①(《次韵王荆公题西太一宫壁》)诗人认识到了无休止的党争给国家带来的危害。他对那些不以国家利益为重、沉溺党争的人们颠倒是非,不能正确区别对待反对派的作法极为忧虑。黄庭坚的这种看法较之王安石推行新法期间争投门下,而到了王安石倒台之后,"而今江湖从学者,人人讳道是门生"的反复小人是不能同日而语的。

司马光上台以后,一方面全面废除新法,另一方面又禁行王安石的学术著作《三经新义》和《字说》。黄庭坚对此深表不满,有诗曰:"荆公六艺学,妙处端不朽。诸生用其短,颇复凿户牖。譬如学捧心,初不悟己丑。玉石恐俱焚,公为区

---

① [宋]黄庭坚著,刘尚荣校点:《黄庭坚诗集注》,北京:中华书局,2003年,第146页。

别不？"①(《奉和文潜赠无咎，篇末多见及，以"既见君子云胡不喜"为韵》)他希望能正确对待王安石的学术著作。那些没有眼光的学究、庸才，不识王安石学说的妙处，只是把它当作敲门砖使用，曾产生一定的弊病，但这不是王安石的责任。他在另一首诗中写道："短世风惊雨过，成功梦迷酒酣。草玄不妨准《易》，论诗终近《周南》。"②(《有怀半山老人再次韵二首之一》)他缅怀已逝的王安石，对王安石在政治上文学上的成就表示敬佩。

尽管在此之前，他曾吟咏"世上岂无千里马，人中难得九方皋！"为朋友也为自己怀才不遇而感喟。此时，他更为新旧两派陷入无谓的纠纷，各自不择手段摧残人才深感痛心。他大声疾呼，统治者为了治理国家，应该"人材包新旧，王度济宽猛"，认为新旧两派中各有人才。仁宗朝由于施政宽缓形成苟且，神宗朝急于求治反成峻刻，也是事出有因，宽严各有利弊。今日的执政者应该总结两朝得失，宽严相济。这见解是有道理的。

黄庭坚在秘书省任职期间，一方面大声疾呼统治者重视人才，另一方面他编写神宗实录，力求实事求是。也正为此，招致了哲宗亲政后使他晚年长期颠沛流离的迁谪生涯。

绍圣元年(1094)，高太后谢世，哲宗亲政，新派重新掌权，旧党遭到了变本加厉的报复。黄庭坚身属旧党，再加上参与编撰神宗实录，在受贬责的旧党中自然首当其冲。据宋人记载："绍圣中，诏元祐史官甚急，皆拘之畿县，以报所问，例悚息失据。独鲁直随问为报，弗随弗惧，一时懔然，知其非儒生文士而已也。"(李之仪《跋山谷帖》)"庭坚书：'用铁龙爪治河，有同儿戏。'至是首问焉。对曰：'庭坚时官北都，尝亲见之，真儿戏耳。'凡有问，皆直辞以对，闻者壮之。"③(《宋史·本传》)在当时朝中友朋多被迁谪，机阱四布，"中伤皆死祸，放逐罕生还"的艰危境遇中，表现了一个正直的封建士大夫的高风亮节。

黄庭坚在秘书省任职的作为和他的遭遇，由于敌对派的不择手段的报复，使

---

① [宋]黄庭坚著，刘尚荣校点：《黄庭坚诗集注》，北京：中华书局，2003年，第158页。
② [宋]黄庭坚著，刘尚荣校点：《黄庭坚诗集注》，北京：中华书局，2003年，第147页。
③ [宋]黄庭坚著，屠友祥校注：《山谷题跋》，上海：上海远东出版社，1999年，第308页。

有宋一代修撰史书的工作受到很大影响,其后的修撰者"只是依本子写,不敢增减一字。盖自绍圣初,章惇为相,蔡卞修国史,将欲以史事中伤诸公。前史官范纯夫、黄鲁直已去职,各令于开封府界内居住,就近报国史院,取会文字。诸所不乐者,逐一条问黄范,又须疏其所以然,至无可问,方令去。后来史官因此惩创,故不敢有所增损也"①。所以史皆佞史而非信史,"大抵史皆不实,紧切处不敢上史,亦不关报",以致朱熹告诫他的弟子们:"纸上说的全然信不得!"(以上引文见《朱子语类》)

黄庭坚晚年的岁月是在不断的迁谪中度过的,先为涪州别驾,黔州安置,后移戎州安置。宋徽宗崇宁二年(1103)再谪宜州,最后卒于宜州贬所。在这四处漂泊的生涯中,面对坎坷人生,黄庭坚仍在执着地探索着,总想追寻出人生奥秘。虽然在人生困境中,他曾在老庄哲学和佛学中去寻求精神解脱,但他始终没有忘怀国计民生。他继续在诗中抒发对统治者摧残人才的不满,为苏轼、苏辙鸣不平,"岂为高才难驾驭?空归万里白头翁!"②,贬所居闲,他不断地对人生、政事回味总结。由于他屡遭迁谪,对新旧党争之害有切肤之痛,所以他力主消除党祸,爱惜人才,这成为他后期诗歌的最强音。

"成王小心似文武,周召何妨略不同。不须要出我门下,实用人材即至公。"③(《病起荆江亭即事》其四)据史载,周武王死后,成王尚幼,周公摄政,曾引起召公不快,经周公恳切解释,两人消除前嫌,共辅成王,同心为国。诗人驱遣史事,以周比宋,显然是希望调和新旧两党的矛盾,任人唯贤,兼用新旧两党,共治国家大事。"不须要出我门下,实用人材即至公",真是出以公心,有感而发,字字金石。有宋一代,自神宗用王安石为相推行新法,党争渐趋激烈。数十年间,无论是王安石还是司马光,在用人方面,都未能任人唯贤。有鉴于此,黄庭坚大声疾呼,当国者应以君国利益为重,无须汲汲于一党一派之利益,只要是对国家有用的人才,就应当出以公心,量才而用。

---

① [宋]黎靖德编,王星贤点校:《朱子语类》,北京:中华书局,1986年,第3078页。
② [宋]黄庭坚著,刘尚荣校点:《黄庭坚诗集注》,北京:中华书局,2003年,第518页。
③ [宋]黄庭坚著,刘尚荣校点:《黄庭坚诗集注》,北京:中华书局,2003年,第517页。

黄庭坚作为一个封建时代的知识分子，却能不以个人利益为念，不执着于一党一派之利益，王安石执政，他在执行新法时，敢于指责新法执行中的弊病；司马光当政，他又实事求是，勇于肯定王安石的长处；在秘书省任职时，坚持据实编写神宗实录。他能以国家利益为重，不以成败论人；对新旧党争的看法也高出时人一筹。这对于一个封建时代的士大夫来说，实为难能可贵。

回顾历史更使人清楚地认识黄庭坚的为人，特别是他那"不须要出我门下，实用人材即至公"的呼声，直到今天也可以说是振聋发聩的。

扑朔迷离　意在言外
——秦观《鹊桥仙》词心解

秦观的《鹊桥仙》千百年来脍炙人口,"金风玉露一相逢,便胜却人间无数",道出了多少久别重逢的夫妇、情侣的欢快心情。"两情若是久长时,又岂在朝朝暮暮",表现了对爱情的执着与坚贞。人们着眼于此,将词人显然已诗化了的爱情给以理想化的评价,认为此词"揭示了双星(牛郎织女)故事所包孕的理想光芒","可以说是一种新的爱情理想"。然而,在反复阅读品味此词时,我们发现秦观此词虽有仙家缥缈之韵致,似幻若真,扑朔迷离,但词中那一对恋人相见前的迫切心情,相会时的和谐美满,分别时的难忍痛苦,在词人笔下婉转写来,历历如绘,深情绵邈,韵致动人,使人叹赏该词浓厚的人情味。

作为秦观词的爱好者,笔者将秦观的《鹊桥仙》与他的其他诗词对照研味,认为这首七夕词之所以具有浓厚的人情味,沁人心脾,流传千古,是因为这首词所歌咏的并非牛郎织女的传说故事,而是借牛郎织女以自况,诗化了自己爱情生活中最令其心旌动摇的一段情事。

为了说明这一点,我们先把秦观的一首《游仙诗》和这首"游仙词"放在一起加以比较。《淮海集》卷五有四首《游仙诗》,其一曰:

天风吹月入栏干,乌鹊无声子夜阑,织女明星来枕上,了知身不在人间。[1]

---

[1] [宋]秦观著,徐培均笺注:《淮海集笺注》,上海:上海古籍出版社,1994年,第467页。

在这首小诗中,秦观将自己的一段爱情生活写得含蓄蕴藉:风吹月低,斜照栏干,夜深人静,乌鹊无声。在这静谧、温馨的夜晚,诗人会见了自己的心上人,恍惚之间,他感到自己如入仙界,面前的恋人就是天上的织女明星。关于此诗的本事,《墨庄漫录》有一段记述:

> 秦少游侍儿朝华,姓边氏,京师人也。元祐癸酉岁纳之,尝为诗曰:"天风吹月入栏干(下略)"……,时朝华年十九也。①

明确指出这首以牛郎织女托寓的小诗乃是为侍女朝华所作。以诗证词,这首小诗和《鹊桥仙》有极为相似之处。词人于诗于词都是以牛郎织女相会来比拟自己的一段情事的(当然,所写可能并非同一人事)。已有论者注意到淮海词也有"以诗为词"、诗词同题的现象,但仅局限于其集中的十首《调笑令》。在这里,我们把他的游仙诗词加以对比,对我们理解《鹊桥仙》的主旨是颇有启发的。

令人感兴趣的是,在淮海词中,我们可以在多处看到《鹊桥仙》的影子。秦观在《水龙吟》一词的下阕写道:

> 闲把菱花自照,笑春山,为谁涂抹。几时待得,信传青鸟,桥通乌鹊?梦后余情,愁边剩思,引杯孤酌。正黯然,对景销魂,墙外一声谯角。②

在这里,秦观把男女情事相通比作"信传青鸟,桥通乌鹊"。七夕鹊桥,亦援引的是牛郎织女的故事。

由于秦观一生身如社燕,四海漂泊,偶有所遇,两情缱绻,又不能不别。因此,他一次次在词中写道:

---

① [宋]张邦基著:《墨庄漫录》,《全宋笔记》第三编第九册,郑州:大象出版社,2008年,第36页。
② 石海光编著:《秦观词全集》,武汉:崇文书局,2015年,第143页。

> 奴如飞絮,郎如流水,相沾便肯相随。微月户庭,残灯帘幕,匆匆共惜佳期。①(《望海潮》其四)

天涯飘蓬,行踪无定,一别也许就是永诀。他满怀眷恋之情,无可奈何地悲叹:

> 银烛暗,翠帘垂。芳心两自知。楚台魂断晓云飞。幽欢难再期。②(《醉桃源》)

一经离别,天各一方,日后相思,倍添惆怅,恍惚若梦:

> 宫腰袅袅翠鬟松,夜堂深处逢。无端银烛殒秋风。灵犀得暗通。 身有恨,恨无穷。星河沉晓空,陇头流水各西东。佳期如梦中。③(《阮郎归》)

人生的岁月像条河,在秦观生命的河流里,曾经迸溅过欢乐的浪花,也奏响过离别的哀歌。离思萦怀,九曲回肠,也留下了离恨绵绵的相思曲。人们说,秦观之词十九言情,其实这情更多的是欢乐、离愁、忧思的混合体。

> 倚危亭。恨如芳草,萋萋刬尽还生。念柳外青骢别后,水边红袂分时,怆然暗惊。无端天与娉婷。夜月一帘幽梦,春风十里柔情。④(《八六子》)
>
> 佳期,谁料久参差。……惟有画楼,当时明月,两处照相思。⑤(《一丛花》)

---

① [宋]秦观著,杨世明笺注:《淮海词笺注》,成都:四川人民出版社,1984年,第13页。
② [宋]秦观著,杨世明笺注:《淮海词笺注》,成都:四川人民出版社,1984年,第77页。
③ [宋]秦观著,杨世明笺注:《淮海词笺注》,成都:四川人民出版社,1984年,第92页。
④ [宋]秦观著,杨世明笺注:《淮海词笺注》,成都:四川人民出版社,1984年,第19页。
⑤ [宋]秦观著,杨世明笺注:《淮海词笺注》,成都:四川人民出版社,1984年,第28页。

> 动离忧,泪难收……恨悠悠,几时休?①(《江城子》)
> 昔曾携,事难期……重相见,是何时?②(《江城子》)
> 心素,与谁语? 始信别离情最苦。③(《离魂记·曲子》)
> 青门同携手,前欢记,浑似梦里扬州。谁念断肠南陌,回首西楼。算天长地久,有时有尽,奈何绵绵,此恨难休。④(《风流子》)

秦观一生究竟经历了多少次这种痛苦的别离,我们今天已无从得知,但我们从这一串串幽怨的歌声中可以知道,正是那多次欢乐的聚会、痛苦的离别、刻骨的相思在心中凝结,情之所钟,发而为词,才创作出了《鹊桥仙》这首脍炙人口的词章。秦观在该词中抒发的感情,希望与失望相连,欢乐与痛苦交融,痛苦孕育了理想,这理想又与现实矛盾——一对恋人,经过相思之情的煎熬,相会之情是何等的迫切!"纤云弄巧,飞星传恨,银汉迢迢暗度",真可谓行匆匆,意难平;相会是如此美好——"柔情似水,佳期如梦"。"金风玉露一相逢,便胜却人间无数",他们何尝不愿相处白头? 分别又是如此痛苦——"忍顾鹊桥归路",回返的路连看都不愿看一眼,他们又何尝愿意片刻分离? 他们心中明白,一经别离,困扰人心的仍然是刻骨相思,无穷离恨。倘若有一线希望能够长相厮守永不分离,他们也会把这渺茫的希望变成现实。"妾愿长为梁上燕,朝朝暮暮长相见"(《调笑令》),该是此时此刻这对痴情恋人的心声吧! 然而,在上天有玉皇严令,牛郎织女不能不分离。在人间,由于种种原因,知心人不能长相聚。在这不愿分别又不得不别的时刻,一对情侣各自强忍泪水,彼此为对方着想,为了减轻心上人感情上的痛苦,强作欢颜,为之开解,道出了"两情若是久长时,又岂在朝朝暮暮"这千古名句。乍读此词,结句令人欣然。细加品味,骤增苦况。这里洒脱伴随着失望,理想中混杂着痛苦,安慰的话语中流露出苦涩,笑脸上闪动着泪珠。一位哲人曾经

---

① [宋]秦观著,杨世明笺注:《淮海词笺注》,成都:四川人民出版社,1984年,第45页。
② [宋]秦观著,杨世明笺注:《淮海词笺注》,成都:四川人民出版社,1984年,第47页。
③ [宋]秦观著,杨世明笺注:《淮海词笺注》,成都:四川人民出版社,1984年,第125页。
④ [宋]秦观著,杨世明笺注:《淮海词笺注》,成都:四川人民出版社,1984年,第22页。

说过:"我的歌是在痛苦中产生的,而它给人们以欢乐。"秦观的《鹊桥仙》就是这样的歌。当后世无数离别的夫妇、相恋的情侣两地相思,托鸿雁传书,把"两情若是久长时,又岂在朝朝暮暮"当作忠贞爱情的代名词时,是否曾想到过,这是一对情侣在离别时,两颗无奈的心碰撞出的感情火花?这诱人的爱情之果结在特定时代痛苦的生活之树上?

从以上所引为数不多的秦观词中也可窥见词人性格的一个侧面:情钟世味,意恋生理,男女相爱,专注情深。把握了这一点,也有助于我们认识《鹊桥仙》一词所抒写的真挚深厚之情。倘若人们能设身处地为词中那一对情侣想一下的话,也会领略词中的言外之意的。一双热恋中的情人,人生歧路,最终分手,"相见时难别亦难",这特定情景下分别时的祝愿语——"两情若是久长时,又岂在朝朝暮暮",实在是含蓄丰富,有无穷不尽之意。真心相恋,两情相许,曾有多少情侣"恨相见得迟,怨别离得疾"。在现实生活中有多少人面对此情此恨"纵有蛮笺万叠,难写迷茫"。而秦观却用他的一管妙笔,真切地传写出了此时此刻复杂丰富的心境。词中那一对情侣在分别之时,不是"执手相看泪眼,竟无语凝咽"(柳永《雨霖铃》),而是彼此互相劝慰,以减轻对方的痛苦,更见挚爱深厚之情。

在对秦观《鹊桥仙》一词的认识上,人们总是有感于牛郎织女相会这一虚无缥缈的仙家之境,而实际上,诗歌史上以牛郎织女情事自比并不自秦观始。在诗,李商隐曾借牛郎织女鹊桥之会比拟自己的爱情生活;在词,被称为"曲子相公"的和凝在其《柳枝词》中更明确道出:"鹊桥初就咽银河,今夜仙郎自姓和。"鹊桥原本在人间,牛郎织女的故事本身就是现实生活的反映,人们由自身的遭际联想到牛郎织女的欢会恨别,是很自然的。只是秦观的《鹊桥仙》较之同类作品写得更为浑融、含蓄、深情、耐人寻味,亦人亦仙,若即若离,更易引起人们的联想。从字面上看,他字字写的是牛郎织女,实际上,他句句写的是个人的爱情际遇。所以《鹊桥仙》真正感动人心的乃是词人以牛郎织女情事自比,写出的现实生活之中个人深厚动人的内在感情。

凄凉其词　高尚其志
——秦观后期词探论

宋人吕本中谓:"少游过岭后诗,严重高古,自成一家,与旧作不同。"①其创作上何以发生如此巨大的变化?前人谓:"少游以绝尘之才,早与胜流,不可一世。而一谪南荒,遽丧灵宝。故所为词,寄慨身世,闲雅有情思,酒边花下,一往而深,而怨悱不乱,悄乎得《小雅》之遗。后主而后,一人而已。"②指出贬谪生涯乃是其词风骤变的原因。北宋酷烈的党争造成了词人的坎坷命运,南迁蛮荒的痛苦经历,决定了他后期词作的特定感情内涵和独特的艺术风格。本文拟通过分析北宋党争对秦观心灵上的惨痛打击,以及秦观在深重的苦难中对人生的自省和探求,进而对秦观后期词进行深入的阐释和把握。

一

要深入了解秦观的后期词,有必要回顾一下秦观在党争中的坎坷经历及痛苦的贬谪生涯。这位自幼好大见奇、倜傥不羁的词人,经历了"奔走道途,常数千里;淹留场屋,几二十年"③的艰难求仕,终于在元丰八年(1085)三十七岁时考中进士。当年神宗去世,哲宗即位,翌年改元元祐,高太后总揽朝政。元祐二年

---

① [宋]吕本中著:《童蒙诗训》,见周义敢、周雷编:《秦观资料汇编》,北京:中华书局,2001年,第58页。
② [清]冯煦著:《蒿庵论词》,见周义敢、周雷编:《秦观资料汇编》,北京:中华书局,2001年,第343页。
③ [宋]秦观著,周义敢、程自信、周雷编注:《秦观集编年校注》,北京:人民文学出版社,2001年,第731页。

（1087），苏轼与鲜于子骏以"贤良方正"荐秦观于朝，秦自汝南被召至京师。然为忌者所中，复称疾归汝南。其诗云"白发道人还省否？前年引去病贤良"[1]即指此。《淮海集》中《上许州范相公书》[2]载其事甚详。直到元祐五年（1090），他才再次被召到京师，除太学博士；元祐六年（1091），又由博士迁正字。当是时，洛蜀两党的争斗正酣，与苏轼亦师亦友的秦观遭到了洛党贾易的攻击，以"刻薄无行"罢去正字。元祐八年（1093）五月，秦观再次升迁为正字，七月，充编修官，参与修"神宗实录"。董敦逸、黄庆基又进状劾苏轼兄弟"援引党与，分布权要"[3]，诋秦观"素号猾薄"[4]。秦观进入仕途以来，数年之间，迭遭攻讦，身心遭受极大打击，其《春日偶题呈钱尚书》诗云"三年京国鬓如丝"[5]。然而，当我们考察秦观的一生时，却发现在京城仕宦三年，虽数被攻讦，却成了他以后在痛苦的贬谪生涯中无限留恋、难以忘怀的时期。

高太后去世，哲宗亲政，章惇等人复出，大肆展开政治报复。绍圣元年（1094），秦观坐党籍出为杭州通判，又坐御史刘拯言黄庭坚、秦观编《神宗实录》不实，道贬监处州酒税。尽管《朱子语类》说黄、秦曾为之辩解，秦观"最争得烈"，然无济于事。在处州三年，"使者承风望旨，候伺过失"[6]，并无所得。后以其题壁诗"因循移病依香火，写得弥陀七万言"[7]，被诬告写佛书，再贬郴州。秦观在郴州住了一年，又奉诏编管横州，次年又自横州徙雷州。他似乎预感到万里贬谪，不

---

[1] [宋]秦观著，周义敢、程自信、周雷编注：《秦观集编年校注》，北京：人民文学出版社，2001年，第214页。
[2] [宋]秦观著，周义敢、程自信、周雷编注：《秦观集编年校注》，北京：人民文学出版社，2001年，第673页。
[3] [宋]李焘撰：《续资治通鉴长编》卷四百八十四，见周义敢、周雷编：《秦观资料汇编》，北京：中华书局，2001年，第90页。
[4] [宋]李焘撰：《续资治通鉴长编》卷四百八十四，见周义敢、周雷编：《秦观资料汇编》，北京：中华书局，2001年，第90页。
[5] [宋]秦观著，周义敢、程自信、周雷编注：《秦观集编年校注》，北京：人民文学出版社，2001年，第248页。
[6] [元]脱脱等撰：《宋史·秦观传》，见周义敢、周雷编：《秦观资料汇编》，北京：中华书局，2001年，第154页。
[7] [宋]秦观著，周义敢、程自信、周雷编注：《秦观集编年校注》，北京：人民文学出版社，2001年，第312页。

死无尽期了,因而在元符三年(1100)自作挽诗,哀挽自己死后,蒿葬异乡,连游魂也不敢回家乡与亲人会面。一般论者在提及秦观此时的作品时大多认为秦之诗词过于哀苦,而忽略了苏轼对此诗的评价:"便见其超然自得,不改其度之意。"①在极端不堪之境遇中,坚持节操,不改初衷,秦观之为秦观之处在此。其自挽诗序云:"昔鲍照、陶潜自作哀挽,其词哀。读予此章,乃知前作之未哀也。"②其后期诗词直抒胸臆,毫不矫饰,哀情苦辞,其作品之文化价值亦当在此。元符三年(1100),新即位的徽宗颁布赦令,南迁旧党中人相继内徙。北归途中,词人醉卧滕州光化亭上,溘然长逝,终年五十二岁。秦观之死,引起苏轼极大悲痛,归途中两日为之食不下,悲叹:"哀哉,痛哉!世岂复有斯人乎?"③

芮国器曾赋诗感慨:"人言多技亦多穷,随意文章要底工?淮海秦郎天下士,一生怀抱百忧中。"④一生怀抱百忧中,是秦观后期思想、诗词创作的最引人注目之处。我们也可由此着眼,把握其后期词之创作心态。

二

政局的剧变,人生的失落,往往使人怀念昔日的繁盛。对于秦观来说,那师友间的友谊、京都的繁华、君主的恩宠、恋人间的往事前情,皆令他怀念。

《淮海词》中《虞美人》《望海潮》《江城子》《风流子》诸阕当作于初离京城之时。尽管京都三年秦观数被诬蔑攻讦,但此时身为迁客,前途未卜,使得此前的一切在回顾中都有了别样滋味。他怎能忘记西园宴集之时,师友相聚,一时杰特之士,少长咸集,其乐何极。"西园夜饮鸣笳。有华灯碍月,飞盖妨花。"⑤更难忘,

---

① [宋]吴曾著:《能改斋漫录》卷十七,见周义敢、周雷编:《秦观资料汇编》,北京:中华书局,2001年,第66页。
② [宋]秦观著,周义敢、程自信、周雷编注:《秦观集编年校注》,北京:人民文学出版社,2001年,第755页。
③ [宋]苏轼著:《答李端叔》,[宋]苏洵等著,曾枣庄、舒大刚主编:《三苏全书》第12册,北京:语文出版社,2001年,第481页。
④ 刘克庄著:《后村诗话续集》,见周义敢、周雷编:《秦观资料汇编》,北京:中华书局,2001年,第130页。
⑤ [宋]秦观著,周义敢、程自信、周雷编注:《秦观集编年校注》,北京:人民文学出版社,2001年,第837页。

京城春色,"絮翻蝶舞""芳思交加""柳下桃蹊,乱分春色到人家"。处处生机,令人意气飞扬!陈廷焯谓:"'柳下桃蹊,乱分春色到人家',思路幽绝,其妙令人不可思议。"①秦观以春色喻一时盛事,写当时心情,其中何尝不含有怀念皇恩浩荡之幽思,对高太后执政的颂赞怀念之意?临别京华,回首反顾,"高城望断尘如雾,不见骖联处"②,馆阁友朋,俱遭贬黜,师友联骖已成陈迹,他希望重温旧梦,但现实无情,只有连连悲叹"争奈无情江水不西流"!离别京都之际,正是绍圣元年(1094)春,"东风吹碧草"③,依然是"梅吐旧英,柳摇新绿",春色依旧,"又上枝头"。但身为逐客的词人北望京城,心绪迷茫;瞻望贬所,又觉道路修远。其《江城子》(西城杨柳弄春柔)当作于此时,"碧野朱桥当日事,人不见,水空流"④,惆怅之情相近。"飞絮落花时节"实写眼前之景,抑或暗喻友朋处境。使人觉其有言外之意,但难以实指。结句"便作春江都是泪,流不尽,许多愁"恰好切合词人当时心情。数首词中,《望海潮》可以确定为怀恋故旧之作,其余皆借以抒发身世之感,以恋情拟友情,以春色消减、繁华衰歇喻指政坛升降浮沉,托兴极深。前人谓"少游《满庭芳》诸阕,大半被放后作。恋恋故国,不胜热中"⑤,恋恋故国,不胜热中,乃是他被贬之初词作的共同特点。

三

如果说贬谪之初,秦观对人生理想仍存执着的话,那么接踵而来的打击,则使其彻底破灭。被贬杭州途中,即因刘拯弹劾再贬"监处州酒税"。在处州,极度

---

① [清]陈廷焯著:《白雨斋词话》卷一,周义敢、周雷编:《秦观资料汇编》,北京:中华书局,2001年,第367页。
② [宋]秦观著,周义敢、程自信、周雷编注:《秦观集编年校注》,北京:人民文学出版社,2001年,第840页。
③ [宋]秦观著,周义敢、程自信、周雷编注:《秦观集编年校注》,北京:人民文学出版社,2001年,第839页。
④ [宋]秦观著,周义敢、程自信、周雷编注:《秦观集编年校注》,北京:人民文学出版社,2001年,第838页。
⑤ [清]陈廷焯:《白雨斋词话》卷一,周义敢、周雷编:《秦观资料汇编》,北京:中华书局,2001年,第367页。

苦闷的秦观寄情佛祖以求解脱:"市区收罢鱼豚税,来与弥陀共一龛。"①在使者望风承旨的情况下,他终于被无中生有抓到把柄。因其修忏日所写《题法海平阇黎》有句"因循移病依香火,写得弥陀七万言",故被罗织罪名贬往郴州。绍圣四年(1097),朝廷又对"元祐党人"加重迫害,秦观编管横州。此时的秦观没有了官职,也完全失去了自由。到横州的次年,再贬雷州,过着"灌园以糊口,身自杂苍头"②的囚徒般生活。由于精神和肉体受到非人的摧残,秦观感到迷茫、失望以至绝望,他甚至预感到将不久于人世,在雷州的第三年,他曾自作挽词:"奇祸一朝作,飘零至于斯……荼毒复荼毒,彼苍那得知?"③党祸惨烈使秦观产生绝望之感。忆念往昔业已"朝云暮雨成昨梦",只能更增哀伤:

好梦随春远,从前事、不堪思想。④(《鼓笛慢》)

秦观毕生对美好的憧憬,至此破灭,故后期词中常有梦断、梦破的字眼:

幽梦匆匆破后。妆粉乱痕沾袖。⑤(《如梦令》)
孤馆悄无人,梦断月堤归路。⑥(《如梦令》)
乡梦断,旅魂孤。峥嵘岁又除。⑦(《阮郎归》)

---

① [宋]秦观著,周义敢、程自信、周雷编:《秦观集编年校注》,北京:人民文学出版社,2001年,第307页。
② [宋]秦观著,周义敢、程自信、周雷编:《秦观集编年校注》,北京:人民文学出版社,2001年,第318页。
③ [宋]秦观著,周义敢、程自信、周雷编:《秦观集编年校注》,北京:人民文学出版社,2001年,第755页。
④ [宋]秦观著,周义敢、程自信、周雷编:《秦观集编年校注》,北京:人民文学出版社,2001年,第851页。
⑤ [宋]秦观著,周义敢、程自信、周雷编:《秦观集编年校注》,北京:人民文学出版社,2001年,第844页。
⑥ [宋]秦观著,周义敢、程自信、周雷编:《秦观集编年校注》,北京:人民文学出版社,2001年,第852页。
⑦ [宋]秦观著,周义敢、程自信、周雷编:《秦观集编年校注》,北京:人民文学出版社,2001年,第848页。

接踵而来的打击,使他认为"千古行人旧恨,尽应分付今人",时有肝肠寸断之深哀剧痛:

桃李不禁风,回首落英无限。①(《如梦令》)
人人尽道肠断初。那堪肠已无。②(《阮郎归》)

如此境遇,如此心情,使得秦观往事不堪回首,现状难以忍耐,前景更不堪设想:"伤怀。增怅望,新欢易失,往事难猜。"③(《满庭芳》)梦乡精魂,已不堪游,他只有暂凭杯中物,聊慰愁怀:"饮罢不妨醉卧,尘劳事、有耳谁听?"④(《满庭芳》)但往往难以如愿:"谩道愁须殢酒,酒未醒,愁已先回。"(《满庭芳》)在恨天愁海中他苦度岁月:"天涯旧恨,独自凄凉人不问。"⑤(《减字木兰花》)秦观此类景真情真发自内心的词作,曾震撼了无数读者的心灵。

水边沙外。城郭春寒退。花影乱,莺声碎。飘零疏酒盏,离别宽衣带。人不见,碧云暮合空相对。　忆昔西池会,鹓鹭同飞盖。携手处,今谁在?日边清梦断,镜里朱颜改。春去也,飞红万点愁如海。⑥

---

① [宋]秦观著,周义敢、程自信、周雷编注:《秦观集编年校注》,北京:人民文学出版社,2001年,第852页。
② [宋]秦观著,周义敢、程自信、周雷编注:《秦观集编年校注》,北京:人民文学出版社,2001年,第846页。
③ [宋]秦观著,周义敢、程自信、周雷编注:《秦观集编年校注》,北京:人民文学出版社,2001年,第853页。
④ [宋]秦观著,周义敢、程自信、周雷编注:《秦观集编年校注》,北京:人民文学出版社,2001年,第801页。
⑤ [宋]秦观著,周义敢、程自信、周雷编注:《秦观集编年校注》,北京:人民文学出版社,2001年,第835页。
⑥ [宋]秦观著,周义敢、程自信、周雷编注:《秦观集编年校注》,北京:人民文学出版社,2001年,第842页。

此词作于处州贬所（或谓作于转徙郴州途中），典型体现了秦观后期绝望的心情。日边梦断，行人渐老，道出了人生理想在与残酷现实碰撞中的破灭。那"春去也，飞红万点愁如海"的痛彻心扉的呼喊，道出了人生盛年已去，眼前春景凋残，政治理想破灭后的悲怨、痛愤。

读秦词，人们敏感地感受到了秦观痛苦绝望的内心世界：

> 秦少游谪古藤，意忽忽不乐。过衡阳，孔毅甫为守，与之厚，延留待遇有加，一日，饮于郡斋，少游作《千秋岁》词。毅甫览至"镜里朱颜改"之句，遽惊曰："少游盛年，何为言语悲怆如此！"遂赓其韵以解之。居数日别去，毅甫送之于郊，复相语终日，归谓所亲曰："秦少游气貌大不类平时，殆不久于世矣！"未几果卒。①

> 秦少游词云："春去也，落红万点愁如海。"今人多能歌此词。方少游作此词时，传至予家丞相，丞相曰："秦七必不久于世，岂有'愁如海'而可存乎！"已而少游果下世。②

从秦观诗友的和词中我们也可以听到被残酷的现实生活碾轧得支离破碎的心音：

> 岛边天外，未老身先退。珠泪溅，丹衷碎。③（苏轼）
> 半身屏外，睡觉唇红退。春思乱，芳心碎。④（释惠洪）
> 春风湖外，红杏花初退。孤馆静，愁肠碎。⑤（孔毅甫）

---

① [宋]曾敏行著：《独醒杂志》卷五，周义敢、周雷编：《秦观资料汇编》，北京：中华书局，2001年，第74页。
② [宋]曾季狸著：《艇斋诗话》，周义敢、周雷编：《秦观资料汇编》，北京：中华书局，2001年，第75页。
③ [宋]苏轼著：《千秋岁》（次韵少游），唐圭璋编纂：《全宋词》，北京：中华书局，1999年，第427页。
④ [宋]惠洪著：《千秋岁》，唐圭璋编纂：《全宋词》，北京：中华书局，1999年，第921页。
⑤ [宋]孔平仲著：《千秋岁》，唐圭璋编纂：《全宋词》，北京：中华书局，1999年，第476页。

这些和词或寓己心声,或释少游词意,但无一例外地道出了特定的历史时期政治气候的恶劣。大概当日诸君也曾料到局外人难以理解他们此时的心情,在词中他们有这样的词句:"惆怅谁人会? 随处聊倾盖。""洒泪谁能会? 醉卧藤阴盖。"①是的,这特定历史土壤上产生的党争倾轧之残酷,只有身在其中方能真正领略。张舜民在被贬时也曾发出"此路何人得生还?"②的痛苦呼喊。苏轼侥幸生还,路过大庾岭,十分感慨地写出了"问翁大庾岭头住,曾见南迁几个回?"③的悲凉喟叹。高荷《见黄太史》"中伤皆死祸,放逐罕生还"④诗句并非夸饰之词,黄庭坚亦曾有诗曰:"子瞻谪岭南,时宰欲杀之。饱吃惠州饭,细和渊明诗。"⑤面对恶劣处境,秦观与苏、黄大不相同,苏、黄总是以旷逸之生活态度面对人生忧患,用诗词表达傲视群小、兀立傲岸的人生态度,而秦观却用词作真切地呼喊出内心的痛苦、失望乃至绝望之情。相较而言,秦观这些词作更能使后人认识当时党争之酷烈。

四

秦观后期词最引人注目的是记录下了词人对复杂动荡、变幻莫测的政局、人事关系的思考。由于政局突变,那熟悉的变得陌生,亲近的变得遥远,那曾是最亲密的友朋成了最可怕的仇敌,那道貌岸然的达官显宦原来是刽子密探。元祐六年(1091),御史中丞赵君锡以秦观有文学才,上章推荐,秦被任命为秘书省正字。未几,程门贾易上章言秦观"刻薄无行,不可污辱文馆",赵君锡迅即自责推荐不实。事未公布,苏辙得知消息,告诉苏轼,苏轼知出于洛党攻击,劝秦观辞职。秦观大为愤慨,连夜诣赴赵君锡,请劾贾易遗行。秦观未料到赵、贾会联合起来上章劾奏,牵连进苏氏兄弟,事情愈闹愈大……还有林希,苏氏盛时,极尽颂

---

① [宋]黄庭坚著:《千秋岁》,唐圭璋编纂:《全宋词》,北京:中华书局,1999年,第532页。
② [宋]张舜民著:《卖花声·题岳阳楼》,唐圭璋编纂:《全宋词》,北京:中华书局,1999年,第343页。
③ [宋]苏轼著:《赠岭上老人》,[宋]苏洵等著,曾枣庄、舒大刚主编:《三苏全书》第9册,北京:语文出版社,2001年,第412页。
④ 陈永正选注:《江西派诗选注》,广州:中山大学出版社,1985年,第206页。
⑤ [宋]黄庭坚著:《跋子瞻和陶诗》,刘尚荣校点:《黄庭坚诗集注》,北京:中华书局,2003年,第604页。

扬谄谀之能,待到旧党遭贬,诏书又多出此人之手,极尽诬诋之能事。

这是我们从有关的资料中检阅到的与秦观有关的变幻不定的人生画图中的几页。详味他与苏轼贬途临别时的词句:"别后悠悠君莫问,无限事,不言中。"①再有谁能知道他曾遭遇多少难堪的打击?对于秦观来说,坎坷经历,凶险人生,使他更加懂得世态炎凉、人情冷暖。面对那政坛上的"多面人"林希、赵君锡之流,他不由在词作之中发出了"伤怀。增怅望,新欢易失,往事难猜"的怨愤。复杂人事、贬谪心情在他眼前、心中化为幻影:"乱花飞絮。又望空斗合,离人愁苦"(《河传》),"飞云当面化龙蛇,夭矫转空碧"②。再看秦观的一首《无题》诗:

世事如浮云,飘忽不相待。欻然化苍狗,俄顷成华盖。达观听两行,昧者乃多态。舍旐勿重陆,百年等销坏。③

宋代大臣在志得之时多向皇帝上驭臣驭民之策,一旦身与党祸,则不能不思考造成己身惨痛生活的原委,从另外一个角度思考君臣关系。秦词"别有伤心人不知"④之处当在此。如果说苏轼诗"圣主如天万物春"⑤中的"万物春"指的是臣子的荣耀的话,那么秦词"柳下桃蹊,乱分春色到人家"⑥不也分明在忆念当日皇恩浩荡,触处皆春?既然圣主如朝日雨露能左右春光滋养万物,那么春色衰败、落红流水也自有寓意。"桃李不禁风,回首落英无限"⑦(《如梦令》)是写桃李深怨东风恶;"伤怀。增怅望,新欢易失,往事难猜"是借男女之情喻君臣之义,暗喻哲

---

① [宋]秦观著,周义敢、程自信、周雷编注:《秦观集编年校注》,北京:人民文学出版社,2001年,第855页。
② [宋]秦观著,周义敢、程自信、周雷编注:《秦观集编年校注》,北京:人民文学出版社,2001年,第843页。
③ [宋]秦观著,周义敢、程自信、周雷编注:《秦观集编年校注》,北京:人民文学出版社,2001年,第311页。
④ 周庆云著:《淮海先生诗词丛话》,周义敢、周雷编:《秦观资料汇编》,北京:中华书局,2005年,第396页。
⑤ [宋]苏轼著:《狱中寄子由》,《苏轼诗集》,北京:中华书局,1982年,第999页。
⑥ 诸葛忆兵著:《宋词三百首》,哈尔滨:北方文艺出版社,2020年,第110页。
⑦ [宋]秦观著,陈可拧评注《少游词》,北京:北京联合出版公司,2021年,第88页。

宗亲政之后己身的遭遇。如果说以上两首词词意深晦,那么《河传》一词抒发的感情则较为显豁:

> 乱花飞絮。又望空斗合,离人愁苦。那更夜来,一霎薄情风雨。暗掩将、春色去。　　篱枯壁尽因谁做?若说相思,佛也眉儿聚。莫怪为伊,底死萦肠惹肚,为没教,人恨处。①

在这里,薄情风雨,指的是政坛的风雨;"篱枯壁尽因谁做"的诘问就更耐人寻味。党祸一起,一时贤俊,尽皆迁谪,文坛政坛,一片凋零,这究竟是为什么?正由于秦词在思考探寻党祸之所由起,在同处逆境贬谪的友朋中就更易引起共鸣。那"春也去"一声震撼人心的呼喊就更易引起人们的伤感情怀。正是这深契于心、不便明言的词心形成了秦观词顿挫沉郁、托兴尤深的特色。后世论秦词者也往往由此而聚讼纷纭,最令人感兴趣的是其《踏莎行·郴州旅舍》"郴江幸自绕郴山,为谁流下潇湘去"②,苏轼览之,感发内心,书之于扇,反复吟味:"少游已矣,虽万人何赎!"③而王国维则认为苏轼欣赏此二语"犹为皮相"④。限于篇幅,我们不拟在此辨析王、苏二人谁非谁是,但秦词别有深意,东坡颇有感悟恐是确切无疑。秦观这两句词,其意蕴在可解与不可解之间,前人所谓秦词"义蕴言中,韵流弦外"⑤者是。今人能从其后期恋情词中看出其以男女之情喻君臣之义、之深心,那么,他在这里是否是以山水之形喻君臣之情呢?答案是肯定的。秦观的诘问,实际是以一个贬谪之身的怨绝之语在究诘逐臣与朝廷的关系。他忠于皇室,一心为国。本来应在庙堂之上一展襟抱的,何以"一朝奇祸作",漂泊无依,命运

---

① [宋]秦观著,周义敢、程自信、周雷编注:《秦观集编年校注》,北京:人民文学出版社,2001年,第782页。
② [宋]秦观著,周义敢、程自信、周雷编注:《秦观集编年校注》,北京:人民文学出版社,2001年,第849页。
③ [宋]杨万里编著:《草堂诗馀》,武汉:崇文书局,2017年,第20页。
④ 王国维著:《人间词话》,桂林:漓江出版社,2017年,第76页。
⑤ [清]陈廷焯著:《白雨斋词话》卷一,周义敢、周雷编:《秦观资料汇编》,北京:中华书局,2001年,第370页。

叵测呢？在迁谪的困境中对人生的思索、探求、咀嚼与回味，深深打动了苏轼。有宋一代，在少游之前，王禹偁回顾自己的贬谪遭遇，曾写下"丹笔方肆直，皇情已见疑"①的诗句，苏舜钦呼出了"又疑天憎善，专与恶报仇"②的愤激之声，能够安处逆境的欧阳修也曾慨叹"宦途离合信难期"③。南渡之初，张元幹更痛楚地倾诉"天意从来高难问，况人情老易悲难诉！"④，都较直接地提到君臣关系。少游这两句词，其中有愤懑，却委曲见意，不易令人觉察；所蕴含的思索探求，则由于笼罩全词的浓重悲伤情绪，也易令人忽视。东坡、少游同为迁客，贬所困居，对人生的回味总结，在某一点上应是相同的。那借水怨山的深沉诘问，当年应拨动了东坡心弦。今天我们要把握秦观的这种独特的心境，只有从他后期的作品、从他独特的经历中去寻求。《草堂诗馀》正集卷一谓"少游坐党籍，安置郴州，谓郴江与山相守，而不能不流，自喻最凄切"⑤即是由此着眼的。《白雨斋词话》认为秦观后期作品"其用心不逮东坡之忠厚，而寄情之远，措语之工，则各有千古"⑥。所谓不逮东坡之忠厚云云，大概就是较为敏锐地感觉到了秦观对自己不堪遭遇的究诘探求，不惟涉及政坛复杂人事，且及君臣关系的缘故吧！

五

在后期，秦观对人生的眷念反思内省，加重了他的痛苦，"只有大苦痛才是心灵的解放者"⑦。在后期的作品中，我们可以看到他意图超越自我、追求内心平静的心路历程。由于精神上的苦闷，他曾试图从佛老中寻求解脱。在处州，他"市区收罢鱼豚税，来与弥陀共一龛"。不管他是否曾经如实施行，但他毕竟写下了

---

① [宋]王禹偁著：《吾志》，傅璇琮等主编：《全宋诗》卷五九，北京：北京大学出版社，1991年，第658页。
② [宋]苏舜钦著：《哭师鲁》，沈文倬点校：《苏舜钦集》，上海：上海古籍出版社，1981年，第39页。
③ [宋]欧阳修著：《浣溪沙》(十年相逢酒一卮)，黄畲笺注：《欧阳修词笺注》，北京：中华书局，1986年，第129页。
④ 胡云翼著：《宋词选》，北京：北京出版社，2021年，第174页。
⑤ [宋]杨万里编著：《草堂诗馀》，武汉：崇文书局，2017年，第20页。
⑥ [清]陈廷焯著：《白雨斋词话》卷一，周义敢、周雷编：《秦观资料汇编》，北京：中华书局，2001年，第367页。
⑦ [德]尼采著，梵澄译：《快乐的知识·原序》，上海：商务印书馆，1940年，第1页。

"写得弥陀七万言"的诗句,试图在抄写佛书、祈祷修忏中寻求心灵的平静。但抄写佛书竟成罪名,却是他始料不及的。在后期诗作中,他也对传说中的桃源无限向往:"醉漾轻舟,信流引到花深处,尘缘相误,无计花间住。"①他多么想找到一块幽静的心灵安栖之所啊!然而由于他毕竟执着人生,那仙境,昔未曾得,今更渺茫。他苦恨一生漂泊,时时"桃源路欲回双桨",可是残酷现实击破了他虚幻的梦想,因为身为贬客的他,不唯"封侯已无望",而且"仙事也难期"了,他已经失去了人身的自由,所以只能哀叹"雾失楼台,月迷津渡,桃源望断无寻处"了。以秦观后期的身份,不要说追求仕途通达,就连归耕退隐也不可得了。因为环境险恶已达"欲驾巾车归去,有豺狼当辙"之地步了。在这样的情况下,他只能试图于山水景物中遣散愁怀。"时时,横短笛,清风皓月,相与忘形。任人笑生涯,泛梗飘萍,饮罢不妨醉卧,尘劳事,有耳谁听?"但又往往触景寓目皆是恨,难以释怀。他于醉酒梦幻之中以求解脱,"醉漾轻舟,信流引到花深处"。试图在醉乡忘怀世上一切。他深知"醉乡广大人间小"②,"社瓮酿成微笑"能使他暂时忘却愁怀。在"醉卧古藤阴下"③的时刻,他曾有过片刻"了不知南北"的安宁。在痛苦之中,他努力寻求超脱,但在骨子里,仍是排遣不开的哀愁,因为不管是醉也好、梦也好,毕竟忧愁是醉梦难以驱除的,"谩道愁须殢酒,酒未醒,愁已先回!"所以我们说以少游之性情,他不可能像苏轼、黄庭坚那样对待人生忧患,这些看似旷放的作品,刻意追求超脱,但往往难以超脱,心欲"一醉解千愁",酒醒之后,愁苦更甚。

六

综观少游后期二十几首词作,无论是对宦途的眷恋,还是对贬谪生活的倾诉,不管是对人生的反思自省,还是在痛苦中追求解脱,都充满了他独特的人格

---

① 石海光编著:《秦观词全集》,武汉:崇文书局,2015年,第105页。
② [宋]秦观著,周义敢、程自信、周雷编注:《秦观集编年校注》,北京:人民文学出版社,2001年,第854页。
③ [宋]秦观著,周义敢、程自信、周雷编注:《秦观集编年校注》,北京:人民文学出版社,2001年,第843页。

精神———在生活的重重打击下始终不低头、不屈膝、不迷失的品德操守。

宋代范成大是激赏少游《千秋岁》词的,他也看重苏轼、秦观的师友之情,曾在《次韵徐子礼提举〈莺花亭〉》诗中写道:"古藤阴下醉中休,谁与低眉唱此愁。团扇他年书好句,平生知己识儋州。"①他认为苏、秦师友二人是深相契知的。那么,我们看看苏轼对秦观声哀情苦的词作的评价吧:

其后东坡在儋耳,侄孙苏元老,因赵秀才还自京师,以少游、毅甫所赠酬者寄之。东坡乃次韵录示元老。且云:"便见其超然自得,不改其度之意。"②

苏轼在这首众人皆认为辞情过于哀苦的词作中看到了秦观在残酷环境中不随人俯仰、"不改其度"之意。在和词中苏轼更道出了二人的共同心声:

道远谁云会,罪大天能盖。君命重,臣节在。
新恩犹可觊,旧学终难改。吾已矣,乘桴且恁浮于海。③

君命虽然重大,但臣子节操难以枉屈。新党虽炙手可热,但一点丹心,志在天下,怎能迷失心志,做反复无常之小人? 这是苏、秦诸人当时共同之心声。

元符三年(1100),哲宗崩,徽宗即位,五月下赦令,流放大臣多内迁。东坡量移廉州,六月二十五日过雷州,少游出自作挽词,东坡抚其背曰:"某常忧少游未尽此理,今复何言? 某亦尝自为志墓文,封付从者,不使过子知也。"④遂相与啸咏而别。由此可知东坡、少游当时对局势之严重性的估计是相同的,内心的痛苦也是相同的,以死相争、坚持志节操守的做法更是相同的。"十分春易尽,一点情难

---

① [宋]范成大著:《范石湖集》,周义敢、周雷编:《秦观资料汇编》,北京:中华书局,2001年,第101页。
② [宋]吴曾著:《能改斋漫录》卷十七,周义敢、周雷编:《秦观资料汇编》,北京:中华书局,2001年,第66页。
③ [宋]吴曾著:《能改斋漫录》卷十七,周义敢、周雷编:《秦观资料汇编》,北京:中华书局,2001年,第66页。
④ [宋]何薳著:《春渚纪闻》卷六,周义敢、周雷编:《秦观资料汇编》,北京:中华书局,2001年,第59页。

改"①,屈其身不屈其志,乃是少游后期词中表现最突出的人格精神,后人赏秦词也多以此着眼。秦观前期词"词虽婉美,然格力失之弱"②;而后期作品,虽辞伤情哀,却自饶风骨,诚所谓"淮海词风骨自高,如红梅作花,能以韵胜"③(《词林纪事》引楼思敬语)。"秦少游词体制淡雅,气骨不衰,清丽中不断意脉,咀嚼无滓,久而知味。"④可谓知者之论。

　　对于秦观的后期词,有人以其过于愁苦而评价不高,这是我们所不能同意的。读秦氏后期词,很容易令人想起屈原的《离骚》,研究秦观后期的心路历程,也易令人想起屈子的经历、结局。姜亮夫先生曾说,《离骚》之题旨"总而观之,不过是忧谗去国而已",后世评价为"开千古局面之作"。屈原贬谪,《离骚》所写,不外"忧愁"二字,尚有入世之想;《远游》篇则在"迫扼痛苦心情之下",欲出世以自放,远游高飞以自处,只是"出世之思";到《惜往日》《怀沙》《悲回风》,"从极度的悲痛中解放出来,是辞世"⑤,这种心路历程与秦观何等相似。同样,他们最后都"是很悲惨地用死统一了他的性格品德,来完成了把作品与人格之融化"。当然,以屈原在文学史乃至文化史上的地位,后世难觅其侪,但屈子之精神遗韵沾溉后世,秦观亦承其余绪。冯煦《蒿庵论词》谓秦观后期词"怨悱不乱,悄乎得《小雅》之遗"⑥。陈廷焯《白雨斋词话·自序》更认为秦观等人词之精诣"要皆发源于《风》、《雅》,推本于《骚》、《辩》,故其情长,其味永,其为言也哀以思,其感人也深以婉"⑦。就秦观后期词在宋代文化史上的作用而言,应该值得我们特别地关注。面对人生的坎坷磨难,不同个性的元祐党人表现出不同的人生态度,反映到文学创作方面,"少游钟情,故其诗酸楚;鲁直学道休歇,故其诗闲暇。至于东坡《南

---

①[清]沈雄著:《古今词话·词话》,周义敢、周雷编:《秦观资料汇编》,北京:中华书局,2001年,第244页。
②[宋]胡仔著:《苕溪渔隐丛话》,周义敢、周雷编:《秦观资料汇编》,北京:中华书局,2001年,第82页。
③[宋]秦观著,杨世明笺:《淮海词笺注》,成都:四川人民出版社,1984年,第184页。
④[宋]张炎著:《词源》,周义敢、周雷编:《秦观资料汇编》,北京:中华书局,2001年,第141页。
⑤姜亮夫著:《屈原》,《中国历代著名文学家评传》第一卷,济南:山东教育出版社,2009年,第42页。
⑥[清]冯煦著:《蒿庵论词》,周义敢、周雷编:《秦观资料汇编》,北京:中华书局,2001年,第343页。
⑦[清]陈廷焯著:《白雨斋词话》卷一,周义敢、周雷编:《秦观资料汇编》,北京:中华书局,2005年,第366页。

中》诗曰:'平生万事足,所欠惟一死',则英特迈往之气,不受梦幻折困,可畏而仰哉!"[1]

要特别强调的是,正是由于黄庭坚、苏东坡们的"学道休歇","英特迈往之气",惨烈的党争对于他们心灵的戕害化成了省略号,而从另一方面彰显出秦观相关创作的独特性。因此我们说,秦观后期词不仅在淮海词的整体研究方面至关重要,当我们将其置于宋代党争与贬谪文学的大文化背景下观照时,更具有不可取代的价值。

---

[1] [宋]惠洪著:《冷斋夜话》,周义敢、周雷编:《秦观资料汇编》,北京:中华书局,2001年,第50页。

诗外功夫百炼成
——陆游与南郑

提起南郑,弘扬南郑的历史文化,不可能忘记陆游。研究陆游,探讨其创作道路,又怎能忘记南郑?

一

陆游于宋孝宗乾道八年(1172)正月离开夔州,三月间抵南郑,是年十一月初离开汉中,岁暮达成都。诗人在南郑生活的时间虽仅八个月,然而,他一生中唯一一次在前线经历的军营生活使他终身感念,并对他的生活和诗歌创作的内容风格产生了深远的影响。遗憾的是,诗人这一阶段诗作保留甚少。其《感旧》诗自注云:"予山南杂诗百余篇,舟行过望云滩。坠水中,至今以为恨。"[①]这百余篇诗作坠水之因,成为一个永远解不开的谜,但我们从其结集南郑诗为《东楼集》的序中,可以约略窥知这些诗作湮没之由:"……因索在笥得古律三十首,欲出则不敢,欲弃则不忍,乃叙藏之。"[②]以此推测,大约诗人感到朝政有变,在前线所作篇章不便保留,有意弃毁了。

今据钱仲联先生《剑南诗稿校注》统计,诗人自离夔州赴汉中至岁暮回成都,共有诗作98首。本文仅据这一时期现存诗作参酌此后诗人回忆南郑生活的诗

---

① [宋]陆游著,钱仲联校注:《剑南诗稿校注》五,杭州:浙江教育出版社,2011年,第12页。
② [宋]陆游著,马亚中、涂小马校注:《渭南文集校注》二,杭州:浙江古籍出版社,2015年,第112页。

文,探讨诗人人生中这一特定旅程对其创作的深刻影响,以就教于学界同仁。

二

陆游在南郑前线的职务是干办公事并兼任检法官。这对于一生"常以据鞍草檄自任",渴望"上马击狂胡,下马草军书"的诗人来说,自然是千载难逢之良机。豪壮热烈的军营生活,使他热血沸腾,豪情满怀。他常和同僚们一起酣宴、打球、阅马、纵博:

> ……四十从戎驻南郑,酣宴军中夜连日。打毬筑场一千步,阅马列厩三万匹;华灯纵博声满楼,宝钗艳舞光照席;琵琶弦急冰雹乱,羯鼓手匀风雨疾……①(《九月一日夜读诗稿有感走笔作歌》)

他常戎装铁马,和将士们一起巡视四方,枕戈待旦,保卫半壁河山,随时准备收复中原:

> 昔者戍南郑,秦山郁苍苍,铁衣卧枕戈,睡觉身满霜。②(《鹅湖夜坐书怀》)
> 夜栖高冢占星象,昼上巢车望虏尘。③(《忆昔》)
> 散关摩云俯贼垒,清渭如带陈军容。④(《夜观秦蜀地图》)

他也多次和将士们围猎,曾有过刺杀猛虎的壮举:

> 生长江湖狎钓船,跨鞍塞上亦前缘。云埋废苑呼鹰处,雪暗荒郊射虎

---

① [宋]陆游著,钱仲联校注:《剑南诗稿校注》四,杭州:浙江教育出版社,2011年,第24页。
② [宋]陆游著,钱仲联校注:《剑南诗稿校注》二,杭州:浙江教育出版社,2011年,第288页。
③ [宋]陆游著,钱仲联校注:《剑南诗稿校注》四,杭州:浙江教育出版社,2011年,第453页。
④ [宋]陆游著,钱仲联校注:《剑南诗稿校注》二,杭州:浙江教育出版社,2011年,第451页。

天。①(《书事》)

诗人后来每每忆及猎杀猛虎之事,令人检读其诗,往往忆其矫健身手。如今再读其诗,犹觉诗人之豪情壮怀充溢其中。

> 西行亦足快,纵猎南山秋。腾身刺猛虎,至今血溅裘。②(《步出万里桥至江上》)
> 前年从军南山南,夜出驰猎常半酣。玄熊苍兕积如阜,赤手曳虎毛氉氉。③(《闻虏乱有感》)
> 千年老虎猎不得,一箭横穿血皆赤。挐空争死作雷吼,震动山林裂崖石。曳归拥路千人观……④(《大雪歌》)

直到晚年,每当忆及南山射猎,那豪举、壮怀、诗情就奔涌于诗人胸中,流注于诗人笔下,化为动人的诗章。

南郑前线敌我力量犬牙交错,诗人在率部巡视中,有时也进入敌境。沦陷区人民对南宋军队的热情慰问和渴望宋军北上收复中原的热切心情,常使诗人激情难抑:

> 忆昨王师戍陇回,遗民日夜望行台。不论夹道壶浆满,洛笋河鲂次第来。⑤(《追忆征西幕中旧事》)

在南郑前线的军营生涯中,他还常接触到冒着生命危险向南宋军队传递情报的沦陷区遗民、将校:

---

① [宋]陆游著,钱仲联校注:《剑南诗稿校注》一,杭州:浙江教育出版社,2011年,第199页。
② [宋]陆游著,钱仲联校注:《剑南诗稿校注》二,杭州:浙江教育出版社,2011年,第60页。
③ [宋]陆游著,钱仲联校注:《剑南诗稿校注》一,杭州:浙江教育出版社,2011年,第267页。
④ [宋]陆游著,钱仲联校注:《剑南诗稿校注》二,杭州:浙江教育出版社,2011年,第129页。
⑤ [宋]陆游著,钱仲联校注:《剑南诗稿校注》五,杭州:浙江教育出版社,2011年,第449页。

关辅遗民意可伤,蜡封三寸绢书黄。亦知虏法如秦酷,列圣恩深不忍忘!(同前)

诗人在《昔日》诗中亦忆及"至今悲义士,书帛报番情"①。且自注曰:"予在兴元日,长安将吏以申状至宣抚司,皆蜡弹,方四五寸绢,虏中动息必具报。"中华民族在长期战乱、南北分裂时期所特有的民族凝聚力和向心力使得诗人更加坚定地相信,只要全力以赴,措施得当,收复中原的大业就一定能够实现。

前所未有的军旅生活,激发了作者的报国热情,使这一时期的诗作充溢豪情,壮怀激烈,随处感发。报国杀敌,收复中原,身先士卒,舍身为国,诗人内在报国激情的抒发,使他的诗作洋溢着英雄主义、浪漫主义的色彩。

在军中的酣宴歌舞中,他时刻不忘以报国杀敌为己任,常即席赋诗,慷慨悲歌:

秋到边城角声哀,烽火照高台。悲歌击筑,凭高酹酒,此兴悠哉。　多情谁似南山月,特地暮云开。灞桥烟柳,曲江池馆,应待人来。②(《秋波媚》)

在与僚友的诗词唱和中,他激励友人和边防将士不忘国耻家仇:

参谋健笔落纵横,太尉清樽赏快晴。文雅风流虽可爱,关中遗虏要人平。③(《次韵子长题吴太尉云山亭》)

梁州四月晚莺啼,共忆扁舟鉴画溪。莫作世间儿女态,明年万里驻安西。④(《和高子长参议道中》)

---

① [宋]陆游著,钱仲联校注:《剑南诗稿校注》,上海:上海古籍出版社,1985年,第1442页。
② 胡云翼选注:《宋词选》,北京:北京出版社,2021年,第217页。
③ [宋]陆游著,钱仲联校注:《剑南诗稿校注》一,杭州:浙江教育出版社,2011年,第184页。
④ [宋]陆游著,钱仲联校注:《剑南诗稿校注》一,杭州:浙江教育出版社,2011年,第181页。

而他自己更时时于诗中以志节自励,以恢复自期,以功名自誓。"平生铁石心,忘家思报国。""切勿轻书生,上马能击贼。"①(《太息》)"汉水东流那有极,秦关北望不胜悲。邮亭下马开孤剑,老大功名颇自期。"②(《驿亭小憩遣兴》)

南郑前线丰富多彩、豪放壮快的生活经历,哺育了诗人,成为他一生中最富有诗意激情的一段时光。他开怀高歌"投笔书生古来有,从军乐事世间无"!

当然,在这里我们必须指出的是,陆游在南郑时期的创作内容是丰富复杂的,其中有客路吊影之孤独、万里家乡之思念,有功业无成老大伤怀的感叹,更有面对纷纭复杂、难以明言的人事的忧虑……但是只要诗人一念及收复中原、统一祖国的大业,一想到纵横疆场,杀敌报国的宏愿,一切烦恼都会被置之脑后,诗情迅即由忧愁、焦虑、感伤变为昂扬奋发。前人言陆游"游宦剑南,作为诗歌,皆寄意恢复"(叶绍翁《四朝闻见录》),而我们更倾服于诗人忠愤所结,志至气从,于世患烦忧中始终如一的爱国情怀。

军营生活的磨炼,山川形势的谛察,敌我双方军事、政治、经济、民心向背诸多情况的掌握,使诗人胸中有关军事反攻、收复中原的战略渐次明确。他在著名的诗作《山南行》中写道:"国家四纪失中原,师出江淮未易吞;会看金鼓从天下,却用关中作本根。"③诗人在南郑时,曾把自己的战略设想郑重地向王炎提出。据《宋史·陆游传》载:"王炎宣抚川陕,辟为干办公事。游为炎陈进取之策,以为经略中原必自长安始,取长安必自陇右始,当积粟练兵,有衅则攻,无则守。"后来,他在《书渭桥事》一文中,再倡此论:"河渭之间,奥区沃野……虏暴中原积六七十年,腥闻于天。王师一出,中原豪杰,必将响应。决策入关,定万世之业,兹其时也。"④

其《晓叹》一诗亦慷慨放歌:"幽并从古多烈士,悒悒可令长失职!王师入秦驻一月,传檄足定河南北。"诗人的北伐战略,进取之策决非一时随意之论,而是

---

① [宋]陆游著,钱仲联校注:《剑南诗稿校注》一,杭州:浙江教育出版社,2011年,第191页。
② [宋]陆游著,钱仲联校注:《剑南诗稿校注》一,杭州:浙江教育出版社,2011年,第194页。
③ [宋]陆游著,钱仲联校注:《剑南诗稿校注》一,杭州:浙江教育出版社,2011年,第179页。
④ [宋]陆游著:《陆放翁全集》上,北京:中国书店,1986年,第151页。

思之已久,适逢从戎南郑的良机,而成熟于心的。诗人早在孝宗隆兴元年(1163)即有《代乞分兵取山东札子》,建言以十分之九的兵力"固守江淮,控扼要害",以十分之一兵力,择选精锐,"更出迭入,以奇制胜","如此,则进有辟国拓土之功,退无劳师失备之患,实天下之至计也"。隆兴北伐失败,更使他认识到"师出江淮未易吞"。戎马关陕,更使他确立了大军北伐,"却用关中作本根"的战略思想。参之极富将略帅才的著名词人辛弃疾《美芹十论》中的军事主张——出兵江淮,收复山东,"不得山东,则河北不可取;不取河北,则中原不可复"的宏论,我们认为,陆游隆兴建言与在南郑提出的战略思想,虽前后有别,但其谋划恢复,勤劳忧虑国事则一;辛弃疾与陆游志在北伐,一以关中作本根,一以山东为突破,虽选择地域不同,但同出于对山东、关陕军事地理、敌我双方情况的了解,民情风习的熟悉,力图摆脱江淮对峙中宋军不利局面的深心亦同。辛弃疾早以其卓越的军事才能为史家称道,为词林公认,而对于陆游的军事才能人们却少有研究,这是我们在这里要特别指出的。

陆游在南郑前线一心北伐,志在恢复,谋虑所及,涉及北伐准备的方方面面,于前线将领的任用亦提出极为宝贵的意见。据《宋史·陆游传》载:"吴璘子挺代掌兵,颇骄恣,倾财结士,屡以过误杀人,炎莫谁何;游请以玠子拱代挺。炎曰:'拱怯而寡谋,遇敌必败。'游曰:'使挺遇敌,安保其不败? 就令有功,愈不可驾驭!'及挺子曦僭叛,游言始验。"吴氏世袭兵权,号"吴家军",专横跋扈,不知有朝廷。其时有识之士如留正、丘崈、赵汝愚皆尝言之。(《宋史纪事本末·吴曦之叛》)然考之于史,直言吴氏跋扈难制将为国家患者,自陆游始。可见陆游不仅知兵而且知人。只是他虽有见于时而不见用,诗人后来每念及此恨怅扼腕:"画策不见用兮,宁钟釜之是求!"(《自闵赋》)

陆游是自屈原、杜甫之后又一伟大的爱国诗人。综观诗人南郑时期的创作,它们洋溢着一个爱国志士崇高的民族感情,铁马横戈,气吞残虏,一身报国有万死的牺牲精神,在高昂激扬宏丽悲壮的诗作中始终充满着坚定不移的信念。他唱出了时代的强音,吹响了民族的号角,在诗国里再次高扬起爱国主义这面光辉灿烂的旗帜。

诗人在赴南郑途中,慨叹"杀身有地初非惜,报国无时未免愁"在南郑时期,他以金石掷地之声表示"平生铁石心,忘家思报国"[②]!(《太息》)唯恐良机再失,虚度岁月,理想成空,"良时恐作他年恨,大散关头又一秋"[③](《归次汉中境上》)。在离开南郑赴成都途中,他悲慨"渭水岐山不出兵,却携琴剑锦官城"(《即事》)。为未能报国杀敌赴战场,却"细雨骑驴入剑门"(《剑门道中遇微雨》)而无限伤怀。细味诗人有关诗作,探寻其创作的心理轨迹,可以这样说,他的慨叹,他的壮怀,他的感伤,均源自诗人深厚执着的爱国情怀,他那"裹尸马革固其常"的为国牺牲的强烈愿望,"平生万里心,执戈王前驱。战死士所有,耻复守妻孥"(《夜读兵书》)。为国家民族九死不悔的爱国主义精神,使我们进一步深刻地体味到了自《诗经》《楚辞》以来中华民族源远流长的爱国主义文学的精髓。"修我戈矛,与子同仇!"(《诗经·无衣》)"身既死兮神以灵,魂魄毅兮为鬼雄。"(屈原《国殇》)这种慷慨赴国难,身死解国忧,虽死亦愿为鬼雄的爱国主义精神,在陆游诗作中得到进一步发扬光大。诗人那许身为国,匡扶国难的志向令人钦佩,那"位卑未敢忘忧国"的赤诚之心尤其令人敬仰。

不可否认,陆游南郑时期充溢爱国精神的歌唱中,抒写一己悲愤感伤心绪的作品占有较大比重。但值得深味的是,这些作品的悲愤、感伤源于"报国欲死无战场"。空怀壮志,事业无成的苦闷,即便是诗人满怀忧伤初离南郑时期的作品,依旧令我们思索回味,给人以激励与鼓舞——因为从中我们感受到的是诗人执着的爱国情怀。

三

"江山好处得新句,风月佳时逢故人。"[④](《遣兴》)"挥毫当得江山助,不到潇湘岂有诗?"[⑤](《予使江西时以诗投政府丐湖湘一麾会召还不果偶读旧稿有感》)

---

① [宋]陆游著,钱仲联校注:《剑南诗稿校注》一,杭州:浙江教育出版社,2011年,第173页。
② [宋]陆游著,钱仲联校注:《剑南诗稿校注》一,杭州:浙江教育出版社,2011年,第191页。
③ [宋]陆游著,钱仲联校注:《剑南诗稿校注》一,杭州:浙江教育出版社,2011年,第197页。
④ [宋]陆游著,钱仲联校注:《剑南诗稿校注》五,杭州:浙江教育出版社,2011年,第263页。
⑤ [宋]陆游著,钱仲联校注:《剑南诗稿校注》六,杭州:浙江教育出版社,2011年,第397页。

陆游在长期的创作实践中已明确认识到了大自然的积极影响。山川景物不仅陶冶人的情操，净化人的心灵，而且还是创作的一个源泉。在诗人漫长的一生中，他总把江山当作旧知。在他繁富的创作中，诗人自称"无诗不说山"。南郑时期，陆游戎马关山，壮怀逸兴，面对川陕前线奇伟山川、无边沃野、丰富的历史遗迹、淳朴而又豪放的民情风俗，发为歌吟，为其山水诗作增添了极其光彩的一页。

对于生长于越中的陆游来说，秀丽山水曾涌动于诗人笔底，发为歌吟。从军南郑，川陕雄阔壮伟，间以奇幽秀美的山川，本身即与山阴道上风光异趣。那鬼斧神工的天机造化，浩茫邈远的洪荒传说，大量历史遗迹及与之有关的历史事件，都极易激发诗人浪漫主义的奇思妙想。诗人在南郑的身经足历，开阔了他的心胸，激发了壮怀，陶冶了情操，从而提高了他的山水诗的品位。

由于南郑军旅生涯的特殊生活经历，陆游对川陕山川似乎有着特殊的情感。面对西南的山川沃野，诗人常有一种面对旧知新朋，心有旧契之感。其《东楼集序》曰："余少读地志，至蜀汉巴僰，辄怅然有游历山川、揽观风俗之志。私窃自怪，以为异时或至其地以偿素心，未可知也。岁庚寅，始溯峡，至巴中，闻《竹枝》之歌。后再岁，北游山南，凭高望鄠、万年诸山，思一醉曲江、渼陂之间，其势无繇，往往悲歌流涕。又一岁，客成都、唐安，又东至于汉嘉，然后知昔者之感，盖非适然也"。①

在南郑时期的诗作中，他也一再表达了这种情感。"生长江湖狎钓船，跨鞍塞上亦前缘。"②（《书事》）"莺花旧识非生客，山川曾游是故人。"③（《阆中作》）于是他怀着对西北山川的特殊情感，将游历中所见景物收摄笔底：高山入云，雄关巍峨，平川沃野，苜蓿连云，麦桑青郁，杨柳夹道，甚或那微雨晴时，乱莺啼处，桃花盛开红欲燃，牛羊点点散烟村……

诗人惊羡西南山川的壮阔奇伟，"壮哉利阆间，崖谷何嶔崟"④（《鼓楼铺醉歌》）。"我行山南已三日，如绳大路东西出。平川沃野望不尽，麦陇青青桑郁郁

---

① [宋]陆游著，钱仲联校注：《渭南文集校注》一，杭州：浙江教育出版社，2011年，第355页。
② [宋]陆游著，钱仲联校注：《剑南诗稿校注》一，杭州：浙江教育出版社，2011年，第199页。
③ [宋]陆游著，钱仲联校注：《剑南诗稿校注》一，杭州：浙江教育出版社，2011年，第192页。
④ [宋]陆游著，钱仲联校注：《剑南诗稿校注》一，杭州：浙江教育出版社，2011年，第172页。

……苜蓿连云马蹄健,杨柳夹道车声高。"①(《山南行》)"云栈屏山阅月游,马蹄初喜蹋梁州。地连秦雍川原壮,水下荆扬日夜流。"②(《归次汉中境上》)诗人叹赏北方山野的高峻奇险,两过龙洞阁,他将斯时斯地的诗情抒发得淋漓尽致。"卷地黑风吹惨澹,半天朱阁插虚无。阑边归鹤如争捷。云表飞仙定可呼。"(《风雨中过龙洞阁》)"天险龙门道,霜清客子游。一筇缘绝壁,万仞俯洪流。著脚初疑梦,回头始欲愁。"③(《再过龙洞阁》)他也曾陶醉于山川风物的奇丽秀美,"城中飞阁连危亭,处处轩窗临锦屏。涉江亲到锦屏上,却望城郭如丹青"④(《游锦屏山谒少陵祠堂》)。西北山川,奇险秀美间出,形胜之区,往往令诗人逸兴遄飞。"一春客路厌风埃,小雨山行亦乐哉! 危栈巧依青嶂出,飞花并下绿岩来。面前云气翔孤凤,脚底江声转疾雷。堪笑书生轻性命,每逢险处更徘徊。"⑤(《嘉川铺遇小雨景物尤奇》)游赏龙洞,在与僚友的唱和诗中,诗人流露出对南郑山水幽秀奇伟的由衷叹赏。"谪堕尚远游,忽到汉始封。西望接蜀道,北顾连秦中。壮哉形胜区,有此蜿蜒宫,雷霆自鞺鞳,环玦亦璁珑。石屋如建章,万户交相通。来者各有得,尽取知无从。"⑥(《次韵张季长题龙洞》)

西北的壮丽山川开阔了诗人的心胸,他写出了"远游始悟乾坤大"(《柳林酒家小楼》)、"登山正可小天下,跨海何用寻蓬莱"(《东山》)的豪迈诗章,从此他的山水诗具有了宏丽奇伟的特色。

陆游南郑时期的登临之作融入了诗人对祖国山川的深深挚爱之情。他不仅感受到山川之美,引发诗兴,而且感到山川有情,使人留恋瞻顾,不愿离分。在离开南郑时,他笔下的景物,无心有情,眼前风物"道边相送驿边迎,水隔山遮似有情"⑦(《雨中过临溪古埭》)。诗人亦依依难舍,"登陟知难再,吟哦为小留"⑧(《壬

---

① [宋]陆游著,钱仲联校注:《剑南诗稿校注》一,杭州:浙江教育出版社,2011年,第179页。
② [宋]陆游著,钱仲联校注:《剑南诗稿校注》一,杭州:浙江教育出版社,2011年,第197页。
③ [宋]陆游著,钱仲联校注:《剑南诗稿校注》一,杭州:浙江教育出版社,2011年,第195页。
④ [宋]陆游著,钱仲联校注:《剑南诗稿校注》一,杭州:浙江教育出版社,2011年,第192页。
⑤ [宋]陆游著,钱仲联校注:《剑南诗稿校注》一,杭州:浙江教育出版社,2011年,第176页。
⑥ [宋]陆游著,钱仲联校注:《剑南诗稿校注》一,杭州:浙江教育出版社,2011年,第182页。
⑦ [宋]陆游著,钱仲联校注:《剑南诗稿校注》一,杭州:浙江教育出版社,2011年,第200页。
⑧ [宋]陆游著,钱仲联校注:《剑南诗稿校注》一,杭州:浙江教育出版社,2011年,第203页。

辰十月十三日自阆中还兴元游三泉龙门十一月二日自兴元适成都复携儿曹往游赋诗》)。歌咏南郑的山水构成了陆游爱国乐章的有机组成部分。

我们说陆游南郑时期的山水诗作乃是其爱国乐章的一部分,除上述诗人抒写对西北西南河山赞美叹赏留恋热爱之情的诗作外,其他诗作还带有极易为人感知的时代色彩。

陆游生活在宋金对峙的特定时期,北半壁河山沦于金人统治之下,偏安一隅的南宋王朝内忧外患,萎靡不振。这样的政治局势给时代心理投射的是一个阴影。陆游身处南郑前线,自然对祖国南北分裂之痛,对朝中主和派得势,"诸公尚守和戎策,志士虚捐少壮年"感慨尤深。中原恢复遥无日,关山还带泪痕看。于是他将自己忧国伤时之情,注入山水诗中。那特定的时代感由诗人心底流出,从而使他这一时期的山水诗显示出一种特殊的情感色调——悲凉感慨,情怀深沉。"中原久丧乱,志士泪横臆。"(《太息》)纵然江山不为兴亡改,但他面对危局,志在匡扶,难展怀抱,"临水登山几断魂"(《青村寺》)。志欲报国,却献身无地,山川景物,时时在诗人笔下,显出忧郁悲凉的主观色调:

淡日微云共陆离,曲阑危栈出参差。老松临道阅千载,杜宇号山连四时。汉水东流那有极,秦关北望不胜悲。邮亭下马开孤剑,老大功名颇自期。①(《驿亭小憩遣兴》)

渭水函关元不远,著鞭无日涕空横。②(《嘉川铺得檄遂行中夜次小柏》)

遗虏孱孱宁远略,孤臣耿耿独私忧。良时恐作他年恨,大散关头又一秋。③(《归次汉中境上》)

汉水、秦关原本故国疆土,山水原野,半被侵吞分割,每念及此,诗人都禁不住热泪迸流、扼腕抚膺。为了排遣愁恨,他"强排幽恨近清樽"(《三泉驿》)但借酒

---

① [宋]陆游著,钱仲联校注:《剑南诗稿校注》一,杭州:浙江教育出版社,2011年,第194页。
② [宋]陆游著,钱仲联校注:《剑南诗稿校注》一,杭州:浙江教育出版社,2011年,第196页。
③ [宋]陆游著,钱仲联校注:《剑南诗稿校注》一,杭州:浙江教育出版社,2011年,第197页。

浇愁,往往适得其反,于是"约住管弦呼羯鼓,要渠打散醉中愁"(《越王楼》)!他登临之时,故作轻狂豪纵,也是要"聊因豪纵压忧患,鼓吹动地声如雷"(《东山》)。南北分裂,山河破碎,志士登临,伤时感世,"但山川满目泪沾衣"(《辛弃疾《木兰花慢·席上送张仲固帅兴元》》)。由于陆游南郑时期登临之作充溢着对国家民族忠贞的感情和一己沉重的时代责任感,所以它们哀而不伤,更易打动人心。

"山川形胜地,历世多名臣。"(《哀北》)陆游在南郑时期的诗作中,有部分诗作是诗人览观山川历史遗迹,缅怀先贤英烈,笔底舒卷历史风云,抒感寄慨为当朝借鉴的。诗人曾言"予行天下多矣,览观山川形胜,考千载之遗迹,未尝不慨然也"(《严州重修南山报恩光孝寺记》)。千古兴亡,百年悲笑,一时登临,陆游此类诗作引起后人探索的极大兴趣。

陆游曾往返于成都至汉中这铭刻着前朝兴亡,本朝盛衰,前贤之功业,诗人之咏叹的山川原野,考千载遗迹,俯仰今古,品历史遗音,发为浩歌。

汉中形胜地,曾是西汉王朝本源之地。刘邦"王巴蜀、汉中,都南郑"(《史记·高祖本纪》),"岂知高帝业,煌煌汉中起"(《先主庙次贞元中张俨诗韵》),也是诸葛军兵屯集之所。从戎南郑,高祖庙、韩信拜大将坛、武侯祠,皆使诗人追怀古人功业,豪气如虹。在《山南行》一诗中,那将军坛、丞相祠,使陆游忆及韩信兵发汉中,中原逐鹿,最终一统天下的伟业;诸葛亮鞠躬尽瘁,死而后已的坚贞。历史遗迹,英雄伟业激发他作现实思考,慨言当朝,"国家四纪失中原,师出江淮未易吞。会看金鼓从天下,却用关中作本根"。在《南郑马上作》一诗中,他历览名胜遗迹,想唐德宗将山南比两京的诏书,思前朝衰亡的教训;转念西汉兴盛于斯,韩信拜大将坛即在眼底,历史兴亡,使诗人激情满怀,"落日断云唐阙废,淡烟芳草汉坛平。犹嫌未豁胸中气,目断南山天际横"。向往挥师出散关,收复中原故土。诸葛武侯素为诗人所景仰,在《筹笔驿》诗中,陆游追怀诸葛亮运筹帷幄之风采,推崇其以身许国之忠贞,感慨蜀汉败亡之终局,难以自已。《鹿头关过庞士元庙》更借庞统胸怀韬略,志存天下赍志而殁,而为千载之下胸怀壮志而怀抱难展之志士如诗人者一哭。"士元死千载,凄恻过其祠。海内常难合,无心岂易知。英雄千古恨,父老岁时思。苍藓无情极,秋来满断碑。"

诗人在南郑期间,曾经行明皇避乱入蜀留下遗迹之所。念及本朝避敌偏安,他发出了"阿瞒狼狈地,千古有遗伤"(《晓发金牛》)的悲慨。在《老君洞》一诗中,更针对明皇佞道,至逃亡蜀道犹然,斥言其虚妄传说不足凭信,借唐叹宋,感慨极深,"丹凤楼头语未终,崎岖蜀道复相逢。太清宫阙俱煨烬,岂亦南来避贼锋"?联系北宋末徽宗之种种作为,可知诗人实有感而发,剑门天险,栈道崎岖,曾为蜀中天然屏障,然而亦使蜀汉掉以轻心,亡于防守疏忽。诗人经剑门关,感前代兴亡,写出了"剑门天设险,北向控函秦。客主固殊势,存亡终在人"(《剑门关》)的千古名句,吟出了"阴平穷寇非难御,如此江山坐付人"(《剑门城北回望剑关诸峰青入云汉,感蜀亡事慨然有赋》)的无尽感叹。诗中融入的是诗人对历史也是对本朝兴衰的深沉思考。

汉中至成都途中,多有宋代名人遗迹。广安是张庭坚的故乡,诗人《过广安吊张才叔谏议》感叹张庭坚为人忠直,议论忠鲠,悲叹徽宗弃忠直而用奸邪,终致国家败亡,宋室南渡,南北分裂。《过金牛道中遇寒食》一诗,写诗人探访本朝绍兴初刘子羽、吴玠击败金人之遗迹,叹是时朝中主和之非,悲吟"谁知今日金牛道,非复当年铁马声",可谓寄慨遥深。

在诸多诗篇中,诗人作于阆中的《游锦屏山谒少陵祠堂》乃是诗人借杜甫的遭遇为自己写照的诗作。"文章垂世自一事,忠义凛凛令人思。"陆游追想杜甫不朽的文学业绩,但他更佩服诗圣的远大理想抱负。"古来磨灭知几人,此老至今元不死。"杜甫的诗章连同他的爱国精神都是不朽的。但陆游踏寻杜甫入蜀足迹,为诗圣也为他自己一生忠心为国,却毕生穷困潦倒难展怀抱而悲愤放歌:"山川寂寞客子迷,草木摇落壮士悲。""亦知此老愤未平,万窍争号泄悲怒。"那千山万壑的风涛怒号,回应的是异代同心的诗人陆游为时势呐喊,为国事担忧,为自己报国无路的悲怒。

纵观陆游南郑时期的山水歌吟,它们从几个方面予我们以启示。祖国的名山大川,往往具有某种象征意义,陆游登临川陕山川的歌唱凝聚了他对国家民族的热爱忠贞之情。江山名胜,关塞驿道,总是留下历史,尤其是名人遗迹,千古兴亡前事,古人悲慨歌吟,往往增强山川胜景的文化内涵,使后人登高山而俯仰今古,临江河而浩歌人生;人生短暂,人的生命具有特定的时空性。诗人认识到了这一点,他为国家民族珍惜人生良机。宋金对峙时的时代感,及时努力、奋发进取的人生急迫感,在戎马关山、山川游赏时随处辄发,使其山水歌吟具有一种厚重深沉的感情根基和鲜明的个性特色,从而也就具有了一种特殊的、极高的审美价值。

四

对南郑时期生活经历对创作的影响,诗人曾有精辟的总结,并将它升华为对创作真谛的认识。其诗曰:

我昔学诗未有得,残馀未免从人乞;力孱气馁心自知,妄取虚名有惭色。四十从戎驻南郑,酣宴军中夜连日。打毬筑场一千步,阅马列厩三万匹;华灯纵博声满楼,宝钗艳舞光照席;琵琶弦急冰雹乱,羯鼓手匀风雨疾。诗家三昧忽见前,屈贾在眼元历历。天机云锦用在我,剪裁妙处非刀尺。世间才杰固不乏,秋毫未合天地隔。放翁老死何足论,《广陵散》绝还堪惜。①(《九月一日夜读诗稿有感走笔作歌》)

这是陆游自述其创作发展过程和心得的著名诗作。他明确地指出,生平创作至从戎南郑,由于火热的军旅生活的激发,丰富的现实生活的陶冶,对于诗歌创作才有了全新的认识,创作上才形成独立的风格。他的另一首总结生平创作的诗亦曰:

我初学诗日,但欲工藻绘;中年始少悟,渐若窥宏大。怪奇亦间出,如石漱湍濑。数仞李杜墙,常恨欠领会。元白才倚门,温李真自郐。正令笔扛鼎,亦未造三昧。诗为六艺一,岂用资狡狯? 汝果欲学诗,工夫在诗外。②(《示子遹》)

---

① [宋]陆游著,钱仲联校注:《剑南诗稿校注》四,杭州:浙江教育出版社,2011年,第24—25页。
② [宋]陆游著,钱仲联校注:《剑南诗稿校注》八,杭州:浙江教育出版社,2011年,第64页。

认为己诗中年之后,由于现实人生的激发,豁然有悟,渐入宏大之境,并且在此诗中提出了"工夫在诗外"的著名论断。

探讨陆游现实主义与浪漫主义结合的充满着爱国主义激情的诗作必须弄清其现实主义诗论的内涵。为了解开陆游创作奥秘的锁钥,人们对陆游的"诗外工夫"给以不同的诠解。或曰陆游的"诗外工夫即是道德学问";或曰其"诗外工夫即山水游赏";或认为"读书、识物、穷理等等,都是属于他所说的诗外工夫的范围";而更多的论者则认为陆游的诗外功夫是指"火热的战斗生活"。

那么陆游的"诗外工夫"究竟何指呢? 联系其南郑时期的具体生活经历和诗歌创作,参之以诗人论及同类问题的文字,我们认为陆游的"诗外工夫"具有十分广泛、深刻的内涵。

陆游的"诗外工夫"包括相对于书本知识的生活实践。诗人曾训示其子:"古人学问无遗力,少壮工夫老始成。纸上得来终觉浅,绝知此事要躬行。"[1](《冬夜读书示子聿》其三)诗人对"学问工夫"强调的是"躬行"。

但要"躬行",必须有明确的指导思想及立身行事的道德准则。所以陆游的"诗外工夫"自然包括道德修养。这一方面是诗人的自觉追求,另一方面乃时代风气所致。生当程朱理学盛行之时,且诗人又与朱子相友善。面对祖国山河破碎,朝政日非,人心不古,世风日颓,陆游特立独行,以精神道德的修养为创作本源之一。其《方德亨诗集序》云:"诗岂易言哉? 才得之天,而气者我之所自养。有才矣,气不足以御之,淫于富贵,移于贫贱,得不偿失,荣不盖愧。诗由此出,而欲追古人之逸驾,讵可得哉?"[2]陆游一生服膺曾几,盛赞曾氏"道学既为儒者宗,而诗益高,遂擅天下"。[3](《曾文清公墓志铭》)陆游强调创作要德才兼备,有才而无德,所为诗文适足为天下羞。诗人为诗,要自善养胸中浩然之气。在现实人生中,要威武不能屈,富贵不能淫,贫贱不能移,创作上才能方驾古人。

---

[1] [宋]陆游著,钱仲联校注:《剑南诗稿校注》,杭州:浙江教育出版社,2011年,第213页。
[2] [宋]陆游著,马亚中、涂小马校注:《渭南文集校注》二,杭州:浙江古籍出版社,2015年,第131页。
[3] [宋]陆游著,马亚中、涂小马校注:《渭南文集校注》四,杭州:浙江古籍出版社,2015年,第57页。

陆游的"诗外工夫"也应包括"山水游赏"。他有"地胜顿惊诗律壮"(《绝胜亭》)的名句,有"挥毫当得江山助,不到潇湘岂有诗"的妙章,亦有"法不孤生自古同,痴人乃欲镂虚空。君诗妙处吾能识,正在山程水驿中"(《题庐陵萧彦毓秀才诗卷后》)之高识。

躬身实践,投入生活也好,道德修养、山水游赏也罢,把这些都看作其诗外功夫的内涵,表面上看似乎概括全面。但回首宋代历史,总结宋代文学发展史,总使人感言之太泛,不大确切。试想在现实生活中,宋代各行各业的人,谁人不躬行实践,谁人不投入特定的生活圈子?宋代理学大盛,读书人谁人不标榜道德修养?那山程水驿走过了多少文人墨客?然而能够创作出如陆游宏丽悲壮的爱国主义诗作的又有几人?再就陆游个人创作经历来看,南郑之行以前,他何尝不躬行实践,又何尝没有"生活"?他执着追求人生理想,又何尝不讲道德修养?宦途踪迹,几半天下,又何尝不常在山程水驿之中?然而他唯独对南郑之行情有独钟,认为此行乃其一生创作的转折点,为其诗歌创作的成熟期。这是需要我们进一步认真探讨的一个问题。

简言之,陆游从戎南郑,军旅生活的激扬,山水名胜的陶冶,使诗人的理想情操得以升华,他把个人得失,官场荣辱,妻儿饥寒,思乡念远之情,一概置于民族大义、祖国需要之下,时时思杀身报国收复中原。从此他那一颗诗人之心、壮士之志和时代的脉搏一起跃动,人生追求有了更高的目标。对山水游赏、军旅生涯抒写的是一己深刻的全新的感受。他的诗作跃动的是时代的主旋律,唱出的是时代的最强音。这是陆游南郑时期的创作给予我们的最深切的感受,也是我们对陆游"诗外工夫"的认识。诗人《夜吟》诗曾曰:"六十余年妄学诗,功夫深处独心知。夜来一笑寒灯下,始是金丹换骨时。"在陆游漫长的创作生涯中,自南郑一行,他时时不忘恢复中原,岁岁向往杀敌报国,川陕山行频入睡梦,横刀跃马的杀敌理想幻化为动人的诗章。南郑之行不仅影响了他此后创作的思想内容——"集中十九从军乐",而且使他的创作形成了宏丽悲壮、现实主义和浪漫主义相结合的独特风格。"功夫深处独心知",他后来把诗稿定名为《剑南诗稿》,文集定名为《渭南文集》,即是深深感知了人生这一特定时期对其文学创作的巨大影响。

诗外工夫百炼成，正由于他一生执着追求报国理想，热烈拥抱生活，关注现实人生，所以他诗作渐臻化境，成为宋诗创作的一个高峰。

以上是我们对陆游南郑时期的诗作及其"诗外工夫"的粗浅认识。在行将结束本文时，我们还想指出，陆游充溢着激扬悲壮时代精神的爱国主义诗作，已经对宋以后的诗歌创作、对当代军旅文学产生了积极的影响，并且一定还会以其不朽的魅力影响当代诗词。在当代的军旅文学创作中，如何进一步突出爱国主义精神？在旅游文学、山水诗的创作中如何通过山水游赏，唤起人们对祖国山河的热爱之情，培养提高民族精神、审美情趣？陆游的诗作将会给我们有益的启示。

陆游科考被秦桧"显黜"考

一

陆游自十六岁开始,曾多次参加进士考试,但是直至绍兴三十二年孝宗即位,方由史浩、黄祖舜之荐,被孝宗召对,"赐进士出身"①。关于陆游多次应举不利的原委,由于史料的缺失,难以细考。但从其回忆往昔的相关诗文中可以看出,陆游十六岁、十九岁两次赴临安应试下第,均应属正常败举,且陆游其时,少年意气,与同侪邀游武林,湖柳烟月,画楼买醉,他似乎对于举场不利并不甚在意。史有明载的是,绍兴二十三年(1153),陆游二十九岁,赴锁厅试及次年赴礼部试的遭遇。《宋史·陆游传》载:

……荫补登仕郎。锁厅荐送第一,秦桧孙埙适居其次,桧怒,至罪主司。明年,试礼部,主司复置游前列,桧显黜之,由是为所嫉。②

查检与陆游科考相关的文献资料,我们发现《宋史·陆游传》这样记述的依据主要是《剑南诗稿》卷四十诗题:

---

① [元]脱脱等撰:《宋史·陆游传》,北京:中华书局,1977年,第12057页。
② [元]脱脱等撰:《宋史·陆游传》,北京:中华书局,1977年,第12057页。

> 陈阜卿先生为两浙转运司考试官,时秦丞相孙以右文殿修撰来就试,直欲首选。阜卿得予文卷,擢置第一,秦氏大怒。予明年既显黜,先生亦几蹈危机。偶秦公薨,遂已。予晚岁料理故书,得先生手帖。追感平昔,作长句以识其事,不知衰涕之集也。①

间接受到叶绍翁《四朝闻见录》相关文字的影响:

> 公绍兴间已为浙漕锁厅第一,有司竟首秦熺,置公于末,及南宫一人,又以秦桧所讽见黜。盖疾其喜论恢复。绍兴末,始赐第。②

当今流行的文学史及评传类著述亦多祖述《宋史》,诸如章培恒、骆玉明《中国文学史》(中),郭预衡《中国古代文学史长编》,程千帆《两宋文学史》,孙望、常国武《宋代文学史》,朱东润《陆游传》,欧小牧《爱国诗人陆游》,曹济平《陆游》,齐治平《陆游》,游国恩、李易《陆游诗选·前言》以及韩酉山《秦桧研究》,朱东润《陆游研究》几乎众口一词,成为定论。

二

然而,翻检相关史料,与陆游绍兴末年科考有关的资料甚多。比较分析,有助于我们认识历史真相。

在《宋史》中有数处涉及与陆游当年科考有关的文字,其所记载与陆游"诗题"及《宋史·陆游传》有较大出入。《宋史·选举志》载及绍兴年间关涉秦桧科考弄权时说:

> (绍兴二十四年)初,秦桧专国,其子熺廷试第一,桧阳引降第二名。是

---

① [宋]陆游著,钱仲联校注:《剑南诗稿校注》,上海:上海古籍出版社,1985年,第2530页。
② 孔凡礼、齐治平编:《陆游资料汇编》,北京:中华书局,2006年,第53页。

岁,桧孙埙举进士,省试、廷对皆首选,姻党曹冠等皆居高甲,后降埙第三。二十五年,桧死,帝惩其弊,遂命贡院遵故事,凡合格举人有权要亲族,并令复试。仍夺埙出身,改冠等七人阶官并带"右"字,余悉驳放。①

秦桧在《宋史》中是入了"奸臣传"的,但《宋史·秦桧传》在言及其子熺、其孙埙因秦桧之权势而科场得意时,仍与《宋史·陆游传》不同,其文曰:

(绍兴)十二年,……子熺举进士,馆客何溥赴南省,皆为第一。②
(绍兴)二十四年,……桧孙敷文阁待制埙试进士举,省殿试皆为第一,桧从子焞熅、姻党周夤、沈兴杰皆登上第,士论为之不平。考官则魏师逊、汤思退、郑仲熊、沈虚中、萧德元也。师逊等初知贡举,即语人曰:"吾曹可以富贵矣。"及廷试,桧又奏思退为编排,师逊为详定。③

权奸巨恶,罪行昭彰,科考舞弊,"天下为之切齿"④,但《宋史·选举志》及《秦桧传》明言其恶,却只字不涉陆游被"显黜"之事,殊为令人不解。不唯如此,宋人文集在言及秦氏科考怙权舞弊之事时,也少有人言及陆游科考被黜之事。徐梦莘《三朝北盟会编》卷二百二十引《中兴姓氏录》曰:

绍兴十二年科举,谕考试官以其子熺为状元,俄除礼部侍郎,迁翰林院学士,后除枢密院,加少保嘉国公。二十四年科举,又令考试官以其孙埙为状元,上觉,自选张孝祥为第一。⑤

李心传《建炎以来朝野杂记》甲集卷十三《复试权要子弟》条亦载:

---
① [元]脱脱等撰:《宋史·选举二》,北京:中华书局,1977年,第3630页。
② [元]脱脱等撰:《宋史·秦桧传》,北京:中华书局,1977年,第13758页。
③ [元]脱脱等撰:《宋史·秦桧传》,北京:中华书局,1977年,第13762页。
④ [宋]李心传编撰,胡坤点校:《建炎以来系年要录》,北京:中华书局,2013年,第3153页。
⑤ [宋]徐梦莘撰:《三朝北盟会编》,上海:上海古籍出版社,1987年,第1584页。

复试权要子弟者,太祖之法也。绍兴十二年,秦申王当国,其子熺始冠多士。二十四年,其孙埙复试南省为第一。及廷试,有司拟埙为榜首。上觉之,置之第三。①

李心传《建炎以来系年要录》载录秦桧一党科考舞弊事甚详,但亦不及陆游被显黜之事,究其原委,恐怕不像于北山先生推测的那样———"盖心传未见务观此诗也"②那么简单。因为宋人相关著述多与《宋史·陆游传》不同。除了前文提到的《三朝北盟会编》《建炎以来朝野杂记》之外,宋张淏《会稽续志》载及陆游亦不及其应试被黜,其文曰:

……初,高宗闻其名,欲召用,而游以口语触秦桧,故抑不得进。绍兴三十二年召对,上俯加问劳,玉音褒拂,至于再三,赐进士出身。③

细阅文义,内中"高宗闻其名,欲召用,而游以口语触秦桧,故抑不得进"云云,明显是由陆游《放翁自赞》中"名动高皇,语触秦桧。身老空山,文传海外"而来④。数百年后,清人毕沅《续资治通鉴》、李铭汉《续通鉴纪事本末》述及秦桧科考弄权之事,亦不言陆游被黜一事。如果说李心传一人因未见陆游诗题而误记,那么由宋及清言及当年科考之事诸家均未见陆游诗题,显然是说不通的。宋吕中《中兴大事记》记述其事曰:

桧子熺既尝为举首,又以其孙埙为举首。上觉之,遂居第三。进士榜

---

① [宋]李心传撰:《建炎以来朝野杂记(甲集)》,《全宋笔记》第六编第七册,郑州:大象出版社,2013年,第219页。
② 于北山编:《陆游年谱》,上海:上海古籍出版社,1985年,第53页。
③ 孔凡礼、齐治平编:《陆游资料汇编》,北京:中华书局,2006年,第51页。
④ [宋]陆游撰:《陆放翁全集》,北京:中国书店,1986年,第132页。

中,悉以亲党居之,天下为之切齿,而士子无复天子之臣矣。①

《建炎以来系年要录》在卷一百七十二又引吕中《中兴大事记》说秦桧怙权跋扈,祸乱朝政,其人虽死,其弊仍存:

> 秦桧以十八年之久,呼俦引类,盘据中外,一桧虽死,百桧尚存。……上虽亲政,而所任沈该、万俟卨、汤思退、魏良臣,即桧之党也。沈该、万俟卨本桧之鹰犬也;思退本桧之客,以文衡私取桧之子孙者也;良臣即桧往来于虏定和议者也。②

岳飞之孙岳珂《桯史》卷十三《任元受启》载:当秦桧死后在临安等候选官的任尽言上时任台谏的汤鹏举启亦云:

> 靖言有宋之奸臣,无若亡秦之巨蠹。十九载辅国而专政,亘古无之;二百年列圣之贻谋,扫地尽矣。乃若糊名而较艺,亦复肆志而任私。敢以五尺之童,连冠两科之士。老牛舐犊,爱子谁无?野鸟为鸾,欺君实甚。③

综上所述,从《宋史·选举志》到《秦桧传》,从《三朝北盟会编》到《建炎以来朝野杂记》,再检《会稽续志》《中兴大事记》到《任元受启》,涉及秦桧科场舞弊,均不言陆游放黜之事,即令上文所引叶绍翁《四朝闻见录》中的一段文字亦与《宋史·陆游传》、陆游诗题有矛盾之处,这更引起我们进一步探究的兴趣。

翻检相关资料,陆游绍兴二十四年参加进士考试,当年高宗钦点的状元乃是张孝祥。《宋史·张孝祥传》载及张孝祥状元及第:

---

① [宋]李心传编撰,胡坤点校:《建炎以来系年要录》,北京:中华书局,2013年,第3153页。
② [宋]李心传编撰,胡坤点校:《建炎以来系年要录》,北京:中华书局,2013年,第3284页。
③ [宋]岳珂著:《桯史》卷十三《任元受启》,见《宋元笔记大观》,上海:上海古籍出版社,2001年,第4446页。

绍兴二十四年,廷试第一。时策问师友渊源,秦埙与曹冠皆力攻程氏专门之学,孝祥独不攻。考官已定埙冠多士,孝祥次之,曹冠又次之。高宗读埙策皆秦桧语,于是擢孝祥第一,而埙第三。①

叶绍翁《四朝闻见录·张于湖》条对高宗当年擢张孝祥为状元一事有更详细之叙述:

高宗酷嗜翰墨,于湖张氏孝祥廷对之顷,宿酲犹未解,濡毫答圣问,立就万言,未尝加点。上讶一卷纸高轴大,试取阅之。读其卷首,大加称奖,而又字画遒劲,卓然颜鲁。上疑其为谪仙,亲擢首选。胪唱赋诗上尤隽永。张正谢毕,遂谒秦桧。桧语之云:"上不惟喜状元策,又且喜状元诗与字,可谓'三绝'。"又扣以诗何所本,字何所法,张正色以对:"本杜诗,法颜字。"桧笑曰:"天下好事,君家都占断。"盖嫉之也。②

遍检有关陆游绍兴二十四年科考的相关信息,《宋史·陆游传》被当今学者普遍采信的记载,由宋至清,绝大多数文献资料均未给予文献之征信和理论上的支持。至清代,李铭汉综核诸家之说,在《续通鉴纪事本末》中依然采用《宋史》《选举志》和《秦桧传》中的记述:

……飞既诛,世忠亦罢,俊居位不去,桧乃使江邈论罢之,由是中外大权尽归于桧,非桧亲党及昏庸谀佞者,则不得仕宦。忠正之士,多避山林间。绍兴十二年科举,谕考试官以其子熺为状元,二十四年科举,又令考试官以其孙埙为状元。③

---

① [元]脱脱等撰:《宋史·张孝祥传》,北京:中华书局,1977年,第11942页。
② [宋]叶绍翁著,符均注:《四朝闻见录》,西安:三秦出版社,2004年,第107页。
③ [清]李铭汉撰、张兴武等辑校:《续通鉴纪事本末》七,兰州:甘肃人民出版社,2005年,第1850页。

因此,对于《宋史·陆游传》之记载有详加辨明之必要。

三

对于陆游此次参加进士考试的遭遇,应在两个层面上加以廓清。首先是陆游参加浙漕锁厅试是否作为解元;其次是礼部试是否仍居前列而被秦桧"显黜"。

所谓"锁厅试者,宋代现任官应进士试之谓"①。陆游应锁厅试,据其诗题,乃是"阜卿得予文卷,擢置第一"。《宋史·陆游传》因之。但似乎同样注意到了陆游诗题的叶绍翁则明谓:"公绍兴间已为浙漕锁厅第一,有司竟首秦埙,置公于末。"参阅前文所引彰显秦桧科考舞弊的文字,多言"秦埙举进士,省试、廷对皆首选","省殿试皆为第一"。据之推论,当年陆游赴锁厅试,在究竟是何人为首选的问题上,考官意见并不一致,陈阜卿看到陆游文卷,欲擢置第一,但在秦桧权势赫赫,又事先授意考官秦埙意在第一的情况下,"有司竟首秦埙",置陆游于最后一名。陆游之诗题乃是其后来翻阅陈阜卿与其来往书信后的感慨,陈阜卿得其考卷,欲"擢置第一",但最终结果是"置公于末",所以后世多不以为据。可以为我们的推断提供支持的是,陆游当年赴锁厅试,被荐举参加进士考试后,曾有一篇《谢解启》,详味文义,内中"荣不盖惭""得失既轻""虽朴而不废",以及"恭惟某官……愤雕虫之积弊,疑草野之可收。遂致庸虚,辄先豪俊。自知不称,敢辞同进之争名。所惧流言,窃谓主司之好异。其为愧悚,实倍寻常"。似乎难以寻解到其高中解元之喜悦,更多的是"恐惧流言""超乎寻常之愧悚"。所谓"窃谓主司之好异"云云,陆游应是知晓当年锁厅试秦桧怙权之内幕的②。此外,从宋张淏《会稽续志》不及陆游高中解元一事,到《无锡县志》卷二十六《宦绩》亦无片言述及陈阜卿逆秦桧意旨,擢陆游在秦埙之前为首选的事迹,再到(绍兴二十六年)五月辛丑朔,汤鹏举论陈之茂为秋试考官,违法容私,"取秦埙于高等"③,同时参阅有关史料,亦未有陈阜卿在锁厅试后,"几蹈危机"的记载。所以,对于陆游赴锁厅试之

---

① 于北山编:《陆游年谱》,上海:上海古籍出版社,1985年,第52页。
② [宋]陆游著:《陆放翁全集》,北京:中国书店,1986年,第29页。
③ [宋]李心传编撰,胡坤点校:《建炎以来系年要录》,北京:中华书局,2013年,第3294页。

结果，叶绍翁所记载可信，而《宋史·陆游传》及陆游诗题之记述仅可备考。

至于《宋史·陆游传》所谓"明年试礼部，主司复置游前列，桧显黜之"云云，则更不可信，前文所引文献资料可以从不同方面证明这一点。我们再进一步引述有关资料印证我们的看法。首先，"严密控制科举，网罗政治仆从"是秦桧"植党连群，推行屈膝投降政策的重要手段之一"。韩酉山所著《秦桧研究》曾列举绍兴十二年到绍兴二十四年五次科举的正副知贡举名单以说明这"五次贡举，每一次都是在他的严密控制下进行的。"兹引述相关文字如下：

> 绍兴十二年，以给事中程克俊知贡举，中书舍人王鈇、右谏议大夫罗汝楫同知贡举；
>
> 绍兴十五年，以右谏议大夫何若知贡举，权吏部侍郎陈康伯、秘书少监游操同知贡举；
>
> 绍兴十八年，以吏部侍郎边知白知贡举，权礼部侍郎周执羔、右正言巫伋同知贡举；
>
> 绍兴二十一年，以礼部侍郎陈诚之知贡举，殿中侍御史汤允恭、右正言章厦同知贡举；
>
> 绍兴二十五年，以御史中丞魏思逊知贡举，权礼部侍郎汤思退、右正言郑仲熊同知贡举。①

"在这十五个主考副主考中，程克俊、罗汝楫、何若、周执羔、巫伋、陈诚之、章厦、魏思逊、汤思退、郑仲熊都是秦桧的党羽。"②由此可见秦桧对科举考试的控制处心积虑。

而绍兴二十四年的科举考试，秦桧的安排更加周密。李心传《建炎以来系年要录》对此有极详细的记载：

---

① 韩酉山著：《秦桧研究》，北京：人民出版社，2008年，第239页。
② 韩酉山著：《秦桧研究》，北京：人民出版社，2008年，第239页。

三月辛酉，上御射殿，策该正奏名进士。先是秦桧奏以御史中丞魏师逊、权礼部侍郎兼直学士院汤思退、右正言郑仲熊同知贡举；吏部郎中权太常寺卿沈虚中、监察御史董德元、张士襄等为参详官。师逊等议以敷文阁待制秦埙为榜首。德元从誊录所取号而得之，喜曰："吾曹可以富贵矣！"遂定为第一（省元）。榜未揭，虚中遗吏逾墙而白秦熺。及廷试，桧奏以士襄为初考官，仲熊复考，思退编排，而师逊详定。虚中又密奏乞许有官人为第一。至是策问……于是师逊等定埙为首，张孝祥次之，曹冠次之。上读埙策，觉其所用皆桧熺语，遂进孝祥为第一，而埙为第三。……时桧之亲党周夤唱名第四，仲熊兄子右迪功郎时中第五。秦棣子右承务郎焞、杨存中子右承事郎俊并在甲乙科；而仲熊之兄孙缜、赵密之子承忠郎㒶、秦棣之子右承事郎㷡、董德元之子克正、曹泳之兄子纬、桧之姻党登仕郎沈兴杰皆中第，天下为之切齿。①

正因为秦桧再相之后倚仗权势，垄断科考，秦桧死后，"（绍兴二十六年正月）殿中侍御史汤鹏举言："前榜省闱、殿试，秦桧门客、孙儿、亲旧得占甲科，而知举考试官皆登贵显。天下士子，归怨国家。伏乞申严有司，革去近弊。"②

综合上述史料，欧小牧先生的推论是令人信服的，"依上，则史所谓'主司复置游前列'之语误！盖是年主试诸人，皆桧党，考试舞弊如此，岂肯置先生于前列耶？"③陆游诗题所谓"显黜"者，只不过言其科场失意，名落孙山而已。而修《宋史》者增饰为"主司复置游前列，桧显黜之"，与史实不合。

综上所述，《宋史·陆游传》据陆游诗题所载陆游当年"锁厅荐送第一……试礼部，主司复置游前列"之记载难以凭信。至于《放翁自赞》中"名动高皇，语触秦桧"之语，亦后来追忆之语，但陆游之"名动高皇"，当与其《记梦》诗之"少日飞扬翰墨场，忆曾上疏动高皇"④所指一致。均指秦桧去世之后，陆游"迁大理司直，兼

---

① 欧小牧著：《陆游年谱》，北京：人民文学出版社，1981年，第62页。
② ［宋］李心传编撰，胡坤点校：《建炎以来系年要录》，北京：中华书局，2013年，第3254页。
③ 欧小牧著：《陆游年谱》，北京：人民文学出版社，1981年，第62页。
④ ［宋］陆游著，钱仲联校注：《剑南诗稿校注》，上海：上海古籍出版社，2005年，第3615页。

宗正簿。时杨存中久掌禁旅,先生召对,力陈非便。上嘉其言,遂罢存中。中贵人有市北方珍玩以进者,先生奏……"①云云相合。对于高宗召对,陆游在诗中曾多次述及,《史院书事》"孤臣曾趣龙墀对,白首为郎只自伤",自注曰:"绍兴辛巳,尝蒙恩赐对。"②《上书乞祠辄述鄙怀》:"旋属绍兴末,旸谷瞻出日,贱臣复何幸,便殿首造膝。"③所谓"首造膝"云云,指此时方"名动高皇";至于后句"语触秦桧",只不过言其议论与秦桧主和投降之论不同而已,并非后之学者引申为其与秦桧议论不合,秦"嫉其喜论恢复"。因为遍检史料,无陆游与秦桧议论冲突之记载。再者,陆游其时官卑名微,以秦桧之老谋深算,一切都在掌控之中,秦氏断无必要"显黜"陆游,以贻口实。

此外,遍检陆游现存之诗文集,他虽然在诗中曾猛烈抨击南宋统治者屈辱求和误国害民,"诸公可叹善谋身,误国当时岂一秦"。(《追感往事》)④但除了上文所引众所周知的"诗题"涉及其赴锁厅试之遭遇外,其繁富的诗作中再未涉及其绍兴二十三、二十四年科考一事。尤为令人费解的是,在陆游文集中,特别是在其《老学庵笔记》《入蜀记》中曾多次言及秦桧。仅《老学庵笔记》中涉及秦桧者即有十一条之多,或言其"叵测""忮刻",或言其恃势弄权,多用亲眷;或言其骄奢靡费;或言其子秦熺骄横;甚至言及秦熺作状元时事⑤。但却无一字言及陆游个人科考时遭遇。《入蜀记》在述及陆游入蜀途经金陵时,曾有秦埙之馆客郭炜与之相会,"言秦氏衰落可念"⑥。秦埙"遣医柴安恭来视家人疮",并于赏心亭下送药⑦,亦只字不提当年科考之事。绍兴三十二年,孝宗即位。因史浩、黄祖舜之荐,孝宗召对,"从容移刻,褒称训谕,至于再三。"⑧陆游久摈科场,一朝赐第之后,在《答人贺赐第启》中忆及自己初游科场之时,正是秦桧之流声势赫、权位尤重之时,特

---

① 欧小牧著:《陆游年谱》,北京:人民文学出版社,1981年,第79页。
② [宋]陆游著,钱仲联校注:《剑南诗稿校注》,上海:上海古籍出版社,1985年,第1589页。
③ [宋]陆游著,钱仲联校注:《剑南诗稿校注》,上海:上海古籍出版社,1985年,第1558页。
④ [宋]陆游著,钱仲联校注:《剑南诗稿校注》,上海:上海古籍出版社,1985年,第2781页。
⑤ [宋]陆游著:《老学庵笔记》,西安:三秦出版社,2003年版。
⑥ [宋]陆游著:《陆放翁全集》,北京:中国书店,1986年,第272页。
⑦ [宋]陆游著:《陆放翁全集》,北京:中国书店,1986年,第273页。
⑧ [宋]陆游著:《陆放翁全集》,北京:中国书店,1986年,第25页。

别是赴锁厅试,恰逢秦埙意在夺魁,于是时隔十年,依然在谢启中写道:"顷游场屋,首犯贵权。既憎糠粖之偶前,复恶瓦枢之辄巧。讼刘蕡之下第,空辱公言,与李贺而争名,几成奇祸。"①当是之时,秦桧父子一揽朝廷大权,科考舞弊,几乎肆无忌惮。锁厅试已刻意安排考官,省殿试更是周密计划,所以锁厅试虽有考官仗义执言,最终仍以末名选送,省廷试之下第归乡,自是意料中的事情。陆游清楚地知道"秦丞相晚岁权尤重"②,以至于达到其"所欲为者,无不可为;所不可致者,无不致也。"③因检阅《宋史》及陆游诗文兼相关史料,故作以上考述文字,《宋史》卷帙浩繁、多有矛盾错舛之处,一孔之见,以就教于同好。

---

① [宋]陆游著:《陆放翁全集》,北京:中国书店,1986年,第37页。
② [宋]陆游撰,杨立英校注:《老学庵笔记》,西安:三秦出版社,2003年,第270页。
③ [明]王夫之著:《船山遗书·宋论》,北京:北京出版社,1999年,第3453页。

稼轩、放翁军事思想散论

由于宋代广开言路,士大夫多言事论政之文;更由于宋代异族凭凌、朝廷积弱之现实,宋代士大夫多好言兵。郭预衡《中国散文史》指出:"与论政相关的是论兵。宋人文章论兵之多,也超过了以往任何时代。唐代文人以言兵著称者只有一个杜牧,而在宋代,从尹洙、尹源开始,到梅尧臣、苏洵、欧阳修、苏轼,再到辛弃疾、陈亮等,都有论兵的文章。"①然而两宋论兵之士虽多,但军威依旧不振,屈辱求和乃是常态。特别是在南宋,有中兴韩、岳等诸名将领,有张孝祥、张元幹、辛弃疾、陆游等壮怀激烈的爱国辞章,依然国势日颓,江河日下,终于倾覆,这是任何一位研治宋代文化的人都不能不认真思考的问题。所以本文拟将南宋最为著名的诗人、词人稼轩和放翁之军事思想加以比较,并结合历史现实探讨这一问题。

一

众所周知,在宋代文化史上,稼轩是以其600余首词作成为词史上里程碑式的人物的,"豪放以幼安为首",应为公论;而陆游更是以9300余首诗作,称雄诗坛,为南宋诗坛"中兴四大家"之首,后世研讨宋代文学史,无不以此推崇之,以"伟大的爱国主义词人""伟大的爱国主义诗人"冠称之。然而,研味放翁、稼轩现

---

① 郭预衡著:《中国散文史》中,上海:上海古籍出版社,2000年,第381—382页。

存全部文字资料,予人共同的十分强烈的印象是,这两位宋代诗词发展史上具有里程碑式意义的人物,均不愿以诗人、词人之名夸耀当代后世,他们共同的愿望都是驰骋疆场,建功立业,抗敌爱国,一统华夏。就稼轩而论,在时代的感召、家庭教育的熏陶下,其平生志愿,是要"纾君父所不共戴天之愤"①(《美芹十论·序》)。南渡之后,时刻不忘收复中原,醉里梦中不忘杀敌报国:"醉里挑灯看剑,梦回吹角连营""了却君王天下事,赢得生前身后名"②(《破阵子》),"布被秋宵梦觉,眼前万里江山"③(《清平乐》)。稼轩生活的时代,是需要志士、呼唤英雄的时代,所以稼轩在多首词中以英雄自许,也以英雄许人,他"赋壮词为陈同甫以寄之",激赏陈亮满腔豪情、志士壮怀,"我最怜君中宵舞,道'男儿、到死心如铁。看试手,补天裂'"④(《贺新郎》)。平生交游、诗词酬应,亦以功业自励,期许恢复大业:"算平戎万里,功名本是,真儒事,公知否?……待他年整顿,乾坤事了,为先生寿。"⑤(《水龙吟·甲辰岁寿韩南涧尚书》)"千古风流今在此,万里功名莫放休,君王三百州。"⑥(《破阵子·为范南伯寿》)他盼望南宋王朝决策抗战,"闻道清都帝所,要挽银河仙浪,西北洗胡沙"⑦(《水调歌头·寿赵漕介庵》)。期待着有一天能够"从容帷幄去,整顿乾坤了"⑧(《千秋岁·金陵寿史帅致道》)。"袖里珍奇五光色,他年要补天西北。"⑨(《满江红》)面对金人入侵,中原沦陷,南宋偏安东南之时局,时时不忘抗战恢复,是稼轩词的时代特色,也是其词突出的个性特色。

相比较而言,陆游在诗词中抒发的爱国激情较之稼轩有过之而无不及。诗人"少小逢丧乱,妄意忧元元",平生的志愿是"上马击狂胡,下马草军书",自从少年立志,坎坷一生,始终未泯"平生铁石心,忘家思报国"⑩(《太息》)。他在青年时

---

① [宋]辛弃疾著,徐汉明编:《辛弃疾全集》,成都:四川文艺出版社,1994年,第323页。
② [宋]辛弃疾著,邓广铭笺注:《稼轩词编年笺注》,北京:北京出版社,1978年,第204页。
③ [宋]辛弃疾著,邓广铭笺注:《稼轩词编年笺注》,北京:北京出版社,1978年,第135页。
④ [宋]辛弃疾著,邓广铭笺注:《稼轩词编年笺注》,北京:北京出版社,1978年,第201页。
⑤ [宋]辛弃疾著,邓广铭笺注:《稼轩词编年笺注》,北京:北京出版社,1978年,第119页。
⑥ [宋]辛弃疾著,邓广铭笺注:《稼轩词编年笺注》,北京:北京出版社,1978年,第53页。
⑦ [宋]辛弃疾著,邓广铭笺注:《稼轩词编年笺注》,北京:北京出版社,1978年,第7页。
⑧ [宋]辛弃疾著,邓广铭笺注:《稼轩词编年笺注》,北京:北京出版社,1978年,第12页。
⑨ [宋]辛弃疾著,邓广铭笺注:《稼轩词编年笺注》,北京:北京出版社,1978年,第9页。
⑩ [宋]陆游著,钱仲联笺注:《剑南诗稿笺注》,上海:上海古籍出版社,1985年,第247页。

期就在诗中写道:"平生万里心,执戈王前驱。战死士所有,耻复守妻孥。"①(《夜读兵书》)人到中年,更是"报国寸心坚似铁"②(《大雪歌》),抒写了"报国计安出?灭胡心未休"③(《枕上》)等一系列激情满怀的诗作。直至晚年,依然豪情不减,"僵卧孤村不自哀,尚思为国戍轮台。夜阑卧听风吹雨,铁马冰河入梦来"④(《十一月四日风雨大作》),依旧"一闻战鼓意气生,犹能为国平燕赵"⑤(《老马行》),直至临终《示儿》,漫漫人生,一切均可放下,"但悲不见九州同",依然渴盼"王师北定中原"的那一天。钱锺书先生是对陆游诗人意气之作给予批评的,但在《宋诗选注》中,他激赏陆游终其一生,随处辄发的爱国诗章,"'扫胡尘''靖国难'的诗歌在北宋初年就出现过",此后代不乏人,但"他们只表达了对国事的忧愤或希望,并没有投身在灾难里,把生命和力量都交给国家去支配的壮志和弘愿;只束手无策地叹息或伸手求助地呼吁,并没有说自己也要来动手,要'从戎',要'上马击贼',能够'慷慨欲忘身'或者'敢爱不訾身',愿意'拥马横戈''手枭逆贼清旧京',这就是陆游的特点,他不但写爱国、忧国的情绪,并且声明救国、卫国的胆量和决心","这是《诗经·秦风》里《无衣》的意境,是杜牧《闻庆州赵纵使君中箭身死长句》的意境,也是和陆游年辈相接的岳飞在《满江红》词里表现的意境","可是从没有人像陆游那样把它发挥得淋漓尽致","爱国情绪饱和在陆游的整个生命里,洋溢在他全部作品里","而且这股热潮冲出了他的白天清醒生活的边界,还泛滥到他的梦境里去,这也是在旁人的诗集里找不到的"⑥。钱先生的妙论是纵观宋诗而言,如果我们横向比较,在辛弃疾的词集中也同样抒写着与陆游诗作相同的杀敌报国、收复失地、统一华夏的人生激情。换言之,由于二人共同生活的时代感召,相近的家庭教育熏陶和共有的人生理想追求,他们一生主战,百折不回。放翁易簀时写下《示儿》,稼轩临终"大呼杀敌数声",可谓心有同契,

---

① [宋]陆游著,钱仲联笺注:《剑南诗稿笺注》,上海:上海古籍出版社,1985年,第18页。
② [宋]陆游著,钱仲联笺注:《剑南诗稿笺注》,上海:上海古籍出版社,1985年,第1034页。
③ [宋]陆游著,钱仲联笺注:《剑南诗稿笺注》,上海:上海古籍出版社,1985年,第740页。
④ [宋]陆游著,钱仲联笺注:《剑南诗稿笺注》,上海:上海古籍出版社,1985年,第1830页。
⑤ [宋]陆游著,钱仲联笺注:《剑南诗稿笺注》,上海:上海古籍出版社,1985年,第3818页。
⑥ 钱锺书著:《宋诗选注》,北京:生活·读书·新知三联书店,2002年,第271—272页。

感人至深。

我们如此评价放翁诗稼轩词,尽管可以从中看到二人之"诗情将略,一时才气超然"以及一生抗战的政治主张,但又必须看到,仅从诗词创作的角度,我们无论如何高度地评价陆诗辛词,放翁稼轩都是不会接受的。因为辛陆之理想,绝对不是以诗词名世。稼轩在词中曾说自己平生"酒圣诗豪余事",又叹惋"却将万字平戎策,换得东家种树书"。陆游在诗中言及自己最终以诗名世,与志愿初衷大相径庭时,更是悲愤莫名:"丈夫不虚生世间,本意灭虏收河山。"①(《楼上醉书》)"书生本欲辈莘渭,蹭蹬乃去为诗人。"②(《初冬杂咏》)他甚至借《读杜诗》寄慨:"后世但作诗人看,使我抚几空嗟咨!"③所以就陆诗辛词之传写而言,后世知其"百无聊赖以诗名"是一个方面,但就作者方面,写诗词以明志、以抒情、以寄慨,是我们必须注意的另一方面,"百年身世酣歌里,千古功名感慨中"④(《三月一日府宴学射山》),倘若终老一生,襟怀难展,"我死骨即朽,青史亦无名。此诗倘不作,丹心尚谁明?"⑤(《春夜读书感怀》)。

可以告慰稼轩放翁的是,有无数的读者从辛词陆诗中品读出了诗人的良苦用心,我们看到了"剑南诗多豪丽语,言征伐恢复事"⑥(罗大经《鹤林玉露》卷四);"游宦剑南,作为歌诗,皆寄意恢复"⑦(叶绍翁《四朝闻见录》乙集)。更看到了"稼轩词仿佛魏武诗,自是有大本领大作用人语"⑧(陈廷焯《白雨斋词话》卷一);"公一世之豪,以气节自负,以功业自许。方将敛藏其用以事清旷,果何意于歌词哉?直陶写之具耳"⑨(范开《稼轩词序》)。"辜负胸中十万兵,百无聊赖以诗名",证其世,知其人,考其论,为是而已!于是我们可以达成共识:"知放翁之不为诗人,乃

---

① [宋]陆游著,钱仲联笺注:《剑南诗稿笺注》,上海:上海古籍出版社,1985年,第629页。
② [宋]陆游著,钱仲联笺注:《剑南诗稿笺注》,上海:上海古籍出版社,1985年,第4279页。
③ [宋]陆游著,钱仲联笺注:《剑南诗稿笺注》,上海:上海古籍出版社,1985年,第2191页。
④ [宋]陆游著,钱仲联笺注:《剑南诗稿笺注》,上海:上海古籍出版社,1985年,第560页。
⑤ [宋]陆游著,钱仲联笺注:《剑南诗稿笺注》,上海:上海古籍出版社,1985年,第1255页。
⑥ 孔凡礼、齐治平著:《陆游资料汇编》,北京:中华书局,2004年,第50页。
⑦ 孔凡礼、齐治平著:《陆游资料汇编》,北京:中华书局,2004年,第53页。
⑧ 辛更儒编:《辛弃疾资料汇编》,北京:中华书局,2005年,第371页。
⑨ 辛更儒编:《辛弃疾资料汇编》,北京:中华书局,2005年,第50页。

可以论放翁之诗"①(杨大鹤《剑南诗钞序》),知稼轩之不为词人,乃可以论稼轩之词。

二

当我们从一代志士拯济国难的角度去论述比较稼轩放翁之军事思想时,我们发现了辛、陆的诸多相同与相异之处。细加研讨,对于我们客观认识评价稼轩放翁生活的时代,评价其言事论政之利害得失当不无裨益。

比较稼轩放翁的军事思想,综观现有的文献资料,辛陆有一定的差异,稼轩论兵有一系列成熟的文字著述,诸如《美芹十论》《九议》《论阻江为险须借两淮疏》《议练民兵守淮疏》《论荆襄上流为东南重地》,参之以相关诗词。这些文献显示了稼轩强烈鲜明的爱国思想和对时局和复国大业的中肯的分析和清醒的认识。相比较而言,陆游论兵言事之文不多,诸如《代乞分兵取山东札子》《上二府论都邑札子》《论选用西北士大夫札子》等,多为单篇散文,且数目较少,其军事思想多见于其诗章,因此纵观稼轩、放翁相关论述,我们无意于论其高下优劣,而是旨在知其人,证其世,考其论,加以客观评说。

由于稼轩《美芹十论》《九议》一系列论兵著述和他在镇守一方时的作为,其军事思想普遍受到关注,有关文学史如郭预衡《中国古代文学史长编》《中国散文史》,孙望、常国武《宋代文学史》,程千帆《两宋文学史》,评传类著作如邓广铭《辛弃疾传》、王延梯《辛弃疾评传》等,均给予高度评价。杨友庭先生更有《论辛弃疾的军事思想》专文进行论述。所以我们同意论者对辛弃疾军事思想的高度评价,"辛弃疾的这类文章确是北宋以来、包括苏洵的论政论兵之文的延续和发展","代表着当时论政之文的最高水平,也最有时代特征"②。

结合现有文献资料,综合比较,在以下几点上我们可以看到稼轩放翁声气相投,但在具体方略上也时有差异,各有侧重。

---

① 孔凡礼、齐治平编:《陆游资料汇编》,北京:中华书局,2004年,第190页。
② 郭预衡著:《中国散文史》,上海:上海古籍出版社,2000年,第615页。

稼轩放翁军事思想的共同特点之一,是始终一贯坚持抗战恢复,反对主和误国事。

宋王朝建立之后,边患不断,"和战守"一直是朝臣言政论事的重要内容。宋室南渡,迫于时势,更成为朝廷议事的重要议题,加之朝廷之中,"以和战为党争",涉及个人和利益集团的利害关系,围绕"和战守"的争议激烈而又复杂。而实际上,早在南渡之初,李纲已把"和战守"三者的关系分析得十分透彻。他认为:"中国之御四夷,能守而后可战,能战而后可和,而靖康之末皆失之。今欲战则不足,欲和则不可,莫若先自治,专以守为策。俟吾政事修,士气振,然后可议大举。"[1]"臣窃以和、战、守三者一理也。虽有高城深池,弗能守也,则何以战?虽有坚甲利兵,弗能战也,则何以和?以守则固,以战则胜,然后其和可保。不务战、守之计,唯信讲和之说,则国势益卑,制命于敌,无以自立矣。"[2](李纲《十议·议国是》)道理讲得透彻明白。因之到了稼轩、放翁,二人坚决主战,且反对主和。关于辛、陆主战,前文引述诗文皆为稼轩放翁坚持北伐恢复之确证。与之相关的是二人态度鲜明地反对和议,"今日之事,朝廷一于持重以成谋,虏人利于尝试以为得计,故和战之权常出于敌,而我特从而应之。是以燕山之和未岁而京城之围急,城下之盟方成而两宫之狩远。秦桧之和反以滋逆亮之狂。彼利则战,倦则和,诡谲狙诈,我实何有?"并进一步指出"和固非长策",[3]批评了高宗任用秦桧十九年主和之失。陆游更是在诗作中旗帜鲜明地反对和议、谴责秦桧之流主和误国:"和亲自古非长策"(《估客有自蔡州来者感怅弥日》),"生逢和亲最可伤,岁辇金絮输胡羌"(《陇头水》),"诸公尚守和亲策,志士虚捐少壮年"(《感愤》),"公卿有党排宗泽,帷幄无人用岳飞"(《夜读范至能〈揽辔录〉言中原文老见使者多挥涕,感其事作绝句》),"诸公可叹善谋身,误国当时岂一秦?"(《追感往事》)讥讽嘲谑卑躬屈膝求和的宋廷使者"赵魏胡尘千丈黄,遗民膏血饱豺狼。功名不遣斯

---

[1] [明]陈邦瞻著:《宋史纪事本末》,北京:中华书局,1977年,第616页。
[2] 郭预衡著:《中国散文史》中,上海:上海古籍出版社,2000年,第572页。
[3] [宋]辛弃疾著,徐汉明编:《辛弃疾全集》,成都:四川文艺出版社,1994年,第323、342页。

人了,无奈和戎白面郎"①(《题海首座侠客像》)。

稼轩放翁军事思想共同特点之二,在注重江淮正面战场的前提下,提倡灵活机动的战略战术。

宋金对峙,隔江为界,金宋疆界东西万里,论及边界形势,时人有常山之蛇之说,但无论以关陕为首,山东为尾,抑或是以山东为首,关陕为尾,江淮均是腹脊之最重要之地。稼轩放翁在各自的军事构想之中,都十分重视江淮腹心之地的战略作用,稼轩《美芹十论》中《守淮第五》《屯田第六》皆为江淮守备而发,此外又有专文《论荆襄上游为东南主地》《论阻江为险须借两淮疏》《议练民兵守淮疏》,评论江淮战略位置之重要,规划临战应变之计,献沿淮建三镇之策。鉴于宋金兵力不能相敌,建议归正人屯田淮甸并训练边民为兵,以为保国安民之法。陆游未有专文论及江淮战略形势之重,但从其有关诗作中可以见出诗人对江淮战略之地的关注与思考。其《山南行》写道:"国家四纪失中原,师出江淮未易吞"②。但一旦国家兵出江淮,出自抗战恢复的爱国激情,他又给予热情的歌颂和支持,对于张浚北伐如此,对于开禧北伐亦然。"出师有路吾能说,直自襄阳向洛阳。"③(《送襄阳郑帅唐老》)

在重视江淮腹心之地的战略作用之时,稼轩放翁均主张战略战术上要出其不意,攻其不备,剑出偏锋,出奇制胜。以稼轩对故乡风土人情山川形势之了解,以其抗金恢复全局在胸的军事眼光,在《十论》《九议》中,他力主出兵山东之说,"古人谓用兵如常山之蛇,击其首则尾应,击其尾则首应,击其身则首尾皆应,臣窃笑之。夫击其尾则首应,击其身则首尾皆应,固也;若击其首则死矣,尾虽应其庸有济乎?方今山东者,虏人之首,而京、洛、关、陕,则其身其尾也。""故臣以谓兵出沭阳,则山东指日可下,山东已下则河朔必望风而震,河朔已震,则燕山者,臣将使之塞南门而守。"④稼轩建议兵出山东之时,也已考虑关陕之作用,对历史

---

① [宋]陆游著,钱仲联笺注:《剑南诗稿笺注》,上海:上海古籍出版社,1985年,第1301页。
② [宋]陆游著,钱仲联笺注:《剑南诗稿笺注》,上海:上海古籍出版社,1985年,第232页。
③ [宋]陆游著,钱仲联笺注:《剑南诗稿笺注》,上海:上海古籍出版社,1985年,第3086页。
④ [宋]辛弃疾著,徐汉明编:《辛弃疾全集》,成都:四川文艺出版社,1994年,第343页。

上刘邦韩信兵出汉中也曾给予关注:"汉中开汉业,问此地,是耶非?想剑指三秦,君王得意,一战东归。追亡事,今不见;但山川满目泪沾衣。落日胡尘未断,西风塞马空肥。"①(《木兰花慢》)和稼轩一样,在用兵之道,奇正相生,以奇取胜的战略战术思想指导下,陆游也关注从山东出兵,其《代乞分兵取山东札子》一文,建议宋王朝以兵力十分之九"固守江淮,控扼要害,为不可动之计","以十分之一,遴选骁勇有纪律之将,使之更出迭入,以奇制胜"。②但由于有了从戎南郑的生活经历,陆游出奇制胜的战略目光盯在了关陕。《宋史》本传载:"王炎宣抚川、陕,辟为干办公事。游为炎陈进取之策,以为经略中原必自长安始,取长安必自陇右始。"③军事战略上的建议,同样出自他在熟悉了解关陕地理形势和当地的民情物理,又比较了江淮、山东、关陕各自战略地位之后的考虑。自南郑一行,陆游一再在诗文中倡导此议:"国家四纪失中原,师出江淮未易吞;会看金鼓从天下,却用关中作本根。"④(《山南行》)"王师入秦驻一月,传檄足定河南北。安得扬鞭出散关,下令一变旌旗色!"⑤(《晓叹》)"客游山南夜望气,颇谓王师当入秦,欲倾天上河汉水,净洗关中胡虏尘。"⑥(《夏夜大醉醒后有感》)"百金战袍雕鹘盘,三尺剑锋霜雪寒。一朝出塞君试看,旦发宝鸡暮长安。"⑦(《秋兴》)离开南郑之后,回忆往昔,陆游希望后来将帅能够采纳他的军事意见,"安得节制帅,弓刀肃驰驱","诸将能办此,机会无时无。"⑧(《感兴》二首之一)并且他不是消极地等待,他不断地给后来镇抚川陕的官员们提此建议,在范成大离开成都回京时,陆游在送别诗中依然提议:"公归上前勉画策,先取关中次河北。"⑨(《送范舍人还朝》)

前面我们已经表明,比较稼轩放翁的军事思想,我们并不是想区分二人战略

---

① 邓广铭笺注:《稼轩词编年笺注》,北京:北京出版社,1978年,第73页。
② [宋]陆游著:《陆放翁全集》,北京:中国书店,1986年,第15页。
③ [元]脱脱等撰:《宋史》,北京:中华书局,1977年,第12058页。
④ [宋]陆游著,钱仲联笺注:《剑南诗稿笺注》,上海:上海古籍出版社,1985年,第232页。
⑤ [宋]陆游著,钱仲联笺注:《剑南诗稿笺注》,上海:上海古籍出版社,1985年,第397页。
⑥ [宋]陆游著,钱仲联笺注:《剑南诗稿笺注》,上海:上海古籍出版社,1985年,第582页。
⑦ [宋]陆游著,钱仲联笺注:《剑南诗稿笺注》,上海:上海古籍出版社,1985年,第698页。
⑧ [宋]陆游著,钱仲联笺注:《剑南诗稿笺注》,上海:上海古籍出版社,1985年,第739页。
⑨ [宋]陆游著,钱仲联笺注:《剑南诗稿笺注》,上海:上海古籍出版社,1985年,第651页。

战术之高下优劣,只是就其具体观念措施进行探讨,认识这两位诗坛词坛大家相关观念的异同。所以在缕析了稼轩放翁在军事上奇正相生、出奇制胜之军事观点之后,尽管他们有兵出山东和出兵关陕之不同,但我们仍赞同朱东润先生的观点:"他(陆游)认为收复中原,必先收复关中,这和辛弃疾收复中原必先收复山东的主张,正是相反相成的。"①在控扼江淮的前提下,或出兵山东,或出兵关陕,出奇制胜。稼轩放翁各执一词,并且都是在分别对山东、关陕有了相当了解之后提出战略设想,正反映了他们对国家民族负责的态度。

稼轩放翁军事思想共同特点之三,在派遣间谍、使用诈术,离间扩大金人内部矛盾,然后待机而动方面,稼轩、放翁均曾给以关注。

兵不厌诈,宋金交兵,南宋亦曾重视以离间之术瓦解敌人,孝宗隆兴元年二月,陆游曾为二府(中书省、枢密院)撰《蜡弹省札》,昭信天下,"依周汉诸侯及唐藩镇故事",号召中原豪雄"有据以北州郡归命者,即其所得州郡裂土封建","大者为王""其次为郡王""世世袭封,永无穷已"。②乾道八年(1172),放翁从戎南郑,"长安将吏以申状至宣抚司,皆蜡弹,方四五寸绢,虏中动息必具报"的情形,令其激动不已,屡屡形之吟咏,"关辅移民意可伤,蜡封三寸绢书黄。亦知虏法如秦酷,列圣恩深不忍忘。"③"昔日从戎日,身由许国轻。……至今悲义士,书帛报番情。"④南郑之行之后,放翁在不同境遇下,从不同渠道得知金人统治区动乱之类有利于宋室的消息,往往形之吟咏,浮想联翩。

相比较而言,稼轩对离间遣谍不仅有理论上的明白简要的论述,更有具体派遣谍报人员,精确获得情报的经验。稼轩曾在金人占领区生活了二十余年,曾两次到敌人腹心之地,谛观形势,了解敌情。以其对金人统治内部的了解,稼轩主张在正面战场之外,开辟另一战场,派遣间谍,打入敌人内部,扩大利用其内部矛盾。在金人统治内部,"华夷并用而不相安",在女真贵族上层,"嫡庶交争而不相

---

① [宋]陆游著,朱东润选注:《陆游选集》,上海:上海古籍出版社,1979年,第15页。
② [宋]陆游著:《陆放翁全集》,北京:中国书店,1986年,第14页。
③ [宋]陆游著,钱仲联笺注:《剑南诗稿笺注》,上海:上海古籍出版社,1985年,第2928页。
④ [宋]陆游著,钱仲联笺注:《剑南诗稿笺注》,上海:上海古籍出版社,1985年,第1442页。

下"。戍守黄河南北的士卒,又多女真之外塞北部族之人,"其心甚怨而不平"。这一切都为遣谍离间以可乘之机,稼轩认为,"善为兵者阴谋,阴谋之守坚于城,阴谋之攻惨于兵。"建议招募训练派遣熟悉敌方语言文字的谍报人员,"上则攻其腹心之大臣,下则间其州府之兵卒",使之"党与交攻","内变外乱"。为了落实这两项工作,稼轩主张朝廷应"择沈鸷有谋,厚重不泄之人,付以沿边州郡,假以岁月,安坐图之,虏人之变可立以待"。①稼轩在《九议》中的这些理论阐述,在此后滁州、镇江任上付诸实践,并收到了极好的效果,令人称赏不已。程珌《丙子轮对札子(其二)》曾记载稼轩有关言行曰:"(稼轩)又言:'谍者,师之耳目也。兵之胜负,与夫国之安然,悉系焉。'""于是出方尺之锦,以示臣。其上皆虏人兵骑之数,屯戍之地,与夫将帅之姓名。且指其锦而言曰:'此已费四千缗矣。'又言:'弃疾之遣谍也,必钩之以旁证,使不得而欺。'……又曰:北方之地,皆弃疾少年所经行者,彼皆不得而欺也。"②今天再谈这些文字,稼轩丰富的军事斗争经验,其在遣谍离间方面的践行都让人感佩。

与稼轩相比,陆游在这方面更多的是单纯的愿望和诗人的激情,他所得到的信息多得之于传闻之间,而据之所写的多首闻虏乱有感之类诗作,亦有完全与事实不符者。所以与稼轩放翁同时的杨万里曾对宋人轻信情报传闻给以批评,"南北和好逾二十年,一旦绝使,敌情不测,而或者曰:'彼有五单于争立之祸。'又曰:'彼有匈奴困于东湖之祸。'既而皆不验"③。主张对相关情报认真分析。赵翼更是对陆游"于传闻之不审"提出批评,指出在蜀时,金之边将以虚假情报骗取信任、钱财,放翁信以为真;淳熙年间,又将金人每年巡历春水秋山之常制,误信为虏酋北遁;开禧年间,又据邸报和错误信息赋诗。从而认为"邻国传闻之说,易于耸听""则邸报且不足信,况传闻耶?"④同样重视离间遣谍情报在战争中之作用,稼轩军事家之理性和实效受到后人赞誉,放翁诗人之激情和轻信则受到后

---

① [宋]辛弃疾著,徐汉明编:《辛弃疾全集》,成都:四川文艺出版社,1994年,第356页。
② 辛更儒编:《辛弃疾资料汇编》,北京:中华书局,2005年,第79页。
③ [明]陈邦瞻著:《宋史纪事本末》,北京:中华书局,1977年,第837页。
④ [清]赵翼著,霍松林、胡主佑点校:《瓯北诗话》,北京:人民文学出版社,2006年,第92页。

人的批评。

三

除以上四点之外,在涉及南宋军国大事的建都、任人方略上二人也有相通之处。建都的问题,是宋室南渡后长期争论的一个焦点,群臣论议有西幸巴蜀,都守武昌,有驻跸金陵,有安居临安者,要之主张抗战恢复的,多主张建都金陵,主张退避求安者,多主张定都杭州。绍兴八年高宗都杭州。从北伐战略和激扬士气民心角度,稼轩主张"绝岁币,都金陵""今绝岁币,都金陵,其形必至于战,天下有战形矣,然后三军有所怒而思奋,中原有所恃而思乱",有利于抗战恢复。陆游也有《上二府论都邑札子》,建议金陵临安均为驻跸之地,以利于日后恢复大计。陆游由于有南郑之行,对于建都尚有关中之论。其在诗文中如《记梦》《登赏心亭》《感事》《书渭桥事》中多次提及,并批评宋王朝"庙谋尚出王导下,顾用金陵为北门。"在选将择相任用人才方面,稼轩放翁意见亦比较相近。稼轩在《美芹十论·久任》中从国家兴亡成败之大处着眼,认为正确选用久任将相,是保证战备规划、收复大业成功之"纲","一纲既举,众目毕张",并且批评了朝廷对秦桧其人是不当用而久任,对于张浚是不当废而遽废,都是用人之失。陆游在多篇诗文中批评秦桧之流奸贪误国,感慨宗泽、岳飞壮志难酬。特别痛愤朝中以和战为党争,南北士大夫之彼此存在偏见,"大事竟为朋党误"。有《论选用西北士大夫札子》《荐举人材状》,主张大敌当前,出以公心,为国选材。"人材兼南北,议论忘彼此。""倘筑太平基,请自厚俗始。"①(《岁暮感怀,以"余年谅无几,休日怆已迫"为韵》)在识拔人才方面,尤为值得一提的是,放翁宦游巴蜀期间,有鉴于吴挺骄纵不法,建议王炎以吴拱代替吴挺,以防吴挺家族不可驾驭之弊,"及挺子曦僭叛,游言始验"②。

由于稼轩、放翁晚年出山助韩侂胄北伐,韩侂胄急于事功固权,一败涂地,军

---

① [宋]陆游著,钱仲联笺注:《剑南诗稿笺注》,上海:上海古籍出版社,1985年,第2109页。
② [元]脱脱等撰:《宋史》,北京:中华书局,1977年,第12058页。

败身戮。稼轩放翁以此"见讥清议"。后人论此者多,兹不赘论。但从稼轩放翁一生出处大节上讲,"深仇积愤在逆胡,不用追思灞亭夜",在抗战恢复之民族大义的前提下,摈弃前嫌,一致对外,是应该充分肯定的。并且稼轩放翁之军事战略思想和韩侂胄不同,有鉴于对宋金军政力量对比的清醒认识,稼轩青年时期就认为宋金之间的战争是"持久战",反对速胜论,放翁也早在隆兴北伐前就提醒张浚"岂无必取之长算,要在熟讲而缓行"①(《贺张都督启》),要充分准备,慎重从事。开禧北伐,陆游的态度也十分明确,一方面期盼北伐胜利,稼轩建功,另一方面依然谆谆告诫:"古来立事戒轻发。"稼轩对于开禧北伐,轻车就道,毅然出山之后,很快就意识到了自己和韩侂胄军事举措方面的巨大差异,曾谓,宋王朝对金作战,要操胜算,需养精蓄锐二十年。也曾根据谍报了解到的金人军事情报感叹"虏之士马尚若是,其可易乎?"②(程珌《丙子轮对札子》其二)其言行,均与其清醒理智、完整系统的军事思想一致,无可非议。

综合比较稼轩放翁的军事思想,二人固然有相同相近之点,引起我们探究的兴趣,但其差异也是明显的。稼轩最后尽管也是壮志未酬,但其雄杰之气、将帅之才,世所公认,其全面系统的军事思想由于有了《十论》《九议》这些宏文巨制,享誉古今。即使在当代,当我们阅看毛泽东抗日战争时期一系列军事战略思想时,仍然惊奇于从其《论持久战》《抗日游击战争中的战略问题》《战争和战略问题》中可以看到稼轩军事思想的影响。诸如坚持持久战,反对速胜论,争取战争主动权,在敌后开辟战场,重视谍报工作等等。而就放翁而论,尽管他和稼轩一样胸怀大志,抱憾终身,但从本质上讲,他还是一位诗人,一介文士,尽管他意识到儒冠多误身,但他毕竟是书生。所以放翁对现实军政大事多所关注,多有议论批评,但论兵非其所长,没有稼轩军事思想的全面深刻。

---

① [宋]陆游著:《陆放翁全集》,北京:中国书店,1986年,第37页。
② 辛更儒编:《辛弃疾资料汇编》,北京:中华书局,2005年,第79页。

幽默诙谐　情趣盎然
——稼轩俳谐词散论

在稼轩现存六百余首词作中,有俳谐词多首。人们在稼轩幽默风趣的笑声中,看到了词人精神风采的另一面。毋庸置疑,稼轩词中那激昂慷慨的爱国激情,沉郁顿挫的英雄失志之愤,对投降派的愤怒的谴责和鞭挞,或雄奇或清丽的田园山水歌吟乃是其最有价值之所在。在对稼轩词的研讨中,将以上诸方面作为重点无可非议。但要更为全面地认识这位宋代词坛上的第一流词人,稼轩现存的俳谐词也不宜忽略。本文拟对此作初步探讨,以就正于方家。

就我们的粗略统计看,稼轩词中明确写有"戏作"字样的词作多达三十余首,再加上其他谐趣之作,有五十余首,几占稼轩词之十分之一。合而观之,这些词作在以下几个方面值得我们研讨借鉴。

寓庄于谐,以诙谐、戏谑的语气写自己所处的环境,写耳闻目见的那些令人可憎可笑的人事,于幽默诙谐之中寄寓严肃的思想内容,饱含深沉的人生喟叹,是稼轩此类词作的一个突出特点。词人在《千年调·蔗庵小阁名曰卮言,作此词以嘲之》中,以嬉笑怒骂之笔,寄愤世嫉俗之情。用漫画式的笔法,勾勒出当日官场上惯会逢迎,处世圆滑,没有人格的一些官僚的画像;他的《夜游宫·苦俗客》也以新颖的构思,充满谐趣的语调,讥讽一味谈名说利的俗客,也传写出了词人自己的无奈神态,充满了滑稽趣味。读此词,常使人联想到稼轩曾是一个有强烈入世思想的人,他醉里梦里都想"了却君王天下事,赢得生前身后名",但遍尝官场况味之后,却禁人言说名利二字,而言者又是自己的座上客。因此作者的无奈之态,无可如何之情就更令人忍俊不禁。

稼轩一生历遭磨折,使得他"敛雄心,抗高调,变温婉,成悲凉"(周济《宋四家词选目录序论》)。他曾不无激愤地用词笔宣泄胸中的愤懑,诉说心中的痛苦,但在不同的场合,面对不同的对象,他也曾用游戏的语气、诙谐的口吻,倾诉人生的艰辛。在《永遇乐·戏赋辛字,送茂嘉十二弟赴调》,词人用不无戏谑的语气对弟弟说,辛姓即是艰辛做就,充满了悲辛、辛酸、辛苦的。言外之意,人生诸多坎坷,则为你我应有之事。世间"芳甘浓美"自然是与咱们"辛"家无缘的。词人与弟弟开玩笑:你切记我临别时的相赠戏语,不要再总是惦记咱们兄弟情谊,此一去若能在官场强言欢笑,学会"做人",像欧阳修《归田录》中所记的田久均一样"直笑得面如靴皮",一定会青云直上。游戏笔墨之下,寄寓的是词人对人生深沉的感慨。读此词,常使人想起一句名言:有的人脸上有太多太多的笑容,是由于心中有太多太多的泪水!

稼轩集中《永遇乐·检校停云新种杉松,戏作》《水调歌头·将迁新居不成,有感戏作》《添字浣溪沙·三山戏作》均属此类作品。因已有论者论及,兹从略。总之,这些作品夸张的手法,幽默诙谐的语气,新奇的想象,都予人耳目一新之感。但幽默诙谐之中,寄寓的均为严肃的现实内容,充满了理想与现实、出世与入世的矛盾。在这些词作中我们可以窥见稼轩伟大的人格力量,他敢于直面人生,能发现并敢于嘲笑他自身及自身以外的世界,这是一种自信心的表现。

如果说上述词作还未被完全忽视,那么稼轩词中尚有另外一些谐趣之作——那些充溢着亲友之间温情的词作,却被完全忽略了,或者被一句"没有积极现实意义"的话抹杀了。今天,当我们翻检这些作品时,它们却强烈地拨动了我们的心弦。朱光潜先生曾给谐趣下过一个定义——"以游戏的态度,把人生和物态的丑拙鄙陋和乖讹当作一种有趣的意象去欣赏。"[1](《诗与谐隐》)用这样的定义去看上文论及的词作,无疑是确切的,但用之来概括稼轩的全部俳谐词,这个显然深受西方美学思想影响的观念,又是远远不够的。因为我们注意到,在家庭

---

[1] 朱光潜著:《朱光潜全集》第三卷,合肥:安徽教育出版社,1978年,第27页。

生活中,在个人感情生活上,稼轩又是充满了生活情趣的,是那么富有人情味。"族姑庆八十,来索俳语",他用自己的生花妙笔,寄去了自己真诚的祝愿,给族姑的寿诞增添了一份欢乐:"更休说,便是个,住世观音菩萨。甚今年,容貌八十岁,见底道,才十八。莫献寿星香烛,莫祝灵椿龟鹤。只消得,把笔轻去,十字上,添一撇。"这幽默诙谐的寿词,在当日寿辰庆宴上该会增添多少欢声笑语。可能是出于同样的创作动机,他曾为词"庆岳母八十""庆婶母王恭人七十",曾为妻兄范南伯寿,也曾"寿内子"。这些词作充溢着亲情,满带着祝愿,用的是幽默的语气、诙谐的口吻,既合于寿词的特定之义,也寄寓了稼轩一怀温情。

今天,我们综合考查这类词作的时候,我们并不为稼轩这类词作与其"大声鞺鞳"的爱国词作风格不同而诧异,而是由此看到了稼轩感情生活的另一侧面。当年稼轩间关万里,回归南宋,但"孤危一身"的"归正人"身份,那"恐言未脱口而祸不旋踵"(《论盗贼札子》)的官场的险恶,那座上客终席有"门户之叹"的现实,都需要他在社会风波的颠簸中有自己感情上的避风港,这就是家庭。词人对家人的温情,对亲友的祝愿,正反映了这样一个事实——稼轩正是在尘世上"知我者,二三子",知音恨少的情况下,特别珍视这一份亲人之爱的。也正是这个家庭所面临的共同环境,使得这个南渡后的大家庭亲属戚里之间那生死与共、血肉相连的亲情显得更加珍贵。社会最好的团结力是谐笑,对于一个大家族来说也是如此。

在日常生活中,稼轩用诙谐的词作,把欢笑送到家人的心中。他还常用风趣的词笔,赠词予僚属朋友,为生活时添笑颜。《寻芳草·调陈莘叟忆内》用充满诙谐情趣的语气,惟妙惟肖地描画了陈莘叟忆念妻子的神态心理。于中我们可以想见词人与陈莘叟和谐友好的关系。

是的,稼轩是一位英雄志士,他有豪情壮志,有人生的理想追求,但他也是一个有血肉之躯的普通人。他对夫妻之情、亲友之情的珍视,使人感到那建立在普通人感情生活基础上的爱国胸怀倍加感人。

稼轩诙谐、风趣的个性,是他创作此类谐趣词作的原因之一。生活本身的丰富多彩,充满戏剧性也是他创作此类作品的重要原因。堪称姐妹篇的两首《沁园春》,一篇写戒酒,一首写开戒,提供给我们以生动有趣的生活画面。稼轩被迫闲居,难免思想苦闷,借酒浇愁。"掩鼻人间臭腐场,古来唯有酒偏香。"①(《鹧鸪天》)"一饮动连宵,一醉长三日。"②(《卜算子》)终于"饮酒成病""因病止酒"。在戒酒前词人和酒杯来了一番意趣盎然的谈判,写出了堪称"游戏三昧,滑稽之雄"的《沁园春·将止酒,戒酒杯使勿近》:

杯汝来前,老子今朝,点检形骸。甚长年抱渴,咽如焦釜;于今喜睡,气似奔雷。汝说"刘伶,古今达者,醉后何妨死便埋"。浑如此,叹汝于知己,真少恩哉! 更凭歌舞为媒。算合作、人间鸩毒猜。况怨无大小,生于所爱;物无美恶,过则为灾。与汝成言"勿留亟退,吾力犹能肆汝杯"。杯再拜,道"麾之即去,招亦须来"。③

人与物对话的精巧构思,拟人化手法的纯熟运用,使得全词充溢诙谐的情趣。细味全词,那酒杯的辩解"汝说刘伶,古今达者,醉后何妨死便埋",不正写出嗜酒的词人戒酒时的迟疑和矛盾的心情?结句"杯再拜,道'麾之即去,招亦须来'",一方面写出酒杯之善解人意,另一方面也为日后破戒埋下伏笔。果不其然,词人戒酒之后不久,"城中诸公载酒入山",本来就嗜酒的词人,难却友人感情,难抗酒香诱惑,"遂破戒一醉"(《沁园春·城中诸公载酒入山……》)。词人将其时心情,用几近游戏的笔墨写出,与上篇《沁园春》适成对照,至今读来,仍令人捧腹:

杯汝知乎:酒泉罢侯,鸱夷乞骸。更高阳入谒,都称鬿臼;杜康初筮,正得云雷。细数从前,不堪余恨,岁月都将麴蘖埋。君诗好,似提壶却劝,沽酒何哉。

---

① [宋]辛弃疾著,邓广铭笺注:《稼轩词编年笺注》,北京:北京出版社,1978年,第351页。
② [宋]辛弃疾著,邓广铭笺注:《稼轩词编年笺注》,北京:北京出版社,1978年,第302页。
③ [宋]辛弃疾著,邓广铭笺注:《稼轩词编年笺注》,北京:北京出版社,1978年,第312页。

君言病岂无媒,似壁上、雕弓蛇暗猜。记醉眠陶令,终全至乐;独醒屈子,未免沉灾。欲听公言,惭非勇者,司马家儿解覆杯。还堪笑,借今宵一醉,为故人来。①(自注:用郝原事。)

同前首词一样,这首《沁园春》带有游戏文字的意味。故人载酒来访,主人已决意开戒,然而不久前与酒杯之"成言",杯尚记否?于是又招来酒杯,再诉隐衷。上片连用典故,意在说明自己是决意戒酒,决非诳语。且煞有介事地说,在戒酒之前美好的岁月都在醉乡消磨掉了,至今仍感遗憾。向酒杯说明自己言而有信,决不食言之后,语气陡然转向友人:你们的诗句写得那样美妙,真可助餐佐饮。但我已因病止酒,你们还特意载酒来干什么?友人劝道,你生病纯属杯弓蛇影,乃是心理作用,根本与酒无关。君不见,陶令饮酒乐无涯,屈子独醒沉汨罗?朋友的话,使得词人心有所动,但心中欲饮,口中却推脱说,怕自己不是司马睿那样的勇者,只怕破戒之后,再戒难矣,半推半就,读之令人解颜。歇拍借口"为故人来",舍命陪君子,"遂破戒一醉"。自嘲复又自解,描画出词人口说戒酒,又不能忘怀于酒的微妙难言的心理。全词妙语连珠,与前首戒酒词对读,令人展卷于前,笑浮脸面。

稼轩词中像这种近乎漫不经心的游戏笔墨,这种不拘一格,摆落故常,意行无碍的词作,我们还可找到多首。生活中的误会,有时也会给词人的词作增添不少情趣。词人"开山径得石壁,因名曰'苍壁'。事出望外,意天所赐",喜而赋《千年调》一词,将个人身世之感、怅恨之情隐喻其中。作者哪里会想到,词因得石壁而写,壁却因词而名,竟至于"传闻过实",引来观赏之客。客因慕名而来,一观之后大失所望,"既见之,乃独为是突兀而止也,大笑而去"。于是词人"下一转语,为苍壁解嘲"(《临江仙》)。稼轩本因事抒情,借石壁以寄慨,没想到时人不解词人心意,嘲及石壁,词人不得不为词自解。生活中的偶然事件颇带喜剧色彩,从而为词作平添情趣。

---

①[宋]辛弃疾著,邓广铭笺注:《稼轩词编年笺注》,北京:北京出版社,1978年,第313页。

稼轩这些即事兴感之作，似信手拈来，即成佳构，像漫不经心，却颇饶情趣。以一种全新的姿态和技法丰富了词坛，在这座花团锦簇的艺苑中，别饶风致。

对于一般人来说，生活中并不缺少美，而是缺少发现。对于稼轩这位宋代词坛第一流的词人来讲，生活中到处充满了愉悦人心的美。他在长期的闲居生活中，以其灵锐的词心，一管无所不能的词笔，去发现生活中的美，创造艺术美，及时捕捉生活中可以愉人悦己，充满情趣的镜头，给我们留下了一首首情趣盎然的佳作。词人闲坐山亭，"水声山色，竞来相娱"（《贺新郎》），大自然中水光山色是如此有情有义。生活酿成了稼轩的谐趣之作。当日稼轩曾以词聊以自遣（《六州歌头·属得疾，暴甚。医者莫晓其状。小愈，困卧无聊，戏作以自释》）；也曾以词给友人带来欢乐，使之开怀畅饮（《水龙吟·用些语再题瓢泉，歌以饮客，声韵甚谐，客为之醻》）；闲行江岸，作者"戏作渔父词"（《西江月》）。……词人词笔之迅捷，令人惊叹，使人常想起钱钟书先生对杨万里的赞誉：

> ……诚斋则如摄影之快镜；兔起鹘落，鸢飞鱼跃，稍纵即逝而及其未逝，转瞬即改而当其未改；眼明手捷，踪矢蹑风，此诚斋之所独。①（《谈艺录》）

杨万里的诗作充满了新奇、风趣、幽默的美感，但遗憾的是他的词作不具此风调，而我们在稼轩词中却得到了这独特的美的享受：

> 何人半夜推山去？四面浮云猜是汝。常时相对两三峰，走遍溪头无觅处。西风瞥起云横度，忽见东南天一柱。老僧拍手笑相夸，且喜青山依旧住。②（《玉楼春·戏赋云山》）

全词的基调依然是诙谐而又幽默。读着小词，我们也仿佛于不知不觉中进

---

① 周振甫、冀勤编著：《钱钟书〈谈艺录〉读本》，成都：巴蜀书社，2019年，第205页。
② [宋]辛弃疾著，邓广铭笺注：《稼轩词编年笺注》，北京：北京出版社，1978年，第322页。

入那云雾山中的晨景,与词人一起领略到溪头觅山的情趣及风吹云开,蓦然见山时的愉悦心情,耳畔似乎听到老僧乍见青山、惊喜不已的笑声。

稼轩似乎对酒有特殊的好感,他的词笔写醉中情态也特别趣味浓郁。《定风波·大醉自诸葛溪亭归,窗间有题字令戒饮者。醉中戏作》一词,醉人醉语,醉墨淋漓之际犹不忘自嘲自解。窗间令戒饮的题字,在词人醉眼朦胧之际竟变成:"起向绿窗高处看,题遍:刘伶元自有贤妻"①了。通常的醉汉心理,总是讳言其醉,词人却不,他在《一枝花·醉中戏作》结句写道:"怕有人来,但只道'今朝中酒'。"②写出了醉酒者特定的心理状态,真正是"醉中了了梦中醒"了。词人这种富有谐趣的灵感所至的即兴小品,好似脱口而出,妙趣横生,情与景谐,理与趣合,反映了词人审美情趣的诸多侧面。

反复品味稼轩的俳谐词作,我们也发现随着历史的推移,个别词作已难以再予我们以情绪的感染和美的启示了。"同是诙谐,或为诗的胜境,或为诗的瑕疵,分别全在它是否出于至性深情。"③以此着眼,我们认为《乌夜啼·戏赠籍中人》纯属游戏之作。《好事近·医者索酬劳》记其妻子病愈,以侍女整整酬医者,虽时人赞其"一时戏谑,风调不群"(周辉《清波别志》),但它实在是反映了特定阶层的封建意识的作品。

以上我们粗略地探讨了稼轩的俳谐词。面对稼轩创获众多的俳谐词,有几个问题需要我们探讨。

幽默谐趣意义的界定问题。之所以提出这个问题,是因为现有有关幽默的理论难以概括稼轩丰富多彩的词作风格。在上文我们曾引用了朱光潜先生《诗与谐隐》中的一段话:"谐趣的定义可以说是:以游戏态度,把人事和物态的丑拙鄙陋和乖讹当作一种有趣的意象去欣赏。"朱先生还说:"谐都有几分讥刺的意味。"④面对稼轩丰富的俳谐词作,我们感到朱先生这个定义可以说明我们所论及

---

① [宋]辛弃疾著,邓广铭笺注:《稼轩词编年笺注》,北京:北京出版社,1978年,第427页。
② [宋]辛弃疾著,邓广铭笺注:《稼轩词编年笺注》,北京:北京出版社,1978年,第462页。
③ 朱光潜著:《诗论》,北京:生活·读书·新知三联书店,2014年,第39页。
④ 朱光潜著:《诗论》,北京:生活·读书·新知三联书店,2014年,第32页。

的稼轩俳谐词的第一部分,却不能概括其他词作,它们全无讥刺的意味。联系词人的具体作品,我们认为,幽默固然常含讥刺,但有的讥讽之作并不幽默;有些词作具有幽默诙谐的情味,但又往往与讥刺无涉。刘勰在《文心雕龙》中曾说过:"谐之言皆也,辞浅会俗,皆悦笑也。"①指出了传统文学中"谐"之雅俗共赏的特色。但刘勰的时代,诗歌中的谐趣之作尚远未达到稼轩时代的水准。所以我们感到"辞浅会俗"也不能完全概括稼轩的俳谐词作。可以确切地说,由于词人特定的身份,其作品只是在一定的生活圈子里流行。有相当的谐趣之作,引经据典,广征博采,是适合一定层次的人们欣赏的,也就是说是符合当时文人学士的"雅趣"的,也许正是由于这一特色,使我们长期以来忽略了对它们的探讨。明人王骥德在《曲律》中说:"俳谐之曲,东方滑稽之流也。非绝颖之姿,绝俊之笔,又运以绝圆之机,不得易作。着不得一个太文字,又着不得一句张打油语;须以俗为雅,而一语之出辄令人绝倒,乃妙。"②曲为词余,词曲相通,俳谐词与元曲嬉笑怒骂之作关系尤密,所以王氏之说值得我们注意。王氏认为,创作此类作品应有极其聪敏的天资(绝颖之姿),要有机敏灵巧的构思,笔调圆熟才足以达之。且指出了此类作品"以俗为雅"的特色。但他所称引的曲子,情调与稼轩之作大相径庭,其中多为嘲笑讥讽下层人民生理缺陷的,诸如《嘲秃指甲》《嘲瘦妓》《嘲歪嘴妓》均流于极端的鄙薄浅俗。所以王骥德的理论与我们的认识尚有相当大的距离。

面对理论家们的理论探讨和稼轩的创作实际,可以发现他们的理论界定难以包容稼轩的俳谐词作。我们认为,稼轩已以其成功的创作丰富了传统的诙谐幽默的内涵,所以对稼轩俳谐词的探讨显得尤为必要。

"幽默总是幽默",卓别林这位喜剧大师如是说,"所谓幽默,就是我们看来是正常的行为中觉察出的细微差别。换一句话说,通过幽默,我们在貌似正常的现象中看出了不正常的现象,在貌似重要的事物中看出了不重要的事物。幽默还

---

① [南朝梁]刘勰著,王运熙、周锋撰:《文心雕龙译注》,上海:上海古籍出版社,2012年,第88页。
② [明]王骥德著,陈多、叶长海注释:《王骥德曲律》,长沙:湖南人民出版社,1983年,第148—149页。

增强了我们生存的意义,保持了我们清醒的头脑。由于幽默,我们在变幻无常的人生中可以较少受到打击。"①尽管时代不同,国度有别,但卓别林的总结有助于我们对稼轩俳谐词的认识和探讨。

关于俳谐词的流变及稼轩俳谐词在文学史上的地位。刘永济先生《唐五代两宋词简析》特列"两宋通俗词及滑稽词"一体,且云"此类所选多为文人学士所作,以见此体至南宋渐为文人学士所采用,故作者比北宋为多。"刘先生在该书《总论》中还说,宋代词坛在豪放、柔丽两派之外,又有"滑稽"一派,元祐、政和间有王齐叟、曹元宠"皆以滑稽语有名于河朔",并指出大家如柳、苏、秦、黄集中也有一些。何以如此呢?综观词史,我们认为,此类词体发轫于北宋,至南宋作者渐众,其产生发展与宋代市民文学的发展与影响紧密相关,是新的艺术趣味对词坛影响日趋加强的结果。众所周知,历史发展至两宋,由于都市经济的繁荣,市民阶层的迅速壮大,通俗文学得到了前所未有的发展,在勾栏瓦舍、茶肆酒楼间,"别有艺文兴起,即以俚语著书,叙述故事。"②(鲁迅《中国小说史略》)新的环境,新的生活,新的创作体裁,必然产生新的审美趣味。词,作为歌唱文学中最为流行的一种,必然地要带上建立在都市经济基础上的市民文学、娱乐文学的特有色彩。今天,当我们顺着这一思路去翻检宋代词人的作品时,我们发现许多词人的集子中都有充满谐趣之作。面对这种情况,我们认为,与其说宋代士大夫们未能免俗,还不如说他们在现实生活的影响下自然而然地接受了一种特殊的那原本产生于特定阶层的审美趣味更为恰当。因为"'谐'最富于社会性。艺术方面的趣味,有许多是为某阶级所特有的,'谐'则雅俗共赏"③。人们在阅读与稼轩同时代的诗人杨万里的诗作时,已由"市井艺文插科打诨的情调",想到"不笑不足以为诚斋诗",意识到"从杨万里的'风趣专写性灵'到袁宏道'独抒性灵','世人所难得者唯趣',再到袁枚的'性灵说';从杨万里的'不笑不足以为……诗',到袁宏道的'通于人之喜怒哀乐嗜好情欲,是可喜也',再到袁枚的'诗能令人笑者必佳'

---

① [英]卓别林著,郑丽编:《卓别林自传》,福州:海峡文艺出版社,2002年,第118页。
② 鲁迅著:《中国小说史略》,南宁:广西人民出版社,2017年,第120页。
③ 朱光潜著:《诗论》,北京:生活·读书·新知三联书店,2014年,第29页。

……其中脉络,宛然可寻:都是市民艺术趣味在正统文学中的反映。"①在市井艺文的冲击下,正统的诗尚且不免受到影响,方正的淳儒杨万里尚且不免受到影响,何况那原本已与市井艺文有千丝万缕的词坛呢。我们之所以这样讲,是因为尽管今人想尽量人为地抬高词的地位,讲什么词经过了苏轼"以诗为词"的努力已经"诗词合流",但历史的事实是,有宋一代,词从未争到与诗平等的地位。人们公认柳永在词坛曾进行了一场改革,"凡有井水饮处,即能歌柳词"②,但柳词传遍天下的原因却是:

> 柳三变游东都南、北二巷,作新乐府,骫骳从俗,天下咏之。③(《后山诗话》)
> 其词虽极工致,然多杂以鄙语,故流俗人尤喜道之。④(《却扫编》卷五)
> 长于纤艳之间,然多近俚俗,故市井之人悦之。⑤(《唐宋诸贤绝妙词选》卷五)

总之,柳永的创作"尽量地积极地适应歌妓的演唱需要和市民群众的审美情趣,从而决定了柳词最基本的与最主要的特征——浓厚的市民意识与鲜明的市民文学形式美。"⑥(曾大兴《柳永词的市民文学特征》)

人们公认苏轼在词坛进行了一场"革命",王灼曾高度评价苏词,但他却说:"东坡先生以文章余事作诗,溢而作词曲。"即便是苏轼,在评价词坛宿老张先的词作时也说"诗笔老妙,歌词乃其余波"(《张子野词跋》)。故经过苏轼"革命"后的词坛,"文章豪放之士,鲜不寄意于此者,随亦自扫其迹,曰谑浪游戏而已也。"(胡寅《〈酒边词〉序》)更可说明问题的是,苏轼身后,"崇宁以来,时相不许士大夫

---

① 肖驰著:《中国诗歌美学》,北京:北京大学出版社,1986年,第165页。
② 叶梦得著:《避暑录话》,《全宋笔记》第二编第十册,郑州:大象出版社,2017年,第286页。
③ 张惠民编:《宋代词学资料汇编》,汕头:汕头大学出版社,1993年,第4页。
④ 张惠民编:《宋代词学资料汇编》,汕头:汕头大学出版社,1993年,第145页。
⑤ [宋]黄昇辑:《唐宋诸贤绝妙词选》卷五,四部丛刊本。
⑥ 曾大兴著:《柳永和他的词》,广州:中山大学出版社,1990年,第79页。

读史作诗,何清源至于修入令式。"(《容斋随笔》)政令之严,以至"士庶传习诗赋者,杖一百,畏谨者至不敢作诗。"(《韵语阳秋》)而稼轩之后,江湖诗祸起,"诏禁士大夫作诗,如孙花翁、季蕃之徒,改业长短句。"(《瀛奎律髓》)有宋一代两次禁诗,首次禁诗而不禁词;第二次朝中禁诗,而人们"改业长短句"。此乃词之幸,抑或不幸?姑且不论。但于中宋人对词之看法可见一斑。即就稼轩词而言,其娱乐特性仍极鲜明,稼轩家有伎乐,歌舞以娱宾客。就其创作而论,抒情言志,固在其先,然亦时时借以愉悦性情,娱人娱己。其门生范开曾谓稼轩之创作:"……苟不得之于嬉笑,则得之于行乐,不得之于行乐,则得之于醉墨淋漓之际。"①

再就其生活圈子看,也为其创作俳谐词提供了极好的素材。生活本身那么富有戏剧性,人世间那么多令人可喜可笑的人和事,戚里亲情也需要不同的表达方式。在长期的闲居生涯中,他及时捕捉生活中可以愉悦人心的镜头,从而使其创作,在金戈铁马之声,愤世嫉俗之音,忧谗畏讥之意以外,尚别有一番天地。

除了词之通俗文学的特性及其受特定时代特定阶层审美情趣之影响外,特定时代生活氛围给予作家的心理影响乃是此类作品渐趋增多,且蔚为风气的重要原因。

稼轩生活的时代,自从北宋末开始,朝廷中已无原则是非可言,纯属党同伐异,朝野上下,正气消沉,最后直搞到空国无君子,举世无公论,北宋终于灭亡。宋室南渡,黄潜善、秦桧辈相继掌权,当朝权奸为扫清个人权力障碍不择手段,以致国气不振,民心不振,士气不振。正是在这样的情势下,稼轩投归南宋。南归以来,闲居几达二十余年,即使在仕宦期间,也是左迁右调,横遭攻讦。像稼轩这样的英杰人物,生逢末世,报国无门。现实生活中"不如意事常八九,可人意处无二三",在壮志难酬,请缨无路的现实重压之下,稼轩这位"自断此生天休问",男儿有泪不轻弹的铮铮英杰,那压抑、痛苦的内心感情需要找到一个合适的发泄口,于是胸中积愤怨忧以嬉笑怒骂、诙谐幽默出之,形成其词作一大特色。这些作品与其抒发慷慨激昂的爱国之情、沉郁顿挫的忧时之志的词作同一机杼,其内

---

① [宋]辛弃疾著,徐汉明校注:《辛弃疾全集校注》,武汉:华中科技大学出版社,2012年,第949页。

涵是丰富的，而不是浅薄的，其情感是崇高的，而非油腔滑调、低级趣味的。

表面上看，由于生活重压，内心痛苦而引发其创作诙谐、幽默、滑稽的词作，似乎是矛盾的，实际上这里充满了生活与创作、内在感情与外在表达方式的辩证关系。卓别林曾说过："创作一部喜剧时，说来也矛盾，悲剧的因素往往会激起嘲笑的心理；我想，这是因为嘲笑是一种反抗的态度；每到无可奈何的情况下，我们就必须用嘲笑的态度去反抗自然的力量，否则我们就会发疯。"①说得太好了！"悲剧的因素往往会激发起嘲笑的心理"，"因为嘲笑是一种反抗的态度"，稼轩的创作正是如此！他需要出离愤怒、超越痛苦，寻找一个适当的情感宣泄方法。"诗人的本领就在能谐，能谐所以能在丑中见出美，在失意中见出安慰，在哀怨中见出欢欣，谐是人类拿来轻松紧张情境和解脱悲哀与困难的一种清泻剂。"②正是基于此，年轻时的别林斯基在信中这样抚慰他的母亲："当您感到万箭钻心的时候，您就笑、哈哈大笑吧；当您想号啕大哭的时候，您就歌唱吧；当绝望的惊厥开始袭扰您的家庭成员的时候，您就跳舞吧。"③

由此我们联想到稼轩俳谐词在诗歌史上的地位及影响问题。历来研究词曲史者，大多注意到了柳永、黄庭坚的"俗词"对元曲的影响。但就我们所知，迄今为止，尚无人谈及稼轩俳谐词作对元曲的影响问题。随着历史的推移，有元一代，文人地位愈益不堪，民族歧视、仕途堵塞、现实生活的苦难与困顿，使得谐谑之作成为一时风尚。读稼轩的《千年调·卮酒向人时》《夜游宫·苦俗客》诸词，很容易令人联想到元曲中睢景臣[般涉调·哨遍]《高祖还乡》、张鸣善[双调·水仙子]《讥时》诸作，它们所反映的创作心态和艺术手法与稼轩俳谐词一脉相承。任中敏先生谓："此为元时文人通有之骚情愤慨，而嬉笑怒骂之元曲文章，亦由此中激发而出者也。"④(《曲谐》)追溯"元时文人通有之骚情愤慨"，稼轩生活的时代，词人独有的心态已露端倪。要认识元人"嬉笑怒骂之元曲文章"，稼轩俳谐词更

---

① [英]卓别林著，叶冬心译：《卓别林自传》，北京：中国戏剧出版社，1980年，第367页。
② 朱光潜著：《诗论》，北京：生活·读书·新知三联书店，2014年，第34页。
③ [苏]伊·佐洛图斯基著，刘伦振等译：《果戈理传》，天津：天津人民出版社，1982年，第372页。
④ 褚斌杰主编：《元曲三百首详注》，南昌：百花洲文艺出版社，2017年，第217页。

应引起重视。

当然,我们强调稼轩俳谐词在词曲发展史上的重要地位,并不是要把稼轩此类词作与"嬉笑怒骂之元曲文章"同等看待,因为稼轩生活的时代有自己的特点。稼轩的俳谐词更有独特的个性特色。研味稼轩的俳谐词,我们可以发现词人个性中幽默、诙谐、风趣的一面。这也说明了一个人的感情世界是丰富复杂的,是多侧面、多层次的。研讨这类词作,我们还可发现,稼轩除了那种个性中所具有的幽默素质外,还有由于较深的文化教养而后天培养起来的幽默意识和幽默本领。在诸多词作中,词人表现的知识的广博令人吃惊。他引经据典,妙语连珠。前代轶闻趣事,似不经意间信手拈来,皆成妙趣。"智力愈发达,喜剧就越成功。未开化的人很少有幽默感。"(转引自曹文轩《中国八十年代文学现象研究》)卓别林这位喜剧大师的这番话可谓深得个中三昧。幽默是智慧的象征。有人说幽默是智者的风度,这话颇有道理。以今比古,在一代学人钱锺书先生和著名作家王蒙的作品中,我们均可领略到那诱人的智者风范。所以我们说,在特定的历史时期,稼轩这种智者的幽默是一般人难以企及的。他的俳谐词作谑而不虐、谐而不滑。这种智者的幽默才是真正具有美学意义的幽默,这种幽默产生的美感属于高的美学范畴,与看似诙谐的浅薄无聊的戏谑之作不啻霄壤。正由于此,我们高度评价稼轩的俳谐词作。词人自由灵活、纵横如意地运用手中的词笔,追蹑生活中的情趣,创造艺术上的奇趣。从而使得词中谐趣——这原本产生于特定时代都市经济基础上的艺术趣味,在词坛放出异彩。

笑是精神生活的阳光。读稼轩的俳谐词,我们在词人幽默的谈吐、诙谐的笑声中不仅得到了美的享受,而且得到了力的鼓舞。我们看到了一个微笑着对待生活的辛稼轩。

正直相扶无依傍　撑持天地与人看
——稼轩与党争散论

朋党之争是我国古代封建政体上产生的痼疾。有宋一代,党争起始早,时间长,反复多,激烈残酷,两宋的败亡与党争有着密切的关系,诚如前人所说,宋人"始以党败人,终以党败国","国且自伐,何以伐人"? 由是之故,宋代诸多文士都与党争有着千丝万缕的联系。

当我们检索有关资料,致力于探究稼轩与当朝党争的关系时,我们始对稼轩之做法感到疑惑,后对稼轩之理智感到惊叹,再为其高风亮节所敬服。由此增加了我们探讨的极大兴趣。

宋室南渡,国势已今非昔比,然而就在外有强敌,内有水旱灾害、起义动乱之时,统治者内部依然在和战之争的帷幕下,争权夺利,纷纷不已。与稼轩同时的一些有识之士,曾十分尖锐而又深刻地指出朋党之争的危害。杨万里《己酉自筠州赴行在奏事十月初三日上殿第一札子》乃是当时一篇著名的朋党论,他针对时势,愤切慷慨地指出朋党之论、党伐之争乃是过于权臣、盗贼、夷狄之大害:

> 臣闻天下有无形之祸,僭非权臣而僭于权臣,扰非盗贼而扰于盗贼,强非夷狄而强于夷狄,其惟朋党之论乎? 盖欲激人主之怒莫如党论,欲尽逐天下之君子莫如党论,欲尽空天下之人才莫如党论……臣窃观近日以来,朋党之论何其纷如也! 有所谓甲宰相之党,有所谓乙宰相之党,有所谓甲州之党,有所谓乙州之党,有所谓道学之党,有所谓非道学之党,是何

朋党之多欤！①

诚斋为朝中朋党之害而忧心忡忡，恺切陈言。在陆游《剑南诗稿》中，我们也听到了至为愤切的呐喊：

> 公卿有党排宗泽，帷幄无人用岳飞。②（《夜读范至能揽辔录言中原父老见使者多挥涕感其事作绝句》）
> 党禁久不解，胡尘暗神州……小人无远略，所怀在私仇。③（《北岩》）
> 大事竟为朋党误，遗民空叹岁时逾。④（《北望感怀》）

光宗绍熙元年（1190）二月，殿中侍御史刘光祖入对，也痛切上言：

> 近世是非不明，则邪正互攻；公论不立，则私情交起。此固道之消长，时之否泰，而实为国家之祸福，社稷之存亡，甚可畏也……臣始至时，闻有讥贬道学之说，而实未睹朋党之分。……逮臣复来，其事果见，因恶道学，乃生朋党，因生朋党，乃罪忠谏……一岁之内，逐者纷纷……往往推忠之言，谓为沽名之举。……事势至此，循默乃宜。循默成风，国家安赖？⑤

然而当我们研读稼轩的著述和相关资料时，我们发现，稼轩这位历史上叱咤风云的英雄、词坛上的一流词人，他没有参与或纠缠于朝中任何派别之争，其诗、词、文也没有对朝中党争的明确表示。因此，探究稼轩对党争的态度是一个很有意义的问题。

翻检相关资料，追寻稼轩的人生足迹，我们发现稼轩一生力主抗战，但也力

---

① 曾枣庄、刘琳主编：《全宋文》第二百三十七册，上海：上海辞书出版社，2006年，第108—109页。
② [宋]陆游著，钱仲联校注：《剑南诗稿校注》，上海：上海古籍出版社，1985年，第1823页。
③ [宋]陆游著，钱仲联校注：《剑南诗稿校注》，上海：上海古籍出版社，1985年，第780页。
④ [宋]陆游著，钱仲联校注：《剑南诗稿校注》，上海：上海古籍出版社，1985年，第2611页。
⑤ [元]脱脱等撰：《宋史》，北京：中华书局，1999年，第9521页。

避陷入和战之争。在其公开表现自己政治军事谋略的《美芹十论》《九议》中，他固然主张朝中"不以小挫而沮吾大计"，而言及具体策略，他十分客观公允地指出了朝中主战、主和者的要害：

> 凡今日之弊，在乎言和者欲终世而讳兵，论战者欲明日而亟斗。终世而讳兵，非真能讳也，其实则内自销铄，猝有祸变不能应。明日而亟斗，非真能斗也，其实则恫疑虚喝，反顾其后而不敢进。此和战之所以均无功而俱有败也。①

孝宗有恢复之志，虞允文也力主抗战，"为国生事"之说，"孤注一掷"之论纷纷，但稼轩则在《十论》《九议》中"论南北形势及三国、晋、汉人才，持论劲直，不为迎合"。②力主抗战而避免陷入以和战为党争的漩涡，规避无谓的人事攻讦和纷争，是稼轩极鲜明的政治态度。

抗金复国是稼轩一生为之奋斗的目标，为了实现自己的人生追求，面对纷乱如隙尘的政治斗争，包括对他的人身攻击，他采取了"隐忍"的冷处理方式，这种人生态度曾为友人所不理解。周孚《蠹斋先生铅刀篇·寄解伯时》曰：

> 辛幼安书中云云，亦愿有向来所传，所幸者有颇不相悦者沮之耳。辛戒小人以'且痛忍臧否'，不知是可忍乎？③

周孚与稼轩乃同乡，"辛弃疾少壮时兄事之"④，其记载当是可信的。"痛忍臧否"，是稼轩对友人的劝诫，也是他自己的心声。再观《蠹斋先生铅刀篇》卷九《寄辛幼安二首》"共叹飘流际，能收谤骂余"⑤之语，可知稼轩南渡之后，尽管谨慎处

---

① [宋]辛弃疾著，徐汉明编：《新校编辛弃疾全集》，武汉：湖北人民出版社，2007年，第286页。
② [元]脱脱等撰：《宋史》，北京：中华书局，1999年，第9563—9564页。
③ 辛更儒编：《辛弃疾资料汇编》，北京：中华书局，2005年，第23页。
④ 辛更儒编：《辛弃疾资料汇编》，北京：中华书局，2005年，第75页。
⑤ 辛更儒编：《辛弃疾资料汇编》，北京：中华书局，2005年，第21页。

事,依然不断招致谤骂,但他对朝中人事纷争痛忍臧否,对他人的谤骂隐忍不发。何以如此? 在稼轩《祭吕东莱先生文》中,可以略窥稼轩的深心:

> 某官:天质之美,道学之粹,操存之既固,而充养之又至,一私欲未始萌于心,极万变不足以移其志,故不力而勇,甚和而毅,泯爱憎以无迹,更毁誉而一致,宜君上益信其贤,而同异者莫得窥其际也。①

稼轩之作少有违心之论,从其祭辞中,我们可以隐约把握到他"不力而勇,甚和而毅;泯爱憎以无迹,更毁誉而一致",使"同异者莫得窥其际"的追求。

查检有关资料,楼钥《攻愧集》卷三十五《福建提刑辛弃疾太府卿》对稼轩在当朝纷纭人事中的人生态度有精到的评说:

> 敕具官某:尔早以才智,受知慈宸。盘根错节,不劳余刃。中更闲退,以老其才。养迈往之气,日趋于平;晦精察之明,务归于恕……夫气愈养则全,明愈晦则光。于以见之事功,孰能御之哉?②

由"痛忍臧否"到"泯爱憎以无迹,更毁誉而一致",使"同异者莫得窥其际",再到"养迈往之气,日趋于平;晦精察之明,务归于恕",我们发现稼轩对吕东莱的评价和时人对稼轩的评论,有惊人的相似之处。稼轩不是一个理学家,他养气晦明的目的是什么呢,皇帝十分精确地指出:"于以见之事功,孰能御之哉!"其目的是为"事功",是为了抗金复国大业。

在稼轩诗词中我们也能听到稼轩隐忍其情的心声。稼轩所存诗作百余首,于其中我们几乎看不到他对当朝激烈的人事纷争的明确态度。予人印象极深的是力图趋避的诗作——"客来闲说那堪听,且喜新来耳渐聋"③;"老去都无宠辱

---

① [宋]辛弃疾著,徐汉明编:《新校编辛弃疾全集》,武汉:湖北人民出版社,2007年,第301页。
② 辛更儒:《辛弃疾资料汇编》,北京:中华书局,2005年,第28页。
③ [宋]辛弃疾著,徐汉明编:《新校编辛弃疾全集》,武汉:湖北人民出版社,2007年,第252页。

惊,静中时见古今情"①;最能体现其隐忍之情的是《有以事来请者,效康节体作诗以答之》一诗,他先是自嘲,"未能立得自家身,何暇将身更为人",继而对现实人事中颠倒黑白,欺朋背友,以怨报德的现象表示不齿:"借使有求能尽与,也知方笑已生嗔。"然而此情刚一流露,旋即警醒自己:"器才满后须招损,镜太明时易受尘。"②最后以家中闲居,鱼鸟自娱作结。在其词中,稼轩隐忍之情也时有流露,他对朝中政治斗争的复杂性有清醒的认识,"长安车马道上,平地起崔嵬"③;"细看斜日隙中尘。始觉人间,何处不纷纷"④;他力图超拔于无谓的人事纷争、意气之争之上,认识到"论心论相,便择术满眼,纷纷何物"⑤感慨"座客"的"门户之叹"之无谓:"头上貂蝉贵客,苑外骐麟高冢,人世竟谁雄"⑥;因此,他对于朝中人事纷争的态度十分明确:"老子平生,笑尽人间,儿女怨恩","此心无有亲冤"⑦;"停云高处,谁知老子,万事不关心眼"⑧;"须信功名儿辈,谁识年来心事,古井不生波"⑨。

稼轩对党争的态度终其一生是一贯的,在诗文词中的表露是一致的。探讨稼轩力图超拔于朋党之争外的原因,有以下几方面。首先,作为北宋遗民之后,生长于齐鲁一个有强烈的民族气节的家庭,他能够更为痛切地思考了解分析北宋败亡与朋党之争的关系——"执政不合,而群有司安得而和哉!群有司不和,则万务安得而治哉!万务不治,则天下之民受其弊矣。民既受其弊,则国家衰乱随之。"⑩党争双方"始则邪正交攻,更出迭入,中则朋邪翼伪,阴陷潜诋,终则倒置是非,变乱黑白,不至于党祸不止"⑪。"天下之患,不患祸乱之不可去,患朋党蔽蒙

---

① [宋]辛弃疾著,徐汉明编:《新校编辛弃疾全集》,武汉:湖北人民出版社,2007年,第256页。
② [宋]辛弃疾著,徐汉明编:《新校编辛弃疾全集》,武汉:湖北人民出版社,2007年,第253页。
③ [宋]辛弃疾著,徐汉明编:《新校编辛弃疾全集》,武汉:湖北人民出版社,2007年,第34页。
④ [宋]辛弃疾著,徐汉明编:《新校编辛弃疾全集》,武汉:湖北人民出版社,2007年,第193页。
⑤ [宋]辛弃疾著,徐汉明编:《新校编辛弃疾全集》,武汉:湖北人民出版社,2007年,第212页。
⑥ [宋]辛弃疾著,徐汉明编:《新校编辛弃疾全集》,武汉:湖北人民出版社,2007年,第30页。
⑦ [宋]辛弃疾著,徐汉明编:《新校编辛弃疾全集》,武汉:湖北人民出版社,2007年,第24页。
⑧ [宋]辛弃疾著,徐汉明编:《新校编辛弃疾全集》,武汉:湖北人民出版社,2007年,第68页。
⑨ [宋]辛弃疾著,徐汉明编:《新校编辛弃疾全集》,武汉:湖北人民出版社,2007年,第39页。
⑩ [宋]刘敞著:《上任宗辨邪正》,见《丛书集成初编·公是集》,北京:中华书局,1985年,第369页。
⑪ [元]脱脱等撰:《宋史》,北京:中华书局,2013年,第12245页。

之俗成,使上不得闻所当闻,故政日以敝,而祸乱卒至也。"①其次,作为"归正人",正如梁启超《辛稼轩先生年谱》所说:"盖归正北人,骤跻通显,已不为南士所喜。而先生以磊落英多之姿,好谈天下大略,又遇事负责任,与南朝士大夫泄沓柔靡风习尤不相容。"②再加上稼轩业已认识到党争之危害,又目睹当朝和战之争的弊端,志在"正直相扶无倚傍,撑持天地与人看"。身在是非黑白无谓之争圈外,使他能够较为冷静客观地认识当朝和战之争的是非曲直;再次,稼轩生长于山东沦陷区,所受家庭教育,志在复国;起义济南,亦在抗暴恢复;归正南宋,意在恢复中原。所以,为了国家民族利益,为了祖父遗愿个人理想,对于是非恩怨,即使个人受到伤害,也采取隐忍、平恕的态度。因此,当我们致力探讨稼轩与党争这一命题时,我们不仅更为钦服稼轩的英雄情志,而且感佩其胸襟气度。用一己意志品格在纷乱的政治斗争中撑起一面精神的旗帜,这在切乎一己利益、小集团利益的朋党之争中是极为难能可贵的。《菜根谭》中这句"一点不忍的念头,是生民生物之根芽;一段不为的气节,是撑天撑地之柱石"③,恰可作为稼轩"正直相扶无倚傍,撑持天地与人看"坚毅的人格精神的注脚。

---

① [元]脱脱等撰:《宋史》,北京:中华书局,2013年,第10888页。
② 梁启超著,张品兴主编:《梁启超全集》,北京:北京出版社,1999年,第5170页。
③ [明]洪应明著:《菜根谭》,南京:江苏凤凰文艺出版社,2020年,第8页。

一生不负溪山债　半世功名化自嘲
——稼轩《夜游宫》词探论

迄今为止，学术界对稼轩《夜游宫·苦俗客》一词仍有意见分歧，为了讨论的方便，录全词于下：

几个相知可喜，才厮见、说山说水。颠倒烂熟只这是，怎奈向，一回说，一回美。　　有个尖新底，说底话、非名即利。说得口干罪过你。且不罪；俺略起，去洗耳。①

朱德才先生《辛弃疾选集》第207页论及此词曰：

疑作于庆元六年(1200)。时稼轩罢居瓢泉。苦俗客：苦于俗客的骚扰。此亦讽刺小品。或谓上片言高士，下片言俗客，当非。题为"苦俗客"，说明专指俗客。上片当是讽嘲故作清高、附庸风雅之俗客。下片则谓俗中之最，尤不足与语，唯离坐洗耳。词为"俗客"画像，又紧扣一个"苦"字，以抒高洁胸怀。通篇冷讽热嘲，语辞浅俗俏皮，洗畅犀利。②

翻检有关研究论著，"谓上片言高士，下片言俗客"者，有薛祥生先生论谓：

---

① [宋]辛弃疾著，王新龙编：《辛弃疾文集》三，北京：中国戏剧出版社，2009年，第98—99页。
② [宋]辛弃疾著，朱德才选注：《辛弃疾选集》，北京：人民文学出版社，1988年，第207页。

上片写高士"说山说水",下片写俗客"说底话,非名即利"。用对比手法,通俗语言,写出了"俗客"的可憎可鄙,表现了作者不同流俗的品质。①

邓魁英先生亦持论相近,其《幽默滑稽锋颖毕露——〈夜游宫·苦俗客〉赏析》一文说:

对比手法是这首词的突出特点。上片写相知,下片写俗客,两厢排列,营垒分明。……通过这样鲜明的对比,表现了作者热爱山水,鄙弃名利的清高思想。②

而常国武先生《辛稼轩词集导读》则在同意此词"讽刺的对象是一味谈名谈利的俗客"的前提下,又意识到功名事业在稼轩心目中的地位,认为"然而作者毕竟不能忘情功名,总希望有机会能实现他的宏伟抱负"③。

综观目前学术界相关著述,对稼轩《夜游宫·苦俗客》的评价大致有上述两种,一认为上下片均为"嘲俗客";二认为上片言高士,下片嘲俗客。因笔者与上述观点有不同之处,故细味时贤之作,略陈浅见。

首先,就全词语意来看,上下片为一个整体,均为"苦俗客",而非上片言高士,下片嘲俗客。词作开首一句即曰"几个相知可喜",过片曰"有个尖新底","一个"承"几个"而来,"几个"包括了"这一个"。全词语气连贯,这样理解应是顺理成章的。即就词作语气而言,词人称客人为"相知",称其言谈"可喜",亦非尖刻的讽刺之语。再从词人在庆元六年(1200)闲居上饶联系密切的朋友(客人)看,他们有杜叔高、吴子似、郭逢道、傅先之、赵晋臣、韩仲止、赵昌甫、徐斯远、杨民瞻、赵茂嘉等人。稼轩与这些友人,相处甚欢,或登山临水,诗词唱酬,或酒棋相

---

① [宋]辛弃疾著,薛祥生选注:《稼轩词选注》,济南:齐鲁书社,1980年,第141页。
② 齐鲁书社编辑:《辛弃疾词鉴赏》,济南:齐鲁书社,1986年,第300—301页。
③ 常国武著:《辛稼轩词集导读》,成都:巴蜀书社,1988年,第279—280页。

会,互相激励。在稼轩一生中,时时有知己恨少之叹,一生难得几知己,"知我者,二三子",所以这几位"相知",的确是"可喜"的。因"相知"而为"客",稼轩不会也不可能把他们作为"讽刺"的对象。

可以相互印证的是,稼轩在同一时期有一首《贺新郎》(韩仲止判院山中见访,席上用前韵)写道:

> 听我三章约,有谈功、谈名者舞,谈经深酌。作赋相如亲涤器,识字子云投阁。算枉把、精神费却。此会不如公荣者,莫呼来、政尔妨人乐。医俗士,苦无药。　　当年众鸟看孤鹗。意飘然、横空直把,曹吞刘攫。老我山中谁来伴?须信穷愁有脚。似剪尽、还生僧发。自断此生天休问,倩何人、说与乘轩鹤。吾有志,在丘壑。①

详味全词,稼轩之所以要和友人约法三章,是因为"当年"壮志与"老我"现状相比的激愤,对"乘轩鹤"当权者的怨愤,从而不无反讽意味地把"功""名",甚至"谈经"都列在禁约之列。从中我们可以看到稼轩"却将万字平戎策,换得东家种树书"的无奈与悲慨。这"俗士"是作者自谓,也是对同道的苦笑中的调侃。

在字面可以比照对读的还有写于同年的《生查子》(简吴子似县尉):

> 高人千丈崖,太古储冰雪。六月火云时,一见森毛发。　　俗人如盗泉,照影都昏浊。高处挂吾瓢,不饮吾宁渴。②

在这首词中,稼轩把"高人"与"俗人"对举,其憎恶之意是十分鲜明的。统而观之,在稼轩同时期的这几首词作中,"俗客""俗士"与"俗人"是有区别的。细加品味,《夜游宫·苦俗客》既非对"说山说水"客人的嘲讽,亦非嘲讽谈名谈利的客

---

① [宋]辛弃疾著,徐汉明编:《新校编辛弃疾全集》,武汉:湖北人民出版社,2007年,第11页。
② [宋]辛弃疾著,徐汉明编:《新校编辛弃疾全集》,武汉:湖北人民出版社,2007年,第205页。

人。而是以谐谑的口吻,表达了自己与客人们的和谐之情。

我们这样讲,是除了就该词全文贯通理解及与相关词作比较中得出的结论,还有我们通检稼轩词,研讨了稼轩对山水风物及功名事业的态度之后得到的共识。

先看稼轩如何"谈山谈水"。稼轩一生对于山水风物有着特殊的感情,他自谓"一生不负溪山债"①(《鹧鸪天·不寐》),"自笑好山如好色"②(《浣溪沙》)。当今稼轩词的研究者们也从不同篇章中发现了稼轩笔下山水风物的妙处与词人精神相通,即就齐鲁书社《辛弃疾词鉴赏》一书,论者即以《独行溪边　高歌谁和》《春意农家荠菜花》《清新村景入画图》《赋笔写景　闲适恬淡》《寄情山水,即兴抒怀》《情与景谐,妙趣横生》《青山浊酒慰寂寥》《却爱微风草动摇》《清新明丽的山居图》等为题赏论稼轩与山水风物相关的词作,给予了极高的评价。之所以如此,是因为稼轩笔下的山水景物,一花一草一世界,一山一石一精神。

据我们粗略地统计,稼轩词中山水意象中仅"青山"字面即出现了三十三次。在相关词作中,我们看到灵山秀水抚慰着词人那颗受伤的心灵,词人在游赏山水时似观赏一幅立体的山水画:

> 风雨催春寒食近,平原一片丹青。③(《临江仙·即席和韩南涧韵》)
> 句里春风正剪裁,溪山一片画图开。④(《鹧鸪天·黄沙道中即事》)

甚至胜过图画:

> 碧海桑成野。笑人间、江翻平陆,水云高下。自是三山颜色好,更着雨婚姻嫁。料未必、龙眠能画。⑤(《贺新郎》)

---

① [宋]辛弃疾著,徐汉明编:《新校编辛弃疾全集》,武汉:湖北人民出版社,2007年,第144页。
② [宋]辛弃疾著,徐汉明编:《新校编辛弃疾全集》,武汉:湖北人民出版社,2007年,第184页。
③ [宋]辛弃疾著,徐汉明编:《新校编辛弃疾全集》,武汉:湖北人民出版社,2007年,第115页。
④ [宋]辛弃疾著,徐汉明编:《新校编辛弃疾全集》,武汉:湖北人民出版社,2007年,第137页。
⑤ [宋]辛弃疾著,徐汉明编:《新校编辛弃疾全集》,武汉:湖北人民出版社,2007年,第9页。

词人雅看春天山水:

但是青山山下路,春到处,总堪行。①(《江神子·和人韵》)

他也欣赏西风落叶时的山水:

落叶西风时候,人共青山都瘦。说道梦阳台,几曾来?②(《昭君怨》)

冬日雪景,踏雪寻芳,也别是一番情味:

尘世换、老尽青山,铺成明月,瑞物已深三尺。③(《苏武慢·雪》)

稼轩对山水风物寄寓了特殊的感情。表现了独有的热情:

一水西来,千丈晴虹,十里翠屏。喜草堂经岁,重来杜老;斜川好景,不负渊明。……青山意气峥嵘,似为我、归来妩媚生。解频教花鸟,前歌后舞,更催云水,暮送朝迎。④(《沁园春·再到期思卜筑》)

自笑好山如好色,只今怀树更怀人。闲愁闲恨一番新。⑤(《浣溪沙·偕杜叔高吴子似宿山寺戏作》)

有时,正是因与友朋的欢会,山水景物显得别是一番景象:

---

① [宋]辛弃疾著,徐汉明编:《新校编辛弃疾全集》,武汉:湖北人民出版社,2007年,第97页。
② [宋]辛弃疾著,徐汉明编:《新校编辛弃疾全集》,武汉:湖北人民出版社,2007年,第207—208页。
③ [宋]辛弃疾著,徐汉明编:《新校编辛弃疾全集》,武汉:湖北人民出版社,2007年,第227页。
④ [宋]辛弃疾著,徐汉明编:《新校编辛弃疾全集》,武汉:湖北人民出版社,2007年,第26页。
⑤ [宋]辛弃疾著,徐汉明编:《新校编辛弃疾全集》,武汉:湖北人民出版社,2007年,第184页。

> 我见君来,顿觉吾庐,溪山美哉。①(《沁园春·和吴子似县尉》)
>
> 结屋溪头,境随人胜,不是江山别。②(《念奴娇·赵晋臣敷文十月望生日,自赋词,属余和韵》)

有时,青山绿水充满了灵性,词人把山水景物看作满怀殷殷情意,可以信赖、可以倾诉情怀的朋友们:

> 多病近来浑止酒,小槽空压新醅。青山却自要安排。不须连日醉,且进两三杯。③(《临江仙》)

其《贺新郎》词序云:"邑中园亭,仆皆为赋此词。一日独坐停云,水声山色,竞来相娱,意溪山欲援例者,遂作数语,庶几仿佛渊明思亲友之意云。"词中曰:

> 问何物、能令公喜?我见青山多妩媚,料青山、见我应如是。情与貌,略相似。④(《贺新郎》)

其《蝶恋花》词也写道:"何物能令公喜?山要人来,人要山无意。"⑤稼轩在山水游赏品味中思考人生,是他物我契合的重要原因。他在山光水影中看到了自己的影子:

> 水纵横,山远近,拄杖占千顷。老眼羞明,水底看山影。试教水动山摇,吾生堪笑,似此个、青山无定。⑥(《祝英台近》)

---

① [宋]辛弃疾著,徐汉明编:《新校编辛弃疾全集》,武汉:湖北人民出版社,2007年,第28页。
② [宋]辛弃疾著,徐汉明编:《新校编辛弃疾全集》,武汉:湖北人民出版社,2007年,第20页。
③ [宋]辛弃疾著,徐汉明编:《新校编辛弃疾全集》,武汉:湖北人民出版社,2007年,第118页。
④ [宋]辛弃疾著,徐汉明编:《新校编辛弃疾全集》,武汉:湖北人民出版社,2007年,第12页。
⑤ [宋]辛弃疾著,徐汉明编:《新校编辛弃疾全集》,武汉:湖北人民出版社,2007年,第125页。
⑥ [宋]辛弃疾著,徐汉明编:《新校编辛弃疾全集》,武汉:湖北人民出版社,2007年,第94页。

浮云出处元无定，得似浮云也自由。①(《鹧鸪天》)

他由北而南，归宋之后，"聚散匆匆不偶然，二年遍历楚山川"，行踪不定，恰似那水中频频晃动的山影；人老身心的羁绊，由于纷繁复杂的政治斗争而更感压抑，那出处无定任意卷舒的浮云怎不令人歆羡？稼轩在山水的游赏中，时时在品味人生，咀嚼人生，山水风物成了他倾诉内在情怀的对象——"莫向空山吹玉笛，壮怀酒醒心惊……小陆未须临水笑，山林我辈钟情"②(《临江仙》)。

无论在人生事业的追求还是在山水景物的审美情趣上，他都是"有心雄泰华，无意巧玲珑"③(《临江仙》)。在对山水的阅读中，他看到，群山回旋，如战场上万马奔腾；小桥之上，缺月如弓；松涛阵阵，松林森立，如十万待命雄兵。青山秀雅，衣冠磊落，似谢家子弟；青山华贵，如相如庭户，车骑雍容。青山深所蕴含，雄奇雅健，犹如司马迁"究天人之际，通古今之变，成一家之言"的《史记》雄文。

稼轩从方方面面，从不同的侧面，欣赏品味山水。他偶尔有于心不甘的愤慨，但在更多的山水词中，灵山秀水抚慰了他心灵的伤痛，他受伤的内心，在这里寻得了暂时的平静。因此，稼轩在山中父老、无言山水对他的召唤中——"山水朝来笑问人：'翁早归来也？'"④(《卜算子·漫兴三首之二》)"飞流万壑，共千岩争秀。孤负平生弄泉手。……且归去，父老约重来；问如此青山，定重来否？"⑤(《洞仙歌·访泉于期思，得周氏泉，为赋》)总有与青山绿水相见恨晚之意，"只因买得青山好，却恨归来白发多。"⑥(《鹧鸪天·鹅湖归，病起作》)

古人云："智者乐水，仁者乐山。"稼轩在闲居中的山水游赏中陶冶性情，等待东山再起，恢复失地，再苏苍生的大好时机，这是仁者智者的风范，是大仁大智的风范。综观传统的山水文化，品味稼轩的有关山水风物的词作，我们都承认这样

---

① [宋]辛弃疾著，徐汉明编：《新校编辛弃疾全集》，武汉：湖北人民出版社，2007年，第216页。
② [宋]辛弃疾著，徐汉明编：《新校编辛弃疾全集》，武汉：湖北人民出版社，2007年，第114页。
③ [宋]辛弃疾著，徐汉明编：《新校编辛弃疾全集》，武汉：湖北人民出版社，2007年，第119页。
④ [宋]辛弃疾著，徐汉明编：《新校编辛弃疾全集》，武汉：湖北人民出版社，2007年，第178页。
⑤ [宋]辛弃疾著，徐汉明编：《新校编辛弃疾全集》，武汉：湖北人民出版社，2007年，第83页。
⑥ [宋]辛弃疾著，徐汉明编：《新校编辛弃疾全集》，武汉：湖北人民出版社，2007年，第132页。

一种观点,热爱山水就是热爱自己的生命。如果我们承认,诗词创作也是生命创造的一部分的话,那么稼轩在游赏山水风物中,不仅显示了他对生命的热爱,更显示了生命的创造力。那么,如此珍爱生命、如此珍爱山水,又创作出了如此多的优美、壮美山水词作的人,怎么会讽刺他人读山说水的呢?因此我们的结论是明确的。

那么,是不是如有些论者所说,这首词是上片写"高人",下片嘲"俗客"呢?我个人的看法也是否定的。因为只要阅读过稼轩词的人,都会为词人强烈的事业之心、功名之念所打动,更何况,在稼轩所处时代,个人的功名事业和抗金复国的爱国主义精神是密切地联系在一起的。

我们认真检阅了稼轩的全部作品,可以这样说,追求功名事业的愿望贯穿了他的一生,换句话说,在一生任何一个时期的创作中,他从不讳言对事业功名的追求,总是热烈激切地向往功名事业。这一信念和主题突出地表现在他为人祝寿、为友送行、朋友同僚唱酬赠答和个人抒怀言志的词作中。

有人曾专文研究稼轩的祝寿词。稼轩的有关词作确实值得从方方面面进行研讨。从本文研讨的角度而言,稼轩的祝寿词往往歌赞对方祖上的功名事业,往往称赞已有的人生业绩,往往激励对方去建功立业,诸如:

况满屋、貂蝉未为荣,记裂土分茅,是公家世。①(《洞仙歌》)
塞垣秋草,又报平安好。尊俎上,英雄表……莫惜金尊倒,凤诏看看到。留不住,江东小。从容帷幄去,整顿乾坤了。②(《千秋岁·金陵寿史帅致道。时有版筑役》)

在送行和友朋赠答的词作中,稼轩又多次反复表达希望友人恢复宋室、建立功业的意愿。

---

① [宋]辛弃疾著,徐汉明编:《新校编辛弃疾全集》,武汉:湖北人民出版社,2007年,第84页。
② [宋]辛弃疾著,徐汉明编:《新校编辛弃疾全集》,武汉:湖北人民出版社,2007年,第97页。

我觉君非池中物,咫尺蛟龙云雨。①(《贺新郎·和徐斯远下第谢诸公载酒相访韵》)

鹏翼垂空,笑人世、苍然无物。又还向、九重深处,玉阶山立。袖里珍奇光五色,他年要补天西北。②(《满江红·建康史帅致道席上赋》)

在稼轩的抒怀词作中,尽管他时有怀才不遇之感慨,时有愤激之辞,诸如:

功名妙手,壮也不如人;今老矣,尚何堪?③(《蓦山溪》)
功名只道,无之不乐,那知有更堪忧。怎奈向、儿曹抵死,唤不回头。④(《雨中花慢》)

但从他一系列的牢骚中,给人极深的印象是,他之所以一次次说功名本是错,要忘怀功名,是因为他难以忘怀功名!于是,面对历史,他仰天发问,"汉开边、功名万里,甚当时、健者也曾闲?"⑤(《八声甘州·夜读〈李广传〉,不能寐……》)面对现实,他满腹感慨,"不念英雄江左老,用之可以尊中国。叹诗书,万卷致君人,翻沉陆。"⑥(《满江红》)面对慨然说功名的客人,他想起的是马上征战的往事;面对意气相投的陈同甫,他以英雄许人也以英雄自许,"我最怜君中宵舞,道'男儿到死心如铁'。看试手,补天裂。"⑦(《贺新郎·同甫见和,再用韵答之》)抒发了"了却君王天下事,赢得生前身后名"⑧(《破阵子·为陈同甫赋壮词以寄之》)的平生志愿。

读稼轩一系列与功名事业有关的词作,给人最强烈的震撼是功名在他心目

---

① [宋]辛弃疾著,徐汉明编:《新校编辛弃疾全集》,武汉:湖北人民出版社,2007年,第14页。
② [宋]辛弃疾著,徐汉明编:《新校编辛弃疾全集》,武汉:湖北人民出版社,2007年,第44页。
③ [宋]辛弃疾著,徐汉明编:《新校编辛弃疾全集》,武汉:湖北人民出版社,2007年,第85页。
④ [宋]辛弃疾著,徐汉明编:《新校编辛弃疾全集》,武汉:湖北人民出版社,2007年,第76页。
⑤ [宋]辛弃疾著,徐汉明编:《新校编辛弃疾全集》,武汉:湖北人民出版社,2007年,第75页。
⑥ [宋]辛弃疾著,徐汉明编:《新校编辛弃疾全集》,武汉:湖北人民出版社,2007年,第48页。
⑦ [宋]辛弃疾著,徐汉明编:《新校编辛弃疾全集》,武汉:湖北人民出版社,2007年,第7页。
⑧ [宋]辛弃疾著,徐汉明编:《新校编辛弃疾全集》,武汉:湖北人民出版社,2007年,第112页。

中的重要位置——"功名本是,真儒事,君知否?";功名是他毕生的人生追求——"了却君王天下事,赢得生前身后名";是个人功名事业与国家民族利益的关系——"袖里珍奇五光色,他年要补天西北","待他年,整顿乾坤事了,为先生寿"。审如此,他怎么忘记功名?

读这一系列的词作,我们也仿佛看到历史上的稼轩,人生功名事业横亘胸中,于是他祝寿时祝人功名如意,送人时希望人建功立业,自己醉里梦里,难忘诗酒功名……他在一首又一首词中,不断地从不同角度谈功业建树,如果说《夜游宫》词所写乃一日之中,几个"相知"聚会,谈山谈水,说名谈利,那么这诸多词章,则是说稼轩在其一生大多数时间里都在和友人们谈山说水,言功名富贵,"布被秋宵梦觉,眼前万里江山",审如是,他何以会讽刺友人们说名说利?

也许,正是有见于稼轩诸多"醉心于"功名的词作,常国武先生在其所著《辛稼轩词集导读》中说:"这是一首全用口语的讽刺小词,讽刺的对象是一味谈名谈利的俗客。作者憎恶官场生活,寄情山水之间,所以非常讨厌庸俗的名利之语;然而作者毕竟不能忘情功名,总希望有机会能实现他的宏伟抱负……"[①]实际上,稼轩何止是"不能忘情功名",更是一生志在功名事业。得志时及时建立功业,失意时寄情山水,"钟鼎山林都是梦",一旦这大梦破时,也就是他的生命走到尽头之时。

综上所述,稼轩既然寄情山水,又写了如许多的山水诗词,他不会把读山说水的"相知"看成"俗客";既然稼轩功名二字横亘胸中,时时难忘功名二字,更何况其事业功名又和"补天裂"联系在一起,他何以去讽刺相知人谈名谈利?答案只能从一个方面去找,即稼轩面对投闲致辞散、寄情山水的现实,面对诸位相知借山水遣怀,时时谈及功名的现状,于苦闷中苦笑,在自嘲谐谑中超脱,于是出现这首幽默诙谐的小词。试想,即使在今天,谁会对友朋相会时谈兴正浓的话题泼冷水或者冷嘲热讽呢?词人不过是在嘲谑地说:我们这几个相知,说山说水、谈名谈利、难以免俗罢了。

[①] 常国武著:《辛稼轩词集导读》,成都:巴蜀书社,1988年,第279—280页。

顺便要提及的是,在前面所引词作中,同为"俗",却是有着"俗客""俗士""俗人"之别的,稼轩在区别"客""士"与"人"上是很有分寸的。在另外的词作中,稼轩是把山水清赏之士称为"高人"的——"青山欲共高人语,联翩万马来无数"①(《菩萨蛮·金陵赏心亭为叶丞相赋》),"出处从来自不齐,后车方载太公归。谁知寂寞空山里,却有高人赋《采薇》"②(《鹧鸪天·有感》)。

---

① [宋]辛弃疾著,徐汉明编:《新校编辛弃疾全集》,武汉:湖北人民出版社,2007年,第171页。
② [宋]辛弃疾著,徐汉明编:《新校编辛弃疾全集》,武汉:湖北人民出版社,2007年,第142页。

我欲因之梦寥廓
——稼轩《木兰花慢》别解

一

稼轩《木兰花慢》是词史上的名篇,但在梁启勋、王国维给予特别关注之前,论者不与。王国维之论与梁启勋相近,《人间词话》谓"词人想象,直悟月轮绕地之理,与科学家密合,可谓神悟",梁启勋说"(词人)竟澈悟地圆之理,不可谓不聪明"①。当代学界,论者更是从不同角度对稼轩《木兰花慢》进行解析评说。在通行的文学史中,袁行霈先生主编的《中国文学史》第三卷从手法的革新和词境的新变角度高度评价该词:"(稼轩)用《天问》体写的《木兰花慢》(可怜今夕月),连用了七个问句以探询月中奥秘,奇特浪漫,理趣盎然。表现方法的革新,带来了词境的新变。"②郭预衡先生《中国古代文学史长编》则从浪漫主义手法和奇异色彩方面评述,认为稼轩此类作品"使用想象、象征、夸张等浪漫主义手段,使人物的形象和感情能在更广阔的时空中驰骋,更增加一层奇异的色彩"③。孙望、常国武《宋代文学史》也从体制的革新创造方面加以评价,认为:"对于词的体制,辛弃疾不愿拘守传统程式,而是尝试融取诸种文体入词,进行大胆的革新和创造。"④

---

① 叶嘉莹主编,朱德才、薛祥生、邓红梅编著:《辛弃疾词新释辑评》,北京:中国书店,2010年,第1037页。
② 袁行霈主编:《中国文学史》第三卷,北京:高等教育出版社,1999年,第163页。
③ 郭预衡主编:《中国古代文学史长编·宋辽金卷》,北京:首都师范大学出版社,1993年,第398页。
④ 孙望、常国武主编:《宋代文学史》下,北京:人民文学出版社,1996年,第154页。

四川大学中文系中国古代教研室编纂的《中国文学·宋金元卷》则点出稼轩对宇宙的深刻思索和天真浪漫的童心。其说谓:"辛弃疾此词为中秋词名作之一,全词以神话传说一线贯穿,充满色彩绚烂的描写和神奇瑰丽的想象,在一连串的'天问'之中,显见作者面对苍茫宇宙的深刻思考而又不失其天真浪漫的一片童心。"①

为数众多的"古代文学作品选""词选",特别是不同版本的"稼轩词选"以及"词史"类著述,也从不同角度阐释赏评稼轩这首"送月词"。马兴荣先生在《新颖·瑰奇·神悟——〈木兰花慢〉赏析》一文中说:"这首词,构思、写法新颖,结构严密,语言通俗。既富浪漫色彩,又具有思想认识的深度,是一首应该受到文学界和天文学界重视的好词。"②陶尔夫、刘敬圻《南宋词史》认为就《木兰花慢》的含蕴而言,"具深求型特点"③。路成文《宋代咏物词史论》关注的是《木兰花慢》"通首设问"的特点。④王延梯先生在《辛弃疾评传》中阐发的是稼轩在词中的"理想追求",认为"尤其值得重视的是,他大胆提出是不是在月亮要去的那边'别有人间',是不是天外另有天地。这一方面表现了词人朴素的唯物主义思想,另一方面,对'掩鼻人间臭腐场'的丑恶现实,已经十分厌恶,幻想着另有一个清明的人间。这体现了词人对理想境界的热烈追求,抒发了词人的积极浪漫主义精神。"⑤

在诸多史、传、选本、鉴赏文集中,朱德才先生在《辛弃疾选集》中对《木兰花慢》的特色加以综合概括⑥,在《辛弃疾词新释辑评》中更作了全面阐发,认为该词在四个方面都有突破:"第一,如题上所言,前人只有咏写待月的诗词,没有送月的诗词,这就使本词在咏月的角度上很新颖。第二,他引借屈原《天问》体诗入词,根据月亮的盈虚圆缺和奇瑰的神话传说,打破上下片的离合,连珠炮似的对

---

① 四川大学中文系中国古代文学教研室编:《中国文学·宋金元卷》,成都:四川人民出版社,2006年,第159页。
② 齐鲁书社编:《辛弃疾词鉴赏》,济南:齐鲁书社,1986年,第350页。
③ 陶尔夫、刘敬圻著:《南宋词史》,哈尔滨:黑龙江人民出版社,1992年,第162页。
④ 路成文著:《宋代咏物词史论》,北京:商务印书馆,2005年,第157页。
⑤ 王延梯著:《辛弃疾评传》,西安:陕西人民出版社,1981年,第179页。
⑥ [宋]辛弃疾著,朱德才选注:《辛弃疾选集》,北京:人民文学出版社,1997年,第259页。

月亮提出七个问题……这种以疑问连缀词篇的写法,在诗体上固属少见,在词体上更属于创格。第三,他的问题……不仅觉悟到月亮绕着地球转动的事实,还对于天体间引力和斥力有所感悟,因此闪烁着对于宇宙奥秘加以探求者那聪明睿智的思想光辉。这是最为重要的创新——思想内容上的创新。第四,与它所仿效的比较紧张而平板的《天问》相比,他融想象、灵感和丰美瑰丽的描绘于一炉,造出了富有浪漫主义特征的新境界。这是美感风貌上的创新。"[1]"前所未有""弥足珍贵"[2]。就笔者所寓目的相关研究资料,新释辑评对稼轩"送月词"的评说全面且具代表性。

引起个人极大兴趣的是,相关的研究还显示了一些论者对稼轩"送月词""悟月球绕地之理"的别样见解。张玉奇先生《辛词艺术论》从稼轩"求异思维"的角度阐发妙论:"最能表现稼轩求异思维的是他的奇特的中秋词《木兰花慢》,……可谓古今词史上独标一格,……屈原创造了一种体裁,以诗问天,表达了诗人对宇宙、社会、人生、传说等方面的思考,辛弃疾将此种形式借过来,用之于词,表达自己对天体运行的思考。……辛弃疾的这种思考并非从天上掉下来的,在南宋,天象学家对天体运行的考察已取得突破性的进展。《晋书·天文志》中强调了浑天说,引用《浑天仪注》云:'天如鸡子,地如鸡中黄,孤居于天内。……天地各乘气而立,载水而行,周天三百六十五度四分度之一。'提出了地为球形之说,未涉及日月。《宋史·天文志》则进了一大步:'凡月之行,历二十又九日五十三分而与日相会,是谓合朔。当朔日之交,月行黄道,而日为月所掩,则日食。……月之行在望,与日对冲,月入于暗虚之内,则月为之食。'可见,宋代对于月球绕地球的运行已经了若指掌。辛弃疾不是天象学家,对于这种传闻还是有所接受的。正因为这样,才引起他对月亮的许多奇特的想象。……宋代的天象学家只是观察天文,了解月亮的运行,而未去考虑地球那边是否有人居住,看来,推测出地球那边有

---

[1] 叶嘉莹主编,朱德才、薛祥生、邓红梅编著:《辛弃疾词新释辑评》,北京:中国书店,2006年,第1035—1036页。

[2] 王延梯著:《辛弃疾评传》,西安:陕西人民出版社,1981年,第259页。

人类居住,这一伟大发现权是在稼轩。"①更让笔者读之眼前一亮的是,当论者注意到稼轩"送月词"与天文学之关联时,钟振振先生认为那是一种误解:"实际上,王氏此说是不很贴切的。'是别有人间,那边才见,光影东头'三句,与下文'是天外,空汗漫,但长风浩浩送中秋'三句,必须连读,不能像王氏那样断取。因为它们从语意结构上来看是一组选择疑问,承上'月向何处去'的问题,进一步揣测道:是另有一个人间世界,那边的人们刚刚看到月亮的光影出现在东方呢?还是天外空荡荡无际无涯,只有一股大风在吹送着中秋的明月?弄清这两韵之间的对照关系,我们便很容易看出:所谓'别有人间',并不是说地球的另一面,而是说地球之外,亦即'天外'。由于下文点明了'天外'二字,上文也就不必重出了。这叫做'探后省略'。……与其说词人无意中悟得了月亮绕着地球转的道理,倒不如说他大胆地想到了宇宙间是否还有外星人类存在的问题!"②对稼轩"送月词"评说的种种相互关联又相互碰撞的观点,启人思致。但与之同时,我们还应看到,有些重要的选本不录稼轩这首"送月词"。有些选本可能限于体例,袁世硕先生主编《中国古代文学作品选》选辛词11首,未选"送月词"。而胡云翼《宋词选》选辛词多达40首,"送月词"仍在遗珠之列。是否选者别有考虑,我们不得而知。但这些现象和论者从不同角度阐发稼轩"送月词"的妙论一样,都促使我们冷静、理性、全面理解稼轩词的内涵。

那么,稼轩这首"值得文学界和天文学界重视的好作品",似乎不仅仅是因为词人"童心"的天真烂漫、一时创作冲动的奇瑰浪漫,也不仅仅是词人之感发偶然与科学家"密合",而是在宋代天文学发展到一定高度,而且词人也应是了解甚或是熟悉并对相关领域感兴趣的背景下,驰骋翰墨,遂成佳作的。于是,进一步研讨稼轩"送月词",应该探究的是,稼轩是通过何种渠道了解当时天文学的研究情况,而后融天文科学于词作的奇瑰浪漫之中,抒发丰富的思想内涵的。

---

① 张玉奇著:《辛词艺术论》,香港:香港天马图书有限公司,1993年,第103—104页。
② 钟振振:《中国古典诗词的理解与误解》,《文学遗产》1998年2期。

二

进一步研讨稼轩"送月词",我们发现稼轩最有可能通过他交往密切的挚友,同时也是当时在南宋的自然科学方面取得引人注目的科学成就的理学家朱熹,了解当时天文学探索所达到的高度。

朱熹是中国封建时代影响至为深远的思想家、哲学家、教育家,同时在科技史上,朱熹也值得特别重视。所以,探讨朱熹天文学理论对稼轩的影响,首先要关注朱子、稼轩的交往和友谊。

稼轩、朱熹的交谊久已为学界所关注,徐刚《朱熹与辛弃疾比较研究》、程继红《辛弃疾与朱熹的交游》、王昊《辛弃疾与朱熹》都从不同角度论及朱、辛之间的交游和情谊,总其要旨,缕述如下。

"稼轩与朱熹相识始于何时,概无可考。"①但纵观辛、朱交游几近20年的史实,二人从相识到相知,其莫逆之交的基点建立在抗金复国统一南北的共同的政治理想上。遍检今存朱子有关稼轩行迹的文字,从论述极详的稼轩"壮声英概"南归的壮举,到多处对稼轩创建飞虎军作用的分析;从评价推赏稼轩赈灾的相关作为,再到"稼轩问政",朱子赠以"临民以宽,待士以礼,驭吏以严"的忠告。辛、朱二人相交既久,相知日深。从朱子记述稼轩为下属治疗目疾之善举,到朱子为稼轩荐人考虑对稼轩执政的影响,再到朱子、稼轩共同分享执政为民的欢乐——"辛幼安过此,颇谈佳政"。由于政治理想的相近相通,到了晚年在抗金恢复的大政方略上更趋一致。在诏禁伪学,稼轩数被弹劾,处境艰难之际,"益相亲切"。这种建立在共同政治理想之上的旷世情谊,引起后人的崇仰之情。袁桷《跋朱文公与辛稼轩手书》写道:

晦庵尝以"卓荦奇才,股肱王室"期辛公。此帖复以"克己复礼"相勉,朋友琢磨之道备矣。尝闻先生盛年以恢复为最急议,晚岁则曰:"用兵当在数

---

① 邓广铭编:《辛稼轩年谱》,北京:生活·读书·新知三联书店,2007年,第203页。

十年后。"辛公开禧之际亦曰:"更须二十年。"阅历之深,老少议论自有不同焉者矣……今观此帖,益知前贤讲道,弥老不废,炳烛之功,良有以也夫。①

稼轩、朱子之交谊令人感佩的第二点是相互之间道德人品的推许,在讲学进道方面的相互激励。我们从现存研究资料中可以看出,朱子对稼轩的推赏首先是为国惜才,对稼轩经世致用之才和文学才能的激赏——"卓荦奇材,疏通远识。经纶事业,有股肱王室之心;游戏文章,亦脍炙士林之口。轺车每出,必著能名;制阃一临,便收显绩。"②稼轩、朱熹在长期的交往中,在政治见解、政治抱负、政治理想以及政治命运大体相同的前提下,建立了深厚的友谊。其交情正如陈亮所言:"朱元晦、辛幼安相念甚至,无时不相闻。"③所以朱子对于稼轩,相对晤谈之时,既极论佳政,又讲学进道,"熹书'克己复礼,夙兴夜寐',题其二斋室"④,以德才兼备相期许。在与朋友书信交往中,也希望稼轩"向里来有用心",重视道德修为,成就"俊伟光明"事业。⑤稼轩虽然也重朱子的为政之才,但更为敬重朱子的道德修为。朱熹一生,登第五十年,仕于外者仅十考,立朝才四十日。虽然仕宦有政声,但人所共知的是他在思想文化方面的建树。其学说以治心救时为贵,令稼轩由衷地佩服。在《椊歌》中稼轩赞颂"山中有客帝王师"⑥;在《寿朱晦翁》中稼轩也由衷称道:"先心坐使鬼神伏,一笑能回宇宙春。历数唐尧千载下,如公仅有两三人。"由此可见人神共钦可为帝王师的朱子在稼轩心目中的位置。稼轩曾在词中感慨知己者少,知音难觅,"知我者,二三子","二三雁,也萧瑟"。但这珍贵的"二三子"中应是包括朱子在内的。检阅有关资料,尤为令人感佩的是,稼轩晚年,在曾因赵汝愚、朱熹的关系,一再被弹劾,受到"落职""罢宫观"的不公正待遇时,依然在"庆元党禁"的喧嚣声中,与"伪学之魁"朱熹保持着密切的联系,予

---

① 辛更儒编:《辛弃疾资料汇编》,北京:中华书局,2005年,第152—153页。
② [宋]朱熹著:《答辛幼安启》,见辛更儒编:《辛弃疾资料汇编》,北京:中华书局,2005年,第12—13页。
③ [宋]陈亮著:《与章德茂侍郎森》,见辛更儒编:《辛弃疾资料汇编》,北京:中华书局,2005年,第41页。
④ [元]脱脱等撰:《宋史·稼轩传》,见辛更儒编:《辛弃疾资料汇编》,北京:中华书局,2005年,第174页。
⑤ [宋]朱熹著:《答杜叔高》,见辛更儒编:《辛弃疾资料汇编》,北京:中华书局,2005年,第12页。
⑥ [宋]辛弃疾著,徐汉明编:《辛弃疾全集》,武汉:湖北人民出版社,2007年,第241页。

以道义友情上的支持。庆元六年朱子谢世，稼轩闻讯作《感皇恩》词以悼之，以朱子比扬雄，言其将垂名万世。时党禁方严，门生故旧至无送葬者。稼轩为文往哭之，曰："所不朽者，垂万世名。孰谓公死，凛凛如生！"十六个字，对朱子一生作了准确精当的评价。其刚正迈往之气，每一读之，令人神气为之一振。所以，我们特别赞成程继红对稼轩道德人格的精要评说："在南宋那样的历史环境之中，辛弃疾不畏党禁，仍与朱熹保持至密往来的关系，甚至在朱熹死后为文往哭，这不正充分体现了'体备阳刚之纯，气含喜怒之正'的理学精神吗？"①

三

由于题目所限，本文不拟全面讨论稼轩与理学的问题，仅就稼轩"送月词"与理学宗师朱熹的相关科学见解加以对照研讨。

陈亮曾称誉朱熹为"人中之龙""一世学者宗师"。当代学者更认为朱子是一位"百科全书式的思想家"，"是中国文化史上的一位巨人"，因为"在中国学术史上，朱熹的博学超过了任何前人"。②在天文学方面，"朱熹吸取了张载关于'地球五星绕日而运，月绕地球而运，及寒暑昼夜潮汐之所以然'的思想和沈括《梦溪笔谈》中所总结和记录的自然科学知识，采纳了中国历代的气化生万物的思想，进而阐发了万物产生、宇宙演化和宇宙结构的学说"③。

关于宇宙演化和宇宙结构，朱子认为："天地初间只是阴阳二气。这一个气运行，磨来磨去，磨得急了，便拶许多渣滓；里面无处出，便结成个地在中央。气之清者便为天，为日月，为星辰，只在外，常周环运转。地便只在中央不动，不是在下。"④又说："天以气而依地之形，地以形而附天之气。天包乎地，地特天中之一物尔。天以气而运乎外，故地㩀在中间，隤然不动。使天之运有一息停，则地须陷下。"⑤在这里，天是无形之气，在天体运动中有一种相互作用的引力使诸天

---

① 程继红著：《带湖与瓢泉——辛弃疾在信州日常生活研究》，济南：齐鲁书社，2006年，第192页。
② 武夷山朱熹研究中心编：《朱子学新论》，上海：上海三联书店，1991年，第109、4、16页。
③ 武夷山朱熹研究中心编：《朱子学新论》，上海：上海三联书店，1991年，第88页。
④ [宋]黎靖德编，王星贤点校：《朱子语类》卷一，北京：中华书局，1986年，第6页。
⑤ [宋]黎靖德编，王星贤点校：《朱子语类》卷一，北京：中华书局，1986年，第6页。

体保持一定结构相联而动的思想是科学的。朱子还认识到"天文有半边在上面，须有半边在下面""有一常见不隐者为天之盖,有一常隐不见者为天之底""天有黄道,有赤道。天正如一圆匣相似,赤道是那匣子相合缝处,在天之中"①"地却是有空阙处。天却四方上下都周匝无空阙,逼塞满皆是天。地之四向底下却靠着那天。天包地,其气无不通。"②

在天体运行学说中,朱熹还认识到地球的自转,他说："今坐于此,但知地之不动耳,安知天运于外,而地不随之以转耶?"③"冬夏昼夜之长短,非日暑出没之所为,乃地之游转四方而然尔。"④关于日食、月食、月之盈缺,朱子也有精彩的论述,"月体常圆无阙,但常受日光为明。……月,古今人皆言有阙,惟沈存中云无阙"⑤。"月无盈阙,人看得有盈阙。盖晦日,则月与日相叠了,至初三,方渐渐离开去,人在下面侧看见,则其光阙。至望日,则月与日正相对,人在中间正看见,则其光方圆。因云《礼运》言：播五行于四时,和而后月生也。如此则气不和时便无月,恐无此理。其云三五而盈,三五而阙,彼必不曾以理推之,若以理推之,则无有盈阙也。毕竟古人推究事物,似亦不甚子细。"⑥朱子的这些论述,明显地受到了沈括的影响,所以他说："日月之说,沈存中《笔谈》中说得好,日食时,亦非光散,但为物掩耳。"⑦

当我们了解了稼轩、朱熹在特殊的政治文化背景下惺惺相惜密切交往,又了解了朱熹在自然科学特别是在天文学方面所达到的高度,再结合研味稼轩的《木兰花慢》(可怜今夕月),自有一种别样的感觉。稼轩这首送月词作年无考,邓广铭《稼轩词编年笺注》将其编入"瓢泉之什"。然从绍熙五年(1194)至嘉泰二年(1202),正是南宋政坛风云激变,稼轩、朱子在人生暮年迭遭变故,而交往日笃之

---

① [宋]黎靖德编,王星贤点校：《朱子语类》卷一,北京：中华书局,1986年,第6页。
② [宋]黎靖德编,王星贤点校：《朱子语类》卷二,北京：中华书局,1986年,第12页。
③ [宋]黎靖德编,王星贤点校：《朱子语类》卷八十六,北京：中华书局,1986年,第2212页。
④ [宋]黎靖德编,王星贤点校：《朱子语类》卷八十六,北京：中华书局,1986年,第2214页。
⑤ 张伯行辑订：《朱子语类辑略》丛书集成本,上海：商务印书馆,1936年,第7页。
⑥ 张伯行辑订：《朱子语类辑略》丛书集成本,上海：商务印书馆,1936年,第7—8页。
⑦ [宋]朱熹著：《朱文公文集》卷四十七《答吕子约》,上海：商务印书馆,1912年,第816页。

时。所以稼轩这首送月词透露出了词人在和朱子长期密切的交往中受到其天体运行学说影响的影子。《木兰花慢》发端即曰:"可怜今夕月,向何处去悠悠?是别有人间,那边才见,光影东头?"当即受到朱子有关日月星辰运行学说的启发。朱子曰:"理无内外,六合之形须有内外。日从东畔升,西畔沉,明日又从东畔升,这上面许多,下面亦许多,岂不是六合之内?历家算气,只算得到日月星辰运行处,上去更算不得,安得是无内外?"①这"上面许多,下面亦许多"颇有启迪意义。至于"是天外,空汗漫,但长风浩浩送中秋?"更易让人联系到朱子关于天地关系的论述:"天以气而依地之形,地以形而附天之气。天包乎地……天以气而运乎外。"地有形,月有形,而天无形。浩瀚太空,只有长风送月。再看"飞镜无根谁系",也当与天体之间相互作用的思考有关,"天以气而运乎外,故地㩙在中间,隤然不动,使天之运有一息停,则地须陷下"。词之下阕写及月之出入大海,月中之玉殿琼楼、玉兔金蟾,固然与神话传说有关,但结尾一句"若道都齐无恙,云何渐渐如钩?"也与宋代沈括、朱子已明确认识到的"月无盈阙,人看得有盈阙"的科学认识有关。且细加品味比较,稼轩似乎也熟悉了解当时学术界关于月是否有盈缺的争议。宋代是中国封建时期自然科学发展的黄金时代,稼轩之时,挚友朱熹已在承继前人相关成果的基础上,对于天文学有了相当精妙的见解,稼轩的"送月词"乃是通过与朱子的密切交往,了解天体运行研究的相关学说,而后融合天文学的最新学说、神话传说及个人社会感受为一体,创作的别开生面的词作。所以,全面准确评价稼轩的这首送月词,一是要了解宋代天文学发展的高度;二是要确定稼轩对相关知识的较为详细的了解。然后才可以据以评价稼轩"送月词"在创作内容上的成就;同时也可看出王国维、梁启勋的论述,在宋人对于月球绕地球运行的道理已十分熟悉的情况下,"神悟"已不是赞扬,值得商榷。钟振振先生的高论"与其说词人悟得了月亮绕地球转的道理,倒不如说他大胆地想到了宇宙间是否还有外星人存在的问题",也需进一步讨论。月中嫦娥,九天诸神,不是说有外星人,而是神话传说。稼轩的"送月词"是一首值得文学界和天文学界重

---

① 张伯行辑订:《朱子语类辑略》丛书集成本,上海:商务印书馆,1936年,第7、8页。

视的好作品,了解宋代天文学成就与此词之关系,是破解此词创作奥秘的一个不应被忽视的角度。

"闲愁最苦"
——稼轩心态探论之一

检阅稼轩现存的600余首词作,不难发现,生活在山河破碎、风雨飘摇的南宋时期的辛弃疾,有一个博大精深而又复杂丰富的心灵世界。据我们粗略统计,稼轩词中"愁"字出现多达120余处之多,与"愁"字组合的词语诸如"闲愁"出现13次、"离愁"10次、"清愁"5次、"穷愁""牢愁"各1次。此外尚有"献愁供恨""旧愁新恨""雨恨风愁""剪恨裁愁""旧恨新愁""闲愁闲恨""莺怨蝶愁"等字面。在唐宋词人中,写出了"问君能有几多愁,恰似一江春水向东流"的南唐后主李煜,词中愁字出现6次;写出"一种相思,两处闲愁"的李清照,词中愁字出现13次。我们感叹,被誉为英雄之词的稼轩词中何以会有如此多的愁情,何以会闲愁闲恨一番新?本文拟以此为切入点,试图对稼轩的心境加以探讨。管窥之见,敬请批评。

一、蝴蝶不传千里梦,子规叫断三更月
——稼轩的乡思乡愁

有鉴于辛弃疾特殊的"归正人"身份,和他自绍兴三十一年(1161)"壮岁旌旗拥万夫,锦襜突骑渡江初"[①],南归之后客居他乡40余年的风雨人生,我们曾特别

[①] 叶嘉莹主编,朱德才、薛祥生、邓红梅编著:《辛弃疾词新释辑评》,北京:中国书店,2006年,第1264页。

关注其思乡念归之作所抒发的乡愁。但令人感慨的是,在稼轩诗文中没有相关的文字记载,在其词中,这类作品也为数寥寥。且在这为数不多的思乡之作中,思归故园之想和归隐山林之思往往融为一体,更由于词人寓居江南40年之久,已把信州作故乡,所以其后期词作所写思归念隐之思,往往旨归信州。

遥望乡关,云烟缥缈处,山河阻隔,异族骄横,家乡在金人铁蹄之下。因此,失家亡国之痛,使得词人的乡思乡愁思归不得的心情在早期词中显得痛愤激切。其《满江红》(点火樱桃)一词,在上阕以铺排之笔写尽暮春之景后,结以"问春归,不肯带愁归,肠千结"。下阕则淋漓尽致地抒发了词人的乡思乡愁和欲归不得的愤切之情:"层楼望,春山叠。家何在?烟波隔。把古今遗恨,向他谁说?蝴蝶不传千里梦,子规叫断三更月。听声声、枕上劝人归,归难得。"①宦游江南,萍寄异乡,游子羁旅之感在稼轩词中也有较为痛切的表述,在著名词作《水龙吟·登建康赏心亭》中,由"落日楼头,断鸿声里,江南游子。把吴钩看了,栏杆拍遍,无人会,登临意。休说鲈鱼堪脍,尽西风,季鹰归未"的词句②,以及《清平乐》"剪恨裁愁句好",是因为"有人梦断关河"③,都可以明显感知词人所思之所在。但此后词人的思乡之情渐趋隐微,除个别词作流露客居之思——"恨此中、风物本吾家,今为客"(《满江红·题冷泉亭》)④之外,则以化用前人诗句、用典来传写乡情乡思,譬如《满江红·暮春》一词⑤,隐用"王孙游兮不归,春草生兮萋萋"语意,化用孟云卿《寒食》"二月江南花满枝,他乡寒食远堪悲"诗意。再到中后期,词人倦游思归之感则多情归上饶。诸如《卜算子》(百郡怯登车)、《水调歌头》(十里深窈窕)皆为赵晋臣真得归、方是闲二堂所作。由《满江红·呈赵晋臣敷文》词中"一舸归来轻似叶""甚等闲却为,鲈鱼归速"⑥,可知其为词人罢官闲居之作。晚年词作《瑞鹧鸪·

---

① 叶嘉莹主编,朱德才、薛祥生、邓红梅编著:《辛弃疾词新释辑评》,北京:中国书店,2006年,第31页。
② 叶嘉莹主编,朱德才、薛祥生、邓红梅编著:《辛弃疾词新释辑评》,北京:中国书店,2006年,第75页。
③ 叶嘉莹主编,朱德才、薛祥生、邓红梅编著:《辛弃疾词新释辑评》,北京:中国书店,2006年,第1140页。
④ 叶嘉莹主编,朱德才、薛祥生、邓红梅编著:《辛弃疾词新释辑评》,北京:中国书店,2006年,第126页。
⑤ 叶嘉莹主编,朱德才、薛祥生、邓红梅编著:《辛弃疾词新释辑评》,北京:中国书店,2006年,第174页。
⑥ 叶嘉莹主编,朱德才、薛祥生、邓红梅编著:《辛弃疾词新释辑评》,北京:中国书店,2006年,第1331页。

京口有怀山中故人》①《瑞鹧鸪·京口病中起,登连沧观偶成》②《瑞鹧鸪·胶胶扰扰几时休》③三首,均由晚年出山之后,事乖人愿,"一出山来不自由",痛感"先自一身愁不了,那堪愁上更添愁",尽管"小草旧曾呼远志",而今友人应和自己的心愿召唤,"故人今又寄当归",归心更浓。

  以上是我们检索的稼轩为数不多的乡愁乡思词作。反复寻味稼轩有关乡愁的作品,我们发现,稼轩在南北分裂、有家难归的现实面前,国恨乡愁在词人心中已刻骨铭心,他的浓浓的乡情乡思已融入他抗金复国的人生理想之中。其《水调歌头·和马叔度游月波楼》一词下阕写道:"野光浮,天宇迥,物华幽。中州遗恨,不知今夜几人愁。谁念英雄老矣,不道功名蕞尔,决策尚悠悠。此事费分说,来日且扶头。"④从其《美芹十论》《九议》力主出兵山东之论也可以略窥一二。

  故乡何处是?忘了除非醉!宋室南渡之后,抗战复国固然是词坛最强音,但在驱除敌寇、收复山河的时代歌吟中,我们聆听到那乡思、乡情、乡恋依然是许多词人爱国豪情的基点。稼轩家居中原而旅雁南飞,重整河山,再归故土是他毕生的梦想。尽管稼轩词中,乡思乡愁之作为数不多,且其后期,无奈之中,已把信州作故乡,但从稼轩的乡愁词中,我们先是隐约感知,而后被深深打动的是,词人的乡土之思已和爱国报国之念水乳交融,这也正应了时下的大众表达:爱家乡就是爱祖国。

---

① 叶嘉莹主编,朱德才、薛祥生、邓红梅编著:《辛弃疾词新释辑评》,北京:中国书店,2006年,第1451页。
② 叶嘉莹主编,朱德才、薛祥生、邓红梅编著:《辛弃疾词新释辑评》,北京:中国书店,2006年,第1454页。
③ 叶嘉莹主编,朱德才、薛祥生、邓红梅编著:《辛弃疾词新释辑评》,北京:中国书店,2006年,第1456页。
④ 叶嘉莹主编,朱德才、薛祥生、邓红梅编著:《辛弃疾词新释辑评》,北京:中国书店,2006年,第1535—1536页。

二、聚散匆匆不偶然，二年遍历楚山川
——稼轩羁旅行役之愁

有关资料显示，稼轩南归前20年，辗转于江淮一带为地方官。从淳熙初（1174）到淳熙九年（1182），在不到10年的时间里，词人的职务调动多达11次之多，其中在湖南安抚任职最长，但也未超过一年。频繁的调动使其不能久于职守，有所建树。驱驱行役，冉冉光阴，也正是这频繁的迁转，使其饱谙世态人情，饱尝旅况旅愁。正如其词所说：

> 折尽武昌柳，挂席上潇湘。二年鱼鸟江上，笑我往来忙。①（《水调歌头》）

> 聚散匆匆不偶然，二年历遍楚山川。但将痛饮酬风月，莫放离歌入管弦。②（《鹧鸪天·离豫章，别司马汉章大监》）

其中的感慨是很深的。从一般的情理推论，宦游江淮，正可逢山登临，遇湖泛舟，然而词人却于时光流逝、青春不再中喟叹扼腕。他在《满江红·江行，简杨济翁、周显先》中抒发了抑郁沉闷心情：

> 还记得、梦中行遍，江南江北。……笑尘劳、三十九年非，长为客。③

我们在词人叙写"旅兴"的词作中看到的是旅愁：

---

① 叶嘉莹主编，朱德才、薛祥生、邓红梅编著：《辛弃疾词新释辑评》，北京：中国书店，2006年，第158—159页。
② 叶嘉莹主编，朱德才、薛祥生、邓红梅编著：《辛弃疾词新释辑评》，北京：中国书店，2006年，第111页。
③ 叶嘉莹主编，朱德才、薛祥生、邓红梅编著：《辛弃疾词新释辑评》，北京：中国书店，2006年，第136页。

> 吴头楚尾，一棹人千里。休说旧愁新恨，长亭树，今如此！①(《霜天晓角·旅兴》)

甚至是登临旅次，不平之鸣，随处辄发：

> 楚天千里清秋，水随天去秋无际。遥岑远目，献愁供恨，玉簪螺髻。……可惜流年，忧愁风雨，树犹如此！②(《水龙吟·登建康赏心亭》)
> 我来吊古，上危楼、赢得闲愁千斛。虎踞龙蟠何处是？只有兴亡满目。③(《念奴娇·登建康赏心亭，呈史留守致道》)
> 郁孤台下清江水，中间多少行人泪。西北望长安，可怜无数山。青山遮不住，毕竟东流去。江晚正愁余，山深闻鹧鸪。④(《菩萨蛮·书江西造口壁》)
> 空怅望，风流已矣，江山特地愁予。⑤(《汉宫春·即事》)
> 欲上高楼去避愁，愁还随我上高楼。经行几处江山改，多少亲朋尽白头。⑥(《鹧鸪天》)

在长期的仕宦生涯中，往往坐席未暖，即再度迁调，旅次之中，感慨良多。人同此心，所以宋人承前代宦游之作多羁旅行役之词。陈振孙曾称柳永"尤工于羁旅行役"(《直斋书录解题》)，《乐章集》中的相关词作较之前人有了较大的拓展。柳永由于被"名缰利锁""利名牵系"，在长期宦游中"奔名竞利"，在不断地失意、失望中"谙尽宦游滋味"，"因此伤行役"。所以他一次次地追问："驱驱行役，苒苒

---

① 叶嘉莹主编，朱德才、薛祥生、邓红梅编著：《辛弃疾词新释辑评》，北京：中国书店，2006年，第109页。
② 叶嘉莹主编，朱德才、薛祥生、邓红梅编著：《辛弃疾词新释辑评》，北京：中国书店，2006年，第75页。
③ 叶嘉莹主编，朱德才、薛祥生、邓红梅编著：《辛弃疾词新释辑评》，北京：中国书店，2006年，第18—19页。
④ 叶嘉莹主编，朱德才、薛祥生、邓红梅编著：《辛弃疾词新释辑评》，北京：中国书店，2006年，第94页。
⑤ 叶嘉莹主编，朱德才、薛祥生、邓红梅编著：《辛弃疾词新释辑评》，北京：中国书店，2006年，第1010页。
⑥ 叶嘉莹主编，朱德才、薛祥生、邓红梅编著：《辛弃疾词新释辑评》，北京：中国书店，2006年，第864页。

光阴,蝇头利禄,蜗角功名,毕竟成何事?"①(《凤归云》)"游宦区区成底事?"②(《满江红》)柳永的数十首羁旅行役词作往往把旅况旅愁和身世沦落、功名失意、旅途风景、恋情相思、孤独疲倦结合起来,"比较全面地展现出柳永一生中的追求、挫折、矛盾、苦闷、辛酸、失意等复杂心态"③。但相比较而言,生活在北宋百年无事太平盛世的柳永的"词人之词",与生活在宋金对峙"剩水残山无态度"背景下稼轩的"英雄之词"还是有极大的差别的。柳永之词抒发的是一个风流词人官场失意之叹,稼轩的羁旅行役之作固然也有"宦游吾倦矣"的无奈,但其最为牵系于心的仍是,在驱驱行役中,在百无聊赖中,坐失时日,英雄老去,词人抒发的是一位失意英雄的旅愁。

三、总是离愁无远近,人间儿女空恩怨
—— 稼轩词中别离愁

"黯然销魂者,唯别而已矣","别方不定,别理千名。有别必怨,有怨必盈"。④读江淹《别赋》中这些字句,再回味历代抒写离情别绪的诗词佳作,有助于我们对于具有正常人的丰富情怀的英雄词人稼轩的离情别绪有更为深切的认识。现存稼轩词中有为数甚多的离别词作,仅在字面上明显流露出离愁别恨的就有30余首,诸如:

落日古城角,把酒劝君留。……明夜扁舟去,和月载离愁。⑤(《水调歌头》)

敲碎离愁,纱窗外、风摇翠竹。⑥(《满江红》)

---

① [宋]柳永著,薛瑞生校注:《乐章集校注》,北京:中华书局,1994年,第205—206页。
② [宋]柳永著,薛瑞生校注:《乐章集校注》,北京:中华书局,1994年,第186页。
③ 袁行霈主编:《中国文学史》第三卷,北京:高等教育出版社,1999年,第45页。
④ [南朝梁]江淹著,丁福林、杨胜朋校注:《江文通集校注》,上海:上海古籍出版社,2017年,第121—123页。
⑤ 叶嘉莹主编,朱德才、薛祥生、邓红梅编著:《辛弃疾词新释辑评》,北京:中国书店,2006年,第58页。
⑥ 叶嘉莹主编,朱德才、薛祥生、邓红梅编著:《辛弃疾词新释辑评》,北京:中国书店,2006年,第177页。

极目烟横山数点,孤舟月淡人千里。对婵娟、从此话离愁,金尊里。①(《满江红》)

莫向城头听漏点。说与行人,默默情千万。总是离愁无近远。人间儿女空恩怨。②(《蝶恋花》)

问人间、谁管别离愁,杯中物。③(《满江红》)

不是离愁难整顿,被他引惹其他恨。④(《蝶恋花》)

垂杨折尽只啼鸦,把离愁勾引。⑤(《好事近》)

归去未。风雨送春行李。一枕离愁头彻尾。如何消遣是。⑥(《谒金门》)

对于词中离情别绪之作,程自信、许宗元《宋词精华分类品汇》将其分为"送别""相思离别"两类,"送别"类选辛词3首,"离别相思"类辛词一首未选。个中原委我们在此不拟深究。在这里,为了探讨稼轩何以写了如此多的离恨别愁之作,我们将稼轩送别离别之作一并加以分析。读稼轩词,深深打动我们的是,稼轩在相关词作中以英雄自许也以英雄许人的英雄情怀。我们在其"壮别""励别"之作中,时时可以感触到英雄壮怀和英雄失意的郁勃难抑之气。其《木兰花慢·滁州送范倅》写于早期,词曰:

老来情味减,对别酒,怯流年。况屈指中秋,十分好月,不照人圆。无情水、都不管,共西风、只管送归船。秋晚莼鲈江上,夜深儿女灯前。　　征衫便好去朝天,玉殿正思贤。想夜半承明,留教视草;却遣筹边。长安故人问

---

① 叶嘉莹主编,朱德才、薛祥生、邓红梅编著:《辛弃疾词新释辑评》,北京:中国书店,2006年,第183页。
② 叶嘉莹主编,朱德才、薛祥生、邓红梅编著:《辛弃疾词新释辑评》,北京:中国书店,2006年,第326—327页。
③ 叶嘉莹主编,朱德才、薛祥生、邓红梅编著:《辛弃疾词新释辑评》,北京:中国书店,2006年,第468页。
④ 叶嘉莹主编,朱德才、薛祥生、邓红梅编著:《辛弃疾词新释辑评》,北京:中国书店,2006年,第509页。
⑤ 叶嘉莹主编,朱德才、薛祥生、邓红梅编著:《辛弃疾词新释辑评》,北京:中国书店,2006年,第700页。
⑥ 叶嘉莹主编,朱德才、薛祥生、邓红梅编著:《辛弃疾词新释辑评》,北京:中国书店,2006年,第987页。

我,道愁肠殢酒只依然。目断秋霄落雁,醉来时响空弦。①

此词写于滁州任上,词人时年33岁。词作既依依惜别,又倍加勖勉,更借以抒发出英雄失意的抑郁不平之气。故励别之作中,愁肠殢酒、醉来空弦字面颇为引人注目。后十年,词人在江西安抚使任上,有《木兰花慢·席上送张仲固帅兴元》一首,亦为壮别之作,全词为:

汉中开汉业,问此地、是耶非?想剑指三秦,君王得意,一战东归。追亡事,今不见;但山川满目泪沾衣。落日胡尘未断,西风塞马空肥。　　一编书是帝王师。小试去征西,更草草离宴,匆匆去路,愁满旌旗。君思我、回首处,正江涵秋影雁初飞。安得车轮四角,不堪带减腰围。②

朱德才先生曾精要地评价此词:"送别友人,而旨在伤时忧国。上片借古讽今,责朝廷苟安江南,无心北伐;不重贤才,致使山河破碎,志士伤怀。下片抒发友情。祝贺、颂赞、勖勉,继之惜别,眷恋,思念,既胸怀开阔,又一往情深。"③由是之故,词中"愁满旌旗"的"愁"字,蕴含的就不仅是寻常的"离愁"。稼轩壮别、励别之作颇多,且多名篇。曹齐平先生曾认为此词"在送别词中,堪称为'别开天地,横绝古今'的杰作"④。

《满江红·送信守郑舜举被召》亦为同类词作,赠别友人,在赞颂、预祝之时,流露惜别深情,并且"离愁"弥漫,"问人间、谁管别离愁,杯中物"⑤。我们不是说稼轩离别词总是愁情满怀,抑郁不平,其《满江红·汉水东流》⑥就是一首堪称纯粹

---

① 叶嘉莹主编,朱德才、薛祥生、邓红梅编著:《辛弃疾词新释辑评》,北京:中国书店,2006年,第52页。
② 叶嘉莹主编,朱德才、薛祥生、邓红梅编著:《辛弃疾词新释辑评》,北京:中国书店,2006年,第166页。
③ [宋]辛弃疾著,朱德才选注:《辛弃疾选集》,北京:人民文学出版社,1997年,第46页。
④ 曹齐平:《借古喻今感慨情深——〈木兰花慢·席上送张仲固帅兴元〉赏析》,《辛弃疾词鉴赏》,济南:齐鲁书社,1986年,第73页。
⑤ 叶嘉莹主编,朱德才、薛祥生、邓红梅编著:《辛弃疾词新释辑评》,北京:中国书店,2006年,第468页。
⑥ 叶嘉莹主编,朱德才、薛祥生、邓红梅编著:《辛弃疾词新释辑评》,北京:中国书店,2006年,第102页。

的壮别词。词人送别的是一位王姓友人,其祖上为"汉家飞将,旧时英烈",如今虽朋友离别,但"腰间剑,聊弹铗。尊中酒,堪为别。况故人新拥,汉坛旌节",所以用"马革裹尸当自誓,蛾眉伐性休重说"励人自励。全词刚健豪放,最能体现稼轩英雄之词的特色。但稼轩是一位失意英雄,忧时伤势的词人,受到的打击挫折太多,在朝廷的风云变幻中,在个人的宦海浮沉中,在不断的离别别离中,"人情辗转闲中看,客路崎岖倦后知"①(《鹧鸪天·送欧阳国瑞入吴中》)。所以,稼轩一定数量的离别词,朋友之间、亲人之间的离别之作,山河破碎之愁、英雄失意之恨往往和离情别绪交织成难以化解的离愁。因此,即使是励别壮别之作,也往往予人悲壮之感。朝廷用人不当,"黄钟毁弃,瓦釜雷鸣",他不得不"敛雄心,抗高调,变温婉,成悲凉"②(周济《宋四家词选目录序论》)。当然,稼轩词中也有单纯的抒写离愁别恨之作,他有寻常送别酬应之作,也有恋妓、别妓之作,其心灵世界是阔大的,感情生活是丰富的。只是特定时代、特定经历、特定个性的词人,抗金复国,统一南北是他终生不渝的理想,所以人生失意之感慨随时辄发。"层楼望,春山叠。家何在?烟波隔。把古今遗恨,向他谁说?"③(《满江红》)"半夜一声长啸,悲天地,为予窄。"④(《霜天晓角·赤壁》)即使寻常离愁,也让他浮想联翩,"中年长作东山恨,莫遣离歌苦断肠"⑤(《鹧鸪天》),"少日犹堪话别离,老来怕作送行诗"⑥(《定风波》),"不是离愁难整顿,被他引惹其他恨"⑦(《蝶恋花·送祐之弟》)。那么,与词人的离愁纠结在一起并且能给人更深的愁苦是什么呢?稼轩的《鹧鸪天·送人》透露了其中奥秘:

> 唱彻《阳关》泪未干,功名馀事且加餐。浮天水送无穷树,带雨云埋一半

---

① 叶嘉莹主编,朱德才、薛祥生、邓红梅编著:《辛弃疾词新释辑评》,北京:中国书店,2006年,第898页。
② 辛更儒编:《辛弃疾资料汇编》,北京:中华书局,2005年,第337页。
③ 叶嘉莹主编,朱德才、薛祥生、邓红梅编著:《辛弃疾词新释辑评》,北京:中国书店,2006年,第31页。
④ 叶嘉莹主编,朱德才、薛祥生、邓红梅编著:《辛弃疾词新释辑评》,北京:中国书店,2006年,第1539页。
⑤ 叶嘉莹主编,朱德才、薛祥生、邓红梅编著:《辛弃疾词新释辑评》,北京:中国书店,2006年,第525页。
⑥ 叶嘉莹主编,朱德才、薛祥生、邓红梅编著:《辛弃疾词新释辑评》,北京:中国书店,2006年,第818页。
⑦ 叶嘉莹主编,朱德才、薛祥生、邓红梅编著:《辛弃疾词新释辑评》,北京:中国书店,2006年,第509页。

山。　　今古恨,几千般;只应离合是悲欢?江头未是风波恶,别有人间行路难。①

超出于个人离别送别的悲愁之上的,是正直为人难,抗金复国尤难!这就是稼轩离别词何以深情郁结、悲愁弥漫的原因。

四、生怕闲愁暗很,多少事欲说还休
—— 千情万绪写"闲愁"

人生正因为有了令人黯然销魂的离别,所以才有了刻骨铭心的相思,才有了"一种相思,两处闲愁"。但同是相思闲愁,在不同的词人笔下含义有别;即使同一词人笔下,在不同时期,针对不同对象的感情抒发,词意也有所不同。所以稼轩词中的"闲愁"呈现了复杂丰富的内涵。

稼轩的离别相思之作中,其别妓、忆妓之作内容相对单一,但不乏佳作②。我们很赞成朱德才先生的精要评价,朱先生对此类词作惯以将同类词作对照评鉴,譬如朱先生认为《满江红·暮春》与《满江红》(敲碎离愁)同为"闺中念远词","上篇因景抒情,此篇以情带景"③。写闺中相思,稼轩体情写物极为细致,《满江红·暮春》下片曰:

庭院静,空相忆;无说处,闲愁极。怕流莺乳燕,得知消息。尺素如今何处也,彩云依旧无踪迹。漫教人、羞去上层楼,平芜碧。④

稼轩男女相思词多写暮春景色,其《祝英台近·晚春》前人曾给以高度评价,

---

① 叶嘉莹主编,朱德才、薛祥生、邓红梅编著:《辛弃疾词新释辑评》,北京:中国书店,2006年,第124页。
② 程继红著:《带湖与瓢泉——辛弃疾在信州日常生活研究》,济南:齐鲁书社,2006年,第221—225页。
③ 朱德才选注:《辛弃疾选集》,北京:人民文学出版社,1997年,第255页。
④ 叶嘉莹主编,朱德才、薛祥生、邓红梅编著:《辛弃疾词新释辑评》,北京:中国书店,2006年,第7页。

但如果和稼轩的另一首《祝英台近》(绿杨堤)放在一起比较,我们依旧赞同朱先生的评说:"本词恰似上篇《祝英台近》的姐妹篇。一代青楼女子立言,思客外游子;一代客外游子立言,念青楼旧侣。两词构思也极相仿,由此推知,前词必无寄托。"①《祝英台近·晚春》人们已耳熟能详。此录《祝英台近》(绿杨堤)下阕如下:

别情苦。马蹄踏遍长亭,归期又成误。帘卷青楼,回首在何处?画梁燕子双双,能言能语,不解说、相思一句。②

稼轩此类词作写得缠绵悱恻,"一种相思,两处闲愁",他是有深切的心理体验的。但稼轩写的更多的别愁别绪词作,是友朋之间的别后相思。何为相思苦?君与我同心。诸如:

白石岗头曲岸西,一片闲愁,芳草萋萋。③[《一剪梅》(游蒋山,呈叶丞相)]

明朝放我东归去,后夜相思月满船。④[《鹧鸪天》(离豫章,别司马汉章大监)]

锦书谁寄相思语。天边数遍飞鸿数。⑤[《菩萨蛮》(乙巳冬南涧举似前作,因和之)]

也不因、春去有闲愁,因离别。⑥(《满江红·饯郑衡州厚卿席上再赋》)

梅似雪,柳如丝,试听别语慰相思。⑦(《鹧鸪天·送欧阳国瑞入吴中》)

---

① 朱德才选注:《辛弃疾选集》,北京:人民文学出版社,1997年,第247页。
② 叶嘉莹主编,朱德才、薛祥生、邓红梅编著:《辛弃疾词新释辑评》,北京:中国书店,2006年,第228页。
③ 叶嘉莹主编,朱德才、薛祥生、邓红梅编著:《辛弃疾词新释辑评》,北京:中国书店,2006年,第60页。
④ 叶嘉莹主编,朱德才、薛祥生、邓红梅编著:《辛弃疾词新释辑评》,北京:中国书店,2006年,第111—112页。
⑤ 叶嘉莹主编,朱德才、薛祥生、邓红梅编著:《辛弃疾词新释辑评》,北京:中国书店,2006年,第338页。
⑥ 叶嘉莹主编,朱德才、薛祥生、邓红梅编著:《辛弃疾词新释辑评》,北京:中国书店,2006年,第577页。
⑦ 叶嘉莹主编,朱德才、薛祥生、邓红梅编著:《辛弃疾词新释辑评》,北京:中国书店,2006年,第898页。

争如不见,才相见、便有别离时。千里月、两地相思。①(《婆罗门引》)

朋友同僚相思相忆,皆缘于相知相许。在稼轩抒写"闲愁"的词作中,确有因无所事事,百无聊赖而生愁:"春色如愁,行云带雨才归。春意长闲,游丝尽日低飞。闲愁几许,更晚风、特地吹衣。"②(《新荷叶》)对于此词抒发的情感,论者曰:

> "闲愁"二句总括上文,点出不论"春色如愁"还是"春意长闲",总之都是闲愁。闲愁者,因闲暇而兴愁也。③

应该引起注意的是,此词作于孝宗淳熙元年(1174),词人任江东安抚使参议,并非赋闲家居之时,故周济认为《新荷叶·和赵德庄韵》乃"以闲居反映朝局"④。正因为在其位也不能谋其事,所以词人对于官场况味,时长日久,体味更深。稼轩绍熙四年(1193)春赴京途中所作《鹧鸪天·三山道中》依然闲愁弥漫:

> 抛却山中诗酒窠,却来官府听笙歌。闲愁做弄天来大,白发栽埋日许多。　　新剑戟,旧风波。天生予懒奈予何。此身已觉浑无事,却教儿童莫恁么。⑤

理智告诉词人,在其位尚且时时不能谋其政、谋其事,不在其位就更没有希望了。所以稼轩一生渴望出仕建功,看试手、补天裂;但仕宦的结果往往令人失望,甚至令人愤慨。因此他的词中有时流露出"留恋出世与难忘入世之间

---

① 叶嘉莹主编,朱德才、薛祥生、邓红梅编著:《辛弃疾词新释辑评》,北京:中国书店,2006年,第1180页。
② 叶嘉莹主编,朱德才、薛祥生、邓红梅编著:《辛弃疾词新释辑评》,北京:中国书店,2006年,第67页。
③ 叶嘉莹主编,朱德才、薛祥生、邓红梅编著:《辛弃疾词新释辑评》,北京:中国书店,2006年,第68页。
④ 叶嘉莹主编,朱德才、薛祥生、邓红梅编著:《辛弃疾词新释辑评》,北京:中国书店,2006年,第66页。
⑤ 叶嘉莹主编,朱德才、薛祥生、邓红梅编著:《辛弃疾词新释辑评》,北京:中国书店,2006年,第807页。

的矛盾"①:

> 花向今朝粉面匀,柳因何事翠眉颦?东风吹雨细于尘。自笑好山如好色,只今怀树更怀人。闲愁闲恨一番新。②(《浣溪沙》)

词人也曾尽力排解这无端而来弥漫心怀的愁绪,"有甚闲愁可皱眉。老怀无绪自伤悲"③(《鹧鸪天·重九席上再赋》)。"谁共春光管日华,朱朱粉粉野蒿花。闲愁投老无多子,酒病而今较减些。"④(《鹧鸪天·和吴子似山行韵》)"桃李风前多妩媚,杨柳更温柔。唤取笙歌烂熳游,且莫管闲愁。"⑤(《武陵春》)稼轩似乎也在努力排解万千愁绪的过程中,在山光水色、淳朴民风里,有过心灵的安宁和愉悦,有过生活的闲情与闲趣——《鹧鸪天》中"春入平原荠菜花"时的"闲意态,细生涯"⑥;"着意寻春懒便回,何如信步两三杯"⑦的闲情逸致;《清平乐》中"静处闲看"⑧顽皮儿童在梨枣山园偷把长竿的闲趣;《鹊桥仙》中,醉眼朦胧的词人,"闲去闲来几度"⑨,看到了淳朴的婚嫁民俗……然而,当我们联系对读词人"不向长安路上行,却教山寺厌逢迎"⑩"却将万字平戎策,换得东家种树书"⑪"不念英雄江左

---

① 叶嘉莹主编,朱德才、薛祥生、邓红梅编著:《辛弃疾词新释辑评》,北京:中国书店,2006年,第1176页。
② 叶嘉莹主编,朱德才、薛祥生、邓红梅编著:《辛弃疾词新释辑评》,北京:中国书店,2006年,第1174页。
③ 叶嘉莹主编,朱德才、薛祥生、邓红梅编著:《辛弃疾词新释辑评》,北京:中国书店,2006年,第455页。
④ 叶嘉莹主编,朱德才、薛祥生、邓红梅编著:《辛弃疾词新释辑评》,北京:中国书店,2006年,第1107页。
⑤ 叶嘉莹主编,朱德才、薛祥生、邓红梅编著:《辛弃疾词新释辑评》,北京:中国书店,2006年,第1212页。
⑥ 叶嘉莹主编,朱德才、薛祥生、邓红梅编著:《辛弃疾词新释辑评》,北京:中国书店,2006年,第442页。
⑦ 叶嘉莹主编,朱德才、薛祥生、邓红梅编著:《辛弃疾词新释辑评》,北京:中国书店,2006年,第449页。
⑧ 叶嘉莹主编,朱德才、薛祥生、邓红梅编著:《辛弃疾词新释辑评》,北京:中国书店,2006年,第465页。
⑨ 叶嘉莹主编,朱德才、薛祥生、邓红梅编著:《辛弃疾词新释辑评》,北京:中国书店,2006年,第614页。
⑩ 叶嘉莹主编,朱德才、薛祥生、邓红梅编著:《辛弃疾词新释辑评》,北京:中国书店,2006年,第395页。
⑪ 叶嘉莹主编,朱德才、薛祥生、邓红梅编著:《辛弃疾词新释辑评》,北京:中国书店,2006年,第1264页。

老,用之可以尊中国"①这些郁勃难抑的词句,再听一听词人那一声声追问:

渡江天马南来,几人真是经纶手?长安父老,新亭风景,可怜依旧!夷甫诸人,神州沉陆,几曾回首!算平戎万里,功名本是,真儒事,公知否?②(《水龙吟》)

汉开边、功名万里,甚当时、健者也曾闲?③(《八声甘州》)

倩何人与问,雷鸣瓦釜,甚黄钟哑。④(《水龙吟》)

凭谁问:廉颇老矣,尚能饭否。⑤(《永遇乐》)

我们就可以探知,稼轩当年"壮岁旌旗拥万夫,锦襜突骑渡江初"的英雄壮怀,一心"要挽银河仙浪,西北洗胡沙"⑥的人生理想,"布被秋宵梦觉,眼前万里河山"⑦,"醉里挑灯看剑,梦回吹角连营"⑧痛寐难忘的报国夙愿,是不可能为一时的闲逸生活所冲淡的。恰恰相反,正是在这漫长地期待统一南北、抗金复国时机的过程中,稼轩痛痛不忘杀敌报国,"醉里挑灯看剑,梦回吹角连营""布被秋宵梦觉,眼前万里江山"。所以,频繁的迁调,不断的弹劾,长期的赋闲,使词人在加深认识现实政治的过程中,亲见外敌猖獗,朝政日非,南宋王朝偏安一隅,不思振作,国势江河日下,"青山遮不住,毕竟东流去"⑨。勉为旷达之词,似达实郁,除了上引相关词作之外,他如"醉里且贪欢笑,要愁哪得工夫"⑩(《西江月·遣兴》),"而

---

①叶嘉莹主编,朱德才、薛祥生、邓红梅编著:《辛弃疾词新释辑评》,北京:中国书店,2006年,第180页。
②叶嘉莹主编,朱德才、薛祥生、邓红梅编著:《辛弃疾词新释辑评》,北京:中国书店,2006年,第319页。
③叶嘉莹主编,朱德才、薛祥生、邓红梅编著:《辛弃疾词新释辑评》,北京:中国书店,2006年,第494页。
④叶嘉莹主编,朱德才、薛祥生、邓红梅编著:《辛弃疾词新释辑评》,北京:中国书店,2006年,第536页。
⑤叶嘉莹主编,朱德才、薛祥生、邓红梅编著:《辛弃疾词新释辑评》,北京:中国书店,2006年,第1458页。
⑥叶嘉莹主编,朱德才、薛祥生、邓红梅编著:《辛弃疾词新释辑评》,北京:中国书店,2006年,第10页。
⑦叶嘉莹主编,朱德才、薛祥生、邓红梅编著:《辛弃疾词新释辑评》,北京:中国书店,2006年,第392页。
⑧叶嘉莹主编,朱德才、薛祥生、邓红梅编著:《辛弃疾词新释辑评》,北京:中国书店,2006年,第597页。
⑨叶嘉莹主编,朱德才、薛祥生、邓红梅编著:《辛弃疾词新释辑评》,北京:中国书店,2006年,第94页。
⑩叶嘉莹主编,朱德才、薛祥生、邓红梅编著:《辛弃疾词新释辑评》,北京:中国书店,2006年,第1147页。

今识尽愁滋味,欲说还休。欲说还休,却道'天凉好个秋'!"①(《丑奴儿·书博山道中壁》),这难以言说又梗在心头之愁,才是词人永难消除的"闲愁"。在漫长的人生岁月中,稼轩在暮春落花时,落日残照中,烟柳断肠处,细细地痛苦地品味了什么叫老却英雄似等闲,何以会"闲愁最苦"!这正是稼轩词中愁情弥漫的原委。

　　读稼轩现存的600余首词作,在英雄词人豪唱抒怀之际,弥漫着浓浓愁思。乡思乡愁,融入了词人的血脉,更融入了词人抗金复国的人生理想。其羁旅行役之愁,作为特定时代个人心理的真切写照,反映了一位失意英雄报国无门、还乡无路的隐忧。其抒写的离愁别绪,也力图跳脱一己之思而寓含了忧国忧民的悲愁。千情万绪话愁情,"闲愁最苦",是对老却英雄似等闲的时代和稼轩个人一己遭遇的痛苦回味与书写。

---

① 叶嘉莹主编,朱德才、薛祥生、邓红梅编著:《辛弃疾词新释辑评》,北京:中国书店,2006年,第383页。

两宋杂剧与两宋党争散论

宋代的科白类滑稽戏有一个突出的特点,"大抵全以故事世务为滑稽"①。就任二北先生《优语集》所收录的80余个剧目来看,也多为"时事剧"。这些剧作在反映官贪吏苛、科考弊害、生灵涂炭的同时,较为集中地反映了关乎国家、民族及个人利益的两宋党争,主要为"新旧党争"和"以和战为党争"等相关内容。从一个独特的角度为我们研究历史、研讨戏剧艺术提供了便利。

欧阳修在其名作《朋党论》中曾经指出:"朋党之说,自古有之。"②这说明了我们这个有着悠久文明历史的国度,那龙争虎斗、鸡争狗斗、朋党之争的历史也同样悠久。回首历史,"九十日春晴景少,一千年事乱时多"③。宋代一位理学家有感于历史与现实的许多相似之点,曾得出十分悲观的结论:历史上"治世少,乱世多;君子少,小人多"。这种看法有点过于悲观,邵雍是一位历史悲观主义者。"兴亡千古同一辙,党祸到头不堪说。"总结历史,在这里借用邵氏的几句话,如果我们把历代朋党之争的结果概括为"乱多于治,害多于利,悲多于喜",则是符合历史事实的。

---

① [宋]耐得翁著:《都城纪胜》"瓦舍众伎"条,见《东京梦华录 都城纪胜 西湖老人繁胜录 梦粱录 武林旧事》,北京:中国商业出版社,1982年,第8页。

② [宋]欧阳修著,杜维沫、陈新选注:《朋党论》,《欧阳修文选》,北京:人民文学出版社,1997年,第149页。

③ [宋]曾极著:《春》,见罗大经撰,刘友智校注:《鹤林玉露》乙编卷之四《诗祸》,济南:齐鲁书社,1983年,第328页。

载于史册的两宋党争有"庆历党争""新旧党争""庆元党争",宋杂剧对"庆历党争"没有反映,反映较多的是"新旧党争"。此外,从北宋初以至南宋败亡,宋王朝在辽、西夏、金、元的不断胁迫之下,一直是屈辱事敌,朝中的政治派别与政治斗争,往往与国家和战之决策密切相关。于是主和主战之争又往往与朝中朋党之争纠结在一起"以和战为党争"。表现最突出的是在两宋之交,也有较多的杂剧予以表现。

王安石变法的是非功过,历史自有公论。令我们感兴趣的是,当我们把宋代杂剧中相关剧作,与约产生于南宋的话本《拗相公》、元杂剧中反映有关新旧党争中王安石、苏东坡的政治纠葛的剧作,以及拟话本中《王安石三难苏学士》这一系列作品对照研讨时,我们发现在通俗文学领域中,苏轼总是被肯定被同情的对象,而王安石和他推行的新法以及有关的追随者,则是被鞭挞、被讽刺的对象。

宋杂剧中,有两个小戏是写苏东坡的。其中,《不笑所以深笑》可见其文句特点,《头上子瞻》则是赞美其神采的。

> 东坡尝宴客,俳优者作伎万方,坡终不笑。一优突出,用捧痛打作伎者曰:"内翰不笑,汝犹称良优乎?"对曰:"非不笑也,不笑所以深笑之也。"坡遂大笑。盖优人用东坡《王者不治夷狄论》云:"非不治也,不治乃所以深治之也。"见子由五世孙奉新县尉懋说。①

宋人曾有"苏文熟,吃羊肉;苏文生,吃菜羹"之语,由上剧可见苏文影响之一斑。其文中"治之以不治者,乃所以深治之也"②,这独特的思路和句法不止一二

---

① 转引自《王者不治夷狄论》附录,见舒大刚、曾枣庄主编:《三苏全书》第十四册,北京:语文出版社,2001年,第123页。

② [宋]苏轼著:《王者不治夷狄论》,见舒大刚、曾枣庄主编:《三苏全书》第十四册,北京:语文出版社,2001年,第121页。

现。他如"无责难者,将有所深责也"①"非不求名也,求名之至者也"②,所以优人为东坡作杂剧,熟练用其句法,以博一笑。但此剧与新旧党争无关,而另一则小戏却是党争的缩影:

> 东坡先生近令门人作《人不易物赋》,或戏作一联曰:"伏其几而袭其裳,岂为孔子;学其书而戴其帽,未是苏公"。鹰因言之。公笑曰:"近扈从醴泉观,优人以相与自夸文章为戏者。一优丁仙现曰:'吾之文章,汝辈不可及也。'众优曰:'何也?'曰:'汝不见吾头上子瞻乎?'上为解颜,顾公久之。"③

据宋代《王直方诗话》载:"盖元祐之初,士大夫效东坡顶短沿高桶帽,谓之'子瞻样'。"④所以有这个笑剧。这个剧目原本也与党争无关,但到了徽宗君臣崇尚熙宁变法,党同伐异,曾在元祐间风行一时、士人们引以为式的"子瞻样",成为奸邪的象征。丁传靖《宋人轶事汇编》引《师友杂志》曰:

> 崇宁初,衣服尚窄袖狭缘,有不如是者,皆取怒于时。故当时章疏有云:"褒衣博带,尚存元祐之风;矮帽幅巾,犹袭奸臣之体。"盖东坡喜戴矮帽,当时谓之东坡帽;鲁直喜戴幅巾,故言'犹袭奸臣之体'也。⑤

宋代党争是十分严酷的,凡上了党人碑的官员均遭贬放,死去的也要追贬。苏、黄文诗被禁,凡党人子弟不得入京城,不得与党人通婚,甚至连苏、黄所戴巾

---

① [宋]苏轼著:《策别课百官五》,见舒大刚、曾枣庄主编:《三苏全书》第十四册,北京:语文出版社,2001年,第343页。
② [宋]苏轼著:《直不疑买金偿亡》,见舒大刚、曾枣庄主编:《三苏全书》第十四册,北京:语文出版社,2001年,第445页。
③ [宋]李廌著,孔凡礼点校:《师友谈记》,北京:中华书局,2002年,第11页。
④ 《王直方诗话》,见吴文治主编:《宋诗话全编》第二册,南京:江苏古籍出版社,1998年,第1190页。
⑤ 周勋初主编,葛渭君、周子来、王华宝编:《宋人轶事汇编》卷十二《老苏二苏》,上海:上海古籍出版社,2014年,第1665页。

帽样式,也在禁绝之列。《头上子瞻》杂剧为我们透露了个中消息。

涉及北宋新旧党争相关人物的剧作,更多的是对王安石所推行的新法及其追随者的讽刺和鞭挞。

王安石变法的目的本为富国强兵、利国利民,具有极强的现实针对性和可行性,但由于种种原因,最终以失败告终。究其原委,守旧派的反对固然是一方面,但其用人的失误是其失败的一个重要原因。法非不善,用人不当,原想利民,反为扰民害民,最后误国、误民,也害了王安石自己。晚年的王安石对此有过深刻的反省。他在《与参政王禹玉书》中曾痛苦地说:"顾自念行不足以悦众,而怨怒实积于亲贵之尤;智不足以知人,而险诐常出于交游之厚。"①

归类分析北宋政坛上王安石执政时攀附他,王安石失意时出卖他的那些本想成为政治人物而最终成为政治动物的一类人,常使人想起纪晓岚《阅微草堂笔记》中的一个故事:

> 一家遭妖狐困扰,请一术士驱狐。术士驱除妖狐之后,竟贪图其家供养,礼请不去。因术士懂得驱除邪祟的相关法术,这家人竟奈何他不得!诚所谓请鬼容易送鬼难!

纪氏感叹道:"锐于求胜,借助小人,未有不遭反噬者!"②宋杂剧中对那些阿附王安石的无耻小人,也对王安石急于用人,不加选择的做法给以辛辣的讽刺:

> 熙宁间,王介甫行新法,欲用人材,或以选人为监司。赵济、刘谊皆雄州防御推官,提举常平等事。荐所部官改官,而举将自来改官。盖用才不限资格,又不欲便授品秩,且惜名器也。其时多引人上殿,伶人对上作俳,跨驴直登轩陛,左右止之。其人曰:"将谓有脚者尽上得。"荐者少沮③。

---

① [宋]王安石著,储菊人校注:《王安石全集》三,上海:中央书店,1935年,第252页。
② [清]纪昀著:《阅微草堂笔记》卷十八《姑妄听之》四,北京:华文出版社,2018年,第491页。
③ [宋]朱彧著,李伟国点校:《萍洲可谈》卷三,上海:上海古籍出版社,1989年,第59页。

庙堂之上，官府之中，"将谓有脚者尽上得"，连四条腿的驴头马面都可横行一时，新法执行的效果，可以想见。

王安石新法施行，逢迎小人唯其马首是瞻，千方百计阿谀奉承，而顺承其意者大多官亨运通。面对这一群官僚动物，苏轼曾讥之为"有甚意头求富贵，没些巴鼻便奸邪"[1]。这样，新法的施行很快变了味儿。原本是王安石在历任下层官吏时行之有效的"青苗法"，变成了各级官吏摊派聚敛、搜刮民财的"政府行动"。所谓"青苗钱"，原是一项利民措施。春秋播种之际，一些贫民由于天灾人祸等原因，无力耕种，政府借贷种子钱，耕种有了收获之后，连本带息归还政府，这本是于国于民均有利的事情。但在执行过程中，由于百姓上交"青苗钱"的多少成为一个官员升迁的资本，成为朝廷衡量一个官员政绩的"硬件"，于是这利民之举，很快就成了名正言顺的摊派——"青苗钱"，你借也得借，不借强行让借；贫苦农民耕种有困难，向政府借贷在情理之中；家道殷实的农户，个人可以解决耕种问题的，"青苗钱"也被摊派到头上；不仅农村摊派"青苗钱"，而且这摊派也强加到城中的本不种田的"染坊""酒坊"之类工坊。原因何在？"青苗钱"年利高达百分之四十，"与民争利"！更有甚者，有些府县为了鼓励农民多借贷，竞出新招，在衙门外摆设酒肆摊点，让妓女侑酒，鼓励借了钱的无知农民"高消费"，——用完了再借。于是宋诗中有"过眼青钱转手空"[2]之叹。由于利息奇高，由于官府的错误引导，许多借贷了"青苗钱"的农民还不起钱款，被逼得卖儿卖女，卖田典屋，流离失所。

由于要以"政绩"作为升迁的资本，由于要以一位官员"改革意识"作为判别对王安石新法的态度或原则问题，于是在王安石整体的"变法"背后，就产生了许多地方性的、部门性的、官员个人行为的变革举措，于是就有了宋代特有的急功近利的"部长工程""太守工程""县太爷工程"。王安石的"新法"在轰轰烈烈的表

---

[1] 颜中其编注：《苏东坡轶事汇编》，长沙：岳麓书社，1984年，第23页。
[2] [宋]苏轼著，王文诰辑注，孔凡礼点校：《山村五绝》其四，见《苏轼诗集》卷九，北京：中华书局，1982年，第439页。

象下透出了危险的迹象。

　　黄河水利问题一直是历代政府头疼的问题,把水利作为一个重要问题放在政府的议事日程上,应该说是王安石新政极具眼光的地方。但在具体工作上又做了什么呢?据有关资料载,为解决黄河水道泥沙沉积问题有人建议用"铁龙爪"治河。方法是,用两只大船,反复拉动一个大耙子,耙齿长达八尺,搅起泥沙,让它流到大海去。当时很多人认为不起作用,而王氏认为切实可行,于是船造了,"铁龙爪"有了,但搅起的泥沙马上又沉了下去,黄河淤积如故。因此黄庭坚在囚禁中,仍掷地有声地说:"用铁龙爪治河如同儿戏!"

　　为了提醒王安石其部下的许多举措都是为了邀功取宠,真正做起来并不是利国利民,而是劳民伤财,王安石的朋友,性格滑稽诙谐的刘贡甫有一天对王安石说,你不是大兴农田水利吗?我有一个办法,可得良田万顷。王安石问其方法。刘氏曰:山东有梁山泊,方圆八百里,若围之造田,可得良田万顷。王安石没有意识到他是开玩笑,沉吟道:只是梁山泊的水怎么办?刘贡甫说,按照如今的作法,你在附近再挖一个像梁山泊一样大的水泊,把水引出来就可以了。王安石不由哈哈大笑。

　　人们常说有些政令举措是拆东墙补西墙,是剜肉补疮,但实际生活中往往是,东墙拆坏了,西墙也没补好;好肉被挖了,疮也没补上。但这"拆东墙""挖好肉"的种种"变革"措施,可以受到赏识,可以升官发财,所以一批官员乐此不疲,有关杂剧对这类官员、对这种社会现象给予了尖锐的讽刺:

> 熙宁九年,太皇生辰,教坊例有献香杂剧。时判都水监侯叔献新卒,伶人丁仙现假为一道士,善出神,一僧善入定。或诘其出神何所见,道士云:"近曾出神,至大罗,见玉皇殿上有一人披金紫,熟视之,乃本朝韩侍中也。手捧一物,窃问旁立者,云:'韩侍中献国家金枝玉叶万世不绝图。'"僧曰:"近入定到地狱,见阎罗殿侧,有一人衣绯垂鱼,细视之,乃判都水监侯工部也。手中亦擎一物。窃问左右,云为奈何水浅献图,欲别开河道耳。"时叔献

兴水利以图恩赏,百姓苦之,故伶人有此语。①

职业官僚动物的"职业病",即使已经到地狱,仍为希图恩赏,故伎难忘,可为千古笑谈。

王安石的改革是全方位的,涉及社会生活的方方面面,其中也包括科举考试,但最终王安石的良好愿望都化为了泡影。宋代杂剧对此也有所反映:

> 王荆公改科举,暮年乃觉其失。曰:"欲变学究为秀才,不谓变秀才为学究也。"盖举子专诵王氏章句,而不解义,正如学究诵注疏尔。教坊杂戏亦曰:"学《诗》于陆农师,学《易》于龚深之。"盖讥士之寡闻也。②

全面研究王安石新法对科举的影响,我们认为王安石为宋王朝的长治久安培养人才而改革科举制度,或者单为变法培养人才改革教育,都是应该肯定的。但他作为一个政治家,欲以新法风行天下,运用行政手段使上令下达,在学术教育上他也采用相似手法,著《字说》《三经新义》,以一人之学术观点,统一天下之学术观点,主考者以其观点为取舍标准,学子们为了自己的前途,趋之若鹜,其结果不仅仅只影响了天下学术文章的创作。苏轼在《答张文潜县丞书》中指出,王安石在学术思想上的专制引起文坛的凋敝,"文字之衰,未有如今日者也"③。王安石诗、词、文赋俱佳,但其弊病在于"好使人同己"④,要以一家之学术,统一天下之学术,要以一家之文风,笼盖天下之文风,杀尽百花,只存一枝,只能是一花独

---

① [北宋]彭乘著,孔凡礼点校:《续墨客挥犀》卷五《献香杂剧》,北京:中华书局,2002年,第470—471页。
② 任二北编著:《优语集》,上海:上海文艺出版社,1981年,第101—102页。
③ [宋]苏轼著:《答张文潜县丞书》,舒大刚、曾枣庄主编:《三苏全书》第十二册,北京:语文出版社,2001年,第365页。
④ [宋]苏轼著:《答张文潜县丞书》,舒大刚、曾枣庄主编:《三苏全书》第十二册,北京:语文出版社,2001年,第365页。

放,最终是百花园的凋零,"弥望皆黄茅白苇"①。更为可怕的是,科举指挥棒的挥舞,造成了人心的败坏。据《渑水燕谈录》载:荆公在位,急进之徒争趋门下,及朝廷诏令禁用《字解》,群相诋之。时人挽词曰:"今日江湖从学者,人人讳道是门生。"及后配享宗庙,赠官并谥,昔从学者,又复称门人。时人易前词一字曰:"今日江湖从学者,人人却道是门生。"②政治与科举的"杂交",培育的是一批批"政客",其弊害绝不是仅仅把秀才变为学究而已。

从政治、学术到科举,王安石播种下收获的希望,而看到的却是满目荒败,不可收拾。最终在民众诅咒、朋友出卖、皇帝厌倦、旧党反对声中走向金陵,在痛苦中反思这一切。宋人杂剧对新法不可收拾的局面给以艺术化的表现:

> 顷有秉政者,深被眷倚,言事无不从。一日御宴,教坊杂剧为小商,自称姓赵名氏,负以瓦瓯卖沙糖,道逢故人,喜而拜之,伸足误踏瓯倒,糖流于地。小商弹指叹息曰:"甜采你即溜也,怎奈何!"左右皆笑。俚语以王姓为"甜采"。③

王安石变法最终成了难以收拾的烂摊子,面对王安石下台后的政局,面对后来打着王安石变法之旗号,而行祸国殃民之实的章惇、蔡京之流,任谁也会叹息:甜采,你即溜也!奈国家苍生何!王安石身后,成为任其追随者利用的偶像。北宋末,其婿蔡卞兄弟擅权,至配享孔庙。于是杂剧舞台上演了这样一出喜剧:

> 蔡京作宰,弟卞为元枢。卞乃王安石婿,尊崇妇翁。当孔庙释奠时,跻于配享而封舒王。优人设孔子正坐,颜、孟与安石侍坐侧。孔子命之坐,安

---

① [宋]苏轼著:《答张文潜县丞书》,舒大刚、曾枣庄主编:《三苏全书》第十二册,北京:语文出版社,2001年,第366页。
② [宋]王辟之著,吕友仁点校:《渑水燕谈录》,《全宋笔记》第二编第四册,郑州:大象出版社,2006年,第106页。
③ [宋]王辟之著,吕友仁点校:《渑水燕谈录》,《全宋笔记》第二编第四册,郑州:大象出版社,2006年,第104页。

石揖孟子居上,孟辞曰:"天下达尊,爵居其一,轲仅蒙公爵,相公贵为真王,何必谦光如此。"遂揖颜子,颜曰:"回也陋巷鄙夫,平生无分毫事业,公为名世真儒,位貌有间,辞之过矣。"安石遂处其上。夫子不能安席,亦避位。安石惶惧拱手,云:"不敢。"往复未决。子路在外,情愤不能堪,径趋从礼室,挽公冶长臂而出。公冶为窘迫之状,谢曰:"长何罪?"乃责数之曰:"汝全不救护丈人,看取别人家女婿!"其意以讥下也。时方议欲升安石于孟子之上,为此而止[①]。

研究宋代的党争,庆历党争的双方代表人物范仲淹、吕夷简均被认为是宋代名臣;新旧党争中的王安石、司马光、苏东坡,人们也都给予公允的评价,因其政治出发点是为国为民。然而令人惊诧的是,任何一派掌权之后,内部马上出现纷争,王安石集团的内部矛盾;旧派上台后洛、蜀、朔三足鼎立;蔡京们上台后,竟至于兄弟争权,父子猜疑……一切当初政治改革的政令思想、代表人物,都成了他们争权夺利的遮羞布,王安石的悲剧在上面的杂剧中演示得很充分,而在宋代党争的喧嚣声中我们似乎可以听到北宋败亡的脚步声。

宋代杂剧所反映的两宋党争的内容,另外一个较为集中的内容即对和战之争的多角度的折射。宋代史有明载的党争有三次:"庆历党争""新旧党争""庆元党争",但一般的著述上又无不提及宋室南渡后"以和战为党争"的特色。实际上,纵观两宋战争中,和战之争几乎贯穿了宋代历史的始终:宋辽之战、宋与西夏之战、宋金之战、宋与元蒙之间的战争……朝中的几乎所有派别都有自己的一定主张,也正是由于"和战之争""以和战为党争"的广泛影响,才产生了有宋一代"士大夫皆好言兵"的文化奇观,宋杂剧才给以较为集中的反映。

宋王朝对外作战,十战而九败,往往是屈辱求和,割地纳款。《土少不能和》一剧反映了宋王朝内部对割地求和的较为积极的态度,但由于朝中无人,战场上总

[①] [宋]洪迈著,李宏主编:《夷坚志全译本》支乙四《优伶箴戏》,北京:北京燕山出版社,1997年,第1576页。

是"赢得仓皇北顾"①的宋人,在谈判桌上同样丧权辱国:

> 乾统初(崇宁四年),(牛温舒)复参知政事,知南院枢密使事。五年,夏为宋所攻,来请和解。温舒与萧得里底使宋。方大燕,优人为道士装,索土泥药炉。优曰:"土少不能和。"温舒遽起,以手藉土怀之。宋主问其故,温舒对曰:"臣奉天子咸命来和,若不从,则当卷土收去。"宋人大惊,遂许夏和。②

宋王朝曾联金以灭辽、联元蒙以灭金,但在将亡之辽、金残余军队面前,仍是不堪一击,于是那些平时在百姓面前作威作福,在战场上抱头鼠窜的将帅成为杂剧中讽刺的对象:

> 宣和中,童贯用兵燕蓟,败而窜。一日内宴,教坊进伎为三四婢,首饰皆不同。其一当额为髻,曰蔡太师家人也;其二髻偏坠,曰郑太宰家人也;又一人满头为髻如小儿,曰童大王家人也。问其故,蔡氏者曰:"太师觐清光,此名朝天髻。"郑氏者曰:"吾太宰奉祠就第,此懒梳髻。"至童氏者曰:"大王方用兵,此三十六髻也。"③

"三十六计,走为上计。"可谓对童贯之流的绝妙讽刺。面对一次又一次的战争失败,面对一次又一次的外交屈辱,宋王朝似乎无计可施,这情形正如被称为"亡宋诗史"的汪元量诗中所说:"十数年来国事乖,大臣无计逐时挨。"④而在宋杂剧中对这种君懦臣庸、士气不振、民气不振,给予警醒:

---

① [宋]辛弃疾著:《永遇乐》,见中国社会科学院文学研究所编:《唐宋词选》,北京:人民文学出版社,1981年,第344页。
② [元]脱脱等撰:《辽史》卷八十六《列传第十六》,北京:中华书局,1974年,第1325页。
③ [宋]周密著,张茂鹏点校:《齐东野语》卷十三《优语》,长春:吉林人民出版社,2005年,第808页。
④ [宋]汪元量著,孔凡礼点校:《湖州歌九十八首》其七,见《增订湖山类稿》,北京:中华书局,1984年,第37页。

金人自侵中国,惟以敲棒击人脑而毙。绍兴间,有伶人作杂戏云:"若要胜其金人,须是我中国一件件相敌乃可。且如金国有粘罕,我国有韩少保;金国有柳叶枪,我国有凤凰弓;金国有凿子箭,我国有锁子甲;金国有敲棒,我国有天灵盖。"人皆笑之。①

有人说,首二句应该是:金国有兀术,我国有秦太师。若是,则显得太直太露,不如上文,曲终奏"雅",让人一笑之后,进行思考。金人能征惯战,宋人不和即降,遭殃的只有老百姓。

对于"和战之争"的双方,只要主和不是为了降敌,我们不应以和战为是非,因为面对宋代历史,宋代的有识之士和今天的研究者都明白,只有以强大的军力、财力、综合国力为基础,才能把握和与战的主动权——和战在我;反之,和战在敌。针对局势,权衡利弊,当和则和,当战则战;从长远观,和是为了战;因为面对异族入侵,主权问题,国家民族之荣辱是没有谈判的余地的。最终只有用战争解决问题。但从局部看,当自己的力量还不足以克敌制胜,需要休养生息、积蓄力量时,量时度势,就应同意维持一定时间的和平局面,甚至不惜以战促和,再以和备战。

但理论上的认识和现实生活中把握是两回事。宋人的失误在于,不当和时主和,不当战时主战。于是主和者有卖国之嫌,主战者往往因战败被攻击。用宋杂剧中的话说,即"樊恼自取":

韩侂胄用兵既败,为之须鬓俱白,困闷莫知所为。优伶因上赐侂胄宴,设樊迟、樊哙,旁有一人曰樊恼。又设一人揖问迟:"谁与你取名?"对以"夫子所取",则拜曰:"是圣门之高弟也。"又揖问哙曰:"尔谁名汝?"对曰:"汉高祖所命。"则拜曰:"真汉家之名将也。"又揖恼云:"谁名汝?"对以"樊

---

① [宋]张知甫著,孔凡礼点校:《可书》,北京:中华书局,2002年,第425页。

恼自取"。①

韩侂胄北伐用兵，是为了以主战固宠。因此当辛弃疾认为量度宋金双方实力，宋欲北伐，需养精蓄锐二十年时，韩侂胄却一意孤行，一败涂地，最终丢了性命，确是"樊恼自取"。

由此生发出另外一个问题，韩侂胄之流以战邀功，以功固宠，最终惨败，固然可恨；但此时朝中主和派竟为了主和，擒杀韩侂胄，函首以献金人，实在有辱国体。因此我们发现，在新旧党争、和战之争各方，均有利用政治斗争谋一己之私利之嫌，主战主和、变法与守旧，只不过是他们随时可以打出的一张牌而已，只为自己可以有权、有钱、有荣华富贵。宋代相关杂剧极为犀利地提示了这一点：

> 崇宁初，斥远元祐忠贤，禁锢学术，凡偶涉其时所为所行，无论大小，一切不得志。伶者对御为戏：推一参军作宰相，据坐，宣扬朝政之美。一僧乞给公凭游方，视其戒牒，则元祐三年者，立途毁之，而加以冠巾。一道士失亡度牒，闻其披戴时，亦元祐也，剥其羽衣，使为民。一士人以元祐五年获荐，当免举，礼部不为引用，来自言，即押送所属屏斥。已而，主管宅库者附耳语曰："今日于左藏库，请得相公料钱一千贯，尽是元祐钱，合取钧旨。"其人俯首久之，曰："从后门搬入去！"副者举所持梃杖其背，曰："你做到宰相，元来也只好钱！"是时，至尊亦解颜。②

另一则杂剧为：

> 秦桧以绍兴十五年四月丙子朔，赐第望仙桥。丁丑，赐银绢万匹两，钱

---

① [宋]叶绍翁著：《四朝闻见录》，载《全宋笔记》第六编第九册，郑州：大象出版社，2013年，第396—397页。

② [宋]洪迈著，李宏主编：《夷坚志全译本》支乙四《优伶箴戏》，北京：北京燕山出版社，1997年，第1576页。

千万,彩千缣,有诏:"就第赐燕,假以教坊优伶。"宰执咸与。中席,优长诵致语,退,有参军者前,褒桧功德。一伶以荷叶交椅从之,诙语杂至,宾欢既洽,参军方拱揖谢,将就椅,忽坠其幞头,乃总发为髻,如行伍之巾,后有大巾环,为双叠胜。伶指而问曰:"此何环?"曰:"二胜环。"遽以朴击其首曰:"尔但坐太师交椅,请取银绢例物,此环掉脑后可也。"一座失色,桧怒,明日下伶于狱,有死者。于是语禁始益繁①。

两个杂剧,一个写在北宋党争得势的一位宰相,在严酷的党禁中,元祐时的和尚、道士勒令还俗,元祐时的读书人可以不用,但元祐钱却是非要不可。"做到宰相,元来也只好钱!"可谓一针见血;后一个杂剧可以十分清楚地看出是讽刺秦桧的,秦桧迎合高宗之意,力主和议,权势赫赫,只要保有半壁河山,享有荣华富贵。至于收复河山,迎回徽、钦二帝,雪国仇家恨之事"掉脑后可矣"。宋代杂剧反映现实政治的大胆犀利,令人叹服。

综观宋代与党争有关的杂剧,首先我们应该肯定的是,它们从一个独特角度,用自己特有的艺术形式,对新旧党争、和战之争给国家人民带来的危害给予了较为集中的反映,典型地体现了杂剧关切现实,反映现实的"时事剧"的特点。

其次,我们在把握研究这些剧作时,不应把剧中人物和历史人物画等号。比如剧中的王安石,与历史现实中的王安石就有一定的距离。王安石是一位特定历史时期的政治家、思想家、文学家,其历史作用,不可抹杀。但其推行的新法,愿望与结果之间有太大的距离,特别是他用人不当,至有"率兽食人"之讥。宋人笔记、小说中即有他儿子死后下地狱倍受惩戒之说,特别在小说中写他由京城返金陵之时,有反对者侦知了他南归的路线,在客栈写满了攻击甚至是谩骂他的诗,借宿的民主,一个控诉新法逼死了全家十余口人;一人竟因法扰民,把家中的猪、狗、鸡、鸭都叫作"王安石",以咒其死后下世为猪狗。因此,对照有关作品,上述小说,显有攻击诬蔑之嫌。而杂剧中"王安石"如果作为"新法病民"之代表,尽

---

① [宋]岳珂著,吴企明点校:《桯史》卷七《优伶诙语》,北京:中华书局,1981年,第81页。

管他代人受过,但大致非过甚之语。

这里就涉及第三个问题,即党争的双方是否有利用杂剧去攻击对立派别的问题。关于这一点,我们的回答是肯定的。因为有关资料印证了这一点:

宋樵川逸叟《庆元党禁》载:"韩侂胄……自谓有定策功,且依托肺腑,出入宫掖,居中用事。……朱熹……奏疏极言之。……大怒,阴与其党密谋,去其为首者,则其余去之易尔。"所谓"首"者,盖指熹也。乃于禁中,令优人效熹容止为戏,荧惑上听。①《宋史·韩侂胄传》亦载:"朱熹奏其奸,侂胄怒,使优人峨冠阔袖象大儒,戏于上前,熹遂去。"②这是写韩侂胄为了扫清自己擅权专国的障碍,利用杂剧排斥朱熹。还有在仁宗景祐末,有内臣卢押班利用杂剧讽刺范雍的记载:

景祐末,诏以郑州为奉宁军,蔡州为淮康军。范雍自侍郎领淮康节钺,镇延安。时羌人旅拒戍边之卒,延安为盛。有内臣卢押班者,为钤辖,心常轻范,一日军府开宴,有军伶人杂剧,称参军梦得一黄瓜,长丈余,是何祥也?一伶贺曰:"黄瓜上有刺,必作黄州刺史。"一伶批其颊曰:"若梦见镇府萝卜,须作蔡州节度使?"范疑卢所教,即取二伶杖背,黥为城旦。③

因此,研究宋杂剧,除了研究其剧作内容的复杂性之外,还应注意其创作及演出背景的复杂性。

研究宋杂剧与宋代党争的关系,还引发了我们对这部分剧作艺术特点上的一些思考。

首先,"寓庄于谐"的表现手法是这些剧作的突出特点。宋杂剧这一部分剧作与传统的一些笑话集中作品有明显不同,也同先秦的"优笑""优戏"不同,它们不是仅仅供一时之笑乐,而是借用喜剧的艺术手法,用幽默诙谐的动作和语言揭

---

① 任二北编著:《优语集》,上海:上海文艺出版社,1981年,第313页。
② [元]脱脱等撰:《宋史》卷四七四《列传第二百三十三·奸臣四》,北京:中华书局,1977年,第13772页。
③ [宋]江少虞著:《宋朝事实类苑》卷六十五《谈谐戏谑》中《语嘲八》,上海:上海古籍出版社,1981年,第860—861页。

示某种人物、社会现象的本质,在笑声中,予丑恶以揭露,予丑恶以鞭挞。有人给喜剧下定义说,喜剧就是把人生无价值的东西撕碎给人看。显然这种定义是难以概括这一类剧作的。运用喜剧的艺术手法,表现严肃的社会生活内容,这一特征基本形成,且影响深远。元杂剧中诸如《风光好》《李逵负荆》《陈州粜米》都继承并发扬了这种风格。

其次,由于上面称引的资料都是对相关杂剧演出的片断记载,不是宋杂剧演出的"全本"和原始面貌,因此,对于这些剧作演出时,不同剧作不同演员的表演手法也不能确悉。但以今度古,可以推知一二。在当日的杂剧舞台上,演员的唱念做打,一定是疾徐有致的,演员会把握节奏,营造气氛,创造出特定的戏剧性效果。如《我国有天灵盖》一剧,用快节奏的语言表达方能出彩,没有了语气节奏的把握将全无意味。

第三,现有资料仅记载的是剧作内容的基本梗概,具体的表演对白如何,难以尽知。翻检有关文字,下面这一条资料值得特别注意:

"崇宁中,方严党禁,凡系籍人子孙,不听仕宦及身至京畿。……又晁十二之道,自为优人过阶语云:'但仆元祐间诗赋登科,靖国中宏词入等,尚之唤作哥哥,补之呼为弟弟。甚人上书耶?甚人晁咏之?'闻者莫不绝倒。"①

任二北先生在《优语集》"语比"中曾写了一段按语:"以道非优人,而袭戏词口吻,以讥党禁,故入语比。此真戏剧史料。缘北宋剧本无传,何谓'过阶语'?亦向无说明。赖有此番摹仿,方知'过阶语'乃优戏脚色初登场时,自道身世阶历,俾观众了解剧情之说白,犹之后世戏台上'自报家门',其文体则骈俪也。"②

这段文字有两点价值。就宋代党争而言,它透露了北宋末党争禁锢士林的严酷;就戏剧资料而言,其惟妙惟肖地再现了宋杂剧舞台一位士人"自报家门"的

---

① [宋]庄绰著:《鸡肋编》,《全宋笔记》第四编第七册,郑州:大象出版社,2008年,第71页。
② 任二北编著:《优语集》,上海:上海文艺出版社,1981年,第328页。

内容和格范。《原来也只要钱》一剧中的读书人上场后自报家门应与之相仿。循此例,则剧中一僧、一道、一宰相自报家门之情形可以想见。那么,加以合理"加工","复原"宋杂剧之演出剧本不是没有可能。

  以上是我们对宋杂剧与党争做的一点粗浅探讨。现在《全宋文》已完备,若用心检讨,一定会有新收获。网罗相关资料,对宋杂剧的研究定会进一步深入。

参考文献

(按作者姓氏拼音首字母排列)

B

[清]毕沅编著:《续资治通鉴》,北京:中华书局,1957年。

C

[宋]程颢、程颐撰:《二程集》,北京:中华书局,1981年。
[明]陈邦瞻著:《宋史纪事本末》,上海:上海古籍出版社,1994年。
程千帆、吴新雷著:《两宋文学史》,上海:上海古籍出版社,1991年。
程毅中著:《宋元小说研究》,南京:江苏古籍出版社,1999年。

D

[汉]戴圣纂辑:《礼记》,上海:上海古籍出版社,1987年。
[唐]杜甫著,萧涤非校注:《杜甫诗集校注》,北京:人民文学出版社,2016年。
[唐]杜甫著,仇兆鳌详注:《杜诗详注》,上海:上海古籍出版社,1992年。
丁锡根编注:《中国历代小说序跋集》,北京:人民文学出版社,1996年。
丁传靖辑:《宋人轶事汇编》,北京:中华书局,2003年。

[宋]道元辑,朱俊红点校:《景德传灯录》,海口:海南出版社,2011年。

F

方健著:《范仲淹评传》,南京:南京大学出版社,2001年。

方坚铭编著:《牛李党争与中晚唐文学》,北京:中国社会科学出版社,2009年。

[宋]范仲淹著,李勇先、王蓉贵编:《范仲淹全集》,成都:四川大学出版社,2007年。

[宋]费衮著:《梁溪漫志》,上海:上海古籍出版社,1985年。

G

郭绍虞辑:《宋诗话辑佚》,北京:中华书局,1980年。

郭绍虞主编:《中国历代文论选》,上海:上海古籍出版社,2001年。

郭预衡著:《中国散文史》,上海:上海古籍出版社,1986年。

H

[宋]何薳著:《春渚纪闻》,北京:中华书局,1983年。

[宋]惠洪著:《冷斋夜话》,北京:中华书局,1985年。

[宋]黄庭坚著:《黄庭坚全集》,成都:四川大学出版社,2001年。

[宋]黄庭坚撰,载任渊等注,刘尚荣校点:《黄庭坚诗集注》,北京:中华书局,2003年。

[宋]黄庭坚著,屠友祥校注:《山谷题跋校注》,上海:上海远东出版社,2011年。

[宋]洪迈著,孔凡礼点校:《容斋随笔》,北京:中华书局,2006年。

[唐]韩愈著,刘珍伦、岳珍校注:《韩愈文集汇校笺注》,北京:中华书局,2010年。

韩酉山著:《秦桧研究》,北京:人民出版社,2008年。

[宋]胡仔著:《苕溪渔隐丛话》,北京:人民文学出版社,1962年。

侯外庐、邱汉生、张岂之著:《宋明理学史》,北京:人民出版社,1987年。

[清]何文焕撰:《历代诗话》,北京:中华书局,1981年。

洪本健编:《欧阳修资料汇编》,北京:中华书局,1995年。

洪本健编著:《宋文六大家活动编年》,上海:华东师范大学出版社,1993年。

[德]黑格尔著,王造时译:《历史哲学》,北京:生活·读书·新知三联书店,1956年。

J

[清]纪昀总纂:《四库全书总目辑要》,石家庄:河北人民出版社,2000年。

[清]纪昀著,吴敢、韦如之校点:《阅微草堂笔记》,杭州:浙江古籍出版社,1998年。

[宋]江少虞编:《宋朝事实类苑》,上海:上海古籍出版社,1981年。

K

孔凡礼编:《苏轼年谱》,北京:中华书局,1998年。

孔凡礼、齐治平编:《陆游资料汇编》,北京:中华书局,2004年

L

[后晋]刘昫等撰:《旧唐书》,北京:中华书局,1975年。

[南朝梁]刘勰著,周振甫译注:《〈文心雕龙〉译注》,南京:江苏教育出版社,2006年。

[唐]陆贽撰,王素点校:《陆贽集》,北京:中华书局,2006年。

[宋]李焘撰:《续资治通鉴长编》,北京:中华书局,1992年。

[宋]李心传著:《建炎以来系年要录》,北京:中华书局,1988年。

[清]李铭汉撰,张兴武等校点:《续通鉴纪事本末》,兰州:甘肃人民出版社,2005年。

[宋]黎靖德编,王星贤点校:《朱子语类》,北京:中华书局,1986年。

[宋]陆游著:《陆放翁全集》,北京:中国书店,1991年。

[宋]陆游著:《老学庵笔记》,上海:上海书店出版社,1990年。

[宋]陆游著,钱仲联点校:《剑南诗稿》,长沙:岳麓书社,1998年。

[宋]陆游著,钱仲联校注:《剑南诗稿校注》,杭州:浙江教育出版社,2011年。

[宋]楼钥撰,顾大朋点校:《楼钥集》,杭州:浙江古籍出版社,2010年。

[宋]柳永著,薛瑞生校注:《乐章集》,北京:中华书局,1994年。

柳诒徵著:《中国文化史》,上海:上海古籍出版社,2001年。

鲁迅著:《中国小说史略》,北京:人民文学出版社,1973年。

刘琳、刁忠民、舒大刚等校点:《宋会要辑稿》,上海:上海古籍出版社,2014年。

刘学斌著:《北宋新旧党争与士人政治心态研究》,保定:河北大学出版社,2009年。

M

[宋]梅尧臣著,朱东润编年校注:《梅尧臣集编年校注》,上海:上海古籍出版社,2006年。

[宋]梅尧臣著,夏敬观选注:《梅尧臣诗》,北京:商务印书馆,1940年。

[宋]孟元老著:《东京梦华录》,北京:中国画报出版社,2013年。

N

南京大学出版社编:《菜根谭·容斋随笔》,南京:南京大学出版社,1994年。

O

[宋]欧阳修著:《新五代史》,北京:中华书局,1974年。

[宋]欧阳修、宋祁等著:《新唐书》,北京:中华书局,1975年。

［宋］欧阳修著:《欧阳修全集》,北京:中国书店,1986年。

［宋］欧阳修著,李逸安点校:《欧阳修全集》,北京:中华书局,2001年。

P

［宋］普济辑,朱俊红点校:《五灯会元》,海口:海南出版社,2011年。

Q

［宋］秦观著,周义敢、程自信、周雷编注:《秦观集编年校注》,北京:人民文学出版社,2001年。

［宋］秦观著,徐培均笺注:《淮海集笺注》,上海:上海古籍出版社,1994年。

［宋］秦观著,杨世明笺注:《淮海词笺注》,成都:四川人民出版社,1984年。

R

［清］阮元校刻:《十三经注疏》,北京:中华书局,1980年。

任二北编著:《优语集》,上海:上海文艺出版社,1981年。

S

［汉］司马迁著:《史记》,长春:吉林人民出版社,2005年。

［宋］邵博撰,刘德权、李剑雄点校:《邵氏闻见后录》,北京:中华书局,1983年。

［宋］司马光撰:《资治通鉴》,北京:中华书局,1956年。

［宋］司马光著,李之亮笺注:《司马温公集编年笺注》,成都:巴蜀书社,2009年。

［宋］苏洵著,曾枣庄、金成礼笺注:《嘉祐集笺注》,上海:上海古籍出版社,2001。

［宋］苏轼著,［清］王文诰辑注,孔凡礼校点:《苏轼诗集》,北京:中华书局,1982年。

［宋］苏轼著：《苏轼文集》，北京：中华书局，1986年。

［宋］苏轼等著,曾枣庄、舒大刚主编：《三苏全书》，北京：语文出版社，2001年。

［宋］苏轼著,张志烈、马德富、周裕锴主编：《苏轼全集校注》，石家庄：河北人民出版社，2010年。

［宋］苏轼著,李之亮笺注：《苏轼文集编年笺注》，成都：巴蜀书社，2011年。

［宋］苏轼著,屠友祥校注：《东坡题跋校注》，上海：上海远东出版社，2011年。

［宋］苏辙著,曾枣庄、马德富校点：《栾城集》，上海：上海古籍出版社，2009年。

［宋］苏辙著：《龙川别志》，北京：中华书局，1982年。

［明］宋濂等著：《元史》，北京：中华书局，1976年。

四川大学中文系唐宋文学研究室编：《苏轼资料汇编》，北京：中华书局，1994年。

上海古籍出版社编：《宋元笔记小说大观》，上海：上海古籍出版社，2001年。

司义祖整理：《宋大诏令集》，北京：中华书局，2009年。

沈松勤著：《北宋文人与党争》，北京：人民出版社，1998年。

T

［元］脱脱等撰：《宋史》，北京：中华书局，1977年。

唐圭璋编：《全金元词》，北京：中华书局，1979年。

唐圭璋编：《词话丛编》，北京：中华书局，1986年。

唐圭璋编：《全宋词》，北京：中华书局，1999年。

W

［宋］魏泰著：《东轩笔录》，北京：中华书局，1983年。

［宋］王安石著：《王文公文集》，上海：上海人民出版社，1974年。

[宋]王安石著:《临川先生文集》,北京:国家图书馆出版社,2018年。

[宋]王灼著:《碧鸡漫志》,北京:中华书局,1991年。

[宋]王夫之著:《宋论》,北京:中华书局,1985年。

[宋]王应麟著:《困学纪闻》,北京:商务印书馆1935年。

[宋]王明清著:《挥麈录》,上海:上海书店出版社,2001年。

[宋]王禹偁著:《钦定四库全书荟要·小畜集》,长春:吉林出版集团有限责任公司,2005年。

[宋]吴曾著:《能改斋漫录》,北京:中华书局,1960年。

王国维著:《人间词话》,北京:中华书局,2009年。

王水照著:《宋代文学通论》,开封:河南大学出版社,1997年。

王水照著:《苏轼研究》,石家庄:河北教育出版社,1999年。

王水照编:《历代文话》,上海:复旦大学出版社,2007年。

王桐龄著:《中国历代党争史》,郑州:河南人民出版社,2016年。

吴梅著:《词学通论》,上海:复旦大学出版社,2005年。

王素著:《陆贽评传》,南京:南京大学出版社,2009年。

X

[宋]辛弃疾著,徐汉明编:《新校编辛弃疾全集》,武汉:湖北人民出版社,2007年。

[宋]辛弃疾著,薛祥生选注:《稼轩词选注》,济南:齐鲁书社,1980年。

[宋]辛弃疾著,朱德才选注:《辛弃疾选集》,北京:人民文学出版社,1997年。

[宋]辛弃疾著,邓广铭笺注:《稼轩词编年笺注》,上海:上海古籍出版社,1978年。

辛更儒编:《辛弃疾资料汇编》,北京:中华书局,2005年。

萧庆伟著:《北宋新旧党争与文学》,北京:人民文学出版社,2001年。

Y

［宋］岳珂撰，吴企明校点：《桯史》，北京：中华书局，1981年。

［宋］杨万里著，辛更儒笺校：《杨万里集笺校》，北京：中华书局，2007年。

［宋］叶适著：《习学记言序目》，北京：中华书局，1977年。

［宋］叶梦得著：《避暑录话》，《全宋笔记》第二编第十册，郑州：大象出版社，2006年。

叶嘉莹主编，朱德才、薛祥生、邓红梅编著：《辛弃疾词新释辑评》，北京：中国书店，2006年。

颜中其编注：《苏东坡轶事汇编》，长沙：岳麓书社，1984年。

俞平伯等编：《唐诗鉴赏辞典》，上海：上海辞书出版社，2013年。

于北山编：《陆游年谱》，上海：上海古籍出版社，1985年。

Z

［宋］赵令畤著：《侯鲭录》，北京：中华书局，1985年。

［宋］赵汝愚编：《宋朝诸臣奏议》，上海：上海古籍出版社，1999年。

［清］赵翼著，霍松林、胡主佑点校：《瓯北诗话》，北京：人民文学出版社，2006年。

［宋］张耒著，李逸安等点校：《张耒集》，北京：中华书局，1990年。

［宋］周密著：《武林旧事》，杭州：浙江人民出版社，1984年。

［宋］周密著：《癸辛杂识》，北京：中华书局，1988年。

［宋］周必大著：《文忠集》，北京：商务印书馆，1986年。

［宋］曾敏行著，朱杰人标校：《独醒杂志》，上海：上海古籍出版社，1986年。

［宋］张邦基撰，孔凡礼点校：《墨庄漫录》，北京：中华书局，2002年。

［宋］朱弁撰，孔凡礼点校：《曲洧旧闻》，北京：中华书局，2002年。

［宋］朱熹著，朱杰人、严佐之、刘永翔主编：《朱子全书》，上海：上海古籍出版社；合肥：安徽教育出版社，2002年。

朱东润著:《梅尧臣传》,北京:中华书局,1979年。

朱光潜著:《诗论》,北京:生活·读书·新知 三联书店,2014年。

曾枣庄著:《苏轼评传》,成都:四川人民出版社,1981年。

曾枣庄、刘琳主编:《全宋文》,成都:巴蜀书社,1991年。

周义敢编:《梅尧臣资料汇编》,北京:中华书局,2007年。

周裕锴著:《宋代诗学通论》,上海:上海古籍出版社,2007年。

周裕锴著:《中国禅宗与诗歌》,上海:复旦大学出版社,2017年。